C.J. Tudor
Die Kolonie

GOLDMANN

C.J. Tudor

Thriller

Deutsch von Marcus Ingendaay

GOLDMANN

Die Originalausgabe erschien 2024 unter dem Titel »The Gathering«
bei Michael Joseph, Penguin Random House UK, London.

Der Verlag behält sich die Verwertung der urheberrechtlich
geschützten Inhalts dieses Werkes für Zwecke des Text- und
Data-Minings nach § 44 b UrhG ausdrücklich vor.
Jegliche unbefugte Nutzung ist hiermit ausgeschlossen.

Penguin Random House Verlagsgruppe FSC® N001967

1. Auflage
Deutsche Erstveröffentlichung Januar 2025
Copyright © der Originalausgabe 2024 by Betty & Betty Ltd.
Copyright © der deutschsprachigen Ausgabe 2025
by Wilhelm Goldmann Verlag, München,
in der Penguin Random House Verlagsgruppe GmbH,
Neumarkter Str. 28, 81673 München
Umschlaggestaltung: UNO Werbeagentur, München
Umschlagmotiv: © Paul Sheen / Trevillion Images und
FinePic®, München
CN · Herstellung: ik
Satz: Uhl + Massopust, Aalen
Druck und Bindung: GGP Media GmbH, Pößneck
Printed in Germany
ISBN: 978-3-442-20651-3

www.goldmann-verlag.de

Für Mum. Lieb dich.

Wie so viele indigene Spezies wurden Vampire von ihren menschlichen Revierkonkurrenten verteufelt und terrorisiert – bis hin zur vollständigen Verdrängung. In entlegenen Landstrichen existieren zwar noch einige Kolonien, doch gilt ihr Bestand als akut gefährdet. Es erscheint nicht ausgeschlossen, dass Vampire schon in naher Zukunft nichts weiter sein werden als eine Legende.

Aus: *Die wahre Geschichte der Vampire*
von Professor Benjamin Fletcher

Tatsächlich greifen Vampire höchst selten Menschen an. Die meisten ernähren sich seit alters her ausschließlich von Tierblut, und dies ist in der Konsequenz kaum barbarischer als der Speisezettel des durchschnittlichen Fleischessers.

Dr. Steven Barker, wissenschaftlicher Leiter des Instituts für Forensische Vampirstudien (IFV)

Mit Inkrafttreten dieses Gesetzes genießen Vampire den Schutzstatus einer vom Aussterben bedrohten Art. Gezielte Tötungen sind demnach genehmigungspflichtig und ausschließlich zum Schutz der Allgemeinheit zulässig, wenn andere, humanere Entnahmemöglichkeiten nicht zur Verfügung stehen. Herstellung und Verbreitung von Vampirtrophäen, auch nichtgewerblicherArt, sind verboten.

Vampirschutzgesetz (VamSchG) aus dem Jahr 1983

Nichts und niemand wird uns je davon abhalten, diese Ausgeburten Satans zur Strecke zu bringen. Es ist ein wahrhaft göttliches Werk, denn sie sind dem Herrn ein Gräuel. Wir werden nicht ruhen, bis auch der Letzte von ihnen in der tiefsten Hölle schmort.

Reverend Colleen Grey, Kirche vom Heiligen Kreuz

1

Man konnte wirklich nicht behaupten, dass das Leben an Beau Grainger vorbeigegangen war. Zwar hatte sich dieses Leben meist so gleichförmig abgespult, dass man vergebens nach den sonst üblichen Höhen und Tiefen suchte, dafür blickte er jetzt ohne Bitternis auf die Vergangenheit zurück. Das Leben in jener Kleinstadt in Alaska war immer gut zu ihm gewesen, es gab weder alte Wunden noch offene Rechnungen, wozu also fortziehen? Die meisten Orte auf der Welt werden nach kurzer Zeit zur Normalität – ebenso wie die meisten Menschen. Da konnte er auch gleich dort bleiben, wo er war.

Er hatte zu seiner Zeit zwei Frauen geliebt und eine davon geheiratet. Mit dieser zog er drei Kinder groß und sorgte dafür, dass aus ihnen etwas wurde. Ein viertes kam tot auf die Welt, und ausgerechnet dieses Kind ließ ihm jetzt keine Ruhe. Was uns nicht vergönnt ist, beschäftigt uns wohl am meisten, das liegt in der Natur des Menschen.

Beau hatte seine Frau Patricia vor zehn Jahren an die Demenz verloren, seit dreien lag sie auf dem örtlichen Friedhof. Bei der Beerdigung war seine Trauer um die Frau, die er einst geliebt hatte, jedoch schon abgeschlossen, und er begrub eigentlich eine Fremde.

Jetzt, mit neunundsiebzig Jahren, hatte Beau nur noch wenige gute Freunde, allerdings auch wenig, das er bereute. Kann man auf der Zielgeraden des Lebens mehr verlangen, abgesehen vielleicht von einem kurzen, schmerzlosen Tod? Soweit es Beau betraf, konnte er sich nicht beklagen. Trotzdem gab es auch für Männer seines Schlags diese Tage, an denen sie einfach zu viel grübelten.

Heute war einer dieser Tage.

Seine Gelenke schmerzten, was unter Tiefdruckeinfluss vorkam. Der Kaffee schmeckte bitter, und nicht einmal ein Schuss Whiskey verbesserte diesen Eindruck. Fernsehen hatte für ihn keinen Reiz, und Bücher konnten ihn nicht ablenken. Er war einfach unruhig.

Und so marschierte er in seinem kleinen, gemütlichen Wohnzimmer auf und ab. Es war immer dieselbe ausgetretene Straße zwischen den abgewetzten Ledersesseln und dem offenen Kamin, über dem seine Trophäen hingen.

Denn Beau war mit Leib und Seele Jäger. Er liebte die Natur, aber er liebte auch den erregenden Moment, in dem ein fremdes Wesen durch seinen Willen starb. Gutes Waidwerk erforderte Geduld, und davon hatte Beau mehr als genug. Die Jägerei bestand zu einem Großteil aus Beobachten und Warten, der Schuss war lediglich der Kulminationspunkt der lautlosen Pirsch. Um ein anderes Tier wahrhaftig zu erkennen, musste man ihm im Moment des Todes in die Augen blicken.

Beau trat näher an die ausgestopften Köpfe heran. Es waren ordentliche Präparate, angebracht auf hölzernen Trophäenschildern, die Cal Bagshaw einst für ihn geschnitzt hatte – auch er seit fast einem Jahr tot, Kehlkopfkrebs.

Beau starrte in die glasigen Augen und strich mit dem Finger über die fahlen, vertrockneten Lefzen rund um die Reißzähne.

»Na los, beiß mich«, flüsterte er und gluckste, obwohl sich ihm gleichzeitig die Nackenhaare sträubten.

Aber nicht vergessen, alter Knabe: Schon ein Biss trifft ins Leben. The first cut is the deepest.

Beau riss sich los, von seiner Trophäe, von solchen Gedanken.

So ein Quatsch, dachte er. Ich bin zu alt für diesen Scheiß. Stattdessen wandte er sich jetzt dem Fenster zu. Am Horizont schossen schwarze Wolkenzinnen in den Himmel. Das sanft gewellte Schneefeld davor wirkte wie ein gefrorenes Meer. Ein Sturm zog auf, schien aber keine Frische zu bringen. Im Gegenteil, etwas Fauliges lag in der Luft. Beau kannte diesen Geruch, und ihm schwante nichts Gutes.

Sie waren wieder da.

Jetzt begann alles von vorn.

2

Der Taxifahrer war ein Quatscher.

Na toll.

Barbara vermutete, dass sein Geschäft zu dieser Jahreszeit eher mau lief und er deswegen jeden Fahrgast volltextete. Das kam davon, wenn man allein lebte, was dieser Mann offensichtlich tat. Der lange Vollbart, die Speisereste auf seinem Overshirt und nicht zuletzt der intensive Körpergeruch deuteten darauf hin, dass sich sein Verhältnis zur Welt auf ein einziges schroffes Kürzel reduzierte: LMAA. Womit Barbara keinesfalls sagen wollte, dass Männer ohne Frauen aus Prinzip verwahrlosten. Was jeder Mensch aber brauchte, war jemand, um den man sich bemühen musste. Ohne ein Gegenüber, ohne diesen Spiegel ließ man sich gehen und roch irgendwann auch so. Wer wüsste das besser als sie?

Der Taxifahrer hieß Alan, so stand es jedenfalls vorn auf der Lizenz. »*Call me Al*«, grinste er. »So wie in dem Lied.«

»Gern«, hatte sie gesagt. Und gelächelt.

Tatsächlich hasste sie dieses Lied. Und auch das silberne Kruzifix und der Rosenkranz an Call-me-Als Rückspiegel waren überhaupt nicht ihres. Aber jeder, wie er will. Dies ist ein freies Land.

Im Übrigen war sie auf den nächsten Meilen vollauf damit beschäftigt, seine unvermeidlichen Quatscher-Fragen abzuschmettern. *Sagen Sie, sind Sie zum ersten Mal hier?* Antwort: Ja. *Wollen Sie hier Urlaub machen?* Antwort: Ja. Was beides gelogen war, aber dazu führte, dass er mit ihr sämtliche Touristenattraktionen der

Gegend durchging. Das waren zwar nicht viele, aber davon ließ sich eine Labertasche wie er nicht bremsen. Außerdem konnte sich das mit den Attraktionen auch sehr schnell ändern.

Das Taxi zog eine Wirbelschleppe aus Eis und Schnee hinter sich her, doch das nahm Barbara hinter der Seitenscheibe kaum wahr. Sie sah atemberaubende Landschaft und unberührte Natur mit Bergen, Wäldern und Schnee. Und hinter jeder Kurve: noch mehr Berge, noch mehr Wälder, noch mehr Schnee. Wer auf so etwas stand, bitte schön. Doch die Unberührtheit hatte einen Grund. Dieses Land war absolut lebensfeindlich. Außerhalb des warmen Taxis setzte binnen Minuten der Kältetod ein. Also, nicht zu sehr berühren lassen.

Barbara unterdrückte ein Gähnen. Erst der Nachtflug von New York nach Anchorage, dort weiter per Lufttaxi nach Talkeetna (ein nervenzerfetzendes Erlebnis) und jetzt noch anderthalb Stunden über den Parks Highway an ihren Einsatzort in der tiefgefrorenen alaskischen Taiga. Sie hatte keine Ahnung, warum sie ihrer Ausleihe an ein paar Dorfsheriffs je zugestimmt hatte.

»Weil Sie unsere beste Forensikerin sind«, hatte Decker gesagt.

»Ich dachte, das wäre Edwards?«

»Edward hat familiäre Verpflichtungen, Sie ja wohl nicht.«

»Das heißt, als kinderloser Single habe ich automatisch die Arschkarte?«

Decker platzierte seine Wurstfinger auf der Tischplatte und beugte sich in gespielter Einfühlung nach vorn. Decker war ein etwas kurz geratener Dicker mit einem schwarzen Haarkranz und dem rötlichen Gesicht des Infarktkandidaten. Seit zehn Jahren war er jetzt ihr Vorgesetzter, aber Barbara bezweifelte, ob er überhaupt ihren Vornamen kannte.

»Atkins, wenn Sie wünschen, kann ich das Ganze auch in ein

Kompliment verpacken und sagen, dass Sie eben besser sind als Edwards. Sie und nur Sie sind unser anerkannter Experte auf diesem Gebiet.«

»Wäre nett, Sir.«

Decker aber fehlte der Sinn für diese Art Humor, stattdessen sagte er: »Ihr Flug ist jedenfalls gebucht. Und packen Sie ausreichend Knoblauch ein, Sie werden ihn brauchen.«

Dann wandte er sich wieder seinem Bildschirm zu, das Gespräch war damit beendet.

Barbara stand auf. »Gut, dass Sie mich erinnern. So kann ich den Männern was Leckeres kochen.«

»Zumindest wissen Sie mal, wo Ihr Platz ist.«

Ihr Lächeln gefror. »Bei allem Respekt, Sir, manchmal sind Sie echt ein Arschloch.«

Wortlos verließ sie das Büro. Allerdings musste sie sich später eingestehen, dass sie sich die Entsendung nach Alaska allein durch ihr bekanntermaßen sonniges Gemüt eingefangen hatte. Sie galt nicht als schwierig.

Und deswegen saß sie jetzt hier in diesem Taxi, unentwegt beobachtet von Al, der einfach nicht aufgab: »Normalerweise verirren sich nur wenige Touristen nach Deadhart«, sagte er. »Ausgenommen ein paar Gruftis und Dark-Wave-Typen, die nur das Ortsschild fotografieren und schnell wieder weg sind, zurück nach Talkeetna – Sie auch?«

Ertappt, dachte Barbara. Unterschätze nie einen Taxifahrer, nicht einmal am Arsch der Welt. Sie haben die ganze Menschheit im Rückspiegel, man kann ihnen nichts vormachen.

»Das weiß ich noch nicht«, sagte sie. »Das werden wir sehen.«

Al nickte, räusperte sich. »Ich dachte nur, weil Sie nach Deadhart wollen: Ist das vielleicht wegen dem Jungen?«

Barbaras Anspannung wuchs. Sollte sich die örtliche Polizei nicht an die achtundvierzigstündige Nachrichtensperre halten und abwarten, bis sie, Barbara, ein offizielles Statement zum Tod des Jungen abgab? Alles andere brachte nur Unruhe in die Stadt – mit allen Folgen.

»Welchem Jungen?«, fragte Barbara scheinheilig.

Dann trafen sich ihre Blicke im Rückspiegel, und das silberne Kruzifix tanzte dazu, als wäre ihre Frage der Brüller des Tages.

»Dem *ermordeten* Jungen«, erwiderte Al.

Okay, die Nachrichtensperre hatte schon einmal nicht funktioniert. Und wenn Quatscher Al Bescheid wusste und die Horrorstory brühwarm an seine Fahrgäste weitergab, konnten sie es auch gleich in den Hauptnachrichten bringen. Das Problem war, dass sie nicht die geringste Vorstellung hatte, wie sich Gerüchte in dieser Einöde verbreiteten. Konnte sie den Geist noch zurück in die Flasche stopfen? Sie überlegte. Nein, besser sie ging offen mit dem Vorfall um. Oder tat zumindest so.

»Sie haben recht«, seufzte sie. »Ich bin wegen des Jungen hier. Was reden die Leute denn so darüber?«

Sie schenkte Al ein taktisches Lächeln, doch das konnte nicht darüber hinwegtäuschen, dass er sie ausgetrickst hatte. Jetzt wollte sie ihn wenigstens veranlassen, auch *sein* Wissen preiszugeben.

»Sie müssen sich übrigens keine Sorgen machen«, sagte Al und senkte die Stimme, als wären sie nicht allein im Taxi. »Mir ist klar, dass Sie erst mal inkognito bleiben wollen. Von mir erfährt niemand etwas, okay?«

»Dafür bin ich Ihnen sehr verbunden, Sir.«

»Ich habe die Sache auch nur erwähnt, weil meine Schwester Carol, sie wohnt ebenfalls in Deadhart ...«

»Verstehe.«

»Sie hat mir von dem Jungen erzählt. Und auch, dass sie irgendeinen Spezialermittler einfliegen lassen.«

»Ah.«

»Und da Sie ganz offensichtlich nicht von hier stammen und ich nur selten eine Tour nach Deadhart bekomme, lag der Schluss nahe. Außerdem – bitte nicht falsch verstehen –, dass *Sie* von der Polizei sind, sieht ein Blinder.«

Ach wirklich? Dass sie mit ihren kurzen Beinen, ihrer stämmigen Figur und einer Nase, die ein gutes Steak aus fünfzig Schritt Entfernung erschnüffeln konnte, keine Schönheit war, wusste sie ja. Zum Ausgleich war sie *patent*. Patent, das sagten alle. Patent, das war ein Mix aus zuverlässig, aber leider furchtbar öde. Barbara, die gute, alte Barbara, das bewährte Schlachtross mit dem Pferdehintern, welcher jetzt, mit Anfang fünfzig, auch nicht mehr knackiger wurde. Und mit dem Alter mochte Weisheit kommen, aber es kamen auch: Verdauungsprobleme und Mom-Jeans mit hohem Elastan-Anteil.

»Gut beobachtet, muss ich sagen. Ich wäre Ihnen trotzdem dankbar, wenn Sie meine Anwesenheit erst mal für sich behielten.«

»Aber sicher, verlassen Sie sich darauf. Meinen Sie, Sie bleiben länger hier?«

Die Strecke führte mittlerweile stetig bergan. Zu ihrer Rechten sah sie Steilhänge, die mit düsteren Fichten und dürren Birken bewachsen waren. Linker Hand öffnete sich die Landschaft zu einem breiten Flusstal – das musste der Susitna River sein. Barbara schluckte. Sie konnte weder mit Bergen etwas anfangen, noch mit Wasser.

»Kommt drauf an, was ich finde«, sagte sie.

Sie blickte in den Rückspiegel und erkannte schon an Als Augen, dass ihm ihre Antwort missfiel. »Mit Verlaub«, erklärte er, »was hier geschehen ist, dürfte doch wohl klar sein.«

»Ach, wirklich?«, gab sie ungewollt schroff zurück.

»Ja, wirklich, Ma'am. Ich verstehe ja, warum Sie hier sind. Jemand muss den Papierkram erledigen und auf dem Totenschein die richtigen Kästchen ankreuzen. Aber *eigentlich* weiß doch jeder hier, dass einer aus der Kolonie den Jungen getötet hat. Und ich sage nicht einmal mit böser Absicht. Aber sie können nicht aus ihrer Haut, sie *müssen* das tun. Und früher oder später passiert es eben, das ist Tatsache. Wie wir bei dem Jungen gesehen haben.«

Abermals zwang sie sich zu einem Lächeln. »Also, ich persönlich bin eher schlecht im Kästchenankreuzen. Ich beschränke mich darauf, den Täter zu ermitteln.«

Doch Al tat so, als hätte er sie nicht gehört. »Ich habe nichts gegen Randgruppen und will auch niemanden ausgrenzen, oder wie das heißt. Leben und leben lassen, sage ich immer. Aber mit denen aus der Kolonie ist das wie mit einem Tier. Klar liebe ich meinen Hund. Aber wenn er ein Kind beißt, würde ich ihn sofort erschießen, keine Diskussion. Das ist nämlich so: Wenn sie einmal Blut geleckt haben, sind sie anders nicht mehr zu stoppen. Wie bei einem Tier.«

»Aber würden Sie deswegen gleich das ganze Rudel abknallen?«, fragte Barbara.

»Wenn ich nicht weiß, *welcher* Hund das Kind gebissen hat, auf jeden Fall. Dann ist das ganze Rudel dran.«

Das Kruzifix pendelte hin und her, und ihr Blick ging hinaus in den eisigen Luftraum über dem Tal. Wie hoch waren sie eigentlich? Die Straßenverhältnisse jedenfalls hatten sich deutlich verschlechtert, und Barbara wurde sich plötzlich bewusst, dass sie allein von vier Reifen auf dem vereisten Terrain gehalten wurden. Schön, das Taxi war ein SUV mit Allradantrieb und die Bereifung entsprechend *heavy duty*. Und dennoch: Wenn sie nur ein wenig vom Fahrweg abkamen, stürzten sie über den jähen Abhang direkt in die eisigen Wasser des Susitna River. Ihr war deshalb daran gelegen, Al nicht weiter abzulenken, sie schenkte sich eine Antwort und nickte nur. »Wahrscheinlich haben Sie recht. Aber sagen Sie, ich bleibe hier eine ganze Woche. Was kann man denn so in seiner Freizeit unternehmen?«

Da lächelte Al und war wieder ganz in seinem Element, worin Barbara ihn nur unterstützen konnte. Die Rolle als Tourguide lag ihm einfach mehr, und die ganze Situation entspannte sich wieder, zumal auch der Highway leicht bergab führte. Seufzend lehnte sich Barbara zurück. Doch dann bog der Wagen auf eine schmale Nebenstrecke ein, wo der dunkle Wald ganz nah an sie heranrückte. Plötzlich hatten sie nur noch einen dünnen Streifen Himmel über sich, und selbst dort, so schien ihr, zog bereits die Dämmerung herauf. Barbara blickte auf die Uhr. Gerade einmal Viertel nach drei, aber zu dieser Jahreszeit waren die Tage in Alaska kurz. Weiter im Norden, über dem Polarkreis, begann bald der arktische Winter. Zwei Monate lang ging dann die Sonne gar nicht mehr auf, und selbst hier unten, rund um Talkeetna, waren mehr als fünf Stunden Tageslicht nicht drin. Das erklärte aber auch, warum sich die Kolonien hauptsächlich in dieser Gegend befanden. Allerdings war die hiesige winterliche Dunkelphase mit entsprechend langen Tagen im Sommer erkauft. Die Mitternachtssonne brachte sie zwar nicht um, aber angenehm war es für sie auch nicht. Kolonien, die nicht in sonnenärmere Regionen umziehen konnten, hielten in dieser Zeit Sommerruhe.

Vor ihnen, im Licht der Scheinwerfer, tauchte jetzt ein handgefertigtes Ortsschild auf: **Deadhart. Einwohner: 673**. Darunter hatte ein Scherzbold gekritzelt: LEBEND.

Hübsch. Auch wenn man die Einwohnerzahl jetzt nach unten korrigieren muss, dachte Barbara. 672 stimmte wohl eher.

Dann, nach einer langen Linkskurve, kam endlich der Ort in Sicht.

»Heiliger ... Was ist *das*?«

Es war erst Anfang November, doch die kleine Gemeinde war bereits illuminiert wie das große Weihnachtswunderland. Jedes Haus entlang der kurzen Hauptstraße war über und über behängt mit blinkenden Lichterketten, in jedem Fenster funkelten Weihnachtssterne und Kreuze, jeder Baum erstrahlte im Schein vielfarbiger Glühlampen. Manche hatten offenbar ihre komplette Altersvorsorge in leuchtende Elchfiguren und Merry-Christmas-Lightboxen investiert. Gleichwohl war das Bild seltsam unharmonisch. Wer genauer hinsah, erkannte zwischen dem Weihnachtszauber auch Halloween-Kürbisse, Hirschgeweihe und bleiche Schädeltrophäen. Und vom Dach des kleinen Supermarkts winkte ein LED-Santa-Claus den Kunden onkelhaft zu. Da aber die Lämpchen der Grußhand ausgefallen waren, endete die Bewegung optisch irgendwo in Höhe seines Gemächts und wirkte dadurch mehr als unangebracht.

Barbaras Augen mussten sich an das Lichtermeer erst gewöhnen. »Anscheinend wird die besinnliche Vorweihnachtszeit hier großgeschrieben.«

»Wie man's nimmt«, sagte Al. »Es erhöht in jedem Fall das Sicherheitsgefühl.«

»Aber die Leute wissen schon, dass Kunstlicht sie nicht abschreckt?«

»Klar wissen sie das, Ma'am. Aber zumindest sehen sie dann, wer oder was sich auf den Straßen rumtreibt.«

»Auch wieder wahr.«

»Wo soll ich Sie absetzen?«, fragte Al. »Am Hotel oder bei der Polizei?«

»Erst mal zur Pol…«

Sie kam nicht mehr dazu, den Satz zu beenden, denn Al trat voll auf die Bremse. Barbara wurde rabiat in den Gurt gedrückt und biss sich auf die Zunge.

»*Shit!*«, fluchte Al.

Ein dumpfer Schlag. Barbara sah nach vorn. Ein Junge hockte wie Spiderman auf der Kühlerhaube. Bleiches Gesicht, weit aufgerissene Augen, die sie einen Moment lang nur anstarrten.

Dann, ebenso schnell, wie er vor ihr aufgetaucht war, sprang der Junge über das Dach und war verschwunden. Al riss die Tür auf und brüllte ihm nach: »Wenn du mir einen Kratzer gemacht hast, lernst du mich kennen, du kleiner Scheißer.«

Aber der Junge war bereits außer Reichweite und nur noch ein Schemen zwischen den Häusern.

Al schüttelte den Kopf. »Diese verdammten Rotznasen.«

Barbara stieg aus. »Haben wir ihn angefahren?«

»Angefahren? Das soll wohl ein Witz sein. Sie haben doch gesehen, wie er hinten vom Wagen gehüpft ist. Eines weiß ich ganz sicher: Unfallopfer machen so etwas nicht.«

Barbara meinte aber, einen Aufprall gehört zu haben. Sie ging in die Hocke und suchte den Boden ab. Im matschigen Schnee entdeckte sie einen hellroten Tropfen. Blut. Als sie danach tastete, stieß ihre Fingerspitze an etwas Scharfes. Ein Glassplitter. Barbara hob ihn auf und besah sich die Front des SUV. Dort war keine Beschädigung zu erkennen. Es blieb bei einem Blutstropfen und einem Glassplitter auf dem Boden.

»Ich schwöre, ich habe ihn nicht berührt.« Al stieg aus und blieb nervös neben der Fahrertür stehen.

Mit knackenden Gelenken erhob sich Barbara. »Kennen Sie den Jungen?«

Er schüttelte den Kopf. »Nein, tue ich nicht. Und die Jugendlichen hier sind ja auch nicht alle schlecht. Ihnen ist halt langweilig, da kommt man auf die dümmsten Ideen. Vor allem wenn Alkohol und Drogen im Spiel sind.« Er zuckte die Achseln. »Kids sind Kids, was will man machen?«

Barbara schenkte ihm ein versöhnliches Lächeln. »Wir waren alle mal jung, nicht wahr?«

»Da sagen Sie was.« Al hatte sich beruhigt und setzte sich wieder hinters Steuer.

Barbara jedoch blickte nachdenklich in die Richtung, in die der Junge verschwunden war. Okay, Kids sind Kids, da hatte Al recht. Aber dieser Junge wirkte weder betrunken noch high.

Sondern im Gegenteil völlig verängstigt. Als wäre der Teufel hinter ihm her.

3

Al hielt vor einem weißen Schindelbungalow, der unglücklich zwischen dem Drugstore auf der einen und dem Roadhouse Grill (und Hotel) auf der anderen Seite eingeklemmt war.

Barbara war das gar nicht recht. »Eigentlich wollte ich zur Polizei«, sagte sie.

»Dies *ist* die Polizei, Ma'am.«

Barbara sah genauer hin. Tatsächlich hing neben der Tür ein handgemaltes Pappschild, das den Besucher informierte: »Gemeinde Deadhart, Bürgermeisteramt, Polizeistation.«

»Das neue Schild ist schon bestellt.«

»Und was ist mit dem alten?«

»Geklaut. Vermutlich von Jugendlichen.«

Na dann.

Al grinste. »Ich hole Ihren Koffer.«

Während Al hinten zugange war, stieg Barbara aus. Der Beinahe-Unfall hatte sie mit Adrenalin geflutet, doch das war jetzt vorbei. Sie spürte auf einmal die Kälte, die viel aggressiver war als noch in Anchorage. Es gab eben keine Bebauung wie in Anchorage, die dem unbarmherzigen Nordwind wenigstens etwas von seiner Unmittelbarkeit nahm. Die Kälte in Deadhart, sie schnitt ins Fleisch wie mit tausend winzigen Rasierklingen. Und sie trug einen Geruch heran, der ihr auf unangenehme Weise bekannt vorkam. Den Geruch von Nadelholz, fauligen Gewässern, Fisch – abgerundet von einer kaum merklichen Marihuana-Note. Der Stoff war hier nicht einmal verboten. Vielleicht gönnte sich in einem der Häuser gerade jemand ein Tütchen. Allerdings sah Barbara nirgendwo offene Fenster.

Sie stampfte mit den Füßen und schlug die behandschuhten Hände aneinander. Sie hatte plötzlich Hunger.

Al kam mit ihrem Koffer.

»Das wären dann hundertvierzig Dollar, Ma'am.«

Ist nicht wahr, dachte sie. Das Taxi verfügte über kein Taxameter, und sie war ziemlich sicher, dass ihr die Frau von der Agentur einen Fahrpreis von einhundertzwanzig genannt hatte. Aber hinter ihr lag ein langer Tag, und sie war überhaupt nicht in Streitlaune. Sie war hier, das war das Wichtigste, und jetzt wollte sie auch sofort loslegen. Ihre typische Ungeduld. Außerdem: Je eher sie anfing, je eher sie diesen Provinzfall zum Abschluss brachte, desto eher konnte sie wieder weg. Und vielleicht hatte Al ja recht. Vielleicht gab es wirklich nur ein paar Kästchen anzukreuzen, und der Rest der Zeit war Touristenprogramm. Netter Gedanke, der ihr jedoch schon im Moment der Entstehung irreal vorkam. Ganz abgesehen davon, dass sie Sehenswürdigkeiten in jeder Form ablehnte. Was sie des Sehens für würdig hielt, entschied sie erstens selber. Und zweitens wurde das reine Sehen auch überschätzt. Weil es täuschen konnte. Um wirklich ein Gefühl für einen Ort zu bekommen, musste man in ihn eintauchen, musste ihn riechen, fühlen, musste ihn *leben*. Kurz gesagt, man musste sich die Hände schmutzig machen.

Sie fischte drei Fünfziger aus ihrer Börse, in der Hoffnung, dass Al dafür die Klappe hielt.

Al nickte. »Die Firma dankt, Ma'am. Rufen Sie einfach an, wenn Sie wieder wegwollen. Aber berücksichtigen Sie das Wetter. Bei Sturm stellt das Lufttaxi den Betrieb ein, und von Talkeetna aus geht im Winter nur einmal im Monat ein Zug. Auch die kleineren Landstraßen sind längst nicht durchgehend passierbar. Gut möglich, dass Sie hier länger festhängen.«

Super. Barbara blickte umher. Trotz der vielen Lichter spürte sie, wie eine gewaltige Dunkelheit diesen Ort niederdrückte. Die Festbeleuchtung auf der Main Street schien die Wildnis ringsum sogar noch bedrohlicher zu machen. Nein, das war wirklich kein freundlicher Platz zum Leben, sondern eine Gefahrenzone, Kriegsgebiet. »Die Natur hat Appetit auf die Unbekümmerten«, hatte ihr Vater sie einst gelehrt, lallend nach einem Sixpack Bier. »Deshalb sorge immer dafür, dass *du* der Jäger bist und nicht die Beute.«

»Danke, ich werd's mir merken«, sagte Barbara. »Und könnte ich bitte eine Quittung haben?«

»Aber sicher«, sagte Al und riss ein Blatt von dem Quittungsblock ab, den er aus seiner Gesäßtasche zog. »Den Betrag können Sie bestimmt selber eintragen«, sagte er mit einem Augenzwinkern.

»Danke, Al, sehr freundlich«, lächelte sie, auch wenn sie wusste, dass sie dies nicht ausnutzen würde. Barbara war korrekt, immer schon gewesen. Und ehrlich, wie der Tag lang war. Was hier in Alaska jedoch nicht viel heißen musste.

Sie verabschiedete sich von Al und sah ihm nach, als er wegfuhr. Heim in seine dunkle Fünfunddreißig-Quadratmeter-Fertighaushütte, die sie in diesem Moment förmlich vor sich sah. Dort würde er sich vor dem Fernseher eine Mikrowellenmahlzeit reinstopfen und sich vor dem Schlafengehen mit einem Porno einen runterholen. Ein realistisches Szenario, oder? Oder nicht? Was, wenn *nicht*? Was, wenn Al ein begnadeter Hobbykoch war? Was, wenn er Bücher und Musik liebte und gar keinen Fernseher hatte? Wäre doch möglich. Annahmen über andere Leute bargen immer einen Rest Ungewissheit, doch manchmal – wie bei Al – wusste man einfach Bescheid. Bauchgefühl. Und bei Al zu Haus, das war so sicher wie das Amen in der Kirche, stand neben dem Fernsehsessel einer dieser kleinen Kosmetikeimer – für die gebrauchten Kleenex. Oder sie wollte ihre eigenen Handschuhe fressen.

Barbara wandte sich um und musterte die Polizeistation von Deadhart. Auch dort, rund um die Fenster, die ortsüblichen Lichterketten, abwechselnd mit springenden Rentieren und grinsenden Kürbisgesichtern. Die ganze Stadt erschien ihr wie ein wahr gewordener *nightmare before Christmas*.

Aber so war das in solchen Käffern, sagte sie sich. Sie hatten ihre Eigenarten, und man tat gut daran, alles genau so zu machen wie die anderen. Sie nahm ihren Koffer und ging zur Tür. Drückte, da abgeschlossen war, die Klingel an der Seite. Es tat sich nichts. Sie drückte erneut und ließ es dauerklingeln.

Aus der Sprechanlage antwortete ein gehörschädigendes Knistern, gefolgt von einer verwaschenen Frauenstimme, die sagte: »Oh. *Shit*.« Erst dann die Ansage: »Deadhart, Bürgermeisteramt und Polizei.«

»Ja, hallo, hier ist Detective Barbara Atkins vom Institut für Forensische Vampirstudien …«

»Ach so, der Dracula-Doc. Kleinen Moment, ich lasse Sie rein.«

Dracula-Doc? Barbara verdrehte die Augen. Das konnte ja heiter werden. Der Summer ertönte, und sie drückte die Tür auf. Vor ihr ein kurzer Korridor, von dem zwei Türen abgingen. Die Tür auf der Rechten führte zu den Arrestzellen, eigentlich nicht mehr als zwei Käfige mit Pritsche.

Die Tür links musste dann wohl das gemeinsame Amtszimmer von Bürgermeister und Polizei von Deadhart sein. Und richtig, sie entdeckte etliche große Aktenschränke und drei Schreibtische auf einer Grundfläche, die maximal Platz für zwei geboten hätte.

Und mittendrin, auf dem letzten freien Stück Boden, stand eine untersetzte Frau mit dichter schwarzer Kurzhaarfrisur, indigenem Hintergrund, vielleicht Mitte vierzig. Sie trug eine Brille, eine farbenfrohe Bluse und Jeans, woraus Barbara schloss, dass es sich nicht um den Polizeichef Pete Nicholls handelte. Die Frau streckte ihr die Hand entgegen.

»Hi, Detective Atkins!«, sagte sie, um sich im nächsten Moment zu korrigieren. »Sagt man eigentlich Detective oder Doktor?«

Lächelnd ergriff Barbara die kleine Hand. »Ach, was mich betrifft, reicht Barbara vollauf.«

Tatsächlich wäre beides richtig gewesen. Sie hatte einen Doktor in forensischer Vampiranthropologie und war zugleich Detective der Mordkommission.

Das Lächeln der Frau wurde noch breiter. »Dann für Sie bitte auch Rita.«

»Freut mich, Sie kennenzulernen, Rita.«

Barbara fand diese Frau auf Anhieb sympathisch. Ihr Blick war klar und direkt, ihr Lächeln echt.

»Sie arbeiten mit Chief Nicholls zusammen?«, fragte Barbara.

Die Frage schien sie zu amüsieren. »Könnte man so sagen. Ich bin die Aushilfe, bis ein neuer Officer hier sein Pflichtjahr antritt. Bis dahin hat Pete nur mich.«

»Wer missbraucht da wieder den Namen des Herrn?«

Barbara wandte sich um. Im hinteren Teil des Raums, am Durchgang zur kleinen Teeküche, stand ein hochgewachsener, drahtiger Mann mit einem Becher Kaffee. Er trug ein Holzfällerhemd mit hochgerollten Ärmeln und eine schwarze Jeans. Sein gelichtetes Haar war raspelkurz geschoren und der Schnurrbart penibel gestutzt. Er konnte nicht älter sein als Barbara, war aber sichtlich fitter. Unwillkürlich zog sie bei seinem Anblick den Bauch ein.

»Chief Nicholls?«

Er trat auf sie zu und streckte ihr seine gepflegte, leicht pigmentfleckige Hand entgegen. »Derselbe. Und Sie müssen Detective Atkins sein, hochgeschätzte Doctora der forensischen Vampiranthropologie.«

Sie ergriff seine Hand – eine Spur zu lang. »Aber Sie dürfen auch gerne Dracula-Doc sagen ...« Dies mit einem Augenzwinkern in Richtung Rita.

Nicholls blickte die andere Frau an. »Bitte, das hast du nicht wirklich gesagt?«

Rita hielt sich mit gespieltem Schrecken den Mund zu.

»Das ist in Ordnung«, sagte Barbara. »Dracula-Doc geht doch, finde ich. Ich habe schon viel Schlimmeres gehört.«

Nicholls lächelte etwas gequält. »Auch mich hat man mit Namen bedacht, die wirklich nicht mehr spaßig sind.« Er trat an seinen Schreibtisch und stellte den Kaffee ab. »Darf ich Ihnen auch einen bringen? Dann können Sie sich etwas aufwärmen.«

»Das wäre nett, danke«, erwiderte Barbara und legte eine Extraportion Gefühl in ihre Stimme.

»Ich geh schon«, sagte Rita. »Wie wollen Sie ihn, Barbara?«

»Mit Milch und zwei Stückchen Zucker.«

»Kommt sofort.«

»Ich hoffe, Sie wissen die Ehre zu schätzen«, sagte Nicholls zu Barbara. »Diesen Service kriegt nicht jeder von Bürgermeisterin Williams.«

Barbara starrte Rita an. »Sie sind die Bürgermeisterin hier?«

Rita winkte ab. »Na ja, es klingt bedeutender, als es ist. Hauptsächlich Büroarbeit. Ich stelle Waffenscheine aus und sorge dafür, dass die Leute sich wenigstens ansatzweise an die Lebensmittelverordnung halten. Allgemeine Daseinsvorsorge, könnte man sagen. Von Zeit zu Zeit greife ich auch dem Chief unter die Arme. Und –

nicht zu vergessen – ich mache den besten Kaffee nördlich des sechzigsten Breitengrads.«

Nicholls hob die Brauen: »Und warum kriege *ich* dann nie so einen?«

»Weil ich die Bürgermeisterin bin, Schatz«, gab Rita gut gelaunt zurück.

Nicholls schüttelte den Kopf. »Da sehen Sie es: Die Frau ist eindeutig irre. Aber in der Stadt schätzt man sie dafür. Warum auch immer.«

»Oh, das ist nicht so schwer zu verstehen«, sagte Barbara. »Vielleicht, weil man sie einfach mögen *muss*.«

Barbara setzte sich und öffnete ihre dicke Daunenjacke. Im Büro war es zwar warm, aber von Wohlfühltemperatur konnte keine Rede sein.

Außerdem befand sie sich jetzt direkt im Fokus von Nicholls, der sie eingehend musterte. Barbara hatte mit ihm lediglich einmal kurz gemailt und keine Ahnung, was sich dieser Dorfsheriff unter einem Spezialisten vorstellte. Aber vermutlich fragte sich Nicholls in diesem Moment genau dasselbe.

Endlich unterbrach Nicholls die irritierende Pause. »Und? Hatten Sie eine angenehme Reise?«, fragte er.

»Ja, hatte ich durchaus …« Sie zögerte. »Der Taxifahrer wusste übrigens schon von der Sache mit diesem Jungen …«

»Sie meinen Marcus Anderson«, unterbrach Nicholls. »Der Junge hat einen Namen.«

Barbara nickte. »Natürlich. Tut mir leid, Sir. Aber worauf ich hinauswollte: Der Taxifahrer wusste bereits über alles Bescheid. Anscheinend hat er eine Schwester in der Stadt.«

Nicholls schnalzte mit der Zunge. »Richtig: Carol Haynes. Eine echte Quasselstrippe. Arbeitet in dem Eisenwarenladen. Aber davon abgesehen, wir sind hier auf dem Dorf. Die Leute reden, jeder kennt jeden. So etwas wie eine Nachrichtensperre können Sie vergessen, es funktioniert nicht. Deshalb möchte ich die Sache möglichst bald geklärt haben.«

Barbara rutschte nervös auf ihrem Stuhl hin und her. »Ich werde mich bemühen, Sir.«

Er seufzte. »Das letzte Tötungsdelikt dieser Art fand hier vor fünfundzwanzig Jahren statt ...«

An dieser Stelle musste sie präzisieren. »Entschuldigung, Sir: Welcher Art das Tötungsdelikt war, müssen Sie schon mir überlassen.«

Nicholls nickte widerwillig. »Das mag richtig sein. Trotzdem sollten Sie das Gesamtbild im Auge behalten. Deadhart ist eine ziemlich ruhige Stadt. Sicher, wir haben hier die üblichen Probleme mit Alkohol und Drogen, vor allem unter den Jugendlichen. Aber nichts, was aus dem Rahmen fällt. Und so einen Mord hat es seit dem Danes-Jungen nicht mehr gegeben. Erst, als *sie* erneut auftauchten ...« Barbara sah, wie sich sein Unterkiefer anspannte.

»Das heißt, seit etwa anderthalb Jahren? Seit dieser Zeit existiert wieder eine Kolonie?«

»Genau. Und ich sage Ihnen ganz offen, Detective, seit dieser Zeit kommt diese Stadt nicht mehr zur Ruhe. Die Leute fragen sich, warum sie zurückgekehrt sind. Warum gerade jetzt? Die Spannungen waren deshalb von Anfang an hoch. Die Leute fragen sich, warum nicht endlich jemand den Notstand erklärt – und aufräumt.«

Für Barbara keine Überraschung. Sie hätte ihren weißen Arsch verwettet, dass die Leute genau das wollten: jemanden, der mal so richtig aufräumt. Weil sie nämlich der Meinung waren, dass Gesetze immer nur *anderen* etwas verbieten.

»Sir, eine Keulung verfügt man nicht einfach nebenbei. Aus diesem Grund findet sie auch so selten statt. Die gezielte Tötung einer ganzen Gemeinschaft, Männer, Frauen und Kinder … ist die Ultima Ratio.«

»Sie sagen es. Und ich rede von der Sicherheit einer ganzen Stadt, Männer, Frauen und Kinder.« Die Lippe unter dem Schnurrbart zuckte. »Die Gesetzeslage ist eindeutig: Eine Keulung kann angeordnet werden, wenn eine Kolonie Menschenleben bedroht.«

»Ist mir bekannt.«

»Ein Junge ist *tot*«, fuhr Nicholls fort. »Ich weiß nicht, ob sich seine Eltern je von diesem Schlag erholen. Aber die Leute in der Stadt verlangen, dass jetzt Gerechtigkeit geschieht, so oder so.«

Barbaras Nackenhaare stellten sich auf. »Dann sollten Sie sie schleunigst darauf aufmerksam machen, dass der Gesetzgeber diese Lynchjustiz nicht länger toleriert, insbesondere wenn Minderjährige betroffen sind. Es kann nicht sein, dass jeder das Gesetz in die eigene Hand nimmt.«

Und es konnte auch nicht schaden, Nicholls zu verstehen zu geben, dass sie durchaus ihre Hausaufgaben gemacht hatte. So kannte sie zum Beispiel sämtliche Details aus dem Mordfall Todd Danes – samt seinem erschütternden Nachspiel.

Abermals nickte Nicholls. »Ich sage Ihnen nur, wie die Stimmung unter den Leuten ist.« Wohingegen Barbara den Eindruck hatte, dass sie schon viel zu viel von dieser Stimmung mitgekriegt hatte. Aber das sprach sie nicht aus.

»Damals, als Todd Danes ermordet wurde«, fragte sie, um das Thema zu wechseln, »waren Sie da schon Sheriff?«

»Nein, das muss Jensen Tucker gewesen sein. Und danach, bis zu seiner Pensionierung vor sechs Jahren, war Ben Graves Sheriff. Ich kam erst danach.«

»Wo waren Sie vorher?«

»Seattle.«

Barbara hob eine Braue. »Nicht gerade ein Karrieresprung, wenn Sie mir die Bemerkung gestatten.«

»Ich brauchte in erster Linie einen Tapetenwechsel.«

Eine nähere Erläuterung blieb aus, auch wenn Barbara darauf wartete.

»Und was ist mit Ihnen?«, fragte Nicholls stattdessen.

»Mit mir?«

»Wie sind Sie in Ihrem Fachbereich gelandet?«

Ihr blieb die Antwort erspart, da zum Glück Rita mit dem Kaffee kam. »Okay, Leute, einmal Bürgermeisterinnenkaffee für den Detective-Doc«, sagte Rita und stellte den Becher auf dem Schreibtisch ab. Sogleich stieg Barbara das betörende Aroma in die Nase.

»Mein Gott, wie das duftet!«

»Sehen Sie, ich lüge nicht … zumindest nicht, was Kaffee angeht«, gluckste Rita, ehe ihr die veränderte Stimmung im Raum auffiel. »Gut, dann gehe ich mal. Der Rest kann auch bis morgen warten. Ihr beiden wollt sicher ungestört eure Polizeisachen besprechen.«

»Nicht nötig«, sagte Nicholls. »Ich könnte mir vorstellen, dass Barbara erst mal ins Hotel will, sich ein wenig frisch machen – wenn sie ihren Kaffee ausgetrunken hat, natürlich.«

»Eher nicht«, entgegnete Barbara. »Ich möchte keine Zeit verlieren. Zumal Sie ja sagten, dass Sie die Sache möglichst bald geklärt haben wollen.«

Knappes Lächeln von Nicholls. »Das will ich immer noch.«

»Dann bin ich ja froh«, strahlte Rita. »Irgendetwas sagt mir, dass ihr beiden gut miteinander könnt.«

Barbara griff nach ihrem Kaffee. »Zumindest weiß jeder, woran er bei dem anderen ist«, sagte Barbara. »Meinen Sie nicht auch, Chief?«

»Unbedingt«, entgegnete Nicholls mit versteinerter Miene.

Das Mädchen saß in seinem Zimmer. Wartend. Horchend. Es war hungrig, aber das war nichts Neues. Es wusste auch längst, wie man das nagende Bauchweh verdrängte, den Begleiter des Hungers. Ihr Fänger hielt sie beim Essen kurz.

Die Tür war abgeschlossen, und es gab nur ein einziges, vergittertes Fenster, das zudem schwarz übermalt war. Das Mädchen störte sich nicht daran. Es war notwendig. Außerdem hatte ihr Fänger das schwarze Fenster mit einem pinkfarbenen Rollo drapiert, auf dem Einhörner tanzten. So sah alles weniger nach Gefängnis aus.

Ebenso hatte ihr Fänger für allerlei Beschäftigungsmöglichkeiten gesorgt, vom Radio über den alten Plattenspieler bis hin zu Kabelfernsehen und Videorekorder. Ihr Bücherregal quoll über von Paperbacks. Sie hatte einen Heimtrainer für ihre Fitness und ein eigenes Bad mit Dusche.

Ihr Fänger war kein Monster. Denn eigentlich liebten sie sie, das versicherten sie ihr jeden Tag.

Alles geschah nur zu ihrem Besten. Oder vielmehr zu ihrem Schutz. Das verstand sie doch, oder?

Ja, das verstand sie.

Und, nein, das verstand sie ganz und gar nicht.

Das Mädchen trat an das Bücherregal. Ihr Geschmack hatte sich mit den Jahren gewandelt. Begonnen hatte sie mit den Klassikern und nacheinander alles durchprobiert: Krimis, Science-Fiction, Horror. Irgendwann war sie bei Gedichten angelangt und noch später bei eigenen Schreibversuchen. Aber Wörter auf Papier schienen irgendwie nie zu reichen, um all das wiederzugeben, was sie empfand. Vielleicht gab es einfach auch nur zu wenige Wörter.

Mittlerweile interessierten sie eher Sachbücher. Bücher über Religion, Philosophie, allen möglichen Selbstfindungskram. Ihr Fänger förderte sie darin. Sagte, es sei eine gute Vorbereitung für den Tag, an dem sie erneut die Welt betreten würde. Daneben hatte sich das Mädchen mehrere Fremdsprachen selbst beigebracht, einschließlich Latein. Der menschliche Geist war ein gefräßiges Tier. Wirklich satt war er nie.

Das Mädchen setzte sich aufs Bett. An diesem Tag stand ihr der Sinn nicht nach Büchern. Oder Fernsehshows. Oder Quizsendungen.

Das lag nicht nur an dem nagenden Schmerz in ihrem Bauch.

Irgendwas war anders an diesem Tag, das spürte sie. Neu und gleichzeitig bekannt. Halb vergessen und jetzt plötzlich wieder da.

Ein Gefühl, dass sie mit alledem nicht allein war.

Es war eine leise murmelnde Stimme in ihrem Kopf.

Wie ein entfernter Geruch, ein elektrisches Flirren in ihren Muskeln, ausgelöst wovon?

Irgendwer näherte sich.

Und genau wie sie war er sehr hungrig.

4

»Sagen Sie mir doch erst einmal, was schon bekannt ist.«

Nicholls öffnete eine Schublade und knallte etliche Aktenhefter auf den Tisch. Geballte Information auf Papier, Digitalisierung nach Alaska-Art. Aber wer war sie, Barbara, um sich darüber zu erheben? Sie selbst war ja nicht besser. *Old School*, wenn man es freundlich ausdrücken wollte. Schön, sie besaß ein Smartphone und ein Notebook. Aber das Notebook stammte noch aus der Ära der Floppy-Disc, und ihr Smartphone nutzte sie für nichts Smarteres als die Telefonfunktion und SMS.

Sie lehnte sich zurück, um erst einmal nur zuzuhören. »Mich interessiert, wie *Sie* die Sache sehen.«

Nicholls schlug einen Aktenhefter auf. Barbara nippte an ihrem Kaffee. Sie hatte Nicholls das Wort erteilt und konnte sehen, wie sehr ihm das gefiel. Er war ein Mensch, der gern das Kommando hatte. Für sich genommen und in seinem Beruf nicht einmal eine schlechte Eigenschaft. Aber von einem bestimmten Punkt an wurde natürlich alles zum Problem.

»Okay, was haben wir?«, begann er. »Am 10. November dieses Jahres ging der fünfzehnjährige Marcus Anderson nach dem Abendessen noch mal raus, um sich mit seinem gleichaltrigen Freund Stephen Garrett zu treffen – und kehrte anschließend nicht mehr in sein Elternhaus zurück. Die Eltern waren zu diesem Zeitpunkt noch unbesorgt, da Marcus angegeben hatte, möglicherweise bei den Garretts zu übernachten. Als er auch am darauffolgenden Morgen nicht wiederkehrte, schrieb ihm die Mutter eine

SMS, auf die sie keine Antwort erhielt. Sie rief daher die Mutter von Stephen an, von der sie erfuhr, dass Marcus *nicht* bei den Garretts übernachtet hatte. Stephen Garrett selbst sagte, dass Marcus um circa 21:00 Uhr nach Hause aufgebrochen war. Die beiden hatten den Abend zusammen mit einem weiteren Jungen, Jacob Bell, in einer alten Jagdhütte im Wald verbracht. Das allein ist allerdings nicht ungewöhnlich. Viele Jugendliche tun das, wenn sie für sich sein wollen. Dort können sie rauchen und trinken und überhaupt tun und lassen, was ihnen beliebt. Sie wissen sicher, was ich meine ...«

»O ja, ich erinnere mich vage«, sagte Barbara. »Und in dieser Hütte wurde er später auch aufgefunden?«

Nicholls nickte und schob einige Tatortbilder über den Tisch.

Barbara studierte sie. Das Erste, was ihr auffiel: Marcus war dünn, ein richtiger Schlaks. Nicht untypisch für sein Alter, wenn der Körper mit dem reinen Längenwachstum nicht Schritt hielt – egal, wie viel sie aßen. Der Junge lag mit gespreizten Armen, gespreizten Beinen auf dem rauen, schmutzigen Dielenboden und war lediglich mit Jeans und Sweatshirt bekleidet. Beide Hosenbeine waren leicht nach oben gerutscht und entblößten seine Unterschenkel und die zerschlissenen Socken. Ein Schuh war abgefallen. Barbara schluckte. Am liebsten hätte sie wenigstens die Jeans nach unten gezogen, damit der Junge es nicht so kalt hatte. Ein törichter Gedanke natürlich. Diesem Jungen wurde nie wieder warm.

Ihr Blick wanderte hoch zum Hals. Eine Zone maximaler Zerstörung. Aufgerissene Haut, Knorpel und Bänder und überhaupt alles, was diesen Hals einst ausgemacht hatte, bildeten eine einzige blutige Masse, dessen Bestandteile höchstens noch vom Pathologen zugeordnet werden konnten. Einzelne Blutspritzer befanden sich auch auf seinem Gesicht und dem Sweatshirt, allerdings längst nicht genug für eine Wunde dieser Schwere. Eigentlich hätte der ganze Kopf in einer Blutlache liegen müssen, tat er aber nicht. Was nur den Schluss zuließ, dass sich die Lache woanders befand, nicht in dieser Hütte. Und dass die Leiche bewegt wurde. Oder aber, andere Möglichkeit: Das Blut war gleich an Ort und Stelle abgesaugt worden. *Inkorporiert.*

Bis hierhin traf der vorläufige Polizeibericht wohl zu. Auf den ersten Blick wies alles auf einen Angriff aus der Kolonie hin.

Aber schau dir das lieber noch mal an, mahnte Susans Stimme in ihrem Kopf. Du meinst, du hättest jedes Detail gesehen? Hast du *nicht*. Du hast höchstens einen Blick darauf geworfen. Jetzt guck noch einmal hin – und bitte genau.

Sie holte ihre Brille hervor und besah sich jedes Foto erneut. Diesmal konzentrierte sie sich auf den näheren Umkreis der Leiche – Marcus. Etliche Gegenstände auf dem Boden waren mit nummerierten Spurentafeln versehen wie das halbe Dutzend Joint-Stummel, die drei Bierdosen, das Handy neben Marcus' Hand. Aber da war noch etwas.

»Was ist das?«, fragte Barbara und deutete auf ein kleines pinkfarbenes Objekt. Nicholls griff in seine Schublade (auf dieser Wache wohl das Äquivalent eines Asservatenschranks) und holte ein Plastiktütchen hervor.

Barbara nahm das Tütchen entgegen. Darin war ein kleines rosafarbenes Teil mit Bruchkanten. Sie hatte keine Ahnung, was das sein sollte. Offenbar gehörte es zu etwas, aber was?

»Irgendeine Idee?«, fragte Nicholls.

»Hmm. Irgendein Kunststofffragment.«

»Ja, dachte ich auch. Deshalb habe ich es sichergestellt. Ich weiß aber nicht, ob es relevant ist. Vielleicht lag das Ding schon ewig da rum.«

»Vielleicht. Doch dazu sieht es eigentlich zu sauber aus, wenn man die Umgebung bedenkt. Selbst das muss nichts heißen. Vielleicht haben Sie ja recht, und es ist wirklich nicht relevant.«

Ihre Erfahrung sprach allerdings dagegen. Barbara zückte ihr Notizbuch und schrieb: »Rosa Plastikteil.«

»Ich hole mir noch einen Kaffee«, sagte Nicholls. »Rufen Sie, wenn Sie mich brauchen.«

»Danke.«

Barbara nahm sich die Fotos ein drittes Mal vor. Trotz der wenigen Blutspuren rund um Marcus' Leiche dürfte der Täter nicht annähernd so sauber davongekommen sein. Die große Beinarterie war ein Geysir. Der Täter musste also seine besudelten Sachen irgendwo loswerden. Barbara notierte auch das. Überhaupt Kleidung. Da war noch etwas, das irgendwie nicht ins Bild passte. Aber was?

Abermals sah sie den Jungen an. Er trug ein blaues Sweatshirt, dazu Jeans, Socken, Winterstiefel. Aber keinen Anorak! Die Kids hatten sich in einer Jagdhütte versammelt, in der es sicher minus fünf Grad kalt war. Wo also war seine Winterjacke?

Nicholls trat wieder ins Zimmer.

»Haben Sie eigentlich seine Jacke gefunden?«, fragte sie ihn.

»Was?«

»Die Jacke von Marcus. Hier auf den Bildern trägt er nämlich keine.«

Nicholls setzte seinen Kaffeebecher ab. »Nein, eine Jacke haben wir nicht gefunden.«

»Oh.«

»Oh?«

Sie blickte ihn an. »Nun ja, weil er eine getragen haben muss. Haben Sie seine Eltern nicht gefragt, oder seine Freunde?«

Nicholls schien die Frage zu irritieren. »Natürlich habe ich das. Und, klar, er trug eine Jacke. Eine Jacke der Marke North Face, Farbe Grau und dem Vernehmen nach nagelneu.«

»Und wo ist die Jacke jetzt?« Barbara ließ nicht locker.

»Ich bin davon ausgegangen, dass der Täter sie an sich genommen hat, möglicherweise als eine Art Trophäe.«

Barbara runzelte die Stirn. Denn das passte nun überhaupt nicht zur Kolonie-Theorie. Solche Angriffe waren typischerweise impulsiv. Täter mit diesem Hintergrund agierten aus Zorn, Verlangen, Hunger. Jedenfalls mit einem hohen Aggressionspotenzial. Trophäen interessierten sie nicht, wenn sie bekommen hatten, was sie brauchten.

»Erzählen Sie mir von den anderen Jungen«, sagte Barbara.

Nicholls schob genervt das Kinn vor. »Sie waren es nicht.«

Der Einwand kam ein bisschen zu schnell. Barbara setzte ihr verbindlichstes Lächeln auf und griff wieder zu ihrem Kaffee.

»Das habe ich auch nicht gesagt, Sir. Ich hätte nur gern etwas mehr über sie erfahren.«

Nicholls sah sie voller Argwohn an, gab dann aber seufzend nach. »Stephen ist ein ganz normaler Jugendlicher. Nicht dumm, aber schnell abgelenkt. Seine Eltern sind im Outdoor-Tourismus tätig. Seine Mutter, Jess, stammt von hier, sein Vater Dan kommt aus Kanada und bietet geführte Trekking-Touren durch den Nationalpark an, auf die ihn Stephen manchmal begleitet.«

»Also ist Stephen mit der Umgebung vertraut?«

»Ich denke doch, ja. Er hatte schon mehrfach mit uns zu tun, aber nichts, was einen beunruhigen müsste. Das Übliche halt: Alkohol, einmal eine Schlägerei mit einem anderen Jugendlichen, das war's. Er ist kein Killer.«

Das, dachte Barbara, musst du wohl *mir* überlassen. Nach ihrer

Erfahrung war besonders bei kleineren Vergehen die Dunkelziffer hoch. Auf jede angezeigte Tat kamen mindestens sechs weitere, die nie bekannt wurden. Umgekehrt gab es in jeder Gruppe immer den einen Dummen, den man am Ende zur Verantwortung zog. Entweder weil er nichts vertrug oder noch weiterprügelte, wenn die Cops bereits im Anmarsch waren. Ob Stephen so einer war, konnte sie nur in einem Gespräch feststellen.

»Und was ist mit dem anderen, diesem Jacob Bell?«, fragte sie.

Nicholls räusperte sich. »Der ist mit seinem Dad erst vor neun Monaten zugezogen.«

»Keine Mutter?«

»Die Eltern sind offenbar geschieden.«

»Warum gerade hierhin?«

»Der Vater, Nathan Bell, stammt von hier.«

Bell. Der Name kam Barbara bekannt vor. »Gehörte er nicht auch zum Freundeskreis von Todd Danes?«

»Das ist richtig. Aber ich würde das nicht überinterpretieren. Dies ist eine kleine Welt, und Todds Mörder hat gestanden. Über den Tathergang gibt es eigentlich keinen Zweifel.«

Mag sein, dachte Barbara. Aber über das, was im Anschluss geschah, sind Zweifel wohl angebracht.

»Hören Sie«, fuhr Nicholls fort, »ich will ehrlich zu Ihnen sein. Nathan Bell interessiert mich eigentlich gar nicht. Nun gut, er trinkt zu viel, und, ja, man kann sagen, er vernachlässigt seinen Sohn. Das sehen Sie an den Klamotten, die Jacob am Leib trägt, ebenso wie an den Fehlzeiten in der Schule. Aber das können Sie nicht dem Jungen anlasten.«

Barbara nickte und horchte gleichzeitig auf. »Seine Eltern kann man sich nicht aussuchen, habe ich recht?«

»Genau so ist es.«

»Was ist mit den Eltern von Marcus?«

»Das sind grundsolide Leute. Sie besitzen den Supermarkt hier im Ort. Marcus ist ihr einziges Kind. Im Augenblick halten sie sich bei Verwandten in Talkeetna auf.«

»Mit ihnen muss ich ebenfalls sprechen.«

»Ich weiß. Sie müssten in ein, zwei Tagen wieder da sein.«

Barbara nickte, auch wenn das Gespräch nicht so verlief, wie sie es sich gewünscht hätte. Gott, war dieser Kerl zäh.

Aber es half nichts. Dann musste sie ihm eben jedes Detail einzeln aus der Nase ziehen. Ihr fiel nämlich noch etwas ein: »Leben die Eltern von Todd Danes eigentlich noch in Deadhart?«

Nicholls schüttelte den Kopf. »Angeblich sind sie kurz nach dem Mord zusammen mit seiner jüngeren Schwester nach Fairbanks gezogen. Wollten dort wohl neu anfangen.« Er sah sie vielsagend an. »Falls das überhaupt geht, wenn man die Asche seines Kindes mit in den Koffer packen muss.«

Schon verstanden, dachte Barbara.

Und fuhr unbeirrt fort: »Das heißt, Stephen und Jacob waren die Letzten, die Marcus gegen 21:00 Uhr lebend gesehen haben?«

»Richtig. Marcus ging zusammen mit ihnen nach Hause, stellte aber fest, dass er sein Handy in der Hütte vergessen hatte, und ging noch einmal zurück.«

»Die beiden anderen haben ihn nicht begleitet?«

»Es sind Jungs. Jungs kletten nicht so zusammen wie Mädchen.«

»Und Mädchen würden das gar nicht tun, wenn Jungs nicht so wären, wie sie sind.« Und schob, ehe er darauf etwas sagen konnte, gleich die nächste Frage nach: »Also haben wir letztlich nur ihre Aussage, dass Marcus zu diesem Zeitpunkt noch am Leben war?«

Nicholls verdrehte die Augen. »Glauben Sie im Ernst, wir hätten das nicht in Betracht gezogen? Das Szenario ist ja nicht so abwegig. Es wird viel getrunken, man gerät in Streit, es geht zur Sache und … zack … schon liegt einer am Boden und steht nicht wieder auf. Aber hätte es sich tatsächlich so abgespielt – dies bei allem Respekt –, wären Sie gar nicht hier.«

»Darf ich fragen, woher Sie diese Gewissheit nehmen?«

Nicholls griff wieder in seine Schublade und holte eine weitere durchsichtige Plastiktüte hervor – mit einem Handy darin.

»Marcus' Smartphone?«

Nicholls grinste selbstzufrieden. Er hatte sie mit voller Absicht im Unklaren gelassen und sich seinen Knüller für ganz zuletzt aufbewahrt – während sie sich mit ihren Fragen zum Idioten machte.

Mit überlegener Langsamkeit schob er ihr das Handy hin.

»Hier, werfen Sie mal einen Blick darauf. Das ist der Beweis, dass unser Täter aus der Kolonie kommt.«

5

Das Video war dunkel und verrauscht und weniger als eine Minute lang. Gefühlt war es aber länger. Auf dem ersten Bildausschnitt war nur der verdreckte Boden der Jagdhütte zu sehen. Marcus musste die Kamera eingeschaltet haben, als der Angriff bereits lief. Ein letzter Versuch, festzuhalten, was mit ihm geschah?

Zumindest war es ihm gelungen, das Handy noch umzudrehen, denn Barbara erkannte plötzlich eine Gestalt, die sich allem Anschein nach auf ihn geworfen hatte und ihn nun auf den Boden drückte.

Aber ob Mann oder Frau, war unmöglich zu bestimmen. Die Aufnahme war einfach zu dunkel, außerdem trug der Angreifer schwarze Jeans und eine schwarze Kapuzenjacke. Vampire waren im Allgemeinen nicht besonders groß, dafür aber außerordentlich stark.

Marcus wehrte sich nach Kräften. Doch sosehr er sich auch wand, es gab kein Entkommen. Die Gestalt über ihm hob jetzt den Kopf. Für einen Sekundenbruchteil sah Barbara die scharfen weißen Eckzähne, ehe sie sich in seinen Hals bohrten. Marcus schrie auf, was Barbara einen Stich versetzte. Im gleichen Moment entglitt Marcus das Handy, und es gab wieder nur eine statische Sequenz außerhalb des eigentlichen Geschehens. Barbara erkannte daher nur ein Stück Boden und einen Teil der Wand, als Marcus erneut aufschrie. Die Handykamera hielt dieses Bild noch ein paar Sekunden länger fest, bevor sie abrupt abschaltete.

Beweis erbracht.

Zumindest nach Meinung von Nicholls. Und Decker, dieses Arschloch, hatte sie natürlich auch mit keinem Wort vorgewarnt. Danke für nichts nach New York.

Aber Beweis war ein großes Wort. Sie war da längst nicht so sicher.

Zunächst: Wer hatte die Aufnahme gestoppt? Marcus im Todeskampf? Oder sein Mörder? Und warum hatte er dann nicht gleich das Handy mitgenommen?

Irgendetwas an diesem Hergang passte nicht, der Detective in ihr hörte einfach nicht auf zu nörgeln.

»Ich muss mir das Ganze noch einmal in Ruhe ansehen«, sagte sie schließlich zu Nicholls.

»Bitte, lassen Sie sich Zeit«, erwiderte Nicholls hochmütig. »Morgen können Sie auch die Leiche sehen. Mehr dürfte wohl nicht erforderlich sein.«

Kommt darauf an, dachte Barbara. Vielleicht. Vielleicht aber auch nicht.

Da sie das Handy nicht mitnehmen konnte, lud er ihr das Video auf ihr Notebook, ehe sie hinüberging, um im Roadhouse Grill und Hotel einzuchecken.

Barbara hatte sofort den Eindruck, dass die Eigentümer den Hotelteil erst später hinzugefügt hatten. Dementsprechend war auch ihr Zimmer. Dabei war es nicht einmal *soo* schlecht. Schräg wäre die passendere Beschreibung. Für die Zimmerdecke galt das sogar wörtlich. Sie musste den Kopf einziehen, um an ihr durchgelegenes Doppelbett zu gelangen. Auch praktisch: Das Bad teilte sie sich mit dem einzigen anderen Zimmer nebenan. Und die altertümliche Dusche stotterte wie ein Vollhorst bei seinem ersten Date. Gleichviel, das Bettzeug war sauber und gestärkt, die

Patchworkdecke erinnerte sie an ihre Oma, und es gab sogar einen Wasserkocher mit Instantkaffee und Milch.

Das junge Mädchen, das sie auf ihr Zimmer brachte, übergab ihr einen Metallring mit zwei Schlüsseln. »Einer ist für Ihr Zimmer und der andere für die Eingangstür unten. Das Restaurant öffnet um zehn, Frühstück gibt es bei uns nicht. Aber gegenüber ist ein Coffeeshop, da können Sie ab acht etwas bekommen.«

Alles in allem hatte Barbara schon schlechter genächtigt. Auch das Grill-Restaurant entsprach ziemlich genau ihrer Erwartung. Wohin sie auch kam, es war wohl so etwas wie der amerikanische Standard. Auf der einen Seite die Bar, in der Mitte ein paar Tische und an den Wänden ringsum die Sitznischen. Die Wände selbst zierten altmodische Flinten, Tierköpfe aus der Region und historische Fotos der Stadt und ihrer Bewohner. Weitere Andenken waren hinter der Bar zu bestaunen, wie hölzerne Pflöcke und Kreuze sowie ein Schaukasten voller langer, gelblicher Zähne. Die Griffe der Bierpumpen waren aus Oberarmknochen gefertigt. Natürlich antik und somit nicht illegal. Nur abgrundtief geschmacklos.

Aber nochmals: Wer war sie, um darüber die Nase zu rümpfen? Sie war hier nicht in New York oder im linksgrün gestrickten Kalifornien, wo derlei menschenverachtende Kuriosa politisch so wenig gingen wie nostalgische Erinnerungen an die gute alte Zeit – einschließlich Lynchmord, Galgenstrick und Ku-Klux-Klan-Kutten. In Käffern wie diesen hielt man eben das Brauchtum hoch. Sicher, man konnte das rückschrittlich finden, doch es hatte wohl eher mit einer gewissen Bockigkeit zu tun. Insofern hielt man das Brauchtum auch weniger hoch als sich selbst daran fest – während man links und rechts von der Moderne überholt wurde. Langfristig war der Fortschritt dadurch zwar nicht aufzuhalten (klappte sowieso nie), aber man wollte es ihm wenigstens so schwer wie möglich machen.

Immerhin, die Speisekarte war halbwegs zivilisiert, wenn auch etwas wildschwein- und karibulastig. Dem Essensgeruch nach zu urteilen, gab man sich in der Küche erkennbar Mühe. Barbara setzte sich in eine Nische in der Ecke und bestellte bei dem Mädchen, das sie schon kannte, einen Cheeseburger mit Pommes und ein großes Bier. Das Mädchen war vielleicht achtzehn, neunzehn Jahre alt und hatte eine violette Mähne mit einem dramatischen Undercut auf der einen Seite. Sie trug ein Pearl-Jam-T-Shirt und eine kaputte Jeans, was im Idiom des Fortschritts aber nicht kaputt genannt wurde, sondern *destroyed*. Das Bier kam sofort, was Barbara Gelegenheit gab, sich noch einmal das Video anzusehen.

Nicholls hatte darauf verzichtet, sie zu begleiten, aber kaum aus Rücksichtnahme vor der erschöpften Kollegin aus der großen Stadt. Sie war der Neuling hier, die Außenseiterin, die *Cheechako*. Er legte keinen Wert darauf, mit ihr in einen Topf geworfen zu werden. Barbaras Anwesenheit in Deadhart war im besten Fall ein notwendiges Übel. Darin war er sich sogar mit Barbara einig.

Der Saal war etwa halb voll. Ausnahmslos Einheimische. November war nicht gerade Touristensaison und Deadhart im Übrigen auch kein Urlaubsort. Da ging man besser nach Talkeetna oder Fairbanks. Unauffällig musterte Barbara ihre Umgebung. Wie das alte Ehepaar zwei, drei Sitznischen weiter. Oder die Familie mit zwei Kindern an einem der runden Tische in der Mitte. Oder die silbergraue Grande Dame an dem Zweiertisch, zusammen mit dem pubertierenden Mädchen in dem auffällig braven blauen Kleid. Und nicht zuletzt die alten Knacker, die hinten an der Bar die Stellung hielten.

Sie alle hatten sich nach ihr umgedreht, als Barbara den Raum betrat. Manche ganz offen, andere eher verstohlen. Eigentlich fiel sie in Menschenansammlungen nicht auf, was ihr in ihrem Beruf zugutekam. Nicht so hier. In einem hautengen Trikot und Federboa hätte das Aufsehen kaum größer sein können. Da blieben Kommentare natürlich nicht aus. Etwa von dem alten Sack an der Bar, der ihr im Vorbeigehen etwas hinterherschickte, das sie zwar nicht verstand, aber nicht als Kompliment auffasste.

Barbara quittierte es mit einem Lächeln: »Ihnen ebenfalls einen angenehmen Abend, Sir.«

Worauf dem Kerl außer einem finsteren Blick nichts weiter einfiel, als sein Glas auf ex auszutrinken und auf den Tresen zu knallen. Und für mich einmal dasselbe wie dieser Herr da, dachte Barbara. Einen Old Fashioned mit extra viel Bitter.

Es überraschte sie dann auch nicht, als sich der derselbe Kerl – leicht schwankend – auf ihren Tisch zubewegte. In gewisser Weise hatte sie sogar darauf gewartet. Sie klappte ihr Notebook zu und sah ihm lächelnd entgegen.

»Kann ich Ihnen helfen, Sir?«

Der Mann war vielleicht Ende siebzig und hochgewachsen für sein Alter. Barbara vermutete, dass sich unter dem Windbreaker und dem karierten Hemd noch immer ein durchtrainierter Oberkörper befand und keine faltige Greisenbrust. Allerdings war sein Gesicht tief zerfurcht, und die wasserblauen Augen wiesen Anzeichen einer Linsentrübung auf. Auch die militärisch kurz gehaltenen Haare, die sich an den Ecken deutlich auslichteten, machten kein Hehl aus seinem hohen Alter.

»Sind Sie der Dracula-Doc?«, fragte er.

Barbara behielt ihr anfängliches Lächeln einfach bei. (Es war ein alter Rat ihrer Mutter: »Mach eine Reißzwecke dran.«) Sie streckte ihm die Hand entgegen. »Barbara Atkins, Sir. Freut mich, Sie kennenzulernen.«

Er blickte auf ihre Hand, als hätte sie noch kurz zuvor ins Klo gegriffen.

»Ma'am, ich will ja nichts sagen, aber Sie verschwenden hier Ihre Zeit.«

Endlich war es raus. Barbara ließ ihre Hand sinken.

»Ach wirklich?«

»Wir alle wissen, wer – oder *was* – den Anderson-Jungen abgeschlachtet hat. Und wir wissen auch, was wir in einem solchen Fall zu tun haben.«

»Und das wäre, Sir?«

»Beim letzten Mal brachten wir die Scheusale zur Strecke und jagten anschließend die ganze Bande zum Teufel. Danach war Ruhe.«

Barbara nickte. »Ich habe davon gelesen. Eine ungenehmigte Massentötung, bei der drei Vertreter der Kolonie getötet wurden. Sie können von Glück reden, dass gegen die Täter nicht ermittelt wurde.«

Der Mann schnaubte verächtlich, und Barbara registrierte den Bourbon in seinem Atem. »Wieso? Sie gehen ja auch nicht gegen Schädlingsbekämpfer vor.«

»Einer Ihrer sogenannten Schädlinge war noch minderjährig.«

Er verdrehte die Augen. »Na und? Es sind keine Kinder in unserem Sinne. Manche sehen vielleicht so aus, aber dahinter verbirgt sich etwas ganz anderes.«

Was ebenfalls nicht richtig ist, dachte Barbara. Die Praxis, Kinder »umzudrehen«, war von den Kolonien schon vor Jahrhunderten abgeschafft worden. Bei den meisten Kolonie-Kindern handelte es sich um eigenen Nachwuchs. Mag sein, ihre Entwicklung vollzog sich langsamer als bei Menschenkindern, dennoch handelte es sich immer noch um Kinder.

»Eigentlich haben wir sie *gerettet*«, fuhr der Mann fort. »Und zwar vor der ewigen Verdammnis. Wir haben getan, was nötig war.«

»Wirklich? Und das Verstümmeln von Leichen zählt auch dazu?« Hinter den weißen Schleiern in seinen Augen blitzte etwas auf, und sein Gesicht verhärtete sich.

Da schaltete sich von außen eine weitere Stimme ein. »Alles in Ordnung hier?« Barbara sah hoch. Vor ihnen stand die Dame in Grau.

Anders als der Rest der Gäste trug sie nicht die übliche Provinzkluft, bestehend aus Jeans und Holzfällerhemd, sondern ein langes graues Kleid und klobige Stiefel. Auffällig war auch die Halskette mit dem prächtigen Silberkruzifix.

»Wir unterhalten uns nur ein wenig«, sagte Barbara zu ihr.

Die Frau lächelte. »Na dann ist ja alles gut«, sagte sie und richtete ihren Blick auf den alten Mann. »Trotzdem, Beau, hast du wohl genug für heute. Du willst doch nicht, dass Jess dich wieder holen kommt.«

Sein Widerstand, falls je vorhanden, fiel sofort in sich zusammen und mündete in einen Seufzer. Er nickte kurz in Richtung Barbara und sagte: »Ich wollte Sie keineswegs belästigen, Ma'am.«

»Schon gut. Kommen Sie gut nach Hause.«

Beau schlich zu seinem Barhocker, nahm seine Jacke und steuerte nicht ganz gerade auf die Ausgangstür zu. Unaufgefordert setzte sich die graue Dame an Barbaras Tisch. Barbara konnte förmlich spüren, wie der Saal aufatmete. Die Show war zu Ende, überall wurde die normale Unterhaltung wiederaufgenommen. Der Zwischenfall wirkte dadurch fast wie einstudiert.

Trotzdem lächelte sie die Frau an ihrem Tisch erleichtert an. »Ich ...«, begann sie.

»Ich weiß, wer Sie sind«, sagte die Dame in Grau. »Dr. Barbara Atkins, forensische Vampiranthropologin.«

»Die Buschtrommeln funktionieren offenbar.«

»Das ist auch das Einzige, das hier funktioniert.« Die Frau reichte Barbara die Hand. Eine weiche Hand mit langen, manikürten Nägeln. Nicht gerade das, was man am Rand der Zivilisation erwarten würde. »Ich bin Reverend Colleen Grey.«

Reverend. Nun gut, das erklärte den Kreuzanhänger. Als Barbara ihr die Hand gab, wurde ihr schmerzlich bewusst, wie abgekaut und ungepflegt ihre eigenen Nägel dagegen aussahen.

»Schön, Sie kennenzulernen«, sagte sie, auch wenn sie nicht wusste, wie es von da an weitergehen sollte. »Ich wusste gar nicht, dass Deadhart eine eigene Kirche hat.«

»Stimmt, man könnte sagen, ich bin so eine Art Pionier. Ich habe die Kirche hier ganz allein aufgebaut.«

Aber nicht mit diesen Händen, dachte Barbara. Was Colleen irgendwie zu merken schien, denn sie fügte hinzu: »Natürlich nicht ich selbst, ich hatte schon Mitstreiter. Und die Kirche kriegt auch keinen Schönheitspreis. Alles noch ziemlich provisorisch. Aber der Ort brauchte eine Kirche. Er brauchte *mich.*«

Zumindest litt die Pfarrerin nicht unter mangelndem Sendungsbewusstsein. Unter Evangelikalen war solche Bescheidenheit ohnehin nicht verbreitet.

»Wie lange sind Sie schon hier?«, fragte Barbara.

»Es werden bald drei Jahre.«

»Also praktisch frisch zugezogen?«

Colleen lachte auf. »Das stimmt.« Sie fixierte Barbara mit ihrem scharfen graublauen Blick. »Sie sprechen offenbar aus Erfahrung.«

Barbara zögerte, sagte aber dann: »In bin in so einer Kleinstadt aufgewachsen.«

Colleen nickte. »Sie hören sich an, als kämen Sie aus dem Mittleren Westen. Der Akzent ist nicht sehr ausgeprägt, aber definitiv vorhanden. Und noch schwerer loszuwerden.«

»Getroffen«, sagte Barbara und trank einen größeren Schluck Bier.

»Und wo wohnen Sie jetzt?«, fragte Colleen.

»In New York. Brooklyn.«

»Ah, *the Big Apple*. Und leben Sie allein oder …«

Das Wort »oder« deutete nur scheinbar auf eine simple Alternative, tatsächlich umfasste es einen ganzen Katalog an Möglichkeiten. Doch Barbara würde den Teufel tun, einer davon einen Namen zu geben, den Namen Susan etwa. Susan ging diese Frau nichts an.

Stattdessen knipste sie wieder ihr Lächeln an. »Ich komme ganz gut allein zurecht«, sagte sie und sah zur Bar hinüber. »Sagen Sie, kennen Sie den Herrn, der gerade an meinem Tisch war?«

Colleen nickte. »Sie meinen Beau? Den dürfen Sie nicht so ernst nehmen. Stephen Garrett ist sein Enkel.«

Barbara hob die Brauen. »Das war einer der Freunde von Marcus, richtig?«

»Genau. Deswegen beunruhigt ihn die Sache auch so. Es hätte genauso gut seinen Jungen treffen können.« Sie legte ihre Hand auf das Kruzifix. »Die Leute wollen nur, dass Gerechtigkeit geschieht.«

»Dagegen habe ich auch nichts.«

»Das freut mich zu hören, Detective. Einige Leute wollten das Gesetz schon in die eigene Hand nehmen. Chief Nicholls und ich konnte sie gerade noch davon abhalten.«

Ach, wirklich? Das war Barbara neu. Andererseits überraschte es sie auch nicht so sehr.

»Das war sehr anständig von Ihnen, Ma'am.«

Colleen war sichtlich geschmeichelt. Im Gegensatz zu ihrer sonstigen Erscheinung waren ihre Zähne jedoch schief und leicht gelblich.

»Kannten Sie Marcus Anderson?«, fragte Barbara.

»Nicht gut. Aber er war ein braver Junge.«

»Chief Nicholls sagte, die Jungs hätten sich manchmal in der alten Jagdhütte getroffen, um Alkohol und Drogen zu konsumieren.«

»Auch ein braver Junge ist nicht unbedingt frei von Sünden. Jugendliche probieren sich aus, es ist Teil des Erwachsenwerdens.«

Barbara sah zu dem Mädchen im blauen Kleid hinüber, das allein am Tisch zurückgeblieben war. Es hatte die Hände im Schoß gefaltet und starrte ins Nichts. Eigenartig. Normalerweise konnten Mädchen ihres Alters keine Sekunde von ihrem Handy lassen.

»Sagen Sie das auch Ihrer eigenen Tochter?«, fragte Barbara.

»Tochter?«, gab Colleen zurück und verstand erst, als sie Barbaras Blick folgte. »Ach so, Sie meinen Grace?« Ihr gelbliches Lächeln war wieder da. »Nein, Sie ist nicht meine Tochter. Sie ist meine Assistentin.«

»Oh, sorry … Ich meine, weil sie so jung aussieht.«

»Na ja, sie ist achtzehn. Ihre Mutter lebt nicht mehr. Ich habe sie unter meine Fittiche genommen. Sie unterstützt mich bei meinen kirchlichen Aufgaben.«

Abermals blickte Barbara zu dem Mädchen hinüber. »Hat *sie* Marcus gekannt?«, fragte sie.

Colleens Reaktion war eher ungnädig. »Grace gibt sich nicht mit Jungs ab«, erklärte sie barsch. »Sie ist sehr fromm.«

Nun ja, dachte Barbara. Soweit es dir bekannt ist. Ihrer Erfahrung nach führten Jugendliche ein Doppelleben. Eines für ihre

Eltern und Lehrer und ein anderes, inoffizielles, das auf den schönen Schein pfiff.

Die Kellnerin mit den violetten Haaren trug ein Tablett heran. »Wer war der Cheeseburger mit Pommes?«

Barbaras ausgehungerter Magen antwortete mit einem Grummeln. »Das dürfte wohl ich sein«, sagte sie, was Colleen das Signal zum Aufbruch gab. Sie erhob sich geschmeidig. »Dann guten Appetit. Empfehlenswert ist auch die Barbecue-Night in diesem Restaurant – falls Sie so lange bleiben.«

Womit sie an ihren eigenen Tisch entschwebte.

Colleens letzte Worte hallten in Barbara nach. Nein, sehr wahrscheinlich würde sie *nicht* so lange bleiben. Ihre Aufgabe bestand tatsächlich nur darin, ein paar Kästchen anzukreuzen und damit den Weg für eine gesetzeskonforme »Entnahme« von Problemvampiren freizumachen.

Die Kellnerin setzte das Tablett vor ihr ab. »Vor der würde ich mich in Acht nehmen«, sagte sie wie beiläufig.

»Vor wem? Vor Reverend Grey?«

Das Mädchen hob eine sorgsam gezupfte Braue. »Wenn *die* Reverend ist, dann bin ich auch einer.« Sprach's und ging, indem sie sich das Serviertuch in die Kellnerschürze steckte.

Barbara übergoss ihre Pommes mit Ketchup und steckte sich nachdenklich die erste Fritte in den Mund. Ein Teil von ihr wollte in diesem Moment nur noch weg. Solche Orte weckten nur üble Erinnerungen. *Der Akzent ist nicht sehr ausgeprägt, aber definitiv vorhanden. Und noch schwerer loszuwerden.* Und der Akzent war längst nicht das Einzige, das man nicht mehr loswurde.

Gleichzeitig hörte der Detective in ihr nicht auf zu nörgeln. Und der gab sich grundsätzlich nicht mit der halben Wahrheit zufrieden. Wenn du von diesem Prinzip abweichst, wozu machst du diesen Job dann überhaupt? Bequeme Abkürzungen sind nicht gestattet. Früher oder später fallen solche Nachlässigkeiten auf dich zurück. Und nicht nur das. Sie fallen dich an aus dem Nichts – und beißen dich. Als Dracula-Doc müsstest du das wissen.

Kurz und gut: Was bei einer Untersuchung herauskommt, *ist nicht, niemals und unter keinen Umständen* Jacke wie Hose.

Noch eine von diesen ewigen Susan-Wahrheiten. Mit beiden Händen ergriff Barbara ihren Cheeseburger. Doch genau in diesem Moment meldete sich erneut dieses nörgelige Gefühl im Magen, und sie erstarrte mitten in der Bewegung.

Verdammt.

Die Jacke, die Jacke.

Sie legte den Burger wieder hin und wischte sich die Finger an der Serviette ab. Schlug ihr Notebook auf. Also noch einmal dieses verrauschte Video. Noch einmal Marcus auf dem Boden der Hütte. Marcus in Sweatshirt, Jeans – und ohne Jacke. Marcus trägt im Moment des Angriffs schon keine Jacke mehr, dachte sie. Dann fällt ihm das Smartphone aus der Hand, und wir sehen … was? Einen Teil des Bodens, einen Teil der Wand. Und was noch? Barbara vergrößerte das Fenster. Da, ein verschwommenes graues Etwas.

Da sie aber wusste, wonach sie suchen musste, war es klar: Das graue Etwas war eine Jacke. Sie hing an der Wand.

Eine Jacke der Marke North Face, Farbe Grau und dem Vernehmen nach nagelneu.

Marcus musste sie ausgezogen und an die Wand gehängt haben. Aber warum? Wollte er in der Hütte noch etwas anderes als nur sein Handy holen? Vielleicht ein heimliches Sex-Date? Aber warum hatte er die Jacke ausgezogen? In der Hütte war es eiskalt.

Einzige Möglichkeit: Er wusste, dass er sich auf den Boden legen musste – und wollte verhindern, dass dabei seine Jacke schmutzig wurde.

Wie gesagt, die Jacke war nagelneu.

»Verdammt, das glaub ich doch nicht«, flüsterte Barbara.

Das Video war überhaupt kein Beweis. Es war von A bis Zett inszeniert.

6

Tucker saß auf der Veranda seiner Hütte und starrte in den Wald. Es war dunkel und bitterkalt, aber das störte ihn nicht. Selbst als Kind hatte er keine Angst vor der Dunkelheit gehabt. Sein Stiefvater arbeitete nachts. Sobald er um acht Uhr abends durch die Tür ging, atmeten er und seine Mutter auf. Und nicht nur das, das ganze Haus schien loszulassen. Der Frieden währte genau bis neun Uhr am darauffolgenden Morgen, wenn er zurückkehrte.

Womit Tucker überhaupt nicht zurechtkam, war Hitze. Deshalb mochte er auch die Sonne nicht. Schon früh am Tag, wenn sein Stiefvater auf der Veranda anfing, ein Bier nach dem anderen zu kippen, nahm seine innere Temperatur zu. Und je höher die Sonne stieg und je besoffener sein Vater wurde, desto mehr äußerte sich der Stress auch äußerlich, und er bekam diese Schweißbläschen. Überall. Er bekam den *Roten Hund*. Dann half nur noch, sich im finstern Wald oder unter der Bodenplatte des Hauses zu verkriechen, wo niemand an ihn herankam.

Auch später als Cop waren die Wintermonate immer unproblematisch. Solange es die Sonne maximal für drei Stunden über den Horizont schaffte, war die Stimmung allgemein gedämpft. Die Leute gingen weniger aus und schliefen dafür mehr. Erst im Sommer, wenn es überhaupt nicht mehr richtig dunkel wurde, verschärfte sich die Lage. Plötzlich wurde gesoffen und geprügelt, als sei jetzt die Saison dafür. Bis dahin unauffällige Familienväter rasteten aus und verdroschen ihre Ehefrauen wegen zwei Zentimetern zu viel Ausschnitt. Highschool-Kids experimentierten mit illegalen Substanzen und fanden nicht mehr aus dem Wald heraus, was aufwendige Suchaktionen und den Einsatz von Rettungshubschraubern erforderlich machte. Hitze, Sonne und diese jahreszeitlich bedingte Reizbarkeit, die kurze Zündschnur, Tucker konnte all das nicht gebrauchen.

Meistens jedenfalls nicht.

Aus der Hütte drang Musik nach draußen. Nirvana.

»Come As You Are«, brummte Tucker leise mit, hob das Glas an seine Lippen und trank einen großen Schluck. Aus dem Wald beobachteten ihn unsichtbare Augen. Das Schwein, das er früher am Tag geschlachtet hatte, hing jetzt an einem Haken im Wald. Trotzdem hatte Tucker keine Angst, damit Bären oder Wölfe anzulocken. Die Tiere hier kannten ihn. Sie wussten, dass er ihnen immer noch genug von dem Kadaver übrig ließ. Räuber bereiteten ihm keine Kopfschmerzen.

Zumindest nicht die mit Fell.

Trotzdem war er angespannt. Deshalb trank er auch, was er eigentlich nicht tun sollte. Er vertrug es gleich aus mehreren Gründen nicht. An diesem Abend jedoch brauchte er die warme Glut eines guten Bourbons für seine Nerven, auch wenn die Wirkung bisher ausblieb. Seine Nervosität, fühlbar als harter Knoten in seinem Magen, nahm einfach nicht ab. Das lag an seiner Erwartung, die keine freudige war.

Das Böse kommt auf leisen Sohlen.

Es war also schon da, lange bevor sie den toten Jungen fanden. Im Grunde begann es mit dem Tag, an dem die Kolonie zurückkehrte. Und, nein, Tucker brauchte bereits damals niemanden, der ihn auf diesen Umstand hingewiesen hätte, er merkte es auch so, er wusste es einfach. Nenn es Instinkt. Und jetzt, nach fünfundzwanzig Jahren, ging alles wieder von vorn los. Ein Junge war schon tot.

Hinten raschelte etwas im Unterholz. Leise, kaum hörbar. Jemand, der im Wald nicht zu Hause war, hätte vermutlich gar nichts mitgekriegt. Doch Tucker hatte vorgespannte Sinne, das kleinste Geräusch löste bei ihm Alarm aus.

Auch die Schweine und Ziegen im Stall auf der Rückseite der Hütte wurden plötzlich unruhig. Sie registrierten genau, was da auf sie zukam.

Seine Hand griff nach der Armbrust, die seitlich an seinem Stuhl lehnte. Er stand auf und spähte in das Dickicht, bis er zwei bernsteinfarbene Pünktchen ausmachte. Ein Augenpaar.

Er hob seine Armbrust an. »Ich weiß, dass du da bist. Also kannst du dich auch genauso gut zeigen.«

Totenstille. Oder eben nicht Totenstille, sondern eine, die alles bedeuten konnte.

Tucker wartete.

Aus dem Wald kein Laut.

Er hielt den Atem an.

Endlich trennte sich ein dunkler Schemen aus der nachtschwarzen Kulisse des Waldes.

Das Mädchen war dünn und sehr blass. Es trug eine abgeschnittene Latzhose, krumm getretene Wanderstiefel und eine viel zu große Jacke, die aus einem Sammelsurium von Tierfellen zusammengeschneidert war. Das herzförmige Gesicht eingerahmt von zwei blonden Zöpfen. Ein Kind, nicht älter als neun oder zehn.

Tucker lief ein Schauer über den Rücken.

»Ich habe euch gesagt, ihr sollt von hier verschwinden.«

»Haben wir gemacht. Aber jetzt sind wir wieder da.«

»Das war ein Fehler.«

»Wir werden sehen«, sagte das Mädchen und legte neugierig den Kopf zur Seite. »Alt bist du geworden, Tucker.«

»Das ist der Lauf der Welt. Ein paar graue Haare bringen mich nicht um.«

»Kommt noch.«

Tucker schluckte. »Was willst du, Athelinda?«

Die Frage war noch nicht verklungen, da stand sie schon vor ihm auf der Veranda. Als hätte sie eine teuflische Bö hergeweht. Plötzlich hatte Tucker den Geruch von Schlamm und Fäulnis in der Nase. So roch der Tod.

Das Mädchen tippte mit dem Finger an die Pfeilspitze. »Als Erstes will ich, dass du dieses Mordgerät weglegst. Oder muss ich dir erst die Gurgel herausreißen, bis du so leer geblutet bist wie dieses dumme Schwein im Wald?«

Tucker senkte seine Waffe.

»Geht doch.« Sie ging quer über die Veranda und fläzte sich auf seinen Stuhl. Anschließend langte sie in ihre Tasche und holte eine kleine Pfeife hervor, aus einer anderen Tasche eine Tabaksdose sowie ein silbernes Feuerzeug.

Tucker ließ sie nicht aus dem Blick. »Normalerweise würde ich jetzt sagen, dass Rauchen dich umbringt …«

»Wenn es wenigstens so wäre«, erwiderte das Mädchen, stopfte in Seelenruhe seine Pfeife und steckte sie an. Dann legte sie die Füße auf die Veranda und sagte: »Wir müssen reden.«

»Worüber? Über den Jungen?«

»Nein. Darüber, wie du uns helfen kannst.«

»Warum sollte ich euch helfen?«

»Weil du mir noch etwas schuldig bist, du undankbarer Arsch. Denn falls nicht …« Sie lächelte und zeigte eine perfekte Zahnreihe mit zwei scharfen goldenen Eckzähnen. »Wenn nicht … dann sorge ich dafür, dass die ganze Stadt erfährt, was vor fünfundzwanzig Jahren wirklich geschah.«

7

Barbara mochte die Dunkelheit nicht. Für eine erwachsene Frau eine etwas kindische Einstellung, die man kaum zugeben mochte. Nicht allzu weit entfernt vom Glauben an den schwarzen Mann oder das Gespenst im Kleiderschrank. Und doch nicht weniger real. Es war auch keine irrationale Angst, sondern eine existenzielle. Eine Urangst des Menschen. Dunkelheit bedeutete, dass man Raubtiere nicht kommen sah.

In der Stadt war es leichter. Die alte Redensart von der Stadt, die niemals schläft, sie traf ja zu. Irgendwo war immer Licht, der ganze urbane Raum befand sich unter einer dunstigen Lichtglocke, gespeist von Neonwerbung, Verkehr, Straßenbeleuchtung. Hier draußen, im Nirgendwo, war das anders. Hier brach die Nacht herein, schnell und unverhandelbar, und selbst die allgegenwärtigen Lichterketten vermochten wenig dagegen auszurichten.

Barbara war schon um halb elf auf ihrem Zimmer, für New Yorker Verhältnisse keine angemessene Zeit. Sie nahm ihr Handtuch, holte ihren Kulturbeutel aus dem Koffer und ging ins Bad, um sich die Zähne zu putzen. Die Bodenfliesen fühlten sich eiskalt an, trotz der dicken Socken, und sie war froh, als sie wieder in ihrem Zimmer war. Barbara fragte sich, ob das andere Zimmer, mit dem sie sich das Bad teilte, belegt war, verwarf den Gedanken aber gleich wieder. Falls ja, hätte sie es sicher schon bemerkt.

Einmal unter der warmen Decke, steckte sie noch das Ladekabel in ihr Handy und stellte die Weckzeit ein. Dann knipste sie die Nachttischlampe aus. Und dann, dann konnte sie nicht schlafen und starrte in die Dunkelheit. Wie immer eigentlich. Schon witzig, wie lange sie sich diesem Eindruck aussetzte, wo sie Dunkelheit doch nicht ertrug. Zumindest aber konnte sie in dieser Zeit ungestört nachdenken. Über das, was sie an diesem Tag über den Fall erfahren hatte, und dieses verdammte Handyvideo.

Fakt war, Marcus war tot. Für sie stand aber ebenso fest: Das Video war ein Fake.

Wollte Marcus etwa seine eigene Ermordung dokumentieren?

Falls ja, warum legte er dann so großen Wert darauf, sich die Jacke nicht dreckig zu machen?

Oder war sein Tod das Ergebnis eines missglückten Umwandlungsversuchs?

Wie schon einmal bei dem Danes-Jungen.

Denn egal ob Gen X, Y oder Z, am Ende blieben sich Jugendliche doch gleich. Das Düstere zog sie an, es war wie ein Flirt mit dem Verbotenen. Und so kam es über die Jahre immer wieder vor, dass Einzelne die Seiten wechselten und sich einer Kolonie anschlossen. »Umgedreht« zu werden, war Romantik pur. Es lockte ein Leben als Outlaw – bis in alle Ewigkeit.

Doch während Beziehungen zwischen erwachsenen Menschen und Kolonie-Angehörigen zumindest nicht unter Strafe standen, blieb die Umwandlung von Kindern und Jugendlichen selbst dann geächtet, wenn auch der vampirische Beteiligte noch minderjährig war. Denn der zweistufige Transformationsprozess war hochriskant. In Stufe eins wurde Homo sapiens durch einen Vampirbiss infiziert. Stufe zwei sah vor, diese Erstinfektion durch die aktive Aufnahme von Vampirplasma zu boostern und gewissermaßen zu besiegeln. Beides barg jeweils spezielle Gefahren. Einen unerfahrenen Vampir an eine lebenspralle Blutquelle heranzulassen, war in etwa so, wie einem ausgehungerten Bären den kleinen Finger zu reichen. Und so kam es, aufseiten von Homo sapiens, immer wieder zu Fällen von hämorrhagischem Schock, das hieß, er verblutete. In entgegengesetzter Richtung gab es zudem keine Gewähr, dass Homo sapiens überhaupt Vampirblut vertrug – und, wenn er Pech hatte, in einem erbärmlichen Zwischenzustand verblieb, nicht Mensch, nicht Vampir.

Doch alle diese Unwägbarkeiten machten die Mutprobe für manche Jugendlichen wohl umso reizvoller. Wie man an Todd Danes gesehen hatte.

Barbara musste unbedingt mit den anderen Jungen reden. Sie waren Marcus' Freunde, waren Teil seines Doppellebens, wussten all das, was Marcus' Eltern nicht wissen konnten oder wollten. Auch Marcus' Lehrer waren möglicherweise eine gute Adresse für Hintergrundinformationen.

Es war abzusehen, dass Chief Nicholls darüber nicht begeistert sein würde. Weil es weitere Unruhe in den Ort brachte. Und dann war da noch Colleen Grey. Ebenfalls eine interessante Gestalt. Welche Rolle spielte *sie* eigentlich in Deadhart?

Dass selbst kleine Orte eine eigene Kirche hatten, war so ungewöhnlich nicht, vor allem in der Nähe einer Kolonie. Seit Inkrafttreten des Vampirschutzgesetzes im Jahr 1983 war der religiöse Widerstand dagegen stetig gewachsen. Viele Freikirchen machten gegen die »Teufelsbrut« mobil. Es war ein Thema, das die Gesellschaft auf geradezu klassische Weise spaltete, und die politischen Gräben verliefen entlang der erwartbaren Bruchlinien. Auf der einen Seite Rechte und Evangelikale, für die Vampire ausgerottet gehörten (denn Jesus hätte ja sicher dasselbe getan). Auf der anderen Seite die woke Fortschrittsfraktion, die alles und jedes und jede und jeden integrieren wollte und selbst für marginalste Randgruppen maximalen »Respekt« einforderte. Also die üblichen verhärteten Fronten. Barbara hatte es auch bei Rassismus, Homosexualität, Gleichberechtigung, Abtreibung und Transrechten gesehen. Besonders schlecht um die Akzeptanz des Vampirschutzes stand es im nicht umsonst so genannten Bibelgürtel, und dafür hatte sie sogar ein gewisses Verständnis. Was übrigens nicht nur an ihrer Herkunft lag. Die Kolonien entstanden überwiegend im Umkreis kleinerer Gemeinden, nicht in Metropolregionen. Es war leicht, tolerant zu sein, wenn der Wolf nicht durch den eigenen Vorgarten strich, sondern fern der eigenen Lebenswelt auf Nahrungssuche ging.

Aber egal. Sie war nicht hier, um moralische Werturteile abzugeben, sie war hier, um eine Entscheidung zu fällen: War der Mord an Marcus Anderson das Werk einer Kolonie oder nicht? Im Augenblick schien noch alles offen.

Sie seufzte und warf einen letzten Blick auf ihr Smartphone. Es war schon nach Mitternacht, sie sollte endlich etwas schlafen. Sie drehte sich auf die andere Seite und schloss die Augen.

Da klopfte etwas an der Wand zum Nebenzimmer.

Sofort riss sie die Augen auf. War da jemand im Bad?

Sie hielt den Atem an, wartete auf das Geräusch der Wasserspülung oder der Dusche. Nichts. Dann klopfte es erneut, zweimal sogar.

Vielleicht nur ein Besoffener aus dem Grill. Die Treppe zu den Fremdenzimmern lag unmittelbar neben dem Barbereich. Die Zimmer selber waren natürlich abgeschlossen, aber in das gemeinsame Bad konnte jeder hinein. Allerdings machte der Grill um dreiundzwanzig Uhr zu, selbst die letzten Gewohnheitstrinker dürften mittlerweile den Heimweg angetreten haben.

Sie knipste die Nachttischlampe an und schwang die Beine aus dem Bett. Es war so kalt, dass sie erst einmal ihren Pullover über den Pyjama zog. Dann nahm sie ihre Pistole, wartete. Nichts geschah. War der Badbenutzer weg oder befand er sich nur in Lauerstellung?

Sie ging zur Zimmertür und tappte hinaus in den Flur. Das Nachtlicht war direkt wie aus einem Horrorfilm, eine einzelne verstaubte Glühbirne. Die Badezimmertür lag nur wenige Schritte entfernt. Sie war zu. Jetzt war es an ihr anzuklopfen, und sie klopfte energisch.

»Hallo? Ist jemand da drin?«

Keine Antwort. Barbara drehte am Türknauf. Die Tür ging ganz einfach auf, aber dahinter war es dunkel. Neben der Tür ein von jahrelangem Gebrauch verdreckter Zugschalter. Barbara zog daran und war geblendet von dem mitleidslosen Deckenlicht. Es war aber niemand da, der Raum war leer, sogar der Toilettensitz war heruntergeklappt. Nur aus der Dusche tropfte es leise: *pitsch, pitsch, pitsch.* Alles war noch genau so, wie sie es hinterlassen hatte.

Fast.

Auf dem Spiegel oberhalb des angesprungenen Waschbeckens war etwas geschrieben, in Rot:

DIE SONNE SOLL SICH VERKEHREN IN FINSTERNIS UND DER MOND IN BLUT.

Und für den Fall, dass die Botschaft nicht deutlich genug war, hatte ihr der Besucher noch ein Willkommenspräsent hinterlassen: ein kleines Lederhalsband mit einem Kreuzanhänger, der aus zwei Vampirzähnen angefertigt war.

8

Der Wecker piepste um sieben. Barbara schlug die Augen auf. Draußen war es noch dunkel, die Sonne ging erst um halb zehn auf. Na toll, weitere zweieinhalb Stunden tiefe Nacht. Trotzdem quälte sie sich aus dem Bett. Die hölzernen Bodendielen waren tiefgefroren. Von irgendwoher zog es gewaltig. Barbara befühlte den alten Heizkörper. Gerade einmal lau, dabei war das Heizungsventil voll aufgedreht. Sie schnappte sich die zusätzliche Decke vom Fußende des Bettes und wickelte sich darin ein. Mit ihren Kleidern auf dem Arm machte sie sich auf ins Badezimmer. Das Halsband mit Vampirzähnen hatte sie bereits eingetütet, doch die Botschaft auf dem Spiegel war immer noch da. Als Schreibgerät kam nur ein Permanentmarker infrage. Barbara würde jemanden vom Hotel bitten müssen, die Schmiererei mit Spiritus zu entfernen. Fotografiert hatte sie sie gestern Abend schon, nachdem sie unten im Gastraum gewesen war. Auch dort war niemand, ein Einbruch nicht feststellbar, zumindest nicht auf den ersten Blick.

Sie drehte das Wasser in der Dusche an und streifte ihre Sachen ab. Doch warmes Wasser gab es nur für circa dreißig Sekunden, danach kam nur noch kaltes. Sie floh aus der Kabine auf die relative Wärme eines grobmaschigen Duschvorlegers, trocknete sich in Rekordzeit ab und hüllte sich in alles, was da war: schwere Jeans, Wintershirt und einen dicken Pullover. So angetan, putzte sie sich noch die Zähne und ging in ihr Zimmer zurück, wo sie sich einen Kaffee machte. Mit der Tasse in der Hand setzte sie sich auf den kleinen Sessel am Fenster. Der Sessel war unbequem, und der Kaffee schmeckte wie Spülwasser, gleichwohl trank sie ihn voller Dankbarkeit. *Ein bisschen was ist immer besser als gar nichts, Haftstrafen einmal ausgenommen.* Noch so eine von den ewigen Susan-Weisheiten.

Sie checkte ihren Nachrichteneingang. Neben dem üblichen Junk fand sie eine Zahlungsaufforderung von ihrer Haftpflichtversicherung und eine nicht weniger unfreundliche »Bitte um Rückmeldung« über den Stand der Ermittlungen in Deadhart. Das war von Decker. Was noch? Sie stutzte. Eine SMS von … Susan? Was war das, Gedankenübertragung? Allerdings war die statistische Chance für diese Koinzidenz gar nicht so gering, so oft, wie Barbara an Susan dachte. Vielleicht hätte sie öfter an Susan denken sollen, als sie noch zusammen waren.

»Hey, hab gehört, sie haben dich nach Alaska abkommandiert. Hoffe, du hast deine Thermounterwäsche dabei! Wenn du zurück bist, müssen wir unbedingt zusammen Kaffee trinken. LG auch von Auric.«

Auric, so hieß der Goldfisch, den sie einmal gemeinsam gekauft hatten. Goldfisch deshalb, weil man zu einem Fisch, im Gegensatz zu einem Hund oder einer Katze, keine Beziehung aufbauen musste. (Was sie damals nicht wussten: Die Lebenserwartung eines Fischs lag höher als die von Hund oder Katze.) Jetzt war Auric acht Jahre alt. Mehr als drei davon hatte er mit Susan und ihrer jetzigen Frau verbracht. Aber was beklagte sie sich? So waren sie damals verblieben: Susan bekam den Fisch und die neue Frau. Und Barbara bekam ein Wir-können-ja-Freunde-Bleiben plus ein Einzelzimmer in einem abgeranzten Hotel in Deadhart, Alaska. Der Jackpot für Beziehungsphobiker.

Sie antwortete mit Daumen hoch und einem bläulich frierenden

Gesicht. Und Eiszapfen am Mund, die aussahen wie Zähne. Dann zog sie den Vorhang beiseite und sah hinaus. Die Straße war menschenleer und dunkel, nur die Lichterketten waren unermüdlich. Dasselbe galt auch für den perversen Supermarkt-Santa, der seine Finger nicht von sich lassen konnte. Sie machte den Vorhang wieder zu. Ihr Handy summte. Nicholls.

»Hallo?«, meldete sie sich.

»Hoffentlich habe ich Sie nicht aufgeweckt, Detective.«

»Nein, ich bin wach und genieße gerade meinen Morgenkaffee.«

»Sie meinen das Gratis-Zeug vom Hotel?«

»Okay, genießen wäre zu viel gesagt.«

Er gluckste. »Wie auch immer, ich wollte nur sichergehen, dass Sie einsatzbereit sind. Sie wollten doch die Leiche sehen, oder?«

»Genau.«

»Unten im Grill gibt es weit besseren Kaffee. Da könnten wir uns treffen, sagen wir um 08:30 Uhr?«

»Ich dachte, das Restaurant macht erst um zehn auf.«

»Das ist richtig. Aber für uns machen sie mal eine Ausnahme.«

»Nett.«

»Na ja, es geht nicht nur um eine Tasse Kaffee.«

»Oh. Und worum noch?«

»Der Grill ist der einzige Ort mit einem Tiefkühler, der Platz bietet für eine Leiche.«

Nicholls sollte recht behalten, der Kaffee im Grill war wirklich gut.

Nur der Service war verbesserungsfähig, so wie die hagere Frau mit den kaputtgefärbten Haaren (eine ältere Version von Undercut-Girl) die Kaffeebecher auf den Tisch knallte.

»Das ist übrigens Carly«, sagte Nicholls. »Sie und ihr Mann Hal leiten diesen Betrieb. Zusammen mit ihrer Tochter Mayflower.«

Barbara lächelte und streckte ihr die Hand entgegen. »Freut mich, Sie kennenzulernen, Ma'am.«

Widerstrebend nahm die Frau ihre Hand.

»Ich glaube, Ihrer Tochter bin ich gestern Abend schon begegnet«, sagte Barbara. »Mayflower, hübscher Name.«

»Danke.«

»Nach dem Schiff?«

Carly blickte ihr frostig ins Gesicht. »Na und? Was passt daran nicht? Uns ergeht es doch nicht anders als den Pilgervätern. Auch wir müssen unser Land schützen.«

Unser Land? Gehörte dieses Land nicht den Dghelay Teht'ana?, dachte Barbara. Dieser Bergstamm lebte hier nämlich zuallererst. Die frühesten nicht indigenen Siedler waren Vampire, und selbst die kamen etliche Hundert Jahre *vor* den Weißen.

Barbara hob anerkennend den Kaffeebecher. »Hervorragender Pilgerkaffee übrigens. Auch von hier?«

Nicholls räusperte sich vernehmlich: »Okay, dann: Sollen wir?«

»Sie kennen den Weg«, erwiderte Carly so beiläufig, dass Barbara sich fragte, wie viele Leichen bereits im Roadhouse Grill zwischengelagert wurden, ehe man sie nach Anchorage brachte. Oder unter die Erde.

Barbara folgte Nicholls durch die Tür hinter der Bar. Sie hatte immer noch ihren Kaffeebecher dabei und dazu etwas, das aussah wie ein Arztrucksack. Der begehbare Gefrierschrank lag am Ende der Küche, hinter den fettstarrenden Herden und Regalen voller Konserven und Trockenprodukten.

»Ziemlich großer Tiefkühler für so einen kleinen Laden«, sagte Barbara.

»Kommt darauf an«, erwiderte Nicholls. »Jagd ist Volkssport hier, und die Leute essen entsprechend viel Fleisch. Außerdem ist der Boden im Winter oft so tiefgefroren, dass die Verstorbenen erst nach der Schneeschmelze begraben werden können. So lange liegen sie dann hier.«

»Echt?«

Barbara war ziemlich sicher, dass diese Praxis gegen eine ganze Latte von Hygienevorschriften verstieß, aber die Realitäten am Rand der Zivilisation schufen wohl ihre eigenen Gesetze. Trotzdem hätte sie so etwas gerne gewusst, *bevor* sie sich hier einen Burger bestellte.

Nicholls drückte die schwere Verriegelung nieder, und die mächtige Edelstahltür schwang auf. Ein Schwall Kaltluft stürzte ihnen entgegen, und Barbara fing sofort an zu zittern. Der Leichensack lag auf einem fahrbaren Edelstahltisch auf der linken Seite. Rechts befanden sich Schwerlastregale, vollgepackt mit Blechkisten und ganzen Tierhälften in Plastikfolie. Bei jedem Atemzug stießen Nicholls und sie kleine weiße Wolken aus.

»Hat jemand die Leiche untersucht, bevor sie hier deponiert wurde?«, fragte Barbara.

»Doc Dalton«, sagte Nicholls. »Er ist der Landarzt. Er hat die Todesursache und den mutmaßlichen Todeszeitpunkt bestimmt. Steht aber alles in meinem Bericht.«

Barbara nickte. Ein einfacher Landarzt war kein Pathologe. Die Gerichtsmedizin in Anchorage würde sich Marcus' Leiche noch einmal ansehen müssen. Dazu kam, dass Leichen in der Autopsie zwischen minus zwei und minus vier Grad gelagert wurden, kommerzielle Tiefkühler aber auf mindestens achtzehn Grad minus eingestellt waren. Sie wusste das noch aus ihrer Teenagerzeit und ihren Nebenjobs in der Gastronomie. Sowohl der Gefrier- als auch der Auftauprozess konnten Gewebe und DNA beschädigen.

Barbara seufzte. »Es wäre besser gewesen, wenn Sie die Leiche kühl, aber nicht tiefgekühlt aufbewahrt hätten.«

Nicholls trank von seinem Kaffee. »Tut mir leid, aber etwas anderes haben wir nicht.«

»Warum nicht in einer Arrestzelle auf der Wache? Sie hätten nur die Heizung abdrehen müssen.«

Nicholls sah sie betreten an. »In erster Linie erwarten die Leute, dass so eine Leiche *sicher* verwahrt ist.«

»Noch sicherer als in einer Zelle?«

Sofort war die alte Sturheit wieder da. »Keine Ahnung, wie Sie das sehen, Detective, aber die Leute wissen nur eins: Gefrorene Leichen spazieren nicht mehr in der Gegend herum.«

Barbara starrte ihn fassungslos an. »Aber Marcus ist *tot*.«

»Das sind die Kreaturen da draußen auch.«

Was so nicht richtig war, wie man heute wusste. Der Stoffwechsel von Vampiren funktionierte nur völlig anders. Ihre Pulsfrequenz zum Beispiel lag in einem Bereich, der mit normalem menschlichem Leben nicht mehr vereinbar war, aber tot waren sie deswegen nicht. Sie waren auch nicht unsterblich, wie landläufig immer angenommen wurde. Sie alterten durchaus, nur eben sehr langsam, über Jahrhunderte. Ebenso wenig konnten sie sich in Dunst auflösen oder durch die Lüfte segeln wie Fledermäuse. Zugegeben, sie überstanden Verletzungen, die einen Menschen das Leben gekostet hätten, aber einen Stich ins Herz oder einen abgeschlagenen Kopf überlebten auch sie nicht.

Insgesamt also überwogen die Ähnlichkeiten. Doch an Fakten war im Ort ohnehin niemand mehr interessiert. Weder war es Barbaras Aufgabe, noch hatte sie überhaupt die Zeit, die Leute eines Besseren zu belehren. (Dafür hätte ihr ganzes Leben nicht gereicht.) Sie war hier, um ihren Job zu tun.

»Na gut«, sagte sie, »dann machen wir mal auf und schauen nach, was wir haben.«

Doch es wurde einfach nicht leichter. Wenn jemand so Junges starb, drängte sich ein Gedanke förmlich auf: Was für eine Verschwendung! Ein vergeudetes Leben. Was klang wie eine billige Phrase, war darum nicht weniger wahr. Manchmal konnte es Barbara physisch spüren. Es war wie ein elektrisches Feld, all die ungenutzte Energie, die in diesem Körper nachvibrierte. Sie stellte ihren Kaffee auf dem Boden ab und sah den toten Jungen an.

Hübscher Kerl. Blond, Sommersprossen auf der Nase, Haut vermutlich aber bräunungsfähig. Jetzt natürlich nicht. Jetzt war die Haut totenblass, beinahe bläulich. Gesamteindruck: sehr schlank, um nicht zu sagen, dünn. Die Rippen traten so deutlich hervor, dass man sie zählen konnte. Die Leiche wurde im Rahmen der Leichenschau bereits bis auf die Boxershorts entkleidet, die Kleidung sichergestellt.

Trotzdem würde ich wetten, dass du gefuttert hast wie ein Scheunendrescher, Marcus. Setzt in deinem Alter natürlich nicht an und richtet deswegen auch nichts aus gegen den Spott der anderen. Wie nannten sie dich? Hungerhaken? Schmales Handtuch? Strich in der Landschaft?

Manchen Ermittlern erschwerte es die Arbeit, sich den Toten als lebendiges Wesen vorzustellen. Barbara aber versetzte es in die Lage, den Leichnam nicht nur als ein Stück Fleisch zu sehen, sondern als Persönlichkeit, die vor nicht allzu langer Zeit noch alles besaß, was sie auch hatte: Gedanken, Gefühle, Träume.

Sie schaute zu Nicholls hinüber, der weiter seinen Kaffee schlürfte und verhalten mit den Füßen trampelte, weil auch ihm langsam kalt wurde.

»Fahren wir ihn mal aus dieser arktischen Umgebung raus«, sagte sie.

Sie schoben den Tisch in die Küche, und Nicholls knallte die Tür zum Tiefkühlraum zu.

»Was haben Sie vor, Detective? Dauert das lange?«, fragte Nicholls.

»Sie müssen nicht dabeibleiben, wenn Sie nicht wollen.«

Sein Gesichtsausdruck sagte alles. »Ich bleibe, wenn Sie nichts dagegen haben.«

Er traute ihr offenbar immer noch nicht über den Weg. Darin war er nicht allein. Er stand stellvertretend für die ganze Stadt und würde den Teufel tun, diese Fremde auch nur eine Sekunde aus den Augen zu lassen.

»Wie Sie wollen, Sir.«

Barbara setzte ihre Brille auf, stellte ein kleines Diktiergerät auf und drückte auf Aufnahme. Die Fotos würde sie mit ihrem Handy machen. Schließlich zog sie noch Latexhandschuhe an.

Dann wandte sie sich der Leiche zu.

»Also, Marcus, bevor wir zu der hässlichen zervikalen Verletzung kommen, würde ich mir gern einen Eindruck von deinem Allgemeinzustand verschaffen, okay?«

Sie merkte auch ohne hinzusehen, welches Gesicht Nicholls jetzt zog. Aber das war ihr, ganz ehrlich, scheißegal. Sie untersuchte Marcus' Arme und Hände nach Abwehrverletzungen. Negativ. Keine Abschürfungen, keine Blutergüsse, was sie eigentlich erwartet hätte, wenn er gewaltsam auf den Boden gedrückt wurde. Das Video war in dieser Hinsicht zwar eindeutig, der Zustand der Arme sprach jedoch dagegen. So brachial konnte der Angriff also nicht gewesen sein.

Sie machte mehrere Aufnahmen der oberen Extremitäten.

»Linker und rechter Arm ohne Befund«, sagte Barbara laut. »Was darauf hindeuten könnte, dass sich das Opfer nicht gewehrt hat.«

»Marcus trug ein dickes Sweatshirt«, unterbrach Nicholls.

»Entschuldigung, Sir?«

»Das könnte die fehlenden Verletzungen erklären.«

»Vielleicht. Wir kommen später noch einmal darauf zurück.«

Barbara hatte von ihrem Verdacht, das Handyvideo betreffend, noch gar nichts gesagt. Sie wollte erst noch weitere Anhaltspunkte sammeln, dass der dargestellte Mord so nicht stattgefunden hatte.

Sie hob eine Hand des Jungen an. Sie war steif wie die einer Schaufensterpuppe. Und schmutzig. Aber auch dort keine Kratzer, keine abgebrochenen Fingernägel, obwohl diese ziemlich lang waren.

»Hat der Arzt an den Händen Spuren abgenommen?«, fragte sie Nicholls.

»Na ja, er ist nicht beim CSI, wissen Sie.«

»Das ist mir klar.«

Und faul ist er obendrein, dachte Barbara.

Sie aber sah genauer hin. Und entdeckte eine winzige Faser, die an einem Nagel hängen geblieben war. Sie hockte sich nieder und kramte in ihrem Rucksack, bis sie das Gewünschte hatte: eine Pinzette und einen kleinen Spurensicherungsbeutel. Mit größter Vorsicht zupfte sie die Faser von dem Nagel und gab sie in den Beutel.

Wieder etwas für die Kollegen in Anchorage.

So arbeitete sie sich langsam nach oben, bis sie am Hals angekommen war. Die Wunde dort war sicher das Eindrucksvollste an der Leiche. Und ausgesprochen unschön mit ihren ausgefransten Wundrändern. Der ganze Kehlkopf war regelrecht zerfetzt, was für ihren geschulten Blick gleich das nächste Detail zum Tathergang erbrachte. Wenn dieser Junge totgebissen wurde, dann jedenfalls von reichlich stumpfen Zähnen. Das schloss einen Täter aus der Kolonie jedoch nicht von vornherein aus. Ihre volle Schärfe erhielten Vampirzähne erst im Lauf der Zeit. Und von einigen älteren Vampiren wusste man, dass sie ihre auffälligen Canini aus Angst vor Verfolgung abgeschliffen hatten, bis sie aussahen wie ganz normale Eckzähne von Menschen. Apropos Menschen: Die kamen als Täter nun ebenfalls infrage. Sie verfügten zwar nicht über eine vergleichbar kräftige Kiefermuskulatur, aber ihr Gebiss war das Gebiss von Omnivoren und daher grundsätzlich fähig, ganze Fleischstücke aus der Beute zu reißen.

Ihrem Diktiergerät sagte sie: »Wundbild und Schädigungsmuster deuten auf eine Bissverletzung mit ausgedehnten oberflächlichen Läsionen an der Oberfläche und Gewebszerreißungen in der Tiefe hin. Weichteilverluste durch perimortale Fraßeinwirkung sind dem ersten Anschein nach wahrscheinlich.«

»Dem haben sie die ganze Gurgel rausgerissen«, schaltete sich Nicholls ein.

»Korrekt, Sir. So kann man es auch sagen.«

Barbara holte aus ihrem Rucksack einen weiteren Spurenbeutel sowie ein Skalpell.

Mit dem Skalpell entnahm sie eine Gewebeprobe aus dem Randbereich der Wunde und gab sie in den Beutel, den sie anschließend sorgfältig verschloss. Vampir-DNA sah menschlicher DNA zum Verwechseln ähnlich und taugte daher schlecht als alleiniger Beweis. Aber es war doch ein weiteres Puzzleteil, das eine Hypothese entweder stützen oder widerlegen konnte. Schließlich packte sie noch ihre Dosierpistole aus, mit der sie Silikongießmasse über die gesamte vordere Halsgegend gab.

»Was machen Sie denn da?«, fragte Nicholls.

»Ich nehme einen Abdruck von der Wunde. Wenn wir Glück haben, erhalten wir daraus eine individuelle Zahnspur.«

»Und wozu soll das gut sein?«

Barbara richtete sich auf und sah ihn an. »Sir, meine Aufgabe besteht darin, Beweise zu sichern. Beweise, die zu einem identifizierbaren Täter führen und nicht nur der Vorwand für eine mehr oder weniger willkürliche Massentötung sind.«

Nicholls sah nicht so aus, als sei seine Frage damit beantwortet, aber Barbara wandte sich demonstrativ wieder der Leiche von Marcus Anderson zu und löste die ausgehärtete Silikonmasse behutsam ab. Auch dieses Beweisstück wanderte in eine eigene Tüte. Dann stutzte sie. Etwas an Marcus' Schulter erregte ihre Aufmerksamkeit.

»Chief, können Sie mir kurz helfen, Marcus auf die rechte Seite zu drehen!« Nicholls seufzte, packte aber mit an. Die Leiche war steif gefroren. Barbara besah sich den Rücken, wo sich Leichenflecken gesammelt hatten. Dennoch, die Stelle, die ihr aufgefallen war, war schon farblich anders: nicht rötlich violett, sondern tiefschwarz wie ein Tattoo. Es *war* ein Tattoo. Ein Kreuz, bestehend aus zwei Holzpflöcken über zwei Vampirzähnen. Barbara wurde flau.

»Sehen Sie das?«, fragte sie Nicholls.

»Ich bin ja nicht blind«, versetzte dieser.

»Und wissen Sie auch, was das ist?«

Nicholls blieb bei seiner unzugänglichen Linie. »Wir leben zwar in Alaska, Detective, aber nicht auf dem Mond. Das ist ein Helsing-Tattoo.«

Sie nickte. »Ein Hasssymbol. Es steht für den Genozid an den Vampiren.«

»Die Kids lassen sich heutzutage allen möglichen Unsinn stechen.«

»Mag sein, aber das Helsing-Symbol steht auf der Liste der rechtswidrigen Kennzeichen. Kein Tätowierer, der auf sich hält, macht Ihnen so etwas. Und sollte es ihm nachgewiesen werden, droht ihm die Betriebsschließung.«

Das Helsing-Tattoo war ein ähnlich deutliches Statement wie

das Hakenkreuz. Es beunruhigte Barbara, dass schon ein Fünfzehnjähriger solche Symbole am Körper trug. Sie machte mehrere Fotos, wälzte Marcus wieder auf den Rücken und zog ihre Latexhandschuhe aus.

»Warum stand *das* nicht in Ihrem Bericht?«, fragte sie Nicholls.

»Ich bin sicher, Dr. Dalton hat das Tattoo auch bemerkt.«

Abermals reckte Nicholls das Kinn. »Der Junge hatte ein Tattoo, na und? Jugendliche in dem Alter tun alles, um ihre Eltern auf die Palme zu bringen. Es bedeutet nicht automatisch, dass sie auf die schiefe Bahn geraten sind. Ich hielt dieses Detail nicht für relevant.«

»Es obliegt aber nicht Ihnen zu entscheiden, was relevant ist und was nicht.«

»Okay, dann formuliere ich es anders. Vielleicht wusste ich, dass Sie Marcus verurteilen, auch wenn *er* das Opfer ist. Noch mal: Irgendein Ungeheuer hat ihn angefallen und ihn ausbluten lassen, aber das soll jetzt plötzlich *seine* Schuld sein?« Nicholls war laut geworden, und er starrte sie voller Erbitterung an.

»Das war nicht im Mindesten meine Absicht«, entgegnete Barbara schlicht.

»Sehen Sie den Tatsachen ins Auge, Detective: Dies war jemand aus der Kolonie, das sagten Sie ja selbst. Sie haben das Video gesehen.«

»Das habe ich in der Tat.«

»Was brauchen Sie dann noch?«

»Das Video ist kein zwingender Beweis.«

»Ist … *was* nicht?«

»Es könnte durchaus sein, dass das Video nur inszeniert wurde.«

»Sie meinen also, Marcus hat seinen eigenen Tod nur *gespielt*?«

»Auch das habe ich nicht gesagt. Ich habe gesagt, es *könnte* vielleicht so sein, dass es sich um eine absichtlich gelegte Spur handelt.« Sie seufzte. »Bringen wir die Leiche zurück in die Kühlung und reden in Ruhe darüber ...«

Plötzlich ging die Schwingtür zur Küche auf. Barbara und Nicholls drehten sich um.

Vor ihnen stand Carly mit einer Zigarette in der Hand. Ihrer Miene nach zu urteilen, hatte sich ihre Laune in der Zwischenzeit nicht gerade verbessert.

»Kommen Sie lieber mal mit raus. Wir haben Besuch.«

9

Und wenn die Welt voll Teufel wär
und wollt uns gar verschlingen,
so fürchten wir uns nicht so sehr,
es soll uns doch gelingen.

Vor dem Roadhouse Grill hatte sich eine kleine Menschenmenge versammelt. Die vielleicht zwölf Teilnehmer hielten Kreuze in die Luft und wiegten sich im Takt, während sie sangen »Eine feste Burg ist unser Gott«. Das alte Trutzlied freier Christenmenschen.

An ihrer Spitze die Dame in Grau, Colleen Grey, die sie schon kannte. Diesmal jedoch nicht in Grau, sondern in einem fließenden schwarzen Paletot über weißer Bluse mit hohem Kragen. Eine Art Sonntagsstaat, die schon vor über hundert Jahren außer Gebrauch geriet. Ihre Magd Grace war ganz ähnlich ausstaffiert, nur in Blassblau.

Was Barbara aber noch mehr wunderte, war, dass sie beide nicht einheitlich blau gefroren waren. Ihr merkwürdiges Habit war sicher nicht allzu warm, und Barbara fröstelte bereits in ihrem knielangen, kastenförmigen Daunenmantel.

Nehmen sie den Leib,
Gut, Ehr, Kind und Weib:
lass fahren dahin,
sie haben's kein' Gewinn,
das Reich muss uns doch bleiben.

Das Lied war zu Ende, die Gruppe stand schweigend mit erhobenen Feldzeichen. Nicholls starrte zornesrot in die Runde, bis sein Blick an ihrer Priesterin hängen blieb.

»Was treibt ihr hier, Colleen?«

Er sagte nicht *Reverend*, wie Barbara auffiel.

Eine Frage, die wirkungslos an Colleens gebenedeitem Lächeln abprallte. Sie sagte: »Wir sind gekommen, um Gottes Segen zu erflehen, Chief. Für Sie und Detective Atkins und das heilige Werk, das Ihnen aufgetragen ist. Auf dass der Herr euch Kraft gebe und euch leite in dieser bedrängten Zeit.«

»Okay«, blaffte Nicholls. »Wissen wir alles zu schätzen. Nur haben wir im Augenblick zu tun.«

»Wann gebt ihr die Bestien endlich zum Abschuss frei?«, rief jemand aus der Menge.

Barbara wandte sich in die Richtung, aus der die Stimme gekommen war. »Bedaure, aber dazu kann ich zurzeit keine Angaben machen. Wir sind noch in der Phase der Beweissicherung.«

»Ach, hören Sie auf. Wir alle wissen doch, wer es war«, giftete eine hagere Frau aus der ersten Reihe.

»Nun, dann können Sie dem Ermittlungsergebnis ja gelassen entgegensehen.« Barbara ließ sich nicht provozieren.

»Wir hätten längst mit ihnen Schluss machen können«, schimpfte ein Schwergewicht in einem Overall und mit Camouflage-Cap.

»Ich hoffe, Sie meinen das nicht wörtlich, Sir.«

»*Scheiß Vampir-Lover!*«

Der Zwischenruf kam von ganz hinten. Barbara war plötzlich nicht mehr so entspannt. Sie wusste, wie sich solche Situationen entwickeln konnten, selbst bei ganz normalen Leuten. Zumindest betrachtete sie sie noch als solche. Aber sie waren so vieles gleichzeitig: zornig und verängstigt und voller Trauer. Das war eine hoch entzündliche Mischung, eine Explosion jederzeit möglich. Es gehörte nicht viel dazu, um eine Trauergemeinde in einen entfesselten Mob zu verwandeln.

»Hallooo ... warum war *ich* nicht zu der Party eingeladen?«

Eine Welle aus Gemurmel ging durch die Menge. Hinter ihnen, auf der Straße, näherte sich eine kleine, mollige Gestalt in einem karminroten Schneeanzug mit ebensolcher Pudelmütze. Rita. Sie marschierte gleich nach vorn und stellte sich zwischen Barbara und Colleen Grey, wo sie die Hände in die Hüften stemmte, und die Situation begutachtete.

»Also, ich darf doch sehr bitten! Seit wann müssen öffentliche Versammlungen nicht mehr angemeldet werden? Sollte ich als eure Bürgermeisterin nicht davon erfahren?«

Colleen lächelte etwas gequält. »Die Arbeit im Weinberg des Herrn kann sich nicht immer an solche Regeln halten.«

Rita nickte. »Mag sein, aber die Arbeit der Polizei hält sich an Regeln. Deshalb geht jetzt jeder wieder nach Hause und kümmert sich um seinen eigenen Kram. Dann können auch die Beamten wieder unbehelligt ihrer Arbeit nachgehen.« Sie ließ ihren Blick über die Gruppe wandern. »Maggie Dawson, dich muss ich später noch sprechen. Ich brauche Dichtmasse für meine Dachrinne. Und, Layton, wann willst du endlich deinen Jagdschein erneuern lassen?«, sagte sie und ließ die Frage mit strenger Braue nachwirken. »Seht ihr, wir alle haben weiß Gott genug zu tun.«

Erst bröckelte es nur an den Rändern, aber nach und nach und nicht ohne Murren zerfiel der ganze Haufen, bis nur noch Colleen Grey übrig war.

Erhobenen Hauptes und scheinbar unbeeindruckt vom Eingriff der Staatsmacht stand sie da, Grace zwei Schritte hinter ihr, schweigend und gesenkten Blicks. Hätte sie zuvor nicht mitgesungen, Barbara hielte sie für stumm.

»Es tut mir leid, wenn unsere kleine Zusammenkunft so missverstanden wurde«, erklärte Colleen.

Und Rita machte es ihr leicht. »Aber nicht doch, Colleen. Ich freue mich ja immer, wenn die Leute zusammenfinden. Ich möchte nur nicht, dass dadurch die Ermittlungen vom Chief und Detective Atkins behindert werden. Wenn mich nicht alles täuscht, tun sie ebenfalls ein gottgefälliges Werk.«

»Das ist wahr.« Colleen wandte sich zu Barbara. »Und ich bedaure, wenn wir Sie bei Ihrer Arbeit gestört haben. Besuchen Sie uns doch mal in unserer Kirche. Wir würden uns freuen, Sie in unserer Mitte zu begrüßen.«

Barbara war nicht geneigt, Colleens begleitendes Lächeln zu erwidern. »Danke, vielleicht mache ich das, Ma'am«, sagte sie.

Und dachte: Am Tag, an dem die Hölle zufriert!

Colleen war fertig und entfernte sich in Würde. Ihre Füße schienen dabei kaum den matschigen Schnee zu berühren, und die stumme Grace folgte in einigem Abstand wie ein verfrorener Schatten.

»Diese abartige Hexe!«, murmelte Rita.

Barbara warf ihr einen überraschten Blick zu. »Also nichts mit Hochachtung? Das hat sich eben ganz anders angehört.«

»Lieber steige ich mit dem Teufel selbst in die Kiste«, sagte Rita, und ihre Augen wurden zu zwei schmalen Schlitzen. »Ansonsten habe ich eine relativ einfache Strategie: Wer solchen Leuten mit ausgestreckten Armen entgegengeht, kann sie sich am besten vom Leib halten.«

Barbara nickte: »Verstehe.«

Rita klatschte in die Hände. »Gut, dann schlage ich vor, wir gehen in mein Büro. Ich habe frischen Kaffee gemacht. Kommen Sie mit?«

»Ich sage nicht Nein«, antwortete Nicholls.

Sie gingen zu dem Bungalow mit dem Pappschild *Bürgermeisteramt/Polizeistation*, Rita schloss auf. Doch kurz vor ihrem Eintritt spürte Barbara ein eigenartiges Kribbeln im Rücken. *Ihr sechster Sinn.* Vielleicht sehen wir heute länger auf unser Handy als auf unsere Umgebung, aber die alten Instinkte haben uns noch nicht verlassen. Sie drehte sich um.

Hinter ihr auf der Straße stand eine schwarz gekleidete Gestalt. Sie war zu weit entfernt, um von dem Gesicht mehr zu erkennen als einen hellen Fleck unter einer Kapuze. Umriss und Haltung aber deuteten auf einen männlichen Teenager. Darüber hinaus war Barbara ziemlich sicher, dass der Junge sie anstarrte. Sie dachte an den Beinahe-Unfall an ihrem ersten Abend, sie hatte immer noch das Glasstückchen in der Tasche. War das derselbe Junge? Der Kleidung nach denkbar, trotzdem war sie nicht überzeugt. Der hier war größer und auch kräftiger gebaut. Barbara wusste nicht, ob sie ihn ansprechen sollte.

»Hey, du!«, rief sie freundlich und ging einen Schritt auf ihn zu.

Die schwarze Gestalt reagierte nicht – oder zumindest anders als erwartet. Sie erhob die Faust etwa bis Schulterhöhe und schlug sich dann gegen die Brust. Barbara schnürte es die Kehle zusammen. Das war der Helsing-Gruß. Er symbolisierte einen Pflock im Herzen des Erzfeinds. Ein typisches Hasssymbol.

Es zählte zur selben Kategorie wie das Tattoo an Marcus' Schulter.

»He!«, rief sie erneut, wenn auch weniger freundlich.

Doch die schwarze Gestalt lief bereits fort und war kurz darauf hinter dem Supermarkt verschwunden. Gleichwohl nahm Barbara die Verfolgung auf – die sie aber schon nach wenigen Metern aufgeben musste. Ach, was sollte dieses Affentheater? Wem wollte sie etwas beweisen und vor allem was? Sie war eine übergewichtige Frau von fünfzig Jahren in klobigen Schneestiefeln.

»*Verdammt.*«

Gedemütigt starrte sie auf die menschenleere Straße.

Ein Helsing-Gruß und ein ebensolches Tattoo: als gesammelte Erkenntnis für einen einzigen Morgen gar nicht so schlecht.

Und was sollte eigentlich der Spruch *Kids sind Kids*?

Das war ja das Problem.

Wenn man Kinder nur gewähren ließ, brannte morgen die ganze Welt.

10

Sie saßen an Nicholls Schreibtisch. Rita stellte drei dampfende Kaffeebecher darauf ab und setzte sich auf die Tischkante.

»Vielleicht haben Sie das alles nur missverstanden«, sagte Nicholls.

Barbara hob eine Braue. »Also, *ich* erkenne, wenn mir jemand den Helsing-Gruß zeigt.«

»Können Sie den Jungen beschreiben?«, fragte Rita.

»Schwarze Klamotten mit hochgeschlagener Kapuze.«

»Das könnte jeder sein.«

»Ist mir klar«, erwiderte Barbara, ohne sich die Frustration anmerken zu lassen.

»Wenn Sie meine Meinung hören wollen …«, begann Nicholls.

Barbara unterbrach ihn sofort. »Danke, habe ich schon. Sie brauchen mir deshalb nicht noch einmal was von aufmüpfigen Teenagern zu erzählen. Oder der Stimmung in der Stadt. Das weiß ich alles schon.«

Er hob beschwichtigend die Hände. »Wirklich? Und warum sind Sie dann von einem einzelnen Helsing-Gruß so geschockt? Ich sage Ihnen, Sie haben keine Ahnung, wie die Leute hier denken. Und Colleen Grey gießt noch Öl ins Feuer.«

»Was hat es eigentlich mit Reverend Grey auf sich? Wissen Sie Näheres über sie?«, fragte Barbara.

»Reverend?«, schnaubte Rita. »Reverend aus der Hölle, würde ich sagen. Gesalbt mit Schlangenöl.«

»Sie kreuzte hier vor ein paar Jahren auf«, sagte Nicholls. »Zusammen mit ihrer Assistentin Grace. Sie wollten einen alten Schuppen in eine Kirche umwandeln.«

»Ich konnte ihnen das nicht abschlagen«, fügte Rita hinzu. »Zumal sich viele in der Stadt ein Gotteshaus wünschten. Umgekehrt sind kleine Gemeinden in Kolonie-Nähe für zwielichtige Geistliche offenbar attraktiv, ich beobachte dieses Phänomen schon seit Jahren. Die meisten sind nur auf Spendengelder aus und dann schnell wieder weg.«

»Mit so etwas hatte ich auch gerechnet«, warf Nicholls ein. »Aber sie blieb und setzte sich hier fest.«

»Und jetzt haben wir den Salat. Nicht alle sind begeistert über das, was sie so predigt.«

»Was predigt sie denn?«

»Na ja, das Übliche halt. Dass Gott die Seinen beschützt und die Ausgeburten Satans in der Hölle brennen werden. Sie kennen das sicher.«

»Kann man so sagen«, bestätigte Barbara müde. »Obwohl sie auf mich gar nicht so wirkt wie eine typische Fundamentalistin.«

»Sie ist mit Sicherheit etwas Besonderes. Was sie so von sich gibt, klingt erst einmal ganz unverfänglich. Aber ihr Zucker ist in Gift getränkt, glauben Sie mir.«

Gute Umschreibung, dachte Barbara.

Rita trank ihren Kaffee und sagte dann: »Was den Jungen von eben betrifft, sollten Sie vielleicht mit der Schule reden. Eigentlich ist um diese Zeit Unterricht. Kurt Mowlam unterrichtet die Fünfzehn- bis Sechzehnjährigen. Es sind nur wenige Schüler, ein knappes Dutzend. Er wird wissen, wer an diesem Morgen fehlt.«

»Sie sollten zur Kriminalpolizei gehen, Rita.«

»Es gibt nur ein Problem«, bemerkte Nicholls. »Aufgrund der Sache mit Marcus ist derzeit die Hälfte vom Unterricht befreit.«

»Sehen Sie?« Rita lachte. »Genau deswegen bin ich *nicht* bei der Polizei. Und mache lieber ein paar Hausbesuche, während ihr euch um eure Ermittlungen kümmert.«

Sie trank ihren Kaffee aus und ging zur Tür. Während sie sich die Mütze aufsetzte, drehte sie sich noch einmal um: »Soll ich noch Cookies besorgen, Pete, was meinst du?«

»Was für eine Frage«, entgegnete Nicholls.

Dann war sie auch schon durch die Tür verschwunden. Ein karminroter Kugelblitz, rastlos, nicht zu bremsen.

»So jemanden sieht man nicht alle Tage«, sagte Barbara zu Nicholls.

»Das stimmt. Ich verdanke ihr viel, vor allem in meiner Anfangszeit. Ohne sie wäre ein Stadtmensch wie ich hier verloren gewesen.«

»Was mich wundert, ist, dass so ein kleiner Ort einen hauptamtlichen Bürgermeister hat.«

»Hat er auch nicht. Rita ist eher eine Art ehrenamtliche Ortsvorsteherin. Hauptsächlich pflegt sie ihre schwerkranke Mutter, die Dienstgeschäfte erledigt sie nebenher.«

»Tut mir leid, das zu hören.«

Er nickte. »Rita kann mit den Leuten. Sie findet immer den richtigen Ton und hat schon so manche Streitigkeit entschärft. Erleichtert mir die Arbeit ungemein.«

»Ich wünschte, ich könnte das auch von mir sagen.«

»Mir geht es genauso.«

Es war eine Erkenntnis, die beide plötzlich milder stimmte.

»Wie auch immer«, fuhr Nicholls fort. »Sie wollten mit mir über das Handyvideo reden?«

»Das stimmt.«

Sie klappte ihr Notebook auf. Nicholls setzte sich eine uralte, mit Klebeband geflickte Lesebrille auf die Nase. Noch jemand, der seine Mahlzeiten wohl meist allein einnahm, dachte Barbara. Es war einfach niemand da, der über den unwürdigen Zustand der Brille gemeckert hätte. *Wie läufst du wieder rum? Wie sieht denn das aus?*

Sie klickte auf Start. An der Stelle, in der Marcus' Jacke ins Bild kam, hielt sie an.

»Sehen Sie, hier.« Sie deutete auf den grauen Schemen. »Hinten an der Wand.«

Nicholls kniff die Augen zusammen und schien nicht überzeugt.

»Das könnte alles Mögliche sein.«

»Wenn Sie *das* glauben, brauchen Sie eine neue Brille. Es ist eine Jacke, das sieht doch jeder. Marcus' Jacke.«

Nicholls blinzelte auf den Bildschirm – und seufzte. Es war das Eingeständnis, dass Barbara recht hatte, doch er hätte sich lieber die Zunge abgebissen, als dies auch nur mit einem einzigen Wort zuzugeben.

»Warum sollte er seine Jacke ablegen?«

»Die Jacke war neu. Er wollte nicht, dass sie auf dem Boden schmutzig wird.«

»Das ist nur eine Hypothese.«

»Fällt Ihnen ein anderer Grund ein?«

»Selbst wenn Sie recht *hätten*: Es ändert nicht das Geringste. Das Video zeigt seine Ermordung … durch einen Vampir.«

»Sehe ich nicht so. Das Video spiegelt uns lediglich vor, ein Vampir sei der Täter gewesen. Das Video ist nicht echt.«

»Der Junge ist tot, Detective. Halten Sie das auch für nicht echt?«

»Keineswegs. Es zeigt, dass Marcus nicht zufällig zum Opfer wurde, sondern dass er in dieses Video involviert war. Und zwar als Darsteller. Die Tatsache, dass er vorher seine Jacke an die Wand gehängt hat, beweist das.«

»Moment, er soll bei seiner eigenen Ermordung mitgespielt haben?«

»Vielleicht hat er ja geglaubt, dass er nicht wirklich stirbt?« Nicholls nahm seine Brille ab und sah sie nachdenklich an. »Sie meinen, auch dies könnte ein Transformationsunfall sein, so wie bei Todd Danes?«

Barbara dachte nach. Sie hatte diesen alten Fall sorgfältig studiert. Tatsächlich gab es einige Ähnlichkeiten. Beide Jungen waren im selben Alter, und in beiden Fällen fand der Mord an einem abgelegenen Ort im Wald statt. Doch der Detective in ihr hörte nicht auf zu nörgeln. Irgendetwas war anders.

»Das weiß ich nicht«, sagte Barbara. »Ich weiß nur, dass dieses Video zumindest teilweise inszeniert wurde. Wir haben einen toten Jungen mit einem Helsing-Tattoo – und einen lebenden, der mir auf offener Straße den Helsing-Gruß zeigt. Man muss kein Hercule Poirot sein, um hier einen Zusammenhang zu sehen.«

»Hercule wer?«

Barbara schüttelte nur den Kopf. »Unwichtig. Und noch etwas …« Sie langte in ihre Tasche und holte das Lederhalsband mit dem makabren Kruzifix aus Vampirzähnen hervor. »Das hat gestern jemand im Badezimmer hinterlassen.«

Nicholls starrte auf das krude Ding, und sein Gesicht verdüsterte sich.

»Und nicht nur das. Der Betreffende hat mir auch eine Nachricht hinterlassen.« Barbara schaltete ihr Handy ein und zeigte ihm die Schrift auf dem Spiegel.

Nicholls las sie laut: »Die Sonne soll sich verkehren in Finsternis und der Mond in Blut.« Er blickte Barbara an. »Klingt nach einem Bibelspruch.«

»Bibel zieht immer, nicht wahr?«

»Ist Ihnen jemand aufgefallen?«

»Wenn mir jemand aufgefallen wäre, würde ich *Sie* nicht fragen.«

Von diesem Punkt an musste sie nur noch abwarten. Es mochte ja sein, dass Nicholls sie bisher nur für eines brauchte: die Freigabe einer Massentötung. Vielleicht hatte er sich auch ein bisschen zu sehr an den ruhigen Dienst in diesem verschlafenen Nest gewöhnt. Doch darunter war er immer noch ein Cop.

»Okay«, sagte er. »Was haben Sie vor, Detective?«

»Auf jeden Fall muss ich mit Stephen und Jacob reden. Aber vorher würde ich gern den Tatort sehen. Ich will wissen, wo Marcus ums Leben kam.«

Geduld. Es war etwas, das das Mädchen hier gelernt hatte.
Für sie verging die Zeit ganz unterschiedlich. Stunden schrumpften zu Minuten, Wochen zu Tagen, Jahre zu Wochen. Je länger sie lebte, desto mehr komprimierte sich die Zeit. Das lag an ihrem inneren Stoffwechsel. Hätte sich die Zeit so langsam von der Stelle bewegt wie für andere, wäre sie wahnsinnig geworden.
Dennoch gab es Tage, an denen sie die ganze Last ihrer Existenz spürte. Dann kam die Geduld ins Spiel. Geduld war ein Überlebenswerkzeug.
Genauso wie das kleine Plastikmesser, das sie unter ihrer Matratze versteckt hatte. Ihr Fänger hatte im Lauf der Jahre viele Gesichter gezeigt. Mittlerweile wusste sie, dass das aktuelle Gesicht auch das letzte sein würde.
Doch was würde aus ihr, ganz ohne ihren Fänger?
Sie ging zum Fenster und zog das pinkfarbene Rollo hoch.
Obwohl sie durch das geschwärzte Glas nicht nach draußen sehen konnte, wusste sie, dass ganz in der Nähe ein Fallrohr verlief. Immer wenn es regnete oder taute, hörte sie dort das Wasser rieseln. Ohne das Rohr je gesehen zu haben, wusste sie zudem, dass es dort Undichtigkeiten gab. Nicht viele, aber doch genug, um im Lauf der Jahre die Wand rund um das Fenster chronisch zu durchnässen und auf diese Weise zu schwächen. Ehedem harter Zement verwandelte sich durch Auswaschung in etwas Bröseliges, Putz wurde weich, beinahe pastös.
Hier griff sie auch als Erstes an. Mit dem Plastikmesser kratzte sie den Putz an den Gitterstäben weg. Jeden Tag ein wenig mehr.

Was sie an Material abgetragen hatte, drückte sie anschließend wieder zurück in die Wand und schloss vorsichtshalber das Rollo, damit ihr Fänger nichts merkte.

Der ganze Prozess verlief quälend langsam, nahm Monate, Jahre, Jahrzehnte in Anspruch. Doch irgendwann begannen sich die Gitterstäbe zu lösen. Nicht viel. Und längst nicht genug, um sie zu entfernen. Aber das war nur noch eine Frage der Zeit. Sobald diese Zeit gekommen war, würde sie das Fenster einschlagen und fliehen.

Einmal mehr nahm sie das Plastikmesser und fing an zu kratzen.

Die leise murmelnde Stimme in ihrem Kopf wurde lauter.

Das elektrische Flirren in ihren Gliedern nahm zu.

Sie war hungrig. So hungrig.

Oft in ihrer Gefangenschaft hatte sie ihr eigenes Ende herbeigesehnt. Aber der Daseinszweck alles Lebenden war nun einmal zu leben.

Und zu fressen.

11

Tucker konnte nicht schlafen. Normalerweise schmierte er irgendwann gegen Morgen ab und wachte am Nachmittag wieder auf. An diesem Tag weckte ihn schon das Frühgrau, das gegen neun in seine Hütte gekrochen kam und gnadenlos zusammenfasste, was war: alter Mann im Lehnstuhl neben erkaltetem Feuer.

Nachdem Athelinda gegangen war, hatte er sich hier verbarrikadiert. Er hatte sämtliche Lichter angemacht und auch den Kamin – und gesoffen. Bourbon, direkt aus der Flasche. Er kriegte nämlich das Gespräch mit ihr nicht aus dem Kopf.

»Warum seid ihr zurückgekehrt?«

»Es ist unsere Heimat.«

»Das ist fünfundzwanzig Jahre her.«

»Ein Wimpernschlag.«

Seufzend hatte er darauf gefragt: »Und wie geht's Merilyn?«

»Sie liegt im Sterben. Aber eigentlich starb sie schon, als sie ihre Familie verlor.«

»Das tut mir leid.«

»Das sollte dir auch verdammt noch mal leidtun.«

»Es war nicht meine ...«

»Nicht deine Schuld? Nein, wie auch? Du bist ja nie schuld. Typisch Mensch. Manchmal bereue ich, dich nicht im Wald zurückgelassen zu haben.«

»Vielleicht hättest du das tun sollen.«

Von ihrer Seite: ein Lächeln. »Nein, ich mag dich lieber so.«

»Was willst du von mir, Athelinda?«

»Sprich mit den Leuten in der Stadt. Sag ihnen, dass wir den Jungen nicht umgebracht haben.«

Der Junge war Marcus Anderson. Trotz seines Einsiedlerlebens hier im Wald hatte er immer noch seine Quellen und wusste daher, was passiert war. Tragische Geschichte. Aber nicht sein Problem. Nicht mehr.

»Aber die Leute hören nicht auf mich«, sagte er.

»Dann lass dir etwas einfallen. Das ist die letzte Warnung. Diesmal laufen wir nicht weg. Sollte uns irgendwer zu nahe kommen, egal wem von uns, dann schlagen wir zurück. Wir töten sie in ihren Betten und verschonen niemanden, nicht Frau, nicht Kind, nicht Säugling. Merk dir das.« Sie blitzte ihn aus diesen schräg gestellten bernsteinfarbenen Augen an, die eher an einen Wolf erinnerten als an Menschenaugen. Wer sie sah, blickte dem Tod ins Gesicht.

»Wenn ihr das tut, unterschreibt ihr euer eigenes Todesurteil. Und nicht nur eures, am Ende wird jede Kolonie im Land dran glauben müssen. Also kommt mal runter.«

Worauf sie die Hand ausstreckte und sich sein Whiskeyglas nahm. Grinsend hielt sie sich das Glas an die Lippen.

Und biss ein großes Stück heraus. Die blutigen Splitter spuckte sie anschließend auf die Veranda.

»Da sind wir schon, Tucker.«

Im nächsten Augenblick war sie verschwunden wie ein übler Lufthauch. Tucker betrachtete die weiße Asche im Kamin. *Lass dir etwas einfallen.* Was denn, bitte schön? Für die meisten in der Stadt war er nur ein peinlicher Spinner. Die traurige Figur im Wald, die man nicht mehr auf die Menschheit loslassen konnte. Und nicht zuletzt jene Flasche von Cop, der damals nach dem Mord an dem Jungen so kläglich versagt hatte. Niemand scherte sich mehr um Jensen Tucker. Und die, die es taten, fragten sich höchstens, warum er nicht schon längst tot war. Keine Frage, bei seiner Beerdigung würden noch einmal alle kommen. Aber nur, um auf seine Leiche zu spucken.

Er griff nach der Whiskeyflasche, stellte aber fest, dass sie leer war. Er ging in die Küche. Er hatte immer genügend Vorrat, eine weitere Flasche wartete bereits neben dem Herd. Aber von dem guten Zeug. Er zog den Korken und goss sich ein kleines Glas ein. Spürte, wie sich die Wärme in seinem Magen ausbreitete, das Wohlbefinden. Er reagierte auf den Stoff nicht anders als ein Junkie. Dann sah er aus dem Fenster.

Etwas Graues hing an dem Ast mit dem Schweinekadaver.

Tucker runzelte die Stirn. Das graue Ding sah wie eine Jacke aus.

Er überlegte hin und her, ob er sie nicht ignorieren sollte, schob dann aber das Glas von sich und trat über das Wohnzimmer ins Freie. Es war nicht weit bis zu dem Baum.

Er blickte umher. Wer hatte die Jacke hier aufgehängt? Athelinda? Wer sonst könnte das getan haben?

Er nahm die Jacke an sich. Allem Anschein nach nagelneu. Nur oben am Kragen waren ein paar dunkelrote Flecken. Er merkte, wie sich sein Hals zusammenschnürte.

Eine nagelneue Jacke mit Blutspuren.

Als er aus alter Gewohnheit die Taschen durchsuchte, stieß er auf etwas Kleines, Metallisches, Rundes.

Er zog es hervor und … rang auf einmal nach Luft.

»Verdammt.«

12

»Bis zur Hütte sind es nur zehn Minuten mit dem Auto. Und danach noch eine kurze Wegstrecke durch den Wald.«

Barbara fragte sich, was Nicholls unter einer kurzen Wegstrecke verstand, und beschloss, dass sie es so genau gar nicht wissen wollte. Sie sah aus dem Fenster, während sie über die verschneite Main Street rollten, vorbei an Harty Snacks, dem örtlichen Café, vorbei an dem perversen Santa und einem Klamottenladen namens Dead Cool Clothing, vorbei an dem Eisenwarenladen und der Arztpraxis. Das erinnerte sie an den schlampigen Totenschein.

»Ich muss auch noch mit Dr. Dalton sprechen«, sagte sie.

»Die Praxis ist aber nur drei Tage in der Woche geöffnet. Dazwischen behandelt Dr. Dalton seine Patienten gern von zu Hause aus, am Deep Hollow Lake.«

»*Deep Hollow*? Klingt ja ermutigend. Dann haben es seine Patienten ja später nicht weit …«

Nicholls konnte darüber nicht lachen. »Die Ortsnamen hier sind alle nicht alt. Und die Leute nennen die Dinge eben gern, wie sie sind.«

Danach kam ein größerer, moderner Flachbau in Sicht. »Unser Schulzentrum«, sagte Nicholls. »Links die Grundschule, in dem anderen Flügel ist die Highschool.«

»Und das hat sich bewährt?«

»Bisher hat es das.«

Barbara sah einige von den Kleinen, die auf dem Schulhof Fangen spielten. Sie waren noch zu jung, um zu begreifen, welche dunklen Wolken am Horizont aufzogen. Zu jung, um sich klarzumachen, dass das Leben endlich war. Mit acht denkt man noch, man würde ewig leben. Mit achtzig war man froh, dass alles seine Zeit gehabt hatte. Und somit auch sein Ende.

Hinter der Schule dünnte sich die Stadt schnell aus. Ein Schild wies noch auf eine Nebenstraße: »Garrett's Tours – Entdecken Sie die Faszination des Denali-Nationalparks. Trekking- und Schneemobil-Touren, Campen in freier Natur, Kolonie-Exkursionen. Langjährige, erfahrene Guides.«

»Das sind die Eltern von Stephen. Von dort aus organisieren sie ihre Wandertouren«, erklärte Nicholls.

»Und was ist mit Jacob und seinem Vater?«

»Die wohnen auf der anderen Seite.«

Was dem Tonfall nach nicht die beste Gegend sein konnte. Soziale Brennpunkte gab es wohl überall.

Sie hatten das menschliche Siedlungsgebiet fast hinter sich gelassen, als ein großes, mindestens zwei Meter hohes Kreuz ins Blickfeld rückte. Es stand direkt neben der Straße, kurz vor einer kleinen, ungeteerten Ausfahrt, die zu einer Art Baracke führte. Eine Hinweistafel am Kreuz informierte den Besucher: KIRCHE VOM HEILIGEN KREUZ.

»Wie sinnig«, lautete Barbaras Kommentar. »Die scheinen das wörtlich zu meinen.«

»Colleen wollte sichergehen, dass nicht alle einfach daran vorbeifahren.«

»Das sieht man«, sagte Barbara. Und sie sah sogar noch mehr. »Können Sie mal kurz anhalten?«, sagte sie.

Widerstrebend stoppte Nicholls den Truck. Barbara sprang heraus und ging zu dem Kreuz. Aus der Ferne schien es aus zwei soliden Balken gezimmert, doch beim Näherkommen zeigte sich, dass es in Wahrheit aus Bündeln von Kleinholz bestand. Genauer gesagt, lauter gebrauchten Pflöcken, an deren Spitze noch altes Blut klebte. Auf einem kleineren, am Fuß des Kreuzes angebrachten Schild stand:

Dieses Kreuz wurde errichtet aus den Werkzeugen des Heils und den göttlichen Waffen im Kampf gegen das Böse. Wir werden nicht nachlassen.

»Die Dinger sind historisch«, sagte Nicholls, der Barbara gefolgt war. »Und somit nicht illegal.«

»Nicht illegal«, wiederholte Barbara und verdrehte die Augen. »Vieles ist nicht illegal. Das macht es aber nicht automatisch gut.«

Nicholls sah sie an. »Na, dann kommen Sie mal mit. Ich will Ihnen etwas zeigen.«

Ein Seitenpfad führte zu einer von dürren Birken umgebenen Lichtung, die man durch eine Art hölzernen Torbogen betrat. Oben die Aufschrift: FRIEDHOF DEADHART. Auf dem tief verschneiten Gräberfeld erkannte sie ein wildes Durcheinander aus Gedenksteinen, Schreinen und Kreuzen. Weiter hinten standen vier Männer um einen lodernden Scheiterhaufen.

Barbara runzelte die Stirn. »Was machen die da?«, fragte sie.

»*Die da*«, erwiderte Nicholls, »die da tauen den Boden auf. Damit Marcus ein ordentliches Begräbnis bekommt.«

»Aber die Leiche muss noch nach Anchorage in die Pathologie«, sagte Barbara.

»Zu dieser Jahreszeit kann es Tage, mitunter Wochen, dauern, bis man tief genug ist. Der Untergrund ist hart wie Granit. Deshalb hilft auch jeder in der Stadt mit. Die Leute wechseln sich ab und bringen mit, was sie haben, Spitzhacken, Erdbohrer, so was.

Jeden Tag ein Fußbreit tiefer. Täten sie es nicht, müssten Marcus' Eltern bis zur Schneeschmelze warten. Das muss man sich mal vorstellen: Das eigene Kind wird ermordet, aber Frieden darf es nicht finden.«

»Das tut mir leid.«

Nicholls nickte grimmig. »Vielleicht halten Sie sich das nächste Mal mit ihren vorschnellen Urteilen etwas zurück, was in einer solchen Umgebung richtig oder nicht richtig ist.«

Und mit diesen Worten drehte er sich um und ging zum Wagen zurück. Hinten am knackenden Feuer legte ein Mann einen dicken Scheit nach. Gierig griffen die Flammen nach der frischen Nahrung. »Bravo, gut gemacht«, sagte sie zu sich selbst. »So gewinnt man Freunde.« Dann stapfte auch sie langsam zum Polizeitruck zurück.

Die weitere Fahrt verlief in tiefem Schweigen.

Der Ausdruck »Jagdhütte« war übrigens geprahlt. Barbara sah nur einen altersschiefen Verschlag aus halb verrottetem Holz, der von den Jungfichten ringsum bereits in die Zange genommen wurde.

Auch Nicholls konnte nur den Kopf schütteln. »Ich habe nie begriffen, warum die Jugendlichen ausgerechnet hier abhängen.«

»Sie haben keine Kinder, oder?«

»Nein. Sie?«

»Ich auch nicht. Aber ich habe nicht vergessen, wie *ich* in diesem Alter war.«

Da hatten sie sich nämlich auch solche Höhlen im Wald gebaut, Barbara und ihre beste Freundin. Wacklige Tipis aus Fallholz, Zweigen, Moos und trockenem Laub. Diese Unterstände waren absolut *basic*, doch es war ein Ort, der nur *ihnen* gehörte. Als Kind hatte man es nicht leicht, als Teenager noch viel weniger. Einerseits sollte man langsam erwachsen werden, andererseits wurde einem noch alles vorenthalten, was zum Erwachsensein gehörte. Man steckte sozusagen in einer Art Zwischenreich fest, das wenig Bewegungsspielraum bot. Deshalb waren solche Schlupfwinkel so wichtig. Sie waren in jenen Jahren das einzige echte Autonomiegebiet.

»*Klein, aber mein, Babs. Hier kann uns niemand.*«

Barbara stieß die Tür auf, die nur mit letzter Kraft in ihren Angeln hing.

Drinnen war es stockfinster, Licht kam lediglich durch die zahlreichen Ritzen in der Wand und ein großes Loch im Dach. Außer ein paar umgedrehten Holzkisten gab es keinerlei Mobiliar, dafür jede Menge Müll. Hingeschmolzene Kerzen, zerdrückte Bierdosen, Jointstummel. Was man in einem solchen Loch eben so erwartet. Das Einzige, das Barbara *nicht* sah, waren gebrauchte Kondome.

»Wir haben die Hütte bereits durchsucht«, sagte Nicholls vorsorglich.

»Versteht sich«, entgegnete Barbara. »Ich suche auch nicht nach irgendwas, das Sie übersehen haben könnten.«

Was nur zum Teil stimmte. Natürlich suchte sie danach, aber eher aus ihrem Andere-Augen-Prinzip heraus. Andere Augen entdeckten nicht selten andere Spuren.

Sie holte ihre Taschenlampe heraus und ging damit den Boden ab. Die Stelle, an der Marcus starb, war noch deutlich zu erkennen, auch wenn das Blut weitgehend entfernt worden war. Danach waren die Wände dran, Meter für Meter. Alles war alt und verzogen und mehr oder weniger kaputt. Sie leuchtete in jede Ecke. In der rechten Bretterwand stieß sie auf einen rostigen Nagel. Ihn besah sie sich genauer. Etwas Graues, Spinnwebartiges hatte sich an ihm verfangen. Es war ein Faden. Hier musste die Jacke gehangen haben.

»Sehen Sie das?«, fragte sie zu Nicholls gewandt.

Er trat näher und kniff die Augen zusammen. »Nicht so richtig«, sagte er.

Barbara holte einen Spurenbeutel aus ihrem Rucksack und sicherte ihren Fund. Zwar fehlte ihr noch die Vergleichsprobe, also Marcus' Jacke, aber in diesem Stadium der Ermittlungen agierte sie wie die diebische Elster. Sie ließ einfach alles mitgehen, in der Hoffnung, aus den gesammelten Schätzchen später einen wasserdichten Fall zu machen.

Am Ende ließ sie ihren Blick noch einmal durch den Raum schweifen und versuchte, sich den Ablauf vorzustellen. Wie fing es an? Die Jungs treffen sich. Bis hierhin ist noch alles normal. Sie treffen sich übrigens regelmäßig hier, das zeigen ihre SMS. Sie hängen also hier ab, kiffen ein wenig, trinken Bier. Und dann gehen sie wieder nach Hause. Zumindest zwei von ihnen tun das. Marcus kehrt noch einmal um, angeblich, weil er sein Handy vergessen hat. Oder weil er sich noch mit jemandem treffen will ... was er leider nicht überlebt. War es so?

»Was überlegen Sie?«, fragte Nicholls.

Ehrliche Antwort: Sie wusste es selbst nicht. Aber irgendetwas an diesem Szenario passte nicht. Aber wo steckte der Fehler?

»Okay, gehen wir den Abend noch einmal durch«, sagte sie.

»Wann waren die Jungen in der Hütte?«

»19:00 Uhr, 19:30 Uhr.«

»Und wie lange braucht man zu Fuß von der Stadt aus?«

»Dreißig, vierzig Minuten, würde ich sagen.«

»Der Zeitstempel auf dem Video sagt 21:18 Uhr. Stephen und Jacob gaben zu Protokoll, sie hätten Marcus gegen 21:00 Uhr zuletzt gesehen – da hatten sie die Hälfte des Weges bereits zurückgelegt. Auf halber Strecke, um 21:00 Uhr also, fällt Marcus auf, dass er sein Handy hat liegen lassen. Deshalb geht er noch einmal zurück in die Hütte. Richtig so?«

»So weit … richtig«, sagte Nicholls zögerlich. Wohl weil er ahnte, worauf sie hinauswollte.

»Und wann soll Stephen laut Aussage der Eltern nach Hause gekommen sein?«

»Um 22:00 Uhr.«

»Aber warum hat er für einen Fußweg von zwanzig Minuten so viel länger gebraucht?«

»Vielleicht, weil sie auf Marcus gewartet haben.«

»Aber Sie sagten selbst, die beiden hätten *nicht* gewartet, wissen Sie noch? *Jungs kletten nicht so zusammen wie Mädchen.*«

Nicholls schüttelte den Kopf und tippte sich an den Schnurrbart. Barbara fiel auf, dass er das immer tat, wenn er verunsichert war. Denn eine so eklatante Ungereimtheit hätte ihm eigentlich selber auffallen müssen. Vielleicht war sie ihm aufgefallen, aber er hatte sich nicht mit störenden Details abgeben wollen.

»Das muss nicht unbedingt etwas bedeuten«, sagte er schließlich.

»Muss nicht. Aber kann. Vielleicht ist es der Schlüssel zu allem.«

Ein allerletztes Mal ließ sie den Tatort auf sich wirken, atmete sie seinen Geruch. Dieses eigenartige Aroma von schalem Bier, Cannabis und Fichtennadel, das den metallischen Blutgeruch längst überlagerte, auch wenn Barbara ihn noch wahrnahm. Denn der Tod war in diese Hütte gekommen, und er war hungrig gewesen. Aber nicht nur hungrig, ebenso voller Zorn, Angst und Hass.

Plötzlich fuhr sie herum. Ein Geräusch von draußen. Und Vögel, die flatternd die Flucht ergriffen.

»Haben Sie das gehört?«

»Was gehört?«

Barbara stürzte zum Eingang, riss die Tür auf und hätte sie dabei fast aus den Angeln gehoben. Sie sah gerade noch, wie das dünne blonde Mädchen zwischen den Bäumen verschwand. Barbara lief die kurze Treppe hinunter und weiter bis zum Waldrand, wo sie die Verfolgung aufgab. In diesem finsteren Tann verlor man schnell die Orientierung. Sie ging noch ein paar Meter weiter, achtete aber sehr darauf, die Hütte im Blick zu behalten. Das Mädchen war sicher längst über alle Berge.

Aber dann entdeckte sie es doch. Es stand nur wenig weiter im Halbdunkel der dichten Fichtenkronen. Gekleidet war es in ein wildes Patchwork aus Tierhäuten, und die weißblonden Haare hingen ihm in zwei langen Zöpfen bis auf die Schultern hinab. Barbara glaubte nicht an Geister, aber in diesem Moment erschien ihr dieses Mädchen wie ...

Mercy?

Erst als das Mädchen einen Schritt auf sie zumachte, bemerkte Barbara ihren Irrtum. Natürlich war das *nicht* Mercy. Wie auch? Zum einen war das Mädchen viel jünger. Und es hatte helle Haut, nicht dunkle wie Mercy. Gleich waren eigentlich nur die Haare.

Und als sie sie zum fünften oder sechsten Mal unter Wasser drückten, trieben ihre Haare wie silberne Algen auf dem Fluss.

Barbara schluckte. »Alles in Ordnung mit dir, Liebes? Hast du dich verlaufen?«, fragte sie, obwohl sie ziemlich sicher war, dass das Mädchen sich nicht verlaufen hatte – und auch kein kleines Mädchen war.

»Wer ist Mercy?«, fragte das Mädchen zurück.

Eiszapfen rannen Barbara den Rücken hinab. Soweit sie wusste, hatte sie den Namen gar nicht laut ausgesprochen. Sie zwang sich zu einem Lächeln, bis es wehtat. »Eine Freundin von früher. Und wer bist du?«

»Das brauchst du nicht zu wissen, alte Frau«, sagte das Mädchen, indem es den Kopf zur Seite legte. »Bist du ein Cop?«

»Detective.«

Das Mädchen nickte. »Dann sag diesem Kretin von Chief, dass die Kolonie den Jungen nicht umgebracht hat.«

Barbara zuckte bei dem Wort zusammen – was von der anderen wohl beabsichtigt war.

»Bist du aus der Kolonie?«, fragte sie trotzdem.

Das Mädchen lächelte, wobei zwei spitze goldene Eckzähne sichtbar wurden. Ihre natürlichen Zähne hatte sie wohl irgendwann verloren.

»Blitzmerker«, erwiderte das Mädchen.

»Weißt du etwas über den Mord?«

»Ich habe es mir zur Aufgabe gemacht, über alle Vorgänge in dieser menschlichen Niederlassung informiert zu sein.« Auch das Wort *menschlich* spuckte sie aus wie etwas, von dem einem nur übel werden konnte.

»Dann kannst du mir vielleicht sagen, wer ihn dann umgebracht hat.«

Die bernsteinfarbenen Augen des Mädchens musterten sie erbarmungslos. »Im Wald findest du ihn jedenfalls nicht. Such im näheren Umkreis.«

»Deadhart?«

»Frag sie nach dem Beinhaus.«

»Beinhaus?«

»Du hast mich verstanden. Und halt dich verdammt noch mal von der Kolonie fern.«

Ehe Barbara noch etwas sagen konnte, war das Mädchen verschwunden. Als hätte es sich in seine düstere Umgebung aufgelöst.

Barbara versuchte gar nicht erst, ihr nachzuspüren, sondern stapfte wie betäubt zur Hütte zurück. *Mercy.* Wie kam es, dass sie gerade jetzt wieder an sie dachte? Die Erinnerung lag tief verschüttet in ihrem Innern, was hatte sie aufgeweckt? Aber wie hieß es? *Böse Erinnerungen sind schwerer zu begraben als ein Vampir.*

Nicholls, der vor der Hütte gewartet hatte, war halb erleichtert, halb verärgert.

»Wo zum Teufel haben Sie gesteckt?«

»Da war jemand im Wald. Dem musste ich nachgehen.«

»Das war ausgesprochen dumm von Ihnen.«

Barbara ignorierte ihn. »Da war ein Mädchen. Jung, mit blonden Haaren. Ich glaube, sie gehört zur Kolonie.«

Ein Zucken in Nicholls' Gesicht machte sie misstrauisch. »Kennen Sie es vielleicht?«

»Das kann nur die Anführerin gewesen sein. Das ist so eine Kleine, Blonde. Hört auf den Namen Athelinda und ist mehrere Hundert Jahre alt. Sie ist mal als Kind umgedreht worden.«

Barbara zog es die Eingeweide zusammen. Mädchen wie Athelinda waren der Grund, warum die Transformation von Kindern schon seit vielen Generationen nicht mehr praktiziert wurde. Ein umgedrehtes Kind wurde körperlich nie erwachsen, sondern verblieb auf dem kindlichen Entwicklungsstand. Im Gegensatz zu seiner geistigen Entwicklung, sie verlief normal. Doch am Ende entstand so ein Wesen mit dem Wissen und der Erfahrung von Jahrhunderten, das auf ewig im Körper eines Kindes gefangen war. Die meisten dieser Geschöpfe verloren mit der Zeit den Verstand, und die wenigen, die dem Wahnsinn entgingen, zahlten einen hohen Preis dafür.

»Nach allem, was man hört, ist sie äußerst gefährlich«, fuhr Nicholls fort. »Es gibt viele Geschichten von Wanderern, die zu einer Bergtour aufbrachen und nie wiederaufgetaucht sind.«

»Na ja, es gibt auch jede Menge Geschichten über Bigfoot ...«

Nicholls blickte sie an, als sei *sie* jetzt wahnsinnig geworden. »Ich sage Ihnen eines: Dass die Kleine hier aufkreuzt, bedeutet nichts Gutes.«

»Sie äußerte nur, dass niemand aus der Kolonie den Jungen umgebracht hat.«

»Was soll sie auch anderes sagen?«

»Außerdem sagte sie, wir sollen uns das nähere Umfeld ansehen. Und etwas, das sich das *Beinhaus* nennt.«

Nicholls runzelte die Stirn. »Keine Ahnung, was sie meint. Ich würde ihren Angaben auch nicht allzu viel Gewicht beimessen. Die meisten hier halten sie für wahnsinnig.« Und schließlich, forscher: »Ich nehme an, wir sind hier fertig?«

»Sind wir. Fürs Erste.«

»Dann sollten wir uns schleunigst vom Acker machen.« Argwöhnisch blickte er zum Waldrand hinüber. »Es wird bald dunkel.«

Er ging voran, und Barbara folgte, doch sie war nicht zufrieden. Was hatte es mit dem ominösen Beinhaus auf sich? Nicholls Antwort kam für ihr Gefühl etwas zu schnell. Er wusste mit Sicherheit etwas, wollte es ihr aber nicht sagen. Was ihre Neugier nur befeuerte.

Worin sie ihm aber recht geben musste: Ja, Athelinda *war* gefährlich. Tatsächlich gab es nichts Gefährlicheres als ein Kind, das Macht ausübte ... und mehrere Jahrhunderte lang Zeit gehabt hatte, seinen Hass zu füttern.

13

Beau hatte keinen Besuch erwartet. Auch wenn er darauf *ge*wartet hatte.

Wie so oft war es keine Frage des Ob, sondern des Wann.

Er stellte seinen Kaffeebecher ab, erhob sich aus seinem Sessel und ging zur Tür.

Allerdings öffnete er nicht sofort, sondern gab sich noch etliche Sekunden Vorbereitung. Dann – fast resignierend – drehte er den Schlüssel und machte auf.

Der Herr vor der Tür war eine äußerst distinguierte Erscheinung. Mit seinem sorgsam gescheitelten Silberhaar und dem gestylten Spitzbart schien er so gar nicht nach Deadhart zu passen. Das war übrigens schon immer so. Trotzdem war er ein guter Arzt, der Patricia bis zuletzt mit großer Geduld begleitet hatte, und dafür war Beau ihm ewig dankbar.

»Dr. Dalton«, sagte Beau. »Was verschafft mir die Ehre eines Hausbesuchs?«

»Ach, wissen Sie, bei meinen liebsten Patienten schaue ich gern persönlich vorbei.« Eine Lüge. Seit Patricias Tod war Dr. Dalton nicht mehr bei ihm gewesen. Nein, sein Kommen hatte einen Grund, und Beau ahnte ihn. Man schleppte ja auch keinen todkranken Hund zum Tierarzt, sondern ließ ihn lieber zu Hause einschläfern.

»Treten Sie ein«, sagte Beau und streckte den Arm aus.

Beau schloss die Tür und führte Dalton ins Wohnzimmer.

»Hallo, was haben wir denn da?«, sagte Dalton. Er war stehen geblieben und betrachtete die Trophäen an der Wand: zwei ausgewachsene Männchen, ein Jungtier.

Beau war geschmeichelt. »Diese Jungs haben es Ihnen wohl angetan?«

»O ja. Und ganz besonders freut mich, dass sie wieder den ihnen gebührenden Platz einnehmen.«

Zu Lebzeiten von Patricia durfte er sie nämlich nur in seinem Schuppen aufhängen. Sie meinte, sie bekäme Albträume davon.

Dalton trat näher an die Präparate heran und streichelte die Wange des Jungtiers.

»Was für ein berückender kleiner Teufel.«

Für Beau in gewisser Weise nachvollziehbar, mit diesen kohlrabenschwarzen Haaren, den schrägen grünen Augen und der alabasterweißen Haut. Dennoch, das Wort »Teufel« war angebracht.

»Es gab mal eine Zeit, da hatte man in jeder Jagdhütte Dutzende davon«, sagte Beau. »Damals, als wir noch Stolz hatten. Außerdem hielt es die Kolonien nieder. Die Kerle wussten genau, was passiert, wenn sie die Grenze überschreiten. Heute dagegen ...« Er schüttelte den Kopf vor Widerwillen. »Heute ... heute machst du dich strafbar, wenn du einen von ihnen in die ewigen Jagdgründe schickst. Ich meine, was soll diese Scheiße?«

»Wie wahr«, sagte Dr. Dalton. »Es waren halt noch unbeschwerte Zeiten, Beau.« Er konnte sich von den Trophäen nicht losreißen. »Sagen Sie, sprechen sie eigentlich mit Ihnen?«

Beau drehte sich abrupt um. »Was?«

»Manche Leute glauben ja, Vampire könnten sogar nach dem Tod mit ihrer Umgebung kommunizieren. Es wäre auch die Erklärung für die in manchen Kolonien festgestellte Schwarmintelligenz.«

»Du kannst das hören, alter Mann? Das ist Schwarmintelligenz. Offenbar bist du noch nicht ganz verkalkt.«

»So ein Quatsch«, entgegnete Beau unnötig scharf.

Dalton gluckste: »Meine ich ja auch. Tot ist tot, habe ich recht?«

Abermals betrachtete er die ausgestopften Köpfe an der Wand. »Und für den Fall, dass Sie sie veräußern wollen ...«

»Ich sagte doch, sie sind unverkäuflich.«

»Manche Leute würden Ihnen ein Vermögen zahlen für Präparate in diesem Zustand.«

»Ich sagte Nein.«

»Schon gut, schon gut. Aber falls Sie jemals Ihre Meinung ändern ...«

»Wird nicht passieren.«

Beau kehrte seiner Trophäenwand den Rücken zu, was wohl bedeutete, dass das Thema für ihn erledigt war. »Abgesehen davon: Gibt es sonst noch etwas, das Sie mir mitteilen wollen?«

»Wollen wir uns nicht setzen?«

»Ich stehe lieber.«

Dalton lächelte, was Beau überhaupt nicht gefiel. Es war dasselbe Lächeln, das er auch bei Patricia aufgesetzt hatte – wenn die Prognose sich wieder verschlechtert hatte.

»Es wäre aber für alle Beteiligten angenehmer«, sagte Dalton. Also setzte sich Beau in seinen zerschlissenen Sessel, und Dalton nahm den anderen.

»Wie ist es Ihnen in letzter Zeit ergangen, Beau?«

»Gut.«

»Abgesehen von den Stimmen, nicht wahr? Die hast du dem Doc gegenüber gar nicht erwähnt.«

Beau schlug sich aufs Ohr, als wollte er ein lästiges Insekt verscheuchen. Unterdessen entnahm der Arzt seiner Aktentasche etliche Unterlagen, die er ordentlich auf seinen Knien ausrichtete, bevor er abermals lächelte.

»Ich habe die Ergebnisse der MRT sowie weiterer Tests erhalten«, erklärte Dalton.

»Okay.«

Beau straffte sich. Gegen alles, was da kommen mochte.

»Ich weiß, Sie sind in Sorge, dass Sie eines Tages dasselbe Schicksal erleiden könnten wie Patricia. Aber wie gesagt, dafür gibt es eigentlich keinen Hinweis. Dass Sie in Ihrem Alter über Vergesslichkeit klagen oder den einen oder anderen Gegenstand verlegen, ist an sich nichts Ungewöhnliches. Und Kopfschmerz und Schwindelanfälle können alle erdenklichen Ursachen haben.«

»Schön, das sagten Sie ja bereits«, versetzte Beau gereizt.

»Und auch die Tests, die wir gemacht haben, liefern keinerlei Anhaltspunkte für Demenz oder Alzheimer.«

Beau spürte, wie die ganze Anspannung von ihm abfiel. »Gott sei Dank«, sagte er.

»Ja«, nickte Dalton. »Das ist die gute Nachricht.«

»Die gute Nachricht?« Beau merkte, wie sein Körper in den vorigen Zustand zurückkehrte. Besonders missfiel ihm das Gesicht, das der Arzt machte. »Das heißt, es gibt auch eine schlechte?«

Dalton seufzte. »Bedauerlicherweise hat die MRT etwas anderes festgestellt.«

14

»Und wohin jetzt?«, fragte Nicholls, als sie wieder im Wagen saßen.

»Mal überlegen«, sagte Barbara just in dem Moment, in dem laut ihr Magen knurrte.

Nicholls sah sie an. »Wie wär's, wenn wir erst einmal etwas essen?« Er schaute auf die Uhr »Es ist schon halb vier.«

Und fast schon Nacht, dachte Barbara beim Blick aus dem Fenster. »Klingt vernünftig«, sagte sie.

Über die Schlaglochstrecke rumpelten sie zur Hauptstraße zurück, passierten die Kirche vom Heiligen Kreuz und das Schulzentrum. Und die ganze Zeit über zerfetzte ein frenetisch quietschender Scheibenwischer die dicken Flocken, die inzwischen vom Himmel fielen. Bis Nicholls vor der Polizeistation den Motor ausschaltete.

»Gleich da vorn, bei Harty Snacks, machen sie ganz ordentliche Burger und Sandwiches«, sagte Nicholls. »Ist Ihnen das recht?«

»Hauptsache, kein Low Carb.«

Sie überquerten die Straße. Wie überall waren auch die Fenster des Cafés mit Lichterketten umkränzt. Dazu, über dem Eingang, ein rotes Neon-Herz. Erst beim Näherkommen sah Barbara, dass dieses Herz von einem Pflock durchbohrt wurde. Sie seufzte.

»Vielleicht halten Sie sich das nächste Mal mit ihren vorschnellen Urteilen etwas zurück, was in einer solchen Umgebung richtig oder nicht richtig ist.«

Und noch etwas anderes fand sie ungewöhnlich. Trotz Dunkelheit und Kälte waren draußen, unter rötlich glühenden Heizstrahlern, Tische aufgestellt.

»Wollen die Leute bei den Temperaturen wirklich im Freien sitzen?«, fragte Barbara.

»Nur Touristen«, antwortete Nicholls und machte ihr die fröhlich klingelnde Tür auf. Drinnen war es warm und gemütlich, und die Einrichtung verströmte ein geradezu alternatives Flair mit ihrem bunten Durcheinander an Tischen und Stühlen vom Flohmarkt. An einer Seite befand sich eine lange Glastheke voller Bagels und Muffins, und dennoch roch es selbst hier nicht nach Bäckerei, sondern nach Grillstation. Nach Bratfisch, Burger Patties, Fry Bread und etwas ganz Undefinierbarem, ebenfalls auf Fleischbasis.

Die wenigen anderen Gäste saßen vor ihren Heißgetränken und mampften an Backwaren, darunter ein älterer Herr mit Brille, zwei Damen im fortgeschrittenen Alter und eine Mutter mit ihrer kleinen Tochter. Doch sie alle wandten sich verstohlen um, als Barbara und Nicholls den Raum betraten. Nicholls nickte ihnen großmütig zu, Barbara lächelte, aber nur das Kind grinste zurück. Dann drehte es sich zu seiner Mutter und fragte laut: »Mommy, ist das die Vampir-Supertante?«

»Schhh, bist du wohl still!«, zischte die Frau. Um dann hinzuzufügen: »Außerdem heißt es *Sympathi*-sant, Schatz, nicht *Super*tante.«

Na toll. Barbara begab sich zur Theke, wo eine junge Frau mit Messy-Dutt bediente. Sie schenkte Barbara ein offenes Service-Lächeln, richtete das Wort jedoch ausschließlich an Nicholls.

»Tagchen, Chief, was darf ich Ihnen anbieten? Wieder ein paar Muffins zum Mitnehmen?«

»Diesmal nicht, Kitty«, sagte Nicholls. »Die Mittagspause haben wir ja wohl verpasst. Deshalb lieber einen Burger und einen Kaffee.«

Er blickte Barbara an, die plötzlich gar keinen Hunger mehr hatte, aber jetzt keinen Rückzieher machen konnte und deshalb die Speisekarte an der Wand zurate zog:

– *Karibu-Wurst mit Spiegeleiern*
– *Karibu-Hotdog*
– *Karibu-Pfannkuchen*
– *Burger, wahlweise mit Wildschwein, Bison, Karibu*

Santa dürfte echte Probleme haben, hier noch lebende Zugtiere für seinen Schlitten zu bekommen, dachte Barbara.

»Was möchten Sie?«, fragte Kitty.

»Ähm, haben Sie auch etwas ohne Rentier?«

»Wir haben Fry Bread und Lachs-Burrito.«

»Dann den Burrito, bitte. Und einen starken Kaffee mit Milch.«

Kitty notierte die Order und goss schon mal den Kaffee ein. Das plätschernde Geräusch löste bei Barbara Harndrang aus.

»Könnte ich Ihre Toilette benutzen?«, fragte sie.

»Die Tür ganz hinten.«

»Danke.«

Der Gang zum Klo kam einem Spießrutenlauf gleich. Kein Augenpaar, das ihr nicht folgte, und sie war froh, als sich vor ihr das rettende *Ladies* auftat. Die Toilette selbst war winzig, bestand nur aus einer einzigen kleinen Kammer, sah aber zumindest sauber aus, wenn man von den Graffiti absah. Sie schloss ab, schälte sich aus mehreren Lagen Winterkleidung und ließ sich nieder.

Dabei studierte sie das Gekritzel an der Wand, die übliche Mischung aus Eigennamen, Sprüchen und Zeichnungen. Darunter, als hätte sie es geahnt, auch das Helsing-Symbol.

Barbara betätigte die Wasserspülung, zog sich wieder an und trat ans Waschbecken, um sich die Hände zu waschen. Hier waren es vor allem die Sticker, die ihre Aufmerksamkeit erregten: *Al's Funktaxi*, *Talkeetna Air Taxi*, *Garrett's Tours* und ein relativ frischer Aufkleber von *Verfemt Tattoos, Anchorage*. Interessant. Barbara trocknete sich die Hände ab und machte ein Handyfoto von *Verfemt Tattoos*.

Als sie wieder in den Gastraum kam, saß Nicholls bereits an einem Tisch in der Nähe der Glastheke. Sie ging auf ihn zu und wäre dabei fast über den Fuß des bebrillten Herrn gestolpert, fing sich aber gerade noch. »Können Sie nicht aufpassen, wo Sie hinlatschen«, raunzte der Kerl, was Barbara nur mit Mühe unbeantwortet ließ.

Stattdessen sagte sie zu Nicholls: »Ich muss hier raus. Ich brauche dringend frische Luft.«

Also nahmen sie ihre Tabletts und setzten sich draußen unter die Heizstrahler.

»Und Ihnen ist es hier wirklich nicht zu kalt?«, fragte Nicholls.

Barbara bibberte schon jetzt. »Immer noch besser als die Eiszeit da drinnen«, sagte sie.

»Nehmen Sie es nicht persönlich«, sagte er. »Es geht nicht gegen Sie, die Stimmung ist insgesamt aufgeladen.«

»Na sicher. Und ich weiß auch, wer sie so aufgeladen hat.«

Sie ließ den Blick über die Main Street schweifen. Lichterketten überall, aber gegen die riesige Dunkelheit und den vielen Schnee wirkten sie kümmerlich. Erst recht gegen die Myriaden Tonnen Gestein des Denali-Gebirgszugs, der selbst im schwachen Mondschein eine Präsenz besaß, die man nicht ignorieren konnte. Ebenso wenig wie diesen ewigen Wind und die Rufe der Elche. Alles hier gemahnte daran, dass die Zivilisation nicht der Normalzustand war, sondern eine äußerst bedrohte Daseinsform auf äußerst bescheidenem Raum.

Als Barbara von ihrem Kaffee trinken wollte, kam sie nicht dazu. Mitten auf der Straße ging ein Mann von bärenhafter Statur, ausgerüstet mit langem Ölzeug, Cowboyhut und Rucksack. Die ganze Erscheinung war so surreal, dass sich ihr Magen verkrampfte. Sogar Nicholls murmelte: »Also, das glaube ich doch nicht ...«

Andere Leute waren ebenfalls stehen geblieben und starrten entgeistert auf diesen Hünen, der sie gar nicht zu beachten schien.

Nicholls jedoch erhob sich und trat ihm in den Weg, wobei Barbara auffiel, dass seine Hand bereits über dem Pistolenholster schwebte.

»Kann ich Ihnen behilflich sein?«

Der Mann hob den Kopf, zeigte sein bärtiges Gesicht, die schwarze Haut, die dunklen Augen.

»Chief Nicholls?« Der Mann lächelte jetzt, und kurioserweise war die Zahnreihe in seinem schwer mitgenommenen Gesicht von perfektem Weiß. »Schön, Sie zu sehen«, sagte er mit warmem Bass.

Nicholls rührte keine Miene. »Was wollen Sie hier?«

Der Mann ignorierte ihn und sah stattdessen zu Barbara hinüber. »Ich nehme an, dies ist Detective Atkins vom IFV.« Er tippte an seinen Hut. »Ma'am.«

Barbara stand auf. »Freut mich ebenfalls, Sir. Leider habe ich gerade Ihren Namen nicht verstanden.«

»Jensen Tucker, Ma'am.«

Sie riss die Augen auf. Der ehemalige Polizeichef! Der Mann, der sich angeblich aus der Welt zurückgezogen hatte, hier stand er, real, geradezu überlebensgroß.

»Was treibt Sie denn wieder in diese Stadt?«, fragte Nicholls kein bisschen freundlicher.

»Ich muss mit Ihnen reden.«

»Worüber?«
»Über den Mord an den Jungen.«
»Sie meinen Marcus Anderson?«
»Ich meine … alle beide.«

15

Auf der Polizeistation fühlte sich Tucker unwohl, das war zumindest Barbaras Eindruck. Sein letzter Kontakt mit der Zivilisation (falls man Deadhart als solche bezeichnen wollte), lag offenbar schon eine Weile zurück. Vielleicht war es aber auch nur das Déjà-vu mit seinem alten Dienstposten und die Begegnung mit dem anderen, dem Neuen, der jetzt seine Marke trug.

Barbara studierte sein Gesicht eingehend. Als er den Hut abnahm, kamen lange graue Dreadlocks zum Vorschein, die hinten zu einem losen Pferdeschwanz zusammengebunden waren. Für einen Übersechzigjährigen und trotz der vielen Falten sah er erstaunlich gut aus. Manchen bekam die Einsamkeit.

Nach seinem unerwarteten Auftauchen hatten Nicholls und Barbara ihre Mahlzeit kurzerhand in die Polizeistation verlegt, und da Rita nicht da war, gab es sogar einen Stuhl für Tucker. Darüber hinaus jedoch tat Nicholls alles, um den ungebetenen Gast kleinzuhalten. Schweigend verzehrte er seinen Burger und würdigte ihn keines Blickes.

Barbara indes schob ihren Burrito beiseite, denn sie erhoffte sich von Jensen Tucker einiges. Dabei fiel ihr auf, wie sehnsüchtig er auf das noch eingepackte Fast Food sah, das nun kalt werden würde.

»Also, wenn *Sie* den Burrito haben wollen: Greifen Sie zu. Er landet sonst nur in der Mülltonne.«

»Nein danke«, entgegnete Tucker, »ich benötige nichts.« Wenn da nur nicht sein Blick gewesen wäre.

Barbara schaute kurz zu Nicholls hinüber, der aber entschlossen war, den Älteren weiterhin zu ignorieren. Sie seufzte. Nichts zu machen.

»Okay«, sagte sie zu Tucker. »Sie wollten uns sprechen? Ich glaube, Chief Nicholls wird mir zustimmen, wenn ich behaupte, dass wir zurzeit jeden sachdienlichen Hinweis brauchen können.«

Von Nicholls kam nur ein Grunzen, während er den letzten Bissen seines Burgers verdrückte. Anschließend machte er noch eine Show daraus, sich mit der Papierserviette die Lippen abzutupfen.

Tucker rutschte nervös hin und her. Er war eindeutig zu groß für diesen Stuhl. Er war zu groß für die meisten Innenräume. Unter freiem Himmel kam ihm seine Größe zugute, hier aber wirkte er so deplatziert wie ein Gigant in Liliput.

»Ich muss Ihnen etwas zeigen«, sagte er.

Er griff nach seinem Rucksack und holte etwas heraus, das Barbara elektrisierte. Eine graue Daunenjacke von North Face. Mit dunkelroten Flecken im gesamten Halsbereich.

»Woher haben Sie das?«, fragte sie.

»Ich fand die Jacke heute Morgen an einem Baum vor meiner Hütte.«

Ein Blick zu Nicholls, der endlich aufgewacht war. »Das ist Marcus' Jacke«, erklärte er.

Tucker nickte. »Das dachte ich mir.«

»Woher kennen Sie Marcus?«, fragte Nicholls.

»Ich habe meine Informanten.«

Nicholls verdrehte die Augen. »Rita.«

»Wir tauschen gelegentlich SMS aus.«

»Haben Sie eine Idee, wer die Jacke dort hinterlassen haben

könnte«, fragte Barbara, um Tucker auf das eigentliche Thema zurückzuführen.

Er zögerte. »Ich habe niemanden gesehen.«

Das hatte sie zwar nicht gefragt, doch Barbara beließ es fürs Erste dabei.

»Irgendein Verdacht, warum man die Jacke gerade bei Ihnen platziert hat?«, fragte Nicholls.

»Ja. Ich glaube, es ist eine Botschaft.«

»Inwiefern?«

Abermals zögerte Tucker. »Ich habe etwas in der Innentasche gefunden.«

Er griff in die Jacke und zog ein kleines metallisches Objekt hervor, legte es auf den Tisch.

Ein Ring. Aus Silber. Eingraviert darin verschiedene Symbole, die Barbara dem vampirischen Zeichensystem zuordnen konnte.

Sie nahm den Ring und hielt ihn ins Licht. »Das ist ein Schwellenring«, sagte sie.

»Ein was?«, fragte Nicholls.

»So etwas kriegen die Kolonie-Kinder, wenn sie in die Pubertät kommen. Mit Eintritt der Geschlechtsreife beginnt sich ihr Alterungsprozess zu verlangsamen. Der Ring steht für die Schwelle zur Unsterblichkeit und ist meistens mit dem Namen des Trägers und einem Datum versehen.«

»Und was hat das mit unserem Fall zu tun?«, fragte Nicholls.

»Haben Sie die Mordakte Todd Danes gelesen?«, fragte Tucker.

»Ja, habe ich«, erwiderte Nicholls, etwas zu dezidiert und daher wenig überzeugend.

Tucker warf Barbara einen vielsagenden Blick zu – den sie nicht erwiderte. Stattdessen sagte sie: »Ich fasse mal zusammen: Todd Danes hatte ein Verhältnis mit einem Jungen aus der Kolonie,

Aaron Berkoff. Laut Aussage von Aaron wollte Todd zu den Vampiren übertreten, damit sie zusammen sein konnten. Die beiden verabredeten sich im Wald, um die Umwandlung einzuleiten. Leider ging dabei etwas furchtbar schief, und Todd verblutete.«

Tucker nickte. »Angeblich fertigte Aaron damals einen dieser Ringe an. Für Todd. Zur Feier seiner Umwandlung.« Pause. »Der Ring wurde aber nie gefunden.«

»Und woher wissen wir dann, dass es sich um denselben Ring handelt?«, fragte Nicholls.

Barbara hielt ihm den Ring hin und strich mit dem Finger über den kruden Schriftzug. »Sehen Sie das Wort hier? Es ist ›Todd‹ auf Vampirisch. Und hier ist das Datum.« Sie blickte Tucker an: »Sie meinten, der Ring ist eine Botschaft?«

Tucker nickte. »Es hat mich immer geärgert, dass wir den Ring nicht finden konnten. Zumal Aaron Stein und Bein schwor, dass Todd noch am Leben war, als er ihn allein ließ.«

»Und warum hat sich Aaron dann des Totschlags schuldig bekannt?«, fragte Nicholls.

Etwas blitzte in Tuckers Augen auf. »Weil ich ihm versprach, dass die Kolonie nicht unter dieser Sache leiden würde. Und natürlich, dass er ein faires Verfahren kriegt.« Er schüttelte den Kopf. »Leider kam es anders.«

Allerdings, dachte Barbara. Mehreren Zeugen zufolge sollen Aarons Vater und sein Onkel versucht haben, Aaron aus seiner Zelle zu befreien. Eine Gruppe Männer aus der Stadt konnte das Trio stellen und hat es im weiteren Verlauf umgebracht. Ein klarer Fall von unerlaubter Massentötung. Trotzdem wurde kein Beteiligter später dafür belangt. Tucker trat von seinem Posten zurück, die Kolonie flüchtete, es herrschte wieder Ruhe im Land. Ende der Geschichte. Bis jetzt.

»Wollen Sie damit andeuten, dass möglicherweise auch ein anderer als Aaron Todds Tod verursacht haben könnte? Und dass der oder die Täter den Ring an sich genommen haben?«

»Sagen wir so: Ich halte es nicht für ausgeschlossen.«

»Und dass derselbe Täter den Ring in Marcus' Jacke gesteckt hat?« Barbara fühlte sich wie durchdrungen von einem elektrischen Strom. »Was wiederum bedeuten könnte, dass wir es mit ein und demselben Täter zu tun haben?«

An dieser Stelle verlor Nicholls die Geduld. »Leute, bitte! Jetzt geraten wir aber auf Abwege. Wir wissen doch nicht einmal, wie der Ring in Marcus' Jacke gekommen ist. Am wahrscheinlichsten ist nach wie vor, dass Aaron den Ring nach Todds Tod wieder an sich genommen und danach weiterverschenkt hat. Vielleicht hat Marcus den Ring auch nur irgendwo gefunden.«

Tucker nickte nachdenklich. »Das ist ebenso möglich.«

Trotzdem wollte Barbara nicht so schnell klein beigeben. »Na gut«, sagte sie. »Trotzdem ist der Ring eine völlig neue Spur, der wir nachgehen sollten. Ich schlage vor, wir sehen uns beide Fälle noch einmal an und suchen nach Gemeinsamkeiten. Selbst wenn am Ende nur herauskommt, dass es sich *nicht* um denselben Täter handelt.« Sie blickte Tucker hilfesuchend an. »Mr Tucker, Sie waren damals Chief in dieser Stadt. Es wäre uns eine große Hilfe, wenn Sie …«

»Auf gar keinen Fall«, unterbrach sie Nicholls. »Das lasse ich nicht zu. Dadurch hätte er Zugang zu sensiblen Informationen.«

»Und wenn schon«, versetzte Barbara, der langsam die Hutschnur platzte. »In erster Linie hat er Zugang zu sensiblen Informationen aus dem früheren Fall. Das sollten wir nutzen.«

Nicholls schüttelte den Kopf. »Und dann vermasselt er wieder alles. So wie beim letzten Mal.«

Tucker stand auf, und Barbara befürchtete schon, dass er sich gleich auf seinen körperlich unterlegenen Nachfolger werfen könnte. Es geschah aber nicht. Stattdessen nahm er nur seinen Hut und sagte zu Barbara: »Hat mich sehr gefreut, Detective Atkins. Viel Glück bei der Aufklärung dieses Falls.«

»Danke«, erwiderte die. »Aber sollte es sich als notwendig erweisen, dass wir Sie doch noch einmal brauchen, wie können wir Sie kontaktieren?«

»Ich denke nicht, dass dies nötig sein wird«, sagte Nicholls.

»Aber was, wenn doch?« Barbara ließ nicht locker.

Tucker blickte sie düster an. »Falls Sie mich wirklich brauchen: Es gibt da am Ortsausgang eine tote Riesenfichte, nicht zu übersehen. Dort gehen Sie hundert Meter in den Wald, bis Sie an eine Lichtung kommen. Und auf der Lichtung ist ein umgestürzter hohler Baumstamm. In diesem können Sie mir eine Nachricht hinterlassen. Alles klar?«

Barbara hob eine Augenbraue. »Alles klar. Und die Termiten stellen Ihnen die Nachricht zu, außer an Sonn- und Feiertagen.«

Aber Tucker blieb ernst. Erst nach quälenden Sekunden zog er ein zerschrammtes Handy aus der Tasche. »Oder Sie rufen mich auf diesem Ding an. Funktioniert aber nur, wenn der Wind richtig steht.«

Er beugte sich über den Schreibtisch und krakelte eine Nummer auf Nicholls Notizblock.

Barbara riss das Blatt ab und steckte es in die Tasche. »Besten Dank.«

Dann drehte sich der Hüne um und verließ langsam den Raum. Erst beim Anblick seiner schleppenden Bewegungen fiel ihr wieder ein, dass Tucker bei der Gefangenenbefreiung angeschossen worden war. Litt er noch immer unter den Folgen? Der alte Polizeibericht schwieg sich darüber aus und war überhaupt so oberflächlich, dass Barbara fast nichts damit anfangen konnte.

»Auf jeden Fall eine Persönlichkeit, die man nicht so schnell vergisst«, sagte sie und bemühte sich, es nicht wie einen Vorwurf klingen zu lassen.

»Das steht außer Frage«, entgegnete Nicholls. »Er lebt da draußen fast autark. Jagt, hält ein paar Schweine und Ziegen. Und taucht höchstens alle paar Monate zum Einkaufen hier auf. Aber immer nach Einbruch der Dunkelheit. Den Leuten ist das nur recht. Denn er erinnert sie an eine Zeit, die sie am liebsten vergessen würden.«

Er kratzte sich am Kinn, und abermals fiel sein Blick auf den Ring.

»Glauben Sie wirklich, es war derselbe Täter wie damals?«

»Das weiß ich nicht«, sagte sie ganz offen. »Fünfundzwanzig Jahre sind eine lange Zeit für einen Serienmörder.«

»Oder nur ein kurzer Augenblick, wenn er in einer Kolonie geboren wurde«, setzte Nicholls hinzu.

»Oder aber der Killer war zwischenzeitlich gar nicht in der Stadt und ist erst jetzt zurückgekehrt. Vielleicht hat er seinen Trieb nur woanders befriedigt.« Sie sah ihn fragend an.

»Sie denken an Nathan Bell?«, fragte Nicholls.

»Immerhin gehörte er zu Todds Freundeskreis.«

»Aber er war damals noch ein halbes Kind.«

»Genauso wie Aaron Berkoff.«

»Sie vergessen das Video«, sagte er. »Ich kann Ihnen versichern: Wer immer dort ins Bild kommt, Nathan ist es nicht. Viel zu klein dafür.«

Das verdammte Video! Welches Detail entging ihr da? Denn da *war* etwas.

Warum filmte er seine eigene Ermordung?

Und wenn er wusste, was ihm blühte, warum diese übertriebene Sorge um seine Jacke? Das ergab keinen Sinn. Die Antwort lag irgendwo in diesem Video verborgen, aber Barbara war blind für das alles entscheidende Element.

Nicholls schüttelte den Kopf. »Nicht zu vergessen, Marcus ist verblutet. Wenn er von einem *Menschen* ermordet wurde, wo ist dann das Blut? Rechnen Sie mit ungefähr vier Litern. Wir konnten nirgendwo eine solche Blutmenge finden.«

Auch das war ein Faktum. Barbara war zunehmend frustriert. »Okay, hier mögen Sie recht haben. Dadurch verschwinden aber die anderen Widersprüche nicht.«

»Darf ich das so verstehen, dass Sie vorerst kein endgültiges Urteil abgeben? Erst, wenn selbst die letzte Kleinigkeit geklärt ist?«

»Dürfen Sie. Erst wenn selbst die letzte Kleinigkeit geklärt ist. Andernfalls hätte ich meinen Beruf verfehlt.«

Ein langer Seufzer. »Was haben Sie vor?«

»Ich würde gern mit Stephen und Jacob reden … und mit Nathan.«

»Gut. Aber das machen wir morgen. Der Tag war lang genug.«

Was stimmte. Sie konnte kaum glauben, dass seit ihrer Ankunft gerade einmal vierundzwanzig Stunden vergangen waren.

Nicholls sah sie nachdenklich an. »Trotzdem ist es immer noch möglich, dass Marcus den Ring gefunden hat.«

»Ja? Das erklärt aber nicht, warum die Jacke mit dem Ring ausgerechnet bei Tucker hinterlegt wurde.« Barbara hob den primitiven Fingerreif in die Höhe. »Ich glaube nicht an solche Zufälle. Tucker hat recht: Der Ring ist eine Botschaft.«

»Vom Mörder?«

Sie nickte. »Falls es wirklich derselbe ist wie damals …« Sie drehte den Ring in den Fingern, bis das Licht darauf fiel. »… dann wollte er sie uns auf diesem Wege mitteilen.«

Sie schlief unruhig. Nacht und Tag hatten hier unten ihre Bedeutung verloren, deshalb schlief sie nach Gefühl, wann immer sie müde wurde. Und sie war müde.

Der Gitterstab war lockerer, als sie gedacht hatte. Schon nach ein paar Kratzern mit dem Plastikmesser löste sich ein großer Zementklumpen, und das untere Ende lag frei. Nicht mehr viel und sie würde den ganzen Stab aus der Wand entfernen können.

Der Erfolg verschaffte ihr ein Hochgefühl, aber er bedeutete auch, dass sie in der letzten Zeit viel intensiver an ihrem Projekt gearbeitet und viel mehr Material abgetragen hatte als sonst. Und wie auch nicht? Es winkte die Freiheit, sie war ganz nah. Sie musste sich zwingen, es jetzt nicht zu übertreiben. Vor allem musste sie jedes Mal den normalen Zustand des Fensters wiederherstellen, indem sie sämtliche Bruchstücke wieder an ihren Platz schob und das Rollo herunterließ. Sie durfte nichts riskieren. Ungeduld machte leichtsinnig.

Als sie fertig war, ging sie ins Bad, um sich die Hände zu waschen. Auch das war wichtig. Schmutzige Finger waren verräterisch. Das Plastikmesser versteckte sie wieder in ihrer Matratze. Blieb noch ihr Oberteil, das etwas Zementstaub abbekommen hatte. Sie bürstete es so gut wie möglich ab und reduzierte die Beleuchtung in ihrem Zimmer. Mit etwas Glück merkte ihr Fänger nichts. Anschließend rollte sie sich auf dem Bett zusammen. So überbrückte sie die Zeit, bis ihr Fänger mit dem Essen erschien. Normalerweise einmal am Tag, mindestens. Aber es gab auch Unregelmäßigkeiten. Dann kam ein oder zwei Tage gar nichts. Sie beschwerte sich nicht, das hätte ihren Fänger nur ver-

ärgert. Ihr Fänger liebte sie. Klagen waren ein Zeichen von Undank und hatten meistens Konsequenzen. Dann verlor sie das Recht auf Bücher oder Unterhaltungsmedien oder mehr.

Einmal erschien ihr Fänger für längere Zeit gar nicht, und sie blieb hungrig. Da hatte sie sich schon gefragt, ob ihm etwas zugestoßen sei. Vielleicht war er verletzt.

Oder sogar gestorben. Denn dass er einfach so verschwinden würde, glaubte sie ehrlich gesagt nicht. Und so lief sie stundenlang in ihrem Zimmer auf und ab, um ihrer wachsenden Panik Herr zu werden. Und natürlich den Hunger niederzuhalten. Zwischendurch bearbeitete sie weiter ihr Fenster, auch wenn sie sich ausrechnen konnte, dass Hunger und Schwäche sie eher besiegen würden als sie ihre Kerkergitter.

Irgendwann lag sie nur noch mit trockenem Mund und Magenkrämpfen auf ihrem Bett, als sie hörte, wie im Erdgeschoss der Schlüssel gedreht wurde. Eine bekannte Abfolge. Erst der Schlüssel im Schloss, dann diese langsamen Schritte auf der Kellertreppe. Ihr Fänger war wieder da.

»Hallo, mein Liebling.«

Sie fuhr hoch. Das war kein Traum, keine Erinnerung. Das war real.

Ihr Fänger stand am Treppenabsatz und hielt ein Tablett mit Essen in der Hand. Sie setzte sich auf, blinzelnd, desorientiert.

»Habe ich dich geweckt?«, fragte ihr Fänger mit sorgenvollem Gesicht. »Das wollte ich nicht.«

»Nein, geht schon. Alles prima«, sagte sie und richtete sich ganz auf.

»Hast du Hunger? Oder soll ich später noch einmal kommen?«

»Nein. Ich meine, ja. Ich habe Hunger.«

Und wie. Ihr ganzer Magen war in Aufruhr. Endlich kam wieder etwas.

Ihr Fänger setzte das Tablett am Fußende des Betts ab. Es stand nur ein kleiner Krug mit einer tiefroten Flüssigkeit darauf sowie ein Glas. »Tut mir leid, viel ist es nicht«, sagte ihr Fänger. »Die Lieferung verspätet sich. Du musst Geduld haben.«
O ja, Geduld, dachte das Mädchen. Geduld verstand es. Darin war es richtig gut.
Sie nickte, öffnete schon den Mund, um etwas zu sagen, als sich die Miene ihres Fängers ungünstig veränderte. Argwohn breitete sich darauf aus, und sie folgte seinem Blick, bis sie sah, was er sah.
Auf dem Fußboden vor dem Fenster lag ein winziger Krümel Zement. Sie musste ihn beim Reinemachen übersehen haben. Er war wirklich nicht groß. Aber jetzt ging ihr Fänger darauf zu.
Alles in ihr spannte sich an, es rauschte in ihren Ohren. Wenn ihr Fänger hinter ihre Fluchtvorbereitungen kam, war es aus bis in alle Ewigkeit. Keine Chance mehr auf Freiheit, für immer. Aber das konnte nicht sein, das durfte sie nicht zulassen. Im Augenwinkel die Treppe nach oben, sieh hin! Da war die Treppe, und die Kellertür war nicht abgesperrt, das erkannte sie an dem Lichtstreifen an der Wand. Tageslicht! Konnte sie es bis in dieses Licht schaffen, wenn sie jetzt losrannte? Sie war schnell, doch war sie schnell genug? Ihr Fänger war ein Meister der Entmutigung und sorgte immer dafür, dass ihm die Zwangsmittel nicht ausgingen. Was, wenn sie oben ankam und die Haustür war abgeschlossen?
Sie musste jetzt eine Entscheidung treffen. Aber die Gefangenschaft lähmte gerade das. Entschlusskraft war in ihrem Dasein schlicht unnötig. Sie war zu schwach, zu eingeschüchtert, zu einverstanden, zu beteiligt, zu mitschuldig. Der Verlust der Freiheit traf die Richtige.
Jetzt war er am Fenster und bückte sich. Das Mädchen auf dem Bett reckte den Hals ... und dann schlug oben etwas gegen die Tür.
Ihr Fänger sah hoch. »Die Lieferung. Ich muss gehen.«

»Okay.«
Ein Lächeln. »*Ich liebe dich.*«
»*Ich weiß.*«
Das Mädchen wartete, bis die Kellertür ins Schloss fiel und der Schlüssel gedreht wurde. Kurz danach sprang sie auf und lief zu dem Zementkrümel auf der Erde. Er war wirklich winzig, kaum größer als ein Krümel. Und besaß dennoch die Macht, allem ein Ende zu setzen. Einen Augenblick lang überlegte sie, dann ging sie ins Badezimmer und spülte den Krümel durchs Klo. Erledigt. Nichts mehr da.

Sie sank aufs Bett. Ihr Magen grollte. Sie goss sich ein Glas von der roten Flüssigkeit ein, stürzte es herunter und verzog das Gesicht. Sicher, die Flüssigkeit enthielt einige Nährstoffe, aber mehr auch nicht. Sie sehnte sich nach etwas, von dem sie wirklich satt wurde. Sie wollte das echte Zeug.

Den Krug stieß sie von sich.

Dann rollte sie sich den Ärmel hoch. Die Haut darunter war unnatürlich glatt, fast plastikartig. Ersatzgewebe eben, Narbengewebe. So war Narbe auf Narbe gekommen. Und jedes Mal hatte sie sich geschworen, damit aufzuhören.

Aber nicht an diesem Tag.

Sie beugte sich nach vorn und platzierte ihren Mund direkt auf der glatten Haut. Dann biss sie zu und ließ sich den warmen, süßen Saft durch die Kehle rinnen.

16

Im Roadhouse Grill war noch weniger los als am vorigen Abend. Die Bar war verwaist, und auch von den Tischen waren nur wenige besetzt. Barbara fand das gut, sie war müde und brauchte Raum zum Denken.

Tuckers Fingerreif ließ ihr keine Ruhe. War es wirklich möglich, dass beide Morde von ein und demselben Täter begangen wurden? Und falls ja, änderte das irgendetwas? Der lange Zeitraum zwischen den Morden und dieses verdammte Video wiesen nach wie vor auf die Kolonie.

Sie seufzte und griff nach ihrem Bier. Sie war unentschieden. Einerseits wollte sie noch klar denken können, andererseits brauchte sie dringend etwas Kaltes mit Gerste, Hopfen und Malz, das die Verspannungen von Körper und Geist löste.

Wir alle haben unsere Laster. Das Laster ihrer Mutter war Essen. Sie kochte gleichermaßen gegen ihre Angst an wie gegen die Tobsuchtsanfälle ihres Mannes. Später, als Hackbraten und Apple Pie nichts mehr gegen seine Ausraster vermochten, wurde das Kochen weniger, und sie aß selbst: Eiscreme und Cookies direkt aus der Packung, frischen Teig, gläserweise Marmelade. Irgendwann hatte sie sich so träge und dumm gefressen, dass sie nicht mehr durchschaute, wie aus dem Trost, den Essen einmal darstellte, ihr Kerker wurde.

Der Kerker ihres Dads hieß Bourbon und Beschränktheit, gepaart mit einem guten Schuss Gewaltbereitschaft. Das alles war in solcher Konzentration in diesem kleinen, sehnigen Mann vorhanden (diesem Yin von Mutters Yang), dass die Ausbrüche mit geradezu seismischer Regelmäßigkeit erfolgten. Und immer waren die anderen schuld: die Juden, die Schwarzen, die Nutten, der linksgrün versiffte Abschaum wie Schwule und, klar doch, Vampire. In Dads Augen waren sie und nur sie der Grund für seine Bedürftigkeit, seine miese Gesundheit, seine ständigen Geldprobleme und seine grenzenlose Unzufriedenheit. Kurzum, der Zustand der Welt schrie zum Himmel, und der Himmel sandte Dad einen Gott, der einen wie ihn endlich zu würdigen wusste – und seine ganze hirnkranke Scheiße heiligte.

Schon lange vor ihrem Eintritt in die Polizei war Barbara bewandert in den einschlägigen Bildwelten. Sie kannte die Ku-Klux-Klan-Mützen, die Hakenkreuze, die Helsing-Symbole und Vampirjäger-Abzeichen mit den herrischen Pflöcken, denn sie war mit ihnen aufgewachsen. Embleme des Widerstands von ihresgleichen – guten, weißen, gottesfürchtigen Familien – gegen diejenigen, die ihnen alles nehmen wollten, ihr Land, ihre Jobs, ja, sogar ihre Seele. Mag sein, sie hatte das alles selbst geglaubt, als sie noch klein war. Bis sie Mercy begegnete.

»Kann ich Ihnen noch etwas bringen?«

Sie erschrak. Vor ihr stand Mayflower und fragte wohl nicht zum ersten Mal. An diesem Abend trug sie ein Soundgarden-Sweatshirt, und die Haarfarbe hatte von Violett zu Blutrot gewechselt.

»Entschuldigung«, sagte Barbara. »Ich war gerade irgendwie abwesend.«

»*Yeah*, versteh ich«, sagte Mayflower mit zynisch erhobener Braue. »Wäre ich auch gerne: abwesend.«

»Das ist wohl nicht Ihr Traumjob hier, oder?«

Mayflower verdrehte die Augen. »Wieso nicht? Schon als kleines Mädchen habe ich zu meiner Mutter gesagt: ›Mommy, wenn ich mal groß bin, will ich auch in so einer Dreckspinte arbeiten, wo sie die Leichen im Tiefkühler aufstapeln. So wie jede Prinzessin.«

Barbara wollte ernst bleiben, musste aber trotzdem lachen. »Na ja, so von Ihrem Style her warten Sie auch nicht zwingend auf den Märchenprinzen.«

»Darauf können Sie wetten.«

»Keine Ahnung, ob Sie von einem Scheißbullen einen Rat annehmen. Aber ich bin auch in so einem Kaff groß geworden. Meine Mutter wollte ebenfalls nicht, dass ich gehe. Für sie war die Polizei so was wie eine Seuche. Geradezu ein Verrat. Ich bin trotzdem abgehauen.«

»Und jetzt sind Sie hier«, sagte Mayflower und breitete fatalistisch die Arme aus. »*Wieder* in so einem Kaff!«

Punkt für sie, dachte Barbara. Und sagte: »Manchmal schenkt dir das Leben eine Zitrone. Und manchmal eine Portion Scheiße.«

Jetzt musste auch Mayflower lachen, und es verwandelte sie wundersam. Aus ihrem missmutigen Pokerface strahlten plötzlich eine Schönheit und Offenheit, die man dort nie vermutet hätte. Ein Geschenk der Jugend. Und des Übermuts.

»Also, was kann ich Ihnen bringen?«, fragte sie erneut.

Barbara merkte auf einmal, dass sie Hunger hatte. Den Burrito hatte sie nicht mehr gegessen. Aber dann fiel ihr Marcus im Tiefkühlraum ein, und sie sagte: »Sie haben nicht zufällig etwas, das *nicht* tiefgefroren ist und *nicht* Rentier?«

»Sandwich mit Hähnchenbruststreifen vielleicht?«

»Das ist gut.«

Mayflower nickte. »Und zu trinken?«

Barbara zögerte, gab dann aber nach. »Na gut, noch ein Bier.«

»Kommt sofort.«

Doch Mayflower ging nicht sofort, sondern wollte offenbar

noch etwas loswerden.«Ich habe heute Morgen Ihren Spiegel sauber gemacht. Krass. Sah aus wie irgendwas aus der Bibel.«

»Stimmt. Haben Sie irgendeine Idee, wer das gewesen sein könnte?«

Mayflower schüttelte den Kopf. »Nein, aber ich habe Mom schon x-mal gesagt, dass Besoffene sich dahin verirren. Denken wahrscheinlich, es wäre eine öffentliche Toilette.«

Barbara nickte, obwohl sie diese Erklärung für nicht sehr wahrscheinlich hielt. »Noch etwas anderes: Gestern Abend haben Sie mich vor Reverend Grey gewarnt. Warum?«

Mayflowers Miene überzog sich. »Sie tut immer so heilig. Als würde sie am liebsten die ganze Menschheit umarmen. Aber so ist sie ganz und gar nicht.«

»Woher wissen Sie das?«

»Das sehe ich. Ich merke gleich, wenn ich es mit einem verlogenen Arschloch zu tun habe.«

»Und Grace?«

»Sie meinen die Betschwester, die immer hinter ihr her scharwenzelt?«

»Genau die.«

»Die ist komplett irre.«

»Inwiefern?«

Mayflower lächelte schmallippig. »Jedes Mal, wenn die den Mund aufmacht, kommt nur so religiöses Zeug. Als hätte sie die Bibel gefressen. Mir sagte sie mal, ich käme garantiert in die Hölle, allein schon wegen meines Iron-Maiden-T-Shirts.«

Ein Detail, das auch Barbara überraschte. »Iron Maiden? Wie kommt's? Das war doch lange vor Ihrer Zeit.«

»Alles, was nach den Neunzigern folgte, ist Schrott.«

Das erklärte zumindest ihre Band-Shirts.

»Ich dachte mal genauso über die Achtziger«, sagte Barbara.

»Obwohl die Frisuren klar besser wurden.«

»Angeblich kehrt die Dauerwelle zurück. Als 80s-Curls.«

»Das behaupten sie von Elvis auch«, sagte Mayflower und grinste. »Mayflower, bist du langsam fertig mit deinen Privatgesprächen dahinten? Wir haben Gäste, falls es dich interessiert.« Der Anpfiff kam von Carly hinter der Theke. Barbara sah zwar keine Gäste, zumindest keine unterversorgten, aber sie verstand die Botschaft. Mayflower seufzte: »Ich bringe Ihnen erst mal Ihr Bier.« Betont langsam setzte sie sich in Bewegung.

Barbara sah ihr nach und registrierte bei der Gelegenheit den Eintritt einer neuen Figur im Grill. Ein junger Mann im schwarzen Parka, Sporttasche über der Schulter. Er schlug die schwere Kapuze zurück und winkte Carly zu, der dabei tatsächlich ein Lächeln rausrutschte.

Was Barbara nicht wirklich überraschte, denn der junge Mann war eine echte Augenweide. Dunkle Haare im Out-of-Bed-Look, ein Anflug von Dreitagebart und dieser herzzerreißende Dackelblick, alles an ihm erinnerte Barbara an diesen gewissen alternden Schauspieler – bevor Botox und Schönheits-OPs alles ruinierten.

Sie sah zu, wie er quer durch die Bar auf einen Tisch zusteuerte, an dem schon ein älterer Gentleman saß: auffällig elegant gekleidet, Silberhaar, Spitzbart. Die beiden redeten ein paar Minuten miteinander, ehe der Ältere, sichtlich verärgert, aufstand, seinen Mantel nahm und die Bar verließ. Der junge Mann hingegen lehnte sich relaxt zurück und strich sich selbstgefällig durchs Haar.

Interessant. Im selben Moment kam Mayflower mit dem Bier.

»Zum Wohl«, sagte sie.

»Danke. Kennen Sie zufällig den Mann da vorn?«

Sie warf einen Blick über die Schulter. »Den da? Das ist Kurt Mowlam. Er ist Lehrer an der Schule.«

Kurt Mowlam. Barbara erinnerte sich, dass Rita den Namen erwähnt hatte.

Mayflower warf Barbara einen vielsagenden Blick zu. »Den meisten Frauen fällt er auf.«

»Wundert mich nicht. Und was ist mit dem anderen, der gerade gegangen ist?«

»Das ist Dr. Dalton.« Sie grinste. »Stehen Sie auf Silberfuchs?«

»Nein, mein Interesse ist rein professioneller Natur.«

»Klar.«

Mayflower ging, und Barbara stritt mit sich, ob sie es machen sollte oder nicht. Doch dann stand sie auf, klatschte sich das harmloseste Lächeln ins Gesicht und marschierte geradewegs zu Mowlams Tisch.

»Guten Abend, Sir. Sie sind Kurt Mowlam, richtig?«

Mowlam drehte sich zu ihr. »Oh, hallo, Detective …«, sagte er, wusste nicht weiter, schenkte Barbara aber gleichfalls ein Lächeln.

»Atkins, Sir«, ergänzte sie für ihn.

»Natürlich. Ich habe von Ihnen gehört. Forensische Vampiranthropologin! Klingt spannend.« Seine Stimme hatte etwas Lethargisches, was aber gut zu seinem soften Blick passte. Von unten streckte er ihr die Hand entgegen, und Barbara nahm sie.

»Haben Sie etwas dagegen, wenn ich mich kurz zu Ihnen setze?«

Er sah auf seine Sporttasche. »Eigentlich wollte ich noch ein paar Aufsätze korrigieren und die nächste Stunde vorbereiten …«

»Ich dachte, Sie wissen vielleicht etwas über Marcus. Es dauert auch nicht lange.«

Er gab seinen Widerstand auf. »Sicher, in diesem Fall. Alles, was hilft.«

Sie zog einen Stuhl heran und nahm Platz. »Danke.«

Mayflower erschien mit einem Kaffee und stellte ihn vor Mowlam ab.

»Danke, May.«

Sie nickte und zog sich schnell zurück. Offenbar gab es zumindest eine Frau, die immun gegen seine Attraktivität war.

»Ich habe gerade mitbekommen, wie Sie mit Dr. Dalton sprachen«, begann Barbara.

»Ja, er ist mein Vermieter.«

»Doch keine Mietstreitigkeiten?«

Er schüttete Zucker in seinen Kaffee und rührte um. »Nein, es geht um einige Reparaturen, Sie wissen ja, wie Vermieter sind. Sie greifen ungern in die eigene Tasche.«

»Kenne ich. Ich habe sogar ein T-Shirt mit dem Spruch.«

Er lachte. »Dann wissen Sie ja Bescheid.«

»Wie lange wohnen Sie schon in Deadhart?«, fragte Barbara.

»Bald zwei Jahre.«

»Was hat Sie hierher verschlagen?«

Achselzucken. »Ich dachte, Alaska wäre mal was anderes. Berge, Gletscher, Bären ... Vampire.«

»Und wo waren Sie vorher?«

»Ach, hier und da. Ich bin viel rumgekommen.«

»Und waren immer Lehrer?«

»Nein, nicht immer. Ich liebe die Abwechslung.«

Barbara wartete auf eine nähere Erklärung, doch die folgte nicht.

»Und welche Fächer unterrichten Sie?«

»Nun ja, hauptsächlich Englisch und Geschichte, aber hier in Deadhart ein bisschen von allem. Was halt anliegt.«

Sie nickte. »Kannten Sie Marcus und seine Kumpel näher?«

»Es ist eine gemischte Klasse mit mehreren Jahrgangsstufen und insgesamt nur zwölf Schülern. Da kennt man jeden ziemlich gut. Die drei waren außerdem noch in meinem Buchclub, der aber nach Schulschluss stattfindet.«

»Ach wirklich? Seit wann sind pubertierende Jungs die großen Leseratten?«

»Es war etwas, das mir besonders am Herzen lag. Wie Sie wissen, steht es um die Lesekompetenz von Jungs, insbesondere im ländlichen Raum, nicht zum Besten. Aber das liegt nicht selten an der Schullektüre selbst, wenn ich das so formulieren darf.«

»Okay, und welche Bücher wurden in Ihrem Buchclub so gelesen?«

»Wir hatten schon *Lolita*, wir hatten *American Psycho* … Und *Dracula* …«

Barbara starrte ihn an. »Auch schon mal was Heiteres, Leichteres probiert wie Hitlers *Mein Kampf*?«

Er gluckste. »Ich sehe schon, meine Auswahl gefällt Ihnen nicht.«

»Auf meiner Leseliste wären die Bücher jedenfalls nicht«, sagte sie, aber ihr Lächeln signalisierte maximale Offenheit. »Was waren denn die Themen, die Sie bei *Dracula* mit den Jungs diskutiert haben?«

»Oh, da ging es hoch her, wie Sie sich denken können. Vor allem redeten wir über das Spannungsfeld zwischen dem historischen Vampirmythos und dem, was wir heute über Vampire wissen – oder zumindest zu wissen glauben.«

Barbara griff nach ihrem Bier. »Aber Ihnen ist schon bewusst, dass dieses Buch auch ein Klassiker der Helsing-Liga ist? Sind Ihnen bei den Jungs antivampirische Ressentiments aufgefallen?«

»Antivampirische Ressentiments finden Sie immer im Umkreis von Kolonien, das gehört sozusagen zum Erbe, das von Generation zu Generation weitergereicht wird.«

»Anzunehmen. Und wie war Ihr Eindruck bei den drei Jungen?« Er setzte sich zurück und schlug ein Bein über. »Stephen war ein aufgeweckter Bursche, wenn man ihn einmal für etwas interessieren konnte. Jacob war eher der Stille. Hat selten etwas gesagt und war auch nicht regelmäßig da. Aber bei ihm war die häusliche Situation nicht gerade günstig ...«

»Habe ich ebenfalls gehört.«

»Marcus war so durchschnittlich, aber Durchschnitt im besten Sinn und stets bemüht. Das Einzige, was man in seinem Fall vielleicht anmerken könnte: dass er sehr leicht manipulierbar war.«

Barbara ließ diese Information sacken. »Wussten Sie, dass er ein Helsing-Tattoo hatte?«

Mowlam schüttelte den Kopf. »Nein, das wusste ich nicht.«

»Aber es schockt Sie auch nicht?«

»Wie ich schon sagte: Er war sehr leicht manipulierbar. Die Sorte Junge, die sich zu der bescheuertsten Mutprobe hinreißen lässt.«

»Sie glauben, das Helsing-Tattoo war so etwas?«

»Keine Ahnung, warum er sich dieses Ding hat stechen lassen. Ich habe Ihnen nur mitgeteilt, wie ich Marcus beurteile.«

»Tragen *Sie* Tattoos, Mr Mowlam?«

»Die meisten Leute haben heute irgendwelche Tattoos.«

»Kennen Sie ein Tattoo-Studio namens *Verfemt*?«

»Leider nein. Ich habe alle meine Tattoos aus New Orleans. Sollten Sie übrigens mal hin. Da haben sie eine Kolonie, die ist echt mega.« Er trank einen Schluck Kaffee.

Barbara gefiel dieser Ton nicht. Sie hatte den Eindruck, dass Mowlam mit ihr spielte.

»Wo stehen Sie eigentlich in der Kolonie-Frage, Sir?«

»Ich? Ich bin Agnostiker, wenn ich das so sagen darf. Ich bin nicht für Massentötungen, aber die Leute haben ein Recht auf ein Minimum an öffentlicher Sicherheit. Und es wäre naiv, so zu tun, als ginge von Vampiren keine Gefahr aus. Sie sind nun mal Killer, es liegt in ihrer Natur, nicht anders als bei Bären oder Wölfen.«

»Aber es sind keine Tiere.«

»Nein, sie sind schlimmer als Tiere, weil sie aussehen wie wir. Hören Sie, ich will niemandem etwas unterstellen, aber meiner Meinung nach werden Vampire und Menschen niemals friedlich zusammenleben können. Einer von beiden wird das evolutionäre Rennen machen. Lassen wir doch der Natur ihren Lauf.«

»Sie meinen, Vampire sollten bejagt werden?«

»Ich meine: Möge der Stärkere, nein, möge der *Passendere* überleben«, sagte er und sah sie neugierig an. »Aber das finden Sie nicht, oder?«

»Meine persönliche Meinung ist vollkommen unwichtig. Wichtig ist nur, was im Gesetz steht.«

Er lächelte, doch dieses Lächeln besaß plötzlich etwas Aasiges. »Fragt sich nur, wie viele tote Kids es noch braucht, bis das Gesetz bereit ist, seinen Wortlaut zu ändern.«

»Wollen Sie Ihr Hähnchensandwich an diesem Tisch essen?«

Barbara wandte sich um. Hinter ihr stand Mayflower mit ihrem Tablett.

»Nein«, sagte sie und bedachte Mowlam mit einem Lächeln. »Mr Mowlam soll ungestört seine Hausaufgaben korrigieren können.«

Mowlam erhob ironisch die Kaffeetasse. »Auf Wiedersehen, Detective.«

»Auf Wiedersehen. Danke für Ihre Zeit.«

Barbara übernahm das Tablett von Mayflower und ging damit zu ihrem alten Platz. Das Gespräch mit Mowlam wirkte nach, und es irritierte sie. Nichts von dem, was er gesagt hatte, war per se falsch, aber die Nonchalance, mit der er der Barbarei das Wort redete, war verstörend. Und er war Lehrer. Mit seinem Aussehen, seiner Ausstrahlung hatten leicht manipulierbare Kids keine Chance.

Barbara nahm einen Schluck Bier. Selbst sie hatte dieser Scheißkerl mit seiner aalglatten Logik eingewickelt.

»Fragt sich nur, wie viele tote Kids es noch braucht, bis das Gesetz bereit ist, seinen Wortlaut zu ändern.«

Sie griff zu ihrem Sandwich … und legte es wieder weg.

Das war es. Natürlich.

Das erklärte das Video, das erklärte die Jacke, die Unstimmigkeiten im zeitlichen Ablauf.

Sie wischte ihre Finger an der Papierserviette ab und griff zu ihrem Handy.

»Hallo?« Nicholls am anderen Ende klang müde.

»Ich glaube, ich weiß, was die Jungs in der Mordnacht gemacht haben.«

17

Lautlos bewegte sich Athelinda durch die alte Bergbausiedlung. Ihren bernsteinfarbenen Augen entging nichts.

Hinter ihr erhob sich die riesige Raffinerie. Rechts waren Cottages und Baracken, wo die meisten von ihnen wohnten. Einige davon waren in den Jahren des Exils verfallen, aber das ließ sich reparieren. Sie hatten das alles schon einmal durchgemacht.

Zwischen den hölzernen Behausungen verlief eine breite Schotterstraße. Dort befanden sich auch die Schule und die Lodge – früher die Dienstwohnung des Minendirektors, jetzt ihre eigene Bleibe. Weiter hinten war die Fabrik, wo die Kolonisten aus Tierfellen und Alttextilien neue Kleidungsstücke fertigten. Noch weiter dahinter kam die Molkerei, die jetzt als Schlachthaus und Geräteschuppen diente. Und dahinter schließlich erstreckten sich die Weiden für die Schweine und Ziegen, allesamt eingezäunt mittlerweile.

Zu den Hochzeiten der Deadhart Mining Corporation Anfang des zwanzigsten Jahrhunderts lebten und arbeiteten mehrere Hundert Mann auf dem Gelände, und mit der Kupfermine wuchs auch das Städtchen Deadhart. Alles, was in der Anlage gebraucht oder gefördert wurde, kam und ging über den Fluss, und Deadhart war der Umschlagplatz. Später erhielt der kleine Ort sogar einen eigenen Eisenbahnanschluss.

Jedoch hatte das Vordringen des Menschen in die zuvor nur dünn besiedelte Gegend seinen Preis. Die Vampirkolonien, die seit Jahrhunderten friedlich mit den indigenen Dghelay Teht'ana koexistierten, gerieten, da sie von den Neuankömmlingen als permanente Bedrohung angesehen wurden, immer mehr unter Druck und mussten schließlich in die Wildnis des heutigen Denali-Nationalparks ausweichen. Homo sapiens war zahlenmäßig und waffentechnisch deutlich überlegen, jeder Widerstand gegen seine Ausbreitung endete in einem Massaker.

Nur gegen eines hatte der Mensch kein Rezept: die schwindenden Kupfervorkommen. Anfang der Dreißigerjahre war die Mine erschöpft und machte dicht, die Gebäude und Unterkünfte wurden sich selbst überlassen. Kurz darauf kehrten die Vampire auf ihr angestammtes Gebiet zurück und übernahmen, wofür die Menschen keine Verwendung mehr hatten.

Eigentlich hätte die Geschichte an dieser Stelle zu Ende sein können. Jedoch löste vor einem Vierteljahrhundert der Mord an einem minderjährigen Jungen die nächste Vertreibungswelle aus.

Und jetzt waren sie abermals da – und offenbar entschlossen zu bleiben. Diesmal würden sie sich nicht verjagen lassen.

Still lag die verschneite Hauptstraße der Kolonie da, keine Vampirseele war in dieser Nacht noch unterwegs. Nur ein paar Kinder tollten auf dem behelfsmäßigen Spielplatz, während die Mütter sich unterhielten. Die Schule, die in den Wintermonaten erst am späten Nachmittag begann, war vorbei. Aber was hieß schon Schule? Unterricht fand nur an drei Tagen in der Woche statt und beschränkte sich auf das Allernotwendigste: Lesen und Schreiben, die Grundrechenarten, ein Abriss der vampirischen Geschichte, der Rest bestand aus Koch- oder Werkkursen. Für mehr fehlte schlicht der Bedarf, und manchmal fragte sich Athelinda, wie ein so ungebildetes Volk überhaupt überleben konnte. Keines der Kinder auf dem Spielplatz würde je einen normalen Job oder einen Studienplatz haben, denn dafür waren sie nicht zugelassen. Ein Irrwitz: Sie hatten eine so lange Lebensspanne vor sich und so wenig, mit dem sie dieses Leben füllen konnten.

Athelinda war am Spielplatz stehen geblieben und sah zu. Zwei Mädchen und ein Junge, alle zwischen vier und fünf Jahre alt, wechselten von der Reifenschaukel zur Rutsche. Der Anblick rührte sie seltsam an. Auch sie hatte einmal mit anderen Kindern gespielt, allerdings mit einem Unterschied: *Ihr* Himmel war nicht schwarz, sondern blau. Die Vögel sangen, sie hatte das Lachen der anderen in den Ohren, spürte den Wind in den Haaren. Und später, wenn sie im Bett lag, sang eine sanfte Frauenstimme:

Wo bist du, Sonne, geblieben?
Die Nacht hat dich vertrieben,
Die Nacht, des Tages Feind ...

Einen Moment lang war die Sehnsucht nach der Vergangenheit so stark, dass ihr schwindelig wurde und sie sich an dem Lattenzaun festhalten musste, der den Spielplatz umgab. Sie schloss die Augen und atmete tief durch. Solche Flashbacks gab es. Ihre Vorzeit meldete sich. Allerdings waren seit dem letzten Mal schon mehrere Jahrhunderte verstrichen.

»Bist du okay?«

Sie schlug die Augen auf. Eines der kleinen Mädchen vom Spielplatz, ein schmächtiges, elfenhaftes Wesen mit schwarzen Haaren, schaute sie durch den Zaun neugierig an.

»Du siehst nicht wohl aus. Musst du dich übergeben? Meine Mama sagt, dass man grün wird, wenn man sich übergeben muss.«

Athelinda musterte die Kleine auf der anderen Seite. Sie war nur wenig kürzer als sie selbst und trug ein verwaschenes grünes Kattunkleidchen unter ihrem Mantel aus Tierhaut. Auf den ersten

Blick hätten sie Geschwister sein können oder zumindest Spielkameraden – wären da nicht die Augen gewesen. Der Blick des kleinen Mädchens war noch offen und ohne Arg. Athelinda überlegte, wie sie hieß. *Gretchen?*

»Nein, ich muss mich nicht übergeben«, sagte sie.

»Gut. Ich hasse es, wenn Leute das tun müssen.«

Athelinda deutete mit dem Kopf auf die anderen. »Sind das deine Freunde?«

»Henry ist mein Bruder«, sagte Gretchen und garnierte das Wort »Bruder« mit einer Schnute. »Emily ist meine beste Freundin.«

»Wie schön! Weißt du, wer ich bin?«

Gretchen nickte. »Du bist Miss Athelinda. Du bist der Häuptling, und Mama sagt, du bist viele Hundert Jahre alt. Älter als meine Oma.«

»Das stimmt.«

»Du siehst aber gar nicht alt aus.«

»Nein.«

Ein Umstand, der Gretchen zu denken gab. »Willst du mitspielen?«

Ehe Athelinda antworten konnte, rief eine der Frauen: »Gretchen, komm, wir gehen nach Hause.«

Gretchen zog ein Gesicht. »Nein, jetzt noch nicht.«

»Doch, jetzt!«

Das Mädchen bewegte sich nicht von der Stelle.

»Du solltest gehen«, sagte Athelinda.

»Ich will aber nicht.«

Athelinda beugte sich zu ihr hinunter. »Hat dir deine Mutter nicht gesagt, dass ich kleine Kinder fresse?«

Gretchen riss die Augen auf und flüchtete sich in die Arme der Frau, die Athelinda daraufhin böse ansah. Athelinda kannte das, diese Mischung aus Beklommenheit, Ablehnung und blanker Furcht. Die meisten in der Kolonie reagierten so auf sie. Athelinda nahm ihnen das nicht einmal übel, ihre Furcht war berechtigt. Sie *war* ein Ungeheuer.

Nach mehreren Hundert Jahren in dieser Gestalt kam *das* dabei heraus. Geist und Körper waren in dieser Zeit Belastungen ausgesetzt, welche die Natur nie vorgesehen hatte. Die meisten wären wahnsinnig geworden, und manchmal fragte sie sich, ob das nicht auch für sie galt. Ihr Kopf war so angefüllt mit gelebtem Leben, dass sie ihn kurz vor der Explosion wähnte. Vielleicht fände sie dann endlich Frieden.

Aber nicht an diesem Abend. An diesem Abend war sie noch gefordert.

Das letzte Gebäude auf der linken Seite war der Veranstaltungssaal der Kolonie. Dort kamen sie zusammen, um zu tanzen, Karten zu spielen, Geschichten zu erzählen. Heute stand eine Vollversammlung an, die über die neue Lage informieren sollte. Die neue Lage ergab sich aus dem toten Menschenjungen. Eine gute Informationspolitik war essenziell für das Funktionieren dieser Gemeinschaft, trotzdem trat Athelinda mit sehr gemischten Gefühlen durch die Tür.

Die Sitzreihen im Saal waren voll, fünfzig Leute saßen vor dem kleinen Podium mit Athelindas Amtsstuhl – den sie nicht Thron nennen wollte, da Vampire das Feudalsystem nicht kannten. Die Führung wurde per Mehrheitsvotum denjenigen übertragen, die sich durch Alter und Weisheit dafür empfohlen hatten. Dennoch war es natürlich eine Art Thron. Nicht nur aufgrund seines Alters und seiner Bedeutung für die vampirische Identität, sondern vor allem, weil ausschließlich Athelinda darauf sitzen durfte. Aber was spielte das an diesem Abend für eine Rolle?

Athelinda stieg auf das Podium und nahm ihren Platz ein. Vor ihr, unter ihr die angespannten Gesichter ihres Volkes. Die meisten von ihnen kannte sie schon seit Jahrhunderten.

Sie nickte, das musste als Begrüßung reichen. »Seid gegrüßt, Brüder und Schwestern«, sprach sie.

Gemurmel im Saal.

»Ich danke allen für ihr Kommen«, fuhr sie fort. »Ich habe diese Versammlung einberufen, weil …«

»Hast du mit ihnen gesprochen?«, unterbrach jemand aus einer der hinteren Reihen.

Das war Cain, natürlich, wer sonst? Ein Streithansel, der leicht in Rage geriet. Seine Frau, ein verhuschtes, geknechtetes Wesen, war nur zu bedauern. Desgleichen die Kinder, geknickte Halme, lang vor der Reife. Athelinda konnte ihn nicht leiden, aber sie wusste, dass dies auf Gegenseitigkeit beruhte. Cain ließ sich nicht gern etwas befehlen, schon gar nicht von einem – wie er meinte – Kind. Lachhaft! Sie war gut zweihundert Jahre älter als er und ihm an Verstand und Ideenreichtum tausendfach überlegen. Aus diesem Grund hätte sie ihn zuweilen gern beseitigt, allerdings stand ein strenger Kodex dagegen. Keinem Vampir durfte durch einen anderen Vampir das Leben geraubt werden. Und anders als Menschen hielten sich die Vampire daran.

Athelinda nickte: »Ja, habe ich. Und ich habe sie auch vor den Folgen gewarnt, sollte die Kolonie sich bedroht fühlen.«

»Und du meinst, sie hören dir zu?«

»Nein. Aber vielleicht haben sie jetzt Angst.«

»Wir hätten nie zurückkehren dürfen«, meldete sich eine Stimme aus einer anderen Ecke.

Athelindas Kopf drehte sich blitzartig dem Störer zu: »Dies ist unsere Heimat!«

»Wir finden auch etwas anderes.«

»Nein, nein und nochmals nein!«, rief sie mit lodernden Augen und hämmerte dabei auf die polierte Seitenlehne. »Habt ihr vergessen, weswegen wir wieder hier sind? Es ist für Merilyn. Und wir bleiben! Und schützen, was rechtmäßig unser ist.«

»Und wie?« Der Einwand kam von Jonah, einem der jüngeren Kolonisten. »Ich habe den Eindruck, diese Siedlung ist wie eine offene Einladung an alle Vampirjäger. Und wir sitzen hier herum und warten seelenruhig auf die Nacht der langen Messer.«

Zustimmendes Geraune aus der Ecke seiner Kumpels.

»Nein, wir warten auf unsere Entlastung«, sagte Athelinda unbeirrt. »Unsere Unschuld wird sich erweisen.«

»Der Tod des Jungen ist ein erstklassiger Vorwand, uns anzugreifen.«

»Was schlägst du also vor?«

»Ich schlage vor, ihnen zuvorzukommen. Wir schnappen sie uns, wenn sie schlafen.«

Athelinda verdrehte die Augen. »Und was dann? Dann schicken sie Soldaten. Willst du gegen eine ganze Armee antreten? Wie willst du dich schützen gegen UV-Granaten, die dir die Haut vom Gesicht brennen? Meinst du, du kannst deine Knochen nach einem Raketenangriff wieder einsammeln und weiterkämpfen?«

Jonahs Miene sagte genau das. »Also lieber nichts tun? Wir lassen uns weiter wie Tiere behandeln, die man nach Belieben abschlachten kann?«

»Auf gar keinen Fall greifen wir als Erste an«, sagte Athelinda mit Bestimmtheit.

»Vielleicht sollten wir gerade das tun.« Cain wieder. »Vielleicht ist es Zeit für die Lese.«

Die *Lese* markierte in der vampirischen Sagenwelt den letzten

Akt in der Entscheidungsschlacht gegen die Menschen: Die Sieger lesen die Seelen der Gefallenen auf. Viele Vampire, vor allem die jüngeren, schwelgten in dieser Vorstellung. Vermutlich, weil sie in der Realität noch nie um ihr nacktes Überleben kämpfen mussten.

Athelinda erhob sich. »Schon mal einen Menschen getötet? Schon jemals etwas anderes geschlachtet als ein Spanferkel oder eine Ziege?«

Cain starrte ihr verstockt ins Gesicht, sagte aber nichts.

Athelinda nickte. »Ich schon. Mehr als einmal. Öfter, als du dir vorstellen kannst. Ich habe mich an ihren Leichen gelabt. Manchmal träume ich sogar davon, es wieder zu tun. Aber ich tue es nicht. Weil jeder Tote auf ihrer Seite uns nur umso mehr gefährdet. Und ganz bestimmt werde ich die Kolonie nicht aufs Spiel setzen, nur weil du auf Menschenfleisch geil bist. Gibt es noch weitere Fragen, oder sind wir für heute fertig?«

Eine einzelne Hand hob sich. Von Gwyneth, einer stillen, freundlichen Frau mit zwei Töchtern.

»Ja bitte?«, sagte Athelinda.

»Wie wirkt sich diese Sache auf die Lieferungen aus?«

Gute Frage.

»Das kann ich im Augenblick leider nicht sagen«, antwortete Athelinda. »Wir sollten uns aber darauf einstellen, dass es zu Verzögerungen oder kurzzeitigen Engpässen kommen kann.«

Unruhe im Saal. Athelinda konnte die Leute verstehen, denn sie persönlich quälten ja dieselben Fragen. Wie leben mit dieser Unsicherheit, dieser Angst ... diesem Hunger?

»Grundsätzlich gilt aber: Wir können auch ohne diese Lieferungen überleben«, sagte sie fest. Das stimmte sogar. Aber wenn Überleben bedeutete, dass dem Dasein auch der letzte Rest von Genuss und Lebensfreude entzogen wurde, dann war dies keine schöne

Aussicht. Athelinda hatte nämlich schon vor langer Zeit festgestellt, dass der Geist, gleich ob Vampir- oder Menschengeist, die ungefilterte Realität nicht allzu lange ertrug. Er war einfach nicht dafür gemacht. Aus diesem Grund träumen wir, ersinnen Geschichten, lesen Bücher, schauen uns gern Theaterstücke und Filme an. Deswegen nahm das Menschengeschlecht Drogen oder trank Alkohol. Und natürlich hatten auch Vampire ihre Stimulanzien, die ihnen halfen, durch die langen Nächte der Seele zu kommen.

»Und was ich ebenfalls noch wissen will, und ich denke, ich spreche hier für alle: Wie geht es Merilyn? Ich meine, wie geht es ihr wirklich?« Diese Frage wurde ebenfalls von Gwyneth gestellt.

Merilyn. Athelinda hatte plötzlich einen Stein im Magen und einen Kloß im Hals. Was sollte sie sagen? Merilyn war die Älteste der Kolonie und die Letzte ihrer Sippe. Merilyns Mann war schon vor fünfzig Jahren gestorben, auch ihre Kinder und ihr einziger Enkel lebten nicht mehr. Sie durfte gar nicht daran denken, sonst hätten Trauer und Zorn ihre besonnene Maske von innen zerfressen.

»Sie liegt im Sterben«, erklärte sie und räusperte sich. »Lange kann es nicht mehr dauern.« Keine Hand regte sich, es gab keine weiteren Fragen mehr. Die Stimmung war gedrückt. Sie neigte den Kopf. »Gut. Wenn das alles war, wünsche ich euch eine angenehme Nacht.«

Athelinda mischte sich nicht mehr unter die Leute, sondern begab sich gleich auf den Weg zu ihrer Lodge, wo schon Kerzen brannten und ein Kaminfeuer auf sie wartete, das in ihrem Fall weniger der äußeren als der inneren Erwärmung diente.

Vor dem Kamin standen zwei mottenzerfressene Plüschsessel. In einem davon saß ein gut aussehender junger Mann mit schulterlangen blonden Haaren und las. Er blickte hoch, als Athelinda ins Zimmer trat.

»Wieder zu Hause?«

»Das hast du gut beobachtet, Michael.«

Er stand auf, half Athelinda aus ihrer Jacke und hängte sie auf den Kleiderständer nahe der Tür. Athelinda setzte sich in den freien Sessel und holte ihre Pfeife hervor, die sie sorgfältig stopfte. Kurz darauf verbreitete sich beißender Tabaksqualm.

»Wie geht es dir?«, fragte Michael.

»Ich bin total erschossen«, antwortete sie und sah ihn an. »Du warst nicht bei der Versammlung?«

»Nein.«

»Warum nicht?«

»Du kennst meine Meinung«, sagte er scharf.

»Das heißt, du denkst so wie Jonah?«

Keine Antwort. Stattdessen zog er eine kleine Fußbank heran und legte ihre Füße darauf. Dann zog er ihr die Stiefel und die dicken Socken aus.

»Glaubst du, Tucker setzt sich für uns ein?«, fragte er und begann, ihr die Füße zu massieren, was ihr erkennbar guttat.

»Ja. Er fühlt sich immer noch schuldig.«

»Das sollte er auch.«

Obwohl Athelinda es nie zugegeben hätte, sie empfand eine gewisse Sympathie für Tucker. Sonst wäre er längst nicht mehr am Leben.

»Sie haben einen Detective von außerhalb geschickt«, sagte sie.

»Eine Frau.«

»Und? Ist das ein Problem?«

»Ich weiß es noch nicht.«

Die Frau wirkte harmlos genug. Typische Amerikanerin: dick, desinteressiert, dumm. Doch Athelinda wusste besser als jeder andere, wie Äußerlichkeiten täuschen konnten. Irgendetwas *hatte* sie, es war schwer festzumachen.

»Ich habe ihr gesagt, sie soll sich nach dem Beinhaus erkundigen.«

»Und das soll irgendetwas bringen?«

»Nein. Deshalb brauche ich deine Hilfe. Du musst noch einmal in diese Kaschemme.«

Er zog eine Grimasse. »Hast du mir nicht gesagt, ich soll da nicht hin …«

»Ich weiß, was ich gesagt habe«, unterbrach sie ihn. »Und weiß auch, dass du trotzdem da warst.«

Überrascht sah er sie an. »Woher?«

»Glaubst du, du kannst deine heimlichen Gelüste vor mir verbergen?« Sie schüttelte den Kopf. »Du bist mein Sohn, Michael.«

Athelinda streckte den Arm aus und strich über sein seidiges Haar. Es war etwas, das sie immer noch gern tat. Diese Weichheit. Wie damals, als er noch klein und schutzlos war und sie im Bett seinen Schlaf bewachte. Neunzig Jahre war das jetzt her. Seine Geburt hatte sie förmlich zerrissen, weitere Kinder waren danach ausgeschlossen. Michael war alles, was sie hatte. Ihr großer Schatz, der sie den letzten Nerv kostete, sie wahnsinnig machte und zu wahnsinnigen Leistungen befähigte. Und alles, weil er halb menschlich war.

»Ich verstehe das ja«, flüsterte sie. »Es liegt dir im Blut. Deshalb habe ich auch erlaubt, dass du dir die Zähne abschleifst und ihre Kleidung trägst …«

»Erlaubt?« Er stieß ihre Hand weg und stand auf. »Ich bin erwachsen, ich brauche deine Erlaubnis nicht.«

»Du, Michael«, schnaubte sie, »bist nicht einmal hundert Jahre alt.«

»Jedenfalls alt genug, um zu erkennen, dass sich nichts ändern wird, wenn wir nicht aktiv dagegen vorgehen. Warum müssen wir uns immer verstecken? Warum müssen wir leben wie die Wilden?«

»Die einzige Änderung wird darin bestehen, dass du tot bist.«

»Und diesen Scheiß …«, sagte er mit einer umfassenden Geste, »diesen Slum am Arsch der Welt nennst du Leben? Wir kommen hier nie raus, wir können nicht arbeiten. Wir haben weder Strom noch Internet …«

»Aber das brauchen wir alles nicht.«

»Es geht nicht darum, ob wir es brauchen. Es geht um ein zivilisiertes Leben, um Bürgerrechte. *Fuck*, ich darf nicht mal in einem Fast-Food-Laden die Burger wenden.«

Sie sah ihn betrübt an. »Das verstehe ich ja alles. Du willst nur das, was sie auch haben. Aber was sie haben, ist nicht so toll, glaub mir. Und jemanden wie dich, Michael, werden sie nie akzeptieren. Du hast Kolonie-Blut in dir.«

»Als wenn ich das nicht wüsste!«

Die Bitterkeit in seiner Stimme traf in ihr einen wunden Punkt. Er ging zur Tür und nahm seine Jacke.

»Wo willst du hin?«

»Ich tue, worum du mich gebeten hast.« Um zynisch hinzuzufügen: »Tue ich nicht immer, was meine liebe Mutter mir sagt?«

»Ganz recht. Und es ist nichts als deine verdammte Pflicht und Schuldigkeit.«

»So wie bei dir, meinst du? Du bist echt ein Vorbild!«

Sie stieß eine dicke Rauchwolke aus. »Nein, ich gebe zu: Ich habe *meine* Mutter getötet. Ich habe ihr die Gurgel herausgerissen und ihr Blut getrunken.«

Er lächelte, aber in seinem schönen Lächeln lag plötzlich ein bösartiger Zug. »Bring mich nicht auf Ideen«, sagte er.

Kurz darauf fiel die Tür so heftig zu, dass die ganze Lodge erbebte.

18

»Glauben Sie wirklich, die Jungs haben das Video nur inszeniert, um eine Massentötung zu provozieren?«

Abends zuvor, bei ihrem letzten Telefonat, hatte sich Nicholls noch völlig anders angehört. Die Fake-Theorie war für ihn nicht einmal der Diskussion wert. Aber er hatte sich in der Zwischenzeit wohl seine Gedanken gemacht und war auf einmal weit weniger sicher.

»Ja, Sir, das glaube ich. Oder zumindest die Beziehungen so zu verschlechtern, dass die Kolonie hier keine Zukunft hat. Bisher gingen wir immer davon aus, dass Marcus seine eigene Ermordung gefilmt hat. Aber genau diesen Moment, den Moment des Todes, bekommen wir nicht zu sehen. Warum nicht? Weil das ganze Ding ein Fake ist. Einer der beiden anderen spielt den Vampir, und gemeinsam filmen sie eine Horrorszene, in deren Verlauf Marcus ein bisschen herumgeschubst wird. Später wollen sie den Leuten weismachen, dass ein mordsgefährlicher Vampir die Gegend unsicher macht, worauf der Ruf nach einer Keulung laut wird.«

»Aber Marcus starb wirklich.«

»Genau. Aber das geschah im Nachhinein, meiner Meinung nach. Kann auch sein, dass er wirklich sein Handy vergessen hat. Oder noch in der Hütte bleiben und nachkommen wollte. Aber irgendwann, nachdem die Jungs sich getrennt hatten, wurde er real angegriffen und ermordet.«

»Klingt arg konstruiert.«

»Das stimmt, aber es erklärt eine Reihe von Unstimmigkeiten. Als da wären die Jacke, die seltsamen Zeitangaben und das Tattoo.

Ich würde sogar wetten, dass wir auf dem Handy gelöschte Outtakes des Videos finden.«

Nicholls strich sich über seinen Schnäuzer. »Glauben Sie, die Jungs sind von selber auf diese Idee gekommen?«

»Das weiß ich nicht.«

»Wenn Sie recht haben, nutzt uns das Video also gar nichts? Denn es liefert uns weder Anhaltspunkte über das Aussehen des Angreifers noch über die Todeszeit.«

»Leider nein.«

Nicholls seufzte laut. »Na ja, hören wir erst einmal, was uns Stephen zu sagen hat.«

Das Haus, in dem Stephen Garrett wohnte, war ein relativ großes, zweistöckiges Eigenheim. Auf dem Grundstück gab es auch noch einen Lagerschuppen sowie eine Werkstatt. An Fahrzeugen waren zu sehen: ein älterer, aber gut erhaltener Pick-up-Truck, ein Mountainbike und ein Schneemobil, das offenbar gerade instand gesetzt wurde. Rauch quoll aus dem Kamin und verteilte sich vor dem heller werdenden Himmel.

Nicholls hielt an und stieg aus. Wie aufs Stichwort trat ein hochgewachsener, attraktiver Mann mit dunkelblondem Pferdeschwanz aus dem Schuppen. Er trug eine Vintage-Fliegerjacke, Jeans und Wanderschuhe und schritt lächelnd auf Nicholls zu.

»Hey, Pete, wie geht's denn so?«

»Hallo, Dan. Kann nicht klagen.« Die Begrüßung war freundschaftlich.

Also *Pete*, nicht Chief oder Sir. Barbara war zumindest verblüfft über so viel Bürgernähe. Aber so war das in einem kleinen Ort. Jeder kannte jeden. Mehr noch, viele Leute waren sogar miteinander verwandt.

Endlich registrierte dieser Dan auch ihre, Barbaras Anwesenheit. Sein breites Lächeln relativierte sich.

»Das ist Detective Barbara Atkins«, stellte Nicholls sie vor.

Dan nickte: »Ah, der Vampir-Cop.«

»Stimmt genau.« Barbara streckte die Hand aus. »Freut mich, Sie kennenzulernen, Sir.«

Dan zögerte nur kurz, bevor er ihre Hand ergriff, dennoch war seine Reserviertheit nicht zu übersehen.

»Ebenso.«

»Ist Stephen vielleicht im Haus?«, fragte Nicholls möglichst unverfänglich.

Plötzlich zuckte Dans Blick zwischen den beiden Cops hin und her. »Ja, in seinem Zimmer. Wieso? Er hat doch schon seine Aussage gemacht.«

»Das ist richtig«, sagte Nicholls. »Gleichwohl möchte Detective Atkins noch einige Punkte mit ihm durchgehen.«

Mit einem gespielten Lächeln ergänzte Barbara: »Es geht wirklich nur um paar Kleinigkeiten für meinen Bericht.«

Dan nickte. »Okay, kommen Sie mit.«

Er führte sie in den offenen Wohnbereich des Hauses. Alles war hell und freundlich. Es gab eine Sofalandschaft, einen Großbildschirm an der Wand, etliche gemütliche Sitzsäcke und eine rustikal gehaltene Küche im Shaker-Stil.

»Jess ist gerade bei einer Freundin«, sagte Dan. »Aber eins weiß ich, sie wird über euren Besuch nicht erfreut sein. Darf ich euch also bitten, das Ganze möglichst kurz zu gestalten? Sie kommt in circa einer halben Stunde zurück.«

»Kein Problem«, sagte Nicholls.

»Wir tun unser Bestes«, bemerkte Barbara. »Kompliment übrigens für Ihr Haus. Die Inneneinrichtung ist ja ein Traum.«

Was von Dan mit einem knappen Nicken quittiert wurde.
»Danke. Dann hole ich jetzt Stephen.«
Die beiden Cops blieben etwas verlegen zurück. Barbara sah sich weiter um. Familienbilder dekorierten die Wände. Über dem Kamin hing ein massives Kreuz. Die Fotos interessierten sie natürlich. Es gab ein großes Hochzeitsfoto in Schwarz-Weiß. Dan und (mutmaßlich) Jess waren wirklich ein schönes Paar. Groß und sportlich alle beide. Und dann Jess mit ihren langen Locken und Wangenknochen, um die sie jedes Model beneidet hätte. Auf den anderen Bildern war hauptsächlich Stephen zu sehen. Auch er ein Kind wie aus einem Disney-Film, der zu einem athletischen jungen Burschen herangewachsen war. Nichts an seinem Äußeren fiel aus dem Rahmen, er sah einfach nur blendend aus. Kurz, eine gesunde amerikanische Bilderbuchfamilie. Doch aus irgendeinem Grund machte Barbara diese Perfektion misstrauisch.

Sie wandte sich um, denn oben knirschte die Treppe. Dan kam zuerst, dahinter der Junge, sichtlich genervt. Stephen trug Sweatshirt und Baggy Jeans, die Haare wild durcheinander. Barbara empfand dieses unangenehme Kribbeln auf der Haut, wie immer, wenn jemand ihr auf Anhieb unsympathisch war. Sie versuchte, sich nichts anmerken zu lassen.

»Hi, Stephen.«

Stephen sah kurz zu ihr hinüber und sagte dann zu Nicholls: »Dad meinte, Sie wollen mich sprechen?«

»Das stimmt. Das hier ist Detective Atkins.«

»Ich habe dem Chief schon alles gesagt.«

»Ich weiß«, antwortete Barbara. »Trotzdem gibt es da ein paar Details, die ich gerne klären würde.«

»Am besten beantwortest du einfach ihre Fragen«, schaltete sich Dan ein.

Demonstratives Ächzen seitens Stephen, bevor er sich in einen Ledersessel lümmelte.

Die beiden Cops nahmen höflich auf dem Sofa Platz. Dan zog sich einen einzelnen Stuhl heran, während Stephen noch tiefer in seinem Sessel versank und den Erwachsenen nichts schenkte außer einem umfassenden Leckt-mich-Blick. Was Barbara an dieser gleichgültigen Fresse nicht verstand: Da hatte dieser Junge gerade einen Freund verloren, hatte sogar schulfrei bekommen wegen des Schocks, doch das alles schien ihn nicht im Mindesten zu berühren. Als kotzte ihn die ganze Aufregung nur an.

Auf der anderen Seite reagierten Menschen ganz unterschiedlich auf die Begegnung mit dem Tod, erst recht mit einem plötzlichen, gewaltsamen Tod, denn darauf kann man sich nicht vorbereiten. Barbara wollte dieses Verhalten also nicht gegen ihn verwenden. Nicht sofort jedenfalls.

»Stephen, ich habe deine Aussage gelesen. Trotzdem möchte ich mit dir den betreffenden Abend noch einmal durchgehen.«

»Muss das sein?«

Sie lächelte. »Ja, das muss sein.«

Abermals dieser durch und durch angekotzte Seufzer. »Wie ich schon sagte: Wir haben uns ganz normal in der Hütte getroffen.«

Barbara nickte. »Wann war das?«

»So um sieben.«

»Und was habt ihr da gemacht in der Hütte?«

»Bier getrunken. Ein paar Joints durchgezogen.«

»Das ist alles?«

»Ja.«

»Und um neun seid ihr wieder gegangen?«

Doch so einfach ließ er sich nicht packen. »Nein, früher. Um neun merkte Marcus, dass er sein Handy vergessen hatte. Wir waren da aber schon den halben Weg gelaufen.«

»Ihr seid also weitergegangen, während Marcus umkehrte?«

»Ja.«

»Wie lange habt ihr dann bis nach Haus gebraucht?«

Achselzucken. »Ich? Eine Viertelstunde, zwanzig Minuten? Jacob hat es weiter als ich.«

»Deine Eltern sagten, du wärst um zehn Uhr wieder da gewesen, ist das richtig?«

»Richtig«, sagte Dan.

Barbara nickte. »Und was hast du in der Zwischenzeit gemacht?«

»Wieso?«

»Nun ja, wenn ihr euch um neun von Marcus getrennt habt und du für den Heimweg zwanzig Minuten brauchst, hättest du spätestens um halb zehn zu Hause sein müssen. Dein Vater sagt aber, du wärst erst um zehn wieder da gewesen. Was also war in der Zwischenzeit?«

»Keine Ahnung, weiß ich nicht«, erwiderte Stephen. »Vielleicht haben wir noch ein bisschen auf Marcus gewartet, vielleicht ist er auch später als neun gegangen. Ich meine, woher soll ich immer die genaue Uhrzeit kennen?«

»Warum fragen Sie das alles?«, unterbrach Dan und klang nun ebenfalls verärgert. »Die Jungs haben nichts Verbotenes getan.«

»Das hat auch niemand behauptet«, sagte Nicholls ruhig. »Aber Detective Atkins muss das fragen.«

»Ich wüsste nicht, warum«, knurrte Dan.

»Andere Frage: Wie stehst du zu der Kolonie, Stephen?«

»Das sind alles Tiere, wenn Sie es genau wissen wollen.«

»Das heißt, du magst sie nicht besonders?«

Er schnaubte. »Ich hasse das Böse, untote Kreaturen, die hier herumlaufen, als wäre das ganz normal. Das ist krank, Mann.«

»Schon mal darüber nachgedacht, einer Anti-Vampir-Gruppe beizutreten?«

»Nein.«

»Oder den Helsing-Gruß gezeigt?«

Es war nur ein entfernter Verdacht, aber seine Augen zuckten.

»Ich weiß nicht, was Sie meinen«, sagte er.

Wirklich nicht?, dachte sie.

»Was ist mit Marcus und Jacob? Denken sie auch so wie du?«

»Na ja, Marcus fand sie nicht gerade zum Knutschen. Und Jacob sieht es nicht anders.«

»Wusstest du, dass Marcus ein Helsing-Tattoo hatte?«

»Nein.« Die Antwort kam ein bisschen zu schnell.

»Hast du Tattoos, Stephen?«

»*Nei-ein!*«

»Viele gehen ja zusammen ins Tattoo-Studio.«

»Ich habe Angst vor Nadeln.«

Dan sprang seinem Sohn bei. »Ich verstehe den Sinn dieser Fragen nicht. Die Kids lassen sich dauernd irgendwelche Tattoos machen.«

»Aber Marcus war erst fünfzehn, Sir.«

»Das ist richtig. Und jetzt ist er tot. Abgemurkst von einem Vampir.«

»Okay, kehren wir noch einmal zum Tatabend zurück«, sagte Barbara, die sich nicht verzetteln wollte. »Marcus trug einen Anorak, richtig?«

»Ja. Brandneu.«

»Ich nehme an, es war kalt an diesem Abend?«

»Können Sie laut sagen. Hier ist es immer arschkalt ... *sorry.*«

»Alles gut. Aber in dem Video trägt Marcus keinen Anorak. Obwohl er verfügbar ist. Er hängt nämlich an der Wand.«

Stephen musste schlucken. Das erste Indiz, dass sie auf etwas gestoßen war.

»Irgendeine Idee, warum das so war?«, hakte Barbara nach.

»Also, mir kommt das komisch vor: Marcus wird ohne Vorwarnung von einem Vampir angegriffen und hat Zeit, seine Winterjacke nicht nur auszuziehen, sondern sogar ordentlich an die Wand zu hängen.«

»Vielleicht hatte er sie schon ausgezogen.«

»Aber du sagst selbst, es war arschkalt.«

Schweigen. Dan gefiel das alles nicht, das konnte man spüren.

»Ich glaube, es hat sich ganz anders abgespielt«, fuhr Barbara fort. »Ich glaube, Marcus wusste, dass er auf dem Boden liegen würde. Und dass er seine Jacke ausgezogen hat, damit sie nicht schmutzig wird. Die Frage ist nur: warum?«

»Keine Ahnung«, sagte Stephen, doch er klang eindeutig nervös.

»Nehme ich dir nicht ab«, sagte Barbara. »Meiner Meinung nach ist das ganze Ding ein Fake. Deswegen wart ihr auch nur in der Hütte. Ihr wolltet es so aussehen lassen, als ob Marcus von einem Vampir angegriffen wurde, aber fliehen konnte. Das Video sollte die Begründung sein für eine Keulungsaktion.«

Stephen kräuselte die Lippen und richtete sich in seinem Sessel auf. »Das müssen Sie erst mal beweisen.«

Und dann platzte auch noch eine weitere Stimme dazwischen. Sie kam aus dem Hintergrund. »Was zum Teufel geht hier vor?«

Barbara drehte sich um. Im Türrahmen stand eine Frau, schlank, sogar in der dicken Daunenjacke. Sie hatte ihre blonde Lockenpracht zu einem losen Pferdeschwanz zusammengebunden und sparte sich den Umweg über lange Fragen. Sie war ungebremst sauer.

Dan sprang sofort auf: »Schatz, sie wollten ohnehin gehen ...«
Auch Nicholls war aufgestanden. »Schön, dich zu sehen, Jess.«
Die Frau verschränkte streitlustig die Arme. »Kann ich meinerseits nicht behaupten.«
Nicholls deutete auf Barbara. »Das ist übrigens ...«
»Ich weiß, wer sie ist. Und ich sagte bereits, dass ich ihr nichts zu sagen habe. Stephen hat es schon schwer genug, da musst *du* ihn nicht auch noch drangsalieren.«
Nicholls hob beschwichtigend die Hände. »Moment, wir wollten nur einige Fakten klären ...«
»Ha!« Sie tat sich keinen Zwang an. »Welche Fakten denn? Fakt ist, ein Vampir hat wieder einen Jungen ermordet. Genauso wie letztes Jahr in Ohio und vorletztes Jahr in Texas. Und so wird es weitergehen, bis wir das Problem in den Griff kriegen. Endgültig in den Griff kriegen!« Sie machte eine Pause und schüttelte den Kopf. »Aber was rede ich hier?« Dies mit Blick auf Barbara. »Sie wird uns nicht helfen. Sie sucht nur nach einem Vorwand, den Notstand *nicht* ausrufen zu müssen. Aber denken Sie ja nicht, wir würden das nicht durchschauen.«
»Das ist so nicht richtig, Ma'am«, sagte Barbara. »Ich möchte den Täter ebenso sehr vor Gericht sehen wie Sie.«
Jess ging einen Schritt auf Barbara zu. »Sie kapieren es wohl immer noch nicht«, sagte sie. »Es spielt keine Rolle, wer von denen den Mord verübt hat. Sie sind alle gleich. Und deshalb sollten wir sie auch komplett ausmerzen.«
Barbara blieb ruhig. »Nun, ob es Ihnen gefällt oder nicht, die Kolonien stehen unter staatlichem Schutz. Und nach einer gesetzwidrigen Massentötung steht auf jeden Fall eine Haftstrafe im Raum.«
»Gefallen würde mir, wenn Sie jetzt mein Haus verließen.«

Nicholls nickte Dan zu, der wieder betreten auf seinem Stuhl saß. »Danke für deine Zeit. Das gilt auch für Stephen.«

Worauf Stephen die beiden Cops fokussierte und feixte: »*Bye-bye.*«

Barbara erhob sich. »Ach, übrigens, Stephen, wir haben Marcus' Handy zur Datenträger-Forensik geschickt. Bin gespannt zu erfahren, was es alles so an gelöschten Dateien enthält. Ich nehme nicht an, dass ihr gleich beim ersten Versuch alles im Kasten hattet.«

Sein Siegerlächeln zerfiel noch im selben Moment. Zusammen mit Nicholls begab sich Barbara zur Tür, wo sie sich noch einmal zu Jess umwandte. »Könnte ich, bevor wir gehen, noch kurz Ihre Toilette benutzen?«

Jess lupfte eine Braue. »Das könnte Ihnen so passen. Jetzt wollen Sie auch noch im Obergeschoss herumschnüffeln.«

»Nein, Ma'am, ich habe nur eine schwache Blase.«

»Da kann ich Ihnen unsere borealen Nadelwälder empfehlen. Sie kommen direkt daran vorbei. Aber nehmen Sie sich vor der indigenen Großfauna in Acht. Sie ist bissig, glauben Sie mir«, sagte sie und wollte schon die Tür hinter ihnen zuschlagen.

»Warten Sie!«, rief Stephen. Er war aufgestanden.

Na endlich, dachte Barbara.

Stephen blickte sie beleidigt an. »Es war nicht unsere Idee, okay? Der Doc hatte jedem fünfhundert Dollar versprochen, wenn wir die Kolonie ans Messer liefern.«

19

Besonnen lenkte Nicholls den Truck über die vereiste Straße, die durch den beidseits aufgehäuften Schnee eher einem Hohlweg ähnelte. In Barbaras Leben kam es normalerweise nicht vor, dass ein Allradantrieb wirklich den Unterschied machte.

»Hier draußen wohnen nur noch wenige Leute«, sagte Nicholls und deutete auf eine schmale Nebenstrecke, die sich irgendwo im Wald verlor. »Dahinten zum Beispiel ist das Bell-Haus, das sieht man von hier aus nicht. Und wenn wir auf dieser Straße weiterfahren, kommen wir zum Seegrundstück von Doc Dalton.«

Das eingeschossige Architektenhaus lag links hinter einer Kurve und unterschied sich sehr von der ortsüblichen Billigbauweise. Alles vom Feinsten. Barbara sah edle Hölzer, Panoramafenster mit Schiebetüren und ein großzügiges Terrassendeck mit unverstelltem Seeblick.

»Hübsch«, lautete ihr Kommentar.

»*Yeah*, der Doc hat es hier nicht schlecht getroffen«, sagte Nicholls mit einem Anflug von Neid. Zwar wusste Barbara nicht, wie der Chief wohnte, aber mit einem Dorfpolizistengehalt konnte man nicht einmal in Deadhart große Sprünge machen.

»Hat er das alles selber gebaut?«, fragte Barbara beim Aussteigen.

»Soweit ich weiß, hat das eine Firma gemacht. Früher wohnte er in der Stadt, hatte ein Haus an der Main Street, das er jetzt vermietet. Zurzeit übrigens an Kurt Mowlam.«

Barbara nickte und nahm weiter das Haus in Augenschein.

»Offenbar kann man als Landarzt richtig viel Geld verdienen.«

»Mir sagte er, er habe geerbt.«

»Aber das nehmen Sie ihm nicht ab?«

Nicholls seufzte. »Verstehen Sie mich nicht falsch. Dalton ist ein guter Arzt, das sagen alle. Auch Rita ist angetan von ihm. Weil er sich rührend um sie kümmert und jeder Kleinigkeit nachgeht, mit großem Blutbild und allem Drum und Dran. Dass er die Leute einfach wieder wegschickt, werden Sie bei ihm nicht erleben.«

»Aber? Da ist doch noch ein Aber?«

»Er passt hier nicht hin. Es ist auch völlig unklar, wie er in einem Ort wie Deadhart gelandet ist. Ich meine, schon äußerlich. Immer schick, immer wie aus dem Ei gepellt, aber auf diese halbseidene Art, ich kann das nicht erklären …«

»Wenn schick das neue kriminell sein soll, bekäme Dolly Parton lebenslänglich.«

»Da haben Sie recht.«

»Aber wenn er tatsächlich in die Verschwörung gegen die Kolonie verwickelt ist, sieht es natürlich anders aus.«

Über die hölzerne Treppe gelangten sie auf die Deckterrasse, von wo aus man bereits die preisverdächtige Raumaufteilung im Innern bewundern konnte, mit den Winkelsofas und Designerlampen und einer Küheninsel wie von der Kommandobrücke der *Enterprise*. Die europäische Produktsprache war eben nicht zu toppen. Nur dass sie hier am Ende der Welt seltsam deplatziert, geradezu unverständlich wirkte. In Orten wie Deadhart waren die Dinge preiswert und zweckmäßig, Gestaltung jenseits der reinen Funktion wurde als Eitelkeit gesehen. Was den Doktor aber nicht zu kümmern schien.

Beim Näherkommen bemerkte Barbara, dass eine der großen gläsernen Schiebetüren offen stand, nur einen Spaltbreit, aber offen.

»Lassen die Leute hier die Türen offen?«, wollte sie von Nicholls wissen.

»Bestimmt nicht im Winter.«

Sie schob die Tür ein Stück weiter auf.

»Hallo? Dr. Dalton?«

Da niemand antwortete, trat sie ein. Nicholls folgte, die Hand am Pistolenhalfter.

Sie sahen sich in dem weitläufigen Raum um. Das Feuer im Kaminofen war schon weitgehend heruntergebrannt, der kalte Luftstrom von der Fensterfront deutlich spürbar. Vor dem Kamin ein Sessel mit einem Beistelltischchen voller Aktenmappen. Barbara trat an dieses Stillleben heran. Die Aktenmappen trugen Etiketten mit Namen und Adressen. Sie blätterte in einem. Es waren Patientenakten.

»Scheint so, als hätte der Doc noch gearbeitet«, sagte Nicholls.

Scheint so, dachte Barbara. Aber wo steckte er? »Hallo?«, rief sie abermals. »Dr. Dalton?«

Immer noch keine Antwort. Totenstille. Im Haus rührte sich nichts. Keine Tür, keine Schritte, keine Musik, kein laufender Fernseher. Auch aus WC oder Dusche kein Laut. Barbara gefiel das nicht. Nach langen Jahren im Polizeidienst hatte sie ein spezielles Sensorium für diese Art Stille. In manchen Fällen war leer einfach nur leer, eine kurzfristige Unterbrechung des belebten Normalzustands. In anderen jedoch nichts als ein böses Omen.

»Sehen wir mal in den anderen Räumen nach«, sagte sie.

Vom Wohnbereich traten sie in den breiten Flur mit Türen zu beiden Seiten. Barbara öffnete die erste Tür links: Okay, hier war das Bad, auch das todschick. Nicholls probierte die Tür rechts: Aha, das Schlafzimmer. Sie rückten weiter vor und entdeckten erst ein Gästezimmer und anschließend, hinter der letzten Tür …

»Scheiße«, murmelte Nicholls.

Auf jeden Fall sah Dr. Dalton jetzt nicht mehr so schick aus. Er hing an dem Deckenhaken neben dem Lichtanschluss. Auf dem Fußboden ein umgekippter Stuhl. Seine Füße schwebten nur wenige Zentimeter über dem Boden. Mehr war auch nicht nötig, dachte Barbara. Nein, das war kein schöner Tod. Und er roch auch nicht gut.

Nicholls sah sie an, als hätte er gerade denselben Gedanken.

»Scheiße«, sagte er abermals, nur leiser, müder.

»Im wahrsten Sinne des Wortes«, erwiderte Barbara. Gemeinsam betraten sie diesen Raum voller Scheiße.

»Ich schätze, wir sollten ihn losschneiden«, bemerkte Nicholls.

Das könnten sie tun, dachte Barbara, aber es würde nichts mehr ändern. Daltons Gesicht war fleckig angelaufen, Wiederbelebungsmaßnahmen erübrigten sich. Barbara berührte seine Hand. Eiskalt. Wahrscheinlich hing er schon mehrere Stunden so.

»Als Erstes sollten wir ein paar Bilder machen«, sagte sie. »Und dann bestelle ich den Coroner aus Anchorage her.«

Nicholls nickte: »In Ordnung.«

Barbara zückte ihr Handy. »Schauen Sie mal nach, ob Sie einen Abschiedsbrief finden.«

Nicholls ging zum Schreibtisch. Abgesehen von einem fabrikneuen MacBook Air war der Schreibtisch leer, was Barbara nicht normal fand. Üblicherweise war so ein Homeoffice ein Müllplatz voller Zettel und Stifte, aber vielleicht war der verstorbene Doktor ja Ordnungsfanatiker. Trotzdem, es blieb ungewöhnlich.

»Also, hier ist nichts«, sagte Nicholls.

»Und auf dem Notebook?«

Nicholls klappte den Computer auf und tippte auf das Touchpad. »Nichts. Außerdem brauchen wir ein Passwort.«

Versteht sich. Und leider waren sie auch nicht in irgendeinem Hollywood-Streifen, wo der erste oder zweite geniale Versuch zum Erfolg führte.

Barbara ging unterdessen den ganzen Raum ab und nahm auf, was ihr Elsterhirn für vielversprechend hielt – alles. Dalton war bekleidet mit Hemd, Jeans und Slippern aus irgendeinem Lackleder. Also fast schon praxisfein. Aber wenn er sich in der Nacht erhängt hatte, warum trug er keinen Pyjama oder zumindest irgendwelche Hauskleidung wie eine bequeme Jogginghose? Und warum stand die Schiebetür offen?

Ein Poltern im Schlafzimmer nebenan riss sie aus ihren Gedanken. Sie blickte Nicholls an, und schon im nächsten Moment stürzten sie auf den Flur.

Eine schmale Gestalt ganz in Schwarz rannte in Richtung Haustür.

Shit. Immerhin reagierte Nicholls sofort und nahm die Verfolgung auf. Mit seinem schnellen Antritt holte er sogar auf.

Doch die Gestalt war bereits im Wohnzimmer, während Barbara zurückfiel. In diesen verdammten Wintersachen auch kein Wunder, dachte sie. Außerdem bräuchte sie für diese Art Verfolgungsjagd dringend einen Sport-BH.

Der Unbekannte erreichte unterdessen die Deckterrasse, dicht gefolgt von Nicholls, der ihn kurz darauf tatsächlich zu fassen bekam. Dieser versuchte zwar sich loszureißen, rutschte jedoch aus, fiel die Außentreppe hinunter und riss Nicholls mit. Beide schlugen hart auf dem gefrorenen Untergrund auf, wobei der Eindringling allerdings besser wegkam, da er sich abrollen konnte und Nicholls nicht. Nicholls knickte mit dem Bein um und krümmte sich mit schmerzverzerrtem Gesicht am Boden.

Eine Sekunde später war Barbara bei ihm: »Sir, haben Sie sich …«

»Lassen Sie mich«, zischte er. »Schnappen Sie sich lieber den Verdächtigen.«

Der Unbekannte hatte sich unterdessen berappelt und wollte aufstehen. Barbara konnte zwar nicht so schnell rennen, aber ihr Kampfgewicht war ein Faktor. Sie warf sich auf ihn wie ein Footballspieler, packte ihn an der Körpermitte und brachte ihn durch schiere Physik zu Fall. Er konnte auch nicht viel mehr sagen als »umpf!«, da die Luft schlagartig aus ihm entwich. Endlich zahlte sich Barbaras aus Bagels und Cheeseburgern bestehende Sportdiät aus. Sie drückte das Gesicht des Verdächtigen in den Schnee, bog seinen Arm nach hinten und holte ihre Handschellen heraus.

»Ich verhafte Sie wegen Einbruch und Widerstand gegen Vollstreckungsbeamte.«

Sie drehte ihn auf den Rücken.

»Entschuldigung, Entschuldigung«, rief er. »Das wollte ich nicht. Bitte nicht schießen!«

War das zu fassen? Es war derselbe Junge wie an ihrem ersten Abend. Der, den Al um ein Haar überfahren hätte.

»Niemand will dich erschießen«, sagte Barbara. »Wie heißt du?«

Er starrte sie aus panisch aufgerissenen Augen an. »Jacob Bell.«

20

Der Rettungshubschrauber erhob sich in den Abendhimmel und löste auf der Erde einen Mini-Blizzard aus. An Bord waren – neben dem Piloten und einem Sanitäter – Nicholls und die Leiche des Landarztes. Der Leichnam von Marcus blieb zurück für den Fall, dass Barbara ihn sich noch einmal ansehen musste.

»Sie können von Glück reden, dass wir es trotz Sturmwarnung noch geschafft haben. Eine Stunde später und der Heli wäre am Boden geblieben«, hatte der Sanitäter zu Barbara gesagt.

Aber was heißt Glück?, dachte sie, dem Hubschrauber nachblickend. Da Nicholls verletzungsbedingt ausfiel, war sie von jetzt an ganz auf sich allein gestellt. Für gewöhnlich störte sie das nicht, aber hier? Hier war sie wirklich allein. Keine andere Stadt in der Nähe, keine Unterstützung, gleich welcher Art, und wenn auch noch die Straße gesperrt wurde, keinerlei Fluchtmöglichkeit.

Sie ging zu dem Polizeitruck, wo ihr Gefangener saß, in Handschellen auf der Rückbank. Sie hatte die Hausschlüssel des Landarztes gefunden und abgeschlossen, um den Tatort halbwegs zu sichern. Was hätte sie jetzt nicht für ein Spurensicherungsteam gegeben oder zumindest einen weiteren Officer.

Sie setzte sich ans Steuer, froh, der Kälte zu entgehen. Über den Rückspiegel blickte sie nach hinten, wo Jacob saß.

»Ich habe den Doc nicht umgebracht«, sagte er. »Er war schon so, als ich kam.«

»Schön zu wissen«, sagte Barbara. »Trotzdem musst du mit auf die Wache und eine Aussage machen. Und dann muss ich natürlich deinen Vater anrufen.«

»Er ist nicht da.«

»Weißt du, wo er ist?«

Achselzucken.

»Wir versuchen es trotzdem.«

Nur widerstrebend rückte Jacob die Handynummer raus. »Er geht sowieso nicht dran«, murmelte er.

Was Barbara aber nicht davon abhielt, Jacobs Vater anzurufen. Tatsächlich wurde sie gleich zur Mailbox weitergeleitet. »Mr Bell, hier ist Detective Barbara Atkins. Ihr Sohn befindet sich zurzeit in Polizeigewahrsam. Bitte rufen Sie mich baldmöglichst zurück. Danke.«

»Fällt dir noch jemand ein, den ich anrufen könnte?«, fragte sie.

Wieder nur Achselzucken.

»Okay, dann nicht«, sagte sie und startete den Motor. »Du kannst es dir auf der Fahrt ja noch einmal überlegen. Ich darf dich auch ohne Gegenwart eines Elternteils oder eines Anwalts verhören, aber das wird nicht lustig, das verspreche ich dir.«

Schweigend fuhren sie über die Landstraße zurück in die Stadt. Erst als die Festbeleuchtung der Main Street in Sicht kam, stieß er plötzlich hervor: »Steves Mutter! Probieren Sie die mal.«

Jess Garrett! Die hat mir noch gefehlt, dachte Barbara.

Sie fuhr rechts ran und tippte die Nummer ein, die Jacob ihr gab.

Jess ging nach dem zweiten Klingelton dran, aber sie war außer Atem und klang gereizt.

»Ja?«

»Mrs Garrett, hier ist noch einmal Detective Atkins.«

»Was wollen *Sie* denn schon wieder? Stephen hat Ihnen alles gesagt.«

»Mrs Garrett, ich habe Jacob Bell vorläufig festgenommen.«

»Jacob? Weswegen?«

»Chief Nicholls und ich haben ihn im Haus des Doktors gefasst.«

»Wollen Sie behaupten, dass er eingebrochen ist?«

»Ich behaupte gar nichts.«

»Und was sagt der Doktor dazu?«

»Dr. Dalton ist tot.«

»Tot? O Gott!«

»Jacob hat für die anstehende Befragung um die Anwesenheit einer erwachsenen Vertrauensperson gebeten, und sein Vater ist gerade nicht erreichbar.«

Ein verächtliches Schnauben am anderen Ende. »Wundert mich nicht. Ich habe seinen Pick-up-Truck vorhin vor dem Lame Horse gesehen.«

»Wo?«

»Das ist eine Bar draußen auf dem Parks Highway.«

»Ja, dann ... sollte ich vielleicht dort anrufen.«

»Können Sie vergessen. Er ist vermutlich sowieso nicht mehr in der Lage zu fahren.« Es folgte ein weiterer atemloser Seufzer. »Na gut, dann komme *ich* eben. Wo ist denn Chief Nicholls?«

»Im Krankenhaus in Anchorage. Er hat sich bei Jacobs Festnahme das Bein gebrochen.«

»Auch das noch.« Lange Pause. »Das heißt, Jacob ist ernsthaft in Schwierigkeiten?«

»Ja, Ma'am«, bestätigte Barbara. »Kann man so sagen.«

Aber erst einmal sorgte sie für eine halbwegs entspannte Atmosphäre. Es gab Kaffee für alle, auch wenn Jacob nichts wollte, nicht einmal Milch oder Wasser.

Und wie er so neben Jess saß, sprang auch der Unterschied zu Stephen in die Augen. Da war nichts von der Selbstsicherheit, die ein privilegiertes Äußeres gewährte, sondern nur das überwältigende Gefühl der eigenen Minderwertigkeit. Nichts an dem mageren Jungen mit dem verunglückten Gesicht und den dunklen Augenringen nahm für ihn ein. Bekam er überhaupt genug zu essen? Er kriegte Prügel, das stand fest. Sie dachte an seinen Vater, diesen Nathan. *Seine Eltern kann man sich nicht aussuchen.* Wie wahr!

Barbara hatte in einer von Nicholls' zahlreichen Schubladen sogar einen alten Kassettenrekorder ausgegraben. Zwar wollte sie die Befragung auch mit ihrem Diktiergerät aufzeichnen, aber es war schön, das Ganze noch auf Band zu haben – analog, physisch und voll retro, wie sie selbst. Sie platzierte beide Geräte auf Nicholls' Schreibtisch und startete die Aufnahme.

»Okay«, sagte sie. »Ich beginne mit der Befragung von Jacob Bell. Datum: 15. November. Die Zeit: 15:29 Uhr. Anwesend sind Detective Barbara Atkins, der Beschuldigte Jacob Bell und, als erwachsene Begleitperson, Mrs Jess Garrett. Jacob Bell hat auf einen Rechtsbeistand verzichtet. Ist das so richtig, Jacob?«

Er nickte.

»Jacob, bitte bestätige das für die Audioaufzeichnung.«

»Ja, Ma'am.«

»Meinst du wirklich, Jacob?«, fragte Jess. »Ich kenne da jemanden in Anchorage, den wir anrufen könnten.«

»Nein, das passt schon, Ma'am«, entgegnete Jacob. »Ich brauche keinen Anwalt.«

Jess nahm Barbara in den Blick. »Nur für die Audioaufzeichnung: Wenn Sie versuchen sollten, Jacob Worte in den Mund zu legen oder ihn in irgendeiner Weise einzuschüchtern, dann …«

»Ich versichere Ihnen«, unterbrach Barbara, »das ist nicht meine Art. Aber danke für Ihren Beitrag.«

»Dann ist ja gut.« Jess kreuzte die Arme vor der Brust.

»Hm«, sagte Barbara. »Dann kommen wir jetzt zu dir, Jacob. Kannst du uns sagen, was du um halb zwölf mittags im Haus von Dr. Dalton gemacht hast?«

Jess wandte sich zu Jacob. »Du musst hier gar nichts sagen.«

Barbara war irritiert, hielt sich aber zurück. »Ma'am, wir *wissen*, dass Jacob im Haus war. Er hat sich seiner Festnahme widersetzt, wodurch sich Chief Nicholls eine Unterschenkelfraktur zugezogen hat. Wir als Polizei wollen lediglich wissen, *was* er in dem Haus gemacht hat.«

Jacob fixierte Barbara mit seinen dunklen Augen. »Ich hab nix geklaut.«

»Aber was hast du dann dort gemacht, Jacob?«

Mit bebender Stimme erklärte er: »Ich wollte die Lieferung abholen und zum Abladepunkt bringen. Das mache ich jede Woche für den Doc. Er bezahlt mich dafür.«

Barbara runzelte die Stirn. »Lieferung? Du meinst Drogen?«

Er schüttelte den Kopf. »Nein. Blut.«

»Dr. Dalton hat illegal mit Blut gehandelt? Menschlichem Blut?«

»Ja.«

Barbara lehnte sich zurück. Die Kolonien brauchten schon seit Jahrhunderten kein menschliches Blut mehr für Ernährungszwecke. Tierblut wurde dort allgemein als akzeptable Alternative betrachtet, was den friedlichen Beziehungen zwischen den beiden Spezies förderlich war. Und doch war das Verlangen danach, war der *Blutdurst* natürlich Realität. Und wo immer eine Nachfrage besteht, treten Leute auf den Plan, die damit Geld machen wollen.

Der illegale Bluthandel mit den Kolonien war inzwischen ein

Millionengeschäft. Skrupellose Dealer entnahmen es vulnerablen Gruppen für ein paar Dollar Cash. Andere stahlen es aus Blutbanken. Selbst Ärzte waren nicht vor der Verlockung gefeit, qualitativ hochwertiges Humanblut gegen Geld abzugeben – an wen auch immer.

Barbara hatte einmal einen Fall bearbeitet, in dem ein Zuhälter ein halbes Dutzend junger Frauen in einem Keller angekettet hielt, um sie zahlenden Kunden als Nahrungsquelle zur Verfügung zu stellen. Als das Gebäude schließlich von der Polizei gestürmt wurde, waren alle Frauen bis auf eine tot. Barbara würde den Anblick der (im wahrsten Wortsinn) *ausgezehrten* Körper nie vergessen. Blau vor Blutarmut und übersät von Bissspuren.

Es war eine Prostitution der anderen Art und ähnlich wie käuflicher Sex in den meisten Staaten verboten – und das aus gutem Grund. Sobald manche Vampire auf den Geschmack gekommen waren, verlangten sie nach mehr. Und wenn sie es sich nicht leisten konnten, nahmen sie es sich.

»Weißt du, woher er das Blut hatte?«, fragte sie Jacob.

»Das war jemand aus Anchorage. Da fuhr er jede Woche extra hin.«

Dann erinnerte sich Barbara an das, was Rita einmal über ihn gesagt hatte, jedenfalls laut Nicholls: »Er ist immer sehr sorgfältig. Nimmt jedes Mal Blut ab.«

Na klar tat er das, dachte Barbara.

»Okay«, sagte sie. »Dr. Dalton besorgte also das Blut aus Anchorage – und dann?«

»Ich hole es ab und brachte es zum Ablagepunkt im Wald. Da lag dann auch das Geld oder Schmuck oder Gold oder sonst was. Das gab ich dem Doc, und ich kriegte meinen Anteil.«

»Wann zum letzten Mal?«

»Am Montag.«

»Was den Vorfall auf der Main Street erklärte, als Jacob vor das Taxi lief. Es musste auf dem Rückweg vom Doc passiert sein, als er eine ganze Lieferung am Körper trug. Kein Wunder, dass er Angst hatte. Angst, erwischt zu werden.«

»Du wärst an diesem Tag fast von meinem Taxi überfahren worden, weißt du das?«

Jacob riss die Augen auf. »Das waren *Sie*?«

Barbara holte den Glassplitter hervor, den sie immer noch in der Tasche hatte, und hielt ihn ins Licht. »Das hier lag auf dem Boden. Es ist Blut daran.«

Er nickte. »Eine Ampulle ist kaputt gegangen. Der Doc war ziemlich angepisst. Es war keine normale Lieferung, sondern eine außer der Reihe. Der Doc sagte, es wäre aber wichtig und dass es eilt. Deshalb war ich auch so nervös.«

»Weißt du, ob die Lieferung für jemand Bestimmtes war oder für die Kolonie allgemein?«

Achselzucken. »Nein, weiß ich nicht.«

»Wie viel Blut hattest du im Schnitt dabei?«

»Unterschiedlich. Manchmal waren es nur ein paar Ampullen, manchmal ganze Beutel.«

Barbara versuchte das Geschehen zu rekonstruieren. War dies das traurige, logische, unvermeidliche, verdiente Ende eines Blutdealers? Stand er kurz davor, aufzufliegen, und konnte die Aussicht auf eine lange Haftstrafe nicht ertragen? Oder wollte ihn jemand zum Schweigen bringen?

»Und heute, Jacob? Was ist heute passiert?«

»Na ja, ich ging hin, um die Lieferung abzuholen«, sagte Jacob. »Aber irgendwas war anders als sonst. Normalerweise liegt das Zeug in einem kleinen Schließfach hinterm Haus, damit ich es rund um die Uhr abholen kann. Aber das Schließfach war leer, deshalb lief ich auf die Terrasse. Da sah ich, dass die Schiebetür offen war.«

»Und gingst ins Haus?«

»Ja, ich wollte ihn suchen ...« Er stockte.

»Und hast ihn auch gefunden?«

»Ja, in seinem Arbeitszimmer. Er hing da von der Decke und ... krass, Mann. Da wollte ich nur noch weg. Aber dann hörte ich den Wagen ... und wollte mich natürlich nicht packen lassen, deshalb habe ich mich unter dem Bett versteckt. Da ich dort nicht bleiben konnte, bin ich bei der ersten Gelegenheit losgeflitzt.«

Der Hergang machte Sinn. Aber Barbara lagen noch weitere Fragen auf der Zunge.

»Und gesehen hast du niemanden?«

Jacob schüttelte den Kopf.

»Dir ist auch nichts Ungewöhnliches aufgefallen?«

»Ich glaube nicht ...« Er brach ab, seine Augen füllten sich mit Tränen. »*Shit*, das Ganze ist so ... ausgeartet. Ich meine, wer rechnet mit so was?«

»Was meinst du damit, Jacob?«

»Na ja ... *alles*.«

Barbara beugte sich zu ihm vor. »Hat dieses Blutgeschäft irgendwas mit dem Video zu tun, das ihr für Dalton herstellen solltet?«

Jacob blickte Barbara wie versteinert an und drehte sich schließlich hilfesuchend zu Jess.

»Keine Angst, ich weiß es schon«, sagte Jess matt. »Stephen hat mir alles erzählt. Was ihr Jungs da gemacht habt, war eine riesengroße Dummheit.« Sie warf Barbara einen bitteren Blick zu. »Aber dass Marcus dafür sterben musste, das hatte er nicht verdient.«

Barbara hingegen konzentrierte sich weiter auf Jacob. »Das bist *du* in dem Video, richtig? Du spielst den Vampir?«

Er nickte mit Verzögerung. »Ja.«

»Und diese Reißzähne?«

»Ach so, das war so ein Scherzartikel aus einem Laden.«

Was das kleine rosa Plastikteil erklärte. Es musste irgendwie abgebrochen sein.

»Ich sollte ihm nur einen kleinen Kratzer am Hals verpassen, damit es so aussieht, als hätte ihn ein Vampir angegriffen. Die Idee war aber, dass er abhauen konnte. Ich meine die Geschichte, die wir verbreiten wollten. Deswegen sind Stephen und ich auch als Erste gegangen, Marcus sollte nicht mit uns gesehen werden.«

»Also ist er gar nicht umgekehrt, um sein Handy zu holen?«

»Nein.«

»Wann habt ihr gemerkt, dass etwas nicht stimmt?«

Jacob schluckte. »Wir rechneten damit, dass die Polizei uns sprechen will, sobald Marcus zu Hause die Geschichte von dem Vampirangriff erzählt. Aber die Polizei tauchte nicht auf. Und als am nächsten Morgen Marcus' Mom anrief, weil er nicht nach Hause gekommen war, da wussten wir, das etwas nicht stimmt.«

Die Aussage deckte sich mit dem, was Stephen gesagt hatte. Aber es war immer gut, die verschiedenen Versionen miteinander abzugleichen. Der Teufel steckte meist im Detail.

»Warum seid ihr nicht gleich zur Polizei gegangen?«

»Ja, tut mir auch leid, das war dämlich. Wir hätten was sagen sollen, aber wir hatten zu viel Bammel.«

Jess schaltete sich ein: »Sehen Sie nicht, wie Sie ihn quälen?«

»Ein Junge ist tot, und diese beiden, Jacob und Stephen, haben die Ermittlungen vorsätzlich behindert ...«

»Na und? Ganz gleich, was sonst noch passiert sein mag, es ändert nichts an der Tatsache, dass ein *Vampir* Marcus getötet hat.«

»Anstiftung zum Mord ist aber ebenfalls eine Straftat.«

Jess verdrehte die Augen, und Barbara wandte sich wieder an Jacob. »Wie bist du eigentlich an Dr. Dalton geraten?«

Er räusperte sich. »Über Marcus.«

»Marcus?«

»Er hat bei dem Doktor Drogen gekauft. Alle in der Stadt wissen, wo man das beste Gras bekommt.«

Der gute Dr. Dalton war offenbar ein Mann mit vielen Talenten, dachte Barbara. Marihuana war in Alaska zwar nicht verboten, wohl aber der Verkauf an Minderjährige.

»Und warum hat Marcus nicht die Fußarbeit für den Doc erledigt? Wie kamst *du* an den Job?«

»Hat er doch, Marcus, meine ich. Aber ein paarmal hätten seine Eltern fast etwas gemerkt. Deswegen wollte er auch das Video machen. Das war leichtes Geld – ohne Risiko.«

Leichtes Geld ohne Risiko gibt es nicht, dachte Barbara. Ein Jammer, dass Marcus diese Lektion nicht überlebt hat, sie hätte ihm noch sehr nützen können. Sie blickte zu Jess hinüber, die in Trotzhaltung auf ihrem Platz verharrte und von Minute zu Minute ernster guckte. Womöglich fragte sie sich gerade, inwieweit ihr Sohn in die Sache verstrickt war. Und was er sonst noch vor ihr geheim hielt.

»Hast du irgendeine Ahnung, warum Dr. Dalton die Kolonie vernichten wollte?«, fragte sie Jacob.

»Nein. Er hat nie darüber gesprochen.«

Je länger Barbara darüber nachdachte, desto weniger Sinn ergab es. Warum sollte Dalton seine eigene Kundschaft eliminieren? Es hätte einen verlässlichen Geldstrom zum Versiegen gebracht.

Nein, so wurde das nichts. Die Teile passten nicht zusammen. Und auch der Ring, den Tucker gefunden hatte, passte nicht. Wie stand der Ring mit der Geschichte in Verbindung, die Jacob gerade über Dalton und Marcus erzählt hatte?

»Können wir jetzt langsam zum Schluss kommen?«, fragte Jess. »Vor allem wüsste ich gerne, was aus Jacob wird. Halten Sie die Beschuldigung gegen ihn nun aufrecht oder nicht?«

Barbara sah Jacob an. Jacob war bei Dalton eingedrungen, aber nicht eingebrochen. Und Nicholls' Unfall war tatsächlich nicht mehr als das, nämlich ein Unfall. Blieb seine Beteiligung an illegalem Bluthandel. Dazu kam, dass die beiden Jungen eine Mordermittlung behindert hatten. Was also tun?

»Jacob Bell wird bis auf Weiteres auf freien Fuß gesetzt«, sprach Barbara in den Kassettenrekorder. »Ende der Befragung um 16:23 Uhr.« Sie drückte die Stopp-Taste.

»Also kann ich jetzt nach Hause?«, fragte Jacob.

Barbara seufzte. »Jacob, du bist noch minderjährig. Solange ich nicht weiß, ob und wann dein Vater zurückkommt, kann ich dich nicht gehen lassen.«

»Keine Sorge«, sagte Jess. »Jacob kann bei uns übernachten. Es ist nicht das erste Mal.«

»Danke, Mrs Garrett.«

Dann drehte sich Jess zu ihr, und Barbara stellte sich schon auf die nächste Tirade ein.

Aber Jess sagte nur: »Kann ich Sie kurz persönlich sprechen?«

»Natürlich.«

Sie gingen hinaus in den Korridor, und Barbara schloss die Tür hinter sich.

»Ich muss mich bei Ihnen entschuldigen, Detective«, sagte Jess.

»Wofür?«

»Die Jungs haben gelogen, das war mir nicht bewusst.«

»Danke für Ihre Offenheit.«

»Aber insgesamt ändert es nichts. Ein Vampir hat Marcus getötet, und wir bestehen auf einer Keulung.«

»Ma'am, ich kann eine Keulung nur dann anordnen, wenn die gesamte Kolonie eine Gefahr darstellt.«

»Also sollen wir weiter Däumchen drehen und auf den nächsten Angriff warten?« Sie stieß ein bitteres Lachen aus. »Haben Sie überhaupt eine Ahnung, wie es sich anfühlt, in der Nähe einer Kolonie zu leben?«

»Ja, Ma'am, ich komme auch aus einer solchen Stadt.«

Das nahm ihr kurz den Wind aus den Segeln, aber ihre Wut war noch nicht erschöpft. »Als Nächstes sagen Sie mir bestimmt, wie friedlich und harmonisch das Zusammenleben war?«

Mercy. Wie ihr Silberhaar im Wasser wehte. Und dann die Stimme ihres Vaters, der sagte: »*Weißt du, was ich noch mehr hasse als Lügner? Scheißvampire.*«

Aber Barbara blieb auch jetzt ruhig. »Nein, das sage ich ganz und gar nicht.«

»Dann *helfen* Sie uns. Als die Kolonie nach Todds Tod aus der Gegend verschwand, war es wie ein großes Aufatmen. Das Leben war auf einmal wieder lebenswert. Kaum sind sie erneut da, haben wir das erste tote Kind – und die Dunkelheit ist zurückgekehrt, die Angst. Verraten Sie mir, warum wir so leben müssen und die anderen geschützt werden.«

»So ist nun mal das Gesetz, Ma'am«, sagte Barbara und merkte zugleich, wie hohl ihre Worte klangen.

Und Jess war noch nicht fertig, ihre Züge verhärteten sich. »Wie Sie meinen. Aber schauen Sie sich mal um. *Sie* sind jetzt das Gesetz. Wenn ich Sie wäre, würde ich mir überlegen, auf welcher Seite ich stehe. Irgendwann könnte es dafür zu spät sein.«

»Habe ich dich nicht ausdrücklich vor solchen Spielchen gewarnt?«
Das Mädchen blinzelte ihn aus verklebten Augen an.
»Was?«
Ihr Fänger kniete sich neben sie.
»Du bist ohnmächtig geworden. Und die Ursache ist starker Blutverlust.« Erst jetzt registrierte das Mädchen, dass ihr Fänger gerade dabei war, ihr das Handgelenk zu verbinden. Er sah enttäuscht aus.
»Du hast Glück gehabt, dass ich noch einmal zurückgekommen bin, um nach dir zu sehen.«
Das Mädchen schluckte. »Tut mir leid.«
Ihr Fänger lächelte traurig und hob die Hand, um ihr das Gesicht zu streicheln.
»Schon gut. Ich weiß ja, dass du Hunger leidest. Ich verspreche dir, dass ich mir für die Zukunft etwas überlege. Hab nur Geduld.«
Das Mädchen sah ihn dankbar an, auch wenn sie lieber gesagt hätte: »Ich habe jahrelang Geduld gehabt. Ich weiß nicht, wie lange ich das noch aushalte.«
Da draußen würde es für sie nie sicher genug sein. Und deshalb würde sie diesen Ort auch nie hinter sich lassen.
»Ich muss aufs Klo«, sagte sie und stand auf.
Aber etwas Schweres hing an ihrem Fußgelenk. Sie blickte nach unten. Da war ein Fußeisen, das über eine kurze Kette mit einem Ring in der Wand verbunden war. Nein! Ihr Fänger hatte die Kette schon seit Jahrzehnten nicht mehr benutzt.

Sie sah ihn mit schreckgeweiteten Augen an. »Bitte!«

»Tut mir leid«, *sagte ihr Fänger und stand auf.* »Ich habe dir einen Eimer für die Notdurft hingestellt, und du musst ein paar Tage lang auf das Duschen verzichten.«

»Aber warum? Ich war doch brav.«

»Nach brav sieht mir das aber nicht aus.«

Ihr Fänger ging zum Fenster und zog das Rollo hoch.

Sie ruckelten an einem der Gitterstäbe, der sich daraufhin löste und eine größere Menge Zement und Putz aus der Wand riss.

»Du hast wohl gedacht, ich komme nicht dahinter.«

Das Mädchen senkte den Kopf. »Ich entschuldige mich, aber ... ich bin schon so lange hier.«

»Sorge ich nicht für dich, wirst du nicht gehegt und gepflegt, hast du nicht alles, was du brauchst?«

»Ich brauche meine Freiheit.«

Ihr Fänger kräuselte die Lippen. »Du bleibst nicht lange angekettet. Nur so lang, bis ich das Fenster instandgesetzt habe.«

Woraufhin ihr Fänger lächelte und sie sich – nicht zum ersten Mal – fragte, ob seine Maßnahmen wirklich ihrem Wohl dienten. Sie zog an der Kette, aber das war natürlich sinnlos. Alles hielt.

»Ich komme später noch einmal, um deinen Eimer zu leeren«, *sagte ihr Fänger und ging hinaus.*

Das Mädchen setzte sich aufs Bett und stützte den Kopf in die Hände. Es war wütend, fühlt sich aber zugleich vollkommen hoffnungslos und verloren. Die vielen Jahre forderten ihren Tribut. Sie lasteten auf ihr und begruben sie Schicht für Schicht ein bisschen mehr. Jede Schicht ein ungelebtes Leben.

Und dann hörte sie es.

»Hey.«

Sie sah hoch. Die Stimme war wieder da. In ihrem Kopf, aber gleichzeitig real, also von draußen. Ganz schwach hinter der Wand.

»*Hallo?*«

»*Du bist traurig.*«

»*Woher weißt du das?*«

»*Ich kann dich spüren.*« Schweigen. »*Spürst du mich auch?*«

Sie spürte tatsächlich etwas. Eine Energie, aber auch Hunger. Und noch etwas anderes, Undefinierbares. »*Wie?*«

»*Wir sind ein und dasselbe, du und ich.*«

Sie schüttelte den Kopf. »*Glaube ich nicht.*«

»*Ich weiß, was du bist. Und ich weiß, dass sie Angst vor dir haben. Deswegen sperren sie dich weg. Menschen haben Angst vor allem, das sie nicht verstehen.*«

»*Sie wollen mich nur vor mir selbst schützen.*«

»*Schützen wovor?*«

Pause. Sie hatte darauf keine Antwort.

»*Wie lange bist du schon hier?*«

Sie schluckte. Normalerweise blockierte sie jeden Gedanken an die lange Zeit, denn dann hätte sich ein Damm geöffnet. Dann wären all die Tage, Monate, Jahre, Jahrzehnte in einem alles vernichtenden Katarakt herausgeschossen.

»*Lange*«, sagte sie.

»*Jahre, Jahrzehnte ... noch länger?*«

Sie nickte, und er verstand offenbar, was sie meinte.

»*Hasst du sie nicht?*«

»*Manchmal.*« Allein diese simple Wahrheit auszusprechen, tat ihr gut. »*Ja, ich glaube, ich hasse sie.*«

»*Dann lass mich dir helfen.*«

»*Wie?*«

»*Ich kann dich hier rausholen.*«

»*Ich bin angekettet. Sie haben gemerkt, dass ich über das Fenster fliehen wollte. Jetzt machen sie alles wieder dicht.*«
»*Wann?*«
»*Ich weiß nicht. Bald.*«
»*Okay, dann müssen wir eine andere Möglichkeit finden.*«
»*Warum willst du mir überhaupt helfen?*«
»*Weil du eine von uns bist. Und jetzt hör genau zu.*«
Das Mädchen hörte genau zu. Und lächelte am Ende.
»*Glaubst du wirklich, wir können es ihnen heimzahlen?*«
»*Und wie wir es können.*«

21

Auf der Main Street brannten nur einige wenige Lampen. Der Himmel hatte sich zugezogen, und der Schnee wehte in dicken Flocken durch die matten Lichtkegel. Der Wind riss an den Fensterläden und versetzte die Lichterketten in helle Panik. Bei Harty Snacks hatten sie die Außenstühle und die Heizstrahler hereingeholt. Die Stadt, dachte Barbara, verbarrikadierte sich vor dem großen Sturm. Und wäre am liebsten in den Winterschlaf gegangen.

Sie drückte die Tür zum Café auf. Niemand da außer Kitty, der Blonden hinter der Kuchentheke, und die war mit ihrem Smartphone beschäftigt.

»Hi«, sagte Barbara.

»Oh.« Hastig ließ sie ihr Handy in der Tasche verschwinden.

»Hi. Was darf ich Ihnen bringen?«

»Einen Kaffee und …« Wie beim ersten Mal irrte ihr Blick über die karibulastige Speisekarte an der Wand. »… und etwas Fry Bread, bitte.«

»Kommt sofort.« Das Mädchen drehte sich zur Kaffeemaschine und sagte halb nach hinten: »Hab heute einen Rettungshubschrauber gesehen.«

»Ach, wirklich?« Barbara lächelte. »Na, dann wollen wir mal hoffen, dass es der geretteten Person besser geht.«

Das Mädchen starrte sie aber weiter an und sagte dann: »Bis hierhin hat sie jedenfalls Glück gehabt. Denn in den nächsten Tagen fliegt hier nichts mehr.«

Na super, dachte Barbara, nahm Kaffee und ihre Brotspezialität entgegen und setzte sich in den hintersten Winkel, weg von allem und jedem, das noch durch diese Tür kommen sollte. Sie wollte nachdenken und den folgenden Tag planen, der nicht minder vollgepackt sein würde. Als Erstes musste sie noch einmal zum Dalton-Anwesen. Dann sämtliche Proben nach Anchorage schicken, was ein Problem werden könnte. Per Taxi beziehungsweise Flugtaxi ging es wahrscheinlich am schnellsten – falls sie nicht in der Garage blieben.

Vom Abdruck der Bisswunde würden die Kollegen einen 3D-Scan anfertigen und alle individuellen Merkmale festhalten, die dann mit den Spuren in ähnlich gelagerten Fällen verglichen wurden. Leider konnte sie von Todd Danes' Verletzung keinen Abdruck mehr machen, aber man wusste nie, was bei einem Scan sonst noch herauskam. In einer idealen Welt könnte sie auch die gesamte Kolonie zu einer Abgabe von Zahnabdrücken bewegen, aber dies war wohl kaum realistisch. Vampire hatten gelernt, den Menschen zu misstrauen und jeden Kontakt auf ein Minimum zu reduzieren. Es schien der beste Schutz zu sein.

Aber warum hatte sie diese Kleine an der Hütte, diese Athelinda überhaupt angesprochen? *Frag sie nach dem Beinhaus.* Bei Google hatte sie unter »Beinhaus« und »Deadhart« nichts gefunden, was sie nur umso neugieriger machte.

Sie nippte an ihrem Kaffee. Da ging die Tür zum Café auf, und herein kam Rita in ihrem karminroten Schneeanzug. Barbara seufzte. Sie mochte Rita, war aber nicht in Stimmung für launige Konversation.

»Hallo!«, grinste Rita. »Sie suche ich.« Und senkte gleich die Stimme. »Ich habe das von dem Doc und Pete gehört.«

Barbara warf einen kurzen Blick zur Kuchentheke. Kitty hatte ihnen den Rücken zugewandt und tippte irgendwas in ihr Handy.

»Von wem?«, fragte Barbara.

Rita setzte sich an ihren Tisch. »Pete rief aus dem Krankenhaus an. Er hat mir von dem Video erzählt, das die Jungs gemacht haben.«

Barbara sagte nichts, war aber nicht begeistert, dass Nicholls sich nicht mit ihr abgestimmt hatte, bevor er solche Sachen weitergab. Andererseits war Rita seine beste Freundin und überdies Bürgermeisterin.

»Wie geht es ihm denn?«, fragte sie.

»Sie waren gerade dabei, ihn in den OP zu schieben. Offenbar war der Bruch doch schlimmer, als es den Anschein hatte. Kriegt er halt eine Metallplatte eingesetzt.«

»Ach du Scheiße.«

»Ich weiß nicht. Eine kleine Zwangspause tut ihm ganz gut. Der Job hier ist nicht ganz einfach. Man verdient kaum was, und die Arbeitszeit ist lang. Und für alles ist man zuständig, von Trennungsstreitigkeiten bis zur Bärenplage. Und wenn man spätabends nach Hause kommt, darf man erst einmal das Türschloss mit der Lötlampe auftauen. Ich sage Ihnen, so ein Abenteuerurlaub am Rande der Zivilisation verliert schnell an Reiz.«

Barbara nickte und fragte sich einmal mehr, wie jemand wie Nicholls hier landen konnte. »Kann ich mir vorstellen«, erwiderte sie. »Wie kommen *Sie* denn so zurecht?«

»Oh, ich bin hier aufgewachsen, ich kenne nichts anderes. Der Arsch der Welt ist mein Normal.«

»Und Sie wollten nie weg?«

»Vielleicht früher einmal, als ich noch jung war.«

Irgendetwas zuckte über ihr Gesicht, aber zu schnell für Barbara. »Wie auch immer. Was hat denn Jacob so gesagt?«

»Tja, offenbar hat Dalton die Kolonie mit Blut beliefert. Und

Jacob war sein Kurier. Kommt hinzu, dass er die Jungs beauftragt hat, ein Mordvideo zu produzieren, gegen Geld.«

»Unser Doc?« Rita machte große Augen. »Ich will verdammt sein ...!«

»Irgendeine Ahnung, warum?«

»Nein.«

»Aber Sie wussten, dass er Marihuana verkauft?«

»Das ist hier nicht illegal.«

»Er hat es aber auch an Minderjährige abgegeben.«

Rita seufzte. »Das war mir nicht klar.«

Wobei Barbara sich fragte, ob dies die ganze Wahrheit war. Überhaupt schien Rita über manche Vorgänge in ihrer Stadt nur lückenhaft informiert zu sein. Und da sie schon einmal bei den dunklen Seiten von Deadhart waren ...

»Rita, was sagt Ihnen das Wort ›Beinhaus‹?«

Rita schnitt ein Gesicht. »Ach das! Das ist nun wirklich Schnee von gestern.«

»Das heißt, Sie kennen es?«

»Kennen nicht direkt. Ich weiß nur davon«, antwortete sie vorsichtig. »Es steht auch nicht mehr, wurde schon vor Jahren abgerissen.«

»Und was verbirgt sich dahinter?«

»Ein Bordell. Für die Minenarbeiter. Es war draußen neben dem Friedhof, daher der Name.«

»Das ist alles?«

»Kommt darauf an«, sagte sie und legte eine längere Pause ein. »Es war ein Vampirbordell.«

Ein Vampirbordell.

Vampirbordelle gehörten wirklich der Vergangenheit an, wie Kuriositätenschauen auf dem Rummel.

Nur ab und zu hob ihr Department noch so ein Höllenloch aus. Diese Läden waren illegal, nicht zuletzt, weil sie eine besonders kranke Klientel bedienten. Vampire verfügten über eine gute Wundheilung, konnten also auf jede erdenkliche Art gequält werden, ohne bleibende Schäden davonzutragen. Und dann gab es auch noch diejenigen Männer, die nach Kindern verlangten, die *eigentlich* keine Kinder waren.

Barbara schluckte den bitteren Beigeschmack runter, der sich in ihrem Mund ausbreitete. »Ich nehme an, die Vampire waren nicht freiwillig in diesem Bordell.«

»Es ist auch nichts, worauf die Stadt heute stolz ist«, beeilte sich Rita hinzuzufügen. »In den offiziellen Annalen werden Sie zu diesem Kapitel jedenfalls nichts finden. Aber wie gesagt, es ist wirklich schon sehr, sehr lange her. Wie kommen Sie überhaupt darauf?«

»Nur so. Das Wort fiel einmal gesprächsweise.«

Rita nickte, aber ihre alte Offenheit war weg. »Barbara, unter uns: Man kann auch *zu tief* graben.«

Einen Moment lang glaubte Barbara, sich verhört zu haben.

»Nein, im Ernst«, fuhr Rita fort. »Sie sind hier, um eine bestimmte Aufgabe zu erledigen. Nämlich festzustellen, ob Marcus von einem Vampir getötet wurde, und, wenn ja, unserem Keulungsantrag stattzugeben. Darauf würde ich mich konzentrieren.«

Barbara räusperte sich. »Sehr richtig. Seien Sie versichert, dass ich nichts ausgrabe, das *nichts* mit dieser Ermittlung zu tun hat.«

Rita schien zufrieden: »Ich wusste ja, dass wir uns verstehen.«

Darauf würde ich nicht setzen, dachte Barbara.

Rita stand auf. »Okay, ich muss los. Keine Ruhe den Gottlosen.« Aber dann hatte sie noch eine Idee: »Wissen Sie was: Warum kommen Sie morgen Abend nicht zum Essen? Ich kann nicht mit ansehen wie Sie immer alleine herumsitzen.«

»Das wäre wunderbar«, erwiderte Barbara.

»Ich bin zwar nicht die allerbeste Köchin, aber mein Karibu-Auflauf treibt Dämonen aus.«

Barbara zwang sich zur Vorfreude. »Klingt ja toll.«

»Und falls Sie irgendetwas brauchen, bitte sagen Sie mir Bescheid. Betrachten Sie mich als Ihre Flügelfrau«, sagte Rita und salutierte. Dann schloss sie ihren Reißverschluss und marschierte hinaus.

Barbara blickte ihr nachdenklich hinterher. Rita wollte sicher nur das Beste für ihre Stadt, aber Barbara merkte auch, wenn sie eingeschüchtert werden sollte. Und egal, wie Rita es verbrämte, bei ihr war klar, wo die Loyalitäten lagen. Sie war nur Deadhart verpflichtet, nicht einem *Cheechako* wie Barbara.

Wenn ich Sie wäre, würde ich mir überlegen, auf welcher Seite ich stehe.

Barbara stürzte das in einen Zwiespalt. Sie war im Augenblick die einzige Polizistin in einer feindlich gesinnten Stadt. Chief Nicholls würde nach seiner Bein-OP wochenlang ausfallen, und sie brauchte dringend Unterstützung. Aber erstens nur jemanden, dem sie vertrauen konnte. Und zweitens jemanden, der die Stadt kannte, ohne – drittens – mit ihr verbandelt zu sein. Und viertens idealerweise auch jemanden, der die Kolonie verstand. Ende der Jobbeschreibung.

Sie langte in ihre Tasche und holte den Zettel hervor, den sie von Nicholls Block abgerissen hatte. Einen Moment lang starrte sie auf die hingeschmierte Nummer.

Sie griff zu ihrem Handy.

22

Beau goss sich einen großen Whiskey ein, setzte sich in seinen alten Sessel und betrachtete seine Trophäensammlung. Die Haare waren zwar nicht echt, aber sehr realistisch, die Konservierung handwerklich tadellos. Doch selbst der beste Tierpräparator scheiterte an den Augen. Und die Augen waren der Spiegel der Seele, so hieß es jedenfalls.

Beau erhob sein Glas auf die ausgestopften Köpfe. »Aber was, wenn ihr gar keine Seele habt?« Die Glasaugen blickten nichtssagend zurück.

»*Woher willst du das wissen, alter Mann?*«

»Oh, ich weiß Bescheid über euch. Ihr seid Ausgeburten des Satans. Ihr wandert in der Dunkelheit, und es ist das Recht jedes aufrechten Christenmenschen, euch genau dahin zurückzuschicken – und zwar für alle Ewigkeit.«

»*Du weißt gar nichts. Du tust so, als wäre Dummheit gleichbedeutend mit Rechtschaffenheit. Aber dein Fanatismus hat dich vergiftet.*«

Beau stand auf und trat an die Trophäen heran. »Das einzige Gift auf dieser Welt seid ihr. Und ich tat, was recht war. Um meine Familie und diese Stadt zu schützen.«

»*Bist du sicher, alter Mann? Oder wolltest du in Wahrheit nur etwas ganz anderes schützen?*«

»Ihr könnt mir nicht das Wort im Mund herumdrehen. Ich bin Jäger, und ich jage den Abschaum der Welt.«

»*Und warum verfolgen wir dich dann? Warum redest du überhaupt mit uns?*«

Beau rieb sich die Augen. »Woher soll ich das wissen?«

Er stürzte den Whiskey herunter. Er war doch nicht verrückt. Der Doc hatte es ihm bestätigt.

Der Doc hatte nur gesagt: »Sie haben da eine intrakranielle Neoplasie, das ist ein raumfordernder Prozess in Ihrem Hirn. Ob gut- oder bösartig kann aber einzig eine Biopsie zeigen. Wenn Sie wollen, mache ich Ihnen einen Termin.«

Dann hatte er ihm noch eine Broschüre dagelassen, die verdächtige Symptome auflistete wie Kopfschmerz, Schleiersehen, Schwindel, Stimmungsschwankungen, Halluzinationen.

»Hört ihr das?«, sagte Beau zu seinen Trophäen. »Ihr seid nicht real. Ihr seid nur eine Neoplasie, ein raumfordernder Prozess, ein beschissenes Krebsgeschwür, mehr nicht. Also, was wollt ihr?«

Und etwas anderes war auch die Kolonie nie gewesen, ein raumfordernder Prozess, ein Krebsgeschwür an der Stadt, das sich ausbreitete, alles vergiftete, alle umbrachte. Und die einzige Therapie bestand darin, es tief im Gesunden herauszuschneiden. Es spielte aus diesem Grund keine Rolle, wer von diesen Blutsaugern den Anderson-Jungen ausgetrunken hatte, bezahlen mussten sie alle, ohne Ausnahme. Das hätte schon beim letzten Mal geschehen sollen. Und wäre auch geschehen, wenn dieser Schwachkopf von Tucker sich nicht eingemischt hätte.

Wenigstens diesmal wollten sie vollenden, was sie begonnen hatten. Beau ging in die Küche, um sich den nächsten Drink einzugießen. Er machte kein Licht, obwohl es draußen schon fast dunkel war. Doch als die Hand zur Flasche griff, flammte vor seinem Haus taghelles Licht auf. Das waren die Flutlichter, die er einmal vor Jahren in den Bäumen installiert hatte. Aber nach soundso vielen durch Bären und Elche ausgelösten Fehlalarmen hatte er sie abgestellt.

Und wieder scharf gemacht, als die Kolonie zurückkehrte. Beau kniff die Augen zusammen und spähte aus dem Fenster, in der Hoffnung, lediglich lichtscheue Nager auszumachen, die sich schleunigst verdrücken würden.

Plötzlich dieses Engegefühl in der Herzgegend.

Draußen hinter dem Haus stand eine Frau.

Seine Frau. Patricia.

Sie trug ein schönes blaues Kleid und weiße Sandalen. Ihre Lieblingssachen. Darin hatte er sie auch beerdigt, ganz bewusst. Aber ihr am Schluss noch die cremefarbene Wolljacke übergezogen, damit sie es nicht so kalt hatte.

Doch jetzt, nur in dem Kleid und den Sandalen, fror sie vielleicht. Er konnte gerade noch verhindern, laut aufzulachen.

Sie friert nicht, sie ist tot, du alter Narr.

Und wirkte trotzdem so lebensecht.

Die Haare flossen ihr in silbernen Wellen bis auf die Schultern herab. Genau wie damals. Bis es Beau dann zu umständlich wurde, sie jedes Mal zu waschen und zu bürsten und was man mit Frauenhaaren sonst noch machen musste. Denn zu der Zeit fing sie an zu weinen, wenn Shampoo in die Augen kam. Oder wenn die nassen Strähnen ziepten, sobald er sie durchkämmen wollte. So ging es nicht weiter, aber sie weinten alle beide, als er die Haare abschnitt. Anschließend betastete sie ihren geschorenen Kopf und starrte ihn mit angstvollem Unverständnis an: »Wo sind meine Haare, Beau? Was ist mit meinen Haaren passiert?«

Und jetzt kam sie auf ihn zu. Beau verfolgte es wie in Trance. Stolz und anmutig zugleich, so, wie er sie in Erinnerung hatte, nicht als gebeugte alte Frau, die die Welt nicht mehr verstand. Ihre Sandalen hinterließen Spuren im Schnee, konnte es etwas Realeres geben?

Unwillkürlich wich er zurück – oder wollte es zumindest. Doch ihr Anblick lähmte ihn. Er wusste, dass dies nicht die Realität sein konnte, gleichzeitig war sie zu schön, um einfach von ihr zu lassen. Die Wahrheit dagegen war manchmal nur hässlich. Wie jene aus ihrer Schlussphase, wenn er, erschöpft und zerschrammt von ihren Handgreiflichkeiten, eine gewisse Befriedigung aus ihrer Not zog. Wie du mir, so ich dir.

»Beau?« Lächelnd stand sie vor dem Fenster. »Ich bin's.«

Er schüttelte den Kopf. »Das kann nicht sein.«

»Lass mich rein, Beau. Bitte, mir ist kalt.«

»Nein.«

»Beau, ich bin deine Frau.«

»Du bist nicht echt.«

»Natürlich bin ich das.«

»Nein, du bist tot.«

»Wie kannst du so etwas sagen? Ich bin hier, sieh doch.« Sie hob ihre weiße Hand und legte sie an die Fensterscheibe. »Lass mich doch rein, dann sind wir wieder zusammen.«

Er schüttelte den Kopf, aber Tränen brannten in seinen Augen. »Ich kann nicht. Es geht nicht.«

»Liebst du mich denn nicht mehr?«

Er hatte längst einen Kloß im Hals. »Natürlich liebe ich dich. Ich liebe dich mehr als alles andere auf der Welt, und du fehlst mir jeden Tag.«

Ihr Lächeln verwandelte sich in eine höhnische Fratze, als sie sagte: »Hast du mich auch geliebt, als du bei dieser Hure in Anchorage warst? Hast du mich geliebt, als du mir mit besoffenem Kopf ins Gesicht schlugst? Hast du mich geliebt, als du mich in meiner eigenen Scheiße liegen ließest, weil du nur noch ins Roadhouse wolltest, dir die Kante geben – weil, zu viel ist zu viel, nicht wahr, du erbärmlicher Wicht? Hast du mich da geliebt, Beau Grainger?«

Er wich zurück, wollte schreien, konnte nicht. Etwas drückte ihm den Hals zu.

Die höhnische Fratze fletschte auf einmal die Zähne. Das Gesicht seiner Frau verlor jede Kontur und schmolz zusammen, bis es die Züge eines kleinen Mädchens angenommen hatte, höchstens neun oder zehn Jahre alt. Blond, mit bernsteinfarbenen Augen – und Reißzähnen aus Gold.

Ah, *sie* mal wieder. Er fasste sich an die Brust.

Das Mädchen kratzte mit den Nägeln über die Scheibe und hinterließ auf der Oberfläche haarfeine, lotrechte Riefen.

»Na, magst du mich jetzt?«

»Verschwinde von hier.«

»Dir gefällt die Wahrheit wohl nicht?«

Beau fuhr herum und riss eine Küchenschublade auf, wühlte darin, bis er das alte Kruzifix gefunden hatte. Er hielt es hoch.

Sie lachte nur. »Glaubst du wirklich, das funktioniert? Oder ich ließe mich nach all den Jahren noch von eurem faulen Zauber abschrecken?«

Er aber fuhr fort, ihr mit zitternder Hand das Kreuz entgegenzuhalten. »Was willst du?«

»Du weißt, was ich will.« Sie schlug mit der Faust gegen die Scheibe und hinterließ ein Spinnennetz aus Rissen im Glas. »Ich will sie zurück, alter Mann.«

»Geh zum Teufel!«

Beau drehte sich um, stolperte ins Wohnzimmer und schlug die Tür hinter sich zu. Schwer atmend lehnte er sich an die Wand. *Er brauchte seine verdammte Armbrust.* Doch ein eigenartiges Rascheln lenkte ihn ab. Es kam von seinen Trophäen. Nein, aus der Kaminwand *hinter* den Trophäen. Es klang wie der Flügelschlag eines Vogels, der durch den Kamin nach unten auf den Rost stürzte, nur lauter, hundertfach lauter. Es klang wie ein ganzer Schwarm.

Erst als sich die Rauchwolke schon im ganzen Zimmer ausbreitete und die Fledermäuse hervorzischten, traf ihn die Erkenntnis.

23

Tucker besah sich im Spiegel. Sein Gesicht kam ihm alt vor und leicht schief. Nachdem er sich den Bart abgenommen hatte, war besonders der Bereich um die Oberlippe ungewohnt: viel zu blass, viel zu weich, fast wie Babyhaut – oder wie eine Wasserleiche, wenn er ehrlich war. Dagegen wirkte die Augenpartie noch verwitterter und runzliger als zuvor. Alte Lederhaut! Zusätzlich verschärft wurde der Eindruck durch die vielen kleinen Verletzungen, die er sich mit dem alten Rasierhobel zugefügt und mit winzigen Kleenex-Streifen abgedichtet hatte. Ein Gesicht wie ein Tatort. Tod durch multiple Hiebe mit einem scharfen Gegenstand, dachte er.

Er war eben aus der Übung, nicht nur beim Rasieren. Herrgott, er konnte so vieles nicht mehr und fragte sich ernsthaft, wo das, was er soeben begonnen hatte, noch enden sollte. Denn eigentlich hatte er sich doch unmissverständlich ausgedrückt, als diese Atkins anrief und ihn als Deputy verpflichten wollte. Zu alt, zu unfähig, sorry, aber es ging wirklich nicht. Er hatte schon einmal alles verbockt und nicht vor, dieses Desaster zu wiederholen. Irgendwann war wirklich Zapfenstreich.

Trotzdem ertappte er sich dabei, dass ihn dieser Fall nicht losließ. Die Sache mit dem Ring. Die Jacke. Wer hatte sie an den Baum gehängt? Und warum? Konnte es wirklich sein, dass zwei Morde, die fünfundzwanzig Jahre auseinanderlagen, vom selben Täter begangen wurden?

Aaron war nie von seiner ersten Aussage abgewichen, dass Todd noch am Leben war, als er ihn verließ. Die Beweislage sprach jedoch dagegen. Sie hatten seine DNA, und er hatte zugegeben, am fraglichen Abend bei Todd gewesen zu sein. Tucker stand unter erheblichem Druck, Aaron als alleinigen Täter zu präsentieren und eine Keulung vorzubereiten.

»*Aaron, du warst der Letzte, der Todd noch lebend gesehen hat. Und du warst, wie du selber zugegeben hast, an der Transformation eines Minderjährigen beteiligt.*«
»*Wir liebten uns. Ich wollte ihn doch nicht umbringen.*«
»*Vielleicht wolltest du es nicht ...*«
»*Ich war es nicht.*«
»*Es war nicht deine Absicht, aber dann ...*«
»*Ich werde jetzt nicht lügen.*«
»*Das verlangt auch keiner von dir. Aber vielleicht denkst du einmal an die Kolonie, Aaron. Denn sie werden dich vor Gericht stellen, Aaron. Und wenn das Urteil auf vorsätzlichen Mord lautet, bist nicht nur du dran, sondern eure ganze Gruppe.*«

In diesem Moment – man sah es in seinem Gesicht – brach sein Widerstand zusammen. Die Leute denken immer, es sei schwer, jemanden zu einer Falschaussage zu bewegen. Oder dass körperliche und psychologische Zwangsmittel eingesetzt würden, um den Willen des Beschuldigten zu brechen. Nichts davon ist wirklich erforderlich. Man muss nur die Maßstäbe ein wenig verschieben, Zweifel an der eigenen Wahrnehmung wecken, Erinnerungen infrage stellen, Handlungen neu interpretieren. In der Einsamkeit einer Zelle, müde, eingeschüchtert und von Gott und der Welt verlassen, kann man an *allem* irre werden. Spätestens dann wird die Wahrheit formbar.

Aarons Wahrheit hieß fahrlässige Tötung in Tateinheit mit einer illegalen Transformation. Kooperation bei der Aufklärung einer Straftat, so Tucker zu Aaron, würde sich später vor Gericht positiv auswirken. Dann war vielleicht sogar eine Haftstrafe drin statt der Maximalstrafe *Hauen, Stechen und Rübe ab*, wie einige Arschlöcher von Officers es seinerzeit nannten. Der größte Vorteil einer Verurteilung wegen Totschlags jedoch bestand darin, dass die Kolonie der Auslöschung entging.

Mit zitternder Hand unterschrieb der Junge das Geständnis, und Tucker redete sich ein, es sei zum Vorteil sowohl von Aaron als auch der Kolonie. So und nur so, dachte er, ließ sich Schlimmeres vermeiden, aber traf das auch zu? Oder sah er – unbewusst – in dem Vampir nur deshalb den Täter, weil er sich nicht eingestehen wollte, dass er etwas Entscheidendes übersehen hatte?

Es ist nicht allzu schwer, hinter einer bequemen Lüge in Deckung zu gehen. Aber jetzt war schon wieder ein Junge tot, und die ganze Tragödie drohte, sich zu wiederholen.

Was, wenn Tucker damals falschlag? Was, wenn der wahre Mörder noch immer frei herumlief?

»Ach, was soll's? Ihr könnt mich alle!«

Er brauchte einen Drink. Er feuerte den Rasierer ins Waschbecken, ging in die Küche und öffnete den Kühlschrank. Im Kühlschrank war nichts, was in irgendeiner Form nach Lebensmittel aussah, dort lagerte in sämtlichen Fächern ausschließlich Whiskey. Er griff sich eine Flasche und zog den Korken – für ihn nur das Beste, nicht das billige Zeug mit Schraubverschluss. Allein der fuselige Geruch beim Ziehen des Korkens löste Speichelfluss aus. Er führte die Flasche an die Lippen, spürte diesen einzigartigen Cocktail aus Verlangen und Ekel ...

»*Manchmal bereue ich, dich nicht im Wald zurückgelassen zu haben.*«
»*Vielleicht hättest du das tun sollen.*«
»*Nein, ich mag dich lieber so.*«

Tucker schloss die Augen und ließ den Whiskey rinnen.

24

Sobald Barbara laufen konnte, vielleicht sogar noch früher, hatte ihr Vater sie mit zum Angeln genommen. Jedenfalls gehörten die Nachmittage am flachen, kiesbedeckten Flussufer zu ihren ersten Erinnerungen überhaupt. Das Gefühl der scharfkantigen Kiesel unter ihren Patschefüßen, das kühle Wasser, das ihre Zehen umspielte, das würde sie nie vergessen.

Unterdessen zog ihr Vater den Köder auf den Haken, immer mit einer Selbstgedrehten im Mund. Auch der Geruch war unmittelbar mit diesen Nachmittagen verbunden. Doch am deutlichsten erinnerte sie sich, wie sie durch das Wasser stapfte. Das konnte sie endlos tun.

»He, Babs, pass bloß auf, dass sie dir nicht die Zehen abbeißen«, rief ihr Vater lachend. Gemeint waren die Raubfische im Fluss.

Heulend lief Barbara aus dem Wasser, Tränen flossen.

Was ihren Vater seltsamerweise zu freuen schien. Er lachte jedenfalls ungehemmt, als er die Leine auswarf. »Ach, jetzt sei nicht so ein verdammtes Baby, Babs. Sie spucken sie schon wieder aus.«

Alles nur ein Witz, natürlich. Doch sie sollte bald lernen, dass die Witze ihres Vaters immer eine bösartige Spitze enthielten. Er war nicht umsonst Angler.

Jedenfalls traute sich Barbara danach sehr lange nicht mehr ans oder ins Wasser.

Später sah sie zu, wie ihr Vater die zappelnden Fische an Land zog und kurzen Prozess machte, indem er sie mit dem Kopf auf einen flachen Stein schlug. Zu Hause dann hatte ihre Mutter den

Fang zu verarbeiten. Kopf und Innereien kamen in die Suppe, der Rest wurde sauer eingelegt. In jenem Sommer gab es fast täglich Fisch zu essen, weswegen Barbara, als sie älter wurde, Fisch nicht mehr sehen konnte. Und riechen auch nicht.

Dabei hatte ihr Vater alles unternommen, um sie für die Sportfischerei zu begeistern. Aber ihr fehlte sowohl die Geduld, regungslos auf einen Biss zu warten, als auch die Kaltblütigkeit, wenn einmal ein Fisch am Haken hing. Der Todeskampf der Fische traf sie mitten ins Herz. Wie sie, ihrem natürlichen Element entrissen, zappelten, wie sie kämpften, wie verzweifelt sie atmeten, das alles war für sie nicht zu ertragen. Einmal hatte sie deshalb einen Fisch direkt wieder ins Wasser geworfen, was ihren Vater in Rage brachte.

»Was sollte *das* denn, du dummes Stück?«

»Ich wollte nicht, dass er stirbt«, gab sie tonlos zur Antwort.

Worauf ihr Vater vor Zorn rot anlief und brüllte: »Dann gewöhne dich langsam mal daran, Babs. Wir werden dir nicht ein Leben lang den Hintern wischen. Hier hat jeder beizutragen, dass die Familie zu essen hat, auch du. Einen Freifahrtschein gibt's nicht mehr.«

Dann schlug er ihr mit dem Handrücken voll ins Gesicht.

Es war das letzte Mal, dass sie mit ihrem Vater beim Angeln war. Allerdings wurde der Fluss später zu ihrem bevorzugten Rückzugsort. Dort konnte sie allein sein, lesen und schwimmen und vor allem der erstickenden Atmosphäre der elterlichen Wohnung entfliehen, wo alles immer kurz vor der Explosion stand und doch nur ganz primitiv den Bach runterging. Ihre Mutter, die sich nur noch vom Sofa zum Herd und vom Herd zum Sofa schleppte, wo sie vor Seifenopern verdämmerte. Ihr Vater, der derweil zugedröhnt in der Küche saß und ständig weitertrank, noch ein Bier und noch einen Bourbon, bis auch er nicht mehr wusste, wo er war.

Und unvermeidlich brach irgendwann Streit aus, aber selbst der drehte sich stets um die gleichen Sachen. Es ging um das Scheißgeld, Dads Scheißleben, Moms Scheißübergewicht und ihre Scheißtochter, Barbara, für die man sich ebenfalls nur schämen konnte. Einmal wurde sie Zeuge, wie ihr Vater ihre Mutter anschrie: »Ich hätte es mir denken können, gleich zu Anfang. Was zum Teufel stimmt mit dir eigentlich nicht? Dass du mir nicht einmal einen Sohn schenken konntest! Ich meine, was ist das für eine Frau, die einem Mann nicht mal einen Scheißsohn ...« Und so weiter und so weiter.

Dann flogen die ersten Gegenstände, später kam es zu Handgreiflichkeiten, irgendwann flogen Fäuste. Wobei man der Fairness halber sagen musste, dass sich beide nichts schenkten. Beide konnten ordentlich austeilen, denn Gewalt war in dieser Familie so normal wie die Luft zum Atmen. Ihr Dad war klein, zäh und niederträchtig, aber ihre Mom brachte das doppelte Kampfgewicht mit, und das gab am Ende den Ausschlag.

Jedenfalls wusste er sich oft nicht anders zu helfen, als sich in die »Lodge« zu verdrücken, wo schon seine Jagdkameraden saßen und wo weitergesoffen wurde und wo man endlich sagen konnte, was man sonst nicht sagen durfte. Über Schwarze und die »nuttigen Weiber« heutzutage und nicht zuletzt über diese gottverdammte Satansbrut von Blutsaugern, die ihnen das Leben zur Hölle machten. Speziell nach seiner Entlassung aus dem einfachen Postdienst wurde die Lodge zu seinem zweiten Wohnzimmer.

»Was geht da eigentlich vor?«, fragte Barbara ihre Mutter einmal. »Mir kommt das eher vor wie ein Geheimbund oder so was.«

Worauf ihre Mutter nur die Augen verdrehte und sagte: »So was in der Art.«

Manchmal blieb ihr Vater tagelang weg, was gleich mehrere Vorteile hatte. Zum einen kehrte zu Hause endlich Ruhe ein. Zum anderen wirkte er bei seiner Rückkehr ausgeglichener als sonst. Fast könnte man sagen: glücklich. Als hätte er sich von einem inneren Druck befreit.

Es dauerte daher eine ganze Weile, bis Barbara die ersten Fragen stellte. Was auf Dads Jagdausflügen eigentlich gejagt wurde, zum Beispiel. Zumal er auch nie Wildfleisch oder Trophäen mit nach Haus brachte wie früher – die Hirschgeweihe im Wohnzimmer oder der ausgestopfte Wildschweinkopf über dem Klo konnten es bestätigen.

Die Antwort ihres Dads? Fiel ausweichend aus und war mit einem Augenzwinkern versehen. »Ein bisschen was muss auch für die Lodge übrig bleiben. Ich zeige es dir, wenn du älter bist.«

Genau genommen wollte Barbara das makabre Zeug gar nicht sehen. Sie war froh, wenn ihr Vater ein paar Tage nicht da war, und hatte seltsamerweise ein schlechtes Gewissen deswegen.

Denn ihr Dad führte nach wie vor ein unbarmherziges Regiment und konnte es nicht leiden, wenn jemand (jemand anderes als er) seine Zeit vertat oder sich nicht »nützlich machte«. Und Barbaras Job außerhalb der Schule bestand darin, sich nützlich zu machen. Mit Putzen, Nähen und solchem Weiberkram, den ihre fettleibige Mutter nicht mehr hinbekam. Da waren die Zeiten, die er auf der Jagd verbrachte, eine willkommene Unterbrechung. Sie vertat nämlich nur zu gern ihre Zeit. Mit Wandern, Schwimmen, Lesen. Lesen vor allem. Sie schnappte sich ihre Bücher und verbrachte endlose Stunden an einem schattigen Plätzchen am Fluss. Die anderen Kinder schnappten sich höchstens ihre Schwimmringe und waren glücklicherweise weiter unten, am Badestrand in Stadtnähe. Das passte. Die Atkins' wohnten ohnehin schon halb in der Wildnis.

Zumindest passte es Barbara. Sie war in der Schule nicht besonders beliebt, aber auch nicht unbeliebt. Sie war nicht wirklich mit jemandem befreundet, sie war unsichtbar. Und als sie sich einmal daran gewöhnt hatte, gefiel es ihr sogar. Ebenso wie die Einsamkeit am Fluss. Das Wasser war sauberer und kühler als weiter unten, und sie konnte sich ungestört auf dem Rücken treiben lassen, in die Wolken schauen, und das einzige Geräusch waren die Bienen und die einzige Gesellschaft die kreisenden Adler am Himmel.

Bis eines Tages jemand in diese Welt einbrach.

Barbaras erste Reaktion, als sie das fremde Mädchen im Schatten der Uferbäume sitzen sah: Was will die denn da? Dies war *ihr* Platz, ihr Privatbereich. Aber dann siegte doch die Neugier. Das Mädchen war etwa in ihrem Alter, vierzehn, fünfzehn Jahre alt. Seine Haut war dunkel, aber die Haare waren silberweiß und fielen in langen Dreadlocks beinahe bis auf die Hüften hinab. Da es aber die Beine untergeschlagen hatte, glaubte Barbara einen Moment lang, eine Meerjungfrau vor sich zu haben.

Doch dann wandte das Mädchen den Kopf, lächelte – und entblößte seine blitzenden Eckzähne.

Mercy.

Barbara schlug widerwillig die Augen auf. Sie hatte den Namen noch auf den Lippen. Wenn überhaupt, hatte sie ihn höchstens dem harten Kissen anvertraut. Aber der Traum war zu Ende, und sie rieb sich seine Spinnweben aus dem Gesicht, auch wenn das letzte geisterhafte Bild noch nicht gehen wollte, Mercys Lächeln, das Bienengesumm … Dann merkte sie, das Summen kam von ihrem Nachttischchen und war ihr Handy.

Shit. Sie griff nach dem verdammten Ding, blinzelte auf das Display: 06:20, Anrufer: Decker. Na super.

Umständlich schob sie sich das Handy irgendwo in die Nähe ihres Ohrs.

»Hallo, Sir?«

»Atkins, wo bleibt Ihr Bericht?«

»Der Bericht? Moment: Beim nächsten Zeitzeichen ist es genau 06:21 Uhr Alaska Standard Time. Zeitdifferenz zu New York: minus vier Stunden. Detective Atkins ist gerade aufgewacht, und ihre Blase ist zu fünfundachtzig Prozent gefüllt, das heißt, sie müsste ganz dringend mal …«

Schweigen am anderen Ende, dann: »Nein, ich meinte in Ihrer Ermittlungssache.«

Barbara unterdrückte ein Gähnen. »Der Fall scheint doch komplexer zu sein, als ich dachte.«

»Komplexer? Inwiefern?«

»Der vermeintliche Videobeweis ist eine Fälschung. Der hiesige Landarzt, ein gewisser Dr. Dalton, hat drei Jugendliche angestiftet, ein Video anzufertigen, das als Rechtfertigung für eine Keulung dienen sollte.«

»Ich nehme an, Sie haben den Arzt festgenommen?«

»Der Arzt ist derzeit auf dem Weg ins Leichenschauhaus von Anchorage. Selbstmord.«

»*Was?* Und was sagt Chief Nicholls dazu?«

»Gar nichts. Er liegt mit gebrochenem Bein im Krankenhaus.«

Längeres Schweigen. Dann: »Und wann hatten Sie vor, mich davon in Kenntnis zu setzen?«

»Sir, Sie sind mir mal wieder zuvorgekommen. Ich versichere Ihnen jedoch, das alles steht später auch in meinem Bericht.«

Sie sah ihn förmlich vor sich, wie er, den Hörer am Ohr, in seinem Büro auf und ab marschierte, sich die Glatze rieb und nach einer Zigarette lechzte – die er nicht hatte, weil er seit etlichen Jahren nicht mehr rauchte, angeblich.

»Wenn ich das richtig verstehe, suchen Sie die Zentralfigur nicht in der Kolonie, sondern gehen von einer menschlichen Täterschaft aus. Kann man das so sagen?«

»Genau das weiß ich eben nicht.«

Ein stotternder Seufzer am anderen Ende. »Atkins, ich weiß Ihre Hingabe an den Job zu schätzen, aber wir dürfen uns zurzeit keine Blöße geben, vor allem in der Keulungsfrage nicht.«

»Sicherzustellen, dass der wahre Täter zur Verantwortung gezogen wird, ist keine Blöße, Sir.«

»Aber die Leute verlieren den Glauben an das Rechtssystem.«

»Sir, der beste Weg, diesen Glauben nicht zu erschüttern, ist eiserne Professionalität. Eine Keulung ist nur die allerletzte Maßnahme und ausschließlich für die Fälle vorgesehen, in denen eine Kolonie den Täter nicht ausliefern will oder anderweitig eine Gefahr für die menschliche Allgemeinheit darstellt.«

Skeptisches Zungenschnalzen bei Decker. »Atkins, ich kenne die Vorschriften. Aber wir wissen beide, wie die Öffentlichkeit auf so etwas reagiert. Sie sieht den Rechtsstaat als zahnlosen Tiger, der nicht gegen die Kolonien vorgehen will. Mittlerweile gibt es schon ernsthafte Bestrebungen, das Vampirschutzgesetz ganz abzuschaffen. Wenn wir jetzt nicht durchgreifen, liefern wir der Helsing-Liga nur neue Munition.«

Durchgreifen. Schon bei dem Wort sträubten sich bei Barbara die Nackenhaare.

»Sir, ich bin hier, um einen bestimmten Job zu machen, und das werde ich auch. So gut ich irgend kann. Und wenn Sie mich jetzt bitte entschuldigen, ich muss wirklich pinkeln.«

Sie drückte ihn weg und stellte das Handy auf stumm. Decker mit seinen politischen Vorbehalten hatte ihr gerade noch gefehlt. Sie knipste die Nachttischlampe an und schwang ihre Beine aus dem Bett. Wieder dieser Kälteschock, als ihre Füße den Boden berührten, trotz der dicken Socken. Auf geht's, Barbara, aber nur mit Decke um die Schultern. Wie weiter? Erst Dusche, danach anziehen, dann rüber zur Polizeistation, der frühe Vogel fängt den ... Sie zählte bis drei, warf die Decke ab und flitzte ins Bad.

Zwanzig Minuten später trat sie gestiefelt und vermummt hinaus in die dunkle Kälte. Eine eisige Bö klappte ihre Kapuze zurück und hätte sie beinahe umgeworfen. In der Nacht hatte es geschneit, die Straße und die dort geparkten Fahrzeuge lagen unter konturlosen Schneemassen begraben, und ein Blick in das dunkle Gewölk am Himmel verhieß sogar noch mehr davon.

Sie watete hinüber zu »ihrer« Wache, kramte unter ihrem Mantel nach dem Schlüssel und schloss auf. Im Büro war bereits Licht. Sie ging hinein.

Ein Fremder saß an Nicholls' Schreibtisch. Ein Hüne mit unsauber geschorenem Kopf, schlecht rasiert und angetan mit einer schweren Wetterjacke, einem fadenscheinigen Oberhemd, Jeans.

»*Tucker?*«

Er wandte ihr seinen kahlen Schädel zu.

»Was machen Sie denn hier?«

»Heute ist mein erster Arbeitstag als neuer Deputy.«

25

»Aber Sie sagten doch, Sie kämen nicht mehr zurück.«
»Ich sage viel, wenn der Tag lang ist.«
»Woher hatten Sie den Schlüssel?«
»Ich glaube, ich habe ihn nie abgegeben.«
Barbara sah Tucker nachdenklich an. Sie musste sich an den neuen Anblick erst gewöhnen. Der fehlende Bart und der rigorose Haarschnitt hatten von dem Wilden im Wald nicht viel übrig gelassen, und das korrekte Hemd verstärkte diesen Eindruck. Tuckers Bärenkräfte standen, gebändigt, jetzt im Dienst von Recht und Ordnung, aber ein Bär war er deswegen nicht minder.

»Hören Sie«, fuhr Tucker fort. »Wenn Sie Ihre Meinung geändert haben, dann versteh ich das. Ich weiß ja selbst nicht, was ich hier soll. Ein Wort von Ihnen und ich bin wieder weg.«

»Was ich Ihnen sagen kann, ist Folgendes: Im Augenblick stecke ich ziemlich in der Tinte. Oder bis zum Hals in der Scheiße, wenn Sie so wollen. Ich kann mir also nicht erlauben, wählerisch zu sein.«

»Und Sie meinen, wenn ich jetzt auch noch in die Wanne voller Scheiße springe, verbessert sich Ihre Lage?«

Dann brachte sie ihn auf den neuesten Stand, und Tucker zückte sogar einen zerfledderten Notizblock, um in seiner runden, fast kindlichen Handschrift alles Wesentliche niederzuschreiben. Als sie fertig war, fragte er nur: »Ist das alles?«

Barbara lächelte. »Klingelt es irgendwo? Gibt es irgendein Detail, das diesen Fall mit Todd Danes verbindet?«

»Abgesehen von dem Ring?«

»Ja.«

Er lehnte sich zurück und dachte nach. »Nicht wirklich. Und wer hier überhaupt nicht hineinpasst, das ist dieser Blutdealer, dieser ...«

»Sie kennen Dr. Dalton?«

»Nein, eben nicht. Das ist es ja gerade. Er muss nach meiner Zeit zugezogen sein.« Er kratzte sich am Kinn. »Mir ist auch schleierhaft, warum er die Kolonie ausmerzen will – wenn er doch so viel Geld mit ihr verdient.«

»Damit sägt er den Ast ab, auf dem er sitzt«, sagte Barbara. »Ja, das dachte ich auch. Aber vielleicht haben seine Blutgeschäfte auch gar nichts mit dem Tod von Marcus Anderson zu tun.«

»Meinen Sie? Meine Erfahrung sagt etwas anderes: Wenn etwas *so* stinkt, ist die Scheiße in der Regel nicht weit.«

An dieser Stelle musste Barbara lachen. »Erzählen Sie mir von der Kolonie. Ein bisschen aus Geschichte und Gegenwart.«

»Das Verhältnis zur Kolonie war noch nie gut. Man muss dazu sagen, die Kolonie gab es zuerst. Angestammtes Gebiet seit Urzeiten. Dann kam die Kupfermine, und das Drama nahm seinen Lauf. Sie wurden gejagt, verschleppt oder vertrieben.«

»Ja, ich habe die Trophäen im Roadhouse Grill gesehen.«

Tucker seufzte. »Ich teile die Ansichten der meisten Leute hier nicht. Aber es dauert, bis sich die Einstellung ändert, es dauert Generationen. Dazu kommt, dass beide Seiten den Wunsch haben müssen, sich zu ändern. Eine Vampirkolonie ist kein Ponyhof.«

»Ist mir klar.«

»Ich für meinen Teil habe getan, was ich konnte. Habe die Kolonie mit Bekleidung und Medikamenten versorgt – ja, auch Vampire werden zuweilen krank. Irgendwann gelang es mir sogar, mit Athelinda persönlich zu sprechen.«

»Ich bin ihr schon begegnet. Im Wald.«

»Sie ist mehrere Hundert Jahre alt, äußerst gefährlich und womöglich ein bisschen gaga. Und sie hasst Menschen ganz grundsätzlich.«

»Trotzdem hat sie mit Ihnen gesprochen.«

»Wenn es ums nackte Überleben geht, redest du mit jedem. Verwechseln Sie das nicht mit Freundschaft oder Kooperation. Wenn Athelinda sich davon einen Vorteil verspräche, würde sie ganz Deadhart ausrotten, ohne mit der Wimper zu zucken.« Er legte eine Pause ein. »Doch damals dachte ich ernsthaft, ich könnte etwas bewirken. Sie wissen, was dann kam. Nach Todds Ermordung ging alles zum Teufel.«

»Halten Sie Aaron immer noch für den Täter?«

Er schüttelte langsam den Kopf. »Ehrlich gesagt, ich weiß es nicht. Deswegen bin ich hier.«

»Was ist mit den Männern, die damals Aaron und seine Familie umgebracht haben?«

»Von denen lebt nur noch Beau Grainger, und der müsste heute an die achtzig sein.« Ihre Blicke trafen sich. »Die Männer haben damals aus voller Überzeugung gehandelt. Sie glaubten, sie täten das Richtige.«

»In dem Bericht stand, Sie wären bei der Gefangenenbefreiung damals angeschossen worden.«

»Ein Unfall. Ohne bleibende Schäden.«

»Eine ziemlich großmütige Haltung.«

Etwas in seinem Gesicht geriet in Bewegung. »Irgendwann ist der Kipppunkt einfach erreicht, das gilt für jede Stadt. Todd war tot, die Leute waren wütend und gleichzeitig verängstigt. Sahen ihr eigenes Kind schon als das nächste Opfer. Und du bist derjenige, von dem sie jetzt Schutz erwarten – und die richtige Entscheidung.« Er schüttelte abermals den Kopf. »Aber ich traf die falsche.«

Barbara entschloss sich, das Thema zu wechseln. »Was wissen Sie über Nathan Bell?«

»Was interessiert Sie an ihm?«

»Er war Todds Freund, oder?«

»Er gehörte zu der Clique, ja. Nach dem Tod seiner Eltern kam er zu seinen Großeltern nach Deadhart. Wohnte in diesem großen, alten Kasten im Wald.«

»Also war er neu in der Stadt?«

»Ja. Die meisten Leute wussten nicht mal, dass Helen und Greg einen Enkelsohn hatten, aber plötzlich war er da.«

Barbara tippte sich mit einem Kuli ans Kinn. »Wann war das?«

Tuckers Stirn legte sich in Falten. »Im Sommer '98. Ich selbst war auch erst seit drei Jahren in der Stadt.«

»Also ein Jahr vor Todds Ermordung.«

Es war dieselbe Zeitspanne wie in Marcus' Fall. Nathan kam in die Stadt, und ein Jahr später starb ein Junge. Ein bisschen viel Zufall.

»Ich weiß, was Sie jetzt denken, Detective«, sagte Tucker. »Aber Nathan hatte ein Alibi. Er war den ganzen Abend zu Hause bei seinen Großeltern, als Todd ermordet wurde.«

Und Angehörige logen natürlich nie, wenn es um die eigenen Sprösslinge ging.

»Waren Sie überrascht, als er hier wiederauftauchte?«

»Ein wenig. Denn außer Todd hatte er in Deadhart eigentlich keine Freunde. Kommt hinzu, dass Nathan von dem Verhältnis der beiden wusste. Dass er davon nichts gesagt hatte, warfen ihm im Nachhinein viele vor.«

»Vielleicht ist er zurückgekehrt, um eine alte Schuld zu begleichen.«

»Vielleicht.«

»Sie denken, eher nicht?«

»In Orten wie Deadhart gibt es allgemein zwei Sorten von Menschen. Diejenigen, die nie fortgehen, und die anderen, die nie mehr zurückwollen. Für mich gehörte Nathan zu den Letzteren.«

Das war mit Sicherheit ein Punkt. Auch Barbara hätte nicht im Traum daran gedacht, in ihre Heimatstadt zurückzugehen. Aber sie interessierte noch etwas anderes.

»Darf ich Ihnen eine persönliche Frage stellen? Warum sind *Sie* eigentlich nie fortgegangen?«

»Ich bin nun mal hier. Ich nehme es, wie es kommt.«

»Aber Sie stammen nicht von hier?«

»Nein, ich zog 1995 von Boston nach Deadhart.«

»Eine ungewöhnliche Entscheidung für einen jungen Officer.«

Er zögerte, ehe er sagte: »Mag sein, aber meine Frau wurde ermordet.«

Damit hatte Barbara am allerwenigsten gerechnet. »Das tut mir leid.«

»Danke.«

Dann herrschte Schweigen. Ein Schweigen, das Barbara ganz bewusst in die Länge zog. Manchmal wollten die Leute weiterreden. Manchmal war der Schmerz aber einfach zu groß.

»Meine Frau war Lehrerin«, sagte Tucker schließlich. »Und hatte da einen Schüler, der sich in sie verknallt hatte. Sie nahm das nicht ernst, sagte, so was käme immer mal wieder vor, sei aber nicht von Dauer. Wie das in dem Alter eben ist. Der Junge sah auch ganz harmlos aus. So ein Hemd, blond, Brille. Er tat mir fast leid. Eines Abends nach dem Unterricht, auf dem Weg zum Auto, hat er ihr von hinten in den Kopf geschossen. Und sie, als sie im Sterben lag, noch vergewaltigt.« Er schluckte. »Von da an konnte ich nicht länger Polizist sein. Ich dachte in einem fort: Warum ist mir der Junge nicht aufgefallen? Wie konnte mir seine Gefährlichkeit entgehen? Warum habe ich nicht gemerkt, dass sich hinter dem kleinen Würstchen ein Monster verbirgt? Ich stand kurz davor, den Dienst zu quittieren, als sich der Posten in Deadhart anbot. Alaska, das klang weit genug weg von meinem alten Leben, also habe ich mich beworben.«

»Nachvollziehbar«, sagte Barbara.

»Das war aber nicht der einzige Grund.« Tucker sah Barbara direkt an. »Ich dachte, hier, in so einem Kaff, passiert mir das nicht noch mal. Hier erkenne ich die Monster.«

Barbara nickte. »Und hatten Sie Erfolg damit?«

Ein bedauerndes Lächeln war die Antwort. »Schauen Sie mich an. Ich habe fünfundzwanzig Jahre im Wald verbracht. Sieht das nach Erfolg aus?«

Barbara griff in eine Schublade und holte eine Dienstwaffe mit Halfter sowie eine Polizeimarke heraus, die sie ihm zuschob. »Machen wir uns an die Arbeit«, sagte sie.

26

Einmal in der Woche holte Jess ihren Vater zum gemeinsamen Frühstück ab. Es war ein festes Ritual, das sich nach dem Tod ihrer Mutter etabliert hatte.

Jess stand ihrem Vater nie sonderlich nahe, das ging bei diesem Mann auch gar nicht, der starr in überlieferten Rollenmustern dachte. Bei ihm galten Gefühle als Schwäche und Disziplin als einzige Charakterschule. Wobei sie den Verdacht hegte, dass ihr strenger Vater sie insgeheim *doch* liebte. Zumindest hatten sie immer genug zu essen auf dem Tisch und genug Weihnachtsgeschenke unter dem Christbaum. Er erhob auch nie die Hand gegen seine Kinder, ausgenommen in den Fällen, in denen sie es wirklich verdient hatten. Aber woran sie sich gar nicht erinnern konnte: dass er mal »Ich liebe dich« gesagt hätte.

Erst als die Krankheit ihrer Mutter Fahrt aufnahm, kam seine andere, softere, freundlichere Seite zum Vorschein. Für ihre Mutter tat er alles, und das war auch nötig, denn Jess hätte das nicht leisten können. Sie war mit Stephen und ihrem Outdoor-Betrieb weitgehend ausgelastet. Selbst als Dr. Dalton dringend die Einweisung in ein Pflegeheim empfahl, lehnte ihr Vater ab. Es war seine Pflicht, sich um seine Frau zu kümmern, in guten wie in schlechten Tagen, in Gesundheit und Krankheit, bis dass der Tod sie scheidet. Punkt. Ihrem Vater war es mit seiner Pflicht vor Gott bitterernst. Und als Gott ihre Mutter zu sich nahm, war ihr Dad an ihrer Seite und hielt ihre Hand. Es war auch das einzige Mal, dass sie ihren Vater weinen sah.

Nach Mom (es war die einzig praktikable Einteilung, die ihr einfiel: vor Mom und nach Mom), nach Mom also wollte sie das neue Verhältnis zu ihm nicht gleich wieder einschlafen lassen und sah nach ihm, sooft sie konnte. Schon um sich davon zu überzeugen, dass er etwas Vernünftiges aß, dass der Kühlschrank voll war und seine Wäsche gewaschen wurde. Ihr Vater war rüstig für sein Alter und ging auch noch regelmäßig raus, meistens zum Jagen mit seinen alten Kumpanen oder zum Herrenabend im Roadhouse, sprich zum Saufen. Jess stellte sicher, dass es ihm in seinem kleinen Häuschen an nichts fehlte, dass geputzt wurde, dass die Milch für seinen Kaffee nicht schon vor einer Woche abgelaufen war und dass immer eine vorgekochte Mahlzeit im Kühlschrank bereitstand, nicht dieses Fertigzeug. Es war typischer Weiberkram, zugegeben, aber als seine einzige Tochter und die Einzige, die in Deadhart geblieben war, betrachtete sie es als ihre Pflicht, ihren Vater nicht alleinzulassen.

Auch ihr Frühstücksritual begann einst als kleiner Trick, ihn aus dem Haus zu locken, ohne dass es ums Ballern und Saufen ging. Jess holte ihn am Morgen ab, und gemeinsam, als Vater und Tochter, fuhren sie zum Grill oder auch zu Harty Snacks, das ihr Vater immer noch als Hippieladen betrachtete, obwohl sich das Café schon seit über einer Dekade in Deadhart behauptete.

Dort tranken sie Kaffee, aßen Fry Bread mit Karibuwurst und redeten über dies und das: die Stadt, die verfluchte Kolonie und was man dagegen unternehmen konnte und solche Sachen. (Jess wollte ihn sogar für die neue Kirche begeistern, allerdings war ihm der weibliche Reverend ein Dorn im Auge.) Sehr gern hörte er von Stephen. Beau war stolz auf seinen Enkelsohn, auch wenn Jess sich sorgte, in welche Richtung sich seine Persönlichkeit entwickelte. Deren Hauptbestandteile waren mittlerweile unübersehbar: große

Klappe, unterlegt von einer gehörigen Portion Totalverweigerung. Was sollte bloß aus ihm werden?

Natürlich redeten sie auch über den Betrieb. Ihr Dad hatte sich mit einer größeren Summe an dem Outdoor-Unternehmen beteiligt. Das Geld dazu stammte aus der Lkw-Werkstatt, die er bis zu seinem Ruhestand betrieb und deren Kunden später zum Branchenführer nach Talkeetna abwanderten.

Bisher hatte Dad von seinem Investment keinen Cent wiedergesehen. Garrett's Tours war hoffnungsvoll gestartet, musste jedoch seit einigen Jahren mit sinkenden Erträgen leben. Dan versicherte seinem Schwiegervater, dass es sich lediglich um die üblichen Schwankungen auf einem schwierigen Markt handelte, und beruhigte ihn mit gut gemachten Diagrammen und Kalkulationen. Diese hatten nur einen Makel: Mit den echten Zahlen hatten sie nicht das Geringste zu tun. Jess wusste das, aber sie konnte ihrem Vater ebenfalls keinen reinen Wein einschenken. Was sollte sie auch sagen? Dass der Laden vom ersten Tag an Geld verlor wie ein Lkw-Reifen, der sich einen Nagel in die Karkasse gefahren hatte: langsam, aber unwiederbringlich. Und es sollte sogar noch schlimmer kommen.

Dabei klang Dans Geschäftsidee zunächst gar nicht schlecht. Er wollte das Vampir-Image von Deadhart für spezielle Tourenangebote in das ehemalige Koloniegebiet nutzen. Also weg von den vereinzelten Gruftis und hin zu ganzen Reisegruppen, die in den verlassenen, aber weitgehend intakten Siedlungen kampieren konnten, gegen Aufpreis auch *mit echter Kolonie-Experience*. Dan war da einfallsreich.

Doch schon in der Anlaufphase kam es zum ersten Zwischenfall. Ein Wolfsrudel hatte in einer der leeren Baulichkeiten Quartier bezogen und griff einen Wanderer an. Der Wanderer überlebte, doch Übernachtungen waren seitdem ausgeschlossen, zumal kein Versicherer solche Risiken abdecken wollte.

Von da an begann der Niedergang von Garrett's Tours. Zwar bot man nach wie vor Trekking- und Bergtouren an, der Nationalpark als Touristenmagnet lag ja direkt vor der Tür, doch Deadhart als Ausgangspunkt passte schlecht dazu. Zu klein, zu hinterwäldlerisch und touristisch kaum erschlossen, hatte die Stadt gegen echte Touristenorte mit ihren Hotels und Ferienanlagen, Shopping-Möglichkeiten und urigen Pubs das Nachsehen.

Zu allem Unglück kehrten vor einem Jahr die Vampire zurück. Da sie unter Artenschutz standen, endeten Kolonie-Exkursionen spätestens an der Bannmeile rund um die Vampirsiedlung, also irgendwo im Wald. Nicht einmal Lufttaxis erhielten eine Überfluggenehmigung. Und jetzt noch die Sache mit Marcus. Die Lage der Firma wurde langsam verzweifelt. Es mochte kaltherzig klingen, aber tote Kinder waren schlecht fürs Geschäft.

Dan versuchte trotzdem, Jess Mut zu machen. Sie hätten Rückschläge erlitten, ja, aber alles würde sich noch zum Guten wenden, wenn erst der Keulungsantrag durch sei. Sobald die Vampire aus dem Weg geräumt wären, würde Garrett's Tours wieder durchstarten, nur diese letzte Durststrecke müssten sie noch überstehen. Für den Neuanfang hatte er sich sogar ein Konzept überlegt, das außerordentliche Wachstumschancen bot. Sagte er.

Auf eine Weise bewunderte sie seinen Optimismus. Dan war schon immer derjenige gewesen, der die Dinge mit einem Gottvertrauen anpackte, welches ihr fehlte. Und er arbeitete wirklich hart dafür, das musste man auch mal erwähnen. Und er war Stephen ein guter Vater. Deswegen sah sie ihm seine Bilanztricks und all den anderen Unfug nach.

Sie stoppte den Wagen vor dem Haus ihres Vaters. Es war ein

bescheidenes zweistöckiges Eigenheim, vier Zimmer, Küche, Bad. Mit zwei Geschwistern fand sie die Verhältnisse früher beengt. Doch jetzt, da ihr Dad allein darin wohnte, war das Haus zu groß.

Sie war etwas zu früh da. Dan war nach Talkeetna gefahren, um Einkäufe zu erledigen. Das Wetter hatte sich verschlechtert. Gut möglich, dass sie ein paar Tage lang vom Rest des Landes abgeschnitten waren. Stephen und Jacob waren in ihrer Männerhöhle im Keller, aber Jess hoffte insgeheim, Jacob bei ihrer Rückkehr nicht mehr im Haus zu sehen. Nicht, dass er irgendwie gestört hätte. Jacob war in jeder Beziehung unauffällig. Und er tat ihr ja auch leid mit diesem Totalausfall von Vater. Nur als Kumpel von Stephen wünschte sie sich ihn dann doch nicht. Anders als Marcus übrigens. Marcus und Stephen waren seit Kindergartenzeiten unzertrennlich, waren praktisch zusammen aufgewachsen. Sie verstand überhaupt nicht, wie Jacob Bell da hineinpasste.

Im Augenblick war es natürlich etwas anderes. In der Not klammerten sie sich aneinander. Es war ja wirklich eine furchtbare Sache, die sie da durchmachten. Sooft sie an den armen Marcus dachte, krampfte sich ihr Herz zusammen, und ein schrecklicher Gedanke gewann an Raum: *Es hätte auch Stephen treffen können.* Ihren Jungen. Ihren einzigen Sohn.

Ihr Kinderwunsch war ihnen weiß Gott nicht anstandslos erfüllt worden. Sie war schon über dreißig, als der magische zweite Strich auf dem Teststreifen erschien und die Schwangerschaft nicht in einer Fehlgeburt endete wie in den Jahren zuvor. Doch bei Stephen war alles anders. Stephen war ihr Erdenkind. Er kam erst, als er perfekt war. Vollkommen, gesund und schön.

Also versuchten sie es gleich ein zweites Mal. Jess wusste, die beste Zeit für eine Empfängnis ist gleich nach der Geburt. Aber nicht immer. Nicht in ihrem Fall. Nicht in fünf Jahren vermochten sie Stephen das kleine Geschwisterchen zu schenken, das sie sich so wünschten. Nach zwei weiteren Fehlgeburten gaben sie schließlich auf, ihr Sex litt und war irgendwann nur noch tot. Und Dan ging auf Tour. Trekking, Jagen, Nachtfischen waren jetzt seine Leidenschaft.

Jess versuchte sich einzureden, dies alles sei nicht so tragisch. Sie hatte ja Stephen, ihr Glückskind, sie sollte froh sein. War sie aber nicht, sondern im Gegenteil, sie war voller Sorge. Sie konnte auch nie verstehen, wie sorgenfrei andere Eltern mit ihren Kindern umgingen. Und nicht nur sorgenfrei, sondern geradezu sorg*los*. Während sie sich ständig quälte. Nicht auszudenken, was Stephen alles zustoßen könnte. Nicht zu ertragen, wenn er ihr genommen würde. Stephen, ihr Wunschkind, ihr Schatz, war doch so einzigartig.

Verlöre sie ihn, was bliebe ihr dann noch? Nichts. Es war etwas anderes, wenn man mehrere Kinder hatte, traurig, aber wahr. Wie groß der Schmerz auch sein mochte, man hatte immer noch die anderen, für die man sorgen und um die man sich sorgen konnte. Und, vielleicht am wichtigsten, man war nach wie vor Mutter. Aber was war man, wenn einem das einzige Kind genommen wurde. Ex-Mutter? Aussortierte Mutter? *Schlechte* Mutter?

Solche Grübeleien setzten ihr sehr zu. Und obwohl sie wusste, dass sie sich da in etwas hineinsteigerte, hatte sie diese dunkle Vorahnung, dass genau das passieren würde, sosehr sie auch an ihm festhielt. Sie würde ihn verlieren – und klammerte sich nur umso enger an ihn, verwöhnte ihn und verzog ihn am Ende gründlich. Jedenfalls laut Dan. Aber Dan hatte keine Ahnung, schon gar keine dunkle Vorahnung. Für Männer war es sowieso nicht dasselbe, konnte es nicht sein. Nur wer ein Kind monatelang mit sich herumgetragen hatte, um es unter Schmerzen auf diese Welt zu bringen, durfte überhaupt mitreden, wenn es um den Verlust eines Kindes ging. Klar, sie wäre auch traurig, wenn sie Dan verlöre, aber es wäre nicht das Ende ihres Lebens. Doch Stephen *war* ihr Leben. Ohne ihn hätte sie keinen Grund mehr, überhaupt zu existieren.

Sie parkte den Wagen vor dem Haus ihres Vaters, das sich seit dem Tod ihrer Mutter nicht mehr verändert hatte. Sein eigener Truck stand an der Seite, der Schnee war geräumt. Alles sah aus wie immer, und trotzdem … ergriff sie ein eigenartiger Schauer bei dem Anblick. Was zum Teufel *war* das? Nichts. Alles war, wie es sein sollte. Bis auf ihre Unruhe. Sie stieg aus, stapfte über den Weg zur Tür, klopfte.

Sie steckte ihre behandschuhten Hände in die Tasche und trampelte mit den Füßen auf dem festgetretenen Schnee. Normalerweise öffnete Dad beim ersten Klopfen, meistens hörte er schon den Wagen. Sie klopfte erneut. Immer noch nichts. Das gefiel ihr ganz und gar nicht. Sie probierte die Klinke. Abgeschlossen. Von daher war alles in Ordnung. Und tatsächlich war sie viel zu früh. Vielleicht war Dad in der Küche und hatte das Radio aufgedreht. Er hörte nicht mehr gut.

Sie drehte sich um und ging über den tieferen Schnee zur Rückseite. Ihre Angst schoss nach oben, als sie sah, dass die Hintertür offen stand – mit aufgebrochenem Schloss. Verdammt, was ging hier vor? Sie trat in die Küche, zog die Tür hinter sich zu. Drinnen war es kaum wärmer als draußen, was nur heißen konnte, dass die Tür schon eine ganze Weile offen stand.

»Dad?«

Sie horchte. Keine Antwort. Sie sah sich in der Küche um. Neben der Spüle ein leeres Whiskeyglas, daneben die Flasche. Sie ging weiter in den Flur.

»Dad? Bist du da? Alles okay?«

Es war vorerst das Letzte, das sie laut sagte, denn sie war bereits im Wohnzimmer. Und dort sah es aus, als wäre eine Bombe eingeschlagen. Die Wände von Ruß geschwärzt, Asche und verkohlte Scheite weit verstreut auf dem Fußboden. Ein Sessel war umgefallen, die Stehlampe zertrümmert, Kissen lagen Gott weiß wo. Und alles stank nach Rauch.

Was war hier geschehen? Mit pochendem Herzen suchte Jess im Zimmer nach einer Erklärung. Dann wandte sie sich abrupt um und rannte ins Obergeschoss. Aus ihrer Angst war Panik geworden.

»Dad. *Dad!*«

Nacheinander riss sie die Türen auf. Erstes Schlafzimmer: niemand. Zweites Schlafzimmer: niemand. Bad: auch leer. Hier oben schien alles unberührt. Sie lief nach unten und blieb im Flur abrupt stehen. Aus dem Wohnzimmer kam ein schabendes, scheuerndes Geräusch.

Lautlos bewegte sie sich vorwärts. Wieder dieses Scheuern. Es klang wie etwas, das über den Boden robbt, und hatte seinen Ursprung hinter dem umgestürzten Sessel. Jess zögerte. Vielleicht ein verletztes Tier, eine Ratte oder ein Eichhörnchen. Tiere, die in die Ecke gedrängt wurden, reagieren oft unerwartet aggressiv, und eine Tollwut-Infektion konnte sie jetzt gar nicht brauchen. Sie wusste, dass ihr Dad seine Waffen in dem Eckschrank aufbewahrte. Sie stieg über die zertrümmerte Lampe und machte den Schrank auf. In der Halterung befanden sich ein Revolver und ein Jagdgewehr, die Armbrust, die ebenfalls in dem Schrank gelagert wurde, fehlte. Jess nahm sich den Revolver.

So bewaffnet, sah sie hinter dem Sessel nach. Eine Fledermaus lag auf dem Boden. Sie hatte einen zerrissenen Flügel und versuchte, sich mit dem intakten fortzubewegen. Fledermäuse waren in Alaska eher selten. Wenn überhaupt, fand man sie auf Dachböden, Höhlen, sogar in Kaminen. Aber dieses Exemplar sah wesentlich größer aus als die braune heimische Art.

Mit der Fußspitze drehte sie die Fledermaus auf den Rücken. Das Tier hob den Kopf und zischte sie mit gebleckten Zähnen an. Jess wich zurück. *Fuck*, eine Vampirfledermaus. Was suchte die denn hier? Die Fledermaus schlug mit ihrem gesunden Flügel und gab ein verzweifeltes Fiepen von sich. Mit einer Mischung aus Mitleid und Ekel verfolgte Jess das Drama. Dann hob sie den Revolver und erschoss das Biest, wobei die Kugel es geradezu atomisierte.

Sie wandte sich um und ging hinaus in den Garten. Dads Haus grenzte an einen Streifen offenes Land, dahinter kam Wald, so weit das Auge reichte. Als Kinder konnten sie eher mit einem Kompass umgehen als lesen und schreiben. Ihre Eltern hatten ihr und ihren Brüdern alles beigebracht, was man zum Überleben im Wald brauchte. Wie man einen Unterstand baute oder Bären von sich ablenkte, altes Wissen, das heute als *Survival* vermarktet wurde – aber wem sagte sie das?

Dad war nicht dumm, Dad war der klassische *Survivor*. *Aber warum hatte er seine Armbrust mitgenommen?* Auf wen oder was hatte er es abgesehen? Jess suchte im Schnee. Die Fußspuren führten vom Haus weg. Sie hatte sie bisher nicht bemerkt, weil sie allein auf die offene Haustür fokussiert war. Und noch etwas nahm sie wahr. Sie kniete sich hin. Rote Kleckse. Blut.

Sie blickte zum Waldrand hinüber, der wie ein schwarzer Wall zwischen dem Weiß des Schnees und dem dunkelgrauen Himmel stand.

Sie schob den Revolver in den Gürtel ihrer Jeans und folgte den Fußspuren.

27

Barbara steuerte den Polizeitruck auf die Straße, die zum Seegrundstück von Doc Dalton führte. Nervös umklammerten ihre Hände den Lenker. Sie fuhr nicht oft Auto und schon gar nicht bei dieser Witterung. An der Abzweigung zum Bell-Haus fiel ihr auch wieder ein, was Quatscher Al gesagt hatte.

»*Bei Sturm stellt das Lufttaxi den Betrieb ein. Auch die kleineren Landstraßen sind längst nicht durchgehend passierbar. Gut möglich, dass Sie hier länger festhängen.*«

Vielleicht war dies die letzte Gelegenheit, die Straße zu befahren.

»Was halten Sie davon, Nathan Bell einen kurzen Besuch abzustatten?«, fragte sie Tucker.

»Könnte interessant werden.«

»Okay.«

Sie bog auf die unbefestigte Piste ein, wo der Schnee noch höher lag und selbst dieses Allradfahrzeug an seine Grenzen stieß und der Motor ordentlich zu tun hatte. Hinter einer Kurve wurde der Wald lichter, und ihr Fahrtziel tauchte vor ihnen auf.

Es war ein sonderbares Haus, wie aus der Zeit gefallen mit seinen zwei Geschossen, dem Schieferdach und den hohen, spitzen Giebeln. Was aber nicht bedeutete, dass die Jahre spurlos an ihm vorübergegangen wären. Die Wände waren nahezu schwarz, Schimmel und Efeu breiteten sich zwischen der schadhaften Bretterverkleidung aus. Es gab auch eine Veranda, aber sie war so schief, dass man sich unwillkürlich fragte, warum sie nicht längst zusammengekracht war. Das Geländer hatte es zum größten Teil schon erwischt. Verwirrend war ebenfalls der alte Schaukelstuhl auf dem Verandadach. Wie war er bloß da hingekommen? Weniger verwirrend, sondern eher ortstypisch das Hirschgeweih über der Eingangstür, doch selbst das war zerbrochen. Lange konnte es nicht mehr dauern, bis sich der Wald diesen menschlichen Außenposten zurückholte. Er war bereits ganz nah herangerückt, von allen Seiten raunte es aus dem finsteren Tann, und seine Äste kratzten an den Fenstern.

Wenn Barbara ihren Eindruck kürzestmöglich hätte zusammenfassen sollen, dann so: wie in *Psycho*.

Auch Tucker meinte beim Anblick der Ruine nur: »Ich mochte diesen Ort noch nie.«

»Ich verstehe, was Sie meinen.«

»Der alte Kotten gehörte mal Nathans Großeltern. Nach ihnen wurde er als Ferienhaus vermietet.«

»Wie kann man für so etwas noch Geld zahlen?«

»Sie sind wohl anspruchsvoll.«

»Nein, aber ich würde gern lebend aus der Dusche rauskommen.«

Sie stiegen aus und knirschten durch den Schnee. Vor dem Haus parkte ein schrottreifer Dodge-Pick-up. Erst jetzt bemerkte Barbara, was dieses Haus besonders düster machte: Es gab keine Lichterketten wie überall sonst in Deadhart.

Sie stiegen die Verandatreppe hoch. Die Stufen ächzten und bogen sich durch, aber sie hielten – vorerst noch. Sämtliche Fenster im Haus waren verhangen, kein Lichtstrahl drang heraus. Tucker klopfte zweimal gegen die Tür, wie nur Polizisten es tun. Sie warteten. Dann schlug er mit der Faust dagegen. Aber alles blieb still.

»Sehen wir mal hinten nach«, sagte Barbara.

Sie begaben sich auf die Rückseite des Hauses, und dort sah

es noch deprimierender aus als vorn. Anscheinend benutzte nie jemand die Hintertür, denn eine große Schneewehe drückte dagegen. Ansonsten war alles mit Sperrmüll vollgestellt, darunter auch ein Kinderrad. Und natürlich waren in sämtlichen Fenstern die Vorhänge zugezogen.

»Offenbar hat Mr Bell etwas gegen neugierige Blicke«, bemerkte Barbara.

»*Yeah*, aber von wem denn?«, entgegnete Tucker und sah sich um. »Hier ist doch nichts – außer Elchen und Bären.«

Sie gingen zurück zur Frontseite und stiegen abermals die gebrechliche Treppe hoch. Diesmal hämmerte Barbara an die Tür, doch das Ergebnis blieb dasselbe. Frustriert blickte sie umher. »Ich fürchte, da ist nichts zu machen.«

Aber Tucker drehte einfach am Türknauf, und, o Wunder, es war offen. Er sah Barbara an. »Ich denke, ein kurzer Kontrollgang könnte nicht schaden. Unverschlossene Häuser stellen eine Gefahr für die Bewohner dar, vor allem, wenn ein Killer frei herumläuft. Sehen Sie das auch so?«

Barbara blickte zur offenen Tür. Es gab eigentlich keinen Anlass für eine solche Maßnahme. Sehr wahrscheinlich schlief Nathan nur seinen Rausch aus. Aber dann hatte sie plötzlich den Landarzt vor Augen.

»In Ordnung«, sagte sie.

Und so traten sie ein. Der Flur war dunkel und roch derart, dass Barbara die Nase rümpfte. Schaler Alkoholdunst und kalter Zigarettenrauch, aber noch etwas anderes, Undefinierbares. Der Geruch eines Hauses, in dem sich schon länger niemand mehr aufgehalten hatte. Klamm, muffig, rottig, Gammel allenthalben. Dazu war es kalt. Barbara konnte im Flur auch nirgendwo eine Heizung sehen. Atemdampf stand ihr vor dem Mund.

»Riecht, als wäre hier mal was krepiert. Und ansonsten unbewohnt«, sagte Tucker.

Konnte dieser schwergewichtige Mann Gedanken lesen?, fragte sich Barbara. Sie holte ihre Taschenlampe hervor und leuchtete voraus. Vom Flur gingen drei Türen ab. Links war eine Treppe, die hoch in die Dunkelheit führte.

»Mr Bell?«, rief Barbara. »Hier ist die Polizei!«

Kaltes Schweigen und dieser stehende Mief waren die einzige Antwort.

»Sehen wir erst hier unten nach«, sagte sie.

Knappes Nicken von Tucker. Vorsichtig machte sie die Tür zum Wohnzimmer auf, die auf der rechten Seite lag und so verzogen war, dass sie über den Holzboden schrammte.

Die gute Stube entsprach ihren Erwartungen. Ein ausgeleiertes Sofa und ein räudiger Ledersessel, gruppiert um ein Tischchen, auf dem sich leere Bierdosen und ein überquellender Aschenbecher gegenseitig den Platz streitig machten. Der offene Kamin war tot und kalt. Was es aber sehr wohl gab: einen hochmodernen, riesigen Flachbildfernseher. Es war das übliche Missverhältnis, das Barbara schon in vielen Assi-Wohnungen erlebt hatte. Sie verurteilte solche Menschen nicht. Wo die einzigen Sitzgelegenheiten ein paar Holzkisten aus dem Supermarkt waren und der einzige Herd ein Campingkocher, da wurde das Verlangen übermächtig, dieser Misere zu entfliehen, und sei es nur im Fernsehen.

»*Wow!*«, sagte Tucker beim Anblick dieses High-End-Geräts. »Was für ein Kaventsmann!« Fasziniert nahm er den Bildschirm in Augenschein – der ihn aber vor ein Rätsel stellte, als er die Rückseite sah.

»Und wo ist der Rest von dem Ding? Ich meine, wo ist die Technik untergebracht?«

»Tja, das nennt man wohl Fortschritt«, sagte Barbara. »Die Fernseher werden größer, die Telefone werden dünner. Nur die Leute, die sie benutzen, nicht.«

Er schüttelte den Kopf. »Meine Fresse, was es nicht alles gibt!«

Sie kehrten in den Flur zurück und betraten den nächsten Raum, das Esszimmer. Als solches war es wohl mal gedacht, jetzt war es völlig zugemüllt von ausrangiertem Mobiliar, Klappkisten und Kunststoffboxen und einem alten Eichentisch, der unter dem ganzen Ramsch kaum noch auszumachen war.

»Sieht aus wie eine Haushaltsauflösung«, bemerkte Tucker, und Barbara ließ ihren Lichtstrahl darübergleiten. Die Kisten und Boxen waren vollgepackt mit Geschirr, Besteck und Nippes, in größeren Umzugskartons lagerten antike Bilder.

»Ist es womöglich auch«, sagte Barbara. »Vielleicht ist Nathan nur zurückgekommen, um den Familiennachlass zu verhökern. Wobei ...« Sie nahm einen Silberlöffel in die Hand. »... der Kram könnte schon einiges wert sein.«

»Und warum steht er dann immer noch hier? Ich meine, Nathan ist schon vor einem Jahr gekommen«, sagte Tucker.

»Gute Frage.«

Für die sie aber keine Antwort hatte.

Als Nächstes betraten sie die Küche, altmodisch groß und mit entsprechend vielen Vorratsschränken aus dunklem Holz. Probeweise öffnete Barbara einen davon. Nichts drin außer etwas Schwarzglänzendem, das krabbeln konnte und eine Sekunde später hinter einer Fuge verschwunden war. Schnell machte Barbara den Schrank wieder zu. An der Wand zu ihrer Linken lehnte ein verrußter Eisenherd. Ihr Blick wanderte weiter zur tiefen Steinspüle mit Sprung, gefüllt war sie mit schmutzigem Geschirr und leeren Schnapsgläsern.

»Ich glaube, das bringt nichts, wir sollten lieber …«, sagte sie.

Weiter kam sie nicht, denn im Flur hörten sie ein Knirschen. Tucker und Barbara sahen sich an wie ertappt. Leise ging sie zur Tür, blieb stehen. *Shit.*

Am Treppenabsatz stand Nathan Bell, nur mit einem fleckigen T-Shirt und Jeans bekleidet. Er war offensichtlich nicht erfreut – und hielt eine Schrotflinte auf sie gerichtet.

»Wer seid ihr Arschlöcher? Und was macht ihr in meinem Haus?«

28

Sie hätte eine Taschenlampe mitnehmen sollen, dachte Jess. Der Wald war so dunkel, und ihr dürftiges Handylicht wurde von der Düsternis zwischen den Bäumen glatt verschluckt. Von oben jedenfalls erreichte kaum ein Lichtstrahl den nadelbedeckten Boden.

Sie war bereits etliche Male über frei liegende Baumwurzeln gestolpert, zweimal davon ernst. Wenn das so weiterging, war es nur eine Frage der Zeit, bis sie sich den Knöchel brach – und dann? Dann war sie selbst ein Fall für einen Suchtrupp. Also umkehren und die Polizei informieren? Aber das hieße, dass sie ausgerechnet diese Atkins um Hilfe bitten musste, und das wollte sie auf keinen Fall. Überdies war fraglich, was diese Sofakartoffel aus New York groß tun konnte. Andererseits ging ihr Dad auf die achtzig zu. Was, wenn er verletzt war und nicht laufen konnte? In dieser Kälte würde er nicht lange durchhalten.

Falls er überhaupt noch am Leben war.

»Dad! *Dad!* Hörst du mich?«

Ein Schwarm Vögel nahm vor der unbekannten Stimme Reißaus, aber sie erschrak vor dem Geflatter fast noch mehr. Sie schüttelte sich. Ihre Nerven lagen blank. Zwar kannte sie diesen Wald gut, aber sie wusste, wie schnell man hier die Orientierung verlor. Hatte selbst erfahren, wie Landmarken täuschen konnten, da alles so gleich aussah. Und dass im ewigen Zwielicht überhaupt keine Himmelsrichtungen existierten. Der Wald *wollte*, dass du dich verläufst. Der Wald wollte dich haben und nie mehr aus seiner erstickenden Umarmung entlassen.

»DAD!«, rief sie abermals und raufte sich durchs widerspenstige Unterholz. Nur noch ein kleines Stück, dann wollte sie umkehren. Hilfe holen. Es nutzte ihrem Vater gar nichts, wenn sie weiter ziellos … Sie blieb stehen, da sie glaubte, etwas gehört zu haben. Eine Stimme. Vor ihr im Wald. Sie beschleunigte ihre Schritte, möglichst ohne ihre Richtung zu verlieren. Hier irgendwo links war es. Sie war so auf Geräusche fixiert, dass sie gegen einen Baumstamm lief und sich im Gesicht verletzte.

»Scheiße.« Sie rieb die Stelle, und ihre Finger waren voller Blut und Erde. Sie wischte sie an ihrer Jacke ab.

Dann hörte sie wieder diese Stimme, aber leiser. Es war Dads Stimme. Ihr war, als redete er mit jemandem.

»Ich weiß, dass du da bist … und ich weiß auch, was du willst. Aber das kriegst du nicht.«

Jess schaltete das Handylicht aus und tastete sich vorwärts. Sobald sich ihre Augen an die Dunkelheit gewöhnt hatten, sah sie ein bisschen mehr. Vor ihr war eine Lichtung. Und mittendrin stand er, sie erkannte seine weißen Haare. Er trug seine Winterjacke, aber keine Handschuhe, keine Kopfbedeckung.

»Sie haben bekommen, was sie verdienten«, hörte sie ihn sagen. »Er hat den Jungen umgebracht.«

Mit wem redete er da? Sie sah niemanden.

Ihr Dad legte seine Armbrust an und zielte auf einen unsichtbaren Gegner. »Ihr verschwindet aus Deadhart, hast du kapiert?«

»Dad?«, rief Jess.

Beau fuhr herum, und die Armbrust zeigte plötzlich auf sie.

»Nicht schießen«, rief Jess. »Ich bin es.«

Einen Moment lang starrte er sie an, als hätte er sie noch nie im Leben gesehen.

»Jess?«

»Na endlich.«

Er jedoch hielt weiter die Armbrust auf sie gerichtet. »Nee, nee, verarschen kann ich mich selber. Du täuschst mich nicht mehr.«

Jess trat hinaus auf die Lichtung. »Dad, was ist mit dir? Was geht hier vor?«

»Bist *du* das? Wirklich?«

Sie verzog verärgert das Gesicht. »*Natürlich* bin ich das, wer sonst? Aber sag, was machst du hier draußen? Mit wem redest du?«

Er blickte zurück in den finsteren Tann. »Mit *ihr*. Sie ist da irgendwo.«

»Wer, Dad?«

»Das Mädchen. Der Vampir.«

»Ein Vampir?«

Jess schaltete ihr Handylicht wieder ein und leuchtete zwischen den Bäumen.

»Hat sich wahrscheinlich verzogen«, sagte sie. »Aber, Dad, im Ernst, du kannst nicht ganz allein im Wald rumlaufen.«

Er blitzte sie an. »Sie war gestern Abend vor dem Haus. Hat so getan, als wäre sie deine Mutter. Ich hätte sie fast reingelassen, aber sie hat sich verraten.« Er drehte sich weg und spuckte aus. »Darum hat sie ihre Fledermäuse geschickt. Um mich einzuschüchtern.«

Jess dachte an das einzelne Exemplar, das sie erschossen hatte, und wusste nicht mehr, was sie denken sollte. Es gab diese Geschichten über Vampire, die die Gestalt von Fledermäusen annahmen. Aber jedem war klar, es waren nur Ammenmärchen, die mit der Realität nichts zu tun hatten. Vampire waren zwar Ausgeburten des Satans, aber unbestreitbar aus Fleisch und Blut. Die Fledermäuse hatten wahrscheinlich nur versucht, im Kamin ihr Nest zu bauen. Und sie war eine echte Tochter ihres Vaters, der diese abergläubischen Schauergeschichten immer abgelehnt hatte. Allerdings musste Jess zugeben, dass sich ihr sonst so rationaler Vater in jüngster Zeit sehr verändert hatte. Er war verwirrt, reizbar und trank mehr, als ihm guttat.

»Es ist jetzt elf Uhr, Dad«, sagte sie. »Was hast du die ganze Nacht getrieben? Das Wohnzimmer ist ein Trümmerhaufen …«

Einen Moment lang schien er vollkommen desorientiert. Dann schüttelte er entschieden den Kopf und sagte: »Ich konnte nicht schlafen, deshalb bin ich rausgegangen, um sie zu suchen.«

»Jetzt aber sollten wir zusehen, dass wir dich wieder ins Warme kriegen. Und dann rufe ich diese Atkins an. Sie muss erfahren, was hier vorgeht. Das, was dir passiert ist, ist mindestens Hausfriedensbruch. Und Bedrohung. Damit ist eine Grenze überschritten. Sie denken, sie könnten sich alles erlauben. Das Lachen wird ihnen bald vergehen.«

Allerdings hörte ihr Vater gar nicht zu, denn seine Augen suchten unentwegt die zwielichtige Umgebung ab.

Irgendwann sagte er: »Sie will Rache, Jess. Darum geht es.«

»Rache? Für die Sache mit dem Danes-Jungen?«

»Nicht nur das.«

»Wofür denn noch?«

Ihr Dad kniff die Lippen zusammen und sah mit einem Mal sehr alt aus. Sein Blick driftete in eine Dimension, in der es sie, Jess, noch gar nicht gab. Jess hatte das schon öfter beobachtet, etwa, wenn er von Mom sprach. Ihr Dad war eigentlich ein zurechnungsfähiger Mensch, aber zunehmend gerieten seine Gedanken auf Abwege – und immer führten diese in die Vergangenheit.

Jess merkte auf einmal, wie kalt ihr war. An solchen Tagen verlor man seinen Vorrat an Körperwärme binnen Minuten, und Dad war dafür gar nicht angezogen.

»Okay«, sagte sie bestimmt. »Reden wir zu Hause weiter. Du musst dich aufwärmen.«

Sie ergriff seinen Arm, und sie merkte seinen Widerstand. Irgendwann ließ er es aber doch zu. Schweigend verließen sie die Lichtung, und Jess konnte nur hoffen, dass die Richtung stimmte. Nach einigen (gefühlt endlos langen) Minuten wurde es heller, die Bäume wurden weniger. *Danke, lieber Gott.* Bald konnte sie auch das Haus erkennen. Sie gingen durch die Hintertür hinein und standen in der Küche, endlich.

»Ich mache uns erst einmal einen Kaffee«, sagte Jess. Erst da fiel ihr das Blut an Dads Kragen auf – und sie dachte sofort an die Blutspuren im Schnee. »Dad, hast du dir was getan?«

Er fasste sich an den Hals. »Nein, mir fehlt nichts. Nur ein Kratzer von einem Ast.«

»Bist du sicher? Lass mich das kurz untersuchen, ja?«

»Ich sagte, mir fehlt nichts«, sagte er und ließ sie stehen. Ihn zog es ins Wohnzimmer.

Jess lief ihm nach. »Aber du musst dich ausruhen.«

»Ausruhen?«, versetzte er und sah sie missbilligend an. »Sie ruhen auch nicht. Sie werden uns in hundert Jahren nicht in Ruhe lassen.« Er deutete auf die ausgestopften Köpfe an der Wand. »*Sie* hat ihn mitgenommen, Jess. *Sie* hat den Jungen geraubt.«

Jess ließ den Blick über die Trophäensammlung wandern. Sie hatte nie begriffen, wie man sich so etwas an die Wand hängen konnte. Diese Teufel abzuservieren ging in Ordnung, ihrer Meinung nach, aber deswegen musste man nicht sein Heim mit ihnen teilen. »Vor Mom« hatte Dad sie auch nur im Schuppen verwahrt, später nicht mehr. Es war das Einzige, das sich »nach Mom« im Hause änderte, diese verdammten Fratzen über dem Kamin. Trotzdem fiel Jess sofort auf, dass ein Kopf fehlte: der von diesem Jungen, Aaron.

»Weißt du, warum sie hier hängen?«, fragte ihr Vater jetzt. »Sie sollen mich immer daran erinnern, was sie in Wirklichkeit sind: Tiere. Und daran wird sich auch nie etwas ändern.«

»Ich weiß. Du hast es mir schon oft erklärt.«

»Wir oder sie, Jess. Wir oder sie. Denn sie werden uns immer nachstellen, Jess. Nicht einmal unsere Kinder werden vor ihnen sicher sein. Erst wenn der Letzte von ihnen ins Gras beißt, ist Ruhe.«

»Das ist ja alles richtig, Dad. Aber sobald wir uns aufgewärmt haben, müssen wir den Vorfall melden. Ein Vampir ist bei dir eingebrochen und hat Sachen entwendet. Da *müssen* sie tätig werden.«

»Ganz bestimmt *nicht*«, entgegnete ihr Vater. »Solange dieser neue Detective hier ist, tun wir gar nichts. Sie will mir nur die restlichen Trophäen wegnehmen. Auf die Polizei können wir nicht mehr zählen. Jetzt sind *wir* gefordert, wie schon einmal.«

Jess seufzte. Dad hatte vermutlich recht. Dieser Atkins war eine Stadt wie Deadhart doch scheißegal. Sie war erst zufrieden, wenn sie einen Bericht schreiben konnte, der niemandem wehtat – außer ihnen. Deshalb auch die vielen Fragen. Wenn sie wirklich auf ihrer Seite wäre, würde sie das gar nicht tun.

»Na gut, Dad«, sagte sie. »Überlass mir das.« Sie wandte sich um. »Und jetzt erst mal Kaffee.«

Sie ging in die Küche und setzte das Wasser auf. Dann zückte sie ihr Handy. *Auf die Polizei können wir nicht zählen.* Nein, gewiss nicht. Der Kampf gegen Vampire war nicht Sache der Polizei. Der Kampf gegen Vampire oblag Gott und seinen irdischen Streitern. Die Telefonnummer hatte sie glücklicherweise in ihren Kontakten. Es dauerte etwas, bis jemand dranging.

»Reverend? Hier ist Jess Garrett.«

29

Langsam hob Barbara die Hände über den Kopf. »Sir, wir sind von der Polizei. Ich bin Detective Atkins.«

»Polizei?« Nathan musterte sie argwöhnisch. Tucker hielt sich im Hintergrund.

»Genau, Sir.«

»Wie sind Sie reingekommen?«

»Die Tür stand offen, Sir.« Barbaras Herz pochte, aber sie lächelte tapfer dagegen an. »Wir waren um Ihre Sicherheit besorgt.«

Nathans Blick blieb an Tucker hängen. »Und wer ist er hier?«

Tucker trat einen Schritt vor. »Er hier ist Jensen Tucker.«

»Tucker?«

Tucker nickte. »Vormals Chief Tucker. Ich weiß, es ist schon eine Weile her.«

Nathan blinzelte ihn unsicher an und fuhr mit der Zunge über seine Lippen. Es sah aus, als versuchte sein benebeltes Hirn ein kompliziertes mathematisches Problem zu lösen. Immerhin mit dem Ergebnis, dass er langsam seine Flinte senkte. »Chief Tucker, echt, tut mir leid. Ich … ich hab Sie nicht erkannt.«

»Wir werden alle nicht jünger.«

»Stimmt.«

Barbaras Herz beruhigte sich, und ihr Lächeln kam nicht mehr so gezwungen, als sie sagte: »Ich bedaure, dass wir so bei Ihnen eingedrungen sind, Sir.«

Nathan nickte. »Das sollten Sie auch nicht tun, Ma'am. Die meisten Leute hier schießen erst und fragen später.«

»Sir, ich weiß Ihre Zurückhaltung zu schätzen.«

Nathan blieb jedoch misstrauisch und fixierte sie weiter durch seine dünnen Haarsträhnen. »Aber wegen einer offenen Tür sind Sie nicht hier, oder?«

»Nein, Sir. Wir wollten mit Ihnen sprechen.«

»Über Jacob?«

»Unter anderem.«

Seine Miene veränderte sich. »Was soll das heißen?«

»Vielleicht setzen wir uns kurz ins Wohnzimmer. Es redet sich einfach netter dort«, warf Tucker mit seinem beruhigenden Bass ein.

Nathans Blick sprang sofort zu ihm. Seine anfängliche Aggressivität war zerfallen, und übrig blieb nur eine tiefe Verunsicherung.

»Na gut.«

Barbara räusperte sich. »Und vielleicht lassen Sie Ihre Langwaffe draußen.«

Barbara und Nathan setzten sich aufs Sofa, während Tucker sich in den viel zu kleinen Sessel zwängte.

Nathan hatte ihnen nichts zu trinken angeboten, und darüber war Barbara sogar froh, nachdem sie die Küche gesehen hatte.

Nathan legte sein Handy auf den Couchtisch, wo schon eine zerdrückte Packung Marlboro Lights und ein silbernes Zippo-Feuerzeug lagen.

»Haben Sie etwas dagegen, wenn ich rauche?«

Barbara hatte nichts dagegen. Wenn es half, ihn zum Reden zu bringen.

»Bitte, rauchen Sie ruhig«, sagte sie und schob ihm den Aschenbecher hin.

Als er aber nach seinen Zigaretten griff, fielen Barbara seine

Fingerknöchel auf. Auf jedem einzelnen war – nicht sehr fachmännisch – ein schwarzes Quadrat tätowiert. War das etwa ein Cover-up? Wenn ja, würde sie interessieren, welche ursprünglichen Tattoos er hatte überstechen wollen.

Nathan, der ihren Blick bemerkte, sagte: »Haben Sie noch nie ein Tattoo bereut?«

»Nein, Sir, ehrlich gesagt nicht. Darf ich fragen, was Sie an dem Finger-Tattoo nicht mehr schön fanden?«

Nathan klickte sein Zippo auf und steckte sich eine Zigarette an. »Dürfen Sie *nicht*.«

Tucker sah ihm ins Gesicht und fragte: »Seit wann rauchen Sie denn?«

»Weiß ich nicht mehr«, sagte Nathan und blinzelte ihn durch den Qualm an.

»Haben Sie gestern eigentlich meine Sprachnachricht erhalten?«, fragte Barbara.

Nathan nickte. »Ja, habe ich. Es war wegen irgendwas mit dem Doc.«

»Das ist richtig, Sir. Und es freut Sie sicher zu hören, dass Ihr Sohn sich nichts hat zuschulden kommen lassen und zurzeit noch bei seinem Freund Stephen ist.«

Nathan verzog das Gesicht. »Na und? Was verlangen Sie? Die Jungs wollen nur ihren Spaß. Und es ist ein offenes Geheimnis, dass man bei unserem Doc nicht nur die üblichen Medikamente kriegt, wenn Sie verstehen, was ich meine. Deswegen war Jacob vermutlich bei ihm. Viele Jugendliche besorgen sich ihr Dope über den Doc.«

Offenbar war Dalton eine lokale Berühmtheit. Umso mehr wunderte es Barbara, dass ausgerechnet Rita, die Bürgermeisterin, nichts von seinem florierenden Geschäft gewusst haben wollte.

»Das ist aber nicht alles. Der Doc hat auch die Kolonie mit Blutkonserven beliefert – das ist so eine Art Blut-Doping, wenn Sie verstehen, was ich meine«, sagte sie. »Und Jacob war der Kurier. Wissen Sie etwas darüber?«

Nathan sog stärker an seiner Zigarette. »Nein.«

»Sie haben sich auch nicht gefragt, wohin er nachts so oft verschwunden ist?«

»Mein Gott, er ist fünfzehn. In dem Alter können Sie Jungs doch nicht einsperren.« Er wies auf sein Wohnzimmer. »Oder meinen Sie, er will den ganzen Abend nur vor der Flimmerkiste sitzen? Nein, da hängt er lieber mit seinen Kumpels ab. In diesem gottverlassenen Nest ist für Jugendliche sowieso kaum was los.«

»Dalton hat die Jungs für ein Video bezahlt, auf dem ein Vampirangriff zu sehen sein soll. Ich nehme an, davon haben Sie auch keine Ahnung.«

»Nein. Und warum fragen Sie den Doc nicht direkt?«

»Weil er tot ist.«

»*Was?*«

»Wir glauben, er hat Selbstmord begangen«, sagte Barbara. »Zu diesem Zeitpunkt schließen wir aber nichts aus.«

»Wo waren Sie eigentlich vorgestern Abend, Mr Bell?«, fragte Tucker.

Nathan rutschte nervös hin und her. »Hier. Hab Fernsehen geguckt.«

»Und gestern Abend?«

»Im Lame Horse, das ist so eine Bar neben dem …«

»Wir wissen, wo das Lame Horse ist«, unterbrach ihn Tucker.

»Und wo waren Sie am Abend, als Marcus Anderson ermordet wurde?«, hakte Barbara nach.

Nathan wurde zusehends nervös. »Warum wollen Sie das alles wissen?«

»Bitte beantworten Sie nur die Frage.«

»Wahrscheinlich auch im Lame Horse.«

»Sie sind sich aber nicht sicher ...«

»Doch, bin ich. Ich war mit ziemlicher Sicherheit dort«, sagte er und blickte Barbara herausfordernd an. »Das können Sie gerne überprüfen. Rufen Sie doch dort an.«

Sie warf Tucker einen Blick zu, der kaum merklich nickte. »Das werden wir auch tun, Sir.«

»Sind Sie jetzt fertig?«, fragte Nathan.

»Nicht ganz«, sagte Tucker. »Wir würden mit Ihnen noch gern über Todd sprechen.«

»Todd?« Er zog wieder hektisch an seiner Zigarette. »Warum das denn?«

Barbara merkte genau, was er vorhatte. Eine Frage mit einer Gegenfrage zu beantworten, war die klassische Verzögerungstaktik.

»Nun ja«, erklärte sie. »Todd Danes war der letzte Mordfall mit Kolonie-Hintergrund, das könnte relevant sein.«

»Ich dachte, du hättest den Vampir geschnappt, der es getan hat, oder?« Die Frage war an Tucker gerichtet.

Barbara sah, wie Tucker zuckte. »Das dachte ich auch«, sagte er.

Nathan beugte sich nach vorn und drückte die Zigarette aus. »Dazu habe ich Ihnen bereits alles gesagt. Außerdem ist es schon ewig her.«

Tucker sah ihn unverwandt an. »Dann muss Ihnen ja einiges bekannt vorkommen. Fast wie eine Neuauflage von damals.«

»Was wollen Sie damit sagen?«

»Ich will damit sagen, dass damals ein Freund von Ihnen umgebracht wurde. Und heute, nach Ihrer Rückkehr in diesen Ort, trifft es einen Freund von Ihrem Sohn. Finden Sie das nicht seltsam?«

Nathan blitzte ihn an. »Ist das eine Anschuldigung?«

Tucker schüttelte den Kopf. »Das ist keine Anschuldigung, nur eine Beobachtung.«

»Verstehe. Haben Sie, ganz nebenbei, auch beobachtet, dass diese Blutsauger wieder zurück sind? Vielleicht wollen sie Rache nehmen. Schon mal *daran* gedacht?«

»Wie ich schon sagte«, schaltete sich Barbara ein, »wir schließen derzeit nichts aus.«

Nathan schnaubte. »Doch: *mich!* Denn ich habe Ihnen nichts mehr zu sagen.«

Barbara blickte zu Tucker hinüber, da sie fürs Erste offenbar fertig waren. Außer ein paar vagen Vermutungen hatten sie tatsächlich nichts in der Hand.

»Wie Sie wollen«, sagte Barbara, stand auf und nickte Tucker zu, der sich mühsam aus seinem Sessel erhob.

»Aber falls Sie Ihre Meinung ändern, Mr Bell …«

»Davon träumen Sie wohl.«

»Okay, dann … gehen wir jetzt. Wir finden selber hinaus.«

»Klar, Sie haben ja auch selber hineingefunden.«

Sie traten hinaus in die Kälte, was jedoch nach der verqualmten und abgestandenen Luft in dieser Ruine guttat. »Bei manchen Häusern möchte man sich beim Hinausgehen die Schuhe abtreten«, sagte sie und blickte Tucker an. »Mussten Sie ihn so gegen uns aufbringen?«

Tucker ging nicht darauf ein. »Er lügt«, sagte er.

»Aber vertraten Sie nicht die Ansicht, dass er nie zum Kreis der Verdächtigen zählte?«

»Ja, aber das schließt nicht aus, dass ich keine Vermutungen in der Richtung angestellt hätte.«

Sie warfen einen letzten Blick auf das düstere Haus und bemerkten, dass sich der Vorhang im Wohnzimmer regte.

»Damals hat Nathan jedenfalls noch nicht geraucht«, sagte Tucker.

»Na ja, er war fünfzehn. Jede Menge Zeit, damit anzufangen.«

»Vielleicht. Aber irgendwas kommt mir komisch vor.«

Barbara nickte. »Mag sein. Aber wir können niemanden festnehmen, nur weil uns etwas komisch vorkommt.«

Was sie in diesem Moment jedoch bedauerte. Der Gedanke, dass Jacob in so einer Horrorbude aufwuchs, nagte an ihr. Jetzt hatte sie im »näheren Umkreis« gesucht – und was gefunden? Ihre eigene Kindheit.

»Die Finger-Tattoos fand ich spannend«, sagte sie.

»Findet man bei Ex-Knackis oft«, entgegnete Tucker.

»Meinen Sie, er hat gesessen?«

»Das lässt sich überprüfen.«

Dann holte Barbara ein schmutziges Schnapsglas aus der Tasche. Tucker runzelte die Stirn. »Woher haben Sie *das* denn?«

»Aus der Küche. Muss ich wohl aus Versehen mitgenommen haben. Ich tüte es mal ein. Mal sehen, was die Fingerspuren ergeben.«

Tucker hob eine Braue. »Das sagt diejenige, die immer alles streng nach Vorschrift macht?«

Sie lächelte philosophisch. »Manchmal muss man auch zwischen den Zeilen lesen – also bei den Vorschriften.«

Sie gingen zu ihrem Truck, der bereits eine Schneedecke trug. Tucker fing an, mit dem Ärmel die Windschutzscheibe freizuräumen.

»Wussten Sie, dass dieses Fahrzeug mit beheizbaren Scheiben ausgestattet ist?«

Er sah sie verblüfft an und wischte sich den Schnee von der Jacke. »Mann, Wunder der Technik!«

Barbara öffnete die Fahrertür und stutzte. Über die Zufahrt näherte sich eine schmale, schwarz gekleidete Gestalt. Jacob.

Sie hob die Hand. »Hi.«

Wiedersehensfreude sah anders aus. »Was machen Sie denn hier?«, fragte er.

»Wir haben uns kurz mit deinem Vater unterhalten.«

»Wieso?« Panik lag in seiner Stimme. »Ich habe Ihnen doch schon alles gesagt.«

»Keine Angst«, sagte Tucker. »Um dich ging es nicht.«

Blitzschnell erfasste Jacob die neue Bedrohung.

»Das ist Deputy Tucker«, erklärte Barbara. »Er unterstützt mich.«

Jacob schluckte. »Okay?«

»Bist du den ganzen Weg von den Garretts gelaufen?«, fragte sie weiter.

»Ja, ich wollte seiner Mom nicht noch mehr Umstände machen.«

»Du bist wohl häufig bei den Garretts?«

Er zuckte die Schultern und trampelte unruhig den Schnee platt. Dieser Junge konnte einfach nicht stillhalten. Zumindest wirkte er noch angespannter als beim ersten Mal.

»Alles in Ordnung?«, fragte Barbara leiser.

Er machte sofort zu. »Was meinen Sie damit?«

»Ich meine, wenn du Probleme hast, zum Beispiel zu Hause, dann gibt es Leute, mit denen du sprechen kannst.«

Unentwegt sprang sein Blick hin und her, von Barbara zum Haus und wieder zurück. Sie wandte sich um. Nathan Bell stand im Türrahmen, rauchte – und ließ sie nicht aus den Augen.

»Ich muss jetzt gehen«, sagte Jacob und wollte seitlich vorbei.

»Jacob ...«

»Es ist alles in Ordnung, okay? Nur lassen Sie uns in Ruhe.«

Gesenkten Kopfes eilte er auf das Haus zu. Barbara sah, wie er die Treppe hochsprang und im Haus verschwand. Und wie Nathan hinter ihm die Tür zuknallte.

»Verdammt«, sagte sie und stieg in den Truck.

»In seiner Haut möchte ich auch nicht stecken«, sagte Tucker.

»Das ist wahr.«

»Was wollen Sie jetzt tun?«

Genau darin lag das Problem. Ihr waren die Hände gebunden.

»Wie auch immer«, sagte sie, denn ihre anderen Aufgaben verschwanden deswegen ja nicht. »Fahren wir erst einmal zum Doc. Mal sehen, was wir dort noch alles finden.«

Sie startete den Motor und warf dem Bell-Haus einen letzten Blick zu. War dies der Ausgangspunkt für eine Neuauflage des ersten Mords? Sie wünschte ehrlich, es wäre nicht so.

30

Athelinda lief über die breite Schotterstraße der Siedlung. Schnee fiel in dicken Flocken. Alles war verwaist. Zu dieser Tageszeit schlief die Kolonie. Ihr Ziel lag ganz am Rand der Siedlung, dort, wo nur wenige baufällige Häuser standen und dies zudem auf instabilem Grund. Alles rutschte nach und nach den Berg hinunter in den Fluss, und irgendwann würde dieser alles mitnehmen. Aber noch war es nicht so weit, noch hielt sich jenes größere Gebäude, wohin man Fälle wie Merilyn brachte, da es ausreichend Platz und Ruhe bot.

Weiterer Vorteil: Niemand musste mitansehen, was sich hinter seinen Mauern abspielte. *Hospital* stand in verblichenen Lettern über dem Eingang.

Mit schwerem Herzen pochte Athelinda an das Portal. Kurz darauf öffnete sich eine Tür, und eine junge rothaarige Frau steckte ihren Kopf heraus. Henny. Sie war die Gemeindeschwester der Kolonie. Wie sollte es anders sein, verfügte auch sie nicht über eine formale Qualifikation, dieser Weg war Angehörigen der Kolonie grundsätzlich versperrt. Aber Henny begeisterte sich schon früh für Biologie und Medizin und hatte sich mithilfe gestohlener und gespendeter Lehrbücher selbst alles Nötige beigebracht.

Außerdem hatte die Kolonie Anspruch auf einige unverzichtbare Arzneistoffe wie Antibiotika und Analgetika, vorausgesetzt, sie registrierte sich alljährlich bei einer niedergelassenen Praxis. So geriet Athelinda an Dr. Dalton, was sich später gleich in mehrfacher Hinsicht als hilfreich erweisen sollte. Zwar tat Henny mit den verfügbaren Mitteln wirklich ihr Bestes, doch letztlich war es nur Blut, menschliches Blut, das Merilyns Zustand halbwegs stabilisierte.

»Miss Athelinda«, sagte Henny, »gut, dass Sie hier sind.«

»Darf ich hereinkommen?«

»Aber natürlich.« Henny riss die Tür auf, und Athelinda trat ein.

»Wie geht es ihr?«, fragte Athelinda. An sich eine überflüssige Frage. Sie wäre nicht hier, wenn Merilyns Zustand nicht Anlass zur Sorge gäbe.

Mit bebender Lippe schüttelte Henny den Kopf. »Gar nicht gut, Miss. Deswegen habe ich nach Ihnen geschickt.«

Athelinda nickt. »Dann schauen wir mal.«

Henny führte sie in den großen Krankensaal. Ein Loch in der Decke ließ vereinzelte Flocken ein, und das Flackerlicht der wenigen Kerzen verbreitete eine unruhige Stimmung. Rechts und links des Mittelgangs standen noch die alten Betten, aber die schimmeligen Matratzen lösten sich auf, und auch für die Instrumentenwagen hatte man keine Verwendung mehr. Sie stauten sich alle in einer Ecke wie Treibholz aus einer anderen Epoche.

Dann standen sie vor der Tür auf der rechten Seite. Ein Privatzimmer. Henny nickte, woraufhin Athelinda die Tür aufdrückte.

Der fürchterliche Gestank traf sie als Erstes, satt, brechreizerregend. Es war der Geruch von Fäulnis und Untergang und fühlte sich beinahe warm an, obwohl das Fenster offen stand und draußen Minusgrade herrschten. Das ganze Zimmer hatte Temperatur, denn wo sich Materie auflöste, wurde Wärme frei.

Merilyn lag auf dem Bett, unter sich ein Gummilaken, auf dem sich Seen von seröser Flüssigkeit gebildet hatten. Aus tausend Rissen in der Haut sickerte das Leben aus ihr heraus, teilweise lag bereits das schwarze Fleisch frei. Merilyn hatte das Stadium des Jammers längst hinter sich gelassen, mittlerweile war ihr Anblick nichts weniger als gruselig. Die Kopfhaut befand sich nicht mehr an ihrem Platz, sondern war wie eine Perücke nach vorn gerutscht. Die Augäpfel hatten keinen Innendruck mehr und glichen kleinen, halb vertrockneten Quallen. Seit fünf Jahren befand sich Merilyn nun in diesem Zustand, den selbst die Ältesten am liebsten beschwiegen, auch wenn dieses Schicksal – über kurz oder lang – auf jeden in der Kolonie zukam.

Denn so etwas wie Unsterblichkeit existiert nicht, dachte Athelinda. Der Tod kommt zu uns allen, der einzige Unterschied besteht nur darin, wann er kommt und wie lange er braucht, bis er sein Werk vollendet hat. Wer mehrere Jahrhunderte lang lebt, stirbt womöglich über Jahrzehnte.

Still setzte sich Athelinda ans Bett der verrottenden Frau. Sie wusste nicht, ob Merilyn sie hören konnte oder überhaupt noch etwas anderes verspürte als die eigene Agonie. Trotzdem ergriff sie ihre in Auflösung befindliche Hand.

Es mochte ja sein, dass ein Menschenleben zu kurz war, aber sobald es auf das Ende zuging, hatte Kürze seine Vorteile. Außerdem sagte die reine Lebensdauer nichts über die Machtverteilung auf der Welt.

Wie hatte einmal dieser alte Vampir vor langer, langer, langer Zeit zu ihr gesagt? *Ein Baum lebt vielleicht schon seit zweihundert Jahren, der Mensch nur wenige Jahrzehnte. Aber der Mensch besitzt eine Axt. Und der Baum kann nicht weglaufen.*

Inzwischen hatte der Mensch weit mehr als eine Axt. Er verfügte über automatische Schnellschuss-Armbrüste mit einer vernichtenden Durchschlagskraft, über UV-Kanonen, die nichts als verbrannte Haut hinterließen. Der Mensch gebot über ganze Armeen von anderen Menschen und Panzern und Hubschraubern, alles Dinge, von denen die Kolonien dauerhaft abgeschnitten waren.

Natürlich waren Vampire genetisch im Vorteil, was Kraft, Schnelligkeit und ihre zähe Konstitution anging. Natürlich konnten sie eine Grenzstadt mitten in der Nacht angreifen und Hunderte töten. Doch allen Drohgebärden zum Trotz wusste Athelinda nur zu genau, dass dies nur ein vorläufiger Sieg wäre. Weil die Menschen zurückschlagen und keinen von ihnen verschonen würden.

»Merilyn«, sagte sie. »Ich habe dir Gerechtigkeit versprochen. Und dieses Versprechen werde ich erfüllen.«

Aber nicht heute, liebste Athelinda, nicht an diesem Abend. An diesem Abend wollen wir vergeben – und loslassen.

Athelinda seufzte und streichelte ihre verfaulende Haut. Mit knapp fünfhundert Jahren war sie für eine Vampirin nicht einmal sonderlich alt. Aber Trauer und Schmerz hatten das Leben aus ihr herausgesaugt. Zuerst verlor sie ihren Mann durch menschliche Jäger, ihre Kinder waren da noch jung. Die Schwiegertochter starb im Kindsbett. Schließlich fielen alle ihre Söhne und ihr einziger Enkelsohn Beau Grainger und seinen Helfershelfern zum Opfer. Abschaum, selbst nach menschlichen Maßstäben! Und bis heute verweigerte er Merilyn ihr eigen Fleisch und Blut. Sie würde nicht mehr erleben, wie sie zu ihr zurückkehrten, es war zu spät. Doch immerhin konnte Athelinda ihr ein wenig Trost spenden.

»Ich habe ihn dir zurückgebracht, Merilyn. Bei den anderen habe ich es nicht vermocht, aber zumindest dein Enkel ist da.«

Sie fasste in einen leinenen Sack und legte Aarons Kopf zu Merilyn auf das Kissen, sodass sie ihn hören konnte. Dann legte sie Merilyns Hand auf den präparierten Schädel und konnte beobachten, wie ihre Finger langsam Aarons Gesicht erkundeten. Wenigstens jetzt waren sie wieder vereint.

Athelinda stand auf und ging zu einem stählernen Rollwagen mit allerlei rostigen chirurgischen Instrumenten. Auf der unteren

Etage aber lagen noch ältere Dinge, unter anderem ein Holzpflock und ein Schlägel. Diese wählte Athelinda nun aus.

Athelinda wusste, dass sie gleich gegen eine Kernbestimmung des vampirischen Kodex verstoßen würde, was normalerweise mit Brandmarken und Verbannung aus der Kolonie geahndet wurde. Aus diesem Grund war auch alles, was in diesem Zimmer geschah, mit Schweigen belegt. Aber kein Amt ohne fürchterliche Entscheidungen.

Athelinda platzierte die Spitze des Pflocks auf Merilyns Brustkorb.

»Vergibt mir, alte Freundin.«

Sie hob den Schlägel und trieb den Pflock direkt in Merilyns Herz. Der Torso gab ein schmatzendes Geräusch von sich, Blut und Körperflüssigkeiten spritzten Athelinda ins Gesicht. Merilyn bäumte sich noch einmal auf und tat dann ihren letzten, fauligen Seufzer. Schließlich entspannte sich ihr geschundener Leib und schien geradezu in sich zusammenzufallen.

Merilyn war nicht mehr.

Athelinda brauchte einen Moment, um wieder einer vampirischen Regung fähig zu sein. Endlich schnürte es ihr den Hals zusammen, spürte sie die heißen Tränen in ihren Augen. Aber nicht lange. Erneut nahm sie Haltung an und verließ erhobenen Hauptes das Zimmer.

Henny wartete schon vor der Tür. Ein liebes Mädchen. Eine gute Krankenschwester. Und verschwiegen.

»Ist es vollbracht?«, fragte sie.

»Es ist, es ist«, sagte Athelinda und übergab ihr den blutigen Pflock. »Leg das mit auf den Scheiterhaufen. Und mach überall bekannt: Wir entzünden das Feuer bei Sonnenuntergang.«

»Und was soll ich noch sagen?«

Athelinda wischte sich das Blut aus dem Gesicht. »Sag allen, sie starb friedlich im Schlaf. Wie die anderen.«

Danach ging sie durch den Krankensaal nach draußen, wo sie wieder frische Eisluft umgab. Allerdings wartete eine Überraschung auf sie. Mitten auf dem Weg stand eine pelzvermummte Gestalt, deren blonde Haare im böigen Wind flatterten. *Michael.*

Athelinda starrte ihren Sohn an. »Was machst du hier?«

»Ich bin dir gefolgt.«

»Warum?«

»Ich wollte sehen, wohin du … Merilyn ist tot, nicht wahr?«

Sie nickte zögernd. »Ja. Ihre Einäscherung findet bei Sonnenuntergang statt.«

»Also widerfuhr ihr doch keine Gerechtigkeit mehr.«

Athelindas Augen blitzten auf. »Du kannst dir diesen belehrenden Ton sparen, Michael – solange du mit denselben Menschen fraternisierst, die ich für dich umbringen soll. Oder hattest du vor, sie zu Tode zu vögeln?«

Er sah sie verächtlich an. »Wozu sind wir zurückgekommen, wenn nicht um Vergeltung zu üben?«

»Wir sind zurückgekommen, weil dies unsere Heimat ist.«

Er schüttelte den Kopf. »Wenn wir nicht endlich handeln, werden wir hier allerhöchstens begraben.« Er ließ den Satz nachwirken. »Einige in der Kolonie wollen die Sache in die eigene Hand nehmen. Sie lassen sich nicht länger vertrösten.«

Athelinda ballte die Fäuste. »Diese Schwachköpfe. Glauben sie etwa, ich hätte Angst?«

»Was sonst?«

Sie ging auf ihn zu. Sie war nicht einmal halb so groß wie er, dennoch war er verunsichert. »Michael, denk nach: Ein Schneesturm zieht auf. Sehr wahrscheinlich ist die Stadt tagelang von der

Außenwelt abgeschnitten. Hilfe oder Verstärkung kommt nicht durch, sie sind nur auf sich gestellt. Sie haben Angst, sie sind zornig, das macht sie angreifbar.«

»Dann willst du also losschlagen?«

»Unsinn. Ich will, dass sie die Nerven verlieren und *uns* angreifen.«

»Verstehe ich nicht.«

»Natürlich verstehst du das nicht.«

Sie begann, ihn zu umkreisen. »Die Kolonien stehen unter Schutz, Michael, das haben sie selbst in ihren Menschengesetzen so festgelegt. Wenn wir die Stadt angreifen, unterschreiben wir unser eigenes Todesurteil. Aber wenn sie auf uns losgehen, sieht es schon anders aus. Wir haben, moralisch wie juristisch, jedes Recht, uns zu verteidigen.«

Sie blieb stehen und wartete darauf, dass ihre Worte Wirkung zeigten. Er aber zog nur ein Gesicht. »Und was, wenn sie uns diesen Gefallen nicht tun? Wenn sie nicht angreifen oder wenn sie zu schwach sind?«

Athelinda lächelte den Einwand weg. »Weißt du, manchmal kommt der Appetit beim Essen. Bei Wölfen ist das so. Warum also füttern wir sie nicht ein bisschen an?«

31

Tucker stand auf der Deckterrasse von Daltons Architektenhaus. Die stille Oberfläche des Sees bot das Bild einer kopfstehenden Welt, und in der Ferne erhoben sich die weißen Gipfel des Denali-Gebirgszugs, soweit sie zwischen den Wolken zu sehen waren. Es hatte aufgehört zu schneien, aber der Wind schnitt noch immer wie tausend Rasierklingen in die Haut.

»Schon erstaunlich, welche Aussicht man sich mit Blutgeld erkaufen kann«, sagte er.

Barbara nickte. »Doch hinderlich, wie überall, ist hier der eigne Todesfall«, sagte sie und entriegelte die Schiebetür.

Kurzer Kontrollblick. Das Wohnzimmer war unverändert, seit sie das Haus verlassen hatte. Sie traten ein. Tucker wollte gleich weiter zum Arbeitszimmer, aber Barbara hielt ihn zurück.

»Was ist los?«, fragte er.

Sie langte in ihren Rucksack und reichte ihm ein Paar Latexhandschuhe. »Tun wir so, als wären wir unser eigenes CSI.«

Er runzelte die Stirn. »CSI?«

»Spurensicherung.«

»Sorry, bin wohl ein bisschen eingerostet.«

»Macht nichts«, sagte sie und hoffte gleichzeitig, dass es nicht so war. Das Letzte, was sie gebrauchen konnte, war ein Tatort-Verunreiniger.

Tucker quetschte seine Pranken in die Handschuhe, die für ihn etliche Nummern zu klein waren, doch andere hatte sie nicht. Er schaute sich um. »Und so haben Sie das alles vorgefunden?«, fragte er.

»Genau so. Nur dass das Feuer im Ofen an war.«

Auch die Mappen auf dem kleinen Tisch lagen noch so da wie bei Barbaras erstem Besuch. Tucker ging hin und nahm eine in die Hand. »Sind das Patientenakten?«

»Ja. Offenbar hat er sie für etwas gebraucht«, sagte Barbara.

Was aber im Gesamtkontext sehr ungewöhnlich war. Da will sich einer das Leben nehmen und packt sich noch Büroarbeit auf den Tisch? Sie ging zum Holzofen, kniete sich hin und nahm sich ein Kamineisen. Öffnete die gläserne Klappe und stocherte in den verkohlten Resten. Etwas Silbriges fiel ihr ins Auge. Hallo, was war denn das? Sie griff in den Ofen, holte es heraus und blies die schwarze Asche weg. Eine Büroklammer. Nachdenklich betrachtete sie ihren Fund.

»Ich glaube, er wollte die Akten doch nicht mehr lesen«, sagte sie. »Ich glaube, er wollte das ganze Zeug verbrennen.«

Sie erhob sich. Tucker blätterte noch immer in den Mappen auf dem Tisch, die unterschiedlich dick und jeweils mit einem Namen beschriftet waren. Eine etwas altmodische Art, Patientendaten zu dokumentieren … Es sei denn, man musste sie kurzfristig und vollständig loswerden. Kein noch so gewiefter IT-Forensiker konnte aus einem Häufchen Asche etwas wiederherstellen.

»Und ich ahne, warum«, sagte Tucker.

Er reichte ihr eine Mappe. Barbara fand nichts Außergewöhnliches daran. Nichts als langweilige Befunde.

»Dann blättern Sie mal weiter«, forderte Tucker sie auf.

Barbara blätterte weiter.

»Verdammt, ich fasse es nicht«, rief sie.

Denn die Informationen änderten sich abrupt. Plötzlich blickte sie auf ausgedruckte Fotos von Vampir-Artefakten. Einige davon (wie Kleidungsstücke und Schmuck) waren harmlos, doch bei den

Bildern von abgetrennten Gliedmaßen, Zähnen, inneren Organen und ganzen Köpfen konnte einem schlecht werden.

Darunter waren Namen und Kontaktdaten vermerkt sowie Kurzprotokolle von Gesprächen.

»Kunde wünscht adoleszente Zähne. Unbeschädigt. Ebenso gibt es eine Anfrage für Haare und Vampirfinger.

Vermerk: Kunde legt Wert auf junge Ware im Bestzustand, neu oder neuwertig, sonst Reklamation. Angebote nur mit Fotos sowie Haar- und Gewebeproben. Besonders interessiert an vorpubertären Exemplaren. Zahlt hohe Belohnung für einen perfekten, intakten Kopf.«

Barbara drehte sich der Magen um. Vor ihrem inneren Auge blitzte ein Bild auf.

Köpfe. Mindestens ein Dutzend. Von Männern, Frauen, Kindern.

Sie klappte die Mappe zu. »Der Doc trieb einen schwunghaften Handel mit illegalen Vampir-Artefakten«, sagte sie. »Aber eigentlich hatte er für jeden etwas im Angebot. Die Vampire belieferte er mit menschlichem Blut. Und für Vampirjäger und -sammler hatte er eine breite Auswahl an Trophäen.«

»Sieht so aus. Sehr flexibel, der Mann.«

Allerdings bezog er das makabre Handelsgut wohl nicht von der Kolonie, sondern von weiter weg. Auf jeden Fall wussten sie jetzt, wie er das extravagante Anwesen finanziert hatte, denn die Gewinnmargen im illegalen Trophäenhandel waren immens. Barbara legte die Mappe zurück auf den Tisch.

»Schauen wir uns auch die anderen Unterlagen an«, sagte sie.

Systematisch gingen sie die restlichen Mappen durch, etwa zwölf an der Zahl. Das Muster war immer dasselbe.

»Ich kann verstehen, warum er das ganze Zeug loswerden wollte«, erklärte Tucker nach einer Weile.

»Und ebenso seine Kunden. Die haben erst recht kein Interesse daran, ihren Namen dort wiederzufinden«, gab Barbara zu bedenken und tippte sich nachdenklich ans Kinn. Vor dem Hintergrund der polizeilichen Ermittlungen war die Aktenvernichtung also verständlich. Aber warum sich dann noch umbringen – und dabei so viel Belastendes hinterlassen?

Abermals sprach Tucker laut aus, was Barbara nur im Stillen überlegt hatte. »Ich frage mich allerdings, warum er das Messer im Schwein stecken ließ. Das ergibt doch keinen Sinn.«

Sie blickten sich an.

»Vielleicht dachte er: Wenn ich erst tot bin, ist eh alles egal.«

»Oder jemand anderes wollte sichergehen, dass wirklich alle Beweise verschwinden, einschließlich Dalton.«

Barbara seufzte. »Ich sehe aber keine Anzeichen von einem Kampf. Auch keine Einbruchspuren. Schauen wir uns das Arbeitszimmer an, vielleicht entdecken wir dort was.«

Im Arbeitszimmer war es dunkler als im lichtdurchfluteten Wohnbereich, und Barbara schaltete die Deckenbeleuchtung ein. Sie sahen sich um. Der Bürostuhl lag weiterhin umgestürzt auf dem Boden, ansonsten war alles an seinem Platz.

»Ordnung ist das halbe Leben«, bemerkte Tucker.

»Eben«, sagte Barbara. »Und das reicht nicht.«

Sie besah sich den Bürostuhl genauer und holte anschließend ihr kleines Fingerabdruck-Set aus dem Rucksack. Tucker stand derweil stirnrunzelnd vor Daltons MacBook Air.

»Sieht so aus, als wäre das Ding unter eine Dampfwalze gekommen.«

Barbara kam zu ihm und stäubte mit ihrem Zephyr-Pinsel die Tastatur und das Touchpad mit Rußpulver ein.

»Wir bräuchten sowieso das Passwort«, sagte sie und machte Fotos mit ihrem Handy von den rußigen Stellen.

»Eine Idee?«

»Keine außer ›Passwort‹ oder dem Namen des Haustiers.«

Während Tucker weiter sein Glück versuchte, sah Barbara in den Schreibtischschubladen nach, nicht eine einzige war abgeschlossen. Eine enthielt Umschläge und einen Stoß DIN-A4-Papier, eine andere ein offenbar nagelneues Notizbuch. In der untersten Schublade befand sich gar nichts außer ein paar Büroklammern und einem Tacker. Barbara machte alle Schubladen wieder zu. Besonders im Vergleich zu ihrem eigenen Schreibtisch (Schauplatz eines apokalyptischen Großereignisses) war dieser hier absolut nichtssagend. Mit Absicht?

Tucker hatte einmal mehr danebengehauen und machte seiner Verwunderung darüber Luft: »Ts, ts.«

»Was haben Sie versucht?«, fragte Barbara.

»Deadhart.« Er zuckte mit den Schultern. »Man weiß ja nie.«

Barbara stemmte die Hände in die Hüften und ließ ihren Blick durch das Zimmer schweifen. Allein das Bücherregal wies eine leichte Unordnung auf. Dort war alles so abgelegt worden, wie es sich offensichtlich gerade ergab, ärztliche Fachzeitschriften, Krimis und einige anthropologische Werke über Vampire. Hätte Barbara nicht Daltons Akten gesehen, wäre ihr das nicht als ungewöhnlich aufgefallen. Er interessierte sich eben für medizinische Grenzbereiche. So aber standen die Bücher in direktem Zusammenhang mit seinem widerwärtigen Business. Und noch etwas schien in diesem Zimmer zu fehlen.

»Ich vermisse das Handy«, sagte sie zu Tucker. »Haben Sie es vielleicht gesehen?«

Tucker schüttelte den Kopf. »Nein. Oder es ist so dünn, dass man es nicht mehr wahrnimmt.«

»Schauen Sie mal im Wohnbereich nach, ich nehme mir das Schlafzimmer vor«, sagte sie.

Das Schlafzimmer war ähnlich funktional und aufgeräumt wie das Arbeitszimmer. Barbara sah im Nachttisch und im Kleiderschrank nach, suchte sogar zwischen den Kleidungsstücken und in Taschen. Was ihr auffiel: Die Sachen waren ausnahmslos Designerklamotten, auch die Schuhe bestachen durch ihr teures Leder. Erst in einer Outdoorjacke, ganz am Ende der Kleiderstange, stieß sie auf ein kompaktes Etwas. Eine Brieftasche. Aber kein Handy.

Sie wandte sich zur Tür. Tucker war offenbar gerade mit dem Wohnzimmer fertig, denn er stieß zu ihr. Er schüttelte nur den Kopf. »Nichts.«

»Dann hat er es vielleicht entsorgt«, sagte Barbara.

»Oder Jacob hat es mitgehen lassen.«

»Und die Brieftasche nicht?«

»Die Brieftasche lag nicht offen herum. Schon nachgeguckt, ob noch Karten drin sind oder Bargeld?«

Barbara klappte die Brieftasche auf. Keine Scheine, doch einige Kreditkarten. Barbara holte sie aus ihren Fächern, wobei etliche Visitenkarten herausfielen. Sie hob sie auf.

Revere & Ransom stand auf der ersten, in verschnörkelten Goldlettern mit blauen Schatten. *Immobilienmakler, Ontario.* Wollte der Doc umziehen? Sie schaute sich die zweite Visitenkarte an. Das Design, gotische Fraktur auf weißem Grund, kannte sie schon. Es war von dem Tattoo-Studio Verfemt. Seltsam, dass auch das hier auftauchte.

Barbara reichte die Karte an Tucker weiter. »Auf der Toilette von Harty Snacks habe ich ebenfalls einen Aufkleber von dem Laden gesehen. Und Marcus Anderson hatte ein Helsing-Tattoo.«

»Dürfte aber nicht Daltons Stil gewesen sein.«

Barbara überlegte kurz und sagte dann: »Nein, eher nicht.«

Schon an der Art, wie Tucker sich das Kinn rieb, fiel der Unterschied zu Nicholls ins Auge. Tucker war immer bedächtig, drängte nicht so auf Ergebnisse wie Nicholls. Man durfte das nicht mit Langsamkeit verwechseln. Es war nur souveräne Systematik.

»Fällt Ihnen hier irgendetwas auf?«, fragte er.

Barbara schaute sich in dem Schlafzimmer um. Total steril, dachte sie. Laut sagte sie: »Es ist zu aufgeräumt, zu ordentlich.«

»Exakt«, sagte er. »Der Doc handelte mit Vampir-Artefakten, aber wo hat er sie aufbewahrt?«

Eine berechtigte Frage. Im Haus war nichts, sie hatten schon jeden Winkel durchsucht. »Vielleicht hat jemand sie mitgehen lassen.«

»Oder der Doc hat den ganzen Krempel ausgelagert, in einer weiteren Immobilie oder einer Mietbox.«

Barbara musste nicht lange nachdenken, bis sie darauf kam. »Er hat sein altes Haus in Deadhart an Kurt Mowlam vermietet«, sagte sie. »Das ist der Lehrer von Marcus Anderson. Ich habe die beiden neulich im Roadhouse bei einer Auseinandersetzung beobachtet. Tucker, Sie sind alles andere als eingerostet.«

Er tippte sich an die Stirn. »Na ja, es dauert manchmal, bis die kleinen Rädchen hier oben in Gang kommen.«

Sie steckte die Visitenkarten wieder in Daltons Brieftasche. »Gut, nehmen wir mit, was wir gefunden haben, und fahren zurück zur Wache. Und danach machen wir ein paar Telefonate ...«

Im selben Moment meldete sich ihr Handy. Sie verdrehte die Augen. »Hallo?«

»Barbara, hier ist Rita.«

»Hi, Rita.«

Diesmal kam sie sofort zur Sache. »Marcus' Eltern sind wieder in der Stadt. Sie sind bereit, mit Ihnen zu reden.«

Heute war ihr Fänger bester Laune.

Das Mädchen hörte es nicht erst an seinen Schritten auf der Kellertreppe, die an diesem Tag leicht und schwungvoll waren. Statt schwer und brutal wie sonst.

Nein, das Mädchen hörte ihren Fänger singen. Zudem roch sie schon von Weitem den Duft frisch gebackener Cookies. Das Mädchen liebte diesen Duft, auch wenn es die Cookies nicht essen konnte. Ihr Fänger schien das immer wieder zu vergessen, denn auf dem Tablett befand sich neben dem Krug mit der Nährlösung regelmäßig ein Teller mit diesen Cookies.

»Hallo, mein Liebling, wie geht es dir?«

»Mir geht es gut.«

Dabei ging es ihr überhaupt nicht gut. Die schwere Fußfessel aus Eisen hatte ihre Knöchel blutig gescheuert, doch sie wollte sich nicht beklagen und ihrem Fänger die Stimmung verderben.

Ihr Fänger durchschaute sie natürlich. Sie sahen auf das Fußeisen. »Wir müssen das desinfizieren«, erklärten sie. »Aber keine Sorge, das Eisen kommt bald ab.«

Das Mädchen fasste neuen Lebensmut.

»Du machst mich los?«

»Ja, bald.«

Bald, dachte das Mädchen. *Das Wort hatte es schon so oft gehört.*

»Ich muss vorher nur etwas instand setzen.«

»Instand setzen?«

Ihr Fänger setzte sich neben sie aufs Bett. Sie rochen nach einge-

trocknetem Schweiß und frischen Backwaren. »*Schatz, ich möchte, dass du hier jederzeit sicher bist, das weißt du.*«

»*Ja.*«

»*Und ich habe festgestellt, dieses Fenster, nun ja, es stellt eine zu große Verlockung dar. Es verlockt dich in einem fort, und das war unmenschlich.*«

»*Okay.*«

Daraufhin seufzte ihr Fänger und sagte: »*Aus diesem Grund habe ich mich entschlossen, diesen unmenschlichen Zustand zu beenden. Ich werde also das alte Fenster herausnehmen und durch Mauerwerk ersetzen. Ziegelsteine und Zement sind schon bestellt. Es ist nur zu deinem Besten.*«

Zu deinem Besten.

Ihr Fänger küsste sie kurz auf den Kopf und stand auf. »*Und jetzt wünsche ich dir einen guten Appetit.*«

Zu deinem Besten.

Ihr Fänger verließ den Raum und stieg über die Kellertreppe nach oben.

Zu deinem Besten.

Das Mädchen schaute auf die Cookies und den Krug mit der roten Flüssigkeit.

Zu deinem Besten.

Sie hätte am liebsten geschrien und das ganze Tablett an die Wand geknallt, doch das hätte nur den Zorn ihres Fängers erregt.

Sie holte mehrmals tief Luft und versuchte, aus ihrem tiefsten Inneren einen Hilferuf abzusetzen. Einen Gedanken, stark genug, um diese Wand zu durchdringen und auf der anderen Seite gehört zu werden. Von ihm.

»*Ich brauche dich. Komm so schnell du kannst. Es ist nicht mehr viel Zeit. Hilf mir. HILF MIR!*«

32

Trauer war wie Krebs. Einen Trauernden erkannte man so zielsicher wie einen Krebspatienten im Endstadium. Jeder Glanz war aus den Augen gewichen, die Haut war fahl, die Wangen waren eingefallen, und jede Bewegung war eine Tortur.

Oft ist dann die Rede von den verschiedenen Stadien der Trauer, die mit Verleugnung beginnt, sich schmerzhaft steigert und schließlich zur Anerkennung der neuen Realität führt. Dabei wird gern unterschlagen, dass es auch ein viertes, terminales Stadium geben kann, in dem der Trauernde in seinem Schmerz versinkt, ohne die Möglichkeit, je wieder an die Oberfläche zu gelangen. Barbara erinnerte sich an eine trauernde Mutter, die ihren Zustand so beschrieb: »*Ich bin längst mit meinem kleinen Mädchen vereint. Dieser dumme Haufen Fleisch und Knochen liegt lediglich etwas zurück.*«

Janice Anderson entsprach genau dieser Beschreibung. Die zierliche Frau mit dem krisseligen Pferdeschwanz war der Welt bereits entrückt. Es sah nicht so aus, als hätte sie sich in letzter Zeit die Haare gewaschen, und an ihrer Bluse fehlte ein Knopf. Offenbar verlangte es schon ihre ganze Kraft, sich überhaupt aufrecht zu halten und zu atmen. In krassem Gegensatz dazu ihr Mann. Er stand allem Anschein nach kurz vor einem Schreianfall. Zu sagen, er riss sich zusammen, traf es in seinem Fall nicht. Er schnürte sich geradezu die Luft zum Atmen ab.

Barbara merkte, wie auch sie von dieser Atmosphäre heruntergezogen wurde. Allein der Aufenthalt im bescheidenen Häuschen der Andersons auf der Main Street gefährdete die seelische Gesundheit.

Was noch kurze Zeit zuvor ein gemütlicher Haushalt gewesen war, dem man die Anwesenheit eines pubertierenden Chaos-Kids anmerkte (herumliegende Turnschuhe und Anziehsachen, schmutziges Geschirr in der Spüle), war jetzt grau und totenstill.

Ein paar von diesen Sachen waren allerdings noch da. Barbara war ein Sweater aufgefallen, der offenbar einmal Marcus gehörte. Dasselbe galt für die Schuhe neben der Tür. Aber die Küche war makellos sauber, und im Haus war es kalt. Das lag vielleicht nur daran, dass Janice und Ed ein paar Tage nicht da gewesen waren, aber irgendetwas gab Barbara zu verstehen, dass es bei ihnen nie wieder richtig warm würde.

»Danke, dass Sie mich in Ihr Haus lassen«, sagte Barbara. »Als Erstes möchte ich Ihnen mein tiefes Beileid aussprechen.«

Janice starrte unbewegt in ihre Richtung, und Ed räusperte sich. »Danke«, erwiderte er.

»Und dann hätte ich noch ein paar Fragen zu Marcus, wenn das okay für Sie ist.«

Ed blickte sie unter seinen Schlupflidern hindurch an. Graue Bartstoppeln bedeckten Kinn und Wangen. »Rita sagte, das Video sei nicht echt. Und dass die Jungs es gefälscht hätten.«

»Das stimmt, Sir.«

»Aber wieso?«

»Jemand hat sie dafür bezahlt, Sir. Warum, wissen wir noch nicht.«

»Aber Marcus ist doch tot. Umgebracht von einem Vampir, oder etwa nicht?«

Barbara hatte nicht die geringste Ahnung, was sie darauf sagen sollte. »So hat es im Augenblick den Anschein«, erklärte sie.

Dann sagte Janice doch etwas, wenn auch langsam und wie in Trance. »Ich erinnere mich noch, als Todd Danes getötet wurde.

Ich war empört, als die Leute aus Rache eine ganze Kolonie ausrotten wollten. Ich stritt sogar mit meinen Eltern darüber, fand es barbarisch ...« Sie stockte. »Aber jetzt ist es irgendwie nicht mehr dasselbe. Wenn es dein eigenes Kind trifft, dein einziges Kind ...« Bebend holte sie Luft. Ihr Mann ergriff ihre Hand. »Versprechen Sie mir, dass der, der es getan hat, dafür büßen wird? Versprechen Sie mir das?«

Barbara war klar, dass sie ein solches Versprechen nicht abgeben konnte. Versprochen, gebrochen ... Sie schluckte. »Ich verspreche Ihnen, dass ich alles in meiner Macht Stehende tun werde, dass dies geschieht.«

Abermals starrte sie Janice an und konnte sich erst nach einer Weile zu einem unmerklichen Nicken durchringen. Dann fragte sie: »Was wollen Sie wissen?«

»Erzählen sie mir von ihm. Wie war Marcus?«

Ihre Miene entspannte sich leicht. Sogar in ihre Augen kehrte ein Anflug von Leben zurück. »Er war so ein guter Junge. Mir ist klar, das sagen alle Eltern. Ich bekam ihn erst vergleichsweise spät im Leben, und dann ließ er sich auch noch viel Zeit. Zwei Wochen über dem errechneten Termin. Das wurde später zu einer Art Witz, weil er in allem die Ruhe weghatte und oft eine schriftliche Einladung brauchte. Zum Beispiel wollte er anfangs auch nicht laufen. Als er es aber einmal geschafft hatte, war er nicht zu bremsen. Wir sagten immer: ›Er kommt, wenn keiner mehr mit ihm rechnet ...‹« Sie hielt inne, wohl weil ihr bewusst wurde, dass genau das *nicht* mehr geschehen würde. Nie mehr.

Sie griff nach ihrem Wasserglas auf dem Tisch, trank einen winzigen Schluck.

»Und er wuchs hier in Deadhart auf?«, fragte Barbara weiter.

»Genau. Wir übernahmen damals den Supermarkt meiner Eltern.«

»Seit wann kannte Marcus seine beiden Freunde Stephen und Jacob?«

»Stephen eigentlich schon immer. Sie sind zusammen aufgewachsen. Und blieben auch zusammen, obwohl sie so verschieden waren.«

»Inwiefern verschieden?«

»Na ja, Stephen war eher der Anführer. Der, der immer am lautesten war und die Richtung vorgab. Marcus war stiller, aber er schloss sich gern an.«

Was zu dem passte, was Kurt Mowlam über Marcus' Manipulierbarkeit gesagt hatte.

»Und was war mit Jacob?«

Ein Schatten huschte über ihr Gesicht. »Also, um ehrlich zu sein, das gefiel uns eher weniger.«

»Warum?«

Sie zögerte, und Ed ergriff das Wort. »Es lag nicht an Jacob, sondern an seinem Vater, Nathan. Er ist nicht gerade beliebt in der Stadt, das zu Ihrer Information.«

»Wegen der Sache mit Todd Danes?«

»Er wusste ganz genau, dass Todd sich mit diesem Vampir trifft – und hat trotzdem nichts gesagt.«

»Das heißt, die Leute gaben ihm die Schuld an Todds Tod?«, fragte Barbara.

Weiß Gott, der Kerl war ihr nicht sympathisch, aber in diesem Punkt konnte sie ihm ihr Mitgefühl nicht verwehren. In Deadhart würde ihm wohl für alle Zeit der Ruf anhaften, den Freund in der Stunde der Not verraten zu haben. Die Leute brauchten einen Sündenbock, und er war perfekt für die Rolle geeignet.

Barbara ließ den beiden einen Moment Zeit und fragte dann: »Hat sich Marcus je zu der Kolonie geäußert?«

»Nur das Übliche«, sagte Ed. »Ich meine, in seinem Alter haben Vampire ja eine gewisse Faszination.«

»Wir haben ihm aber immer eingeschärft, vorsichtig zu sein«, ergänzte Janice, aber ihr brach die Stimme weg, was Barbara einen Stich versetzte.

Man kann sich den Mund fusselig reden, um Kinder vor Schaden zu bewahren, und doch kann man sie am Ende nicht vor sich selbst beschützen. Barbara war froh, dass sie selbst keine Kinder hatte. Sie hätte mit den Konsequenzen unbedingter Hingabe kaum leben können. Wie hatte Susan gesagt? *»Das ist so, als wanderst du mit einem wilden Strauß Luftballons durch einen Kakteengarten.«* Barbara konnte – aus Angst vor einem möglichen Verlust – ja nicht einmal eine erwachsene Beziehung am Leben erhalten.

»Verzeihen Sie die Frage«, sagte Barbara, »aber stand Marcus irgendeiner vampirfeindlichen Gruppe nahe?«

Ed seufzte. »Einmal überraschten wir die Jungs dabei, wie sie sich im Internet einschlägige Videos ansahen.«

»Was verstehen Sie unter *einschlägig*?«

»Übles, sadistisches Zeug. Videos, die in allen Einzelheiten zeigen, wie Vampire geköpft werden und dergleichen.«

Barbaras Magen zog sich zusammen.

»Marcus meinte, sie hätten diese Videos nur aus Neugier angeklickt«, bemerkte Janice. »Diese Sachen sind aber auch viel zu leicht auffindbar. Trotzdem bekam er von uns eine Weile Internetverbot, und er versprach, nie wieder nach so etwas zu suchen.«

Vor ihrer nächsten Frage musste Barbara tief Luft holen. »Wussten Sie, dass Marcus an der Schulter ein Helsing-Tattoo hatte?«

Entgeistert starrten die beiden sie an.

»Ein Tattoo?«

»Ja. Irgendeine Idee, wo er das herhatte?«

»Nein.«

»Sind die Jungs in letzter Zeit in Anchorage gewesen?«

Ed nickte verhalten. »Das kam schon vor. Wir fuhren sie sogar zum Bahnhof nach Talkeetna. Janice' Schwester lebt in Anchorage, da haben sie auch übernachtet. Sie blieben meist mehrere Tage.«

»Ich verstehe aber den Zusammenhang nicht«, sagte Janice mit frisch aufflammender Feindseligkeit. »Was hat das mit uns zu tun? Und warum ist plötzlich dieses Tattoo so wichtig? Nehmen Sie lieber den Mörder fest.«

»Ich bin ja dabei. Jede Information bezüglich des Umgangs Ihres Sohnes kann uns zum Täter führen«, erwiderte Barbara unbeirrt.

»Und was, wenn nicht?«, fragte Ed. »Genehmigen Sie dann endlich eine Keulung? Denn wenn es einer allein nicht gewesen sein kann, waren es womöglich alle.« Seine Stimme überschlug sich. »Wie vielen Leute wollen Sie denn noch dasselbe zumuten wie uns?«

Barbara spürte einen harten Knoten in ihrer Magengrube.

Ab wann war ein Beweis Beweis genug?

Deckers Antwort konnte sie sich denken: *Lassen Sie sich von diesem Helsing-Quatsch nicht ablenken, Atkins. Entweder war es ein Vampir, oder er war es nicht. Und sollte sich herausstellen, dass die Kolonie den Täter deckt, sind alle gesetzlichen Voraussetzungen für eine Keulung gegeben. Mehr brauchen Sie nicht zu beachten.*

Ihr war deshalb nicht wohl, als sie sagte: »Ich kann noch gar nichts ausschließen, Sir.«

»Danke, Detective.«

»Hätten Sie etwas dagegen, wenn ich einen Blick in Marcus' Zimmer werfe?«

Es war ein typisches Jugendzimmer: ein einziges Chaos, die Luft hormongeschwängert, käsesockig. Jedoch war der Geruch sicher nicht mehr so überwältigend wie zu Lebzeiten von Marcus. Die Zeit war dabei, die Spuren seiner Existenz zu beseitigen. Noch standen schmutzige Teebecher und mit Ketchup verschmierte Teller neben Tastatur und Bildschirm, und auf dem Fußboden parkte eine alte Playstation neben einer Xbox, aber auf Konsolen wie Controllern sammelte sich bereits der erste Staub.

Barbara ließ ihren Blick durch das Zimmer wandern. Da war das Bett mit der hastig übergeworfenen Decke. Der schwarze Bettbezug war Fan-Merchandise und gab in kaum zu entziffernder blutroter Schnörkelschrift Auskunft über seine letzte Glaubensrichtung, irgendwas mit *Core* oder *Hate* oder *Vomit*.

Neben dem Bett eine zerschrammte Kommode, an die sich der ramponierte Kleiderschrank anschloss – der nur deshalb noch nicht zusammengefallen war, weil er sich in der Zimmerecke anlehnen konnte. Die Scharniere waren ausgerissen, die Türen schief, alles war alt und schäbig. Es war offensichtlich, dass die Andersons nicht in Geld schwammen. Hatte Marcus sich deshalb an dem Fake-Video beteiligt?

Barbara öffnete den Kleiderschrank. Auf den Drahtbügeln hingen Sweats und Shirts ohne erkennbare Ordnung, unten lagen gefaltete Jeans und Turnschuhe wild durcheinander. Barbara machte den Schrank wieder zu und nahm sich die Kommode vor. Dort: Unterwäsche, Socken, noch mehr Shirts. Alles sauber. Dazwischen war nichts versteckt.

Was hatte sie übersehen? Oder sollte es hier gar nichts geben? Sie ging zur Tür, und die Bodendielen knirschten. Aus irgendeinem Grund versteckten die Leute gern Sachen im Unterboden. Der Raum war zwar begrenzt, aber man benötigte üblicherweise ein Werkzeug, um an das Versteck zu gelangen.

Auf allen vieren suchte sie auf dem abgetretenen Boden nach

Anzeichen einer Manipulation wie einer lockeren Diele, tastete sogar mit den Fingern danach. Und tatsächlich war an einer Stelle eine ungewöhnliche Beweglichkeit spürbar. Sie holte ihren Schlüsselbund heraus und versuchte, mit einem Schlüsselbart eine Diele herauszunehmen. Was gelang. Sie schaltete ihr Handylicht ein und spähte unter den Boden.

Als Erstes erkannte sie ein dickes Bündel Bargeld. Barbara zog es heraus. Das Geld stammte vermutlich vom Doc. Sie tastete sich weiter, ständig in der Erwartung, auf eine Spinne zu treffen. Es blieb ihr erspart. Stattdessen traf sie auf eine Plastiktüte. Sie förderte auch die Tüte ans Licht, sah nach und fand eine größere Menge Marihuana sowie eine kleinere Tüte mit einem weißen Pulver.

»Er hat bei dem Doktor Drogen gekauft.«

Sie steckte die Plastiktüte in die Tasche, setzte die Bodendiele wieder ein und stand auf. Draußen auf dem Flur hörte sie ein Knarzen. Barbara wandte sich um. Ed stand im Türrahmen.

»Ich denke, ich bin hier fertig, Sir«, sagte sie.

Er trat ein und schaute sich um. »Janice will nichts von den Sachen wegwerfen«, sagte er. »Gar nichts. Als könnte er morgen zurückkommen.«

Wieder hatte Barbara einen Kloß im Hals. Doch dann packte er sie plötzlich am Arm, dass sie erschrak.

»Aber das tut er nicht, oder? Marcus kommt nicht zurück.«

Sie sah die Verzweiflung in seinen Augen, und das Blut gefror ihr in den Adern.

Nein, Marcus kommt nicht zurück. Zumindest nicht als einer von ihnen. Eher als Untoter. Als Vampir.

»Seien Sie ganz beruhigt«, sagte sie leise. »Das passiert nicht, darauf gebe ich Ihnen mein Wort.«

33

Bedrückt trat Barbara den Rückweg durch den tiefen Schnee an. Schmerz und Trauer gehörten zu den Dingen, die abfärbten. Und es verbesserte ihre Stimmung kein bisschen, als ihr kurz vor der Polizeistation eine bekannte Gestalt entgegenkam.

Colleen Grey. Die hatte ihr gerade noch gefehlt. Wie all die Male zuvor war Ihre Geistlichkeit gekleidet wie zu einem viktorianischen Leichenbegängnis. Allein der Anblick dieses langen grauen Kleids über dem schwarzen, schneebestäubten Kapuzenpaletot ließ sie erschaudern.

Sie zwang sich zu einem Lächeln. »Guten Abend, Reverend.«

Colleen klappte die Kapuze zurück und war hocherfreut. »Guten Abend, Detective. Ich hoffe, Sie hatten einen ersprießlichen Tag.«

»Nun ja, manchmal kommt man einen Zoll voran, manchmal eine Meile. Aber Hauptsache, es geht überhaupt vorwärts, sage ich immer.«

»Ich hörte, Marcus' Eltern sind wieder in der Stadt?«

»Ja, ich war soeben bei ihnen.«

»Ich stelle mir das nicht so leicht vor, zumal man ihnen ja nichts Neues mitteilen kann.«

Barbara musste sehr an sich halten. »Haben Sie etwas Bestimmtes auf dem Herzen, Reverend? Ich frage das deshalb, weil mir nämlich die Zehen abfrieren.«

»Ich erhielt vorhin einen beunruhigenden Anruf eines meiner Gemeindemitglieder, Jess Garrett.«

»Ich bedaure, das zu hören«, sagte Barbara.

»Jess behauptet, dieses Vampirmädchen, Athelinda, wäre gestern Abend am Haus ihres Vaters gewesen. Hätte ihn bedroht.«

»Warum hat Mrs Garrett den Vorfall nicht gemeldet?«

Ein verkniffenes Lächeln. »Offenbar hat nicht jeder Vertrauen zu Ihnen, Detective. Vor allem, was Ihre Motive angeht.«

»Meine Motive? Mein Motiv besteht darin, einen Mörder dingfest zu machen.«

»Warum besuchen Sie uns morgen früh nicht im Gottesdienst? Dann hätten Sie Gelegenheit, zur Gemeinde zu sprechen, Fragen zu beantworten und bestehende Ängste abzubauen.«

Für Barbara ging sie damit den einen Schritt zu weit. Colleen oblag es nicht, eine Bürgerversammlung einzuberufen, das durfte nur Rita. Gleichwohl war die Idee an sich so schlecht nicht.

»Das kann ich gerne tun«, sagte sie. »Ich bin heute zufällig bei der Bürgermeisterin zum Abendessen. Wenn sie nichts dagegen hat …«

»Gut, dann bis morgen um zehn.« Colleen zog sich wieder die Kapuze über den Kopf. »Und grüßen Sie Rita und ihre Mutter von mir.«

Barbara sah ihr hinterher. Das verdammte Miststück reizte sie auf eine Weise, die sie kaum in Worte fassen konnte. Ihre Scheinheiligkeit war wie ein Kratzen auf einer Schiefertafel, man konnte sich nur schütteln.

Dann setzte sie ihren Weg fort, suchte in ihrer Tasche nach dem Schlüssel und betrat ihre Dienststelle.

Drinnen saß Tucker an Nicholls Schreibtisch und ging scheinbar noch irgendwelche Akten durch. Allerdings ließ er bei Barbaras Eintritt noch schnell etwas in seine Jackentasche gleiten. Einen Flachmann? Barbara war sich nicht sicher, aber es sah verdächtig danach aus.

Dann trafen sich ihre Blicke. *Verdammt, was ging hier vor?*

Barbara wusste nicht, wie sie reagieren sollte. Allerdings war er nicht betrunken, sie hatte eine Nase für Alkohol in jeder Form. Spätestens als Teenager wusste sie genau, *was* ihr Vater in den Stunden ihrer Abwesenheit konsumiert hatte. Bier bedeutete, dass es laut und gewalttätig wurde. Whiskey führte zu einer weinerlichen Abrechnung mit der Welt und endete meist in Trübsinn. Nach selbst gebranntem Moonshine-Fusel hingegen konnte man nur das Weite suchen.

»Stimmt etwas nicht?«, fragte Tucker.

Vielleicht hatte sie sich ja getäuscht. Vielleicht war es nur Wasser. Barbara entschied sich für die Unschuldsvermutung. Was blieb ihr auch anderes übrig? Sie brauchte ihn.

»Nein, alles in Ordnung. Aber ich könnte jetzt einen Kaffee gebrauchen«, sagte sie und lächelte. »Für Sie auch einen?«

»Nein danke, nicht nötig.«

Sie nickte. »Was machen Sie da?«

»Ich gehe noch einmal meine Notizen vom Danes-Fall durch.«

»Und? Ist Ihnen etwas aufgefallen?«

»Eigentlich nicht.«

»Na dann.«

Sie trat näher und sah auf seinen Schreibtisch. Die Akte enthielt eine Reihe Fotos. Vom Tatort, von Todds Leiche, dann noch ein offenbar privates Bild von Todd und Nathan, an das sich Barbara nicht erinnerte. Sie musste es übergangen haben, da das Bildmaterial der Spurensicherung mehr »Sachbezug« hatte. So etwas konnte einem als Cop passieren. Wer nur auf die Todesumstände fixiert war, übersah leicht die Lebenden. Daher war ihr auch nicht aufgefallen, wie ähnlich sich Todd und Marcus sahen. Beide waren sehr schlank, blond und besaßen dieses offene, ungezwungene Lächeln.

Aus einem gewissen Blickwinkel war die Ähnlichkeit geradezu gespenstisch.

Ganz anders Nathan. Er konnte der Kamera nicht ins Auge blicken und versteckte sich hinter seinen langen Haaren. Man erkannte sofort, wie unangenehm ihm die Situation war. Barbara versuchte, den erwachsenen Nathan mit dem Jungen auf dem Foto abzugleichen. Gemeinsam war beiden ein auffälliges Vermeidungsverhalten.

Aber was hieß das schon? Irgendwie wurde sie das Gefühl nicht los, dass ihr etwas Entscheidendes entging. Sie legte das Foto weg.

»Wie lief es eigentlich bei Marcus' Eltern?«, wollte Tucker wissen.

»Katastrophe«, sagte Barbara. »Und bei Ihnen? Haben Sie dieses Tattoo-Studio erreicht?«

»Nicht direkt.« Tucker lehnte sich zurück, worauf der Bürostuhl gequält aufkreischte. »Der ursprüngliche Laden Verfemt existiert seit drei Jahren nicht mehr. Ich bekam trotzdem jemanden ans Telefon, dem ich einen Interessenten vorspielen konnte. Offenbar übernehmen frühere Mitarbeiter noch Privataufträge.«

»Auch so etwas wie ein Helsing-Symbol?«

»Ich habe ihn explizit danach gefragt, aber das wollte er nicht bestätigen. Ich konnte aber meine Telefonnummer hinterlassen für den Fall, dass jemand von der alten Truppe den Job machen will.«

»Gut.«

Oder waren sie hier auf dem Holzweg? Es gab keine Gewähr, dass dieses Tattoo-Studio irgendetwas mit dem Tod von Dalton zu tun hatte. Ebenso wenig, dass dessen Tod irgendetwas mit Marcus zu tun hatte. Aber wieso hatte Dalton dann diese Visitenkarte in seiner Brieftasche? Das konnte doch kein Zufall sein.

»Und was ist bei der Maklerfirma herausgekommen?«, fragte sie.

»Ich habe mich länger mit einer gewissen Tammy unterhalten. Nette Frau, muss man sagen. Ich hatte den Eindruck, mein Anruf war das Ereignis des Tages. Allem Anschein nach wollte sich der Doc in Ontario zur Ruhe setzen. War auch schon einige Male da, um sich angemessene Objekte mit Seezugang anzusehen.«

»Wie angemessen?«

»So um die drei Millionen.«

Barbara pfiff anerkennend. »Klingt nicht gerade suizidgefährdet.«

»Stimmt. Eher nach jemandem, der noch einmal richtig abkassieren will.«

»Die Frage ist, womit.«

Ihre Blicke trafen sich, als der Groschen fiel. Barbara war nur die Erste, die es aussprach.

»Eine Massentötung«, sagte sie und fand die Lösung fast zu leicht, ja, geradezu beleidigend simpel. »Die Keulung einer ganzen Kolonie. *Deswegen* sollten die Jungs dieses Video machen.«

Tucker nickte. »Man stelle sich vor, wie viele tote Vampire das ergibt. Und wie viele Vampir-Artefakte!«

Der Zusammenhang war bestechend. Zumal viele Keulungsaktionen – Schutzstatus hin oder her – weitgehend unreguliert abliefen. Das hieß, die Leichen wurden nicht wie vorgeschrieben kremiert, sondern verschwanden in dunklen Kanälen. Die Leute waren geil auf Souvenirs, und das galt leider auch für die Polizisten, die die Leichen bewachen sollten. Barbara hatte einmal einen jungen Cop erwischt – mit einem Penis in der Lunchbox, kein Witz.

Eine Keulung in dieser Größenordnung konnte dem Doc tatsächlich Millionen einbringen. Zumindest war seine Rente damit gesichert.

»Angenommen, es war so«, sagte Barbara. »Hätte er dafür den Mord an Marcus in Kauf genommen?«

»Möglicherweise dachte er, ein folgenloser Zwischenfall mit einem Vampir reicht nicht aus.«

»Glauben Sie, er hat Marcus eine Falle gestellt?«

»Möglich.«

Sie tippte sich ans Kinn. »Einerseits weist der Mord alle Merkmale eines Vampirangriffs auf. Andererseits, warum sollte ein Vampir das Überleben seiner gesamten Kolonie aufs Spiel setzen?«

»Vielleicht beschränken wir uns einmal nicht nur auf die Kolonie«, sagte Tucker. »Wäre es nicht denkbar, dass es sich um die Tat eines Vampirs handelt, der *nicht* zur Kolonie gehört?«

Barbara runzelte die Stirn. »Sie meinen, es war ein Einzelgänger?«

Denn es gab sie, wenn auch selten: Vampire, die von ihrer Kolonie verstoßen worden waren. Ganz auf sich allein gestellt, war ihre Überlebenschance allerdings gering. Ein einzelner Vampir war extrem gefährdet, extrem angreifbar. Meist machten sie sich schon bei der Nahrungssuche strafbar oder fielen illegalen Trophäenjägern in die Hände. Früher mochten sie einmal unbezwingbare Monster gewesen sein, doch diese Zeiten waren lange vorbei. UV-Handfackeln zur Selbstverteidigung gab es schon für kleines Geld im Internet, und viele Häuser verfügten über eine entsprechende Außenbeleuchtung. UV-Pistolen, UV-Granaten und sogenannte Lichtbomben waren offiziell zwar den Sicherheitsbehörden vorbehalten, doch selbst sie waren auf dem florierenden Schwarzmarkt leicht zu bekommen. Ein Einzelgänger bewegte sich also in einer äußerst vampirfeindlichen Welt. Nur wer gar keine andere Möglichkeit mehr hatte, entschied sich für so eine vogelfreie Existenz.

Gleichwohl spielte Barbara diese Möglichkeit durch. »Es gibt nur ein Problem: Wir kommen an dem Ring nicht vorbei. Warum will uns der Täter unbedingt sagen, dass er auch den ersten Jungen getötet hat?«

»Angeberei. Er wäre nicht der Erste, der so etwas tut.«

»Sie meinen, der Mörder ist menschlich?«

»Nicht unbedingt. Aber vielleicht ist sein Motiv menschlich.«

Mittlerweile wusste Barbara gar nicht mehr, was sie denken sollte. In ihrem Kopf drehte sich alles. »Nein, das haut nicht hin. Die meisten Vampirangriffe sind reine Augenblickstaten, üblicherweise verursacht durch Hunger. Oft gehen dem tödlichen Angriff kleinere Grenzüberschreitungen voraus. Die Not ist der Motor der Eskalation. Nichts davon sehen wir hier.«

Tucker nickte, aber Barbara war längst weiter.

»Bis jetzt gingen wir immer davon aus, dass es der Täter, unser unbekannter Vampir, auf das Blut des Opfers abgesehen hatte. Warum eigentlich? Was, wenn der Täter in erster Linie töten wollte – und das Blut ist nur der Bonus? Das würde mit einem Schlag alles ändern.«

Tuckers Stirn legte sich in Falten. »Sie denken doch nicht an einen Serienkiller?«

»Nur als Hypothese. Warum hinterlassen Serienkiller Botschaften an die Polizei?«

»Um sie als unfähig zu verspotten?«

Barbara nickte, obwohl sie auf etwas anderes, weit Beunruhigenderes hinauswollte. »Das auch. Hauptsächlich jedoch, um anzukündigen, dass sie noch nicht fertig sind. Dass es noch mehr Tote geben wird.«

34

Das kleine Gotteshaus war nur trübe erleuchtet. Die Kälte kroch durch alle Ritzen, und der Boden war schmutzig und voller Sägespäne. Grob gezimmerte Kirchenbänke gruppierten sich um einen Altarraum, der an der Rückwand von einem großen weißen Holzkreuz dominiert wurde.

Der Raum erfüllte seinen Zweck. Trotzdem hatte Colleen alles Menschenmögliche unternommen, um aus den Materialien, die der Herr ihr gegeben hatte, das Maximum herauszuschlagen. Also einen Ort zu schaffen, dessen warme Atmosphäre zum Gottesdienst geradezu einlud. Deshalb auch der Weihrauch, der in die kalte Luft zwischen dem Dachgebälk aufstieg. Deshalb die Choräle, die leise im Hintergrund liefen. Alles diente nur dem Zweck, die Menschen, seien es Gläubige, seien es jene Unschlüssigen, die noch nicht zur Herde gehörten, willkommen zu heißen.

Denn ein williger Christ war allzeit besser als ein willenloses Schaf, das auf den rechten Pfad gezwungen wurde. Die Verantwortung für das Gelingen lag ganz allein bei ihr. Sie allein musste die Sünder von dem Übel erlösen und ihnen das göttliche Licht zeigen, so wie es ihr einst gezeigt wurde. Ganz besonders aber musste sie sich jener Verworfenen annehmen, die nach landläufiger Auffassung keinerlei Aussicht auf das Himmelreich hatten, und sie der Fürsorge des Herrn anheimgeben. Das war ihre Mission.

Sie hatte ihren Paletot abgelegt und saß gebeugten Hauptes und in tiefer Versenkung da. Die Kälte störte sie nicht. Die Kälte konnte ihr nichts anhaben, noch nie. Sie fühlte sich geborgen in

Gottes Liebe – und gewärmt von ihrer eigenen, höheren Bestimmung.

Der Mord an dem Jungen war sicher eine Tragödie. Aber vielleicht auch ein notwendiges Fanal. Gott hatte bestimmt seine Gründe. Er wollte, dass die Leute von Deadhart erkannten, dass der Schatten des Bösen über ihnen lag.

Man konnte eben nicht Tür an Tür mit Satan leben. Der Teufel kannte weder Kompromisse noch ein friedliches Miteinander. Man konnte das Böse, gleich welcher Form, nur aus seinem Leben verbannen. Sie hatte das schon früh im Leben gelernt. Und der Teufel hatte viele Gesichter.

Gebet und Protest reichten nicht aus in diesem Gefecht. Christen waren Soldaten. Sie mussten kämpfen für ihre Art zu leben. So wie Colleen gekämpft hatte, bis sie die geworden war, die sie heute war. Sie hatte alles geändert, ihren Hintergrund, ihr weiteres Schicksal. Weiß Gott, sie war eine langmütige Frau, sie hatte lange auf diesen Moment gewartet. Jetzt lächelte sie innerlich und glühte vor Selbstgewissheit.

»Reverend?«

Sie wandte sich um. Das Mädchen – Grace – stand hinter ihr.

Colleen schenkte ihr ein sorgsam bemessenes Lächeln.

»Wie geht es dir, mein Kind?«

»Besser, nachdem ich geruht habe, Reverend.«

Colleen war nicht überzeugt und stand auf. »Aber immer noch ein bisschen blutarm, meinst du nicht?«

»Ich bin okay«, antwortete Grace und rieb sich die Arme unter ihrem groben Kittel.

»Heilen sie denn?«, fragte Colleen.

»Es juckt.«

»Lass mal sehen.«

Widerstrebend knöpfte das Mädchen die Manschetten auf und rollte die Ärmel hoch. Die Innenseiten der Unterarme waren wie schraffiert von roten Striemen, und entlang der Venen waren mindestens ein Dutzend Einstichstellen mit Unterblutungen auszumachen.

Bevor Colleen ihre Grace errettet hatte, war sie die typische Sünderin gewesen, Kandidatin für die ewige Verdammnis. Colleen hatte sie befreit, so wie sie selbst ihre Fesseln abgestreift hatte. Aber die Bekehrung gab es nicht zum Nulltarif, Opfer musste man schon bringen.

Colleen schlang die Arme um ihr Mädchen. Es war so dünn, nur Haut und Knochen.

»Du hast schon große Fortschritte gemacht, Grace. Ich bin sicher, deine Frömmigkeit wird reich belohnt werden. Aber du musst essen, Kind. Warum fängst du nicht gleich heute Abend damit an? Den gerechten Kampf kämpft man nicht mit leerem Magen.«

Lächelnd sah sie dem Mädchen nach, das jetzt ihrer gemeinsamen Unterkunft neben dem Eingang zustrebte, bestehend aus Schlafzimmer, Küche und Bad.

Colleen wollte ihr schon folgen, als die Kirchentür aufging und als Erstes einen Schwall eisiger Flocken hereinließ, ehe eine Gestalt im dicken Daunenanorak den Türrahmen ausfüllte.

»Oh, guten Abend, Mr Mowlam«, rief sie.

Der Lehrer reagierte mit einem charmanten Lächeln. »Abend, Grace. Sie sehen wieder, wie soll ich sagen ... so beseelt aus.«

Eine leichte Röte huschte über ihre Wangen.

»Grace«, herrschte sie das Mädchen an, »bitte lass uns einen Moment allein.«

Worauf Grace sich kurz verneigte und in ihre Unterkunft verschwand.

Mowlam blickte ihr nach. »Hübsches Mädchen, wenn auch etwas blass.« Dann wandte er sich zu Colleen. »Ich hoffe, das gemeinsame Leben mit Ihnen fordert ihr nicht zu viel ab.«

Colleens Hände krallten sich an die Kirchenbank. »Warum sind Sie gekommen?«

Gelassen schlenderte Mowlam durch den Mittelgang nach vorn. »Haben Sie schon vom Doc gehört?«

»Ja.« Die Nachricht von seinem Selbstmord hatte sich in der Kleinstadt rasend schnell verbreitet. »Ein Trauerspiel! Ich wünschte, er wäre mit seinen Nöten zu mir gekommen, statt sich das Leben zu nehmen. Vielleicht hätte ich helfen können.«

»Ach was. Wir wissen doch beide, dass dem Doc nicht zu helfen war«, entgegnete Mowlam mit einem bösen Funkeln in den Augen. Er war zwar ein äußerst gut aussehender Mann, doch davon ließ sich Colleen nicht blenden. Sie konnte Gefahr wittern.

»Mir erschließt sich nicht, was Sie damit sagen wollen.«

»Nun, einigen Leuten käme es sehr zupass, wenn der Doc umständehalber verhindert wäre, mit diesem neuen Detective zu reden.«

»Zupass ist aber kein Mordmotiv.«

Er zuckte die Achseln. »Kommt darauf an. Jeder hat seine kleinen Geheimnisse. Sogar solche Gerechten vor dem Herrn, die immer so fromm tun.«

Ihrer Stimme merkte man nichts an, als sie sagte: »Keiner von uns ist ohne Sünde, Mr Mowlam. Wie Jesus sagt: ›Ich bin nicht gekommen, Gerechte zu rufen, sondern Sünder zur Buße.‹«

»Aber glauben Sie wirklich, Ihre Gemeinde vergibt Ihnen Ihre Sünden, Reverend?« Er tränkte das Wort »Reverend« in Sarkasmus. »Vielleicht sollten wir den Leuten zur Abwechslung mal reinen Wein einschenken, was meinen Sie?«

Colleen schluckte. »Ich habe so viel Geld nicht, okay? So etwas dauert.«

Mowlam seufzte. »Ich will Ihnen aus der Patsche helfen, Reverend. Sie und ich sind auf derselben Seite – unabhängig davon, was ich sonst noch weiß.«

Er kam immer näher. Colleen witterte Zigarettenrauch, ein süßliches Aftershave und Bosheit. Hinter seinem ansprechenden Gesicht und dem seelenvollen Blick lauerte Verderben. Sie konnte es körperlich spüren.

»Statt Geld könnten Sie etwas anderes für mich tun.«

Ein Schauer überlief sie. »Und was?«

Mowlam lächelte. »Oh, seien Sie unbesorgt. Sie selbst sind ja nicht mehr ganz taufrisch, aber Ihre junge Freundin hier ...« Er blickte in die Richtung, in die Grace verschwunden war.

Colleen erhob die Hand. »Wagen Sie es nicht ...«

Ein Knall und ein Scherbenregen prasselten auf sie nieder. Wo eben noch ein Kirchenfenster gewesen war, gähnte ein weltraumschwarzes Loch. Colleen schrie auf. Beide waren sie auf die Knie gesunken und zogen den Kopf ein, aber nicht vor Gott, sondern vor den Glassplittern, die den Luftraum rasierten wie ein gewaltiger Schnitter. Dann war es wieder still, und nur der eisige Nordwind blies durch die zerstörten Fensterrahmen.

»Was zum Teufel war das?«, rief Mowlam. Er hatte sich unter einer Kirchenbank verkrochen, aber ein spitzes Glasstück hatte ihn dennoch erwischt. Blut rieselte von seiner Braue über die Wange.

Auch Colleen hatte das Gesicht abgewandt. Aber jetzt hörte sie etwas. Es kam vom Dach. Als krabbelten große Tiere darüber. Nur Sekunden später waren sie an der Tür, kratzten und schlugen gegen das dünne Paneel. Da begehrte etwas Einlass, das keine Fragen stellte.

Und wer Ohren hatte, der hörte. Sie hörte sie jetzt, die Stimmen. Die Stimmen waren in ihrem Kopf, es brachte nichts, die Ohren davor zu verschließen. *»Lass uns rein. Lass uns rein. Öffne die Tür.«*

Entsetzt starrte sie auf die Tür. Sie wölbte sich beinahe unter dem Ansturm von draußen. Sie rappelte sich hoch, doch Mowlam hielt sie am Fuß fest.

»Nein!«

Sie riss sich los und lief durch den Mittelgang zur Tür. »He, bist du wahnsinnig?«, rief er. »Du bringst uns noch beide um, du dumme Krähe.«

Lass uns rein. Lass uns rein.

Nein, dachte sie. Sie nicht. Ihr würden sie nichts tun.

Sie blieb kurz stehen, strich sich über das graue Kleid, das Äußere war wichtig. Dann riss sie die Tür auf.

Sogleich verstummten die Stimmen. Und draußen stand auch niemand. Nur hinten an der Straße sah sie Flammen in den Nachthimmel aufsteigen. Ihr stolzes Kreuz brannte lichterloh. Nicht weit davon lag ein ausgeweidetes Schwein. Es dampfte noch, und sein Blut war die Tinte, mit der die Botschaft in den Schnee geschrieben war: »DER ENDKAMPF HAT BEGONNEN.«

35

Rita war hocherfreut. »Ich hoffe, Sie haben entsprechenden Hunger mitgebracht, denn was ich gekocht habe, reicht für die Speisung der Fünftausend.«

»Oh, ich habe ständig Hunger«, antwortete Barbara. »Meine Mutter sagte immer, ich könnte ein ganzes Pferd vertilgen.«

Sie verschwieg, dass ihre Mutter das Kochen einstellte, als Barbara etwa zehn Jahre alt war. Später gab es nur noch Fertigpizzas und Dosenfraß und irgendwann, nach Moms Umzug aufs Sofa, gar nichts mehr. Aber so ein Abstieg eignete sich schlecht für eine entspannte Konversation.

Barbara folgte Rita in den Wohn- und Essbereich, der das Lebensgefühl der Gastgeberin widerspiegelte. Die Wände waren behangen mit allem, was indigene Knüpf- und Malkunst zu bieten hatten, die Farbwahl reichte von leuchtender Koralle bis zu warmen Erdtönen. Im Kamin knisterte ein helles Feuer, und der runde Tisch in der Ecke war bereits gedeckt.

»Gemütlich haben Sie es hier«, sagte Barbara.

»Danke. Ich wollte etwas, das zu mir passt: klein, aber perfekt gerundet.« Sie gluckste. »Alles spielt sich hier auf einer Ebene ab. Hinten sind noch zwei Schlafzimmer. Mom hat das größere, denn es ist den größten Teil des Tages auch ihr Wohnzimmer, sozusagen.«

»Wie geht es ihr überhaupt? Chief Nicholls meinte, nicht so gut.«

»Na ja, was will man machen? Ein Ovarialtumor im vierten Stadium ist kein Spaß. Aber wir kommen zurecht. Sie schläft viel.

Sie hat heute früh zu Abend gegessen, jetzt guckt sie wahrscheinlich fern. Falls es laut wird, dann wahrscheinlich von einem Krimi. Krimis sieht sie am liebsten.«

Barbara musste lächeln. »Gefällt mir.«

»Wenn sie jetzt hier wäre, würde sie Ihnen ein Loch in den Bauch fragen. Aber Sie wollen irgendwann ja mal nach Hause. Das Essen ist in einer halben Stunde so weit. Darf ich Ihnen vorher noch etwas anbieten? Bier, Wein oder vielleicht Whiskey?«

»Ein Bier wäre schön«, sagte Barbara.

Häusliche Pflege ist Dauerstress, dachte Barbara, vor allem, wenn es um die eigenen Eltern geht. Viele Leute kommen mit dem Rollentausch nicht klar. Ausgerechnet die, auf die man sich immer verlassen hat, benötigen nun selber Hilfe – was das Verhältnis enorm belastet. Und für die hilfsbedürftigen Alten ist es auch nicht leichter. Barbara kannte die typischen Zustandsbeschreibungen: »*Ich hasse es, dauernd für alles dankbar sein zu müssen. Ich hab dem Jungen bis zu seinem zehnten Lebensjahr den Arsch abgewischt, und heute erwartet er einen Orden dafür, wenn er bloß für mich einkaufen geht.*«

Unterdessen war Rita in die Küche gegangen, um das Gewünschte zu holen. »Ich höre, Tucker ist wieder im Dienst«, rief sie nach hinten.

Rita entging in dieser Hinsicht nichts.

»Das stimmt. Da Nicholls außer Gefecht gesetzt ist, brauchte ich etwas Unterstützung.«

Rita kam mit zwei Dosen Bier zurück. »Na dann. Ich denke, schaden kann's nicht.«

Doch irgendwas an ihrer Stimme klang nicht echt. Sie reichte Barbara ihr Bier. Es war eiskalt – und, wie sich herausstellte, auch verdammt gut.

»Wie geht es ihm eigentlich?«

»Er hat die Operation gut überstanden, aber er scheint den Verstand verloren zu haben. Ich fürchte, sie müssen ihn im Krankenhaus anketten, sonst ist er morgen wieder hier.«

»Weiß er das mit Tucker?«

»Es ließ sich nicht vermeiden.«

»Ich hatte den Eindruck, er mag ihn nicht besonders.«

Rita riss die Lasche ihrer Bierdose auf. »Nicholls gehört zur alten Schule. Er liebt klare Anweisungen, eindeutige Zuständigkeiten. In seinen Augen ist Tucker unehrenhaft aus dem Polizeidienst ausgeschieden und sollte nie wieder an irgendwelchen Ermittlungen beteiligt werden. Außerdem fehlt Tucker die Praxis, fünfundzwanzig Jahre sind eine lange Zeit.«

»Hat ihn in all den Jahren denn niemand besucht?«

»Einige haben es versucht. Aber er hat alle nur mit seiner Armbrust bedroht. Ist doch klar, dass dann niemand mehr hingeht.«

»Außer Ihnen?«

»Ich bin nicht so leicht abzuschrecken«, sagte Rita und wirkte auf einmal ernst. »Aber davon mal abgesehen, fünfundzwanzig Jahre allein im Wald hinterlassen schon ihre Spuren. Ich würde nicht sagen, dass der Chief zu hundert Prozent recht hat, aber einen Knacks hat er weg, das steht mal fest.«

Barbara dachte an den Zwischenfall mit dem Flachmann, verdrängte es aber gleich wieder.

»Oder hätte ich das jetzt nicht sagen sollen?«, fragte Rita.

»Doch, natürlich«, sagte Barbara. »Mir fiel nur gerade ein: Auf dem Weg hierher bin ich unserer guten Pastorin begegnet.«

Rita setzte sich auf die Sofalehne, wobei ihre flauschigen Hüttenschuhe kaum noch den Boden berührten.

»Und was wollte sie?«

»Sie möchte, dass ich morgen früh zur Gemeinde spreche und zu Fragen Stellung nehme, die die Leute haben könnten.«

Rita nickte nachdenklich. »Und das wollen Sie machen?«

»Na ja, ich kann ihnen natürlich nicht alles sagen. Aber die Stadt ist traumatisiert, die Leute wollen Antworten.«

Oder besser: Sie verlangten, dass etwas geschieht. Dass jemand etwas unternimmt, fast schon egal, was. Und dass ihnen zugehört wird.

»Wenn Sie möchten, begleite ich Sie dorthin«, sagte Rita. »Wir wollen hoffen, dass die Leute nicht gleich mit ihren Mistgabeln anrücken.« Rita grinste. »Obwohl, die Mistgabeln benutzen wir nur im Sommer. Im Winter kommen wir lieber mit Fackeln.« Ihr Grinsen schwächte sich ab. »Und wo wir schon einmal dabei sind, Sie fragten nach dem Beinhaus?«

Barbara hob eine Braue. »Ich dachte, das Thema wäre durch? Aus und vorbei?«

Langer Seufzer von Rita. »Hören Sie, ich weiß nicht, inwiefern diese alten Geschichten heute noch wichtig sind oder nicht. Wie ich schon sagte, die Leute reden nicht gern darüber. Aber ich habe mir die Mühe gemacht und ein paar historische Straßenansichten von Deadhart ausgegraben. Vielleicht finden Sie ja Ihr Beinhaus irgendwo.«

»Danke, Rita.«

»Keine Ursache. Schauen Sie sich die Fotos aber nach dem Essen an, wenn Sie sich für das Dessert ausruhen.«

»Ich muss mich ausruhen?«

»O ja. Das müssen Sie, glauben Sie mir.«

36

Tucker hatte nicht vorgehabt, im Roadhouse Grill zu landen. Aber so manches im Leben hatte er nicht vorgehabt.

Er sollte auch nicht trinken. Sein Magen vertrug harten Alkohol nicht mehr – und er hatte zudem längst nicht mehr den gewünschten Effekt. Doch alte Gewohnheiten legte man eben nur schwer ab.

Der Grill war spärlich besucht, und trotzdem veränderte sich die Atmosphäre bei seinem Eintritt schlagartig. Alle guckten. Und das nicht gerade freundlich.

Ansonsten war alles wie früher. Carly stand noch immer hinter der Theke. Sie war älter geworden, hagerer (falls das möglich war), aber die missmutige Visage hatte sich nicht verändert.

»Tucker«, begrüßte sie ihn, »welchem misslichen Umstand verdanken wir dein Kommen?«

»Solange der Chief im Krankenhaus ist, helfe ich als Deputy aus.«

»Dann sucht dieser Detective wohl wirklich *verzweifelt* nach Fachkräften.«

Tucker musste darüber sogar grinsen. »Kann schon sein. Deshalb für mich einen doppelten Bourbon, bitte.«

Carlys Miene verfinsterte sich, und Tucker war ziemlich sicher, dass sie ihm am liebsten die Tür gewiesen hätte. Andererseits reichte ein Blick, um zu wissen, dass sie an diesem Abend wirklichen jeden Gast brauchen konnte. Sie machte ihm also ein Shot-Glas voll und knallte es ihm hin – ohne Eis.

»Danke«, sagte Tucker und warf ein paar zerknüllte Geldscheine auf den Tresen.

»Kostet jetzt *sechs* Dollar.«

Seine Brauen signalisierten Überraschung, doch er legte die Differenz nach.

Carly krallte sich das Geld und ging damit zur Kasse.

»Der Rest ist für Sie«, sagte Tucker.

»Wow, davon kaufe ich mir ein Penthouse.«

Er seufzte und ging mit seinem Glas zu einem Tisch in der hintersten Ecke. Er spürte die Blicke der Leute auf sich, vermied umgekehrt hingegen jeden Augenkontakt. Er war ein Hüne, doch alles andere als streitlustig. Für einen Schwarzen gehörte das ohnehin zur Grundkonfiguration. Auseinandersetzungen waren immer zu deinem Nachteil. Deshalb: Reize sie nicht. Gib ihnen keinen Grund, ein Messer oder eine Knarre zu ziehen, das gilt automatisch als Selbstverteidigung. Wenn die Polizei dich anhält, tu, was immer sie sagen. Geh nicht weg, ehe du entlassen bist, und kehre ihnen keinesfalls den Rücken zu. Und wenn sie dir befehlen, hundert Liegestütze zu machen, so tust du auch das. Zumindest wenn du überleben willst. Es war ein simpler Akt des Selbsterhalts. Er kannte sich aus in der Welt – genau wie die Leute aus der Kolonie.

Er setzte sich und trank. Der Whiskey brannte in seiner Kehle und ätzte an seiner Magenwand. Und fühlte sich trotzdem gut an. Seine warme Grundlage zum Nachdenken. Und zu überdenken gab es einiges. Da war Dalton, der eine Keulungsaktion provozieren wollte, um später die Leichen zu fleddern. Dieser Zusammenhang ergab auch Sinn. Im Gegensatz zu Barbaras Hypothese von Marcus' Mörder. Tucker hatte noch nie von einem vampirischen Serienkiller gehört. Aber möglich war es natürlich. Alles war möglich. Menschen töteten aus Lust am Töten, also warum nicht auch ein Vampir? Es erklärte zumindest die Verbindung zu Todd.

Er ließ seine Gedanken wandern, und sie wanderten zurück, bis er Todd Danes wieder vor sich sah, diesen schmalen Jungen mit den Sommersprossen und den blonden Strubbelhaaren. Ein stiller Typ, der immer abseitsstand. Er hatte noch eine jüngere Schwester, und seine Eltern betrieben diesen Wohnmobilstellplatz in Talkeetna. Erst im Nachhinein, nach seinem Tod, wollten ihn auf einmal alle gekannt haben. Als hätte er je dazugehört! Dabei wurde er in der Schule nur herumgestoßen und hatte auch keine Freunde – außer Nathan.

Kurz nach seinem Tod zog die Familie weg. Tucker konnte das verstehen. Deadhart war nie besonders freundlich zu ihrem Sohn gewesen, aber jetzt ertrugen sie diese Stadt einfach nicht mehr.

Aaron auf der anderen Seite erging es fast ähnlich. Auch er war praktisch ein Ausgestoßener. Vor allem, weil er neugierig war und sich für die menschliche Welt interessierte. Das taten übrigens nicht wenige junge Vampire. Die vielen technischen Annehmlichkeiten, die die Kolonien nicht bieten konnten, lockten sie. Sie träumten von einem anderen Leben – welcher Jugendliche tat das nicht? Und so war es nicht allzu verwunderlich, dass die beiden sich irgendwann über den Weg liefen. Und konnte Freundschaft, enge Freundschaft, Liebe wirklich verboten sein?

Dabei lagen die Zeiten, in denen Mischbeziehungen illegal waren, noch nicht so lange zurück, und die Lebenswirklichkeit sah allemal anders aus. Offene Ablehnung war vielfach noch die Regel.

Solche großen Veränderungen – Gesetzeslage hin oder her – brauchten ihre Zeit. Dazu kam, dass die beiden noch minderjährig waren. Tucker hätte Todd in jedem Fall geraten, mit einer so folgenreichen Entscheidung wie einer Transformation noch zu warten. Aber halte einer diese Youngsters auf. Schaffst du nicht. Schafft niemand.

Tucker fragte sich oft, ob sich die öffentliche Empörung eher gegen die Tatsache richtete, dass hier zwei *Jungs* etwas miteinander hatten oder zwei Vertreter unvereinbarer *Spezies*. Auf jeden Fall hatte es Aaron zu büßen, dass Todd sich auf die andere Seite schlug. Denn nichts anderes war eine Transformation. Es war wie die Zurückgabe einer Staatsbürgerschaft und gleichbedeutend mit der Ablehnung alles Menschlichen. Er, Todd, wollte nicht länger so sein wie seine Mitbürger aus Deadhart. Das war doch nicht normal, daran musste doch jemand schuld sein. Erst recht, als er seinen Übertritt mit dem Leben bezahlte. War Aaron auch daran schuld, oder hatte Tucker damals etwas nicht mitgekriegt? War wegen seines damaligen Versagens nun ein weiterer Junge tot?

Er griff nach seinem Glas.

»Tucker?«

Er sah hoch, und beinahe hätte sein Herz ausgesetzt.

»Jess?«

Als er Jess zum letzten Mal gesehen hatte, hieß sie noch Jess Grainger, war zweiundzwanzig Jahre alt und hatte die wildesten, blondesten Locken und eine Art, die alles in den Schatten stellte, was Tucker bis dahin gesehen hatte. Von ihrem Vater hatte sie das aufbrausende Temperament und die leuchtend blauen Augen, von ihrer Mutter die Intelligenz und die ebenmäßigen Züge – eine extrem gelungene Kombination.

Damals hatte er fest damit gerechnet, dass sie Deadhart so bald wie möglich hinter sich lassen und in die große Stadt ziehen würde. Für Menschen ihres Schlags war Deadhart eindeutig zu provinziell. Doch es kam anders. Sie blieb und heiratete Dan, einen Zugereisten, der in Deadhart so neumodische Trekking-Touren organisieren wollte.

Über die tieferen Gründe konnte man nur spekulieren. Vielleicht wollte sie ihre Mutter nicht im Stich lassen, die damals schon erste Anzeichen von Demenz zeigte. Oder sie liebte diesen Dan wirklich. Oder es war auch nur bequemer so. Tucker war Dan nur ein einziges Mal begegnet. Einer von diesen ultralockeren, stets gut gelaunten, stets gut aussehenden Naturburschen wie aus dem Katalog. Tucker ahnte, was Jess an ihm gefunden haben musste. Nämlich das Gegenteil einer Herausforderung. Und auch das Gegenteil ihres Dads. Daher war er überrascht, dass die Ehe bis heute hielt.

Die Jess, die nun vor Tucker stand, schien aber jede Herausforderung gerne anzunehmen und fixierte ihn mit gekreuzten Armen.

»Ah, wieder im Lande? Lange nicht gesehen, Tucker. Viele meinten schon, du wärst tot.«

»Meinten oder hofften sie das?«

Ein schmallippiges Lächeln. »Auf jeden Fall können sie die Festbeflaggung wieder einpacken.«

»Dich überrascht es weniger, oder?«

»Stimmt. Ich dachte, jetzt, wo die Blutsauger wieder aus ihren Löchern kriechen, wird auch unser Tucker nicht weit sein.«

»Offenbar habe ich dir gefehlt.«

»Das nun wieder nicht.«

»Und ich dachte schon, du kommst extra meinetwegen.«

»Bestimmt nicht. Ich kam zufällig vorbei und sah, wie es dich zu deiner früheren Wirkungsstätte zieht.«

Er wusste nicht, wie ernst er ihre Antwort nehmen sollte. Er neigte nicht zu schmeichelhafter Selbsttäuschung, aber auch sie beide hatten eine gemeinsame Vergangenheit.

Wie zur Bestätigung sagte sie: »Wolltet ihr auch zu Dad?«

»Eher nicht«, erwiderte er kurz.

»Er wird alt, Tucker. Er ist nicht mehr derselbe wie der, den du kanntest.«

»Da ist er nicht der Einzige.«

»Du weißt, er hat dich immer respektiert. Er sah dich als Freund.«

»Auf Freunde schießt man aber nicht. Und man lässt sie auch nicht halb tot liegen.«

»Du hast ihm keine Wahl gelassen. Warum musstest du auch diesen Vampir auf freien Fuß setzen?«

Seine Hand umfasste das Glas fester.

»Weil du mir sagtest, dass dein Vater mit einem Lynchmob die Wache stürmen wollte, um das Gesetz in die eigene Hand zu nehmen. Es war meine Pflicht, diesen Jungen zu schützen.«

»Und mein Dad wollte Deadhart schützen.«

»Du hast mich verraten, Jess.«

Ihre Miene verlor etwas von ihrer Härte. »Ja, und das tut mir heute auch leid.«

»Wenn das so ist«, sagte Tucker. »Warum setzt du dich nicht zu mir?«

Sie zögerte, nahm sich dann aber einen Stuhl. »Was willst du wirklich in der Stadt, Tucker?«

»Detective Atkins hat mich um Mithilfe gebeten.«

»Das ist alles? Auf mich macht sie nicht den Eindruck, als könnte sie mal eben einen alten Misanthropen wie dich aus dem Sumpf locken.«

»Auf ein hübsches Gesicht bin ich noch nie reingefallen.«

»Das weiß ich aber anders.« Sie lächelte betrübt. »Du fandst bloß, ich sei zu jung.«

Was natürlich nicht der einzige Grund war. Zwar hätte es ihm Beau nie direkt gesagt, aber es war völlig klar, dass ein Schwarzer für seine Tochter nicht infrage kam.

»Und jetzt?«, fragte sie.

»Jetzt bist du verheiratet, und ich bin ein alter Sack.«

Sie lachte bitter auf. »Scheint, als wären wir beide am Arsch.«

»Jess …«

Sie winkte ab. »Vergiss, was ich gesagt habe. Ich hatte nur einen Scheißtag.« Und wechselte wieder in den Angriffsmodus. »Dieses kleine Biest aus der Hölle hat Dad gestern Abend einen Besuch abgestattet.«

»Du meinst Athelinda?«

»Hat ihn unmittelbar bedroht. Und es ist auch nicht das erste Mal. Sie wurde schon öfter in der Nähe des Hauses gesehen.«

»Hat Beau sie wenigstens angezeigt?«

»Nein, und du weißt auch, warum.«

»Ist mir klar, aber er hätte dieses Spiel längst beenden können.«

»Ich wusste, dass du sie in Schutz nimmst.«

»Dein Vater hat drei Mitglieder ihrer Kolonie getötet und ihre Köpfe ausstopfen lassen. Bist du je auf den Gedanken gekommen, dass auch so etwas traumatisierend sein kann?«

Jess verdrehte die Augen. »Verschone mich mit deinem woken Gequatsche. Vampire sind keine verfolgte Minderheit, die nie jemandem etwas zuleide tun würde, sondern skrupellose Killermaschinen. Sie *sind* so, du änderst sie nicht, ganz gleich, wie viele Millionen ihr in irgendwelche naiven Kampagnen steckt, die die ›gefühlte Sicherheit‹ erhöhen und ›unbegründete Ängste abbauen‹ sollen. Alles Unsinn! Das Gefühl trügt nämlich nicht. Wir haben wahrlich jeden Grund, um unser Leben zu fürchten. Und das Leben unserer Kinder!«

Tucker deutete mit dem Kopf auf ihren Kreuzanhänger. »So etwas wird also in eurer Kirche gepredigt?«

Jess fasste nervös an ihr Kruzifix. »Reverend Grey ist ein Segen für Deadhart. Wenn sie und Rita nicht wären, hätten wir längst einen Volksaufstand. Sie sind doch die Einzigen, die die Gemüter noch etwas beruhigen können. Und die den Leuten sagen, sie könnten den Sicherheitsbehörden vertrauen. Aber wenn ihr uns ständig verarscht …«

»Was, bitte, tun wir?«

»Aber Gott hat seine eigene Streitmacht.«

»Das klingt eher wie eine Drohung.«

»Weißt du, wie sie die letzte Schlacht zwischen Vampiren und Menschen nennen? Die Lese. Dort wollen sie die Seelen der Gefallenen ernten. Unsere Seelen.«

An diesem Punkt war es an Tucker, die Augen zu verdrehen. »Also wirklich, Jess, ich hätte dich für klüger gehalten.«

Ihr Gesicht verfinsterte sich. »Nein, Tucker, es *ist* so: Die Lese steht unmittelbar bevor. Vielleicht findet sie in diesem Ort statt, vielleicht aber auch woanders. Nur *du* wirst sie nicht aufhalten können.«

Er blickte in ihr Gesicht und fand die kluge, temperamentvolle Frau nicht mehr, die einst so viel vorgehabt hatte. Er dachte besonders an den einen Sommer, in dem sie nur abgeschnittene Jeans und bauchfreie Tanktops trug und von nichts anderem redete als Brit Rock und Büchern – statt Religion und Vampiren. Damals trug sie noch kein Kruzifix.

Dann kam jemand an ihren Tisch. Ein schlankes Mädchen mit roten Haaren, einem hübschen Gesicht, aufgerissenen Jeans und Nirvana-Shirt.

»Kann ich euch beiden noch was bringen?«, fragte sie.

Jess wandte sich um. »Mayflower! Wie geht's?«

»Ganz gut«, sagte das Mädchen und trat verlegen von einem Fuß auf den anderen.

Jess schaltete ihr geübtes Lächeln ein. »Neue Haarfarbe, wie ich sehe?«

»*Yeah*, ich wollte mal was Neues ausprobieren.«

»Wollen wir das nicht alle von Zeit zu Zeit: mal was Neues ausprobieren? Doch am Ende des Tages wollen die meisten doch wieder zurück zu ihren Wurzeln.«

Einen Moment lang starrten sich die zwei Frauen an, dann sagte Mayflower: »Also, ihr sagt Bescheid, wenn ihr etwas wollt, okay?«

Sie drehte sich um und ging.

Tucker legte die Stirn in Falten. »Habe ich hier irgendetwas nicht mitbekommen?«

»Nichts, was der Rede wert wäre.«

Er hakte nicht nach, das brachte bei Jess sowieso nichts. »Wie geht's Stephen?«, fragte er.

»Prima. Wenn man davon absieht, dass sein bester Freund gerade ermordet wurde und diese Satansbrut noch immer frei herumläuft.«

»Tut mir leid, was mit Marcus passiert ist. Aber wenn die Jungen das Video nicht gemacht hätten …«

»Was dann? Willst du damit andeuten, es sei eigentlich *ihre* Schuld?«

»Keineswegs. Aber es kompliziert die Sache. Atkins hat das völlig richtig erkannt …«

»Sagst *du*«, schnaubte Jess.

»Ich sage nur, dass sie den Fall nicht einseitig betrachtet, sondern jedem Hinweis nachgeht, statt alle einen Kopf kürzer zu machen.

Und die verdammte Geheimniskrämerei in dieser Stadt macht es ihr nicht leichter.«

»Auf welcher Seite stehst du denn diesmal, Tucker?«

Er seufzte. »Auf niemandes Seite. Ich will nur Marcus' Mörder finden. Kurzum, wenn ihr unbedingt eine Keulung wollt, dann müsst ihr Atkins etwas liefern, das ihr gar keine andere Wahl lässt. Etwas, das, wie es so schön heißt, über jeden Zweifel erhaben ist. *Erhaben*, Jess!«

Er wartete auf ihre Reaktion, aber der Appell an ihr Mitgefühl war wohl vergebens. Wenn es um die Kolonie ging, sprach sie nur noch auf Hass an. Zugleich überkam ihn diese diffuse Ahnung, dass sie mehr wusste, als sie sagte.

Sie selbst war sich womöglich uneins, wie sie weiter verfahren sollte. Dann schüttelte sie den Kopf. »Also gut. Der Detective sagte, Marcus hätte da dieses Tattoo gehabt?«

»Ein Helsing-Tattoo, ja.«

»Wo?«

»An der Schulter, glaube ich.«

Sie nickte. »Dann war es auf jeden Fall neueren Datums.«

»Woher weißt du das?«

»Marcus hat vor einem Monat bei uns übernachtet. Und Jungs laufen dauernd zum Kühlschrank, um sich irgendwas zu essen zu holen, oft nur in Shorts. Ein Tattoo wäre mir aufgefallen. Und in Anchorage waren sie zuletzt im September.«

»Bist du sicher?«

»Ja. Ich habe sie selber zum Bahnhof gefahren. In Anchorage übernachteten sie bei Marcus' Tante, und Marcus' Vater hat sie später dort abgeholt.«

»Aber hätte er nicht anschließend noch nach Anchorage fahren können?«

»Kaum anzunehmen. Der Truck seines Vaters war kaputt, und die Züge fielen wegen eines Steinschlags aus. Ich weiß noch, wie sich alle darüber geärgert haben.« Sie verschränkte die Arme vor der Brust. »Ergo: Er hat sich das Tattoo hier in Deadhart machen lassen.«

37

Trotz ihrer Abneigung gegen Rentierfleisch verlangte Barbara am Ende sogar einen Nachschlag und spülte es mit zwei weiteren Dosen Bier hinunter. Rita unterhielt sie derweil mit lustigen Begebenheiten aus ihrer Jugend. Etwa, wie sie einmal einen jungen Bären verscheuchte, der sich über den Lebensmittelladen hermachen wollte. Oder die Geschichte von der Elchfamilie, die stundenlang die Main Street blockierte. Barbara vermutete zwar, dass sie diese Histörchen ganz schön dramatisierte, aber das störte sie nicht – wo man doch einmal so gemütlich beisammensaß.

Zumal sie sich mit entsprechend kuratierten Episoden aus ihrem eigenen Leben revanchierte. Keine Lügengeschichten, aber um alles Langweilige und Deprimierende bereinigte Versionen dessen, was hätte sein können. So erwähnte sie beispielsweise ihren Vater mit keinem Wort. Auch Mercy nicht, wenngleich aus einem anderen Grund. Sie überging sogar ihre komplizierte Beziehung mit Susan – was Susan nicht verdient hatte. Aber das Thema besaß einfach zu viel schmerzhaftes Potenzial. Wer von Liebe redete, meinte allzu oft verlorene Liebe.

Rita räumte die Teller ab. Unwillkürlich stand Barbara auf und wollte helfen.

»Um Gottes willen, bleiben Sie sitzen«, sagte Rita.

»Aber ich bestehe darauf.«

»Wenn Sie unbedingt wollen, machen wir es gemeinsam.«

Sie trugen das Geschirr in die Küche, und Rita packte es in die Spülmaschine. Plötzlich hörte sie einen gedämpften Schrei.

»Was war das?«

Rita seufzte. »Mom.« Sie wischte sich die Hände am Geschirrtuch ab »Ich sehe kurz nach ihr. Sie kommen sicher allein klar.«

»Einen Geschirrspüler einräumen kann ich gerade noch.«

Rita sauste nach nebenan, und Barbara war schnell fertig. Eigentlich musste sie mal aufs Klo, wollte Rita und ihre Mutter aber nicht stören. Sie ging in den Flur. Gleich rechts war eine Tür, probieren kostet nichts.

»Moment! Da nicht!«

Barbara fuhr zusammen. Am Ende des Flurs stand Rita und schien geradezu alarmiert.

»Oh, Entschuldigung. Ich suchte die Toilette«, sagte Barbara.

»Das denkt jeder. Aber dort geht es in den Keller, und die Treppe ist lebensgefährlich.«

»Ach so.«

Rita lächelte wieder. »Hier entlang, bitte. Ich will nicht, dass Ihnen etwas passiert.«

Barbara ließ die Klinke los und folgte ihr. »Danke.«

Das Bad war winzig und dazu noch mit allerlei Krankenmobiliar vollgestellt. Rita gab sich zwar immer so unbeschwert, aber der WC-Aufsatz, der Duschstuhl und das Wannenbrett sprachen von einem zweiten, ganz anderen Leben. Außerdem fragte sich Barbara, wie Rita das alles finanzierte. Eine Krebstherapie war teuer.

Sie wusch sich schnell die Hände und ging zurück ins Wohnzimmer, wo ihr die Bürgermeisterin einen kleinen Pappkarton hingestellt hatte.

»Ich mache uns noch einen Kaffee. In der Zwischenzeit können Sie schon mal gucken, ob etwas von Belang dabei ist.«

»Danke.«

Barbara setzte sich aufs Sofa. Dies also war das Gedächtnis der

Stadt Deadhart, eine angestoßene, angestaubte, leicht muffig riechende Box. Sie nahm den Deckel ab.

»Ich glaube, oben liegen nur langweilige Sachen«, rief Rita aus der Küche. »Flurkarten, Zensusunterlagen und so was. Aber weiter unten finden Sie viele alte Bilder von der Stadt und der Kupfermine.«

Barbara ging das Material durch. »Stammt das alles von Ihrer Familie?«

»Teils, teils. Als Bürgermeisterin musste ich mich auch um das Stadtarchiv kümmern. Zumindest um das, was davon noch übrig war und nicht verrottet ist. Mom hatte noch viele Bilder von früher, aber, ehrlich, die meisten Leute darauf kenne ich nicht.« Sie kam mit zwei Kaffeetassen zurück. »Das Beinhaus existierte hier irgendwann in den Zwanzigerjahren. Wenn noch Fotos da sind, dann eher unten.«

Barbara grub tiefer und förderte allerlei Papierkram zutage, der durch Alter und Feuchtigkeit kaum noch lesbar und auch nicht chronologisch geordnet war. Von den ersten Siedlern konnten nur die wenigsten lesen und schreiben. Und natürlich hatte sie wieder mal ihre Brille vergessen. Barbara hielt das Ergebnis der Volkszählung 1901 ins Licht. Der Ort hatte damals genau achtundneunzig Einwohner. Unmittelbar darunter ein Handzettel mit der stolzen Bekanntmachung: »Kupferbergbau Deadhart! Große Eröffnungsfeier im neu errichteten Roadhouse Grill!«

Noch weiter unten noch mehr Bilder von Festivitäten wie dem 4. Juli, dem amerikanischen Unabhängigkeitstag. Leute im Sonntagsstaat, Tanzvergnügen, ausgelassene Kinder. Schließlich stieß sie auf die Eröffnung der Polizeistation: Gruppenbild mit ebenso stolz wie streng dreinblickenden Männern in Uniform, gewaltige Schnurrbärte. Dann ein Klassenfoto mit dem Vermerk »Zwergschule Deadhart 1945«. Nur eine einzige Reihe Kinder, auch sie etwas steif, aber nicht minder stolz.

Dass der Aufstieg des Fleckens unmittelbar an der Kupfermine hing, war unschwer zu erkennen. Aufnahmen aus den Anfangsjahren zeigten lediglich ein paar verstreute Blockhäuser und hauptsächlich indigene Gesichter. Später wurden die Häuser größer und zahlreicher, Straßen entstanden, die indigenen Gesichter verschwanden. Bis die Stadt vollkommen weiß war.

Was wäre dieses Land ohne seine Pioniere?, dachte Barbara. Sie sprengten die Party, soffen alle Getränke weg, kickten die Gastgeber raus und demolierten schließlich das ganze Haus.

Als Barbara sich das nächste Foto vornahm, befiel sie ein eigenartiges Déjà-vu. Darauf war nur eine Art großer Schuppen zu sehen. Und vor dem Schuppen stand eine hagere Frau mit schlecht sitzender Perücke und zu viel Schminke im Gesicht neben zwei jüngeren, gleichfalls mangelernährten Frauen mit harten Zügen. Ihrem elenden Allgemeinzustand zum Trotz stach ihre Ausstattung erheblich ab von der sonst üblichen Frauenkleidung am Ort, war eher Tingeltangel als Schürzenkleid. Und im rechten unteren Bildwinkel krabbelte ein kleiner Junge im Dreck.

Das ist es, dachte Barbara. Das ist das Beinhaus.

Rita, die ihr von hinten über die Schulter sah, meinte: »Ah, ich wusste doch, da *war* so ein Foto. Und was Sie hier im Vordergrund sehen, das waren wohl die *Freudenmädchen* … wie man damals sagte.«

Barbara runzelte die Stirn. »Sie erwähnten, das Beinhaus hätte sich in der Nähe vom Friedhof befunden?«

»Richtig.«

»Steht noch etwas davon?«

»Nein, es wurde überbaut.«

»Womit?«

»Mit der Kirche vom Heiligen Kreuz.«

Barbara starrte sie an. Heilige Scheiße, dachte Barbara. Der Reverend hatte das Haus des Herrn auf den Knochen von toten Vampiren errichtet. Als reine Geschmacklosigkeit konnte man so etwas kaum noch bezeichnen.

»Weiß der Reverend davon?«

»Nein. Und ich wüsste auch nicht, warum ich es ihr auf die Nase binden sollte.«

Barbara legte das Bild hin und sah sich das nächste an. Dasselbe Gebäude, Außenansicht, diesmal aber mit einer dreiköpfigen Gruppe junger Männer, allem Anschein nach Bergleute. Alle hatten Bierflaschen und Zigaretten in der Hand, alle grinsten alkoholisiert in die Kamera. Ein Blonder ragte aus der Gruppe hervor, sein Grinsen war besonders provokant. Irgendetwas an dem Kerl kam Barbara vertraut vor.

»Könnte es sein, dass ich *ihn* hier schon einmal gesehen habe?«, fragte Barbara aufs Geratewohl und hielt Rita die Aufnahme hin.

Ritas Miene spannte sich augenblicklich an. »Kann sein, dass Sie seinem Foto im Grill begegnet sind. Er war Vorarbeiter in der Mine. Einer der Ersten, die sich dauerhaft in Deadhart niederließen. Er gehört sozusagen zu den Gründungsvätern der Stadt …«

»… und zu den Freiern im Beinhaus.«

»Na und?«, sagte Rita. »Das Beinhaus war bei den Bergleuten beliebt. Es bedeutet gar nichts.«

»Wissen Sie, wie der Mann hieß?«, fragte Rita.

»Joseph Grainger.«

»Grainger? So wie Beau Grainger?«

»Joseph war sein Großvater.«

Irgendwo im Haus klingelte ein Handy – Ritas.

»Entschuldigung«, sagte sie und ging hin. Barbara versenkte sich wieder in das historische Foto. Der Mann darauf war ihr unsympathisch, trotz seines guten Aussehens. In seiner breitbeinigen Haltung lag etwas Brutales, das auch von seinen Augen gespiegelt wurde. Sie legte das Bild weg, als Rita mit ernstem Gesicht zurückkam. Barbara schwante Böses.

»Was ist passiert?«

»Es gab einen Anschlag auf die Kirche.«

»Was für einen Anschlag?«

»Die Kolonie hat die Kirche angegriffen.«

38

Brandgeruch hing in der kalten Luft, und das große Kreuz vor der Kirche qualmte noch. Das alte Holz war knochentrocken, und die spezielle Machart des Kreuzes begünstigte die Ausbreitung des Feuers zusätzlich. Jetzt war nur ein verkohlter Stumpf übrig. Barbara bemühte sich bei diesem Anblick ernsthaft, keine Schadenfreude aufkommen zu lassen. Es gelang ihr nicht.

Sie ging weiter und besah sich das ausgeweidete Schwein samt der Botschaft im Schnee, die bereits zerfloss und langsam unter dem Leichentuch aus frischen Flocken verschwand. Der Inhalt war eindeutig.

Dies war eine Warnung. Mehr noch, eine Kriegserklärung.

»Was für eine verdammte Oberscheiße!«, murmelte Rita, die neben ihr stand. »Schlimmer hätte es nicht kommen können.«

»Da haben Sie recht.«

Sie gingen in die Kirche, wo Reverend Grey und Grace beisammensaßen. Etwas abseits stand Mowlam. Überall auf dem Boden lagen Scherben, und durch die kaputten Fenster wehte der Schnee herein.

»Detective, Rita …«, sagte Colleen. »Danke, dass Sie gekommen sind.«

»Das war doch selbstverständlich«, sagte Rita. »Wir sind nur froh, dass Ihnen nichts passiert ist.«

»Ja, aber das ist reiner Zufall«, sagte Mowlam in Richtung Barbara.

Barbara ließ sich nicht ablenken und fragte Colleen: »Können Sie mir sagen, was hier vorgefallen ist?«

»Mr Mowlam und ich waren in der Kirche …«

»Was tat Mr Mowlam hier?«

»Ich wollte dem Reverend das mit dem Doc sagen«, erklärte Mowlam. »Ich war der Meinung, sie sollte es wissen.«

»Und woher wussten *Sie* davon?«

»Dies ist eine kleine Stadt. Hier bleibt nichts lange geheim«, sagte er und grinste so selbstgefällig, dass Barbara ihm am liebsten eine reingehauen hätte.

»Und wo war Grace?«

Colleen legte schützend den Arm um Graces Schulter. »Sie war hinten.«

»Okay. Sie waren also alle hier. Was war dann?«

»Jemand hat mit Steinen die Kirchenfenster eingeworfen. Dann hörten wir Geräusche auf dem Dach und wie jemand gegen die Tür hämmerte.«

»Und wie haben Sie reagiert?«

»Ich machte die Tür auf, um die Störenfriede zur Rede zu stellen.«

»War das nicht etwas riskant? Warum haben Sie nicht die Polizei gerufen?«

»Ich vertraue lieber auf Gott. Ich weiß, er wird mich beschützen«, erwiderte Colleen.

Marcus hat er nicht beschützt, dachte Barbara.

»Gut. Und dann haben Sie das brennende Kreuz gesehen und das tote Schwein …«

»Ja.«

»Aber niemanden von der Kolonie …«

»Leider nein.«

»Was ist mit den Leuten, die auf dem Friedhof den Boden auftauen?«

»Die mussten wegen des schlechten Wetters ihre Arbeit einstellen.«

»Weitere Zeugen?«

»Soviel ich weiß, nein.«

»Das heißt, es ist überhaupt nicht sicher, dass die Kolonie den Anschlag verübt hat?«

»Mal ehrlich, wer sonst sollte so etwas tun?«, sagte Mowlam.

»Ich versuche nur, die Fakten zu klären.«

Mowlam blieb dabei. »Fakt ist, einer meiner Schüler ist bereits tot, und jetzt bedroht die Kolonie auch den Rest der Stadt. Ich wüsste gern, wie Sie jetzt noch um eine Keulung herumkommen wollen.«

»Ich dachte, Sie seien Agnostiker, Mr Mowlam?«

»Daneben bin ich aber auch Realist.«

Barbara blickte ihn unerschütterlich an. »Und ich benötige nach wie vor belastbare Beweise, dass die Kolonie für diese Tat verantwortlich ist.«

»Jetzt reicht's aber langsam«, schimpfte er und schaute auf Rita, die bisher geschwiegen hatte, was gar nicht ihre Art war. »Was sagen Sie als Bürgermeisterin eigentlich zu alledem?«

»Ich sage, dass wir Detective Atkins ihre Arbeit tun lassen sollen, ohne dauernd dazwischenzufunken.« Überzeugt klang aber anders.

Barbara richtete ihre Aufmerksamkeit wieder auf Colleen und Grace. »Sind Sie sicher, dass Sie die Nacht hier verbringen wollen? Oder benötigen Sie eine andere Unterkunft?«

»Dämonen können die Rechtgläubigen nicht ängstigen«, erklärte Colleen.

»Muss ich das als ein Nein interpretieren?«

»Ich rufe Jared vom Eisenwarenladen an«, sagte Rita. »Er könnte zumindest die zerstörten Fenster mit Sperrholzplatten vernageln.«

Was unweigerlich bedeutete, dass mindestens eine weitere Person von dem Vorfall erfuhr. Auf diese Weise ließ sich die Sache niemals unter dem Deckel halten.

»Danke, Rita«, erwiderte Colleen. »Dann kann morgen wenigstens die Gemeindeversammlung stattfinden.«

»Sie wollen immer noch eine Versammlung abhalten?«, fragte Barbara.

»Eine Versammlung ist sogar nötiger denn je«, antwortete Colleen lächelnd. »Wir müssen unsere Kräfte bündeln im gerechten Kampf gegen die Jünger Satans.«

Ehe Barbara widersprechen konnte, sagte Rita: »Der Reverend hat recht.«

Barbara sah sie überrascht an. »Wirklich?«

»Wir müssen die Leute warnen, falls es zu weiteren Angriffen kommt.«

»Wenn die Kolonie die Stadt wirklich überfallen wollte, hätten sie es heute Abend tun können«, gab Barbara zu bedenken.

Rita seufzte. »Es ist meine Pflicht, die Bürger auf jede Weise zu schützen.«

»Richtig. Und deshalb sollten wir unbedingt eine Panik vermeiden. Weil die Leute dann dazu neigen, äußerst dumme Dinge zu tun.«

Von draußen unterbrach sie ein Motorengeräusch. Ein schweres, allradgetriebenes Fahrzeug näherte sich mit aufgeblendeten Scheinwerfern der Kirche und hielt kurz vor dem Eingang. Die Lichter erloschen, und eine Gestalt kletterte aus dem Wagen. Jess Garrett. Barbaras Hoffnung, die Leute zur Vernunft zu bringen, sank gegen null.

»Alles in Ordnung hier, Reverend?«, fragte Jess.

Colleen nickte. »Nur der übliche Ärger mit der Kolonie.«

Jetzt sah auch Jess das verkohlte Kreuz und die blutige Botschaft im Schnee. Wie eine Furie ging sie auf Barbara los. »Wie deutlich wollen Sie es denn noch haben, Detective? Oder können Sie nicht lesen?«

Barbara bemühte sich trotzdem, nicht im selben Ton zu antworten. »Im Augenblick sollten wir besser Ruhe bewahren ...«

»*Ruhe?*« Jess schüttelte vehement den Kopf. »Sie kapieren es wohl immer noch nicht. Schauen Sie sich doch um. Und wenn es noch weiterschneit, sind wir bald komplett isoliert. Das heißt, wir sind allein auf uns gestellt. Und das nur, weil Sie so einen Eiertanz um eine Keulung machen.« Sie hielt einen Moment inne. »Ich will Ihnen was sagen: Für alles, was von jetzt an in dieser Stadt passiert, tragen Sie die alleinige Verantwortung. Ich hoffe, Sie können damit leben.«

39

Barbara war im Dunstkreis von Angst und Blut aufgewachsen. Eine Backpfeife hier, ein Fausthieb da, sie wurde getreten und mit dem Gürtel geschlagen.

Wann es sie traf, war kaum vorauszusagen. Nahezu alles konnte die Gewalt auslösen. Ein falsches Wort, die falsche Bluse, die Tageszeit, die Menge der konsumierten Alkoholika. Jeder Versuch, den Schlägen zu entgehen, war zwecklos. Sie kamen so oder so. Alles, was sie tun konnte, war, den Schaden irgendwie zu minimieren.

An einem Morgen hatte Barbara für ihren Dad Spiegeleier gemacht. Leider nicht auf die richtige Art.

»Diese Dinger sind zäh wie Gummi, Babs.«

Im selben Moment flog der Teller mit den Eiern an die Wand, und die väterliche Hand versetzte ihr eine peitschenartige Ohrfeige, dass es ihr beinahe den Kopf abriss. Und während er im Kühlschrank nach einer Dose Bier wühlte, rannte sie aus dem Haus und hinunter zum Fluss. Ihre Nase tat höllisch weh, aber gebrochen war wohl nichts. Ihr Vater hatte die offene Hand benutzt, nicht die Faust, was auch vorkam.

Dann kniete sie am Ufer und spritzte sich kaltes Wasser ins Gesicht, um wenigstens das Blut abzuwaschen – als sie plötzlich diese Mädchenstimme hörte.

»Schlimm?«

Sie drehte sich um.

Sie schon wieder. Die Meerjungfrau. Das Wesen mit den langen silberweißen Dreadlocks und der dunklen Haut. Und Augen so grün wie Gras. So verschieden von Barbara mit ihrer bleichen, unreinen Haut und den strähnigen braunen Haaren.

»Nein, nicht schlimm. Nur Nasenbluten.«

Das Mädchen nickte. »Ich hab dich neulich schon hier gesehen. Ich bin Mercy.«

»Ähm ... Barbara. Ich wohne da hinten.« Sie deutete vage auf die Wiese.

Das Mädchen lächelte. »Ich bin aus der Hoka-Kolonie, das ist unter den Zinnen.«

Barbara sah sie erschrocken an. Die Sieben Zinnen waren ein dicht bewaldeter Gebirgszug, der die Stadt hufeisenförmig umschloss. Jeder wusste, dass dort Vampire hausten, auch wenn Barbara selbst noch keinen von ihnen zu Gesicht bekommen hatte.

»Du siehst gar nicht wie ein Vampir aus«, sagte sie.

Mercy lachte. »Was hast du denn erwartet? Ein bleiches Monster? Oder jemanden, der auf Fledermausflügeln durch die Lüfte schwirrt?«

»Keine Ahnung. Ich ... ich weiß auch nicht.«

Die Begegnung verunsicherte sie komplett. Vor allem, weil sie genau solche Klischees im Kopf hatte. Alles, was sie über die Hoka-Kolonie wusste, stammte entweder aus dem Schulunterricht oder von ihrem Vater. Jedoch war sie mittlerweile in einem Alter, in dem sie seine Hasstiraden gegen Schwarze, Nutten und Juden zunehmend infrage stellte. Der Gedanke, dass es sich in puncto Vampire ebenso verhalten könnte, lag also nahe.

»Und warum hast du keine ...« Sie gestikulierte vor ihrem Mund, um das Wort »Vampirzähne« nicht aussprechen zu müssen.

»Ach so, das. Ich bin erst fünfzehn. Meine Eckzähne sind frühestens in einem Jahr voll ausgebildet.« Grinsend zeigte sie ihr Gebiss, an dem sich die vampirtypische Veränderung im Oberkiefer bereits andeutete. »Dauert halt alles seine Zeit.«

Barbara wurde rot. »Klar.«

Mercy setzte sich neben sie. »Du kommst oft her, nicht wahr?«

»Ja. Es ist mein Lieblingsplatz.«

Mercy blickte in den graublauen Himmel. »Ist ja auch schön.«

»Und was machst *du* hier?«, fragte Barbara. »Ich meine, schlaft ihr nicht tagsüber?«

»Hast du dich noch nie nachts aus dem Haus geschlichen?«

»Nein.«

Abermals lachte sie auf. »Mir macht das Tageslicht nichts aus, solange ich im Schatten bleibe. Zumindest gehe ich nicht gleich in Flammen auf.« Sie sprang hoch. »Komm, gehen wir schwimmen.«

»Schwimmen?«

»Du denkst wohl, Vampire könnten nicht schwimmen. Aber ich schwimme wie ein Fisch.«

Mercy zog sich ihr Kleid über den Kopf und enthüllte ihre spitzen vorwitzigen Brüste und ein Höschen, das eigentlich eine Nummer zu klein war. Aber im Gegensatz zu Barbara schämte sie sich ihres Körpers offenbar nicht. Sie lief über die Kiesbank zum Ufer und warf sich ins flache Wasser. Erst jetzt zog auch Barbara T-Shirt und Shorts aus, schließlich auch den ausgeleierten BH und den freudlosen Schlüpfer und folgte ihr. Doch unter den Bäumen war das Wasser kalt, deshalb ließ sie sich ins Freie treiben, wo die Sonne war.

Von da an machten sie es immer so. Mercy schwamm im Schatten der Bäume, Barbara in der Sonne. Sie ließen sich auf dem Rücken treiben und streckten die Arme aus, wobei sich ihre Finger – fast – berührten.

»Was erzählt man sich bei euch denn so über uns?«, fragte Mercy.

»Das sage ich lieber nicht.«

»Mach schon. Sag.«

»Na ja, dass ihr Dämonen seid, die von Anbeginn verdammt sind. Und dass man euch mit einem Kruzifix oder mit Knoblauch abwehren kann.«

Mercy prustete los. »Wünsche viel Glück dabei.«

»Und dass ihr nur ins Haus kommt, wenn ihr gerufen werdet.«

Mercy überlegte. »Hab ich nie ausprobiert, scheint aber Quatsch zu sein.«

Jetzt musste Barbara lachen. »Das heißt, wir wissen eigentlich gar nichts über euch?«

»Kann sein. Was sagen sie noch so?«

»*Gottverdammte Satansbrut von Blutsaugern, die uns das Leben zur Hölle machen ...*«

»Das sagt mein Dad immer«, erklärte Barbara. »Aber er redet ohnehin nur Mist. Er hasst Vampire. Für ihn sind sie das absolute Böse.«

»Es gibt auch viel Menschenhass unter Vampiren. Und wenn jemand wüsste, dass ich hier bin, bekäme ich vielleicht was zu hören, da machst du dir keine Vorstellung.«

»Was würde denn im schlimmsten Fall passieren?«

»Dass ich Hausarrest bekäme, zum Beispiel. Oder dass ich wochenlang Schweine häuten müsste. Und was würde *dein* Vater tun?«

Barbaras Antwort kam so direkt und automatisch, dass sie nicht eine Sekunde lang überlegte, *was* sie da eigentlich von sich gab.

»Er würde dich töten.«

Der Sommer konnte nicht ewig währen. Vielleicht war dies auch das eigentliche Treibmittel ihrer Liebe, das Gefühl, dass ihre gemeinsame Zeit begrenzt war. Ihre Zusammenkünfte waren ohnehin dem Leben abgeluchst, die Ausnahme von ihrem normalen

Leben und der natürlichen Ordnung der Welt. Heimliche Momente im glitzernden Schatten der Bäume, in denen sie im struppigen Gras lagen, redeten, lachten, sich küssten.

Außerdem blieben in so einem Kaff Geheimnisse nie lange geheim. Als Barbara eines Abends nach Hause kam, mit zerknitterten Sachen und die Haare noch feucht, da wusste sie auch ohne Worte: Es war vorbei. Jemand hatte sie gesehen.

Ihr Vater erwartete sie vor der Tür, ein kleiner Mann im Unterhemd, aber hart und bösartig wie Stolperdraht, an dem sie nicht vorbeikam. Schon der Anblick seines schrottreifen Trucks vor der Tür hatte Herzklopfen ausgelöst, dennoch probierte sie ihre alte Strategie: Schadensbegrenzung.

»Hi, Dad, Abendessen ist gleich fertig.«

»Wo bist du gewesen, Babs?«

»Unten am Fluss.«

»Und hast was gemacht?«

»Geschwommen, gelesen. Weißt du doch.«

»Weiß ich nicht. Deshalb frage ich ja.«

»Okay.«

»Warst du allein?«

Sie zögerte. Sollte sie zugeben, dass sie Mercy getroffen hatte, und verschweigen, dass sie zur Kolonie gehörte? Oder alles abstreiten? Aber ihr Vater hätte gar nicht gefragt, wenn er nicht glaubte, bereits über alles im Bilde zu sein. Er liebte solche Verhöre.

»Nein«, sagte sie so beiläufig wie möglich. »Hab zufällig ein anderes Mädchen getroffen und eine Weile mit ihm abgehangen.«

Ihr Vater nickte und trat näher. »Ach wirklich? Und wie heißt es, dieses Mädchen?«

»Mercy.«

»Und kommt woher?«

»Keine Ahnung. Ich glaube, sie sagte, sie wären Fahrende ... Ich wollte das nicht gleich sagen, weil – sie ist schwarz ...«

Weiter kam sie nicht, schmeckte nur die Angst in ihrer Kehle und hoffte inständig, ein Teilgeständnis, eine Teillüge würden ihn ruhigstellen. Wer hatte sie gesehen? Und wie viel? Was konnten sie überhaupt wissen?

Er näherte sich weiter. »Du enttäuschst mich, Babs. Du weißt, wie sehr ich Schwarze hasse.«

»Tut mir ja leid, Dad.«

»Aber weißt du auch, was ich noch viel mehr hasse? Wenn mich jemand belügt.«

Ohne Vorwarnung schoss seine Hand nach vorn und traf sie so hart an ihrem Wangenknochen, dass sie auf dem vertrockneten Rasenstreifen vor dem Haus zu Boden ging. Mühsam versuchte sie, sich wenigstens wieder auf die Knie zu stellen.

Doch er ließ nicht von ihr ab. Sie roch den Alkohol, den Schweiß. »Und was ich noch mehr hasse als Lügnerinnen ...«

Sein Tritt ging in die Nieren, der Schmerz explodierte förmlich in ihrem Körper und brachte sie an den Rand des Erbrechens. So fühlte es sich also an, wenn jemand etwas aus dir *herausprügelte*.

»... das sind Scheißvampire!«

»Aber sie ist doch gar kein ...«

Der nächste Fußtritt, diesmal gegen ihr Rückgrat. Sie heulte auf und rollte sich zu einer Kugel zusammen.

»Ist sie *nicht*? Man hat dich gesehen, Babs. Franks Tochter hat dich erkannt. Frank kennt jeden Einzelnen von diesem Abschaum, und sie gehört dazu.«

»Aber ich hab sie doch gar nicht ...«

»Lüg. Mich. Nicht. An.« Jedes Wort begleitet von einem weiteren Tritt. Irgendwann wollte Barbara nur noch ihren Kopf schützen.

»Du kleines, dummes Miststück. Sie ist nicht deine Freundin, sie will dich für sich haben. Um dich zu verderben. Sag die Wahrheit, Babs, hat sie dich angefasst? Hat sie dich gebissen?«

»Nein.«

»Steh auf.« Er riss sie hoch. »Zieh dich aus.«

»NEIN!«

Er schlug ihr ins Gesicht. Ihre Lippe blutete.

»Zieh dich aus. Auf der Stelle!«

Langsam zog sie das Shirt über ihren Kopf und stieg aus den Shorts.

»Alles.«

Sie streifte auch ihren feuchten Badeanzug ab, die letzte Barriere, und versuchte hilflos, sich mit Händen und Unterarmen zu bedecken, während ihr Vater sie von allen Seiten musterte. Er hob sogar ihr Nackenhaar an, um darunter nach Bissspuren zu suchen. Sie zitterte unter seiner Berührung. Dann, ebenso plötzlich, war es vorbei. Er spuckte vor ihr aus.

Doch es war noch lange nicht zu Ende.

»Zieh dich wieder an und setz dich in den Truck.«

Sie konnte nichts machen, sie musste gehorchen. Hastig warf sie sich die halbnassen Klamotten über und stieg ins Auto. Ihr Vater startete den Motor.

»Wir machen eine kleine Spritztour.«

Der Truck holperte über die unbefestigte Straße. Jedes Schlagloch, jeder Stoß sandte neue Schmerzwellen durch Barbaras geprügelten Körper. Zuerst dachte sie, es ginge in die Stadt, aber dann bog ihr Vater auf einen schmalen Waldweg ab, und es wurde dunkel. Gerade als sie sich fragte, wie lange dieser Weg noch so weitergehen konnte, rissen die Baumkronen auf, und sie rumpelten auf eine verstrauchte Lichtung mit einer Jagdhütte in der Mitte. Die berüchtigte Lodge.

Ihr Vater stellte den Motor ab, sprang aus dem Wagen und riss die Beifahrertür auf.

»Raus.«

Mit den Händen auf den schmerzenden Rippen rutschte sie vom Sitz. Doch allein gehen durfte sie nicht, ihr Vater packte sie und zerrte sie weiter bis zur Lodge, wo er einen großen Schlüssel hervorholte.

»Dad, bitte nicht!«

»Halt's Maul.«

Er war so erregt, dass er kaum den Schlüssel ins Schloss bekam.

»Das ist *unsere* Stadt, eine gute, christliche Stadt. In der Kolonie hausen die Teufelsanbeter. Sie sind schlimmer als Tiere. Sie haben auf dieser Erde keinen Platz.«

»Das weiß ich ja. Können wir jetzt wieder nach Hause?«

Er packte ihr Gesicht und quetschte es. »Du hast es wohl immer noch nicht kapiert?« Er stieß sie durch eine Tür in einen dunklen Raum. »Dies ist der einzige Ort, an dem Vampire noch ›abhängen‹ dürfen.«

Er schaltete das Licht an, und Barbara hob den Kopf. Der Raum war nur spärlich möbliert. Ein Sofa, ein paar Sessel und Teppiche, alles offenbar vom Sperrmüll. Dazu eine improvisierte Bar in der Ecke und ein Tisch in der Mitte, auf dem Spielkarten lagen. Das Ganze sah aus wie ein Vereinsheim, wo Männer saufen, pokern und mit ihren Großtaten prahlen konnten.

Die entsprechenden Trophäen hingen an der Wand, wie sie bei näherem Hinsehen feststellte. Köpfe. Mindestens ein Dutzend. Von Männern, Frauen, Kindern. Aus toten, glasigen Augen schauten sie hinab auf ihre Bezwinger. Blond-, schwarz- oder braunhaarig. Mienen, eingefroren auf dem Höhepunkt des Todeskampfs, die Zähne gefletscht in ohnmächtiger Wut.

»Nein«, sagte Barbara. »Nein!«

»Hier gehören sie hin, Babs. Deshalb jagen wir sie auch wie Tiere«, erklärte ihr Vater mit sadistischem Lächeln. »Aber keine Angst, sie beißen nicht mehr.«

Dann knallte er hinter ihr die Tür zu, und sie hörte, wie der Schlüssel gedreht wurde. Panik ergriff sie. Verzweifelt warf sie sich gegen die grob gezimmerte Tür.

»Lass mich raus. Lass mich hier nicht allein.«

»Babs, ich weiß nicht, was du hast. Wer Vampire so lieb hat wie du, darf gerne auch die ganze Nacht mit ihnen verbringen. Morgen, Babs, statten wir deiner Hübschen einen kleinen Besuch ab.«

Kurz darauf hörte sie seine Schritte auf dem Kies und dann nur noch das Knattern eines schlecht gewarteten Motors, das sich langsam entfernte. Sie schrie. Sie trat und hämmerte gegen die Tür. Was zwecklos war, denn die Lodge war so solide gebaut wie ein Fort. Und wer sollte sie hier draußen schon hören?

Barbara sah sich in dem Raum um. Vielleicht gab es ja doch eine Möglichkeit, herauszukommen. Aber die Fenster waren alle zu klein und überdies zu hoch, und eine zweite Tür gab es nicht. Sie war gefangen.

Allein mit den Trophäen an der Wand.

Allein mit diesen leeren Blicken. Wie viele? Zähl sie.

Erst da fiel es ihr auf. Eines von diesen Brettchen, auf denen die Köpfe saßen, war leer.

»Morgen, Babs, statten wir deiner Hübschen einen kleinen Besuch ab.«

Mercy.

40

Barbara riss die Augen auf. Sie war nicht sicher, wovon sie aufgewacht war. Im Zimmer war es dunkel und still. Sie hörte nur ihren eigenen Atem. Und dennoch war etwas nicht so, wie es sein sollte.

Sie langte nach ihrem Handy und schaute auf die Zeit.

03:30. Der Grill hatte schon geschlossen, als sie endlich von der Kirche zurückkam. Sie hatte sich kurz gewaschen und war danach völlig erschöpft in ihr ausgeleiertes Bett gesunken.

Jetzt aber war sie hellwach. Sie wollte die Nachttischlampe anknipsen, aber nichts geschah. Verdammt. War die Glühbirne hin? Die Frage erübrigte sich, als ihr klar wurde, was *nicht* so war wie sonst. Im Zimmer war es zu dunkel.

Normalerweise schien nämlich die Festbeleuchtung der Main Street durch die dünnen Vorhänge. Jetzt nicht. Offenbar war in der ganzen Stadt der Strom ausgefallen. Auch das kannte sie von früher. Besonders im Winter zeigte sich regelmäßig, wie heruntergekommen das Stromnetz ihrer Heimatstadt war. So heruntergekommen wie die Leute, die dort lebten. Zugegeben, irgendwann kehrte der Strom zurück, aber … Jetzt hörte sie von unten ein Geräusch, als sei etwas Schweres auf den Boden gefallen. *Shit.* Barbara saß plötzlich kerzengerade in ihrem Bett.

Carly mit ihrer Familie wohnte nur wenige Häuser weiter. Die Hotelgäste waren in den Nachtstunden allein. Das hieß, *sie* war allein. Und wusste nicht, was sie jetzt tun sollte. Sie hatte zwar Carlys Nummer, aber was konnte diese groß tun, wenn wirklich Einbrecher im Haus waren? Die Polizei rufen? Barbara *war* die Polizei.

Sie warf sich einen Pullover über, stieg in ihre Stiefel und nahm das Halfter mit ihrer Dienstwaffe an sich, das auf dem Nachttisch lag. Ihre Reisetasche befand sich am Fußende des Betts, direkt neben dem Karton mit den Bildern, die Rita ihr freundlicherweise überlassen hatte. Barbara kramte in ihr nach der Taschenlampe, schaltete sie ein und blendete sich prompt selbst, als der Lichtstrahl auf den Spiegel traf.

»Super.«

Erst als der Sternenregen auf ihrer Retina verglüht war, konnte sie sich im Zimmer umsehen. Alles wie gehabt. Nur von unten hörte sie wieder dieses Poltern. Da war doch jemand.

Barbara ging zur Tür, schloss auf und trat auf den Gang hinaus. Dort war es noch kälter als in ihrem Zimmer. Bibbernd schlich sie zum Treppenabsatz und leuchtete ins Erdgeschoss. Nichts. Vorsichtig stieg sie die schmale Treppe hinunter. Schritte, die bei Tage unhörbar waren, wurden jetzt zu einem Ereignis, jede Stufe ächzte unter Barbaras Gewicht. Endlich war sie unten angelangt. Sie atmete durch und drückte die Tür zur Bar auf.

Eine Hand an der Waffe, leuchtete sie durch den Gastraum. Die Stühle waren alle hochgestellt, an den Tischen und in den Sitznischen war niemand, dennoch blieben viele dunkle Ecken. Blind suchte sie nach dem Lichtschalter an der Wand und drückte ihn: Verdammt, der Strom war noch immer weg. Sie richtete ihre Aufmerksamkeit auf die Bar, aber auch hinter der Theke versteckte sich niemand, der ihr hätte gefährlich werden können. Blieb noch die Küche. Barbara wechselte die Hand: Die Taschenlampe kam in die linke, die Pistole in die rechte, man wusste ja nie. Mit der Schulter stieß sie die Pendeltür auf.

Die Küche war nicht sehr groß. Sie sah die Edelstahlfronten von Öfen und Grillstation. Kochbestecke an Wandhaken. Auf dem

Boden lag eine Pfanne. Wie war sie dort hingekommen? Hatte sie jemand vom Herd gestoßen? Sie rückte weiter vor. Was ihr auffiel: wie kalt es hier war. Viel kälter als vorn an der Bar. Als sie weiterging, sah sie auch, warum. Die Tür zum Tiefkühler stand offen, und der hatte wohl seine eigene Stromversorgung. Plötzlich schlug ihr das Herz bis zum Hals. Blitzschnell lenkte sie den Strahl ihrer Taschenlampe in die Kältekammer. Dass ihre Hand dabei zitterte wie Espenlaub, führte sie – in optimistischer Selbstverkennung – auf die extremen Minusgrade zurück. Erst als sie Marcus dort liegen sah, auf seiner kalten Edelstahlbahre, beruhigte sich ihr Puls etwas. Natürlich lag er da. Was hatte sie erwartet? *The Walking Dead?* Trotzdem reichte ihre Erleichterung tiefer, als sie sich eingestehen wollte.

Das Bild, das sich ihr bot, war aber auch so unheimlich genug. Jemand war hier gewesen und hatte offenbar etwas gesucht. Große Stücke Fleisch lagen auf dem Boden sowie Tüten voller ... *Sollten das etwa Eingeweide sein?* Barbara folgte dem Lichtfinger der Taschenlampe in die Kammer und bückte sich, um sich den Inhalt genauer anzusehen. Herzen, es waren Herzen, aber keine von Großwild, eher von ...

KLACK!

Sie wirbelte herum, doch der zuckende Strahl der Taschenlampe traf nur noch auf eine geschlossene Stahltür.

»Scheiße!«

Sie stürzte an die Klinke, rüttelte, zog daran, das verdammte Ding ließ sich nicht mehr bewegen. Sie versuchte, die aufkommende Panik zu bändigen. Solche Tiefkühlräume hatten üblicherweise eine Notentriegelung, laut Arbeitsschutzgesetz war das sogar vorgeschrieben. Aber wo man Leichen nahe Lebensmitteln lagerte, musste man wohl mit allem rechnen. Barbara leuchtete Tür und Türrahmen ab, konnte aber außer zerkratztem Stahl nichts entdecken, das ihr weitergeholfen hätte. Sie erinnerte sich an Nicholls' Worte: »*In erster Linie erwarten die Leute, dass so eine Leiche* sicher *verwahrt ist.*« Im Sinne von hinter Schloss und Riegel. In diesem Gefrierbunker wurde nicht nur Fleisch aufbewahrt, man wollte vor allem seine *Wiederauferstehung* verhindern. Was nun? Vielleicht gab es ja einen Alarmknopf. Abermals suchte sie mit der Taschenlampe danach, wieder vergebens. Sie registrierte erste Taubheitsgefühle in den Fingerspitzen.

Okay, die Uhrzeit? Vielleicht vier Uhr früh. Was bedeutete, dass frühestens in vier oder fünf Stunden jemand diese Tür aufmachte oder ihre Hilferufe hörte. Sie trug lediglich ihren Pyjama, dazu einen Pullover und ihre Stiefel. Hielt sie solange durch? Sie wusste es nicht. Aber ohne Handschuhe bestand auf jeden Fall die Gefahr von Erfrierungen an den Fingern, von einer lebensbedrohlichen Unterkühlung nicht zu reden.

Sie begann, in dem kleinen Raum auf und ab zu gehen und dabei die Hände aneinanderzuschlagen. Sie musste sich irgendwie warm halten. Vor allem aber durfte sie nicht durchdrehen. Gab es da draußen wirklich jemanden, der wollte, dass sie hier erfror? War die Tür vielleicht von selbst zugefallen? Bei dem Gewicht und der Schwergängigkeit der Tür eher unwahrscheinlich. Oder hatte der Betreffende gar nicht gemerkt, dass sie sich in dem Tiefkühlraum befand und keine Möglichkeit hatte, von selbst wieder herauszukommen? Oder war das Ganze sogar nur ein böser Streich und die Scherzbolde lachten sich gerade kaputt bei der Vorstellung, dass sie sich vor Angst in die Hosen machte?

Barbara trommelte mit der Faust gegen die eiskalte Stahltür: »Hey, ist da jemand? Hört mal, ihr hattet euren Spaß, aber jetzt macht auf!« Sie wartete. Nichts. Sie hämmerte stärker. »HILFE! Bitte, das ist nicht mehr witzig, ich erfriere hier. Lasst mich raus!«

Sie leuchtete mit der Taschenlampe mal hierhin, mal dorthin, aber jedes Mal, wenn der Lichtstrahl auf Marcus' Leiche fiel, meinte sie eine irrationale Sekunde lang, eine Bewegung wahrgenommen zu haben. Eine Täuschung, natürlich. Die Bewegung war nur ein Schlagschatten, hervorgerufen durch Barbaras Hantieren mit der Taschenlampe. Marcus lag still in seinem Leichensack und regte sich nicht.

Moment mal, der Leichensack! So ein Leichensack war zwar dafür gemacht, den Verstorbenen vor äußeren Einflüssen zu schützen, aber konnte er ihr auch als Mantel dienen? Die Idee schien absurd und war auch alles andere als anheimelnd, doch wenn sie diese Möglichkeit nicht nutzte, endete sie womöglich wirklich als Leiche.

Barbara trat an die Leiche heran. Mit fühllosen Fingern fummelte sie an dem Reißverschluss. Er war festgefroren, deshalb zog sie heftiger, brach sich sogar einen Nagel ab, ehe er schließlich nachgab. Sie zog ihn ganz nach unten und legte Marcus' bleiches Gesicht frei. Und Marcus sah sie an, aus eingesunkenen grauen Augen hinter halb geöffneten Lidern, der Blick eines Toten.

Waren diese Augen zuvor nicht geschlossen gewesen? Sie wusste es nicht mehr genau. Außerdem blieben die Augen von Toten nicht unbedingt zu. Bestatter verwendeten deshalb oft spezielle Kontaktlinsen mit kleinen Widerhaken, welche die Augenlider fixierten. Konnte es sein, dass sie langsam verrückt wurde? Eigentlich wollte sie nur weg von der Leiche und raus aus dieser Tiefkühl-Gruft. Sie blickte erneut zur Tür. Vielleicht sollte sie noch einmal um Hilfe rufen. So fest sie konnte, hämmerte sie gegen die Tür.

»HEY! HILFE! LASST MICH RAUS!«

Keine Antwort. Sie sank gegen den zerschrammten Stahl. *Das war sinnlos. Sinnlos und hoffnungslos. Es hörte sie niemand ...*

Auf einmal das Geräusch von Metall auf Metall, woraufhin die

Stahltür aufschwang, gegen ihre Stirn knallte und sie zu Boden warf. Wo sie ein ziemlich jämmerliches Bild abgab.

»Au! *Shit!*«

Doch letztlich war Barbara noch nie so froh gewesen, eine Tür ins Gesicht zu kriegen. Einen Moment lang lag sie nur da, zitternd und desorientiert, und versuchte den Anblick von zwei zierlichen Füßen mit schwarz lackierten Zehennägeln einzuordnen. Sie schaute höher und sah erst zwei lange nackte Beine, dann ein Sweatshirt in Übergröße und schließlich die zerzausten roten Haare.

»Mayflower?«

»Detective Atkins?« Mayflower starrte sie entsetzt an.

Barbara brachte sich mühsam in eine sitzende Position. »Was treiben Sie denn hier? Haben *Sie* mich eingesperrt?«

»Aber nein, Ma'am, wie kommen Sie darauf?« Mayflower riss die Augen auf. »Ich habe nur ein Geräusch gehört und bin runter, um nachzusehen, was los ist. Da hörte ich Sie.«

Barbara runzelte die Stirn, da sie Mayflowers Erklärung nicht nachvollziehen konnte. »Was heißt runter? Ich dachte, Sie wohnen nebenan?«

Mayflower blickte sie betreten an, als im Gastraum ein Stuhl umfiel. War etwa noch jemand hier?

»Das ist nur ...«, begann Mayflower, aber Barbara wollte es genau wissen. Sie sprang auf und lief in Richtung Bar.

»Stopp! Stehen bleiben!«, rief sie, als sie, die Hand an der Waffe, durch die Pendeltür brach, wo sie gerade noch mitbekam, wie eine groß gewachsene Gestalt zum Ausgang rannte. »Ich sagte stehen bleiben, oder ich schieße!«

Und tatsächlich gab sie einen Warnschuss in die Luft ab, wobei sie jedoch die Deckenbeleuchtung traf. Glassplitter regneten herab und zwangen den Unbekannten, den Kopf einzuziehen, wodurch er erst gegen einen Tisch krachte und schließlich am Boden lag.

Mit erhobener Waffe ging Barbara auf ihn zu. »Sie bleiben schön hier«, sagte Barbara, während er sich langsam umdrehte und dabei die Hände hob. Barbara leuchtete dem Mann ins Gesicht.

»Ich kann alles erklären«, sagte Dan Garrett.

41

Die Stimmen verfolgten ihn. Anfangs hörte Beau sie nur sporadisch, jetzt aber ließen sie ihn nicht mehr los, flüsterten unentwegt auf ihn ein, sogar im Schlaf. Er stand auf, ging von Zimmer zu Zimmer, aber sie waren immer schon da.

»Lasst mich in Frieden«, brummte er, aber darüber konnten sie nur lachen. »*Das geht nicht, alter Mann*«, sagten sie. »*Wir sind längst ein Teil von dir, alter Mann.*«

Er schüttelte den Kopf. »Und wenn ihr mit Teufelszungen auf mich einredet, ich höre euch nicht zu.« Beau war kein abgedrehter Spinner. Er glaubte an Gut und Böse, Richtig und Falsch. Sagte er. In Wirklichkeit aber ging er nur selten zur Kirche. Er bezeichnete sich als aufrechten Christenmenschen, doch das äußerte sich nie in der Anbetung des Herrn. Seit Patricias Tod fiel sogar das regelmäßige Tischgebet weg. Dafür trank er ein bisschen mehr. Insgesamt war sein Gottesglaube nicht mehr so gefestigt wie vorher.

Was auch an der neuen Predigerin liegen mochte. Irgendwas war an der Frau nicht ganz koscher – und wenn nur die Tatsache, dass sie eine Frau war. Mit so etwas würde er sich nie anfreunden können. Eine Frau als Prediger ... ging gar nicht. Vielleicht musste er sich nur überwinden und könnte dann in den Schoß der Kirche zurückkehren? Vielleicht war jetzt die Zeit des Gebets gekommen. Bei Gott war jeder Tag ein guter Tag.

Ihm war klar, er hätte Jess den neuesten Befund des Doc mitteilen sollen, aber er wollte sie nicht ängstigen. Sie hatte auch so schon genug am Hals mit der Firma und dem Jungen und diesem

Taugenichts von Mann. Vor allem aber – dies war die egoistische Seite daran – wollte er ihr Mitleid nicht. Er wollte auf keinen Fall, dass sie ihn irgendwann genauso ansah wie er ehedem ihre Mutter.

Er ging hinunter in die Küche. Seine Kehle war wie ausgedörrt und fühlte sich kratzig an. Beau drehte den Hahn auf und ließ Wasser in ein Glas laufen. Er stürzte es in einem Zug hinunter. Vielleicht hätte er das nicht tun sollen. In seinem Alter trank man langsam und mit Bedacht. Denn das Wasser stieß ihm sofort auf, kam teilweise sogar zurück. Würgend und spuckend klammerte er sich an den Rand der Spüle, und alles vor ihm drehte sich.

»*Du bist krank, alter Mann, und es wird auch nicht besser. Nie mehr. Während wir mit jedem Tag stärker werden.*«

»Niemals! Das lasse ich nicht zu.«

Doch das glaubte er selbst nicht mehr. Im Gegenteil, die Angst, irgendwann nicht mehr Herr seiner Sinne zu sein und so zu werden wie Patricia, sie hatte sich längst in ihm festgesetzt. Allein dies war ein raumfordernder Prozess. Und nicht einmal der einzige.

»Ich verfluche euch, ihr verdammten ... Ausgeburten ...«

Er wandte sich um und ging zurück ins Schlafzimmer. Auf dem Nachtkästchen das Hochzeitsbild von Patricia und ihm, daneben das gerahmte Foto ihrer Kinder. Auf der Kommode stand ein noch viel älteres Bild: der kleine Beau mit Schwester im Kreis seiner Eltern und Großeltern. Dieses Bild hatte Seltenheitswert, denn wegen seiner Verbrennungen ließ sich der Großvater nur ungern fotografieren.

Die Geschichte dahinter gehörte zu den Mythen seiner Kindheit: Ein Feuer im Bergwerk hatte das Gesicht seines Großvaters verunstaltet. Erst später, als der nahende Tod die Zunge seines Vaters löste, sollte er die ganze Wahrheit erfahren.

Beau trat ans Fenster. Als Patricia so krank war, hatte er oft hier gestanden. Allerdings bei offenem Fenster und Sturmesbrausen, wodurch die angstvollen Schreie seiner Frau im Erdgeschoss weniger hörbar waren.

Jetzt war das Fenster geschlossen, und er musste die Scheiben mit dem Ärmel erst von Beschlag befreien, um hinauszusehen. Sein Herz setzte aus. Unten vor dem Haus standen drei Gestalten, zwei Männer und ein Halbwüchsiger. Mit glühenden Augen, einer Haut so bleich wie der Schnee und angetan mit Kleidung aus Tierhäuten, die im eisigen Wind flatterten. Das war unmöglich, dachte er. Ihr seid tot. Alle tot.

»Sehen wir etwa wie tot aus? Vielleicht waren wir die ganze Zeit hier und haben auf dich gewartet? Nur dass du uns jetzt erst siehst – statt uns nur zu hören.«

Beau zuckte zurück und versteckte sich hinter der Wand. Sein Herz raste, und Schweiß trat ihm auf die Stirn. Das war nicht real, konnte nicht real sein. Schwer atmend versuchte er sich zu beruhigen. Dann, mit äußerster Vorsicht, riskierte er einen Blick an den gerafften Vorhängen vorbei.

Und starrte direkt in die Fratze eines Mannes vor dem Fenster. Er schrie auf. Doch an dem Gesicht selber konnte kein Zweifel bestehen. Es ging auch nicht weg, sondern blickte mit lodernden Augen und gefletschten Zähnen in sein Schlafzimmer. Die Erscheinung drückte sogar die Hand gegen die Scheibe.

»Nein, nein, nein.«

Vampire konnten nicht durch die Luft fliegen. Es konnte also nur …

»… kann alles nur in deinem Kopf sein? Eine bloße Halluzination?«

Beau ächzte. Brechreiz überkam ihn. Er taumelte durch den Flur ins Bad und schaffte es gerade noch über die Kloschüssel, wo er sich minutenlang erbrach, bis nichts mehr da war und seine Bauchmuskeln schmerzten.

Mit letzter Kraft betätigte er die Wasserspülung und erhob sich auf zitternden Knien, um sich über dem Waschbecken kaltes Wasser ins Gesicht zu schaufeln. Er sah sich im Spiegel an. Seine weißen Haare waren mittlerweile so dünn, dass die rosa Kopfhaut durchschimmerte. Seine bleiche Gesichtsfarbe, die ausgeprägten Tränensäcke und diese tiefe Verunsicherung in allem legten nur einen Schluss nahe: Er hatte sich etwas eingefangen. Und diesmal war es etwas Ernstes.

»Was ist das?«, krächzte er aus einer von Magensäure verätzten Kehle. »Was macht ihr mit mir?«

Aus den tiefsten Verliesen in seinem Kopf hallte ein Lachen nach oben, und die Stimmen wisperten:

»Das weißt du ganz genau.«

42

Irgendwann war auch der Strom wieder da. Mayflower hatte sich vollständig angezogen und machte Kaffee für alle. Sie setzte sich zu Dan auf die Stuhllehne, kreuzte die Arme vor der Brust und blickte Barbara aus ihrem blassen Gesicht trotzig an.

»Jetzt kommt schon«, sagte Barbara. »Warum erzählt ihr mir nicht, was ihr hier wolltet? Intime Details könnt ihr auch gerne weglassen, das interessiert mich nicht.«

Die beiden schauten sich an.

»Nur, bitte, erzählt mir nicht, dass es nicht so ist, wie es aussieht«, fügte Barbara hinzu.

Dan seufzte. »Na gut. Mayflower und ich treffen uns hier einmal im Monat unverbindlich in einem der Fremdenzimmer.«

»Wie romantisch.«

»Mit Romantik hat das nichts zu tun«, sagte Mayflower. »Es geht nur um Sex.«

Barbara hob eine Braue. »Und was hält Ihre Frau von diesen Eskapaden?«, fragte sie Dan.

Er rutschte nervös auf dem Stuhl hin und her. »Sie weiß nichts davon. Ich sage ihr, ich gehe auf die Jagd oder zum Nachtfischen.«

»Und das nimmt sie Ihnen ab?«

Er blickte sie gereizt an. »Jess ist es, glaube ich, ziemlich egal, was ich treibe. Sie hängt ohnehin nur noch mit dieser Pfarrerin zusammen. Unsere Ehe ist schon länger im Eimer.«

»Warum sind Sie dann noch mit ihr zusammen?«

»Es ist kompliziert.«

»Der Grund ist Stephen«, unterbrach Mayflower. »Dan kann nicht einfach alles stehen und liegen lassen. Er ist ein guter Vater.«

Ein so guter Vater, dass er sich sogar um ein Mädchen »kümmert«, das nicht viel älter ist als sein Sohn.

»Okay, Sie haben sich also für diesen Abend verabredet?«

Mayflower nickte. »Um halb elf war im Grill Schluss. Dad hat noch die Kasse gemacht und abgeschlossen und war um zwölf zu Hause. Ich wartete ab, bis im Haus alles still war, und kam dann zurück. Dan schrieb mir eine SMS, und ich ließ ihn über den Seiteneingang rein.«

Barbara nickte. »Um welche Uhrzeit war das?«

»Halb zwei.«

»Und alles war abgeschlossen?«

Mayflower nickte. »Ja, Ma'am.«

»Ihnen ist im Umkreis des Grills auch niemand aufgefallen?«

»Nein.«

»Sieht so aus, als ginge es hier nach der Sperrstunde noch einmal richtig rund«, sagte Barbara. »Jede Menge Leute unterwegs.«

Mayflower reagierte mit schwachem Achselzucken. »Die einzigen Alternativen sind der Wald oder Dans Auto – wo man sich zu dieser Jahreszeit den Arsch abfriert.«

Es war *die* Zeit für wahre Romantik.

Barbara nahm einen Schluck Kaffee. »Ist Ihnen aufgefallen, dass zeitweise der Strom weg war?«

»Nein.«

»Aber irgendetwas hat Sie aufgeschreckt?«

»Ja, unten war Lärm. Und jemand hat gerufen.«

»Das war dann wohl ich«, sagte Barbara mit einem dünnen Lächeln. »Und Sie gingen runter und haben den Tiefkühlraum aufgemacht?«

»Genau.«

Barbara schaute zu Dan. »Und Sie, Sir? Wo waren Sie?«

»Ich war direkt hinter Mayflower.«

»Komisch. Für mich sah es eher so aus, als wollten Sie sich schnell aus dem Staub machen.«

Dan blitzte sie getroffen an. »Ich wollte Mayflower schützen.«

»Ach wirklich?«

Mayflower legte ihm die Hand auf den Arm. »Wir hatten vereinbart, dass wir keinem etwas sagen, bis Stephen sechzehn ist.«

Dan nickte matt.

»Dann wollten wir dieses Dreckskaff hinter uns lassen und woanders neu anfangen, stimmt doch, Dan, oder?«

Er rang sich ein laues Lächeln ab. »Stimmt.«

Barbara nahm seine ganze Erscheinung in den Blick. Wie oft hatte sie diesen Spruch schon gehört, den Mädchen auf der ganzen Welt für *die* Option auf eine glänzende Zukunft hielten? Hätte sie jedes Mal einen Dollar kassiert, wäre sie jetzt auf den Bermudas statt im Herzen der Finsternis.

Wenn die Zeit reif ist. Wenn die Kinder erwachsen sind. Dann, ja, dann brechen wir auf in ein neues Leben.

Nur dass es in den seltensten Fällen dazu kam. Selbst die, die den Mut dazu aufbrachten, kehrten oft kleinlaut zurück. Weil das Gras jenseits des Zauns eben doch nicht grüner war als das struppige Zeug, das man kannte. Weil junge Mädchen nicht ewig jung blieben. Weil selbst der aufregendste Sex irgendwann langweilig wurde. Weil Babys einen mit fünfzig mehr schlauchten als mit dreißig.

Barbara hätte Mayflower für klüger gehalten, als auf die verlogene Show eines verheirateten Mannes hereinzufallen. Aber vielleicht war ihre ultracoole, zynische Art nichts weiter als das: eine Show. Reine Pose.

»Hören Sie«, sagte Dan. »Wir haben Ihre Fragen beantwortet. Wir haben kein Verbrechen begangen. Aber es ist jetzt halb fünf Uhr, und ich muss wirklich nach Hause.«

Einen Moment lang war Barbara versucht, ihn schmoren zu lassen. Oder ihn gar auf die Wache zu bringen, wo er seine Aussage auf Band wiederholen und seinen Ehebruch gewissermaßen amtlich machen müsste.

Aber was brachte das? Am Ende war sogar Mayflower die Leidtragende, während Dan in seine zerrüttete Ehe mit Jess und Sohn zurückkehrte – welcher vielleicht zum ersten Mal einen Eindruck vom wahren Charakter seines Vaters bekam. Und welches Kind brauchte das? Manchmal hielten Lügen eine Familie effektiver zusammen als die viel beschworene Liebe.

»Natürlich, Sir, Sie können gehen. Und danke für Ihre Mithilfe. Wenn Sie mir noch Ihre Telefonnummer für eventuelle Rückfragen geben könnten?«

Dan holte sein Handy hervor, und Barbara übernahm die Nummer in ihre Kontakte. Sie grinste zufrieden. »Dann wünsche ich Ihnen noch einen angenehmen Tag im Kreise Ihrer Familie. Für einen guten Vater wie Sie gibt es eigentlich nichts Schöneres, oder?«

Dan hätte darauf nur zu gern etwas gesagt, wollte aber nichts riskieren.

»Ich bring dich nach draußen«, sagte Mayflower.

»Schon gut. Das schaffe ich noch selbst.«

Er ging würdelos und ohne Abschiedskuss, lugte sicherheitshalber sogar aus der Tür, um nicht erkannt zu werden. Dann war er weg.

»Ich verstehe ja, was Sie in ihm sehen«, sagte Barbara. »Ein echter Traumprinz.«

Mayflower sah sie genervt an. »Falls Sie es noch nicht gemerkt haben: Vorzeigbare Männer kann man in Deadhart *suchen*.«

»Tue ich nicht«, sagte Barbara.

»Brauchen Sie mich noch, oder kann ich jetzt gehen?«, fragte Mayflower.

»Sie könnten sich mit mir noch etwas ansehen. Ich hätte gerne Ihre Meinung dazu.«

Das Mädchen seufzte. »Na gut.«

Barbara stand auf und ging in die Küche. »Bewahren Sie – außer den Leichen – noch andere Sachen im Tiefkühlraum auf?«

»Ab und zu mal einen Wildschweinrücken von Jägern, solche Sachen.«

»Sonst nichts?«

»Nicht dass ich wüsste.«

»Okay.« Barbara öffnete den Tiefkühlraum, hielt aber inne und blickte nach hinten. »Auch auf die Gefahr hin, mich lächerlich zu machen, aber könnten wir vielleicht etwas vor die Tür stellen, damit sie nicht zufällt?«

Mayflower ging in die Bar und kam mit einem schweren Barhocker zurück, den sie entsprechend platzierte.

Erst der Anblick der Plastiksäcke mit den gefrorenen Innereien brachte sie aus der Fassung. »*Shit*, was ist denn das?«

»Das habe ich mich auch gefragt«, sagte Barbara und hob einen davon auf. »Wissen Sie, was das ist?«

Mayflower riss die Augen auf. »Sieht aus wie Herz. Aber nicht vom Schwein, das steht fest.«

»Richtig. Es sind vermutlich Vampirherzen. Und dazu frisch.«

Barbara sah sich weiter um. Als sie mit Nicholls hier war, hatte ihre Aufmerksamkeit allein der Leiche von Marcus gegolten, jetzt war auch alles andere von Interesse.

Mayflower rieb sich frierend die Arme. »Was suchen Sie eigentlich genau?«

»Das weiß ich eben nicht«, sagte Barbara und ging zu einem Regal mit geschlossenen Stahlbehältern. Sie hob einen Deckel an. In dem Behälter war aber nur diverses Wildfleisch in Frischhaltefolie. Sie überprüfte weitere Stahlboxen mit demselben Ergebnis und fragte sich schon, ob ihr Instinkt sie nicht in die Irre führte. Nur noch die beiden letzten Behälter ganz hinten. Sie waren größer als die im vorderen Teil des Regals, aber zugleich leichter. Sie hob von einem der Boxen den Deckel an.

»Heilige Scheiße!«

Angewidert ließ sie Deckel und Behälter fallen. Letzterer landete auf der Seite und spie seinen Inhalt auf den Boden. Ein spezielles Stück Fleisch rollte Barbara vor die Füße.

Mayflower stieß einen Schrei aus, aber Barbara war außerstande, den Blick abzuwenden.

Von unten starrte sie ein abgetrennter Vampirkopf an.

43

»Wir wussten nicht, was in den Behältern war. Wir wollten dem Doc nur einen Gefallen tun.«

Carly hatte eindeutig den Kampf aufgenommen. Mit verschränkten Armen sah sie Barbara herausfordernd an.

Barbara blickte ruhig zurück. »Das heißt, die Boxen gehören gar nicht Ihnen?«

Carly schaute kurz zu ihrem Ehemann. »So ist es.«

»Und Sie haben sich auch nie gefragt, was Dalton bei Ihnen aufbewahren wollte?«

»Nein.«

»Was ist mit den Herzen? Sie lagen abgepackt, aber gut sichtbar bei Ihnen im Regal. Fanden Sie das nicht makaber?«

»Ich dachte, sie wären für ein Forschungsprojekt oder so.«

»*Menschliche* Herzen?«

»Vampire sind keine Menschen«, blaffte ihr Mann, und Barbara konnte ihren Triumph nur dadurch kaschieren, dass sie angelegentlich durch ihre Notizen blätterte. Hah! Jetzt endlich konnte sie sie festnageln.

»Das heißt, Sie wussten, dass es sich um Vampirherzen handelte, Sir?«

»Das hat er nicht gesagt«, schnappte Carly. »Hören Sie, wir haben Ihnen alles gesagt, was wir wissen. Und der Doc ist tot, deshalb frage ich mich, was Sie noch von uns wollen.«

Barbara seufzte. Sie saßen zu viert im Gastraum der Bar, Barbara sogar noch im Pyjama.

Nach dem Anruf bei Carly hatte sie mit dem Handy die ganze grausige Szene dokumentiert und anschließend sowohl die Herzen als auch den Kopf wieder in die Plastiksäcke und in die Box zurückgelegt. Der Kopf war männlich, Barbara schätzte das Alter auf Ende vierzig, doch der Frisur und den Piercings nach zu urteilen, war es definitiv keine historische Trophäe, sondern frische Beute. Der zweite Behälter enthielt übrigens einen weiteren Kopf: jung, weiblich, wasserstoffblond mit einem modischen Undercut, was die Datierung erleichterte. Vielleicht die Freundin des Mannes? Haut und Zähne der Toten waren in einem schlechten Zustand. Ein Indiz auf Einzelgänger ohne festes Dach über dem Kopf? Vampire, die von ihren Kolonien verstoßen wurden, lebten ja gefährlich. Barbara war überzeugt, dass sie nicht aus der näheren Umgebung stammten, denn sie besaßen diesen spezifischen urbanen Junkie-Look.

»Ob Sie davon wussten oder nicht, ist völlig unerheblich«, sagte Barbara. »Der Besitz von solcherart Material stellt in jedem Fall eine Straftat dar.«

»Das ist doch Quatsch! Sie können uns nicht für etwas verantwortlich machen, von dem wir nichts wussten.«

»Mom!«, versuchte Mayflower sie zu beruhigen.

»*Du* bist still, zu dir komme ich später. Vor allem hätte ich gern gewusst, was du um fünf Uhr morgens im Grill zu schaffen hast.«

»Hab ich dir doch gesagt, Mom. Ich konnte nicht schlafen und dachte, dann kann ich auch schon mal anfangen mit Putzen ...«

Carly glaubte ihr kein Wort, doch Barbara lenkte ihre Aufmerksamkeit zurück zur eigentlichen Frage. »Ma'am, ich muss Ihnen leider sagen, dass auch in dieser Hinsicht Unkenntnis nicht vor Strafe schützt. Falls Sie also noch irgendwie zur Aufklärung des Sachverhalts beitragen können, so kann ich Ihnen nur dazu raten.

Schweigen wird jedenfalls Ihre Position nicht verbessern, das verspreche ich Ihnen.«

Barbara versah die kurze Predigt mit einem offenen Lächeln an Carly und Hal, und es war schön zu sehen, wie Hal jetzt gern etwas beigetragen hätte.

Unglücklicherweise riss Carly erneut das Wort an sich. »Wir haben nichts weiter zu sagen«, bemerkte sie schroff.

»Wie Sie meinen ... In diesem Fall erkläre ich dieses Lokal zum Tatort. Was bedeutet, dass Unbefugte das Gebäude nicht mehr betreten dürfen, bis die Beweissicherung abgeschlossen ist.«

»Was? Und was wird aus uns? Wir müssen Geld verdienen.«

»Das dürfen Sie auch. Aber nicht am heutigen Morgen. Der Grill ist bis auf Weiteres geschlossen.«

Carly und Hal starrten sie mit unverhohlener Feindseligkeit an. Abermals versuchte Mayflower, ihre Mutter zurückzuhalten. »Mom, davon geht nicht die Welt unter.«

Carly stieß sie fort. »Ach nein? Du musst die Rechnungen ja nicht bezahlen.« Lautstark schob sie ihren Stuhl zurück. »Gehen wir. Lassen wir den Detective in Ruhe weiterschnüffeln.«

Auch Hal und Mayflower waren aufgestanden. Carly machte aber keine Anstalten, das Feld zu räumen, sondern blitzte Barbara giftig an: »Ich hätte gedacht, ein toter Fünfzehnjähriger wäre Ihnen wichtiger als dieses Vampirgesocks. Aber so kann man sich täuschen. Meiner Meinung nach verdienen diejenigen, die diese Blutsauger kaltgemacht haben, einen Orden.«

»Ich werde Ihre Einlassung zu diesem Thema bei meiner weiteren Arbeit berücksichtigen.«

Das Trio rückte ab. Barbara räusperte sich und rief: »Nur noch eine Kleinigkeit ...«

Carly wandte sich um.

»Wenn ich um Ihre Schlüssel bitten dürfte.«

Carly schüttelte den Kopf, gab aber nach und löste zwei Schlüssel aus ihrem Schlüsselring. Hal und Mayflower folgten ihrem Beispiel.

»Sind das alle?«, fragte Barbara.

»Ja«, sagte Carly.

Barbara hatte ihre Zweifel, konnte aber nichts machen. Falls sie nicht doch noch Einbruchspuren entdeckte, musste ein weiterer Schlüssel existieren. Entweder das oder jemand hatte sich vor Schließung des Grills irgendwo versteckt.

»Danke, Ma'am. Sobald ich hier fertig bin, gebe ich Ihnen Bescheid.«

Carly schnaubte und verließ samt Familie das Lokal. Nur Mayflower wandte sich an der Tür noch einmal um und sandte Barbara ein stilles »Danke«.

Barbara quittierte es mit einem Nicken. Es war nicht ihre Aufgabe, Eltern über das Liebesleben ihrer Tochter aufzuklären, zumal es, soweit sie es beurteilen konnte, nichts mit dem Fall zu tun hatte. Oder doch? Barbara wusste immer weniger, wer eigentlich *nicht* in den Fall involviert war. Irgendwie erbrachte jede weitere Erkenntnis keine Lösung, sondern nur neue Fragen.

Unstrittig war für sie lediglich zweierlei. Erstens: Der Tod von Dr. Dalton war kein Selbstmord. Zweitens: Bei seinem lukrativen Trophäenhandel hatte er Komplizen gehabt. Einer davon war am frühen Morgen in den Grill eingedrungen, um die Beweise verschwinden zu lassen. Den Tod des eingesetzten Polizeibeamten hätte er dabei in Kauf genommen.

Preisfrage: War dieselbe Person auch für den Tod von Marcus und Dalton verantwortlich? Oder gab es in dem winzigen Deadhart mehr als einen Killer?

An diesem Morgen wäre es so weit, hatte er gesagt. An diesem Morgen würde es geschehen. Das Mädchen solle sich bereithalten. Aber ohne Uhr hatte sie keine reale Zeitvorstellung. Er hatte gesagt, sie solle so gut wie möglich die Minuten zählen. Und über die Minuten die Stunden.

Jetzt hörte sie vor dem niedrigen Kellerfenster Stimmen. Sie zerrte an ihrer Kette.

»Kommen die Steine und der Zement direkt vor die Wand?«

»Wenn Sie so freundlich sein wollen. Endlich mal jemand, der mit anpackt. Nicht wie sonst bei diesen Baustofflieferungen. ›Frei Bordsteinkante‹ nutzt mir ja nichts. Und dazu pünktlich wie die Maurer, Respekt!«

»Ich kann Ihnen die ganze Ladung doch nicht einfach vor die Haustür kippen.«

»Ich bin es gewöhnt.«

»Apropos Maurer, sind Sie sicher, dass Sie sich mit diesem Projekt nicht zu viel zumuten? Eine junge Dame wie Sie sollte so grobe Arbeiten nicht machen – meine Meinung.«

Das Mädchen verzog das Gesicht. Junge Dame war ja wohl ein Witz. Ihr Fänger war alt. Warum log er?

»Danke für das Angebot, aber ich komme schon zurecht.«

»Okay.« Dann wurde es kurz still. »Dürfte ich Sie noch um etwas bitten?«

»Was?«

»Ich müsste mal kurz auf die Toilette. Ich habe noch jede Menge

andere Lieferungen und bin vor der Abfahrt nicht mehr dazu gekommen.«

Ein geradezu hörbares Zaudern. Ihr Fänger traute niemandem, und Besuch hatten sie nur selten. Sie lebten isoliert und weitgehend autark, was abermals nur zu ihrem Besten war.

Dann hörte sie ihren Fänger sagen: »Aber sicher, das ist doch das Mindeste.«

»Ich danke Ihnen.«

Die Stimmen entfernten sich. Wanderten zur Vorderseite des Hauses. Dorthin, wo es geschehen würde. Wo ihr Plan entweder gelang oder scheiterte.

»Wir werden ihnen aber nichts tun«, hatte ihr Retter gesagt. »Wir wollen nicht wegen Mordes auf der Fahndungsliste landen. Wir werden nur die Schlüssel an uns nehmen und dich rausholen.«

Wobei sie sich fragte, wann sie es ihnen denn »heimzahlen« wollten. Gesagt hatte sie aber nichts. Denn vorerst musste sie ihrem Retter vertrauen. Er war ihre einzige Chance.

Sie setzte sich wieder aufs Bett. Sie merkte, wie sie den Atem anhielt. Oben hörte sie den Holzboden knarzen, die Stimmen waren aber zu weit weg, um Einzelheiten mitzukriegen. Dann jedoch kam es zu einem Geräusch, das mühelos durch die Decke drang: ein einzelner Schrei. Gefolgt von einem dumpfen Aufschlag. Alles in ihr spannte sich an. Oben war plötzlich Tumult. Sie hörte Schritte, viele Schritte, aber sie unterschieden sich von denen ihres Fängers, waren leichter, schneller, wie hingetupft. Endlich, nach bangen Sekunden, hörte sie auch den Schlüssel im Schloss der Kellertür. Die Tür ging auf mit dem allzu bekannten Quietschen. Aber die Schritte auf der Treppe waren neu und nie gehört.

Sie war starr vor Anspannung. Bis eine Gestalt um die Ecke bog.

Zum ersten Mal in all den Jahren sah sie in ein Gesicht, das anders war als das ihres Fängers.

44

Schnee legte sich auf die Stadt wie ein schweres Leichentuch. Nur ganz vereinzelt lugten noch armselige Weihnachtslämpchen aus der eisigen Bedeckung, während die Autos am Straßenrand zu bewegungsunfähigen Ungetümen heranwuchsen. Ein paar Trucks und SUV pflügten noch durch die weißen Massen, aber es schneite in einem fort, und bald ging auch für die Unentwegten nichts mehr.

Barbara wandte sich vom Fenster ab und setzte sich an den Schreibtisch.

»Ich fürchte, Jess hatte recht. Die Kavallerie wird wohl nicht kommen.«

»Schlimmer«, sagte Tucker. »Es kommt auch niemand mehr raus.«

Barbara rieb sich die Augen. »Und ich habe den einzigen Laden zugesperrt, wo man jetzt noch ein Bier bekäme.«

»Sie verstehen sich wirklich auf die Kunst, beliebt und einflussreich zu werden.«

Barbara hielt den Kommentar für völlig überflüssig und sah ihn auch so an. »Glauben Sie, Carly und Hal haben gelogen, was die Vampirköpfe angeht?«

»Klar war das gelogen. Ein Blick in ihre Kontoauszüge wäre bestimmt aufschlussreich. Ich wette, wir finden da Zahlungen von Doc Dalton.«

»Ich kümmere mich um eine Herausgabeverfügung.« Sie notierte den Punkt.

»Was ist eigentlich mit unserem mysteriösen Tätowierer? Könnte er dem Doktor zugearbeitet haben?«, fragte Tucker.

Er hatte Barbara von seinem Gespräch mit Jess berichtet. Aus irgendeinem Grund war sie ihm gegenüber sehr viel gesprächiger, was die Frage aufwarf, ob die beiden nicht eine gemeinsame Vorgeschichte hatten.

»Auch das ist denkbar«, sagte sie. »Nur, wer macht so etwas in Deadhart?«

»Nathan hat Tattoos«, sagte Tucker. »Die Verbindung ist ohnehin gegeben, weil Jacob für den Doc gearbeitet hat.«

Dass Nathan eine Rolle spielte, war auch Barbara bewusst. Die Frage war nur, welche.

»Und dann wäre da noch Kurt Mowlam«, sagte sie. »Er hat sich am selben Abend mit Dalton gestritten, und wir haben uns sein Haus noch nicht angesehen.« Sie tippte mit dem Kuli an ihr Kinn. »Wir sollten uns beide noch mal vornehmen.« Sie hielt auch diesen Punkt auf dem Block fest und sah dann erneut Tucker an. »Was halten Sie eigentlich von dem Anschlag auf die Kirche?«

Kopfschütteln bei Tucker. »Ergibt für mich überhaupt keinen Sinn. Warum sollte Athelinda die Lage eskalieren, wenn die allgemeine Stimmung auch so schon überhitzt ist? Dafür ist sie zu schlau.«

Er hatte recht, es ergab keinen Sinn. Es sei denn, die Kolonie legte es auf eine Eskalation an.

»Vielleicht will sie die Bürger der Stadt zu unbedachten Reaktionen provozieren?«

»Warum sollte sie?«

»Um die Stadt ins Unrecht zu setzen. Dann könnte sich die Kolonie auf ihr Widerstandsrecht berufen. Es gab schon einmal einen solchen Fall in Maine, wo ein halbes Dutzend Männer versucht hatte, eine Kolonie niederzubrennen. Am Ende waren zwei von ihnen tot, aber eine Keulung wurde untersagt, weil sie widerrechtlich und mit böser Absicht ein geschütztes Vampir-Habitat betreten hatten.«

Tucker sah sie an. »Die Situation wäre auf jeden Fall günstig, da wir derzeit keine Unterstützungskräfte anfordern können. Sollten sich die Leute zu einer Vergeltungsaktion hinreißen lassen … es wäre ein verdammtes Gemetzel. Aber nicht unter den Vampiren.«

Barbaras Handy klingelte, und sie schaute aufs Display: Nicholls. Barbara entschuldigte sich und drückte auf Annehmen. »Hallo, Sir.«

»Atkins, wie ist die Lage?«

Einmal mehr fiel ihr der Unterschied in ihrer Sprechweise auf. Auf der einen Seite Nicholls' herrisch verknappter Ton, auf der anderen Tuckers schleppender Singsang, der selbst ein Wort wie »Unterstützungskräfte« wie Bluegrass klingen ließ.

»Gut. Wir machen Fortschritte. Und Sie?«

»Ich sterbe hier vor Langeweile. Ich höre, Sie haben den Grill dichtgemacht?«

Offenbar hatte sich Carly gleich ans Telefon gehängt.

»Das ist korrekt, Sir. Wir haben in dem Tiefkühler Vampir-Artefakte sichergestellt, der Laden ist somit ein Tatort.«

Ein langer Seufzer schlängelte sich durch den Äther. »Können Sie das sichergestellte Material nicht woanders lagern?«

»Das habe ich vor.«

»Gut. Und vielleicht nutzen Sie die anstehende Bürgerversammlung, um sich mit den Leuten wieder ins Benehmen zu setzen. Nach dem Angriff auf die Kirche sind sie zusätzlich verunsichert. Und sehr zornig. Tun Sie was dagegen.«

Das wusste er also auch schon. Dahinter steckte natürlich Rita.

»Ich gebe mir alle Mühe.«

»Sagen Sie ihnen endlich, worauf sie schon so lange warten.«

»Und das wäre, Sir?«

»Dass Sie die Kolonie zur Keulung freigeben.«

Barbara stellten sich die Nackenhaare auf. »Dazu sehe ich mich zum jetzigen Zeitpunkt nicht in der Lage.«

»Lassen Sie mich ausreden. Der Schneesturm legt in den kommenden Tagen alles lahm. Niemand kann bei diesem Wetter irgendwas unternehmen. Das verschafft Ihnen Zeit. Sollten Sie unterdessen wirklich noch etwas finden, können Sie die Keulung leicht widerrufen. Aber zumindest haben Sie nicht alle Leute gegen sich.«

»Und was, wenn sich das auch in der Kolonie herumspricht?«

»Sorgen Sie dafür, dass das nicht passiert.«

»Ich überleg's mir«, sagte sie widerstrebend.

»Tun Sie das. Und wenn Sie mich jetzt bitte entschuldigen wollen: Ich muss in diese verdammte Bettflasche pinkeln.«

»Auf Wiederhören, Sir.«

Das Telefonat wurde grußlos beendet.

Barbara blickte zu Tucker. »Haben Sie das mitgekriegt?«

»In etwa.«

»Was halten Sie davon?«

»Ich weiß nicht, ob ich seine Probleme beim Wasserlassen wirklich wissen will.«

»Und sonst?«

»Wäre zu überlegen. Wie er sagt: Es verschafft Ihnen Zeit. Und verhindert möglicherweise so manche Dummheit – falls Sie mit Ihrer Vermutung über Athelindas Absichten richtigliegen.«

»Na gut, ich denke darüber nach.« Sie schaute auf die Uhr. »Ich muss los. Begleiten Sie mich?«

»Ich glaube nicht, dass ich eine große Hilfe wäre. Ich wollte eigentlich ins Lame Horse, um Nathans Alibi zu überprüfen.«

»Aber wir haben nur einen Wagen«, sagte Barbara.

»Mist.«

»Tucker kann meinen nehmen.«

Barbara drehte sich um. Sie hatte Rita gar nicht kommen hören. So auffällig dieses Energiebündel in ihrem knallroten Schneeanzug auch war, sie bewegte sich lautlos wie ein Ninja.

»Danke, Rita.«

Rita lächelte. »Aber immer. Ich kann doch unseren neuen Deputy nicht hängen lassen. Der Wagen hat sogar nagelneue Winterreifen drauf.« Sie fixierte Tucker mit ihren blitzenden schwarzen Augen. »Fahren können Sie noch, oder?«

»Ich hatte schon einen Führerschein, da waren Sie nicht einmal geboren.«

Sie lachte: »Genau das meinte ich.«

Dann warf sie ihm die Autoschlüssel zu. Tucker fing sie lässig auf.

Mit einem Mal fühlte sich Barbara wieder wie der *Cheechako*. Unbeachtet, ausgeschlossen von allem. Sie griff nach ihrem Mantel. »Haben Sie noch einen Tipp für mich? Etwas, das ich beachten sollte?«

Tucker hob die Brauen. »Das fragen Sie *mich*?«

»Auch wieder wahr.«

Rita blickte Barbara an. »Sind Sie bereit?«

Die Kirche war rappelvoll. Die etwa hundert Sitzplätze waren ausnahmslos besetzt, und noch einmal so viele Leute drängten sich im Mittelgang und an den Wänden. Zwar war nicht die ganze Stadt erschienen, aber doch ein gehöriger Teil.

Das tote Schwein und die Kriegserklärung im Schnee hatte man inzwischen entfernt, doch das verkohlte Kreuz war geblieben und stand da wie ein Mahnmal. Ebenso hatte man die Scherben weggekehrt und die Fenster notdürftig mit Sperrholzplatten repariert, mit dem Ergebnis, dass es in der Kirche noch düsterer war als sonst. Die wenigen Glühbirnen an der Decke vermochten wenig gegen das katakombenhafte Zwielicht auszurichten, das über der ganzen Szene lag und mehr oder weniger auch die Gefühlslage der Stadt wiedergab.

Vorne im Chorraum war jedoch alles wie gehabt. Da waren der kleine hölzerne Altar und der Lettner, im Hintergrund überragt von einem überdimensionalen weißen Kreuz. Neben dem Altar hatte man drei Stühle aufgestellt. Dort stand bereits Colleen Grey und redete mit Carly. Kein Anzeichen von Grace, Colleens bleichem Schatten.

Barbara und Rita gingen durch den Mittelgang auf die beiden zu, und sämtliche Köpfe drehten sich mit. Das Getuschel verstummte. Zumindest haben die Leute ihre Mistgabeln zu Hause gelassen, dachte Barbara. Doch davon ließ sie sich nicht täuschen. Wenn Blicke töten könnten, läge sie bereits mit Pfeilen gespickt am Boden.

Colleens Begrüßung war übertrieben herzlich. »Rita, Detective Atkins: Herzlich willkommen zu unserer Versammlung.«

Barbara war dagegen machtlos. Die Schlange wusste genau, wie sie ihre Giftinjektion setzen musste.

Carly auf der anderen Seite tat sich keinen Zwang an. »Gibt ja sonst keinen Ort mehr, an dem die Leute zusammenkommen können«, zischte sie.

Ehe Barbara darauf antworten konnte, hatte Carly sich umgedreht und stakste auf ihren dünnen Beinen zu ihrem Platz.

»Danke, dass Sie sich dazu bereit erklärt haben«, sagte Colleen und schnappte sich Barbaras Hand. »Die Stadt weiß das zu schätzen.«

»Gerne«, sagte Barbara, und die kurze Antwort war ihr Glück, da sie im selben Moment mit Erschrecken bemerkte, woraus das große Kreuz an der Rückwand eigentlich bestand: Knochen.

Colleen entging das nicht, deshalb erklärte sie: »Ein antikes Stück, an das ich über einen guten alten Freund gelangt bin.«

»Natürlich«, sagte Barbara. »Sollen wir anfangen?«

Barbara und Rita nahmen ihre Plätze ein, während Colleen das Wort an die Gemeinde richtete.

»Danke, dass ihr in so großer Zahl an diesen Ort des Gebets gefunden habt. Die vergangenen Tage waren für uns alle in Deadhart eine harte Prüfung. Ein Kind ist tot, und ein dunkler Schatten fiel auf diese Stadt und trug Leid, Trauer und Zorn in unsere Mitte.« Sie legte eine Kunstpause ein. »Doch damit nicht genug. Gestern Abend griff die Kolonie sogar diese Kirche an …«

Ein Raunen ging durch die Menge. Das fängt ja gut an, dachte Barbara.

»Dennoch verzagen wir nicht. Die Mächte der Finsternis werden immer versuchen, das Licht auszulöschen, aber es wird ihnen nicht gelingen. Denn Gott ist mit uns und schenkt uns neue Kraft in unserem Kampf gegen das Böse.« Erneute Pause. »Gleichzeitig wollen viele von euch wissen, was eigentlich die zuständigen Behörden tun, um uns in unserem gerechten Kampf zu unterstützen. Deshalb habe ich Detective Atkins gebeten, uns darzulegen, wie sie den Mörder von Marcus Anderson finden und die Sicherheit in unserer Stadt wiederherstellen will.«

Colleen trat zur Seite und machte eine einladende Geste in Richtung Barbara. So ist es richtig, dachte Barbara. Erst die Leute aufputschen und dann den Sündenbock präsentieren. Aber da musste sie jetzt durch. Barbara trat hinter den Lettner, ließ den Blick über die Masse schweifen, der sie nun zum Fraß vorgeworfen wurde. Marcus' Eltern konnte sie nirgendwo entdecken, dafür Mowlam, der in einer der vorderen Reihen lümmelte. Carly und Hal saßen weiter hinten, aber Carlys hasserfüllter Blick übersprang die Distanz locker. Nur Jess Garrett, mit der sie fest gerechnet hatte, war nicht da, wahrscheinlich weil sie ihr Mütchen bereits gekühlt hatte. Andere Gesichter hatte Barbara zuvor gesehen, nur fehlten ihr die Namen. Doch sie alle einte die fundamentale Ablehnung dessen, was sie nun sagen musste. Barbara stand einer Mauer aus unzugänglichen Augen und verschränkten Armen entgegen.

»Danke, Reverend Grey«, sagte sie und räusperte sich. »Wie viele von Ihnen bereits wissen, bin ich Detective der Abteilung für forensische Vampiranthropologie.«

»Scheiß auf deinen geschwollenen Titel«, rief jemand aus dem Schutz der Menge.

»Von mir aus auch das«, erwiderte Barbara. »Die Jobbezeichnung klingt tatsächlich etwas hochtrabend.« Barbara glückte ein Lächeln. »Ich bin heute hier, um Sie über den Stand der Ermittlungen zu informieren und gegebenenfalls Fragen zu beantworten, die Sie in dieser Angelegenheit haben.«

»Wo ist denn Chief Nicholls?«, fragte ein älterer Mann aus der dritten Reihe.

»Er liegt mit einem gebrochenen Bein im Krankenhaus von Anchorage.«

»Ich habe ebenfalls eine Frage«, rief eine weitere Männerstimme. Barbara wandte sich nach links und identifizierte einen dürren Mittfünfziger mit ungepflegtem Bart. »Wann kommen Sie endlich mit der Keulung rüber, damit wir mit dieser Mörderbande abrechnen können? Was hält Sie ab?«

»Das will ich Ihnen gerne verraten, Sir. Einem Keulungsantrag wird grundsätzlich erst nach eingehender Prüfung stattgegeben. In den letzten Jahren war dies lediglich zweimal der Fall. Dabei handelte es sich um Vampir-Vorkommnisse mit einer teils beträchtlichen Zahl von Opfern. Vorkommnisse, die überdies eindeutig einer bestimmten Kolonie zugeordnet werden konnten.«

Empörtes Gemurmel und höhnisches Gelächter im Kirchenschiff.

»Das heißt, wir sollen gefälligst warten, bis noch mehr Kinder tot sind? Ist das alles, was Ihnen dazu einfällt?«, ätzte der dürre Bärtige.

»Natürlich nicht, Sir. Jeder Tote ist einer zu viel und immer eine Tragödie.«

»Was ist mit dem Video?«, wollte ein junger Mann wissen. »Wir haben gehört, es gibt ein Video, auf dem der Mörder zu sehen ist.«

Barbara zögerte, ehe sie sagte: »Sollten sich nicht noch weitere Anhaltspunkte ergeben, muss das Video als Tatnachweis verworfen werden.«

»Wieso das denn?«

»Darüber kann ich zum jetzigen Zeitpunkt keine Angaben machen.«

»Aber es stimmt doch, dass Marcus von einem Vampir ermordet wurde?«

»Nach meinen Untersuchungen: ja. Das Spurenbild weist mit hoher Wahrscheinlichkeit auf einen Vampir.«

Das Protestgegrummel wurde lauter, wütender, sodass sich Barbara unwillkürlich an den Lettner klammerte.

»Worauf warten Sie dann noch?« Wieder der dürre Bärtige. »Ein Vampir hat den Jungen getötet, und wir verlangen eine Keulung. Zum Schutz unserer Kinder.«

Barbara schluckte nervös. »Meine Berufsbezeichnung mag sich nicht danach anhören, doch meine Aufgabe ist die eines normalen Detective. Das heißt, ich befasse mich mit der Ermittlung des Täters. Und zwar des konkreten Täters, nicht einer vagen Personengruppe. Das verstehen Sie doch, oder?«

»Wir wissen nur, dass die Blutsauger nie einen der Ihren ausliefern. Ihre sogenannten Ermittlungen sind reine Zeitverschwendung. Also können Sie die Verfügung auch gleich unterschreiben, es kommt auf dasselbe heraus.«

Breite Zustimmung. Barbara fiel ein, was Nicholls ihr zu verstehen gegeben hatte: *Sag ihnen, was sie hören wollen.* Aber darin war sie noch nie gut gewesen.

»Sir, ich halte eine Mordermittlung nie für Zeitverschwendung«, erklärte sie.

Eine Frau mit grauer Kurzhaarfrisur stand auf. »Seit die Kolonie wieder da ist, wurde ein Junge ermordet und unsere Kirche angegriffen. Wie viele Beweise brauchen Sie eigentlich noch, dass die Kolonie eine Gefahr darstellt? Wir müssen uns doch verteidigen dürfen.«

»Ma'am, ich kann Ihre Erregung verstehen …«

»Wirklich?« Carly war aufgesprungen. »Mir scheint, es geht Ihnen mehr darum, *die* zu schützen als unsere Stadt. Oder diesen armen Jungen.«

Die ersten Leute applaudierten. Rufe wurden laut.

»Stimmt genau.«

»So ist es.«

»Nein, das ist nicht wahr«, sagte Barbara. »Ich versuche, den wahren Täter zu ermitteln. Nur dadurch lassen sich weitere Tote verhindern.«

Barbara schlug offenes Hohngelächter entgegen. Sie ignorierte es.

»Panik oder blinder Aktionismus sind aber keine Lösung. Deshalb bitte ich jeden hier, Ruhe zu bewahren und es bei den normalen Sicherheitsvorkehrungen zu belassen. Also insbesondere in den Nachtstunden Fenster und Türen fest verschlossen zu halten und, falls vorhanden, die UV-Außenbeleuchtung einzuschalten. Auch Kinder sollten sich nach Einbruch der Dunkelheit nicht mehr unbeaufsichtigt im Freien ...«

Weiter kam sie nicht, da plötzlich die Kirchentür aufflog und ein großer Wind, vermischt mit eisigem Schnee, über die Gemeinde fegte. Die gebeugte Gestalt hingegen, die nach dieser Fanfare die Kirche betrat, war so klein und verloren, dass so mancher Beau Grainger erst gar nicht erkannte. Barhäuptig, ohne warmes Zeug und so vernichtet wie ein abgewiesener Liebhaber bei einer Trauung, schlurfte er in den Tempel Gottes, und auf seinem Kopf hatte sich bereits eine Schneeschicht abgesetzt. Friert er nicht?, dachte Barbara.

Rita sprang auf. »Beau!«, rief sie. »Was machst du hier?«

Er beachtete sie nicht, sondern starrte nur auf Barbara, die gleichfalls alarmiert war. Die blutunterlaufenen Augen und die bläulichen Lippen ließen das Schlimmste befürchten.

»Habe ich was verpasst?«, fragte Beau.

Barbara lächelte ihm aufmunternd zu. »Nein, Sir, Sie können gern noch Ihre Fragen stellen.«

»Fragen?«, schnaubte Beau. »Für Fragen ist es zu spät.«

Er wandte sich den Leuten zu.

»Jetzt schau sich einer diese belämmerte Herde an. Bescheuerte Lämmer, die darauf warten, dass man sie zur Schlachtbank führt. He, Leute, ist euch klar, dass sie in der Kolonie schon die Messer wetzen? Während ihr hier in dieser Kirche hockt und redet und redet. Habt ihr euch mal gefragt, warum sie nicht längst weg sind?«

Die Leute in ihren Bänken rutschten unruhig hin und her.

»Glaubt ihr, sie lassen sich noch einmal abschlachten? Mit Sicherheit nicht. Diesmal sind sie am Zug. Deswegen sind sie überhaupt nur zurückgekehrt.«

»Woher willst du das wissen?«, rief jemand.

Beaus Grinsen war eine Mischung aus Elend und absoluter Verachtung. »Woher?«, fragte er. »*Daher!*« Er tippte sich an seinen Kopf. »Ich höre, was dieses Gesindel denkt. Ich kann ihnen beim Denken zuhören.«

Unsichere Blicke. Einige Leute standen auf und gingen zur Tür. Barbara sah Rita hilfesuchend an, aber auch die konnte nur unauffällig den Kopf schütteln.

Beau blickte in die Runde. »Ich kann sie *hören*, kapiert?«, rief er. »Und gesehen habe ich sie auch schon. Mit eigenen Augen, vor meinem Haus.«

»Sir, wollen Sie damit sagen, dass Mitglieder der Kolonie Sie persönlich aufgesucht haben?«, fragte Barbara, denn irgendwer musste ja Licht in die Sache bringen.

Beau drehte sich zu ihr. »Aber sicher. Alle, wie sie da sind. Aaron und die ganze Bagage. Sie sind wieder da. Um es mir heimzuzahlen. Sie wollen mir Angst machen, damit ich den Verstand verliere. Aber ich durchschaue sie. Ich weiß genau, wer dahintersteckt.«

»Okay, Schluss für heute!«, rief Rita und klatschte in die Hände. »Ich schlage vor, die Versammlung bei nächster Gelegenheit fortzusetzen. Reverend?«

Colleen erhob sich würdevoll. »Ich schließe mich an und danke allen für ihr Kommen …«

»Nein!«, brüllte Beau. »Ich bin noch nicht fertig!«

Aber die Stimmung hatte sich gedreht. Die Leute standen auf

und strömten peinlich berührt zur Tür. Beau versuchte, es zu erzwingen: »Warum hört mir hier keiner zu?«

Rita lief auf ihn zu und sagte: »Beau, bitte, setz dich. Du siehst mir gar nicht gut aus.«

»Quatsch, mir geht's bestens.«

Doch der alte Mann zitterte von Kopf bis Fuß und war auffallend bleich. Barbara, die Rita gefolgt war, wusste, dass eine Unterkühlung häufig mit Sinnestäuschungen einherging.

»Sir, Sie sind doch nicht etwa den ganzen Weg gelaufen?«

»Es ist nicht weit.«

»Vielleicht bei gutem Wetter. Aber draußen herrschen fünf Grad minus, dazu der Windchill-Faktor. Hier, nehmen Sie …«, sagte sie, hängte Beau ihren kastenförmigen Daunenmantel um und führte ihn zu einer leeren Bank.

Sie blickte zu Rita und Colleen. »Jemand sollte ihn nach Hause fahren. Er ist stark unterkühlt.«

Rita schüttelte den Kopf. »Tucker hat meinen Wagen, erinnern Sie sich?«

»Und ich habe zurzeit überhaupt kein Auto«, sagte Colleen.

»Okay«, seufzte Barbara. »Dann fahre ich Beau, und Sie, Rita, müssen zusehen, wie Sie zurückkommen.«

»Kein Problem. Irgendwer nimmt mich schon mit.«

Barbara lächelte Beau ins Gesicht, wie man es mit dementen Senioren macht, und sagte laut und überdeutlich: »Na also. Dann fahren wir beide jetzt zusammen nach Hause. Wie finden Sie das?«

»Das können Sie sich sparen«, brummte Beau.

»Sir, es ist nur gut gemeint. Sie wollen doch nicht, dass ich Sie wegen Störung der öffentlichen Ordnung festnehme und Sie die Nacht in einer Arrestzelle verbringen?«

Beau sah sie trotzig an, um schließlich doch nachzugeben. »Von mir aus.«

Barbara nickte. »Na prima. Dann machen wir es so.«

Im selben Moment spürte sie eine kalte Hand auf ihrer Schulter. Sie wandte sich um. Colleen hatte sich wohl entschlossen, ihr zum Abschied ihren Segen zu erteilen. »Dafür gebührt Ihnen Dank, Barbara. Sie sind wahrlich ein guter Samariter!«

»Stimmt, stand da nicht so was in eurem heiligen Buch? Korrigieren Sie mich, aber ich glaube, es nennt sich Feindesliebe. Davon könnten sich einige Ihrer Schäfchen ruhig eine Scheibe abschneiden.«

45

Der Name der Bar, The Lame Horse, war gut gewählt.

Der Laden lag etwas abseits des Highways und gab sich als eine Art Jagdhütte aus. Doch eigentlich war es nur das letzte Wohnzimmer für alle blöd gesoffenen Loser, die *ihre* Jagd längst abgeblasen hatten und maximal den nächsten Shot anvisierten.

Auch Tucker, was Wunder, war hier einmal Stammgast gewesen.

Der Gastraum groß und schummrig. Auf der linken Seite die Bar, rechts ein offener Kamin aus Naturstein (zurzeit leider kalt) und dazwischen ein paar planlos verteilte Tische gegen die Wartesaal-Atmosphäre. Lampen mit langen Quasten verbreiteten staubiges Licht. Die Wände hingen voller toter Köpfe, meist von Elch und Karibu, vereinzelt auch Vampir. Und die Musik (Reggaeton, man stelle sich vor) passte nicht zur Lame-Horse-Leitkultur und war abgesehen davon zu laut. Alles roch nach schalem Bier und frischer Pisse.

Um die Mittagszeit war kaum etwas los. Das konnte am Wetter liegen, doch selbst zu Tuckers Zeit war die Bar nie richtig voll gewesen. Außer ihm saß nur noch eine weitere Person am Tresen. Eine Frau, die vornehmlich mit Rauchen beschäftigt war und sich ansonsten an ihrem Bier festhielt. Sie trug einen Paillettenrock im Western Style, Cowboystiefel und Fransenweste. Orangefarbene Locken umspielten ihre Schulter.

Tucker sprach sie an: »Darf ich einem hübschen Mädchen einen Drink spendieren?«

Sie drehte sich zu ihm. Aus der Nähe war sofort klar, dass es sich bei der Lockenpracht um eine Perücke handelte. Außerdem war die Frau alt, ihr welkes Gesicht mit Make-up zugespachtelt und der tiefe Blick das Resultat von Kajal und blauem Lidschatten. Ihre Lippen hatte sie feuerrot angemalt.

Vor fünfundzwanzig Jahren hätte Tucker sie auf siebzig plus geschätzt, mittlerweile hatten solche Zahlen jegliche Bedeutung verloren.

Die roten Lippen längten sich zu einem Lächeln, das ihre gelben Zähne freilegte. »Jetzt sieh mal einer an, wen uns der Teufel hergeführt hat: Jensen Tucker! Warum bist du nicht tot? Ich habe so was läuten hören.«

Ihre Stimme hatte das kratzige Timbre des langjährigen Kettenrauchers.

»Nicht alles, was läutet, ist ein Totenglöckchen«, antwortete Tucker. Worauf Margot sich etwas unsicher erhob und Tucker sie überraschend zupackend in die Arme schloss. Sie reichte ihm nicht einmal bis an die Brust.

»Du fühlst dich immer noch gut an.«

»Danke.«

»Willst du einer alten Frau etwas Gutes tun?«

»Vielleicht nach einem Drink.«

Ihr Lachen mündete in einem Hustenanfall. Sie klopfte sich an die Brust.

»Kannst du haben. Ein Bier?«

Tucker setzte sich auf einen Barhocker, der unter seinem Gewicht protestierte. »Gern.«

Es war noch früh am Tag, und er war mit dem Auto da, aber das Lame Horse war nicht der Laden für Apfelschorle. Er legte die Unterarme auf die Theke. Sie fühlte sich klebrig an.

Margot ging hinter die Bar, holte eine Flasche Budweiser aus dem

Kühlschrank und haute sie ihm hin wie in alten Zeiten. »Ich würde dich gern einladen, aber dieses Lokal braucht zurzeit jeden Cent.«

»Das geht schon in Ordnung«, sagte Tucker und griff nach seiner Börse. »Wie läuft es denn sonst so?«

»Immer volles Haus, wie du sehen kannst.«

»Ich dachte, es liegt nur am Wetter.«

»Keine Ahnung, woran es liegt. Es ist, als hätten sie alle Leberzirrhose – oder gerade eine Entziehungskur hinter sich. Außerdem gibt es mehr Konkurrenz. In Talkeetna hat neulich ein Brauhaus aufgemacht, mit Craftbeer und solchen Sachen.«

»Nichts bleibt, wie es ist.«

»Mag sein, aber wird es deshalb besser?« Sie nahm sein Geld, legte es in die Kasse und gab kein Wechselgeld heraus. Sie zog an ihrer Zigarette. »Sag, was treibt dich her, Tucker?«

»Ich nehme an, du hast schon von dem getöteten Jungen gehört?«

»Ja, habe ich.«

»Die Sache ist die: Ich bin an den Ermittlungen beteiligt.«

Ihre tätowierten Augenbrauen wölbten sich.

»Soll das heißen, du gehörst wieder zu den Cops?«

»Nur befristet«, sagte er und trank trotz Bedenken einen Schluck Bier.

»Das heißt, es zieht dich nicht nur meinetwegen her?«

Er lächelte. »Sagen wir, ich habe dein Gesicht vermisst.«

»Dieses Gesicht wohl kaum.« Trotzdem sah sie ihn neugierig an. »Normalerweise verliere ich nur ungern Stammgäste, aber manchmal ... geht es wohl nicht anders.«

»Das stimmt. Besser, wir beide betrachten diesen Besuch als rein dienstlich. Ich nehme an, du warst vorgestern Abend auch hier?«

Sie drückte die Zigarette aus. »Ich bin fast immer im Lokal. Personal kann ich mir höchstens am Wochenende leisten.«

»Und wie war das am Freitag, dem 10. November?«

»War ich hier, natürlich.«

Tucker hielt ihr einen Zwanziger hin. »Der ist für dich, wenn du mir ein paar Fragen beantwortest. Je nachdem ist auch noch mehr für dich drin.«

Sie riss ihm den Geldschein aus den Fingern. »Was willst du wissen?«

»Ich will wissen, ob hier vor zwei Tagen ein Mann war, Anfang vierzig, dunkle Haare, ungepflegte Erscheinung?«

»Diese Beschreibung trifft hier auf jeden Zweiten zu.« Tucker hätte jetzt gern ein Foto gehabt. »Sein Name ist Nathan, und er hat ein auffälliges schwarzes Fingertattoo.«

Margots Lächeln erkaltete. »Ich weiß, wen du meinst.«

»Klingt nicht gerade begeistert.«

»Na ja, neulich kam er an und bot mir zwanzig Dollar, wenn ich sage, dass er auch am 10. November hier war.«

»Was er nicht war.«

»Natürlich nicht.«

Tucker gluckste vor sich hin. »Okay, also du magst ihn nicht. Aber das ist nicht der einzige Grund.«

»Nein, denn er hat mehrmals versucht, meine Thekenjungs anzubaggern. Einen hat er ganz offen gefragt, ob er ihn in sein Auto begleitet. Hat sogar Geld angeboten.«

Interessant. »Und wie hat der Betreffende reagiert?«

»Da er ein braver Junge ist, hat er freundlich, aber bestimmt abgelehnt.«

»Und du?«

»Ich habe mir ihn natürlich vorgenommen und bin ziemlich deutlich geworden. Er hat sich erst einmal verzogen. Aber ein paar Tage später war er wieder da, und offenbar sagt nicht jeder Nein.

Jedenfalls hatte er bald eine neue Bekanntschaft. Der Ablauf war immer derselbe. Erst trinken sie etwas, dann gehen sie zusammen raus zu seinem Wagen. Und vermutlich nicht nur, um den Ölstand zu kontrollieren.«

»War das ein regelmäßiges Treffen?«

»Mehr oder weniger. Die Sache lief über mehrere Monate.«

»Wie sah sie aus, diese Bekanntschaft?«

»Jung mit langen blonden Haaren. Und ausgesprochen hübsch. Hat mich gewundert.«

Mit einem unguten Gefühl im Magen fragte Tucker: »Und hat die Bekanntschaft auch einen Namen?«

Da Margot zögerte, griff Tucker erneut in seine Börse und holte seufzend seinen letzten Zwanziger heraus.

»Hilft das deiner Erinnerung auf die Sprünge?«

»Es geht mir nicht ums Geld.«

»Worum dann?«

»Warum willst du das alles wissen?«

»Ganz einfach: Nathan ist für uns von einem gewissen Interesse, und sein neuer Freund könnte uns möglicherweise mehr über ihn verraten.«

»Das ist alles?«

»Das ist alles.«

Sie schien nicht überzeugt. »Kennst du meine Lebensgeschichte?«

Tucker kannte sie tatsächlich. Vor langer, langer Zeit, sogar lange bevor Tucker zum ersten Mal im Lame Horse aufkreuzte, da hieß Margot noch Martin. Aber das war Tucker egal. Er kannte sie nur als Margot und fand daran nichts auszusetzen. Sollte doch jeder das Leben führen, mit dem er am besten klarkam.

Sie zündete sich eine neue Zigarette an. »Ich trug schon Kleider, bevor das ganze Trans-Thema zum Aufreger wurde. Daher weiß ich ziemlich gut, wie es ist, angespuckt und verprügelt zu werden, nur weil ich bin, wie ich bin.«

Tucker nickte. »Das haben wir übrigens gemeinsam.«

»Stimmt. Und genau deswegen habe ich auch etwas übrig für Leute, die nicht ins übliche Schema passen, verstehst du das?«

»Das verstehe ich durchaus. Aber ich will mich wirklich nur mit dem Jungen unterhalten. Es kümmert mich nicht, ob er schwul ist oder anschaffen geht.«

»Das ist es nicht.«

»Weil er noch minderjährig ist?«

Margot lachte kurz auf.

Tucker verlor langsam die Geduld. »Also warum dann? Raus damit.«

»Er war schon einmal hier. Aber das ist lange her.«

»Wie lange?«

»Dreißig Jahre bestimmt. Vor deiner Zeit. Und damals sah er genauso aus wie heute.«

»Du meinst, er ist aus der Kolonie?«

»Er heißt Michael.«

Michael. »Verdammt«, fluchte Tucker.

»Du kennst ihn?«

»Ja«, sagte Tucker und griff nach seiner Bierflasche. »Er ist Athelindas Sohn.«

46

»Alles in Ordnung mit Ihnen, Sir?« Vorsichtig setzte Barbara den Wagen in Bewegung und hielt das Lenkrad fest umklammert. Das nennen die Straße?, dachte sie. Ich sehe nur Schnee.

»Ich weiß, was Sie jetzt denken«, sagte Beau.

»Und was denke ich?«

»Dass ich verrückt bin.«

»Nein, Sir, das denke ich ganz und gar nicht.«

»Ich habe gemerkt, wie die Leute mich angesehen haben. Sobald man nur ein bisschen älter ist, halten einen alle für einen armen Irren.«

Behutsam steuerte sie den Truck durch eine nicht allzu enge Kurve. »Dann sollten Sie mal eine Weile als Frau leben.«

Sie sah, wie seine Oberlippe zuckte. Seine finstere Miene entspannte sich leicht.

»Meine verstorbene Frau Patricia, sie hatte Demenz«, sagte er.

»Tut mir leid, das zu hören. Altersdemenz ist wirklich eine furchtbare Krankheit.«

»Ich bin aber nicht dement.«

Barbara nickte. »Was meinten Sie dann, als Sie sagten, Sie könnten sie *hören*? Sie, das sind die Leute aus der Kolonie, richtig?«

Sofort war sein Argwohn wieder da.

»Sir«, sagte Barbara, »Vampire sind mein Fachgebiet, und dazu zählt auch ihre Kommunikation. Man weiß heute, dass sie über eine Art Schwarmintelligenz verfügen und mittels ihrer telepathischen Fähigkeiten sogar Menschen beeinflussen können.«

Sie verschwieg, dass dies jedoch nur bedingt richtig war. Betroffen waren ausschließlich gefährdete Personengruppen wie Jugendliche in der Pubertät, chronisch Kranke oder Angehörige der Spezies Homo sapiens, die gerade eine Transformation zum Vampir durchliefen. Und Leute mit psychotischen Auffälligkeiten. Verstärkt wurde das Ganze durch den alten Volksglauben, dass, wer einen Vampir tötete, ihn für immer in sich trug.

Beau schüttelte den Kopf. »Trotzdem, wir hätten längst mit dieser verdammten Kolonie aufräumen müssen. Jetzt rächt sich diese Gefühlsduselei. Wenn wir sie rechtzeitig eliminiert hätten, könnte der Sohn von Janice und Ed noch leben.«

»Sir, wir beide mögen unterschiedlicher Auffassung sein, was die Kolonie betrifft ...«

»Davon können Sie ausgehen!«

»... nichtsdestoweniger wollen wir beide, dass Marcus' Mörder zur Verantwortung gezogen wird. Wenn Sie also noch irgendetwas aus der Vergangenheit dieser Stadt wissen, das mit diesem Fall zu tun haben könnte ...«

»Die Vergangenheit ist aus und vorbei. Ich weiß nicht, worauf Sie hinauswollen.«

»Aber wenn wir aus der Vergangenheit nichts lernen, dann werden wir sie unweigerlich wiederholen.«

»Woher haben Sie denn diese Weisheit? Aus einem Glückskeks?«

»Hab mal so einen Autoaufkleber gesehen.«

Er gab einen Laut von sich, der irgendwo zwischen einem Grunzen und einem Kichern lag. Dann sagte er: »Nächste Straße rechts.«

Barbara hielt vor einem hübschen Schindelhaus und ließ den Motor laufen. Ihr Bauchgefühl sagte ihr, dass dieser Mann noch nicht fertig war. Irgendwas war geschehen, und er wollte darüber reden.

Seufzend langte er nach dem Türgriff und machte auf. »Wahrscheinlich wollen Sie jetzt mitkommen, habe ich recht? Nur um sicherzugehen, dass ich nicht gleich tot umfalle.«

Das Haus war eiskalt, doch das schien Beau gar nicht zu merken. Er ging direkt in die Küche am Ende des Flurs.
»Wollen Sie auch noch einen Kaffee?«
Es klang eher vorwurfsvoll als nach einer Einladung, aber Barbara sagte: »Ja bitte, sehr gern.«
»Ich habe aber keine Milch.«
»Das macht gar nichts, Sir.«
Sie folgte ihm in die Küche, vorbei an einer geschlossenen Tür zur Linken, wo vermutlich das Wohnzimmer war. Beau wollte ihr wohl signalisieren, dass er sie zwar hereingelassen hatte, aber sie deswegen noch lange nicht willkommen war. Schweigend beobachtete sie, wie er zwei Kaffeebecher vom Abtropfständer nahm und den Kessel aufsetzte.
»Rita sagte, Ihre Familie wohnt schon ewig in Deadhart?«
»Wie so viele kam mein Großvater seinerzeit als Bergmann her.« Mit zittriger Hand löffelte er Instantkaffee in die Becher. »Was interessiert Sie denn an der Stadtgeschichte?«
»Ich halte es für möglich, dass es eine Verbindung mit den jüngsten Vorfällen gibt.«
Er goss Wasser ein und trug die Kaffeebecher zum Tisch.
»Die Verbindung ist doch offensichtlich: die Kolonie. Die Vampire sind zurück, und es gibt bereits die ersten Toten. Wo immer sie hinkommen, da sterben Menschen. Manche Dinge ändern sich nie. Daher sollte man auch von niemandem verlangen, sich dauernd dieser Gefahr auszusetzen. Nicht ohne ihnen die Mittel an die Hand zu geben, sich ihrer Haut zu wehren.«

Mühsam ließ er sich auf den harten Küchenstuhl nieder.

»Und Sie meinen, Angriff wäre die beste Verteidigung?«, fragte Barbara und setzte sich ebenfalls.

»Entweder wir oder sie, darum geht es«, sagte er. »Wir haben das früher ebenfalls auf unsere Weise geregelt.«

»Mit *auf unsere Weise* meinen Sie eine ungenehmigte Massentötung, bei der Aaron, dessen Vater und dessen Onkel ums Leben kamen?«

»Wenn Tucker sie einfach laufen lässt …«

»Aber was, wenn Sie sich geirrt haben? Wenn Aaron Todd Danes gar nicht umgebracht hat?«

Beau blinzelte sie unsicher an. »Er hat alles gestanden.«

»Ja, um die Kolonie aus der Schusslinie zu bringen.«

Beaus Hand fuhr nach oben. Er rieb sich den Schädel. »Quatsch, du hast gestanden«, raunte er.

Barbara runzelte die Stirn. Was hatte er gerade gesagt? *Du?* Wie sollte sie das verstehen?

»Was wissen Sie über das Beinhaus?«, fragte sie weiter.

Sie sah, wie er zusammenzuckte. »Was kümmert Sie diese alte Geschichte?«

»Es interessiert mich eben.«

»Wenn Sie wissen, wie es hieß, wissen Sie auch, was es war.«

»Ein Bordell, wo Männer Sex mit Vampiren hatten. Und nach meinen Informationen ging Ihr Großvater dort ein und aus.«

Seine blauen Augen flammten empört auf. »Wie so viele. Es war eine andere Zeit damals. Ihr tut so, als wären Vampire ständig nur Opfer gewesen. Aber ich sage Ihnen, damals verschwanden immer wieder Kinder aus Deadhart. Hat Ihnen Rita von der älteren Schwester ihrer Mutter erzählt? Nein? Das Mädchen, sechs Jahre alt, ging einmal in den Wald und wurde nie wieder gesehen.

Nicht mal ihre Leiche wurde gefunden. Aber allen war klar, wer dahintersteckte: die Kolonie.«

»Komisch, Rita hat mir das nicht erzählt.«

»Wer redet schon gern von so was? Ritas Mutter bestimmt nicht.«

»Unabhängig davon, man kann die Toten nicht gegeneinander aufrechnen.«

»Stimmt, das funktioniert nicht. Aber genau deshalb ist die Kleine heute hinter uns her.«

»Sie meinen Athelinda?«

Er nickte. »Es geht gar nicht so sehr um Aaron und seine Leute, sondern um das, was damals im Beinhaus passiert ist. Vielmehr was *ihr* passiert ist.«

»Was ist ihr denn passiert?«

Doch der Groschen war bereits gefallen. Wie hatte ihr das bloß entgehen können?

»Athelinda war eines der Mädchen dort?«

Beau nickte. »Jedes Mal, wenn mein Großvater zu viel intus hatte, fing er von den alten Zeiten im Beinhaus an – und diesem Mädchen. ›*So was Schönes habt ihr noch nicht gesehen. Der reinste Engel mit ihren blonden Locken ... aber sie hatte den Teufel im Leib, glaubt mir.*‹«

Barbaras Mund war ganz trocken, als sie sagte: »Aber sie war ein Kind.«

»Falsch. Sie war ein Vampir, der den unschuldigen Anschein gezielt einsetzte.« Er rutschte unruhig auf dem Stuhl hin und her und kniff die Augen zusammen. »Glauben Sie ja nicht, dass hier noch ein Ausgleich möglich wäre. Frieden schon gar nicht. Dafür gibt es auf beiden Seiten zu viel Hass ...« Abermals fasste er sich an den Kopf, und ein Zittern durchlief ihn.

Barbara gefiel das nicht. »Geht es Ihnen nicht gut, Mr Grainger?«

»Doch, alles in Ordnung.«

Trotzdem fragte sie sich, ob sie den alten Mann nicht zu hart angefasst hatte. »Mr Grainger, es ist so kalt hier. Sollen wir nicht ins Wohnzimmer und den Kamin anmachen?«

»Ich sagte, mir geht's gut.«

»Aber Sie zittern am ganzen Körper.«

»Ich hole mir einen Pullover.«

»Ich will einfach sichergehen, dass es Ihnen an nichts fehlt.«

Sie ging entschlossen in Richtung Wohnzimmer.

»Nein, da können Sie nicht rein.«

Sie hörte das kreischende Geräusch des Stuhls, als Beau vom Tisch aufsprang. Aber da hatte sie die Wohnzimmertür bereits aufgestoßen – und erstarrte.

»*Shit.*«

Der Raum war klein und gemütlich, doch es sah aus, als wäre ein Tornado hineingefahren. Eine Stehlampe lag zerschmettert am Boden, und sämtliche Wände waren mit Asche bedeckt. Brandgeruch lag in der Luft. Doch am meisten schockte sie etwas anderes.

Über dem Kamin hingen zwei ausgestopfte Vampirköpfe: alt, männlich, mit filzigen grauen Haaren. Ein drittes Trophäenbrett war leer. Hier also hatten die Opfer des Massakers ihre letzte würdelose Ruhestätte gefunden. Damals hatte sich niemand zu der Leichenschändung bekannt.

»Wir haben sie fair zur Strecke gebracht«, sagte Beau von hinten.

Barbara wandte sich um. »Ach wirklich? Waren sie bewaffnet, Mr Grainger?«

Beau sah ihr unversöhnlich ist Gesicht. »Sie brauchen gar keine Waffen, sie *sind* welche. Schon der Junge war ein skrupelloser Killer. Wir haben nur getan, was nötig war.«

»Und diese makabre Ausstellung war ebenfalls nötig?«

Er trat an die Wand mit den Köpfen. Sein Zittern hatte aufgehört. Es schien geradeso, als verleihe ihm der Anblick seiner getöteten Feinde neue Kraft. »Sie sind eben keine Jägerin, Detective. Sie wissen nichts von der Beziehung zwischen dem Jäger und seiner Beute.« Er berührte die vergilbte Wange eines der Männer. »Das müssen Sie sich fast wie eine Ehe vorstellen. Was du getötet hast, das gehört von da an zu dir, was auch immer kommen mag.«

Barbara wurde flau. »Und wo ist Aaron?«, fragte sie und deutete mit dem Kopf auf das leere Brett.

»Den hat dieser kleine Satansbraten bei seinem letzten Besuch mitgenommen.«

Was Athelinda zu gönnen war, dachte Barbara. Sie holte ihr Handy hervor und fotografierte die Präparate an der Wand.

»Die können Sie übrigens nicht länger behalten«, sagte sie zu Beau. »Sie müssen an die Kolonie überstellt werden.«

»Aber ich habe sie seit fünfundzwanzig Jahren.«

»Mag sein, aber jetzt haben Sie genau vierundzwanzig Stunden, um die Köpfe freiwillig zurückzugeben – oder ich komme mit einer richterlichen Beschlagnahme wieder.«

Er drehte sich zu ihr. »Das verstehen Sie nicht ...«

»Ich verstehe sehr wohl, Sir. Mein Vater war ebenfalls Jäger. Er brauchte die Jagd, um sich anderen Kreaturen überlegen zu fühlen. Aber sobald man ihm sein Spielzeug wegnahm, war er nichts weiter als ein verbitterter kleiner Wicht.«

»So sollten Sie nicht über Ihren Vater reden.«

»Sie haben recht. Vater ist eigentlich zu viel gesagt.«

»Lebt er noch?«

»Nein. Er nahm sich das Leben, als ich sechzehn war. Das einzige Mal, dass er auf etwas geschossen hat, das den Tod wirklich verdiente.«

Sie steckte ihr Handy wieder ein. »Ich rufe Ihre Tochter an. Sie soll sich um Sie kümmern – und ein paar Kartons mitbringen.«

47

Tucker war erschöpft. Seine Haut und seine Augen brannten. Aber innerlich fühlte er sich so wach wie lange nicht mehr. Ihm war gar nicht bewusst gewesen, wie sehr ihm die Polizeiarbeit fehlte. Die letzten fünfundzwanzig Jahre waren reine Stagnation gewesen. Dasein ohne den entscheidenden Reiz, der es erst zum Leben machte. Doch offenbar bekam er noch eine Chance.

Er parkte Ritas Wagen vor dem Grill. Die Straße war menschenleer, kein Wunder bei dem Wetter. Die Leute hatten sich in ihre Häuser verkrochen oder waren bei dieser Versammlung in der Kirche. Er stieg aus und stemmte sich gegen den Wind. Barbara hatte den Eingang mit Polizeiband abgesperrt, doch es hing in Fetzen, entweder vom Sturm – oder weil es jemand durchgerissen hatte?

Tucker überlegte, ob er nachschauen sollte, ob drinnen jemand Spuren manipuliert hatte. Aber schon, als er die wenigen Stufen zum Eingang hochging, sah er die Beschädigungen am Schloss. Er probierte die Klinke, es war nicht abgeschlossen. Er ging hinein. Sofort stellten sich bei ihm die Nackenhaare auf, für ihn ein untrügliches Zeichen, dass er nicht allein war. Die Jahre in der Wildnis hatten ihn gelehrt, sich eher auf seinen Instinkt zu verlassen als den reinen Augenschein. Jemand war hier.

Lautlos zog er die Tür hinter sich zu und blickte umher. Im trüben Licht der Bar schwebten kleine Staubpartikel, aber nicht so still, wie er es erwartet hätte. Irgendwas hatte sie aufgescheucht. Er verharrte wie ein Reptil, horchte in den Raum hinein und analysierte mit geweiteten Nüstern die Gerüche. Da waren Bier und alter Schweiß, der Fettdunst aus der Küche – und Mensch.

Über ihm knackte eine Bodendiele. Tucker rückte so behutsam vor, wie es für ein Schwergewicht wie ihn möglich war, aber da er an den knirschenden Stufen nichts ändern konnte, gab er schließlich jede Heimlichkeit auf und setzte auf reines Momentum. Er stürmte einfach los. Wer immer sich hier oben verbarg, hatte sowieso keinen weiteren Fluchtweg. Ein Geräusch aus einem der Gästezimmer machte ihm die Entscheidung leicht. Mit gezogener Waffe warf er sich gegen die Tür und fand sich eine Sekunde später in einem verwüsteten Zimmer wieder, in das der Wind so heftig hereinblies, dass ihm die Augen tränten. Es dauerte daher einen Moment, bis er die Schmiererei an der Wand entziffert hatte.

Wehe denen, die Böses gut und Gutes böse nennen, die aus Finsternis Licht und aus Licht Finsternis machen.

Das Tatwerkzeug, eine Dose mit rotem Farbspray, lag noch auf dem Boden, und die Tatverdächtige, ein dünnes Mädchen in einem altertümlichen Mantelrock, wollte gerade durch das Fenster fliehen. Unglücklicherweise lag das Fenster im Obergeschoss, und nun saß das Mädchen rittlings auf der Fensterbank und konnte sich nicht entscheiden. Ein Bein war noch im Zimmer, das andere draußen.

Tucker richtete seine Pistole auf das Mädchen. »Du bleibst schön hier. Und an deiner Stelle würde ich lieber nicht springen.«

Das Mädchen drehte ihm das blasse Gesicht zu. Es schien völlig unbeeindruckt zu sein. Abgezehrt, jedoch befeuert von etwas, auf das Tucker keinen Zugriff hatte. Als Cop kannte er diesen Blick. Junkies guckten so, aber auch Sektenanhänger, die irgendeine Art Erweckung hinter sich hatten.

»Sie schießen sowieso nicht«, sagte das Mädchen.

»Das vielleicht nicht. Aber wo wolltest du denn so schnell hin? Hast du gedacht, in den Schnee fällst du weich? Das ist ein Irrtum, das kann ich dir versprechen.«

»Der Herr wird mich erretten.«

Tucker schüttelte den Kopf. »Schon klar. Aber vorher bricht er dir beide Beine. Deine Entscheidung.«

Sie blickte ihn feindselig an. Er wartete nur ab und gab nichts von seiner inneren Anspannung preis. Wenn sie tatsächlich springen wollte, würde er sie nicht mehr rechtzeitig packen können. Andererseits: Je länger sie abwartete, desto unwahrscheinlicher wurde es. Nervös rutschte sie auf der Fensterbank vor und zurück, bis sie schließlich auch das andere Beine zurück ins Zimmer schwang.

»Danke«, sagte Tucker.

»Fick dich, Bullenschwein«, zischte sie.

Tucker löste die Handschellen aus der Gürtelschlaufe und schritt energisch auf sie zu. »Na, na, hat der Herr dir auch so böse Wörter beigebracht?«

Die Art, wie sie ihm daraufhin ihre Hände präsentierte, legte den Schluss nahe, dass sie eine gewisse Routine darin hatte. Dies war definitiv nicht ihre erste Festnahme.

Sie lächelte, als er ihr die Handschellen anlegte. »Der Herr wird zerschmettern alle jene, die den Glauben nicht annehmen und dem Weg Satans folgen.«

»Ist notiert. Aber bis dahin stehst du wegen Einbruch und Sachbeschädigung unter Arrest. Amen.«

48

Gerade als Barbara losfahren wollte, klingelte das Handy. »Hallo?«
»Tucker hier …«
»Wussten Sie etwa davon?«
»Entschuldigung, *was* soll ich gewusst haben?«
»Dass Beau Grainger die Köpfe von Aaron und seinen männlichen Verwandten bei sich im Wohnzimmer aufgehängt hatte.«
Schweigen am anderen Ende.
Barbara seufzte. »Also doch.«
»Ich hatte keine Handhabe, ihm die Köpfe abzunehmen.«
»Herrgott, Tucker! Ich dachte, Sie wären anders als der Rest dieser Stadt, aber da habe ich mich wohl getäuscht.«
»Barbara, ich bin damals angeschossen worden, schon vergessen? Der Stimmung nach, die in der Stadt herrschte, hätte mein Kopf ebenfalls dort hängen können. Es hätte kein Hahn danach gekräht. Barbara, Aaron und seine Leute waren tot. Ich konnte nichts mehr für sie tun.«
Barbaras Enttäuschung wirkte nach, auch wenn sie wusste, dass Tucker recht hatte. Ihn traf keine Schuld. Sie war nur sauer und ließ es ihn spüren.
»Ich besorge mir eine Beschlagnahmeverfügung, dann können wir die Köpfe restituieren«, sagte sie.
»Gut.«
»Weswegen rufen Sie überhaupt an?«
»Ich habe Grace festgenommen, Reverend Greys rechte Hand.«
»Was? Warum?«

»Ich habe sie erwischt, als sie Ihr Hotelzimmer verwüstete. Und eine Botschaft hat sie Ihnen auch hinterlassen. Original von Gott, soweit ich das beurteilen kann.«

Also war Grace die mysteriöse Schmierantin. Fragte sich nur, ob im Auftrag des Herrn oder ihrer Herrin.

»Hat sie sich über ihre Beweggründe geäußert?«

»Zurzeit schweigt sie noch.«

»Gut, ich bin in fünf Minuten da.«

Barbara legte ihr Handy weg und setzte ihre Fahrt in die Main Street fort, aber selbst dort hatte der Truck Mühe, sich einen Weg durch die Schneemassen zu bahnen. Und von oben kam immer mehr. Sogar auf höchster Stufe schafften es die Scheibenwischer nur so gerade, ein winziges Fensterchen freizuschaufeln.

Trotzdem hatte sich vor Harty Snacks eine Menschentraube versammelt. Unklar, was die Leute dort wollten. Vielleicht nur reden, Beau Graingers seltsamer Auftritt während der Versammlung gab Anlass genug für die wildesten Mutmaßungen. Der Mensch war eben ein Herdentier, der bei Gefahr zusammenrückte. Die große Zahl verhieß Sicherheit.

Sie parkte vor der Polizeistation, stieg aus, stapfte zur Tür und ging hinein. Grace saß in einer Arrestzelle. Sie hatte die Hände gefaltet und betete gesenkten Kopfs. Tucker war im Büro und legte gerade den Telefonhörer weg. Barbara schüttelte sich den Schnee aus den Haaren und sah ihn fragend an. »Und?«

»Ich habe ihr bislang nur Fingerabdrücke abgenommen. Einen Rechtsbeistand lehnt sie ab, jedenfalls schließe ich das aus ihrem Kopfschütteln. Ist eh egal, der nächste Anwalt sitzt in Anchorage.«

Barbara war beeindruckt. »Hat sie überhaupt schon etwas gesagt?«

»Sie hat darum gebeten, Reverend Grey herzuholen.«

»Auch das noch. War das der Anruf von eben?«
»Yep.«
Barbara zischte durch die Zähne.
»Schon eine Vermutung, wie sie in den Grill gelangt ist?«
»Ich habe das hier bei ihr gefunden.«
»Er hielt mehrere kleine *Lockpicking*-Werkzeuge hoch.«
»Woher sie die wohl hat?«
»Von einem ihrer Betbrüder bestimmt nicht.«
Barbara ging durch den Korridor zu den Zellen. Tucker stand auf und folgte ihr.
»Hallo Grace«, sagte sie.
Das Mädchen hob den Kopf, erwiderte aber nichts.
»Wie ich höre, verzichtest du auf einen Anwalt?«
Schweigen.
»Und mit uns reden willst du auch nur in Anwesenheit von Reverend Grey?«
Keine Antwort.
Barbara nickte. »Okay, das nehmen wir mal so zur Kenntnis. Allerdings solltest du Folgendes wissen: Da du volljährig bist, müssen wir Reverend Grey nicht hinzuziehen.«
Plötzlich war Grace voll da. »Bin ich nicht. Ich bin sechzehn, nicht achtzehn.«
»Wie bitte?«
»Ich bin sechzehn, also noch minderjährig.«
Barbara und Tucker blickten sich an. »Kannst du das nachweisen?«
Das Mädchen drehte sich wieder weg. »Muss ich nicht. Könnt ihr selber rausfinden.«
Barbara bedeutete Tucker mit einem Blick, die veränderte Lage im Büro zu besprechen.

»Sie sagten, Sie hätten ihre Fingerabdrücke genommen. Was sagt denn das System über sie?«

Er blickte kurz zum Computer und dann wieder zu Barbara. »Tut mir leid, mit diesem Technikkram bin ich nicht so vertraut.«

»Dann wollen wir mal nachschauen.« Barbara setzte sich an den Tisch und scannte die Abdruckkarte ein, die Tucker angefertigt hatte. Viele Polizeibehörden verfügten bereits über digitale Verarbeitungssysteme, nur bei den Vampiranthropologen hielt man das offenbar nicht für nötig. Sie klickte auf Senden. Jetzt mussten sie nur noch warten.

»Wie lang dauert es, bis wir eine Antwort kriegen?«, fragte Tucker. Barbara konnte nur mit der Schulter zucken. »Kommt auf die Zahl der Anfragen an. Kann in zwei Stunden sein oder auch erst in zwei Tagen. Auf die Ergebnisse der Fingerspuren aus Daltons Haus warte ich immer noch, bei Nathan sieht es ähnlich aus. Aber das kann auch daran liegen, dass es keine Treffer gab.«

»Glauben Sie, dass Grace polizeibekannt ist?«

»Keine Ahnung. Colleen sagte, sie hätte sich des Mädchens angenommen. Ich frage mich, wie die beiden sich begegnet sind.«

Es summte an der Tür.

»Vielleicht werden wir das gleich erfahren«, bemerkte Tucker.

Barbara drückte auf den Knopf für die Sprechanlage. »Polizeistation.«

»Hier ist Reverend Grey.«

Barbara blickte Tucker an und gab die Tür frei.

Einen Moment später stand Colleen im Büro. Allerdings wirkte sie längst nicht mehr so souverän wie sonst. Ganze Strähnen ihres schlohweißen Haars hatten sich aus den Haarklammern gelöst, und ihre Miene war so angespannt, dass ihr Alter kaum noch zu bestimmen war. Von dreißig bis sechzig war alles möglich.

»Danke, dass Sie gekommen sind, Reverend«, sagte Barbara.

»Sie haben Grace verhaftet?«

»Genau, Ma'am«, sagte Tucker. »Sie wurde bei einem Einbruch in den Grill angetroffen, wo sie das Hotelzimmer von Detective Atkins demoliert hat. Wissen Sie etwas darüber?«

Colleens Lippen zogen sich entrüstet zusammen. »Natürlich nicht!«

Barbara hakte nach. »Sie verweigert uns gegenüber jegliche Auskunft, es sei denn, Sie sind anwesend. Sie gibt in diesem Zusammenhang allerdings an, sechzehn und nicht achtzehn Jahre alt zu sein.«

Barbara registrierte mit einer gewissen Befriedigung, wie Colleens gediegene Fassade weitere Risse bekam.

»Auf die Dauer wird ihr das aber nichts nützen, Reverend«, sagte Barbara. »Deshalb wäre es hilfreich, wenn Sie uns mehr zu ihr sagen können. Wie ist sie an Sie geraten?«

Colleens verkniffenes Lächeln gab nichts preis außer dem Bestreben, möglichst wenig zu sagen. »Sie heißt Rhiannon, sie ist sechzehn, und ich lernte sie kennen, als sie sich von einer Brücke stürzen wollte. War diese Auskunft hilfreich, Detective?«

Sie saßen sich am Bürotisch gegenüber wie zwei Duellparteien. Hier Barbara/Tucker, dort die Beschuldigten Colleen/Rhiannon, vormals Grace. Barbara hatte den ersten Schuss abgegeben, Colleen hatte ihn abgewehrt.

»Nun gut«, sagte Barbara. »Vielleicht gehen wir noch einmal ganz zurück auf Anfang.«

Colleen und Grace bildeten eine geschlossene Front und blickten sie ausdruckslos an.

»Ihnen gefällt das nicht, oder?« Dann wandte sie sich an das Mädchen. »Du wirst ungern darauf angesprochen, Rhiannon – ich darf doch Rhiannon sagen?«

»Ich heiße jetzt Grace.«

»Okay, aber nur fürs Protokoll: Nenn uns bitte kurz deinen richtigen Namen und dein Geburtsdatum.«

Grace sah Colleen an, die mit einem schwachen Nicken ihre Zustimmung gab. »Rhiannon Davis, 11. Juni 2008.«

»Danke. Und du verlangst, dass bei der Vernehmung eine erwachsene Vertrauensperson anwesend ist, ist das korrekt?«

»Ja.«

»Und Sie, Mrs Grey, stimmen Ihrer Bestellung als erwachsene Vertrauensperson zu?«

»Das tue ich.«

»Zugleich verzichtest du aber auf die Hinzuziehung eines Rechtsbeistands?«

»Ja.«

»So weit erst mal. Meine erste Frage betrifft Ihr Verhältnis zueinander. Wie kam es zu der Begegnung auf der Brücke, und wie darf ich mir dieses Verhältnis genau vorstellen?«

»Ist das wirklich nötig?«, fragte Colleen.

Die Frage prallte an Barbaras Lächeln ab. »Ihnen ist sicher bewusst, Reverend Grey, dass die Mitnahme minderjähriger Personen über eine Staatsgrenze hinweg den Straftatbestand des Kinderhandels erfüllt?«

»Allerdings, Detective. Deswegen habe ich auch Graces Mutter um ihre Einwilligung gebeten – die sie mir nur zu gern gab.«

»Und das haben Sie schriftlich?«

»Das habe ich schriftlich. Die Einwilligung befindet sich in der Kirche. Ich kann Sie Ihnen gerne zeigen.«

Punkt für Colleen, selbst wenn Barbara es nur zähneknirschend zugab. Daher schob sie gleich die nächste Frage nach: »Wie kam es dazu? Ich meine, so etwas ist doch nicht normal.«

»Reverend Grey hat mich gerettet«, sagte Grace mit entwaffnender Schlichtheit.

»Seit ihrem vierzehnten Lebensjahr lebte Grace praktisch auf der Straße«, fügte Colleen hinzu. »Sie war alkoholabhängig, nahm Drogen und finanzierte dieses Leben mit Diebstählen.«

Was zumindest das Einbruchwerkzeug erklärte, dachte Barbara.

»Satan hatte mich voll in seiner Gewalt«, erklärte nun Grace. »Deswegen sollte ich mich ja auch umbringen. Damit er sich meine Seele holen kann.«

Barbara musste an sich halten, um nicht die Augen zu verdrehen.

»Eines Tages – ich kam gerade von der Abendandacht – sah ich auf der Brücke dieses junge Mädchen«, sagte Colleen. »Es war bereits über das Geländer geklettert und wollte offenbar ihr Leben wegwerfen. Ich sprach es an und schaffte es mit Gottes Hilfe, sie davon abzubringen.«

»Das heißt, es war eine Errettung in doppeltem Sinne?«, fragte Tucker.

»Ich erkannte, dass es auch einen anderen Weg gibt: den mit Gott. Da war nämlich eine Leere in meinem Leben, die der Teufel ausgenutzt hatte – um sich in mir breitzumachen. Reverend Grey zeigte mir, dass ich sie auch mit der Kraft und der Herrlichkeit Gottes füllen konnte.«

Und so kriegen sie einen, konstatierte Barbara im Stillen. Kein Wunder, dass ehemalige Junkies und Alkoholiker Gott für sich entdecken. Sie ersetzen nicht selten die eine Abhängigkeit durch eine andere.

»Und jetzt lebst und arbeitest du mit dem Reverend?«

»Ja. Ich helfe mit bei ihrem göttlichen Werk.«

»Und zu diesem göttlichen Werk zählen auch solche Aktionen wie die in meinem Hotelzimmer?«

Es war unübersehbar, dass Colleen die Richtung des Gesprächs nicht behagte. Sie schritt ein. »Das ist meine Schuld«, sagte sie. »Grace war fehlgeleitet.«

»Kann man das so ausdrücken, Grace: fehlgeleitet?«, fragte Tucker.

Grace starrte Tucker an. »Typen wie du werden das nie verstehen.«

»Typen wie ich?«

»Teufelsdiener, Satansfreunde.«

»Okay, bis hierhin erst mal«, sagte Barbara, die es vorgezogen hätte, wenn sich dieses Mädchen nicht um Kopf und Kragen redete. »Bleiben wir einfach bei dem, was war. Den Einbruch in mein Zimmer gibst du also zu? Und die Schmiererei auf dem Badezimmerspiegel und das Vampiramulett stammen ebenfalls von dir?«

Grace nickte kurz.

»Fürs Protokoll: Die Befragte bejaht die Frage durch Kopfnicken.«

»Detective«, sagte Colleen, »Grace wollte nur helfen. Und sich für unsere Sache einsetzen.«

»Durch Drohbotschaften an die Polizei?«

»Grace ist noch jung, sie brennt für ihren Glauben. Ich bin sicher, Sie waren in Ihrer Jugend nicht weniger impulsiv.«

Barbara wich ihrem Blick aus. »Vor allem bin ich mit sechzehn noch zur Schule gegangen«, erklärte sie. »Was Grace ebenfalls tun sollte.«

»Grace erhält ihre Bildung in Gott. Es gibt keine höhere Weisheit.«

»Na, dann ist ja alles gut. Macht sich sicher prima in ihrem Lebenslauf.«

Die beiden Frauen blickten sich unversöhnlich an.

Tucker räusperte sich. »Vielleicht bleiben wir besser beim Thema.«

»Natürlich«, sagte Colleen. »Ich für meinen Teil achte das Gesetz. Und das Letzte, was ich will, ist Zwietracht säen.«

Das sagt die Richtige, dachte Barbara.

»Nun, den Tatvorwurf hat Grace ja weitestgehend eingeräumt: Einbruch und Sachbeschädigung.« Barbara legte eine Pause ein. »Aber da sie noch minderjährig ist und ohne Vorstrafen, zumindest in Deadhart, erhält sie hiermit eine mündliche Verwarnung und wird wieder in Ihre Obhut entlassen, unter der Voraussetzung, dass derlei nicht erneut passiert.«

Colleen nickte. »Danke. Ich weiß Ihre Nachsicht zu schätzen.«

Barbara beugte sich vor, schaltete den Kassettenrekorder aus und sagte: »Mit Nachsicht hat das nichts zu tun, nur mit rein praktischen Erwägungen. Ich habe auch so schon genug zu tun, ich will nicht noch eine weitere Akte anlegen.«

Zehn Minuten später standen Barbara und Tucker an der Tür und sahen dem ungleichen Paar nach. Der Wind hatte weiter zugenommen, und die Schneewolken sahen nicht so aus, als ginge ihnen der Nachschub bald aus. Colleen und Grace in ihren kuttenähnlichen Mänteln schienen von diesem unwirtlichen Wetter jedoch seltsam unberührt. Sie schritten von dannen, als hätten sie soeben den Staub von ihren Füßen geschüttelt.

»Ich kann mir nicht helfen, aber mit den beiden stimmt etwas nicht«, brummte Tucker.

»Vielleicht sollte ich mir auch etwas von diesem göttlichen Feuer zulegen …«, sagte Barbara, die Tür zuknallend. »Oder Thermounterwäsche.«

In der relativen Wärme ihres Büros fragte Tucker: »Wie war es eigentlich bei der Versammlung?« Er quetschte seinen massigen Körper in einen Bürostuhl.

»Da ich noch lebe: gar nicht so schlecht.«

»Sie haben Beau nach Hause gefahren, hört man.«

»Ja, es ging ihm nicht gut. Nach diesem Auftritt auch kein Wunder. Er behauptete vor allen Leuten, die Vampire sprächen zu ihm.«

Tucker legte die Stirn in Falten. »Das sieht ihm gar nicht ähnlich.«

»Der Fluch der bösen Tat. Vielleicht bleibt die Angeberei mit diesen Vampirtrophäen doch nicht ganz folgenlos.« Sie blickte ihn an, als hätte sie es schon immer gewusst.

Er seufzte. »Da könnte sogar was dran sein.«

»Und was hat das Lame Horse ergeben?«

»Nathan war in der Mordnacht definitiv *nicht* dort. Er hat aber versucht, sich bei der Wirtin ein Alibi zu erkaufen.«

»Ach wirklich? Entweder ist das ein Schuldeingeständnis, oder er leidet unter Verfolgungswahn.«

Ihr fielen die überstochenen Knast-Tattoos wieder ein. Er war offenbar nicht besonders scharf darauf, diese Erfahrung zu wiederholen.

»Was noch interessant ist: Er hat sich dort regelmäßig mit einem jungen Mann getroffen.«

»Also ist er schwul oder bi. Vielleicht ist darüber auch seine Ehe in die Brüche gegangen.«

»Sieht ganz so aus. Doch das ist noch nicht alles. Der junge Mann stammt aus der Kolonie.«

»Haben Sie eine Ahnung, wer es sein könnte?«

Tucker zögerte. »Der Beschreibung nach könnte es ein gewisser Michael sein – der Sohn von Athelinda.«

»Moment mal«, sagte Barbara. »Athelinda hat einen Sohn? Aber ...«

Athelinda ist ein Kind, wollte sie sagen. Was sie natürlich nicht war. Sie sah nur so aus. Dennoch war die Vorstellung bizarr.

»Wer ist denn der Vater?«, fragte sie.

»Wenn ich das wüsste! Was ich aber weiß: Dieser Michael ist ein Halbblut.«

»Auch das noch. Ich dachte, Athelinda hasst Menschen?«

Noch im selben Moment fügte sich alles zu einem Bild zusammen. »Das Beinhaus«, murmelte sie.

Tucker blickte sie verständnislos an. »Was hat *das* denn damit zu tun?«, fragte er.

»Das Beinhaus kennen Sie doch, oder?«

»Kennen nicht. Es ist Ende der Zwanzigerjahre abgebrannt. Aber ich habe Geschichten darüber gehört. Bei dem Brand konnte sich übrigens kaum jemand retten.«

»Wussten Sie, dass Athelinda dort gearbeitet hat?«

»Um Gottes willen, nein!« Der Schock klang echt, aber Tucker dachte gleich weiter. »Wenn ihr Sohn tatsächlich halb menschlich ist, dann war der Vater vielleicht ein Freier.«

Barbara seufzte gereizt. »So geht das die ganze Zeit. Was immer ich hier herausfinde, es ist ein Grund mehr für Athelindas Rachefeldzug.«

»Glaube ich nicht. Wenn sie wirklich mit Deadhart abrechnen wollte, hätte sie es längst getan«, sagte Tucker.

»Meinen Sie, Nathan wusste, dass er sich mit einem Vampir traf?«

»Unwahrscheinlich.«

»Und Athelinda? Wusste sie, dass er mit dem Feind fraternisierte?«

»In der Kolonie geschieht nichts ohne ihr Wissen. Wenn Michael sich an Nathan heranmachte, dann hatte das bestimmt einen Grund.«

»Vielleicht sollte er Informationen sammeln«, überlegte Barbara. »Oder sie hatte ein spezielles Interesse an Nathan.«

»Keine Ahnung.«

Barbara ging etwas im Kopf herum, das Beau ihr gesagt hatte: *Damals verschwanden immer wieder Kinder aus Deadhart.* Sie sagte: »Stimmt es, dass Kinder abhandenkamen?«

»Während meiner Zeit nicht.«

»Nein, ich meine in den Zwanziger-, Dreißiger-, Vierzigerjahren?«

Tucker fand einfach keine bequeme Position in seinem Bürostuhl. »Es gab solche Geschichten, ja. So nach dem siebten oder achten Bier im Grill. Und meistens im Zusammenhang mit der guten alten Zeit, als man noch nach Herzenslust Vampire abknallen durfte.«

»Beau erwähnte Ritas Tante. Er sagte, sie wäre als kleines Kind verschwunden.«

»Na ja. Die Wahrheit ist, man hat damals auf Kinder nicht viel gegeben. Sprich, man hat sie weitgehend sich selbst überlassen, und die Gegend ist nicht ungefährlich. Kinder verirrten sich im Wald, wurden von Bären gefressen oder fielen von einem Steilufer in den Fluss. Von ihnen fand man nie wieder etwas, nicht mal die Leiche. Rita wird ihnen dasselbe sagen.«

Barbara nickte: »Aber angenommen, es war doch ein Vampir? Vielleicht ist unser Killer schon viel länger aktiv, als wir glauben?«

Die skeptischen Falten in Tuckers Gesicht sagten alles. »Das bezweifle ich. Fälle wie bei Todd oder Marcus sind für Deadhart schon einzigartig.«

»Zumindest sind es die einzigen, die je bekannt wurden.«

»Mag sein, aber der Zeitraum dazwischen ist doch sehr lang.«

»Die meisten Serienkiller werden nur deshalb so spät geschnappt, weil sie mobil sind. Sie verlassen sich darauf, dass niemand so weit auseinanderliegende Taten in Verbindung bringt. Trotzdem haben sie einen räumlichen Schwerpunkt. Einen Lieblingsplatz, zu dem sie immer wieder zurückkehren. Genau das wird ihnen dann zum Verhängnis.«

»Okay, wir wissen, dass Nathan vor Kurzem nach Deadhart zurückgekehrt ist. Und er war auch in der Stadt, als Todd ermordet wurde.«

Das traf zwar zu, gleichwohl wirkte Nathan auf Barbara nicht wie der typische Serienmörder: hochintelligent und bestens organisiert, wenn es darum ging, Spuren zu verwischen. Sofern man den aggressiven Alkoholiker nicht als Tarnung interpretierte, fiel Nathan wohl aus. Im Gegensatz zu Mowlam. Er war der geborene Scharlatan. Hier passte alles, das einnehmende Äußere, die geschmeidige Liebenswürdigkeit, die diffuse Vergangenheit. Dahinter konnte sich alles verbergen.

»Kurt Mowlam ist gleichfalls noch nicht lange in Deadhart«, sagte sie.

»Aber er dürfte zur Zeit von Todds Ermordung selber noch ein Kind gewesen sein.«

»Es sei denn, er ist ein Vampir ...«

Tucker quittierte das Gedankenspiel mit einem langen Seufzer.

»Okay, wem von beiden wollen Sie als Erstes auf den Zahn fühlen?«

49

Athelinda konnte sich an die Zeit vor ihrer Transformation eigentlich gar nicht mehr erinnern. Nur ab und zu wurden noch Sedimente ihrer menschlichen Existenz aufgewirbelt. Ihre Erinnerung an Sonnenlicht etwa, das sie mit Wärme, Freude und Liebe in Verbindung brachte. Oder ihre erste Musik, ein Wiegenlied, das sie nicht aus dem Kopf bekam. Diese Stimme!

Denn alles, was danach kam, war nur Dunkelheit, Gewalt und Blut. Die meisten Transformationskinder lebten auch nicht lange. Sie fielen entweder Morden durch ihre eigenen Familien zum Opfer oder wurden verstoßen und gingen auf irgendeiner Landstraße elend zugrunde. Athelinda hatte Glück, sozusagen. Sie tötete nur ihre eigene Mutter (eine Tat ebenso zwanghaft wie unreif, die sie bis heute bereute) und wurde später von einem Wanderzirkus aufgelesen. Abnormitäten wie sie fanden immer ein Publikum.

Dies alles geschah im England des siebzehnten Jahrhunderts, und der Adel machte da keinen Unterschied – nur dass Vampirkinder dort nicht Abnormitäten hießen, sondern Kuriositäten. Das Programm indes war immer das gleiche. Die süße Kleine wurde schwarz eingekleidet und in einen Sarg gelegt, und die Leute ergötzten sich daran, wie sie – hinter Gittern – Kleintieren den Lebenssaft aussaugte.

Erst die Puritaner unter Oliver Cromwell bereiteten dem wahrhaft satanischen Spiel ein Ende. Was allerdings nicht bedeutete, dass Vampire verschont blieben. Die ersten genozidalen Massentötungen datieren aus dieser Zeit. Doch abermals hatte Athelinda

Glück. Ein Artist aus ihrer Truppe hatte Mitleid mit ihr und schmuggelte sie außer Landes.

Außer Landes und auf ein Schiff in eine neue Welt. Die Fahrt dauerte Wochen, und mit an Bord war eine Krankheit, die nahezu alle dahinraffte. Auf diesem Geisterschiff erreichte Athelinda die neue Welt, und sie tat gut daran, sich davonzustehlen, ehe man herausfand, dass die Toten offenbar zur Ader gelassen wurden – was die wenigen Überlebenden nicht bestätigen konnten.

Das neue Land war gewaltig in seiner Ausdehnung und geschäftig bis an die Pforten der Hölle. Und es stank nach Homo sapiens. Die Straßen quollen über von Menschen, Fuhrwerken und Pferden. Dies also war Amerika, jener Ort, über den sie so viele Wunderdinge gehört hatte.

Doch Athelinda fand wenig Beeindruckendes an einem Gewirr kotiger Straßen, in denen die Marktschreier den Ton angaben und in den Läden Vampirköpfe feilgeboten wurden. Sie wanderte bei Nacht, bis die Gebäude und das Getriebe der Stadt weit hinter ihr lagen. Endlich gewann sie die Freiheit, von der sie geträumt hatte und die sie um nichts auf der Welt wieder hergeben wollte.

Es war daher kein Wunder, dass sie lange allein blieb. Sie hielt sich an die Wälder und vermied menschliche Siedlungen, wo es ging. Bald hatte sie heraus, wie man sich in der Wildnis ein Dach schuf und das Nötige erjagte – wozu nicht nur Tiere zählten. Sie betrachtete jegliche Kreatur auf ihrem Weg als Freiwild.

Da sie der Dunkelheit und der Kälte folgte, gelangte sie nach und nach in den Norden des Landes, wo die Begegnung mit anderen Vampiren nicht ausbleiben konnte. Noch waren die Gruppen klein, die sich hier in der Fremde zusammenfanden, doch das sollte sich ändern. Auch Athelinda bemerkte zu ihrem Erstaunen, welcher Trost in der Gemeinschaft von Gleichen lag.

So wuchsen aus versprengten Gruppen die ersten Kolonien, und Athelinda als eine der Ältesten stieg bald zur inoffiziellen Anführerin auf, die sich besonders in der Anfangszeit durch extreme Brutalität hervortat. Schuld daran war paradoxerweise ihre menschliche Herkunft. Da sie schon sehr früh im Leben die Daseinsform gewechselt hatte, war ihr nur wenig Herzensbildung zuteilgeworden. Andererseits war sie nicht dumm. Schrankenloser Blutdurst gegenüber verwandten Arten wie Homo sapiens galt selbst unter Vampiren als barbarisch. Überdies verschärfte jedes menschliche Opfer die vorhandenen Ressentiments und gefährdete auf lange Sicht den Bestand einer Kolonie.

Athelinda lernte also, ihr rasendes Verlangen zu zügeln – zumindest halbwegs.

Parallel dazu änderte sich die Lebensweise der Kolonie. Die nomadischen Jäger, die das Land mit Pferd, Stangenschleife und Kanu durchstreiften, wurden sesshaft, und die alaskische Bergwelt eignete sich bestens dazu. Die Gegend war kalt, dunkel und abgeschieden, keine Verlockung für weiße Männer mit Büchsen. Die lokalen Dghelay Teht'ana waren zwar misstrauisch, achteten sie jedoch als Stamm der »Nachtwanderer«, wie es in ihrer Sprache hieß.

Ihre ersten Siedlungen waren primitiv, bestanden fast nur aus Erdlöchern. Aber dann begann man, Bäume zu fällen, Blockhütten zu errichten, Familien zu gründen. Ein Zivilisationsprozess, der auch Athelinda veränderte. Endlich hatten sie eine Heimstatt gefunden, wo sie in Frieden leben konnte. Nichts anderes hatte sie gewollt.

Der Frieden währte annähernd zweihundert Jahre, was für Menschen schon viel ist. Aber der Mensch war eben eine weltweite Plage. Erst zufrieden, wenn er alles infiziert hatte. Als in der

Denali-Region große Kupfervorkommen entdeckt wurden, fiel er mitsamt seinen Furcht einflößenden Maschinen in das Dunkelland ein und trieb die ansässigen Nachtwanderer in die Wälder. Aber selbst das reichte ihm nicht. Als Nächstes kamen die Wildbeuter, die genau wussten, dass die Kolonien bei Tage schutzlos waren. Wen sie nicht töteten, den entführten sie, getreu ihrer Maxime, dass, wenn man sich schon die Erde untertan machte, auch alles auf und unter dieser Erde zu verwerten war. Es waren nur *Rohstoffe*. Zu diesen Rohstoffen zählte Athelinda.

Und so sah sie sich eines Tages den niedrigsten Begierden von Männern ausgesetzt. An einem Ort, der aussah wie ein Kinderzimmer und an dem alles vorhanden war, sogar Plüschtiere. Aber auch an dem Mädchen war alles vorhanden, was die Kunden wünschten: das Rüschenkleid, der kratzende Petticoat, die niedlichen weißen Söckchen, in denen Athelinda nur schwitzte. Und die zwei unschuldigen Zöpfe, in die man ihre wilde blonde Mähne gezwungen hatte.

Bonnie, die zahnlose Puffmutter, kriegte sich gar nicht mehr ein über ihr Meisterstück. »Ist sie nicht süß?«, gackerte sie ein ums andere Mal. »Der reinste Engel! Deshalb sei hübsch artig zu den Daddys, die dich besuchen kommen!«

Athelinda wehrte sich nicht. Aber sie war definitiv nicht artig. Was gefährlich war. Denn Bonnie war eine sadistische Herrin, der es sichtlich Vergnügen bereitete, jede zu bestrafen, die aus der Reihe tanzte. Jede Übertretung konnte einem einen Finger, ein Auge oder ganze Gliedmaßen kosten. Es waren Gerüchte im Umlauf, dass sie einmal ein Mädchen eine Woche lang an einem Marterpfahl aufgehängt hatte. Als das Mädchen nach sieben Tagen immer noch nicht tot war (Bonnies Absicht), schlitzte sie ihm den Bauch auf und riss mit einem glühenden Schürhaken alles heraus, was darin war. Bonnies Strafe für eine Schwangerschaft.

Athelinda wusste nicht, ob die Geschichte stimmte. Sie kam von dem Zimmerburschen, der ihr die Nahrung brachte und ihre Wunden reinigte. Er redete gern, und sie saugte jede Information begierig auf. In gewisser Weise mochte sie ihn sogar und wollte ihn deshalb nicht unentwegt töten, sondern nur gelegentlich.

Während die meisten Menschen für sie noch mehr oder weniger gleich aussahen, begann sie, bei den Freiern erste Unterschiede wahrzunehmen. Einige waren angenehmer als andere. Grob immer, aber wenigstens erträglich. Und einen fürchtete sie mehr als alle anderen zusammen. Einen relativ gut aussehenden Kerl mit blondem Vollbart, stahlblauen Augen und knochiger Statur. Man durfte sich von seinem Lächeln nicht täuschen lassen, die Augen machten dieses Lächeln nie mit, sondern waren wie tot. Und Athelinda erkannte das Böse, wenn es ihr entgegentrat – weil es in ihr genauso aussah.

Bei seinem ersten Besuch bürstete er ihr die Haare und würgte sie anschließend mit seinem Gürtel. Bei seinem zweiten Besuch hatte er ein Messer dabei. Und bei seinem dritten eine Lötlampe. Er ließ sich ständig etwas Neues, noch Krasseres einfallen, denn nichts nutzt sich schneller ab als die Erregung über fremde Qualen. Dabei konnte er sich darauf verlassen, dass sie beim nächsten Mal noch da war, denn sie wollte einfach nicht sterben.

Einmal, am schlimmsten Tag von allen, musste Bonnie sogar einen Arzt rufen. Durch den Nebel aus Schmerz und Blut hörte sie den Doktor sagen: »In ihrem Zustand wäre es wohl das Beste, sie einzuschläfern.«

Doch davon wollte Bonnie nichts hören. »Kommt gar nicht infrage«, keifte sie. »Solange sie gutes Geld bringt. Und Joseph zahlt ordentlich. Er weiß, was so ein Mädchen wert ist. Sie bleibt hier.« Mit »hier« meinte sie das Diesseits.

»Wie Sie wollen. Aber die Genesung wird Zeit in Anspruch nehmen. Ich kann ihr etwas gegen die Schmerzen geben, aber für alles andere gibt es keine Garantie. Ihre Verletzungen heilen zwar äußerlich ab, aber wie es innen aussieht ...«

Wochenlang driftete Athelinda durch fiebrige Morphinträume, in denen Schmerzen und Visionen einander abwechselten. Oft schrie sie darum, ihr das Herz zu durchstoßen, um ein Ende zu machen, doch Bonnie blieb hart. Bis sich irgendwann die Wunden schlossen, der Nebel sich lichtete.

Das Erste, das sie sah, war das Gesicht des Zimmerburschen.

»Da bist du ja wieder«, sagte er.

Sie wollte etwas sagen, konnte aber nicht. Er reichte ihr ein Glas dicken, zähen Bluts. Sie trank es in einem Zug aus.

Der Junge sah sie interessiert an. »Der Mann hat dich übel zugerichtet.«

»Was kümmert es dich?«

Er zuckte die Achseln. »Wenn ich du wäre, würde ich ihn töten.«

»Wer weiß, vielleicht tue ich das auch.«

»Die Frage ist nur, wie. Sie haben euch alles genommen. Eure Zähne. Euren Freiheitskampf. Eure Kolonie.«

Sie blickte ihn herausfordernd an. »Findest du das lustig?«

»Nein, ich will dir helfen.«

»Verpiss dich.«

Er nickte. »Wie du willst.«

Er stand auf, ging zur Tür und war eine Sekunde später verschwunden. Athelinda richtete sich im Bett auf und sah etwas auf dem Nachtkästchen liegen. Unter einer Schachtel Streichhölzer lag ein Zettel. Sie griff danach.

Auf dem Zettel nur zwei Wörter, jedoch auf Vampirisch: *Birnen heo.*

Sie runzelte die Stirn. Seit wann sprach der Zimmerbursche Vampirisch? Sie schaute zur Tür. Er war natürlich längst weg. Dann las sie den Zettel ein zweites Mal, und ein Lächeln huschte über ihr Gesicht.

Birnen heo.

Verbrenn sie.

50

Mowlams Haus war klein und schäbig. Die Schindelverkleidung war schon lange nicht mehr renoviert worden, und selbst von der Haustür blätterte die Farbe. Sämtliche Fenster waren zugeschneit, ein Blick ins Innere war für die Polizisten nicht möglich.
»Sind Sie sicher, wir sind hier richtig?«, fragte Barbara.
»Das ist seine Adresse.«
»Mit dem Haus am See hat sich Dalton klar verbessert.«
»Nicht unbedingt – wenn Sie es vom Ende her betrachten.«
Ein rostiger Toyota parkte vor dem Haus, dennoch schien niemand da zu sein. Sämtliche Fenster waren dunkel, kein Rauch aus dem Schornstein, die Haustechnik schwieg – und das bei dieser Kälte.
Barbara gefiel das nicht. Wie immer, wenn Dinge nicht so waren, wie man sie erwarten würde. Meistens stimmte dann wirklich etwas nicht. Aber sie würden sehen. Sie klopfte laut an die Tür und wartete. Nichts.
Bevor sie es erneut versuchte, probierte sie stattdessen die Klinke. Hallo? Es war nicht abgeschlossen. Sie blickte Tucker an. »Ich frage mich, warum die Türen überhaupt Schlösser haben, wenn die Leute alles offen lassen.«
Sie stieß die Tür auf. »Mr Mowlam? Polizei! Wir würden gern mit Ihnen reden.«
Stille. Barbara tastete nach dem Schalter und machte das Licht an. Die Raumaufteilung entsprach dem landestypischen Standard. Zwei Zimmer unten, zwei oben, dazwischen die Treppe.

Barbara fing mit der Tür auf der rechten Seite an. Hier fiel zweierlei auf: der überwältigende Marihuana-Geruch und die komplette Zerstörung. Die Sofakissen waren aufgeschlitzt, Schubladen herausgerissen, Lampen und Couchtisch zertrümmert.

»Mein lieber Schwan!«, sagte Tucker, der hinter ihr ging.

»*Yeah*«, sagte Barbara.

»Da hat jemand nach etwas gesucht.«

»Vielleicht.«

Allerdings sprach der Vandalismus eher dagegen. Warum das ganze Mobiliar auseinandernehmen, wenn man nur etwas in seinen Besitz bringen wollte? Nach Barbaras Erfahrung gingen Leute, die etwas suchten, methodischer vor, weniger emotional. Das effektvoll durchwühlte Zimmer gab es eigentlich nur im Kino, denn wer versteckte schon etwas in einem Sofakissen? Hausdurchsuchungen, egal ob »privat« oder polizeilich, konzentrierten sich heutzutage auf Datenträger, also Handys und Computer. Dieses Zimmer hingegen war lediglich die Inszenierung einer Suche. Wer immer das Zimmer verwüstet hatte, wollte nur den Eindruck erwecken, etwas gesucht zu haben.

»Ich sehe mal oben nach«, sagte Tucker.

»Okay«, erwiderte Barbara. Und obwohl sie nicht davon ausging, dass oben jemand war, fügte sie hinzu: »Aber seien Sie vorsichtig.«

Im hinteren Teil des Wohnzimmers gab es noch eine offene Junggesellenküche – die auch genauso aussah. Es war also schwer zu sagen, ob der Eindringling hier ebenfalls gewütet hatte, denn das angeschimmelte Geschirr und die aufgerissenen Dosen und Packungen in verschiedenen Stufen des Verderbs gehörten wohl zum normalen Bild. Sie überlegte noch, ob sie es wagen sollte, etwas davon anzufassen, als Tucker von oben herunterkam.

»Haben Sie was gefunden?«, fragte sie.

»Oben ist alles in Ordnung. Allerdings reist Freund Mowlam offenbar mit leichtem Gepäck. Außer ein paar Sweatshirts und Jeans habe ich nicht viel gefunden. Und im Badezimmerschrank war das hier ...«

Er hielt zwei Tiefkühlbeutel in die Höhe, der eine angefüllt mit Gras, der andere mit einem weißen Pulver.

»Ich nehme nicht an, es handelt sich um Riechsalz und Meeresalgen«, bemerkte Barbara.

»Das nicht gerade. Dafür hatte er aber noch einen Vorrat an Oxycontin. Vielleicht hatte er einen schlimmen Rücken oder so was ...«

Oder aber Mowlam war medikamentenabhängig. Noch etwas, das ihn mit dem Doc verband.

»Okay«, sagte sie und stieg über Glasscherben hinweg. »Dann bleibt uns nur noch das andere Zimmer hier unten. Schauen wir mal, was es für uns bereithält.«

Schon als sie durch den Flur gingen, hatte Barbara so eine Vorahnung. Sie war aber nicht hier, um sich von Befindlichkeiten leiten zu lassen. Sie machte die Tür auf und schaltete das Licht ein.

»Auweia!«

Also doch. Übel, übel, übel. Wieder so ein Raum, der sie später noch verfolgen würde. Wobei der erste Eindruck fast unverfänglich war. Hier hatte sich jemand ein Tattoo-Studio eingerichtet, die entsprechenden Utensilien, Tätowiermaschine und Farbflaschen, standen auf einem Tisch bereit, Vorlagen dekorierten die Wände. Und die ließen an Deutlichkeit nichts zu wünschen übrig. Es waren Helsing-Symbole in allen Variationen und verwandtes Zeug aus der rassistischen, vampirfeindlichen Ecke, aber nicht nur. Es gab auch reale Fotos von enthaupteten, verstümmelten, ausgeweideten Vampiren. Warum sie dort hingen, erklärten die

Vitrine und eine ganze Batterie von Aufbewahrungsboxen an der Wand: Vampirartefakte! Barbara erkannte eine Frauenhand und ein eingelegtes Herz im Glas, dazu einen komplett aus Vampirzähnen gestalteten Schädel sowie einen Kopf, der offenbar einmal einem Kind gehörte. Das Angebot war reichhaltig.

In der Mitte des Raums aber dominierte eine Art Zahnarztstuhl, und in diesem lag der Inhaber, Kurt Mowlam, mit einem Einschussloch in der Stirn und einem Holzpflock in der Brust, und er gehörte definitiv nicht zur Dekoration.

»Ich will ja nicht vorgreifen«, sagte Barbara. »Aber ich glaube, wir haben den Komplizen des Doktors gefunden.«

»Sieht so aus«, bestätigte Tucker. »Aber schade, dass ihn der Teufel vorher geholt hat. Oder wer immer.«

Barbara fragte sich ebenso, wer ihnen wohl zuvorgekommen war. Trotz der Verwüstung im Wohnzimmer schien kein Kampf stattgefunden zu haben. Das Wohnzimmer war eine Zugabe, nachdem Mowlam erledigt war. Konnte es sein, dass Mowlam seinen Mörder gekannt und selbst ins Haus gelassen hatte? Das Szenario war simpel: Mowlam ging mit seinem Besuch ins Tattoo-Studio, dort zog der Killer eine Waffe – und *Bäng!* Aber warum? Weil er zu viel wusste? Oder als Warnung an einen Dritten? Der präzise Kopfschuss deutete auf Ersteres. Aber der Pflock im Herzen war in seiner Theatralik ganz klar eine Botschaft. Und sie kam, Ironie des Schicksals, aus den eigenen Reihen.

Tucker trat an den kleinen Computerarbeitsplatz in der Ecke.

»Ist da was?«, fragte Barbara.

Tucker hielt zwei Handys in die Höhe. Auf dem Begrüßungsbildschirm des einen war etwas, das aussah wie das Albumcover einer Death-Metal-Band. Der andere zeigte eine Winterlandschaft: Architektenhaus vor zugefrorenem See. Nur kein Neid.

»Das hat wohl dem Doktor gehört«, sagte Barbara.

»Also war Mowlam in jener Nacht bei ihm.«

»Oder der Killer ...«

»Zumindest wissen wir jetzt, woher Marcus sein Tattoo hatte«, stellte Barbara fest. Marcus gehörte ja ebenfalls zu Mowlams Leseclub. Der ideale Weg, junge Seelen zu fischen. Eine kleine, intime Runde. Man redet vollkommen ungezwungen, und es wird auch schon mal später. Hat Mowlam Marcus so für sich gewonnen? Und was war mit den beiden anderen?

»Stephen dürfte davon gewusst haben«, fuhr sie fort.

»Und Jacob?«

»Möglich. Wahrscheinlich sogar.«

Tucker seufzte: »Na gut.«

Noch einmal ließ Barbara den Blick über den Tatort streifen. Die Vampir-Artefakte, die effektvoll aufgebahrte Leiche in der Mitte, das Handy des Doktors, das offen herumlag. Das Gesamtbild war wichtig, denn es erzählte zuweilen mehr als die Summe seiner Teile.

»Ich weiß nicht, wie es Ihnen geht«, sagte sie zu Tucker. »Aber auf mich wirkt das alles etwas zu ... glatt.«

»Inwiefern?«

»Insofern, als es uns zu leicht gemacht wird. Als hätte jemand all diese Sachen absichtlich so arrangiert, dass wir nur zu einem Schluss kommen können: Mowlam ist unser Mann. Er war nicht nur der ominöse Tätowierer, sondern ebenso der Komplize des Doktors. Und ich wette, wenn wir weitersuchen, finden wir auch den Schlüssel zum Grill.«

Tucker wandte sich um und nahm sich etwas vom Tisch. »Meinen Sie den hier?«

Barbara seufzte. »Na bitte. Jetzt haben wir sogar denjenigen, der mich in den Kühlraum eingesperrt hat. Einfacher kann man es nicht haben. Fall erledigt.«

»Bis auf eine Kleinigkeit.«

»Die wäre?«

Tucker deutete mit dem Kopf zum Zahnarztstuhl, an dessen Basis sich ein kleiner See aus Blut und Hirnmasse gebildet hatte.

»Wir haben nicht die geringste Ahnung, wer uns den toten Mowlam auf dem Silbertablett präsentiert hat.«

51

Danach begann für die beiden Polizisten die übliche Routine. Sie stellten Spurentafeln auf, fotografierten, bestäubten Oberflächen, tüteten ein, beprobten alles, was DNA enthalten könnte. Nur was mit dem gesammelten Material anschließend geschehen sollte, wussten sie nicht, da der Schneesturm jeden Weitertransport verhinderte.

Und natürlich mit Mowlam.

»Wir können ihn nicht hier liegen lassen«, sagte Barbara. »Also wohin mit ihm?«

Stumm starrten sie auf die Leiche, und nicht einmal sie empfand das geringste Mitleid. Im Gegenteil, Mowlams würdeloses Ende passte irgendwie zu den Artefakten des Hasses. Manchmal erntete der Mensch eben genau das, was er gesät hatte.

Seufzend gab sie sich selbst die Antwort. »Ich fürchte, wir werden wieder auf den Grill zurückgreifen müssen.« Sie wickelten Mowlam in mehrere Müllsäcke. Den Pflock entfernten sie nicht, denn damit hätten sie die Leiche verändert. Der Anblick war allerdings grotesk, er erinnerte an ein Eis am Stiel. Wie gesagt, Mitleid war fehl am Platz.

Tucker parkte den Polizeitruck hinter dem Haus, der Abtransport der Leiche sollte möglichst lautlos vonstattengehen. Und obwohl es mittlerweile dunkel war und die Straßen menschenleer, wollte Barbara kein Risiko eingehen. Deshalb schafften sie Mowlam über den Notausgang des Grills zum Tiefkühlraum. Nur kein Aufsehen. Mowlam legten sie neben den Tisch mit Marcus' Leiche.

Kopfschüttelnd fasste Barbara zusammen: »Wenn das so weitergeht, ist hier bald mehr los als im Leichenschauhaus von Anchorage.« Dann knallte sie die Tür zu, verriegelte sie, sicher ist sicher, dachte sie, und ging zur Bar.

»Ich mach uns einen Kaffee«, sagte sie zu Tucker. »Auch einen?«

»Nein danke.«

»Tee? Wasser, Bourbon?«

»Danke, ich brauche nichts.«

Barbara glaubte ihm kein Wort. Überhaupt erschien ihr dieser Ex-Cop immer mysteriöser.

»Und wie geht es jetzt weiter?«, fragte Tucker.

»Systematisch. Wir befragen die Leute. Mowlams Killer läuft noch frei herum, und irgendwer muss doch etwas gesehen haben.«

»Das stelle ich mir schwierig vor. Der Pflock war eine deutliche Botschaft: Seht her, das passiert mit Abtrünnigen.«

»Vielleicht.« Barbara stellte eine Tasse unter den Hahn der Kaffeemaschine und drückte auf einen Knopf. »Vielleicht sollte es jedoch nur so aussehen. Ich gebe den Gedanken nicht auf, dass auch das mit dem Mord an Marcus zu tun hat.« Vorsichtig trug sie die volle Tasse zum Tresen. »Wie war das eigentlich damals beim Mord an Todd Danes? Hatten Sie noch andere Verdächtige als Aaron? Irgendjemanden, der zumindest hypothetisch infrage gekommen wäre?«

Tucker legte die Stirn in Falten. »Eigentlich nicht. Alles wies auf Aaron.« Er senkte den Blick. »Womöglich war das mein entscheidender Fehler.«

»Na ja, wenn keine anderen Spuren da waren … Außerdem hat er ein Geständnis abgelegt.«

»Stimmt, aber es war zugleich der Preis für den Deal, mit dem er die Kolonie aus der Schusslinie nehmen konnte. Doch nicht einmal das hat funktioniert. Am Ende war seine halbe Familie tot, und der echte Mörder lief immer noch frei herum.«

Barbara sah ihn eindringlich an. »Verraten Sie mir, was in jener Nacht wirklich passiert ist?«

»Das habe ich bereits getan.«

»Bei allem Respekt, Sie haben mich mit einer Version abgespeist, die belegen soll, dass Sie sich nichts vorzuwerfen haben. Aber warum ziehen Sie sich fünfundzwanzig Jahre lang vor der Welt zurück und leben wie ein Eremit? Für mich passt das nicht zusammen.«

»Weil ich meine Pflicht gegenüber der Stadt nicht erfüllt habe. Und weil ich auch Todds Eltern hängen ließ. Ich konnte den Leuten nicht mehr ins Gesicht sehen.«

»Warum dann nicht ganz wegziehen und irgendwo anders neu anfangen?«

Keine Antwort.

»Was hielt Sie hier, Tucker?«

»Das schöne Wetter?«

»Das Essen kann es nicht sein. Wenn ich mich nicht täusche, haben Sie in den letzten achtundvierzig Stunden überhaupt nichts zu sich genommen. Auch nicht getrunken, nicht einmal Wasser.«

Er schluckte. »Ich habe eben kaum noch Durst.«

»Verstehe ich. Aber wozu tragen Sie dauernd einen Flachmann mit sich herum?«

Sie sah, wie sich seine Kinnpartie anspannte. »Es ist kein Alkohol, falls Sie das denken.«

»Das denke ich gar nicht, jedenfalls nicht mehr.« Sie griff nach ihrem Kaffee. »Kommen Sie, ersparen Sie uns die ewige Quälerei. Sagen Sie mir doch einfach, wann Sie auf die Vampirseite wechselten.«

52

Fünfundzwanzig Jahre zuvor

Tucker sah auf die Bürouhr. Seit März ging sie eine Stunde nach, wegen der alaskischen Sommerzeit. Er wollte die Uhr eigentlich die ganze Zeit umstellen, aber das wurde allmählich unnötig, da er sich an die Differenz zwischen Uhr-Zeit und Alaska-Zeit (*Alaska Daylight Time*, um genau zu sein) gewöhnt hatte. Und jetzt war es zu spät. Aber nicht lange. Schon in wenigen Wochen, Anfang November, stimmte die Uhr wieder. So war es ja generell. Irgendwann regelte sich alles von selbst.

Der Minutenzeiger lief über die Zwölf. Damit war es genau elf Minuten nach neun. Oder nach zehn, je nachdem. Die Zeit zog sich an diesem Abend. Das heißt, sie ging gar nicht vorüber. Und das war unangenehm, wenn man immer noch im Büro saß und sich die Eingeweide verkrampften und das Herz raste. Aber er war auch schon bei der vierten Tasse Kaffee und dazu richtig nervös.

Rita, die junge Bürohilfe, die an einigen Wochentagen kam, war schon vor einer Stunde gegangen.

»Sind Sie sicher, dass Sie allein zurechtkommen?«, hatte sie besorgt gefragt.

»Aber ja doch«, hatte er gesagt. »Ich muss nur die heutige Nacht überstehen. Morgen früh kommen die Feds und überstellen Aaron nach Anchorage.«

»Sie sagen das so! Das wird eine lange Nacht.«

Da hatte er noch gelächelt. »Mit deinem Kaffee wohl kein Problem. Ich habe alles im Griff.«

Danach sah es nicht aus. Es war bereits die dritte Nacht, in der er die Sicherheit dieses Kolonie-Jungen gewährleisten sollte, nur war diesmal an Schlaf nicht zu denken. Er hatte nämlich einen Plan.

»*Um Mitternacht wollen sie sich den Jungen holen.*«

Sagte zumindest Jess, als sie am Morgen vorbeikam und so verängstigt wirkte, wie er sie noch nie erlebt hatte.

»Wer sind *sie*?«, fragte Tucker, obwohl er die Antwort schon kannte.

»Mein Dad und seine Kumpel. Sie wollen ihn aus der Zelle holen und die Sache auf ihre Weise erledigen. Und sie meinen es ernst, reden kannst du mit denen nicht mehr. Sie wollen den Jungen, koste es, was es wolle.«

Er sah sie an. Jess, erst zweiundzwanzig und so wunderwunderschön mit ihren hohen Wangenknochen und der goldenen Lockenmähne.

»Warum erzählst du mir das alles? Ich dachte, du hasst die Kolonie?«

»Du weißt, warum.«

Er schüttelte den Kopf. »Und was soll ich deiner Meinung nach tun, Jess?«

»Bring ihn woandershin. Er kann hier nicht bleiben. Denn eines weiß ich mit Bestimmtheit: Sie werden sich von niemandem hindern lassen, auch von dir nicht.«

Dann zog sie die Kapuze tief ins Gesicht und war verschwunden.

Abermals sah Tucker auf die Uhr. Dreizehn Minuten nach neun (zehn).

»Um Mitternacht wollen sie sich den Jungen holen.«

Er ging zu den Gewahrsamszellen. Aaron lag auf der Decke seiner Pritsche und hatte sich eingerollt, als wollte er gar nicht da sein.

»Hey.«

Aber die blitzenden grünen Augen, sie waren sofort da. Was für ein hübscher Junge, dachte Tucker. Mit diesen dicken schwarzen Haaren, die seine feinen Züge umspielten. Als wollte die Natur lässig zeigen, wozu sie imstande war. »Elfenhaft« war das einzige Wort, das ihm dazu einfiel.

»Bist du bereit?«, fragte Tucker.

Der Junge schluckte. »Müssen wir wirklich?«

Tucker nickte. Er wollte den Jungen nach Talkeetna schaffen, ehe Beau und seine Kumpane die Polizeistation stürmten. Dann mit dem Lufttaxi weiter nach Anchorage, wo die Feds auf ihn aufpassen konnten.

»Und was kommt dann?«

Es war die gleiche Frage, die auch seine Frau Laura gestellt hatte. *»Meinst du, dort ergeht es ihm besser, Tucker? Glaubst du wirklich, in Anchorage lassen sie ihn am Leben?«*

Zumindest bekam er dort ein ordentliches Verfahren. Ein ordentliches Verfahren, der Mindeststandard, kein faires Verfahren. Sie würden jede Menge Experten und Gutachter heranziehen, aber der, auf den es wirklich ankam, war der Richter. Und die Richterschaft war sich in der Vampirfrage höchst uneins. Einige behandelten Vampire eher wie Menschen, andere gar nicht. Und leider konnte auch nichts darüber hinwegtäuschen, dass der Druck auf die Justiz gestiegen war. Die meisten Fälle mit Vampirbeteiligung kamen gar nicht erst vor Gericht. Und die Aussicht auf eine Haftstrafe, zumal bei Totschlag oder schwerer Körperverletzung, wenn es einen Menschen betraf, war äußerst gering. Nicht einmal im Jugendstrafrecht konnte sich Tucker an einen Prozess erinnern, an dessen Ende *kein* toter Vampir gestanden hätte. Genau das aber hatte er Aaron bei seinem Deal verschwiegen. Tucker wusste, dass eine – bestenfalls humane – Tötung das Maximum war, das ihm zugestanden wurde.

»*Der Junge stirbt so oder so.*«

Der einzige Unterschied war, dass Beau und seine Spießgesellen es nicht mit Aaron bewenden ließen. Sie wollten gleich die ganze Kolonie ausrotten.

»Hast du mit ihnen Kontakt aufgenommen?«, fragte er Aaron.

Der runzelte die Stirn. »Weiß nicht. Ich hab's versucht.« Er deutete auf seine Stirn. »Es geht besser, wenn man nicht so weit weg ist.«

»Haben sie denn verstanden, worum es geht? Sie müssen sich in Sicherheit bringen. Und zwar sofort, noch heute Nacht.«

Aaron nickte. »Ja, das haben sie begriffen.«

»Okay«, sagte Tucker und ging zurück in sein Büro, wo die Zeiger der Uhr inzwischen auf 21:23 (22:23) vorgerückt waren. Die Kolonie lag fußläufig nur anderthalb Stunden entfernt. Sobald Beau und seine Kumpane kapierten, was los war, würden sie die Verfolgung aufnehmen, das ließ Tucker nur wenig Zeit.

Er dachte an Laura. Und an seine eigenen Rachefantasien gegenüber dem Kerl, der sie ermordet hatte. Er wusste genau, was sie von solchen Aktionen gehalten hatte.

Was nützt es denn?, überlegte er weiter. Es bringt sie mir nicht wieder zurück. Was soll ein weiterer Toter an meiner Situation verbessern?

Tucker nahm seinen Revolver aus der Schublade und steckte ihn ins Halfter. Dann schnappte er sich seinen dicken schwarzen

Mantel und einen Anorak für Aaron. Der Junge in der Zelle sah ihn fragend an.

Tucker schloss auf und öffnete die Gittertür. »Gehen wir«, sagte er.

Sie machten sich zu Fuß auf den Weg, wodurch sie die Main Street vermeiden konnten. Es waren nicht mehr viele Leute unterwegs, der schneidende Wind und das Schneegestöber hatten die Straßen leer gefegt. Das schlechte Wetter war ihr Vorteil. Die wenigen Fußgänger waren tief vermummt und begegneten höchstens weiteren Vermummten.

Bald schon hatten sie die Stadt hinter sich gelassen. Wo immer möglich, hielten sie sich abseits der Straßen, am Fichtenrand. Von dort aus waren bereits die Ausläufer des Denali zu erahnen. Es war nicht mehr weit bis zu jenem Waldweg, der zur alten Bahnlinie führte und somit zur Kolonie.

Plötzlich packte ihn Aaron am Ärmel. Tucker wandte sich zu ihm. »Was ist?«

Aarons Augen schreckgeweitet. »Da kommt etwas.«

Jetzt hörte Tucker es auch, das tiefe Brummen von Motoren über Schnee. Aber da strahlten die Scheinwerfer der Trucks bereits um die Kurve und ihm direkt ins Gesicht. Er hob die Hand und hörte gleichzeitig das angstvolle Wimmern des Jungen an seiner Seite. Zwei Trucks näherten sich und blieben nebeneinander vor ihnen stehen. Was dies bedeutete, war klar. *Shit.* Plötzlich erloschen die Scheinwerfer und vier Gestalten stiegen aus.

Josh Barnes, Cooper Flint, Tom Jenner … und Beau Grainger.

Die Erkenntnis, dass Jess ihn verraten hatte, traf ihn wie ein Schlag in die Magengrube.

Er starrte die Männer an. Ihre Mienen ließen keinen Zweifel an ihrer Intention, und überdies waren sie bis an die Zähne bewaffnet, mit Schrotflinten, Armbrüsten, UV-Pistolen. Josh hatte sogar eine große Axt mitgebracht.

Tucker fokussierte sich ganz auf Beau und versuchte, seine Stimme ruhig zu halten. »Wohin des Wegs?«, fragte er.

»Das könnte ich auch dich fragen«, erwiderte Beau. »Mir scheint nämlich, du willst gerade einen Mörder seiner gerechten Strafe entziehen.«

Tucker schob Aaron hinter sich. »Mir wurde zugetragen, dass einige Leute die Polizeistation überfallen wollten. Aber ich bürge für die Sicherheit eines Tatverdächtigen.«

»Ich dachte, du bürgst für die Sicherheit der Bürger von Deadhart?«

»Das schließt sich nicht aus.«

»Doch. Genau das tut es«, knurrte Josh.

»Ich bringe ihn nur an einen sicheren Ort.«

»Du bringst niemanden mehr irgendwohin«, sagte Beau und hob seine Armbrust. »Und jetzt lass die Waffe fallen, Tucker.«

»Ich bin der Polizeichef dieser Stadt.«

»Das war einmal. Nun bist du nur ein gewöhnlicher Krimineller, der mit einem Mörder gemeinsame Sache macht. Wirf also deine Waffe auf den Boden. Aber schön langsam.«

Einen Moment lang verführte ihn das Adrenalin, die Herausforderung mit Blei zu beantworten. Doch er war nur einer gegen vier, die auch deutlich mehr Feuerkraft aufbringen konnten. Vorsichtig zog er die Pistole aus dem Halfter und warf sie in den Schnee. Josh lief sofort hin und nahm sie, gab sie an Beau weiter.

Tucker rief: »Ich lasse nicht zu, dass ihr dem Jungen etwas tut.«

Worauf Cooper seine Flinte auf ihn richtete und sagte: »Das ist nicht mehr deine Entscheidung.«

Später konnte niemand mehr mit Bestimmtheit sagen, was plötzlich über Cooper kam. Ein Schatten, hieß es, ein Phantom. Jedenfalls lag Cooper auf einmal am Boden und schrie wie am Spieß. Beau riss die Armbrust hoch, doch im Dunkeln bot das rangelnde Knäuel aus Gliedmaßen kein sicheres Ziel. Zumal jetzt auch Tom Jenner fiel, wiederum durch einen Schatten. Doch Tom Jenner war der mit der UV-Pistole. Das gleißende Licht aus der Mündung ließ das Phantom binnen Sekunden zusammensacken.

»Dad!«, schrie Aaron und wollte zu seinem Vater laufen, was Tucker gerade noch verhindern konnte. Er packte Aaron am Arm und rief: »Tu das nicht. Lauf weg, Aaron. Verschwinde von hier. Sofort!«

Der Junge zögerte kurz und rannte dann auf den Wald zu.

Tom setzte sofort nach. Doch Tucker schnappte sich einen dicken Ast vom Boden und knockte ihn damit aus. Allerdings wurde er im gleichen Moment von Josh attackiert, der ihn von hinten mit dem Axtstiel würgte.

»Du verfluchter Judas«, hörte Tucker dicht an seinem Ohr, wobei ihn die alkoholische Spucke noch an der Backe traf.

Tucker versuchte, seinen Hals aus dieser Klemme zu befreien, aber Josh war stark. Bevor ihm aber endgültig die Luft abgedrückt wurde, hebelte er Josh mit einer letzten Kraftanstrengung über die Schulter zu Boden. Die Landung war hart, und Tucker nutzte den Moment, um ihm den Stiel seiner Axt über den Schädel zu ziehen und ihn fürs Erste auszuschalten.

So abgelenkt, bekam er viel zu spät mit, wie Beau mit seiner Armbrust einen Pfeil auf den Angreifer abschoss, der Cooper in der Mangel hatte. Der Vampir, selbst nach Kolonie-Maßstäben ein steinalter Greis, sank tödlich getroffen zur Seite, und Cooper richtete sich benommen auf. Am Straßenrand wälzte sich noch Aarons Vater im Schnee, doch Tucker hatte keine Hoffnung. Die Strahlen aus der UV-Pistole hatten einen Großteil seines Gesichts verbrannt. Trotzdem robbte der schwerverletzte Mann auf ihn zu.

Dazwischen schnarrte eine Stimme: »Bleib, wo du bist, Tucker. Ich sage es kein zweites Mal.«

Die Axt noch in der Hand, blickte sich Tucker um. Beau stand breitbeinig auf der Straße. Er hatte sich die Armbrust um die Schulter gehängt und bedrohte Tucker mit dessen eigener Waffe.

Tucker schüttelte den Kopf. »Einen hast du schon umgebracht, reicht das nicht?«

Beau starrte ihn an. »Diese Kreatur hat einen Jungen getötet, Tucker. Einen von uns.«

»Aber er ist ebenfalls noch ein halbes Kind.«

»Nein, das bestimmt nicht. Er ist einer von *ihnen*. Und sie gehören allesamt in die Hölle.«

Inzwischen stand auch Cooper wieder und hob seine Flinte vom Boden auf.

»Stopp! Ich lasse nicht zu, dass du Aaron etwas tust«, sagte Tucker und schwang drohend die Axt.

»Und wie willst du das machen?«, erwiderte Cooper.

»Tucker, bitte! Halt dich da raus«, sagte Beau fast beschwörend. »Lass uns die Sache zu Ende bringen.«

Dann zielte auch Cooper auf ihn. »Es ist doch ganz einfach: sie oder wir. Entscheide dich.«

»Ich entscheide mich für ... Recht und Gesetz!«, erklärte Tucker und schleuderte die Axt auf Cooper. Cooper duckte sich, und Beau schoss. Einmal und noch ein zweites Mal. Die Axt landete wirkungslos im Schnee, aber in Tuckers Brust explodierte ein Feuerball und riss ihn um. Er sackte kraftlos zu Boden, in seiner Brust breitete sich eine Hitze aus, die ihm den Atem nahm. *Fuck! So fühlte es sich also an, wenn man erschossen wurde.*

Ein Schatten fiel über ihn. Und er hörte noch, wie Beau sagte: »Tut mir leid, Mann, aber du hast es so gewollt.«

Dann hörte er Schritte und das Geräusch einer Axt, die die Luft durchschnitt. Ein Schrei, ein dumpfer Fall, schließlich Stille.

Und Nacht. Tiefe Nacht um Tucker. Als er die Augen wieder aufschlug, war er allein. Und durchgefroren. Er konnte sich nicht bewegen. Er dachte an eine Rückenmarksverletzung. Nicht dass solche Feinheiten jetzt noch von Belang waren. Diese Sache würde er ohnehin nicht überleben. Er verblutete wahrscheinlich gerade nach innen. Auf jeden Fall war die Luftröhre getroffen, so schwer, wie ihm das Atmen fiel. Er hörte auch alles nur noch wie aus weiter Ferne. Keine Frage, sein Organismus meldete sich ab, bald wäre er nicht mehr da.

Noch einmal drängte sich ein Gesicht durch den Nebel. Ein Mädchen mit blonden Haaren. Kam ihm sogar bekannt vor, das Mädchen, aber seine Denkfähigkeit war bereits eingeschränkt. Deshalb hielt er es in diesem Moment für einen Engel …

Aber nur, bis sie den Mund aufmachte und sagte: »Du dämliches Arschloch.«

Athelinda.

Er wollte etwas sagen. Etwas im Stil von »Aber ich wollte ihn doch nur retten«. Es kam aber nichts mehr. Nur in seinem Kopf erhielt er noch die Antwort darauf: »Hast du aber nicht. Du hast alles vermasselt.«

»Tut mir leid.«

»Das will ich auch schwer hoffen.«

Das Mädchen war ihm mittlerweile so nah, dass er es riechen

konnte. Kein Engel, im Gegenteil. Dieses Wesen roch bitter und dunkel wie das Grab.

»Was ist? Willst du mir beim Sterben zusehen?«

»Nein.«

Sie beugte sich über seinen Hals, und noch in der Sekunde des Bisses hörte er diese Flüsterstimme, die sagte: »Du bist doch längst tot.«

53

Barbara trank von ihrem Kaffee, doch der war längst kalt und schmeckte scheußlich.

»Das heißt, die Transformation ist nicht vollständig.«

Er schüttelte den Kopf. »Athelinda hat mich infiziert, aber ich habe nie ihr Blut getrunken.«

»Also sind Sie sind ein Halbling.«

Halblinge hatten Verlangen nach Blut und lebten etwas länger als normale Menschen, erreichten aber nicht annähernd das Alter eines Vollvampirs. Es waren Wesen zwischen zwei Welten.

»Und wovon ernähren Sie sich?«, fragte Barbara.

»Ich halte mir ein paar Schweine und Ziegen.«

»Weiß sonst noch jemand davon?«

»Nein.«

»Was ist mit Beau? Er hat geschossen und Sie für tot gehalten.«

»Selbst wenn er einen Verdacht hätte, könnte er nichts sagen. Er hätte sich nur selber belastet.«

»Er hat einen Cop erschossen«, sagte Barbara kühl. »Er gehört in den Knast.«

»Und ich eigentlich auch. Ich habe einem mutmaßlichen Mörder zur Flucht verholfen.«

Sie nickte. »Okay, noch etwas, das ich wissen sollte?«

»Sie meinen, ob ich jemals den Drang verspüre, Menschen zu beißen?«

»Nein, ich dachte eher an Sachen wie Ihre Tageslichttoleranz. Leiden Sie tagsüber unter Antriebslosigkeit oder Konzentrationsschwäche? Auch wenn ich das andere ebenfalls gerne wüsste, schon zum Eigenschutz.«

Er sah sie an, als wüsste er nicht, wie ernst die Frage gemeint war. »Nein, seien Sie unbesorgt. Damit hatte ich noch nie Probleme.«

»Ach, Tucker«, sagte sie. »Solange Sie einen ordentlichen Job machen, ist mir alles andere egal. Leider sehen das nicht alle so.«

»Ja, das ist mir bewusst. Selbst als Halbling ist es mir nicht erlaubt, einer regulären Arbeit nachzugehen.«

Da die Bitterkeit in seiner Stimme unüberhörbar war, setzte sie hinzu: »Ich habe die Gesetze nicht gemacht.«

»Aber Sie stellen Sie auch nicht infrage, oder?«

»Früher mal.«

»Und jetzt? Was hat sich geändert?«

Sie zögerte. Sie hatte noch nie mit jemandem über Mercy gesprochen, fühlte sich Tucker gegenüber jedoch in der Pflicht.

Sie sagte: »Mit fünfzehn hatte ich einmal eine Freundin aus der Kolonie.«

»Was wurde aus ihr?«

»Sie wurde ermordet, von meinem eigenen Vater und seinen Kumpanen.« Barbara schluckte. »Als sie herausfanden, dass wir beide uns trafen, haben sie Mercy im Fluss ertränkt. Und ich musste zusehen.«

Das blendende Licht, als sich die Tür der Lodge für sie wieder öffnete. Und vor der Tür ihr Dad, der sie angrinste: »Kleine Planänderung, Babs. Ich will, dass du dir das ansiehst. Bis zum Ende.«

»Ich wusste gar nicht, dass man Vampire ertränken kann. Das funktioniert doch nicht«, sagte Tucker.

»Stimmt. Nach dem sechsten oder siebten Versuch hat das selbst diese debile Mörderbande gemerkt. Deshalb haben sie sie bei lebendigem Leib verbrannt.«

»Guter Gott«, murmelte Tucker. »Wie furchtbar.«

Als das Ende kam, war ihr schönes Haar nicht mehr da. Und ihr Gesicht nichts als eine formlose Masse aus verschmortem Fleisch. Trotzdem hielt sie sich noch auf den Beinen, diese kleine, schmale, tapfere Gestalt. Bis ihre verkohlten Kochen brachen und sie – endlich – fiel.

»So hat es sich abgespielt«, sagte Barbara. »Danach war ich klüger und hielt mich an die Regeln, auch an die ungeschriebenen. Es war sicherer so.«

»Dich trifft keine Schuld.«

Sie seufzte. »Tja, genau das ist die große Frage. Ich wusste doch, wie mein Vater drauf war. Ich hätte Mercy warnen müssen. Hätte ihr sagen müssen, dass eine Freundschaft mit mir ihr Leben kosten konnte. Aber ich habe es nicht getan.«

Weil Liebe egoistisch ist. Und sie hatte Mercy geliebt. Deswegen musste sie sterben.

»Bist du danach noch bei deinem Vater geblieben?«, fragte Tucker.

»Nicht lange. Er jagte sich im darauffolgenden Sommer eine Kugel durch den Kopf.«

Tucker wiegte den Kopf. »Offenbar wandeln wirklich Dämonen unter uns. Aber die Vampire sind es nicht.«

Barbara trank den bitteren Satz ihres Kaffees aus und hätte ihn gern gegen etwas mit Alkohol ausgetauscht. »Zumindest kehren sie nicht zurück, wenn sie einmal eine Jagdflinte in ihrem Mund hatten – und der Abzug nicht klemmt.« Sie schob die Tasse weg. »Gut, nachdem wir uns beide ausgekotzt haben, sollten wir uns wieder der Arbeit zuwenden.«

»Wie Sie meinen.«

»Also: Wer hatte ein Interesse an Mowlams Tod?«

»Jemand, der ebenfalls in den Handel mit Artefakten involviert ist?«

»Aber von denen, die sonst noch mit dem Doktor und seinen Geschäften zu tun hatten, kennen wir nur die drei Jungs.«

»Von denen einer tot ist.«

»Bleiben Stephen und Jacob«, sagte sie. »Und von denen war nur Jacob am Ort des Geschehens.«

»Sie halten Jacob für den Mörder?«

»Nein ... Das heißt, ich weiß es nicht.« Sie gestikulierte hilflos. »Ich glaube, wir übersehen da etwas. Deshalb sollten wir endlich mit Leuten aus der Kolonie sprechen.«

»Sie meinen Athelinda?«

»Möglicherweise traut sie Ihnen mehr als mir.«

Tucker schien dieser Vorschlag nicht zu gefallen. »Nur weil ich ein Halbling bin, macht mich das noch lange nicht zu einem von ihnen.«

»Können Sie sie denn hören, ich meine telepathisch?«

»Nein. Ich höre nur das, was ich hören soll.«

»Dennoch kennen Sie Athelinda besser als jeder andere hier.«

»In ihren Augen bin ich aber nicht mehr wert als jeder andere Mensch. Sie wird nichts für mich tun.«

»Immerhin hat sie Ihnen das Leben gerettet.«

»Athelinda hat mich nicht gerettet. Sie wollte mich strafen.«

Ehe Barbara antworten konnte, meldete sich ihr Handy mit einer SMS. Sie sah auf das Display. »Es geht um die Fingerabdrücke, die ich vom Schnapsglas aus Nathan Bells Haus genommen habe«, sagte sie.

Tucker beugte sich interessiert vor. »Wie, Bell ist im System zu finden?«

Sie klickte auf die angehängte Datei. »Sieht so aus.«

Das Polizeifoto war sogar ziemlich neu und zeigte unverkennbar Nathan Bell. Dasselbe teigige Gesicht, derselbe mürrische

Gesichtsausdruck. Nur die ungepflegten Haare trug er etwas länger. Die Gründe der letzten Festnahme waren Körperverletzung und Ruhestörung. Und es war auch nicht zum ersten Mal, dass er verhaftet worden war. Seine Vorstrafenliste war lang und umfasste Betrugs- und Diebstahlsdelikte, einschließlich einer ganzen Reihe von Einbrüchen. Barbara überraschte das nicht.

Was sie aber überraschte, war der Name unter den Fotos: Mitch Roberts.

Sie starrte Tucker an. »Das ist gar nicht Nathan Bell.«

Ihr Retter war dünn und schlaksig, mit einem dunklen Pferdeschwanz und gelben Zähnen. Einer der spitzen Eckzähne wies eine leichte Beschädigung auf.

Er trug eine mehrfach geflickte Jeans und ein schmuddeliges T-Shirt. Er entsprach überhaupt nicht dem Bild, das sich das Mädchen von ihrem Retter gemacht hatte. In Büchern, zum Beispiel, waren solche Helden immer edel und ausgesprochen attraktiv. Nicht so wie diese Kanalratte.

»*Was guckst du mich denn so an?*«, *fragte der Retter.* »*Beeil dich lieber, wir haben nicht ewig Zeit.*«

Er reichte dem Mädchen einen Schlüssel, mit dem es das Fußeisen aufschließen konnte.

»*Danke*«, *sagte sie.*

Er musterte sie, aber missbilligend. »*Hast du nichts anderes zum Anziehen?*«

Sie blickte an sich und dem dünnen Sommerkleidchen hinunter.
»*Sicher, ich habe noch andere Kleider.*«
»*Sind die alle so kurz?*«
»*Mehr oder weniger.*«
»*Hm, dann besorgen wir dir noch etwas von oben.*«

Aber doch nicht von ihrem Fänger? Ihr Fänger war eine alte Frau. Aber ehe sie noch widersprechen konnte, zog sie ihr Retter mit sich. Seine Hand fühlte sich rau und schwielig an. »*Mach hinne. Ich habe ihr zwar eine verpasst, aber wir müssen sie in den Keller schaffen, bevor sie aufwacht.*«

»*Sie lebt noch?*«

»Ja, tut sie.« Er schubste sie in Richtung Kellertreppe. »Und das soll auch so bleiben. Ruft nur die Polizei auf den Plan. Aber keine Angst, wir sperren sie hier ein. Wenn man sie findet, sind wir längst über alle Berge.« Sie stiegen die Kellertreppe hoch und kamen in eine kleine Diele. Das Mädchen blieb stehen, ihm war plötzlich schwindlig. Dies war das erste Mal, dass sie ihr Kellerloch verließ. Das erste Mal seit ... wie langer Zeit? Allein die Luft roch so anders hier oben. Und das Licht war so grell, dass sie die Augen zukneifen musste.

»Ich geh nur kurz nach oben und hole dir was zum Anziehen.« Mit diesen Worten stieg ihr Retter gleich die nächste Treppe hoch. Das Mädchen atmete tief durch und sah sich um. Auf der rechten Seite konnte sie eine Küche erkennen. Sie ging hinein. Alles so schön sauber und aufgeräumt dort, mit blitzenden Chromoberflächen und einem karierten Tuch auf dem Tisch. Alles lag an seinem Platz, und es roch anheimelnd nach Gebackenem. Sie ging weiter in das angrenzende Wohnzimmer.

Ihr Fänger lag auf dem Boden, aus einer Kopfwunde sickerte Blut. Ganz in der Nähe entdeckte sie einen Hammer. Auch im Wohnzimmer war alles hell und freundlich. Durchgesessene Sofas mit einem Blumenmuster, ein übervoller Bücherschrank. Dazu, über dem Kamin, ein riesiges weißes Kreuz. Aus einem alten Radio kam leise Musik. Sie kannte sogar das Lied, das gerade gespielt wurde. Irgendetwas über einen Mr Blue Sky.

»Hier, nimm.«

Sie wandte sich um. Ihr Retter war wieder da und reichte ihr eine Jeans und einen Pullover. Natürlich viel zu groß. Mommy-Klamotten. Sachen, wie sie ihr Fänger trug.

»Das sind Erwachsenensachen«, sagte sie. »Die passen doch nie.«

Ihr Retter war nicht erfreut, aber dann begriff er. »Sag mal, hattest du im Keller keinen Spiegel?«

»Nein, warum sollte ich?«

»Du warst sehr lange hier.«

»Ich weiß, aber ich bin nicht wie sie. Ich bin eher wie du, das hast du selbst gesagt.«

»Du bist ein Vampir. Das heißt, deine Lebenszeit vergeht langsamer als die von Menschen, aber sie steht nicht still.«

Er nahm sie am Arm, führte sie in die Diele, wo ein länglicher Spiegel hing, und bedeutete ihr mit einem Nicken, einen Blick zu riskieren.

»Nur Mut. Dass wir uns nicht im Spiegel sehen können, ist ein Ammenmärchen.«

Das Mädchen blickte sich an – und eine Unbekannte starrte zurück. Und das Mädchen war auch gar nicht mehr jung, sondern eine erwachsene Frau. Sehr schlank zwar, aber doch so groß, dass ihr das dünne Sommerkleidchen nur bis zu den Oberschenkeln reichte. Ein noch schlimmerer Schock waren die Haare, die sie immer für blond gehalten hatte. Sie waren nun schlohweiß.

»Na, gefällst du dir?«, fragte ihr Retter. »Ich dachte, du wüsstest es.«

Sie streckte eine Hand aus, und die Frau im Spiegel – die alte Frau – berührte sie auf dem kühlen Glas. Dann drehte sie sich um und schritt entschlossen ins Wohnzimmer. Sie hörte noch ihren Retter rufen: »NEIN!«

Zu spät. Sie hatte schon den Hammer in der Hand und drosch damit auf den Kopf ihres Fängers ein, wieder und wieder, bis sie den Schädel zu einem grauweißen Brei zertrümmert hatte, der sich träge auf dem Parkett ausbreitete.

Erst da hielt sie inne, atemlos, aber erfüllt von einer ungekannten Energie.

»He, bist du wahnsinnig?« Ihr Retter blickte wütend auf das Massaker am Boden. »Du dumme Bitch, was hast du getan?«

Dann fuhr er herum und ohrfeigte sie mit einer Heftigkeit, dass sie *taumelte. Diese Wendung verschlug ihr die Sprache. Nicht einmal ihr Fänger hatte sie je geprügelt.*

»Du reitest uns noch alle in die Scheiße. Fuck!« Außer sich vor Zorn stierte er sie an. »Mach dir mal klar, dass ich dich nur gerettet habe, weil bei uns chronischer Frauenmangel herrscht. Und diese Scheiße hier, die machst du bei mir wieder gut.«

Das Mädchen blickte ihn mit weit aufgerissenen Augen an. »Natürlich. Ich mach alles ... wieder gut.«

»Freu dich nicht zu früh.« Er zerrte sie an den Haaren. »Ich und meine Freunde sind schon länger ohne Kolonie. Und wir sind hungrig, ich meine echt hungrig.« Sein Lächeln war so schief und dreckig wie die Zähne, die er dabei zeigte. »Wart's ab. Wenn wir mit dir fertig sind, kommt dir das Sperma aus den Ohren heraus.«

Da begriff sie ihren Fehler. Dieses minderwertige Scheusal war nicht ihr Retter, sondern nur ein weiterer Fänger.

Deshalb zögerte sie auch nicht. Sie hielt den Hammer ja weiterhin in der Hand, es kostete sie nur eine kurze, wegwerfende Armbewegung, und ihr Retter torkelte schwer getroffen zur Seite. Allerdings war sie noch nicht fertig. Die gleiche Bewegung, ein zweites, drittes, viertes Mal ausgeführt, traf auf immer weniger knöchernen Widerstand, sodass auch dieses ehemals überlegene telepathische Hirn als ekliger Matsch auf dem Fußboden endete und sich durch nichts von dem ihres Fängers unterschied. Dabei genoss sie den Schmerz in ihren ungeübten Muskeln. Er war so anders als der Hungerschmerz, fast wie das Leben selbst. Sicherheitshalber holte sie aber zusätzlich ein großes Kochmesser aus der Küche, stach sein Herz aus und zerhackte es zu Tartar.

Als sie anschließend ihre blutbeschmierte Hand ableckte, war die metallische Note so überwältigend, dass sie lächelnd die Augen schloss.

»Jetzt gefalle ich mir«, sagte sie laut.

54

Barbara parkte den Wagen vor dem Bell-Haus, das noch trostloser wirkte als bei ihrem ersten Besuch. Offenbar hatte das letzte Kapitel seines Untergangs begonnen.

»Der Truck ist nicht mehr da«, bemerkte Tucker.

Barbara fluchte. »Schauen wir innen nach.«

Sie stapften durch den Tiefschnee zur zerfallenden Veranda, und diesmal zog Barbara ihre Dienstwaffe schon jetzt. In einem zweiten Halfter trug sie sogar – für den Fall der Fälle – ihre UV-Pistole mit sich. Nach wie vor wussten sie nicht genau, mit wem sie es bei Nathan Bell zu tun hatten. Sie gingen die Treppe zur Haustür hoch – die offen war, wie Barbara sofort sah.

Sie stieß die Tür auf. »Polizei!«

Stille. Nichts als Kälte und Dunkelheit. Aber diesmal lag dieser bewusste metallische Geruch in der Luft, der beim ersten Mal gefehlt hatte.

»Sie kontrollieren Esszimmer und Küche«, befahl sie Tucker.

Er nickte stumm und rückte durch die lichtlose Diele vor, während sie vorsichtig die Tür zum Wohnzimmer öffnete.

»*Shit.*«

Blut. Überall. Grotesk viel Blut. Wände, die aussahen wie Action Painting: Explosion in Rot. Nur auf glatten Oberflächen wie dem Fernsehbildschirm hatte der Künstler dicke Rinnsale hinterlassen, die nach unten hin spitz zuliefen wie Dolche. Und der große Blutfleck auf dem verschossenen Teppich hatte Zeit gehabt, sich weiter auszudehnen und das ganze hässliche Ding schwarz einzufärben.

Dazu kamen die blutigen Handtücher auf dem Sofa, die an sinnlose Reinigungsversuche denken ließen.

Tucker stieß zu ihr. »Verdammt, da hat aber jemand ein Fass aufgemacht.«

»Wir müssen noch im Obergeschoss nachsehen«, sagte Barbara, die alles tat, um den metallischen Geschmack im Mund nicht an sich heranzulassen.

Ein Blick in Nathans Wandschrank ergab außer ein paar Kleiderbügeln: nichts. Ähnlich leer, befremdlich leer war Jacobs Zimmer. Keine Poster an den Wänden, kein PC oder Laptop. Was für ein Leben für einen Teenager! Allerdings war sein Kleiderschrank noch voller Sachen, ein Detail, das sie geradezu hinterrücks anfiel, als sie gar nicht mehr damit rechnete.

»Was denken Sie?«, fragte Tucker.

»Nichts Gutes, das steht fest.«

»Vielleicht war Jacob nur verletzt, und Nathan hat versucht, irgendwo Hilfe zu organisieren.«

»Nachdem er seine Klamotten gepackt hat?«

Aber hätte er Jacob umgebracht, wäre es da nicht klüger gewesen, den Jungen zurückzulassen und sich einfach aus dem Staub zu machen?

»Es führt nur eine einzige Straße aus Deadhart hinaus«, sagte Tucker. »Und das ist der Parks Highway nach Talkeetna.«

»Und von da aus?«

»Sollte Bell es tatsächlich nach Talkeetna schaffen, was ich bei diesem Schneefall für unwahrscheinlich halte, ist es noch immer ein weiter Weg nach Anchorage. Und selbst dann hängt alles vom Wetter ab.«

»Aber einmal in Anchorage, ist er so gut wie weg.«

Barbara blickte umher. Verdammt, sie hatte doch gewusst, dass hier etwas faul war. Warum hatte sie nicht auf ihr Bauchgefühl gehört?

»Egal«, sagte sie. »Er kann noch nicht weit sein. Das Blut sieht ziemlich frisch aus.«

»Was wollen Sie jetzt tun?«

Das wusste Barbara selbst nicht so genau. Eigentlich müsste sie die State Police alarmieren, die könnte eine landesweite Fahndung rausschicken. Bei diesen Straßenverhältnissen die Verfolgung aufzunehmen, war eher keine gute Idee. Andererseits bestand so zumindest die theoretische Chance, Jacob noch lebend anzutreffen.

»Wir fahren ihnen nach«, sagte sie kurz entschlossen.

Nach vorübergehender Wetterbesserung war der Schneefall wieder heftiger geworden, auch der Wind hatte erneut Sturmstärke. Sein Heulen übertönte das Motorgeräusch, und draußen auf dem Highway war selbst ihr schweres Fahrzeug ein Spielball der Böen. Angespannt krallte sich Barbara ans Steuer und drückte ihre Nase fast an die Frontscheibe, um durch das Schneetreiben noch irgendetwas zu erkennen. Die Scheibenwischer machten zwar einen Heidenlärm, waren aber gegen das, was vom Himmel stürzte, nahezu machtlos.

Immerhin hatte sie zuvor die State Police alarmiert. Von jetzt an hielt jeder Streifenwagen im Umkreis von mehreren Hundert Meilen Ausschau nach Nathan und Jacob.

Auf dem Beifahrersitz telefonierte Tucker mit Rita. »Genau, der Junge ist ebenfalls verschwunden, und wir sind auf dem Highway«, hörte sie ihn sagen. »Das heißt, jemand muss aufpassen, falls er doch noch zurückkommt … Richtig, wer, wenn nicht du? Von mir aus kannst du auch die Bevölkerung informieren, aber wenn, dann bitte so sachlich wie möglich … Klar, weiß ich doch, der Fels in der Brandung …«

Er beendete das Gespräch und wandte sich zu Barbara. »Erledigt«, sagte er. Dann, nach einer Pause: »Glauben Sie, Nathan ist unser Mann?«

Barbara blinzelte angestrengt in die umherflirrenden Schneeflocken. »Ehrlich, ich weiß nicht mehr, was ich glauben soll und was nicht. Wir wissen ja nicht einmal, ob Nathan Bell überhaupt authentisch ist.«

»Sie meinen, weil der Computer diesen Mitch Roberts ausgespuckt hat?«

»So ist es. Aber warum sollte sich jemand als Nathan Bell ausgeben? Was hat er davon?«

»Na ja, er hat das Haus«, sagte Tucker. »Und den ganzen alten Krempel, der sich darin befindet. Für mich sah es so aus, als hätte er schon alles für den Abtransport vorbereitet.«

Barbara war nicht überzeugt. »Das würde bedeuten, Roberts hat Nathan umgebracht, um dessen Identität anzunehmen. Und das alles für ein abbruchreifes Haus und ein paar Silberlöffel?«

Von Tucker kam nur ein Achselzucken. »Leute wurden schon für weniger umgebracht.«

»Aber wie passt Jacob in dieses Szenario?«

»Weil er keine Alternative hatte? Was hätte er denn tun sollen?«

Man kann sich seine Eltern nicht aussuchen, dachte Barbara erneut. »Ich hoffe nur, wir finden ihn noch rechtzeitig.«

»Ja, das wäre gut.« Wobei Tucker gar nicht erst nachfragte, was sie mit *rechtzeitig* meinte.

Sie wussten es ja.

Mein Gott, das viele Blut!

Quälend langsam wühlte sich der Polizeitruck durch die Schneemassen, aber Barbara wagte nicht, das Gaspedal durchzudrücken, die Reifen hatten praktisch keinen Grip mehr. Die Frontscheibe schneite trotz der frenetisch arbeitenden Wischer weiter zu, und Scheinwerferlicht drang kaum noch durch die tanzenden Flocken. Die Sicht betrug höchstens einige wenige Meter.

Plötzlich beugte sich Tucker nach vorn und deutete geradeaus. »Da vorn, sehen Sie das? Da ist etwas.«

Barbara kniff die Augen zusammen. Tuckers Vampiraugen waren besser als ihre, aber jetzt erkannte auch sie das rote Glühen am Straßenrand. Offenbar war ein Truck von der Straße abgekommen und gegen einen Baum geprallt. Das Heck des Fahrzeugs hatte keinen Bodenkontakt mehr.

»Das glaube ich jetzt nicht.«

Barbara hielt vor dem Gefährt und schaltete die Warnblinkanlage an. Sie stiegen aus und näherten sich dem Truck. Die Bremslichter waren noch an, und von hinten schien der Wagen fast unbeschädigt. Das änderte sich, als sie die Front inspizierten.

Die Kollision hatte die Motorhaube geradezu aufgefaltet, die Windschutzscheibe war zersplittert, und an vielen Bruchkanten klebte Blut. Barbara schaute ins Innere, und dort wurde es richtig unübersichtlich. Lenker und Armaturenbrett waren so tief in die Sitze gestaucht, dass kaum noch auszumachen war, wo das eine endete und das andere begann. Überall fanden sich weitere rote Spritzer. Aber keine Insassen. Der Wagen war leer.

Barbara drehte sich zu Tucker. »Schauen wir mal in der Umgebung nach.«

Sie stapften los und entdeckten ganz in der Nähe etwas Schwarzes, das zur Hälfte im Schnee versunken war. Ein Rucksack, der bei dem Unfall vermutlich aus dem Wagen geschleudert wurde. Barbara machte ihn auf – ein wenig umständlich wegen der dicken Handschuhe. Innen befanden sich Kleidungsstücke, die offenbar einer erwachsenen männlichen Person gehörten. Vermutlich Nathan. Aber wo steckte er?

Nur wenige Meter weiter lag die Leiche. Nach einem Crash war eine solche Auffindesituation gar nicht so selten. Nicht angeschnallt. Hohe Aufprallgeschwindigkeit und, damit verbunden, eine hohe kinetische Energie, die auf die im Innern des Fahrzeugs befindlichen Objekte wirkte. Ob Rucksack oder Fahrzeugführer war gleichgültig, alles konnte aus dem Wagen fliegen und dabei weiter beschädigt beziehungsweise verletzt werden. In diesem Fall lag der mutmaßliche Fahrer mit dem Gesicht nach unten im Schnee, doch die Position der einzelnen Gliedmaßen war völlig krank und ließ auf eine »unnatürliche Beweglichkeit« schließen. Auch der rote Heiligenschein im Schnee rund um den Kopf war kein gutes Zeichen.

Deshalb ignorierte Barbara die erste Grundregel, die besagte, Unfallopfer möglichst nicht zu bewegen. Spätestens als sie neben der Person kniete, war klar, dass hier nichts mehr zu machen, allerdings auch nichts mehr kaputtzumachen war ... Weil dies längst geschehen war. Sie drehte die Leiche auf den Rücken.

Es war Jacob, und sein Kopf, der durch eine klaffende Halswunde jeglichen Halt verloren hatte, knickte bei diesem Vorgang auf unnatürliche Weise zur Seite. Glassplitter hatten alles, was er am Leib trug, zerfetzt. Allerdings hatte er noch die Augen geöffnet, und sie waren so warm, dass Schneeflocken, die auf der zarten Hornhaut landeten, augenblicklich schmolzen und zu Tränen wurden.

»Verdammt!«, sagte Barbara und drehte sich weg, um ihren Schmerz in den Sturm zu kreischen: »Scheiße, verfluchte, ich hasse dich, Gott. Verreck endlich, du Arschloch. Und fahr zur Hölle.«

Dann war sie still und holte ein paarmal tief Luft, bis die eisige Nachtluft im Hals anfing zu beißen.

»Besser?«, fragte Tucker, der die ganze Zeit hinter ihr stand.

»Nein.«

»Sie hätten das so oder so nicht verhindern können. Es war ein Unfall.«

»Aber wir waren da, Tucker. Wir waren in dem verdammten Haus und wussten, wir *wussten*, dass etwas oberfaul ist. Warum haben wir ihn da nicht rausgeholt?«

»Sie können nicht jeden retten«, sagte Tucker unbewegt.

Aber um Ausreden ist der Mensch nie verlegen, dachte Barbara. Bestes Beispiel ihre Mutter, die Junkfood und Serien in sich hineinfraß, um Dads Gewaltexzesse nicht an sich heranzulassen. Oder die Leute im Ort, die später – immer nur später, wenn es in Wirklichkeit zu spät war – meinten, sie hätten sich Sorgen gemacht, wollten sich aber nicht einmischen. Und sie, Barbara, war kein bisschen besser. Auch sie wollte sich nicht einmischen, obwohl die Warnsignale unübersehbar waren. Wegsehen, weggehen war allemal leichter.

»*Shit!*«, fluchte sie erschöpft und blickte ratlos umher. »Wo zum Teufel ist eigentlich Nathans Leiche?«

»Liegt vielleicht weiter weg?«

Sie stand auf, und gemeinsam und mit Taschenlampen suchten sie die gesamte Umgebung ab. Doch sie fanden keine Spuren von einer weiteren Leiche.

Barbara blickte zum Polizeitruck und versuchte, die Entfernung zu schätzen. »Er kann nicht noch weiter herausgeflogen sein.«

»Sie meinen, er ist abgehauen?«

Dagegen sprach der Zustand von Nathans Wagen. »Wenn, dann nicht ohne schwerste Verletzungen«, sagte Barbara. »Aber ich habe keine Blutspuren gesehen.«

»Auf jeden Fall wird er hier draußen nicht lange überleben«, sagte Tucker. »Nicht in seinem Zustand. Entweder er erfriert, oder die Bären und Wölfe schnappen sich ihn.«

Womit Tucker sicher recht hatte. Aber was, dachte Barbara, wenn Nathan dem Unfall entgangen war? Etwa indem er vorher aus dem Truck sprang? Dann hatte er bereits einen ordentlichen Vorsprung, während sie nicht einmal wussten, in welche Himmelsrichtung er sich abgesetzt hatte.

»Mich ärgert, dass wir ihn einfach so laufen lassen«, sagte Barbara.

»Tun wir ja nicht«, antwortete Tucker. »Aber eine Verfolgung bei diesem Wetter ist Wahnsinn. Wie gesagt, er hat hier draußen ganz schlechte Karten. Eigentlich ist er ein toter Mann. Er weiß es bloß noch nicht.«

»Na gut«, sagte sie widerstrebend. »Dann bringen wir Jacobs Leiche erst einmal in die Stadt, und ich informiere die State Police über den neuesten Stand. Aber sobald das Wetter besser wird, stelle ich einen Suchtrupp zusammen. Dass das klar ist: Ich will diesen Kerl haben, tot oder lebendig.«

Sie wickelten Jacobs Leiche in eine Rettungsdecke aus dem Notfallkoffer und betteten sie vorsichtig auf die Rückbank. Wie leicht, beinahe substanzlos dieser Körper war! Barbara musste die Tränen zurückdrängen, als sie sich hinters Steuer setzte.

Die Fahrt zurück nach Deadhart verlief schweigend, begleitet allein vom Heulen des Sturms und dem heftigen Sirren der Scheibenwischer. Barbara hielt das Steuer fest, sie klebte fast daran. Dabei fiel ihr auf, dass ihre Handschuhe einiges von Jacobs Blut abbekommen hatten. Diese Feststellung ließ ihr keine Ruhe. Blut haftete so schnell an etwas. Und ging so schwer ab.

»Das Blut in dem Haus …«, sagte sie. »Meinen Sie, es ist Jacobs Blut?«

Tucker wollte sich nicht festlegen. »Bei der Menge nur dann, wenn er schon vor dem Unfall verletzt oder getötet wurde.«

»Das heißt, in diesem Fall war Nathan unterwegs, um Hilfe zu holen oder die Leiche zu entsorgen?«

»Scheint so.«

Allmählich kamen die blinkenden Lichter von Deadhart in Sicht.

»Scheint so«, wiederholte Barbara Tuckers Bemerkung und war doch unzufrieden mit dieser Schlussfolgerung. Was übersah sie?

Sie fuhren durch die Main Street. Alle Fenster waren dunkel, nur die Lichterketten machten keine Pause. Trotzdem fühlte sie sich beobachtet, als sie vor dem Hintereingang des Grills parkten und einmal mehr eine Leiche in die Küche schafften.

»Legen Sie den Jungen auf den Boden«, sagte sie, als sie das Licht einschaltete. »Ich will mir nochmals Jacobs Verletzungen ansehen.«

Barbara beugte sich über ihn und schlug die goldene Folie zurück. Sie musste sich zwingen, diesen geschundenen Körper anzusehen. Im kalten Neonlicht wirkte besonders die Halswunde äußerst brutal. Gleichwohl ergab der Augenschein zunächst nichts Ungewöhnliches. Im gesamten Wundareal wie auch auf der weiteren Körperoberfläche waren Fragmente der Windschutzscheibe zu finden. Dazu multiple Frakturen an den Extremitäten. Alles typisch für ein Unfallgeschehen. Barbara sah keinerlei Anhaltspunkte für einen Tötungsvorsatz und erst recht keine, welche die ausgedehnten Blutspuren in Nathan Haus erklären würden. Das Action Painting in Rot war die Folge eines ungehemmten, zielgerichteten Gewalteinsatzes mit tiefen, auch arteriellen Verwundungen. Nichts davon konnte sie an Jacobs Leiche erkennen.

Wessen Blut war also in diesem Haus vergossen worden? Nathans? War er in Wahrheit der Geschädigte – und Jacob der

Täter? Und wenn ja, was war das Motiv? Ein solcher Tathergang schien ihr aber erst recht absurd.

»Was denken Sie?«, fragte Tucker.

»Ich denke, wir haben ein Unfallopfer, eine vermisste Person und einen Tatort, der mit beidem nicht das Geringste zu tun hat.«

Aber irgendeinen Zusammenhang musste es geben. Wo war das Puzzleteil, das alles miteinander verband? Ratlos standen sie vor dem toten Jacob, und Barbaras Herz zog sich zusammen. Er wirkte so jung, so verletzlich.

»Na dann«, sagte sie. »Schaffen wir ihn in den Tiefkühler zu den anderen.«

Gab es etwas Deprimierenderes als solch einen Satz – wenn es alles war, was sie noch für ihn tun konnten? Da Marcus immer noch auf dem Stahltisch lag, kam Jacob direkt neben Mowlam, was Barbara erbitterte.

»Alles in Ordnung mit Ihnen?«, fragte Tucker.

»O ja, alles prima. Jetzt haben wir schon zwei Jugendliche in dieser verdammten Eisbox, nicht gerade eine würdige Ruhestätte. Gleichzeitig schreien alle in dieser Stadt nach noch mehr Toten, als würde dadurch irgendetwas besser. Und wir mittendrin, ohne jeden Schimmer, wer für all das verantwortlich ist. Es könnte gerade nicht besser laufen.«

Sie knallte die Stahltür zum Tiefkühlraum zu.

»Ich fürchte, Sie haben recht«, sagte Tucker und zog sich die Kapuze über den Kopf.

Barbara starrte ihn an. »Sie wollen noch mal weg?«

»Ja, ich muss mit Athelinda reden.«

»*Jetzt?*«

»Die hatten Sie doch sowieso auf dem Zettel. Und sie weiß garantiert etwas.«

»Gut, dann komme ich mit.«

»Tut mir leid, für Menschen ist der Zutritt zur Kolonie verboten. Ich gehe alleine.«

»Ach, kommen Sie. Mir ist bewusst, Sie leben seit fünfundzwanzig Jahren nicht mehr in der realen Welt, aber diese Machoscheiße war schon damals passé.«

Er seufzte. »Na gut, wenn Sie es unbedingt hören wollen. Der wahre Grund ist: Sie sind mir zu langsam, Sie halten mich auf.«

»Wieso? Weil ich eine Frau bin?«

»Nein, weil sie unbeweglich, übergewichtig und absolut nicht leistungsfähig sind, deshalb.« Er fuhr fort, ehe sie Einspruch erheben konnte: »Hören Sie, ich bin der Einzige, der den Weg kennt. Und einer von uns muss die Totenwache halten, und das ist durchaus wörtlich gemeint.«

Barbara war rot angelaufen, doch manchmal musste man den eigenen Stolz hintanstellen. Denn Tucker hatte zweifellos recht. Allein war er schneller unterwegs, und gerade in diesen Zeiten durfte die Stadt nicht ohne Polizei sein. Und vielleicht (dies nur als Denkanstoß) sollte sie in Zukunft mehr Low-Carb-Tage einlegen. An Kalorienzählen war nicht alles schlecht.

»Na gut«, lenkte sie ein. »Aber lassen Sie Ihr Handy eingeschaltet. Ich will Sie jederzeit erreichen können.«

Er nickte.

»Und, Tucker?«

»Yep?«

»Achten Sie darauf, sich nicht umbringen zu lassen. Sie neigen manchmal dazu, das wissen Sie.«

55

Beau saß in seinem geliebten Sessel – derselbe, den schon Patricia am liebsten auf den Müll geschmissen hätte.

»Was hältst du von einem modernen Fernsehsessel?«, bohrte sie immer. »Gibt's auch in Leder.«

»Ach, lass mal. Ich bin zufrieden, so wie es ist«, lautete stets seine Antwort.

»Aber muss es unbedingt dieses verschlissene, unansehnliche Ding sein?«

»Na und? Passt doch. Ich bin auch verschlissen und unansehnlich.« Daraufhin lachte sie – und das jedes Mal aufs Neue. Und es stimmte ja auch. Er war zufrieden, so wie es war. Mit sich, mit der Welt und wie es lief. Der alte Kahn seines Lebens verkehrte ausschließlich auf bekannten Routen. Dass bisher auf diesen Routen nichts passiert war, sagte allerdings wenig über die tatsächlichen Gefahren. Vielleicht lauerten unter der Oberfläche Ungeheuer, die bisher nur keinen Anlass sahen, ihn in die Tiefe zu ziehen.

Zumindest sah Beau keinen Anlass, mit sich unzufrieden zu sein. Auch wie er mit dem jungen Vampir und dessen Anhang verfahren war, war im Prinzip gut und richtig. Es war nur gerecht. Es war die natürliche Ordnung der Dinge. Beau glaubte fest an diese Ordnung, an Gut und Böse, Richtig und Falsch, Heilige und Sünder. Natürlich gab es Menschen nicht in Reinform, die meisten waren eine Mischung aus beidem, doch sein Gott war ein barmherziger Gott.

Die Vampirjagd betrieb er von früh auf – wie die meisten in dieser Gegend. Vampire waren Fleisch gewordene Teufel, seelenlose Untote. Der Mensch besaß jedes Recht, sie zu töten. In gewisser Weise war es sogar seine Pflicht. *Dem Teufel kein Reich in dieser Welt*, so hieß es doch. Man schuldete es Gott, das Böse aufzuspüren und zur Strecke zu bringen. So hatten es ihn sein Vater und sein Großvater gelehrt.

Allerdings hatte sein Großvater, wie er im Nachhinein erfuhr, auch mit Vampiren fraternisiert. Und dass er, wenn der Teufel ihn ritt, sehr grausam sein konnte. Nicht Beau gegenüber, aber Beau hatte Augen im Kopf. Er hatte die Narben auf den Armen und im Gesicht seiner Großmutter gesehen, für die sie die irrwitzigsten Erklärungen hatte. »Bin halt auf der Treppe ausgerutscht«, lautete eine. Gängige Übeltäter waren auch das siedende Fett oder die heiße Ofenklappe. Die waren es gewesen.

Aber Beau hatte Ohren zu hören. Und hörte einmal, wie seine Großmutter zu seiner Mutter sagte: »Es war besser, als er noch das Beinhaus hatte.«

Worauf seine Mutter sagte: »*Am besten* wäre er da verbrannt.« Beau hatte damals noch keine Ahnung gehabt, was sie meinten. Dieses Wissen kam erst später. Es markierte mehr als alles andere das Ende von Kindheit und Unschuld. Zu erkennen, dass die Erwachsenen, zu denen man aufgeblickt hatte, nicht vollkommen waren, sondern fehlerbehaftet wie alles andere. Und zuweilen auch durch und durch verkommen.

Sein Vater war nicht viel besser, denn er folgte der Familientradition, und die Züchtigung mit dem Ledergürtel gehörte definitiv dazu. Immer wieder machte Beau Bekanntschaft mit diesem Erziehungsinstrument, manchmal verdientermaßen, manchmal unverdient. Doch diese Erfahrung teilte er mit fast allen Kindern seiner Generation und hakte sie irgendwann ab. Worüber Beau allerdings nie hinwegkommen sollte, war das diabolische Glitzern im Auge seines Vaters, wenn dieser wieder einen Anlass für Hiebe gefunden hatte.

Beau war nicht so und hielt sich deshalb für einen besseren Menschen. Wie wir uns überhaupt gerne einreden, wir wären grundverschieden von unseren Eltern. In Wahrheit richten wir gegen unsere Gene wenig aus, das ahnte auch Beau. Oder war sein Verhalten gegenüber seiner dementen Frau etwa frei von Sadismus gewesen? Von seiner Jagdleidenschaft ganz zu schweigen. Seine Erregung über den Tod einer fremden Kreatur war durch nichts zu überbieten.

Aber vielleicht war dies das eigentliche Problem des Alterns. Während seine Tage kürzer wurden, zeigten die Erinnerungen, gleich Schatten in der Abendsonne, immer weiter zurück.

»Oder aber du siehst die Dinge nur klarer, alter Mann. Auf diese Weise macht der herannahende Tod uns alle noch zu ehrlichen Leuten.«

Beau griff nach dem Whiskeyglas und trank. Sein bevorzugtes Mittel gegen die Flüsterstimmen, selbst wenn es nicht zuverlässig wirkte. Denn die Stimmen raschelten weiter in seinem Kopf. Tuschelten wie welkes Laub, in das der Wind fuhr. Auch verstand er längst nicht alles, was sie sagten, aber es blieb genug hängen. Mal redeten sie nur miteinander, mal sprachen sie ihn direkt an. Stichelten, schimpften, schmeichelten und schissen ihn zu mit ihrem Unflat. Und ihre Zahl wuchs. Irgendwann, so viel war klar, würden seine eigenen Gedanken darin untergehen.

Er schaute auf seine geliebten Trophäen. Doch auch sie sahen nicht länger mit glasigem Blick geradeaus, ihre Pupillen stellten sich scharf, funkelnd und voller Anklage.

»Sieh, was du uns angetan hast, alter Mann! Wie kannst du da behaupten, du wärst nicht so wie dein Vater?«

»Ach, haltet doch das Maul!«, murmelte er. Aber seine Stimme klang geschwächt.

Als er erneut nach dem Whiskey langte, wischte seine zuckende Hand das Glas vom Tisch. Klirrend zerschellte es auf dem Boden.

»Scheiße!«

Er erhob sich mit schmerzenden Gliedern, um einen Handfeger zu holen, doch ein Klopfen an der Tür ließ ihn innehalten. Er zögerte. Hatte er richtig gehört? Da klopfte es wieder, und diesmal ging er zur Tür und machte auf, aber nur einen Spaltbreit.

Draußen standen drei Männer, die er gut kannte, eigentlich von Kindesbeinen an: Jared, Hal und Frank. Er machte weiter auf, und eine eisige Bö fuhr ins Haus.

»Was wollt *ihr* denn?«, fragte er.

»Wir wollen nicht länger abwarten, Beau«, sagte Jared. »Wir greifen im Morgengrauen an.« Er schaute auf die anderen. »Wir dachten, du willst dir das nicht entgehen lassen. Die Gelegenheit, um zu beenden, was du begonnen hast.«

»Glaubst du wirklich, du kannst es beenden, alter Mann? Meinst du, du kannst uns besiegen?«

Nein, dachte Beau. Aber ich werde es bis zu meinem letzten Atemzug versuchen.

56

Im tiefen Wald war der Wind längst nicht mehr so stark. Die dichten Baumkronen schirmten überdies den Schnee ab, das Gestöber auf freiem Feld wurde dort zu einem feinen Rieseln.

Nur eines war gleich: die Kälte. Tucker spürte genau, wie sie langsam in ihn vordrang. Ob minus fünf oder minus fünfundzwanzig Grad war nicht so entscheidend. Was einen in die Unterkühlung trieb, war, dass es so heimlich geschah. Kälte war tückisch. Wurden die Bewegungen träger, wurde die Atmung unregelmäßiger, begannen die Gedanken erst zu wandern, war es zu spät.

Nun war Tucker an solche Verhältnisse gewöhnt. Aber gerade deshalb war ihm bewusst, dass er sich nicht gehen lassen durfte. Sein Kopf musste immer schön warm bleiben, der Blick fokussiert, das Tempo gleichbleibend moderat. Er hatte sogar seine Taschenlampe eingeschaltet, obwohl er sie eigentlich nicht brauchte. Seine Augen waren an die Dunkelheit angepasst, und er kannte die Route von früher oder verließ sich auf seinen Instinkt.

Nach einer Stunde Fußmarsch ging es langsam bergauf, die Bäume wichen in den Hintergrund. Tucker spürte die Steigung in den Waden und auch, dass er nun stärker schwitzte, was eigentlich nicht gut war. Seine Rast auf der ersten Anhöhe war deshalb nur kurz.

Vor ihm lag jetzt offenes Land, verwundetes, geplündertes Land, das größtenteils aus Abraumhalden der früheren Mine bestand, wo kaum etwas wuchs. Auf der rechten Seite sah er die kollabierende Eisenbahnbrücke über dem Wildwasserbach, die rissige Holzkonstruktion war das Einzige, das von der alten Strecke geblieben war.

In den Hochzeiten der Mine gehörte die Bergbaustadt zu den größten menschlichen Siedlungen in der Region, geblieben waren nur Ruinen, die vielleicht nicht umsonst große Ähnlichkeit mit einem zerfallenen Märchenschloss hatten. Viele der hohen, am Hang errichteten Gebäude hatten den Elementen nachgeben müssen und rutschten langsam in die Vergessenheit. Doch der Förderturm stand noch, und auch die Baracken am Fuß des Berges waren in einem vergleichsweise guten Zustand.

Das Tor auf der Vorderseite war von zwei großen Fackeln erhellt, auch andere neuralgische Punkte im Innern der Kolonie waren beleuchtet. Aus seiner Position konnte Tucker zwar keine Wachen erkennen, aber es waren mit Sicherheit welche da. Athelinda überließ nichts dem Zufall.

Fremde, die sich über das Abraumgebiet der Kolonie näherten, wurden schon von Weitem erkannt. Die Rückseite lag im Schutz des borealen Urwalds, der eine Barriere eigener Art bildete. Wer dort nicht zu Hause war, konnte froh sein, je wieder hinauszufinden. Der einzig gangbare Weg führte über die Brücke – sofern die Kolonie es zuließ.

Tucker entschloss sich, die Abraumhalden zu umgehen und sich im Schutz des Waldrands der Brücke zu nähern. Nachteil: Der Weg war äußerst uneben, und das Gleisbett ließ sich nur über einen fast vertikalen Anstieg erreichen. Aber Tucker war niemand, der leicht aufgab. Er marschierte einfach immer weiter und kroch am Ende auf allen vieren, ehe er oben anlangte. Von dort aus war die Brücke nur noch wenige Hundert Meter entfernt. Doch die wahren Gefahren begannen dann erst. Ob die verfaulten Schwellen sein Gewicht noch trugen, war wie Russisch Roulette. Konnte sein, konnte aber auch nicht sein. Sicher war nur der tiefe Abgrund über dem felsigen Bett des Wildwassers. Wer sich dort hineinlegte, stand nie wieder auf.

Aber solche Gedanken halfen nicht. Tucker machte den ersten Schritt. Doch ein dunkles Knurren ließ ihn erstarren. Er wandte sich um. Links von ihm glommen zwei bernsteinfarbene Augenpaare durch die Dunkelheit. Dann ein weiteres Knurren zu seiner Rechten. Und spitze graue Schnauzen, die sich drohend aus dem Unterholz schoben. Wölfe! Sie hatten längst erkannt, dass er allein war und nicht fliehen konnte, und schlichen sprungbereit und mit gefletschten Zähnen näher, bis sie ihn vollständig eingekreist hatten. Er saß in der Falle.

Tucker schluckte und wagte sich nicht zu rühren. Auch die Wölfe waren merkwürdig still geworden, nur der heiße Atem dampfte aus ihren Rachen, was Tucker aber keineswegs beruhigte. Die Ruhe, diese unnatürliche Zurückhaltung war nur vorläufig, eigentlich warteten die Bestien einzig auf den Befehl zum Angriff.

Er befeuchtete seine Lippen und rief laut: »Okay, schon gut, ich hab's begriffen. Aber jetzt pfeift eure Spielkameraden zurück.«

Endlose Sekunden lang keine Reaktion. Für jemanden, der im Visier eines Wolfsrudels stand, keine angenehme Erfahrung. Doch dann trat ein blonder junger Mann in Jeans, Pelzjacke und Lederstiefeln zwischen den Bäumen hervor.

»Es sind keine Spielkameraden, es sind Wächter. Und was zum Henker willst *du* hier?«

»Ich muss mit Athelinda reden.«

»Weswegen?«

»Ich brauche ihre Hilfe.«

»Meinst du nicht, sie hat dir schon genug geholfen?«

Tucker kniff die Lippen zusammen. »Es wurde noch ein weiterer Junge ermordet, und ich glaube, Athelinda weiß etwas darüber.«

Michaels Augen verengten sich zu zwei schmalen Schlitzen. »Wie wär's, wenn ich dich auch noch töte? Es wäre nicht nur leichter, sondern auch sehr viel verlockender.« Er trat näher. »Ich töte dich und lasse die Leute aus der Stadt kommen. Wir werden ja sehen, wer diesmal die Oberhand behält.«

»Habt ihr deshalb auch die Kirche überfallen? Um sie zum Kampf herauszufordern?«

Michael spuckte aus. »Vielleicht brauchen wir mal eine Entscheidungsschlacht. Vielleicht haben wir es einfach satt, dauernd in Angst zu leben. In einer Menschen-Welt, die unser Existenzrecht maximal als unverdiente Gnade behandelt.«

»Michael, bitte hör mir zu«, sagte Tucker fast beschwörend. »Wer immer für diese Morde verantwortlich ist, er hat es bestimmt nicht für die Kolonie getan. Im Gegenteil, dieselben Leute haben schon Aaron und seine Leute massakriert. Und sie würden alles tun, nur um eine Massentötung genehmigt zu kriegen – und weiterzumachen wie bisher. Hilf mir, Deadhart *und* die Kolonie zu retten.«

»Vielleicht will ich Deadhart gar nicht retten – oder deine sogenannten Menschen.«

»Ist das wahr? Du bist selbst zur Hälfte Mensch. Sehnst du dich nicht nach dem, was unsere Welt zu bieten hat? Ich meine, wozu gehst du immer wieder ins Lame Horse und suchst dort nach menschlichen Bekanntschaften?« Tucker ließ die Frage nachwirken, eher er sagte: »Weißt du, ich hätte dich längst wegen Prostitution festnehmen können.« Er warf einen Blick auf die hechelnde Meute. »Ich will aber vermeiden, schlafende Hunde zu wecken.«

»Soll das eine Drohung sein?«

»Wo denkst du hin? Ich schlage dir nur einen Deal vor.«

Michael blieb stumm und dachte nach. Sein langes blondes

Haar und die alabasterweiße Haut schimmerten im Mondlicht. Von seiner Mutter hatte Michael nicht nur die Schönheit geerbt, sondern auch die Skrupellosigkeit. Tucker konnte trotzdem nicht glauben, dass er denselben Mordinstinkt besaß wie sie. Oder wollte es zumindest nicht glauben.

Schließlich drehte sich Michael zu seiner Meute und sagte etwas auf Vampirisch, das sich wie »*Ou gaest*« anhörte: Geht! Und wie ein Mann erhoben sich die Bestien und verschwanden lautlos im Wald.

Er sah Tucker an und sagte: »Folge mir. Athelinda erwartet dich. Typen wie dich riecht sie eine Meile gegen den Wind.«

Er ging voraus und machte vor, wie man sich auf den uralten Schwellen bewegte. Immer wieder setzte er leichtfüßig über die fragwürdigen Kandidaten hinweg. Tucker zögerte dennoch. Die ganze Brücke schien sich im scharfen Wind zu bewegen, und alles war schneebedeckt und folglich noch rutschiger als sonst.

Irgendwann drehte er sich um. »Was ist, Tucker? Hast du die Hosen voll?«

»Könnte man so sagen.«

Zum ersten Mal glitt ein Lächeln über Michaels Gesicht. »Wieso? Du bist Halbvampir. Wenn du runterfällst und dir den Schädel einschlägst, ist das kein Beinbruch. Es heilt … vielleicht.«

Tucker biss die Zähne zusammen und wagte den ersten Schritt.

57

Barbara war unruhig. Sie hatte mit Talkeetna und Anchorage telefoniert und den Wetterbericht studiert. Der Voraussage nach sollte der Schneesturm gegen Mittag des Folgetags durchgezogen sein. Sie hatte sogar mit Decker gesprochen.

»Also halten Sie Nathan Bell für den Mörder?«, fragte er.

»Das weiß ich eben nicht genau, Sir.«

»Bisschen viel, was Sie alles nicht wissen«, erwiderte er. »Mit so viel Nichtwissen könnte ich meine ganze Bude tapezieren und hätte noch genug übrig, um mir den Arsch zu wischen.«

»So unterhaltsam dieser Vergleich ist, Sir, die Ermittlungsergebnisse lassen einfach keinen endgültigen Schluss zu.«

Von der anderen Seite erreichte sie ein Seufzer, in dem Verachtung mitschwang. »Wollen Sie damit andeuten, dass es Ihnen immer noch nicht möglich ist, den Notstand auszurufen?«

»Nicht nur andeuten. Es *ist* mir nicht möglich.«

Es folgte ein weiteres, noch längeres Schweigen. »Dann kann ich nur hoffen, dass Sie wenigstens alle ihre Entchen beisammenhaben. Heißt: Sie sollten absolut sicher sein, dass dieser Fall nichts, aber auch *gar nichts* mit der Kolonie zu tun hat. Haben Sie mich verstanden?«

»Habe ich, Sir. Nur sind eben sehr viele lose Endchen darunter.«

»Solche süffisanten Bemerkungen können Sie sich sparen. Oder sehen Sie hier jemanden lachen?«

Dann, ohne Ankündigung, war das Gespräch zu Ende und ließ Barbara einigermaßen überrascht zurück. Decker kannte ein Wort wie süffisant?

Sie legte das Handy auf den Tisch, trank einen Schluck Kaffee und betrachtete den geschmacklosen Wandschmuck über der Bar. Meist Teile aus der Welt der Vampire, aber auch einige historische Stadtansichten. Was Barbara daran erinnerte, dass sie sich die Fotokiste noch einmal vornehmen sollte, die ihr Rita gegeben hatte. Im Augenblick gab es ohnehin nichts weiter zu tun.

In ihren dicken Stiefeln trampelte sie nach oben und merkte erst beim Eintritt in ihr Zimmer, dass an einem polizeilich abgesperrten Tatort auch kein Housekeeping mehr existierte. Alles war noch im Originalzustand, die Schmiererei an der Wand, die aufgeschlitzte Matratze, das umgestoßene Mobiliar. Zum Glück hatte Grace in ihrem heiligen Furor den Bilderschatz übersehen, ein Zuviel an Gottesglauben machte wohl nicht unbedingt schlauer.

Barbara schnappte sich den Karton mit den Fotos und verzog sich damit wieder in die Bar. Beim Durchblättern fiel ihr ein, was Beau über die verschwundenen Kinder gesagt hatte. Kein Mensch hatte damals diese Fälle dokumentiert oder gar Ermittlungen angestellt. Solche Vorkommnisse zählten zum allgemeinen Lebensrisiko. Aber vielleicht fand sie ja in dem Bildmaterial noch einen Hinweis.

Tatsächlich segelte an irgendeiner Stelle ein gefaltetes Schriftstück zu Boden, so mürbe vom Vergehen der Zeit, dass es beim Auseinanderfalten beinahe zerriss.

Es war ein Zeitungsausschnitt vom 15. März 1953.

Große Suchaktion nach verschwundenem Mädchen

Das hat es in Deadhart noch nicht gegeben. Die ganze Stadt beteiligte sich in den vergangenen Tagen an der Suche nach der vermissten sechsjährigen Mary Dawson ...

War damit Beaus ehemalige Tante gemeint? Das zugehörige Foto zeigte ein dickliches Kind mit kurzen Zöpfen, ein weiteres eine Gruppe Bürger, offenbar die Suchmannschaft. Barbara sah sich das Foto eingehender an.

Am Rand drückte sich ein schlaksiger, dunkelhaariger Junge herum, der ihr merkwürdig bekannt vorkam. Sie runzelte die Stirn und blätterte noch einmal zurück, bis sie zu den Bildern vom alten Beinhaus gelangte. Wieder begegnete sie den ausgezehrten Gesichtern der Freudenmädchen, aber diesmal blickten alle nach rechts, wo dieser halb verhungerte Knirps im Dreck spielte. Spindeldürre Beinchen, die aus zerlumpten kurzen Hosen ragten. Barbara hatte den Jungen bisher kaum beachtet, jetzt hielt sie das Foto ins Licht, um es genauer zu betrachten. Es war schon ziemlich verblasst, aber der Schmutz im Gesicht des Kleinen war gut zu erkennen. Handelte es sich tatsächlich um ein und denselben Jungen?

Es donnerte gegen die Eingangstür.

»*Shit!*« Sie sprang hoch. Offenbar gab es hier Trinker, die sich mit der Schließung der Bar nicht abfinden mochten.

Allerdings war ihr die Stimme vertraut. »Hey, Detective Atkins? Sind Sie da?«

Mayflower. Barbara ging zur Tür und öffnete sie. Der Wind, der von draußen hereindrang, hätte sie beinahe umgeworfen.

»Mayflower? Was machst du denn hier? Habt ihr einen Notfall?«

Mayflower hatte sich in einen großen schwarzen Parka gehüllt, aber unter der Kapuze war gut zu erkennen, wie sie die Augen verdrehte. »Kann man so sagen«, erwiderte sie. »Mein Dad hat kein Bier mehr. Und Mom hätte gern ein paar Steaks aus der Kühlung.«

»Es gibt Geschäfte hier.«

»Richtig, aber Mom besteht darauf. Weil sie für die Sachen

bereits bezahlt hat. Und wenn sie diese schon nicht den Gästen servieren darf, möchte sie sie zumindest selbst essen.«

Barbara seufzte. »Okay, komm rein, bevor ich noch erfriere.«

»Ach was, im November geht es noch. Richtig kalt wird es erst Ende Januar.«

Barbara hob eine Braue. »Ich will niemandem zu nahe treten, aber so lange muss ich hoffentlich nicht bleiben.«

»Ich wünschte, ich könnte dasselbe von mir sagen.«

Sie schob die Kapuze zurück, und erst jetzt sah Barbara, dass ihre Augen rot geschwollen waren.

»Alles in Ordnung mit dir?«

Mayflowers Hand flatterte hoch, als wollte sie ihren Zustand verwischen.

»Klar. Das heißt, nein. Dan hat Schluss gemacht.«

Natürlich hat er das, dachte Barbara. Treu bleiben sie nur ihrer Bequemlichkeit.

»Tut mir leid, das zu hören«, sagte sie.

»Es überrascht Sie nicht?«

»Ich habe es kommen sehen. Aber was nutzt das jetzt?«

»Stimmt.«

Barbara hatte eigentlich keine Zeit für schwesterliche Solidarität. Sollte sich Mayflower doch eine andere Schulter zum Ausheulen suchen. Die drei Toten forderten bereits ihre volle Aufmerksamkeit. Aber manchmal waren die Lebenden einfach wichtiger.

»Kaffee?«, fragte sie deshalb.

»Kann nicht schaden.«

»Dann setz dich. Wie trinkst du ihn?«

»Schwarz, ohne Zucker.«

»Kommt sofort.«

Mayflower stand genau vor derselben Sitzecke, in der auch Barbara an ihrem ersten Abend gesessen hatte.

»Meine Eltern drehen langsam durch, weil der Laden noch immer geschlossen ist.«

»Ich bedaure das«, sagte Barbara auf dem Weg zur Kaffeemaschine. »Aber erst muss der Coroner hier gewesen sein. Ich selbst kann nur in einem bestimmten Umfang Beweise sichern.«

Immerhin, die größten Spurenträger hatte sie eingesammelt. Sie lagerten in der Tiefkühlung und waren noch vor Kurzem so lebendig gewesen wie sie selbst.

Die Kaffeemaschine gurgelte, Barbara stellte einen Becher unter den Auslaufhahn.

»Haben Sie eine Ahnung, wann das sein wird?«, fragte Mayflower.

»Sobald der Schneesturm vorbei ist. Wenn wir Glück haben, vielleicht schon morgen Nachmittag.«

»Aha.«

Barbara hinter der Bar musterte sie argwöhnisch. »Aber wegen Bier und Steaks sind Sie nicht hier, oder? Ihre Mutter hat Sie hergeschickt, um mich auszufragen.«

Mayflower fühlte sich sichtlich unwohl. »Vermutlich ein bisschen von beidem. Normalerweise ist sie immer diejenige, die alles weiß. Es macht sie wahnsinnig, wenn nicht sie bestimmen kann, was in der Stadt so geredet wird.«

Barbara lächelte und brachte Mayflower den Kaffee. »Tja, zu laufenden Ermittlungen kann ich mich leider nicht äußern.«

»Dachte ich mir«, sagte sie und setzte sich mit ihrem Kaffee.

»Hören Sie«, sagte Barbara. »Ich verstehe ja, dass die Leute beunruhigt oder in Teilen sogar aufgebracht sind über unsere Maßnahmen. Aber Deputy Tucker und ich tun unser Möglichstes, den

Fall aufzuklären und den oder die Schuldigen vor Gericht zu bringen. Sobald das geschehen ist – das verspreche ich Ihnen – sind wir auch ganz schnell wieder weg.«

Mayflower nickte, doch die Antwort schien sie nicht zu befriedigen. Irgendetwas lag ihr auf der Seele.

»Und das ist wirklich alles? Oder sind Sie vielleicht noch hinter etwas anderem her?«, fragte sie so beiläufig wie möglich und schaute dabei in ihren schwarzen Kaffee. Es war das erste Mal, das Barbara sie so unsicher erlebte. Ihr cooler Panzer schützte sie offenbar nicht mehr. »Wissen Sie, meine Eltern sind eigentlich völlig normal. Also konservativ wie die meisten in Deadhart. Mit Tischgebet vor dem Essen, und natürlich sind sie Waffenbefürworter.«

»Als ob ich das nicht kennen würde.«

»Aber deswegen sind sie nicht gleich schlecht. Mom wirkt manchmal etwas unhöflich, aber sie arbeitet auch von früh bis spät, um den Laden am Laufen zu halten.«

»Und Ihr Vater?«

»War mal spielsüchtig, aber das ist vorbei.«

Barbara nickte. »Na dann.«

»Was ich damit sagen will …« Sie zögerte. »Als sie sagten, sie wüssten nichts von dem ganzen Zeug im Tiefkühler … das war nicht gelogen. Sie wussten wirklich nichts davon.«

Barbara starrte Mayflower an und hatte plötzlich den herben Geschmack der Enttäuschung auf der Zunge.

Sie sagte: »Aber du schon?«

»Ja.« Mayflower wurde rot.

»Vor der Sache mit Dan … hatte ich was mit Kurt Mowlam.«

»Was, mit diesem Gauner?«

»Hey, regen Sie sich ab.«

»Nein, es ist nur …«

Außerdem liegt er tot und mit einem Pflock in der Brust im Tiefkühlraum.

»Mag sein, er ist nicht Ihr Typ ...«

»Red weiter«, sagte Barbara.

»Jedenfalls, vor ein paar Monaten fragte er mich, ob ich ihm einen Gefallen tun könnte. Ich bräuchte es nicht umsonst zu machen, es wäre auch Geld für mich drin.«

»Lassen Sie mich raten: Er wollte, dass Sie für ihn, ich drücke es mal so aus: Vampirprodukte lagern.«

»Ja.«

»Wussten Sie, dass Mowlam in den illegalen Trophäenhandel verwickelt war?«

»Anfangs nicht, aber später stellte sich heraus, dass er zur Helsing-Liga gehört. Er hat mir sogar ein paar seiner Sammlerstücke gezeigt.«

»Ich nehme an, das hat Sie erst recht heiß gemacht. Mädchen stehen ja auf die bösen Jungs.«

Mayflower blitzte sie gekränkt an. »Ehrlich gesagt, nein. Deswegen habe ich auch mit ihm Schluss gemacht.«

»Trotzdem sind Sie nicht zur Polizei gegangen?«

»Falls Sie es noch nicht bemerkt haben: Dies ist eine sehr kleine Stadt. Ich wollte keinen Ärger haben.«

»Sie hätten aber sein Ansinnen ablehnen können, oder nicht?«

Wieder dieser Blick, der sich irgendwo zwischen schlechtem Gewissen und Entrüstung bewegte. »Hören Sie, ich bin nicht stolz darauf. Aber wir konnten jede noch so kleine Einnahme gebrauchen. Die Bar wirft kaum etwas ab, und Dad hat noch Schulden von früher. Ich hielt es für eine gute Gelegenheit.«

Barbara nickte. »Also wollten deine Eltern dich nur decken, als sie das mit dem Doktor sagten?«

»Ja. Aber sie waren stinksauer auf mich.«

Barbara fiel noch etwas Weiteres ein. »Und Sie haben Mowlam auch einen Schlüssel gegeben, richtig? Damit er nachts unbemerkt an seine Ware kommt.«

Mayflower nickte. »Ich wusste nicht, dass er Sie im Tiefkühler eingesperrt hat, okay?«

Barbara war sogar geneigt, ihr das abzunehmen.

»Aber warum rücken Sie erst jetzt damit raus?«

»Weil Mom Angst hatte, dass das Ganze auffliegt Und dass sie dann selber eine Anzeige kriegen und möglicherweise alles verlieren. Ehrlich, ich weiß nicht, was dann los wäre …«

Barbara seufzte. Sie war tief verärgert über dieses Mädchen. Was sie getan hatte, war abstoßend, doch sie hatte es hauptsächlich für ihre Eltern getan. Arme Leute hatten stets weniger Optionen als diejenigen mit einem dicken Bankkonto. Der Weg zur Hölle mag mit guten Vorsätzen gepflastert sein, aber manchmal bräuchte es nur ein bisschen mehr finanzielle Unabhängigkeit, um nicht falsch abzubiegen.

»Ich nehme an, Mowlam hat bar bezahlt?«, sagte Barbara.

»Na klar. Nur Bares ist Wahres.«

»Gut. Dann sehe ich keinen Anlass, der Aussage deiner Eltern nicht zu glauben. Sie haben von den Vampirköpfen in ihrem Kühlraum nichts gewusst.« Sie schaute Mayflower vielsagend an. »Auch dieses Gespräch hat nie stattgefunden.«

Mayflower nickte erleichtert. »Danke«, sagte sie.

»Gibt es noch etwas, das du loswerden willst?«

»Ich weiß nicht, ist wahrscheinlich nicht wichtig.«

»Inzwischen ist alles wichtig.«

»Okay. Ich habe gehört, dass Kurt jetzt regelmäßig in die Kirche geht.«

Barbara lehnte sich zurück. »Meinst du als normaler Kirchgänger oder als, keine Ahnung, Besucher der anderen Art?«

»Auf jeden Fall ist er nicht gläubig.«

Und Colleen war in gewisser Weise eine faszinierende Frau. Auch am Abend des Überfalls war Mowlam in der Kirche gewesen. Nur, würde eine Frau wie Colleen für eine schmeichelhafte Affäre mit einem jüngeren Mann alles aufs Spiel setzen, das sie sich aufgebaut hatte?

»Interessant«, sagte Barbara. »Vielleicht sollte ich mich noch einmal mit Reverend Grey unterhalten.«

Mayflower nickte erneut. »Und was passiert mit Kurt Mowlam? Wollen Sie ihn auch verhaften?«

»Mowlam? Oh ...«, erwiderte Barbara und brach ab, denn sie hatte etwas gehört.

BOMM-BOMM!

»Nanu, ist da jemand an der Tür?«, fragte Mayflower.

Dann wieder: *BOMM-BOMM!*

Barbara schüttelte den Kopf. »Es kommt nicht von der Tür.«

BOMM-BOMM!

»Es kommt aus der Küche.«

Langsam drehte sie sich um. Der Wind rüttelte an den Fensterläden. Und dann, natürlich, gingen auch noch die Lichter aus.

58

Athelinda holte Tabak hervor und stopfte sorgfältig ihre Pfeife. Tucker wartete geduldig.

Tucker saß im Wohnzimmer von Athelinda, was eine Ehre war. Nur wenige wurde zu ihr vorgelassen. Er war überrascht. Gemessen an der Exklusivität, sah es bei ihr bescheiden und wohnlich aus. Aber was hatte er erwartet? Särge mit Spinnweben?

Sie blies eine Rauchwolke von sich. »Wie verzweifelt muss man sein, wenn man sich nächtens und zu Fuß zu mir begibt?«, fragte sie.

»Sehr.«

»Also, was willst du?«

Tucker zog den Schwellenring aus der Tasche und legte ihn auf den Tisch. »Der hat mal Aaron gehört, richtig? Es war der Ring, den er Todd schenken wollte.«

Athelinda nahm den Ring in die Hand. »Wo hast du ihn her?«

»Er befand sich in einer Tasche von Marcus Andersons Jacke. Jemand hat ihn mir quasi vor die Haustür gelegt. Offenbar wollte der Betreffende eine Verbindung zu dem früheren Mord herstellen.«

Athelinda studierte weiter den Ring. Dann murmelte sie etwas auf Vampirisch und steckte ihn in ihre Tasche.

»Los, stell deine Fragen.«

»Was hat es mit dem Beinhaus auf sich?«

Sie tippte mit der Fingerspitze an ihren goldenen Eckzahn. »Was genau willst du denn wissen? Wie sie mir meine echten Zähne ausgerissen haben, um mich am Beißen zu hindern? Oder was für Männer jeden Abend über mich herfielen? Nun ja, es war ein Querschnitt der Menschheit, würde ich sagen. Einige wollten nur ein Kind vergewaltigen. Andere standen auf Sachen, die ihnen nur ein Vampir bieten konnte.« Sie paffte ihre Pfeife. »Ein Mädchen hat sich von dieser Behandlung nie erholt, musste als vierfach Amputierte weiterleben. Manche Männer fanden das besonders reizvoll.«

Tucker schluckte gegen den Kloß im Hals an.

»Fünf Jahre war ich in diesem sogenannten Freudenhaus«, fuhr Athelinda fort. »Seitdem habe ich vor der Hölle keine Angst mehr.«

»Das tut mir leid.«

Ihre Augen blitzten auf. »Dein scheiß Mitleid kannst du dir schenken. Ich sage nur, wie es war.«

»Okay.« Er nickte. »Aber du hast Detective Atkins selbst aufgefordert, nach dem Beinhaus zu fragen. Warum? Was hat das Beinhaus mit den Morden zu tun?«

Diesmal ließ sich Athelinda Zeit mit der Antwort, und ihre Pfeife stieß währenddessen immer größere Rauchwolken aus. Bis sie schließlich sagte: »Im Beinhaus arbeitete auch ein Junge. Waisenkind. Er war mehr oder weniger Mädchen für alles. Servierte die Getränke, machte sauber und flickte die malträtierten Mädchen wieder zusammen. Von ihm habe ich die Streichhölzer, mit denen ich dieses Höllenloch niederbrannte.« Sie stockte. »Wobei ich fest damit rechnete, ebenfalls zu verbrennen. Doch er rettete mich. Später stellte ich fest, dass ich schwanger war. Er rettete mich ein zweites Mal – mich und Michael.«

»Was wurde aus ihm?«

»Sechzig Jahre lang hielt ich ihn für tot. Aber dann, eines Tages, sah ich ihn wieder. In Deadhart.«

»Du hast ihn wiedererkannt, nach all den Jahren?«

Von ihr nur ein dünnes Lächeln. »Kunststück. Er war anders angezogen, sicher. Hatte eine andere Frisur. Aber davon abgesehen war er keinen einzigen Tag gealtert.«

»Das heißt, er war Vampir wie du?«

»Ja.«

»Und wer ist er?«

»Im Beinhaus nannten ihn alle nur Isaac. Als ich ihn wiedertraf, hieß er anders.«

»Wie?«

»Nathan Bell.«

»*Shit*«, fluchte Tucker.

Sie hatten also mit ihrer Vermutung richtiggelegen.

»Warum hast du davon nie etwas gesagt?«, fragte Tucker. »Nicht einmal nach dem Mord an Todd?«

Zum ersten Mal huschten so etwas wie Selbstzweifel über ihr Gesicht. »Aaron hat ein Geständnis abgelegt. Aber nur, weil er ein Vampir war, musste er kein Mörder sein. Nathan auf der anderen Seite lebte als Mensch. Ich konnte ihn doch nicht ans Messer liefern.«

»Aber du hattest einen Verdacht?«

»Ja, sicher. Aber dann hast du Aarons Flucht vermasselt, und wir alle mussten Hals über Kopf weg. Du kannst dir vorstellen, dass ich damals andere Sorgen hatte. Irgendwann habe ich die ganze Sache vergessen.«

»Bis zu eurer Rückkehr, da sahst du ihn wieder.«

»Als der zweite Junge ermordet wurde, wusste ich Bescheid.«

»Deshalb also hast du Detective Atkins von dem Beinhaus erzählt«, sagte Tucker kopfschüttelnd. »Aber warum hast du ihr nicht gleich gesagt, wer es war?«

»Weil ich ihr nichts schulde, ihm aber sehr wohl. Weiß Gott, wie gern hätte ich an seine Unschuld geglaubt! Ich habe sogar Michael losgeschickt, um mir aus erster Hand mehr Informationen zu besorgen.«

Das erklärte auch, warum sich Michael im Lame Horse an Nathan herangemacht hatte. Allerdings hatte dieses Szenario einen Schönheitsfehler … Tucker runzelte die Stirn. »Nathan ist ein erwachsener Mann.«

Athelinda verdrehte die Augen. »Du kapierst es wohl immer noch nicht?«

»Was soll ich kapieren?«

»Dass Nathan Bell gar nicht Nathan Bell ist.« Sie beugte sich vor. »Ich meine, versetz dich in seine Lage. Wie überlebt ein junger Vampir außerhalb einer Kolonie? Er hängt sich an einen erwachsenen Menschen, den er als nahen Verwandten ausgeben kann und der ihn auf diese Weise beglaubigt. Na, dämmert's? Nicht schwer zu verstehen, oder?«

»*Jacob!*«

Jacob war gar nicht Nathan Bells Sohn, er *war* Nathan Bell. Und Isaac. Und wer weiß wie viele andere.

Was nur bedeuten konnte …

»Verdammt!« Tucker sprang auf.

»Was ist los?«

»Ich muss sofort zurück, Barbara warnen. Er ist noch nicht tot.«

59

Mit äußerster Vorsicht, die Taschenlampe in der Hand, betrat Barbara die Küche. Mayflower hielt sich dicht hinter ihr.
BOMM-BOMM!
Ihre Nervosität nahm zu. Das Geräusch kam aus dem Tiefkühlraum.
»*Shit.* Ist da etwa wieder einer eingeschlossen?«, fragte Mayflower.
Kann schon sein, dachte Barbara. Aber eigentlich sollten sie alle tot sein.
»Mayflower«, sagte Barbara. »Lauf schnell nach Hause, sag deinen Eltern, sie sollen Rita anrufen: Ausnahmesituation im Grill. Ich brauche ihre Hilfe.«
»Aber ...«
»Geh!«
Mayflower wollte diskutieren, besann sich aber eines Besseren und sauste los.
Barbara wandte sich wieder dem Tiefkühlraum zu. Außer dem Brummen des Stromgenerators war plötzlich nichts mehr zu hören, und das einzige *Bomm-Bomm* war ihr eigener Herzschlag. Sie zog ihre UV-Pistole und öffnete die Verriegelung.
Die Tür schwang auf.
Drinnen lag Marcus noch immer auf seinem Stahltisch. Daneben, auf dem Boden, Mowlam. Auch Jacob war nach wie vor in die goldene Rettungsdecke gewickelt. Eins, zwei, drei Tote. Aber wer machte dann so einen Radau?

Barbara betrat den Tiefkühlraum, sah hierhin, sah dorthin, und ging dann auf die jüngste Leiche zu, Jacob. Mit dampfendem Atem und knackenden Gelenken kniete sie sich hin, als ihr Handy in der Tasche vibrierte. Ausgerechnet jetzt. Sie legte die Taschenlampe weg und klaubte mit tauben Fingern ihr Telefon aus der Tasche. Tucker war dran.

»Hey, wo steckst du?«, fragte sie.

»Bin fast zurück ... dich vor ... Gefahr ist noch nicht ...«

Die Verbindung war wirklich grottig.

»Tucker, ich kann dich nicht ...«

»Pass auf ... Jacob ... der Mörder ... Vampir.«

»Wie war das? Was hast du gesagt?«

Endlich ein paar Sekunden ohne Störung: »Jacob ist unser Killer. Jacob *ist* Nathan Bell!«

Dann wurde das Knistern lauter und die Verbindung brach endgültig zusammen. Sie blickte erst auf ihr Handy, dann auf die Leiche in der Goldfolie.

Jacob ist Nathan Bell?

Das wollte sie genau wissen und legte Jacobs Kopf frei.

Marcus' eisiges Gesicht starrte sie an.

Verdammt, was ging hier vor?

Im selben Moment hörte sie einen Reißverschluss surren.

Sie drehte sich um und sah, wie Jacob sich aus dem Leichensack wand und hart auf dem Boden aufschlug. Seine Haare waren reifbedeckt und der Hals schwarz von eingetrocknetem Blut.

»Jacob!«

Seine Lippen öffneten sich zu einem triumphierenden Grinsen, denn er war bereits an der Tür. Mist.

Barbara rappelte sich hoch und rannte ihm nach. Die Küche war stockfinster. Zum Glück hatte sie ihre Taschenlampe. Außer den Herden gab es nicht viele Ecken, in denen er sich verstecken konnte.

»Jacob!«, rief sie. »Oder sollte ich besser sagen: Nathan? Mein Kompliment, sich als der eigene Sohn auszugeben, das war schon ziemlich clever.«

Stille.

»Wenn du mir jetzt noch verrätst, warum du Marcus und Todd umgebracht hast?«

Diesmal antwortete er.

»Warum? Weil ich ein Killer bin. Weil alle Vampire so sind.«

Die Stimme kam von rechts, und Barbara bewegte sich darauf zu.

»Aber wenn du doch so stolz auf deine Vampir-Identität bist, warum lebst du dann als Mensch?«

»Das ließ sich nicht vermeiden, wenn ich überleben wollte.«

»Hast du dich deswegen mit Mitch zusammengetan? Seid ihr deswegen als Vater und Sohn aufgetreten?«

»Es war eine reine Zweckgemeinschaft. Ich half ihm, die Leute abzuziehen, er gab mir Deckung.«

»Und warum bist du zurückgekehrt?«

»Geld. Da war das Haus, und außerdem ist es nirgendwo so schön wie daheim …«

Plötzlich flogen zwei schwere Pfannen in ihre Richtung. Barbara duckte sich, doch eine erwischte sie am Ohr und stieß sie gegen den Herdfront.

»Au! Verdammt!«

Während sie noch die Hand auf die Verletzung drückte, ging die Tür zur Bar auf und ein dunkler Schemen war schneller draußen, als sie gucken konnte. Er war einfach beweglicher als sie, zudem konnte er im Dunkeln sehen. Der Vorteil von Jugend und Vampir. Fluchend stolperte Barbara hinterher, denn sie hatte nicht vor, ihn laufen zu lassen. War er erst einmal weg, konnten sie in den Wäldern lange suchen. Sie musste ihm irgendwie den Ausgang versperren und ihn zu Fall bringen.

Dann hörte sie, wie links von ihr ein Stuhl gerückt wurde. Sie leuchtete in die Richtung, sah aber nichts außer weiteren Tischen und weiteren Stühlen. Selbst ein Vampir konnte sich doch nicht in Luft auflösen. Wo war er?

Aufs Geratewohl rief sie in die Dunkelheit: »Jacob, du kommst sowieso nicht weit. Die State Police sucht bereits nach dir. Du kannst nirgendwohin.«

Dann glaubte sie, direkt voraus eine Bewegung wahrzunehmen, und hob ihre UV-Pistole. Aber Jacob war wendiger, stieß wie ein Torpedo aus der Dunkelheit und traf sie in der Körpermitte, worauf sie beide zu Boden gingen. Die UV-Pistole flog ihr aus der Hand, gleichzeitig hing Jacob bereits an ihrer Gurgel. Barbara konnte seinen heißen Atem spüren, sah seine spitzen Zähne nur wenige Zentimeter vor sich. Sie stemmte sich mit aller Macht gegen ihn, brachte endlich auch ihr Knie hoch und rammte es ihm in den Unterleib.

Jacob jaulte auf und lockerte seinen Griff, was Barbara nutzen konnte, um sich auf ihre Pistole zuzubewegen. Abermals kam ihr Jacob zuvor. Er packte ihren Kopf und schmetterte ihn auf den harten Fliesenboden. Das tat nicht nur weh, sondern machte sie auch benommen, sodass sie gegen seine weiteren Attacken kein Mittel mehr hatte.

»RUNTER VON IHR, ARSCHLOCH!«

Irgendetwas kam angeflogen, und das mit Macht. Jacobs Kopf schleuderte mit einem hörbaren Geräusch zur Seite, zugleich wurde sein ganzer Körper mitgerissen. Plötzlich lag er auf dem Rücken, und statt seiner sah Barbara nur diesen Riesenschatten über sich, der sich langsam zu Tucker materialisierte. Er schwang einen Barhocker wie nichts Gutes. Schließlich streckte er Barbara die Hand entgegen und wollte sie nach oben ziehen, doch Jacob war noch nicht besiegt. Mit einem animalischen Schrei schnellte er wieder empor und stürzte sich auf Tucker, der davon aus dem Gleichgewicht gebracht wurde. Er taumelte und krachte in einen Tisch, auf dem Stühle standen, Jacob sofort hinterher.

Allmählich kam auch Barbara wieder auf die Füße. *Herrje, wo war bloß ihre UV-Kanone?*

Endlich entdeckte sie sie. Sie lag nur einen Meter weiter. Sie griff danach und rappelte sich hoch. Vor ihr, zwischen umgestürzten Tischen und zerschmetterten Stühlen, tobte der erbitterte Kampf der Vampire. Sie leuchtete mit der Taschenlampe auf die beiden Männer. Wie sollte sie in dem keuchenden Knäuel den Richtigen treffen? Zumal das UV-Licht auch Tucker rösten würde. Sie hatte den Finger am Abzug, mehr nicht.

»Verdammt!«, murmelte sie.

Doch diesmal war das Schicksal auf ihrer Seite. Flackernd gingen die Deckenlichter wieder an, und Jacob ließ von seinem Gegner ab, um sich die Hände vor die Augen zu halten. Barbara drückte ab, und der zerstörerische Lichtstrahl warf ihn meterweit zurück. Sie konnte förmlich hören, was die UV-Strahlen auf seiner Haut anrichteten. Plötzlich hatte sie den Geruch von verbranntem Fleisch in der Nase. Trotzdem setzte sie nach. Jacob lag jetzt vor dem Fenster, seine Haare waren zur Hälfte weggeflämmt, und seine verkohlte Haut warf Blasen. Von dem jungen, seltsam unglücklichen Gesicht war nur eine Fratze geblieben.

Er schlug die Augen auf, als sie nähertrat.

Mit der UV-Pistole im Anschlag sagte Barbara: »Es ist vorbei, Jacob.«

Er aber stand auf, als wäre nichts geschehen, fasste sich mit beiden Händen an den Kopf und renkte ihn wieder ein.

Nicht anders als der gottverdammte Terminator!

»Es ist niemals vorbei«, krächzte er.

Der UV-Strahl musste seinen Kehlkopf verschmort haben, seine Stimme war plötzlich greisenhaft. Barbara dachte an die verblichenen Fotos aus Deadharts unrühmlicher Vergangenheit und an den dünnen Jungen, der ihr gleich so bekannt vorkam.

»Du hast lange durchgehalten, aber dein Weg geht hier zu Ende«, sagte sie. »Wie lange mordest du schon, seit hundert Jahren?«

»Länger. Deine Großeltern waren noch nicht geboren, als ich begann.«

Barbara juckte es in den Fingern, abermals den Abzug zu betätigen. »Na schön, dann kennst du dich ja mit dem Tod aus. Denn diesmal holt er dich.«

»Wann er sich einfindet und wann nicht, entscheide nur ich.«

»Willst du denn ewig aus purer Mordlust töten?«

»So bin ich eben. Und so ist auch jeder andere Vampir. Leider haben das die meisten von ihnen vergessen. Aber da komme ich ins Spiel: Ich erinnere sie daran.«

»Oh, du meinst, du hältst nur das Brauchtum am Leben?«

Seine Lippen zuckten. »Unsinn, ich halte den Hass am Leben. Mit jedem Toten wächst er ein bisschen mehr.«

»Du willst also Krieg?«

»Ich will die Lese. Aber diesmal nach unserer Art.«

»Dann hast du bereits verloren.«

»Du kannst mich nicht umbringen, das schaffst du nicht.«

»Alles muss irgendwann sterben, Jacob. Alles hat seine Zeit. Und irgendwann ist Schluss. So einfach ist das.«

»NEIN!«, kreischte Jacob mit seiner heiseren Greisenstimme. »Ihr sterbt. Menschen sterben. Ihr krepiert und verrottet. Ich bin unsterblich.«

Ohne jede Vorwarnung wirbelte er herum und warf sich aus dem Fenster. Barbara schoss, als er in einem Scherbenregen durch die Scheibe brach und den Sturm hereinließ.

»Fuck!« Barbara blickte zu Tucker hinüber, der mit blutigem Gesicht und gebrochener Nase nur langsam wieder zu sich kam.

Er stierte sie an, als sei der nächste Schritt eigentlich nicht schwer zu verstehen. »Na los! Ihm nach!«

Barbara setzte sich in Bewegung, hatte einige Mühe mit der Tür, stand am Ende aber ebenfalls draußen und blinzelte in das Schneetreiben.

Doch unverdrossen blinkte die Festbeleuchtung und erhellte die Straße, auf der Jacob blutend vorwärtsrobbte. Vielleicht sah er es nicht mehr, aber er bewegte sich genau auf die kleine Gestalt zu, die dort reglos auf ihn wartete: Athelinda. Athelinda in ihren klobigen Stiefeln und abgewetzten Tierhäuten, die Kleine mit den blonden Haaren und dem Engelsgesicht – und einer Axt in der Hand.

»Hallo, Isaac«, sagte sie.

Jacob hob den Blick und lachte bitter auf: »Echt jetzt? Nach allem, was sie euch angetan haben?«

»Es geht nicht um sie.«

Schwankend stellte er sich auf die Füße. »Worum dann?«

»Aaron und die Seinen starben deinetwegen.«

»Blödsinn. *Sie* haben sie getötet.« Er deutete auf Barbara.

»Aber du hast den Verdacht auf die Kolonie gelenkt. Für etwas, das du getan hast. Du hast uns benutzt.«

»Aber ich habe *dich* gerettet, vergiss das nicht.«

»Und dafür stehe ich für immer in deiner Schuld.«

»Also zur Hölle mit ihnen!« Er riss die Arme hoch. »Jetzt haben wir die Gelegenheit, sie alle kaltzumachen.«

Athelinda bedachte ihn mit einem traurigen Lächeln. »Glaub mir, dasselbe wollte ich auch mal.«

Jacob ging einen Schritt auf sie zu. »Dann tu es. Du bist ein Killer, Athelinda. Genau wie ich.«

Eine Zeit lang starrten sie sich nur an, und Barbara brachte ihre UV-Waffe in Anschlag.

»Nein«, sagte Athelinda und schüttelte den Kopf. »Ich bin nicht so wie du. Denn du, du bist längst wie sie. Damit muss Schluss sein.«

Jacob grinste sie höhnisch an. »Vampir tötet keinen Vampir, schon vergessen? Das ist Gesetz. Ich kenne mich aus.«

»Du bist kein Vampir ...« Sie hob die Axt. »Und hier bin *ich* das Gesetz.«

Dann sprang er sie an. Er kam jedoch nicht weit, denn ein stählerner Pfeil bohrte sich von hinten durch sein Herz und straffte ihn noch einmal wie eine Marionette, an der heftig gezogen wurde. Ungläubig schaute er an sich hinab. Er fasste sogar nach der Pfeilspitze, ehe so etwas wie ein Lächeln von seinem verwüsteten Gesicht Besitz ergriff und er in den Schnee sackte.

Mit der schweren Armbrust in der Hand trat Beau Grainger aus der Deckung. Er blickte auf Jacob und wischte sich mit zitternder Hand über den Mund. »Vampir-Abschaum.«

Unbewegt verfolgte Athelinda das Spiel. »Willst du mich jetzt auch noch erschießen, alter Mann?«, fragte sie.

Langsam drehte sich Beau zu ihr. Sein Zustand, stellte Barbara fest, hatte sich in der Zwischenzeit nicht gerade verbessert. Im Gegenteil, mit seinem abgezehrten Gesicht und den schwarzen Schatten unter den Augen wirkte er wie eine wandelnde Leiche.

»Sie sagten, ich soll hierherkommen«, röchelte er. »Die Stimmen in meinem Kopf, sie geben keine Ruhe.«

Athelinda nickte. »Das ist, weil du stirbst. Deshalb hörst du die Stimmen. Es ist halt so: Was du tötest, wird ein Teil von dir.«

»Mach, dass es aufhört.«

»Kann ich nicht.«

Er richtete die Armbrust auf sie. »Mach, dass es aufhört!«

Sie lachte. »Glaubst du im Ernst, ich fürchte den Tod? Ich bin vierhundert Jahre alt. Der Tod wäre mir willkommen.«

Beau gab einen erstickten Schrei von sich und warf seine Armbrust fort. Er sank auf die Knie und beugte sein Haupt vor Athelinda. »Du wolltest doch Rache für die getöteten Vampire. Also gut: Hier bin ich. Töte mich.«

Athelinda besah sich die Axt in ihrer Hand. Sie leckte sich über die Lippen, wobei ihre goldenen Eckzähne aufblitzten. Doch dann schüttelte sie den Kopf. »Du verdienst keinen Gnadentod von meiner Hand.«

Sie warf ihm die Axt hin, und er griff sofort danach.

»Ach du Scheiße«, sagte Barbara und wollte zu ihm, doch es war bereits zu spät.

Beau hackte sich mit der Axt in den Hals, und er tat es gründlich. Eine rote Fontäne spritzte hervor, und sein Kopf klappte nach hinten, da Muskeln und Sehnen durchtrennt waren und sein Kehlkopf nur noch einen breiten horizontalen Schrei bildete. Einige Sekunden lang verharrte er so auf den Knien, den Blick in den stürmischen Himmel gerichtet, dann sank er zur Seite und lag mit zuckenden Armen verblutend im Schnee.

Athelinda starrte auf den frischen Kadaver und sagte: »Du dämliches Arschloch! Abschaum der Menschheit!«

Seufzend, als handle es sich um eine ungeliebte Pflicht, trat sie an ihn heran, ergriff die Axt und schlug ihm den Kopf ganz ab. Großer Kraftaufwand war dafür nicht mehr nötig. Mit einem nassen Geräusch drang das Axtblatt durch sein Genick, dann hielt sie ihre Trophäe an den Haaren in die Höhe.

»Nein, warten Sie!«, rief Barbara und lief auf die Straße. »Was machen Sie denn da?«

»Ich nehme ihn mit«, erwiderte Athelinda ohne jede Emotion. »Sie bekommen ihn zurück, sobald auch unsere Toten wieder da sind.«

Ohne eine Antwort abzuwarten, ging sie über die Main Street davon. Auf halber Strecke blieb sie noch einmal stehen und schien zum ersten Mal die unentwegt blinkende Weihnachtsdekoration zu bemerken, all die explodierenden Sterne und springenden Rentier-Kolonnen mit Farbwechsel. Hätte sich in diesem Moment jemand der aufrechten Bürger von Deadhart auf die Straße getraut, er hätte sehen können, was in der Stadt so selten geworden war: glänzende Kinderaugen. Aber nur kurz, wirklich nur ganz kurz.

Denn das Mädchen mit den Goldhaaren wandte sich ein letztes Mal um und rief Barbara zu: »Übrigens, euer Santa ist ein perverser Wichser. Wann bringt ihr dieses Schwein endlich zur Raison?«

Kurz darauf war sie im Schneetreiben verschwunden, allein die blutigen Abdrücke, die ihre kleinen Stiefel hinterließen, hielten sich noch eine ganze Weile.

60

48 Stunden später

Der Schneesturm war vorbei, und die ganze Stadt glitzerte unter einer fahlen Sonne.

»Dann wollen Sie also abreisen?«, fragte Rita.

Barbara nickte. »Al ist schon unterwegs. Er fährt mich nach Talkeetna, von da aus geht es weiter mit dem Lufttaxi nach Anchorage.«

»Werden Sie noch Nicholls besuchen?«

»Ja, ich dachte, ich bringe ihm ein paar frische Weintrauben.«

»Aber er hasst Trauben.«

»Oh.«

»Kleiner Tipp: Bringen Sie ihm salzige Kaubonbons. Damit kriegen Sie ihn immer.«

»Mach ich«, sagte Barbara. »Und Sie kommen hier auch ganz bestimmt zurecht?«

»Aber sicher. Außerdem ist ja noch Tucker da.«

Barbara sah ihn an. Trotz des Pflasterverbands auf der Nase sah sein Gesicht ganz passabel aus. Gemessen an dem, was er eingesteckt hatte, war es geradezu ein Wunder. Übermenschlich. Aber das sagte sie niemandem, sonst wären die Leute sofort misstrauisch geworden.

»Wollen Sie denn noch im Polizeidienst bleiben?«, fragte sie. »Nicholls könnte einen tüchtigen Deputy gebrauchen.«

»Ich denke darüber nach«, sagte er und hob den großen Karton auf, der im Flur der Polizeistation lag. »Erst einmal muss ich ein Paket ausliefern.«

»Athelinda wird es freuen«, sagte Barbara.

»Aber komm bitte nicht ohne Beau Grainger zurück«, sagte Rita. »Jess besteht auf einem offenen Sarg, und ich kann sie nicht ewig vertrösten.«

Barbara und Tucker warfen sich einen verstohlenen Blick zu. Dann streckte sie ganz offiziell die Hand aus: »Tucker, es war ein Vergnügen, mit Ihnen zu arbeiten.«

Tuckers Pranke griff zu. »Ganz meinerseits.«

»Vielleicht verschlägt es mich ja irgendwann wieder in Ihr Revier.«

»Aber vorher arbeiten Sie an Ihrer Fitness ...« Er zwinkerte ihr zu.

Sie sah ihm nach, während er das Paket nach draußen trug. Dann sagte sie zu Rita: »Na dann ...«

»Mir scheint, wir haben so weit alles aufgeklärt.«

»Scheint mir auch so.«

Die State Police hatte Mitch Roberts' Leiche gefunden. Sie lag mit zerfetztem Kehlkopf unter einer Plane auf der Rückbank des verunfallten Pick-up-Trucks. Die Beamten gingen von einem Streit zwischen Jacob und Roberts aus. Roberts war ein kleiner Betrüger, kein Killer. Vielleicht wurde ihm die Sache nach den Morden zu heiß und er wollte aussteigen, was Jacob zum Handeln zwang. Er mochte vorgehabt haben, sich der Leiche irgendwo auf dem einsamen Highway zu entledigen, rutschte stattdessen aber in einen Graben.

Im Fall des Docs wies alles auf Kurt Mowlam als Täter hin. Auch diese kriminelle Vereinigung war offenbar nicht für die Ewigkeit gemacht – und wiederum wollte eine Partei die Notbremse ziehen. Jedenfalls schloss der Pathologe eine Selbsttötung aus, und Mowlam war ein schlampiger Typ. Es dauerte nicht lange, bis man dahinterkam, von wem die fremden Fingerabdrücke im Haus stammten.

Was Mowlams eigenes gewaltsames Ende anging, so war Barbara noch vorsichtig. Im Augenblick saß Grace im Flur der Wache, direkt vor den Arrestzellen, und wirkte sehr verändert. Zumindest trug sie wieder normale Sachen, Jeans und Sweatshirt, und nicht mehr diese nonnenhafte Kostümierung. Aber alles, was sie jetzt noch besaß, passte in den kleinen Rucksack zwischen ihren Knien.

Ihre mütterliche Mentorin hatte sich bei Nacht und Nebel abgesetzt, unter Zurücklassung eines kurzen Abschiedsbriefs – und eben Grace. Barbara zufolge dürfte der Grund in einer Liebschaft mit Mowlam zu suchen sein. (Mayflower war nämlich nicht die Einzige, die wusste, was in fremden Betten abging. Diese Stadt hatte tausend Augen und Ohren.) Offenbar hatte Mowlam versucht, Colleen zu erpressen, nicht ahnend, dass es sein Todesurteil war.

War Colleen also die Pflock-Mörderin? Es klang halbwegs schlüssig, aber Barbaras innerer Detective gab trotzdem keine Ruhe. Für einen Mord aus Leidenschaft war Colleen viel zu diszipliniert. Aber warum dann dieser überstürzte Aufbruch?

Sie hatten die Mutter von Grace kontaktiert und erfahren, dass von einer schriftlichen Einwilligung bezüglich Grace keine Rede sein konnte. Schon deshalb nicht, weil Graces Mutter schlicht *alles* gleichgültig war, auch ihre Tochter. Grace sollte deshalb zu den Großeltern kommen, die ganz krank waren vor Sorge um ihr abgängiges Enkelkind – und höchst erfreut darüber, dass nun ein neues Kapitel begann.

»Hat sie schon etwas gesagt?«, wollte Barbara noch wissen.

»Bis jetzt nicht.«

Barbara seufzte. »Na ja, vielleicht kommt das noch. Geben Sie ihr etwas Zeit.«

»Toll! Und in der Zwischenzeit macht sich Colleen auf und davon.«

Zwar war auch die Fahndung nach dem Reverend längst raus, aber Barbara hatte das dumme Gefühl, dass ihnen Colleen Grey (oder wie immer sie hieß) bereits durch die Lappen gegangen war. Tatsächlich fanden sie nichts unter diesem Namen, keine Sozialversicherungsnummer, keine früheren Arbeitgeber, weder Geburtsurkunde noch Bankverbindung. Die Frau war ein Phantom.

Und da war noch etwas.

»Haben Sie zufällig etwas über den Verbleib der anderen Artefakte gehört?«, fragte sie Rita.

»Nein.«

In der unübersichtlichen Lage nach dem Tod von Jacob und Beau waren auf mysteriöse Weise die tiefgefrorenen Vampir-Trophäen aus dem Grill abhandengekommen. Mayflower schwor Stein und Bein, sie sei es nicht gewesen, und auch sonst wollte sich niemand dazu bekennen.

»Ich schätze, es wird wohl für immer ein Rätsel bleiben«, sagte Rita.

»Kann gut sein. Auf jeden Fall sind sie auf dem Schwarzmarkt einiges wert.«

»Davon weiß ich nichts.«

»Woher auch?«, antwortete Barbara nicht ohne Hintersinn. »Wie geht es eigentlich Ihrer Mutter?«

»Wir stellen sie gerade auf modernere Medikamente um.«

»Das kostet sicher eine Stange Geld, selbst mit Krankenversicherung.«

»Es geht. Wir kommen klar.«

»Aber wovon bezahlen Sie das alles? Ich meine, Ihre Bürgermeistertätigkeit ist doch rein ehrenamtlich. Und als Bürohilfe bei der Polizei verdient man sicher auch nicht die Welt.«

»Ja, es kann ganz schön hart sein.«

»Vor allem ohne weiteres Einkommen.«

»Okay«, sagte Rita gereizt. »Was wollen Sie andeuten?«

Barbara sah sie eindringlich an. »Sie wohnen doch schon Ihr ganzes Leben in dieser Stadt. Sie kennen alles und jeden hier. Daher fällt es mir schwer zu glauben, Sie hätten von dem einträglichen Trophäenhandel nie etwas mitbekommen. Dr. Dalton jedenfalls rechnete fest mit einer Tötungsgenehmigung. Aber ohne jemanden in verantwortlicher Position hätte er nie so viele Leichen beiseiteschaffen können. Irgendwer in der Stadtverwaltung hing also mit drin, selbst wenn der Betreffende sich dafür nicht die Finger schmutzig machen musste.«

Rita starrte sie entgeistert an. »Und jetzt denken Sie, ich wäre diejenige gewesen? Vorteilsannahme im Amt ist ein ziemlich heftiger Vorwurf. Haben Sie irgendwelche Beweise, Barbara?«

»Nein. Und ich bin auch sicher, dass ich, wenn ich jetzt in Ihrem Keller nachsähe, nichts Belastendes finden würde. Oder doch?«

Rita schluckte. »Natürlich nicht.«

»Gut«, sagte Barbara. »Helfen die neuen Zytostatika wenigstens?«

»Es sieht vielversprechend aus.«

»Und was, wenn Sie noch mehr davon brauchen?«

»Ich habe Ersparnisse.«

»Das kann ich mir vorstellen.«

»Sind Sie jetzt fertig, Detective?«

»Wir sind fertig.«

Draußen hupte ein Wagen. Barbara nahm ihren Koffer und ging zur Tür, drehte sich aber noch einmal um.

»Kleiner Tipp von mir: Halten Sie an Ihren Ersparnissen nicht zu lange fest, Rita.«

»Wieso?«

»Sie haben mal gelebt – und könnten es wieder tun. Wenn Sie irgendwann Stimmen hören, ist das ein Alarmzeichen.«

Barbara setzte sich mit Grace nach hinten, während Al ihr Gepäck im Kofferraum verstaute.

»Man hört, Sie hätten den Blutsauger geschnappt, der die Jungen auf dem Gewissen hat?«, sagte Al, als er hinterm Steuer saß.

»Aber ohne die tatkräftige Unterstützung aus der Kolonie wäre es nie gelungen.«

Kopfschütteln bei Al. »Vielleicht sind ja nicht alle schlecht.«

»Nein, kann man nicht sagen.«

»Passen Sie auf, als Nächstes will einer von denen zur Polizei«, sagte er und gluckste über die absurde Vorstellung.

Lächelnd entgegnete Barbara: »Ja, das wäre echt der Hammer.«

»Aber so was von.«

Und mit diesen Worten startete Al den Wagen und gab Gas. Für die schweren Reifen war der graue Schneematsch kein Auftrag. Es taute überall.

Etwas später sagte Barbara zu Grace: »Na, geht's besser?«

Das Mädchen verschränkte die Arme vor der Brust und blickte stumm aus dem Fenster. Das konnte ja heiter werden. Wie lange brauchte Al noch mal bis Talkeetna? Al war übrigens gern bereit, die lastende Stille mit seinem Gelaber zu füllen und redete endlos vom Blizzard und gecancelten Flügen. Barbara ließ alles widerstandslos über sich ergehen. Dann nahm sie den Brief noch einmal hervor, den Colleen in der Kirche hinterlassen hatte, adressiert an Detective Atkins.

Liebe Barbara (ich hoffe, du gestattest mir das geschwisterliche Du),

nur zu gern hätte ich deine Bekanntschaft noch länger genossen, doch früher, als mir lieb ist, naht die Stunde des Abschieds. Wenn Gott ruft, müssen seine Kinder folgen.

Nach reiflicher Überlegung habe ich beschlossen, meine Reise von hier an allein fortzusetzen. Grace war mir immer eine treue Gefährtin, doch auch sie muss ihren eigenen Weg finden. Ich vertraue darauf, dass du dich ihrer annimmst.

Zusammen mit diesem Brief hinterlasse ich dir dieses. Es mag dir unbedeutend erscheinen, vielleicht auch merkwürdig, aber in den langen Jahren vor meiner wahren Berufung war mir dieser Gegenstand das Symbol der Hoffnung. Etwas, woran ich mich in den dunkelsten Stunden klammerte. Wenn du mehr wissen willst, begib dich in die kleine Stadt Madeline Springs im Staate Oregon. Dort im Wald steht ein Haus, in dem ich lange gelebt habe.

*In Christi Blut verbunden,
deine Colleen Grey*

»Ich sag Ihnen was: Diese Dame hatte nicht mehr alle Latten am Zaun«, lautete Ritas Kommentar auf diesen Brief. »Und warum zum Henker legt sie dieses komische *Ding* bei?«

»Wenn ich das wüsste«, hatte Rita gesagt, ohne den Blick von dem kleinen weißen Plastikmesser zu nehmen.

Aber Colleen hatte recht: Sie wollte mehr wissen.

Das Mädchen reiste per Autostopp quer durch die Staaten, ohne Ziel außer dem einen: möglichst viele Meilen zwischen sich und den Ort ihrer Gefangenschaft zu legen. Auf ihrem Weg traf sie andere Fahrende, menschliche wie vampirische. Mit einigen freundete sie sich an, andere brachte sie um. Auch wenn sie gerne anders gewesen wäre, für ihre Natur konnte sie nichts. Sie sehnte sich deshalb nach Erlösung. Erlösung von sich selbst und ihrer Natur. Sehnte sich danach, Mensch zu sein.

Ihre lange Gefangenschaft hatte keineswegs dazu geführt, dass sie Menschen hasste oder fürchtete. Im Gegenteil, die Nähe zu ihnen zeigte ihr eine Alternative auf. Und wenngleich sie ihrem Retter ewig dankbar war, so fand sie ihn doch in erster Linie abstoßend. Sie und er waren einfach nicht vom selben Schlag. Sie zum Beispiel wusste nichts von der vampirischen Lebensweise. Aber aus dem Fernsehen und den vielen Büchern wusste sie, wie es unter Menschen zuging. So und nicht anders wollte sie ebenfalls leben.

Also hatte sie sich die Canini abgeschliffen und ihren zirkadianen Schlaf-Wach-Rhythmus auf den Kopf gestellt. Hatte sich immer länger dem Tageslicht ausgesetzt und in den Nachtstunden geschlafen. Hatte sich sogar geringe Mengen humaner Nahrung zugeführt, ohne zu brechen. Aber reichte das?

Und dann begegnete sie diesem Priester, ein wahrhaft begnadeter Mann, Gott hab ihn selig. Er hatte sie überzeugt, dass es möglich war, das vampirische Wesen zu überwinden. Und zwar durch die Liebe Gottes. Gott war barmherzig. Gott konnte Wunder wirken. Auch der

Teufel war einst ein Engel. Warum also konnte ein Teufel sich nicht zum Engel wandeln? Wenn sie standhaft im Glauben war?

Dies wurde zu ihrer Mission. Gott zu beweisen, dass sie ihrer Erlösung würdig war. Dass der Fluch ihrer Herkunft nicht umsonst von ihr genommen wurde. Sie würde die Welt von Vampiren befreien und als Streiterin für Gott das Wunder ihrer Transformation vergelten.

Es war die Rolle, die ihr mehr als alles andere lag. Sie besaß Fähigkeiten, die jede Gemeinde in ihren Bann zog. Die Leute hörten ihr zu, öffneten ihre Herzen und Geldbörsen, wo immer sie, unter wechselnden Namen, ihren Altar baute. Und sie baute ihn dort, wo es wehtat, an der Grenze zum Vampirland. Dort fand sie nicht nur die Kleinmütigen, die endlich aufstehen wollten gegen die Dämonen in ihrer Mitte, dort fand sie vor allem ihre wahre Bestimmung. Dass ausgerechnet diese Hohepriesterin des gerechten Kampfs selber ein Vampir war, ahnte niemand.

Natürlich benötigte sie zum Überleben nach wie vor Blut, doch solange es sich um hochwertiges menschliches Blut handelte, genügten bescheidene Dosen. Deshalb hielt sie sich auch immer eine Gefährtin, auf die sie zurückgreifen konnte, jemanden, der bereitwillig das Kostbarste hergab. An Novizinnen herrschte kein Mangel. Von einigen (wie Grace) musste sie sich umständehalber trennen, andere erbrachten auch das letzte Opfer. Es war Gottes Wille. Ihr Tod diente einem höheren Zweck.

Und Gottes Wege waren unergründlich. So hatte er sie bereits nach Deadhart geführt, als die Kolonie noch gar nicht zurückgekehrt war. Aber vielleicht kam an dieser Stelle auch ihr Instinkt zum Zug. Wie auch immer, die Gemeinde, die sie dort ins Leben rief, war eine starke Gemeinde, entsprechend schwer fiel ihr der Abschied. Doch manchmal war leider auch das Lager der Zweifler stark, und es wurden einfach zu viele Fragen gestellt. Misslich war gleichfalls, dass sie Dr. Dalton um Blut angehen musste, als Grace so krank war. Natürlich wusste sie alles über seine fragwürdigen Geschäfte, wozu war sie der Reverend? Ein guter Prediger kennt die Sünden in seinem Sprengel. Doch dann entdeckte der Lehrer Mowlam von der weltlichen Schule ihr Geheimnis und erpresste sie damit. Ihn zu töten war nicht nur notwendig, sondern, zugegebenermaßen, höchst genussreich. Gottes Werk war eben nicht immer blütenrein. Zuweilen musste man sich die Hände schmutzig machen.

Nun war sie erneut auf Wanderschaft. Doch nur Mut, sie würde eine neue Stadt finden, einen neuen Namen und eine neue Gefährtin. So war es doch immer. Mädchen, die gerettet werden wollten, gab es überall.

EPILOG

Sechs Monate später

Forsches Klopfen an der Tür. Decker blickte vom Schreibtisch auf. Edwards schon wieder. Er mochte Edwards nicht, den Jungspund, den Enthusiastischen, den Gutaussehenden. Alles Eigenschaften, die ihm gehörig auf den Sack gingen. Hörte man schon an der Art, wie er anklopfte. So frisch, so forsch, dass Decker gleich keinen Bock mehr hatte.

»Was gibt's?«, gab Decker anders forsch zurück.

Edwards betrat den Raum. »Sir, ich bekomme gerade ein Hilfeersuchen von der Polizei in Landon, Minnesota. Zwei Jugendliche haben in einer Schule ihren Lehrer und zwei Mitschüler umgebracht.«

»Na und? Warum rufen sie bei uns an? Wir bearbeiten diese Amok-Scheiße nicht. Außerdem ist es verdammt noch mal Minnesota, damit haben wir nichts zu tun.«

»Es war kein bewaffneter Amoklauf, die Kids haben niemanden erschossen, sondern so, wie ich das verstanden habe, den Opfern offenbar in den Hals gebissen.«

Decker starrte ihn an. »Sie meinen Jungs aus der Kolonie?«

»Offenbar nicht. Die beiden haben ausgesagt, sie wären als Kinder entführt und gegen ihren Willen zu Vampiren gemacht worden. Sie sagen, sie könnten nichts dafür. Es wäre so eine Art zwanghaftes Verhalten.«

»Das hätten sie wohl gerne.«

»Und da ist noch etwas.« Edwards platzierte den A-4-Ausdruck eines Tatortfotos auf Deckers Schreibtisch. »Das stand an der Wand des Klassenzimmers …«

Decker besah sich das Foto. »Heilige Scheiße!«

»Ich meine, vielleicht hat es ja gar nichts zu bedeuten. Der Vorname ist hierzulande nicht gerade selten …«

»Holen Sie Atkins her«, sagte Decker.

»Die ist im Urlaub.«

»Nicht mehr.«

Edwards nickte stumm und eilte aus dem Büro. Decker nahm sich das Foto noch einmal vor.

An der Wand des Klassenzimmers ein Menetekel aus vier ungelenken, mit Blut geschriebenen Wörtern:

BARBARA, BETE UM GNADE

DANKSAGUNG

Einmal mehr stehe ich am Ende eines Buchs. Buch Nummer sechs, um genau zu sein. Allein dafür, für die schlichte Tatsache, dass ich mit ausgedachten Geschichten meinen Lebensunterhalt verdienen kann, bin ich unendlich dankbar.

Des Weiteren geht mein Dank an meine brillante Agentin Madeleine Milburn. Hätte sie damals nicht mein erstes Manuskript aus dem Absagestapel gezogen, vermutlich wäre keines der nachfolgenden Bücher entstanden. Dank auch an Hannah und das ganze Team für die TV-Arbeit. Ihr seid alle Superstars.

Besonders dankbar bin ich wie immer meinen beiden Lektoren Max und Anne. Sobald ich ihnen mit einer neuen Idee komme (eine schräger als die andere) sagen sie nur: »Klingt toll« – und lassen mich machen. Mit ihrem Durchblick und ihrer Erfahrung und ihrer besonderen Art, mir nahezubringen, wenn etwas *nicht* funktioniert, sind sie eine unschätzbare Hilfe. Es ist nämlich so: Meine ersten Entwürfe sind selten wirklich gelungen. Eine Wahrheit, die irgendwann sogar auf meinem Grabstein stehen könnte.

Dank an die Verlagsteams von Michael Joseph und Ballantine, vor allem für Cover-Design und Marketing. An der Herstellung eines Buchs sind viele Leute beteiligt, und ich arbeite mit den besten. Besondere Erwähnung verdient hier Jen, die mir mit unendlicher Geduld den Umgang mit Instagram beibrachte. Nicht weniger Dank gebührt meinen ausländischen Verlagen. Dass ich durch sie auf der ganzen Welt gelesen werde, fasziniert mich immer wieder.

Die Liste derer, denen ich zu Dank verpflichtet bin, wäre unvollständig ohne meinen Mann Neil und meine bezaubernde Tochter Betty. Zugegeben, meine Bücher schreibe ich in erster Linie für mich. Aber ohne die beiden wäre alles bedeutungslos.

Speziell verbunden bin ich auch der Stadt Talkeetna in Alaska. Sie war das Vorbild für Deadhart. Falls Sie also jemals in diese Gegend kommen, besuchen Sie unbedingt diesen ebenso eigenartigen wie wundervollen Ort und seine Menschen. Vieles von dem, das man nicht erfinden kann, begegnete mir dort. Ich habe Deadhart dann noch einen Tick entlegener und urwüchsiger gemacht, doch dahinter stand immer Talkeetna.

Schließlich danke ich allen Leserinnen und Lesern dieses Buchs. Und ob Sie meine anderen Werke nun kennen oder nicht, ich weiß es zu schätzen, dass Sie mir über viele Stunden Ihre Aufmerksamkeit schenken. Hoffentlich sehen wir uns wieder. Bald.

Unsere Leseempfehlung

512 Seiten
Auch als E-Book
erhältlich

Am Ufer eines Sees in Norwegen wird die Leiche einer jungen Frau gefunden. Kriminalkommissar Anton Brekke von der Polizei Oslo beschleicht ein fürchterlicher Verdacht: Hat der flüchtige Serienmörder Stig Hellum sein grausames Werk wiederaufgenommen und bereits sein nächstes Opfer im Visier? Für Brekke beginnt ein Kampf gegen die Zeit und gegen unvorstellbar Böses. Denn der Fall ist mit einem Mann verbunden, der in Texas in der Todeszelle sitzt und nun sein Schweigen über eine verhängnisvolle Nacht vor über zehn Jahren bricht …

goldmann-verlag.de

Unsere Leseempfehlung

560 Seiten
Auch als E-Book erhältlich

Vor 500 Jahren: Acht Märtyrer wurden bei lebendigem Leib verbrannt. Vor 30 Jahren: Zwei Mädchen verschwanden für immer. Vor zwei Monaten: Ein Pfarrer hat sich in der Kapelle erhängt. Willkommen in Chapel Croft. Für die Pfarrerin Jack Brooks und ihre Tochter Flo sollte es ein Neustart sein: neuer Job, neues Zuhause. Aber Jack stößt auf eine Dorfgemeinschaft, in der Misstrauen gegenüber Fremden tief verwurzelt ist. Schon bald muss sie sich fragen: Wer schickt ihnen düstere Drohbotschaften? Chapel Crofts Geheimnisse liegen verborgen in einem dunklen Grab - aber nun kehren die alten Gespenster zurück...

goldmann-verlag.de

GOLDMANN

Unsere Leseempfehlung

416 Seiten
Auch als E-Book erhältlich

Nils Trojan ist eben zurück von seiner Auszeit auf einer Insel, da wird er schon an einen neuen Tatort gerufen. Im ersten Moment glaubt er, in einen absurden Albtraum geraten zu sein: Es sieht aus, als würde ein Tier über dem Opfer kauern, denn der Mörder hat das Fell eines Rehs über die getötete junge Frau drapiert. Wenig später ereignet sich der zweite Mord, und wieder sind Mensch und Tier auf makabre Weise ineinander verschlungen. Aber was will der Täter mit seiner grausamen Botschaft mitteilen?

goldmann-verlag.de